Du même auteur, chez le même éditeur :

Orcs – L'intégrale de la trilogie (2007)

Les Chroniques de Nightshade – L'intégrale de la trilogie (2008)

Vif-Argent :
1. *L'Éveil du Vif-Argent* (2004)
2. *Le Zénith du Vif-Argent* (2005)
3. *Le Crépuscule du Vif-Argent* (2007)

www.bragelonne.fr

Stan Nicholls

Les Chroniques de Nightshade

L'intégrale de la trilogie

Traduit de l'anglais (Grande-Bretagne) par Isabelle Troin

Bragelonne

Collection dirigée par Stéphane Marsan et Alain Névant

Le présent ouvrage est la réédition en un seul volume
de la trilogie *Les Chroniques de Nightshade* parue de 2003 à 2004.

Titres originaux :
The Book of Shadows (The Nightshade Chonicles – Book One)

The Shadow of the Sorcerer (The Nightshade Chonicles – Book Two)

A Gathering of Shadows (The Nightshade Chonicles – Book Three)

ISBN : 978-2-35294-221-4

Bragelonne
35, rue de la Bienfaisance - 75008 Paris - France

E-mail : info@bragelonne.fr
Site Internet : http://www.bragelonne.fr

Le Grimoire des Ombres

Les Chroniques de Nightshade – livre premier

À David Gemmell, le roi incontesté

Prélude

Au commencement...

Ils étaient quatre.

Ils étaient forts, impitoyables et armés jusqu'aux dents. Ils étaient l'élite de la Fraternité des assassins, experts dans l'art du meurtre, les meilleurs tueurs que l'or puisse acheter.

Ils avaient planifié leur embuscade jusque dans le moindre détail. Ils avaient l'avantage de la surprise, et les ténèbres les dissimulaient.

Ils connaissaient la réputation de Dalveen Leandor, mais cela ne les troublait pas outre mesure. Ils savaient qu'il serait seul et qu'il n'était, après tout, qu'un homme. Ils ne voyaient pas de raison de le craindre.

Ils n'avaient pas la moindre chance.

Le sorcier porta à ses lèvres le gobelet incrusté de joyaux et but.

Un filet du liquide tiède et poisseux coula au coin de sa bouche. Il l'essuya d'un revers de main osseuse. Mais quelques gouttes de sang souillèrent son bouc noir.

Jetant la coupe vide, il pivota vers un piédestal jonché de parchemins jaunis que maintenait en place une pile de livres à demi désagrégés. Le volume du dessus était ouvert; il regarda fixement l'écriture étrange, issue d'un langage depuis longtemps oublié, qui recouvrait ses pages friables. Les yeux sombres du sorcier flamboyèrent de cupidité à la pensée du savoir qu'elles lui promettaient.

La seule lumière dans la pièce provenait de quelques bougies noires éparpillées qui projetaient des ombres dansantes sur les murs de granit rugueux. Le sol de pierre, poli par des générations d'occupants, était couvert de symboles peints ou tracés à la craie.

Les symboles d'un pouvoir magique déjà ancien au temps où le monde était jeune.

Le sorcier répandit une poignée de poudre d'encens sur un brasier de charbons ardents. Un parfum entêtant emplit l'air humide. Saisissant l'épée cérémonielle dont la lame d'argent était gravée de runes, il s'apprêta à accomplir le terrible rituel.

Son sanctuaire se trouvait dans la plus haute tour de la forteresse et, alors qu'il entonnait son incantation, il jeta un coup d'œil vers son étroite fenêtre.

Une lune froide et funeste brillait dans le ciel nocturne.

Le clair de lune faisait scintiller les flaques d'eau, vestiges d'une récente averse.

Le jeune homme longeait une ruelle déserte, dans l'ombre du formidable mur d'enceinte de Torpoint.

Ses vêtements étaient noirs, tout comme ses cheveux attachés en queue-de-cheval. Sa seule arme était l'épée qu'il portait à la ceinture dans un fourreau de cuir, et il n'avait ni heaume ni armure.

Il se mouvait avec assurance, mais avec vigilance, tous les sens en alerte.

Entendant ses pas résonner sur les pavés luisants, les assassins se raidirent. Chacun d'eux était vêtu de gris des pieds à la tête et avait le visage dissimulé par une capuche : la tenue de ceux qui arpentent la nuit avec la mort dans le cœur.

Comme le jeune homme atteignait le milieu de la ruelle, là où l'obscurité était la plus profonde, deux des tueurs surgirent de leur cachette pour lui barrer le chemin, tandis que les autres se faufilaient derrière lui pour bloquer sa retraite.

Le jeune homme ne manifesta aucune inquiétude. Il ne parut même pas surpris. Immobile, il fixa les brigands d'un regard aussi glacial que la lune morte au-dessus de leur tête.

Face à lui, le plus massif des deux hommes s'avança d'un pas. La cape bordée de fourrure de loup blanc qui lui arrivait jusqu'à la taille indiquait son statut de chef. Il la rejeta par-dessus son épaule, révélant une épée pendue à sa ceinture. Sa main caressa la poignée de l'arme.

—Le jour est venu pour toi d'expier, grogna-t-il.

Ses compagnons dégainèrent des dagues.

S'ils espéraient que le jeune homme appelle à l'aide, les supplie de l'épargner ou tente de fuir, ils en furent pour leurs frais. Il ne dit rien, se contentant de croiser les bras sur sa poitrine et d'accueillir leur menace avec une expression méprisante.

Le chef des assassins se renfrogna, tira son épée du fourreau et siffla :

—Prépare-toi à mourir, Nightshade !

Le jeune homme sourit d'un air amusé.

La colère déforma le visage du chef. Celui-ci brandit son épée tandis que ses hommes se rapprochaient, couteau tendu devant eux.

Quelque chose s'agita dans la poitrine du jeune homme dont ils voulaient faire leur victime. C'était un sentiment qu'il connaissait bien. Tiède, intense et redoutable. Il l'attendait et s'en délectait.

Les assassins se jetèrent sur lui, le clair de lune se reflétant sur leur lame.

Le sang du jeune homme lui martela les tempes. Une brume rouge emplit sa vision tandis qu'une rage frénétique et animale se déchaînait en lui, exigeant qu'il la libère.

Il s'y abandonna.

Des gouttelettes de sueur perlaient sur le front du magicien alors qu'il se concentrait sur son rituel.

Suivant les instructions à la lettre, il toucha chacun des symboles avec la pointe de son épée dans l'ordre exact et récita les paroles de l'incantation avec précision.

Et pourtant, il commençait à comprendre que son sort ne fonctionnerait pas.

Il tenta de maîtriser son impulsivité, d'endiguer la déception qui l'envahissait à l'idée d'un nouvel échec.

Son pouvoir était déjà considérable, mais encore insuffisant pour lui permettre de réaliser ses ambitions, et son impatience croissait.

Mais pour obtenir la puissance supplémentaire à laquelle il aspirait, il devait « les » faire revenir. Et même lui ne possédait pas la compétence nécessaire à un tel exploit.

Il foudroya du regard la pile de grimoires. Ils lui étaient inutiles. Seul le *livre contenait les connaissances dont il avait besoin : le secret qui lui permettrait d'écarter le voile séparant ce monde de la dimension où ils habitaient.*

Le livre était la clé qui leur permettrait d'entrer.

Malgré son instinct qui le prévenait qu'il allait échouer, le sorcier décida d'achever le rituel. Il focalisa sa volonté.

Et se laissa réconforter par l'idée qu'au moins l'un de ses ennemis potentiels ne pourrait plus le gêner d'ici à la fin de la nuit.

Les hurlements s'étaient tus.

Quatre corps jonchaient le sol de la ruelle. Trois d'entre eux étaient morts, et le dernier mortellement blessé.

Clignant des yeux pour dissiper la brume rouge, Leandor rengaina calmement son épée.

Il avait réglé son compte au chef des assassins d'une manière qui ne se révélerait pas immédiatement fatale. L'homme devait savoir qui avait commandité l'attaque, et durant les derniers instants de sa vie il serait forcé de révéler son nom.

Le jeune guerrier que l'on surnommait Nightshade s'approcha de la silhouette prostrée et s'agenouilla près d'elle. Un peu de sang avait éclaboussé la fourrure blanche de sa cape. La respiration de l'homme était laborieuse, ses yeux déjà voilés. Il ne lui restait plus beaucoup de temps.

— Tu es mourant, déclara Leandor.

— Dis-moi plutôt… quelque chose que j'ignore, haleta le chef des assassins d'une voix rauque.

— Non, c'est toi qui vas le faire pour moi, répliqua Leandor. Qui a payé pour ma disparition ?

— Plutôt… aller en enfer.

— Nul doute que je te retrouverai là-bas. À présent, réponds à ma question.

Du sang dégoulina au coin des lèvres de l'homme, et son teint se fit cendreux.

—Jamais, cracha-t-il. Sois maudit. Tu ne réussiras pas... à me faire parler.

Nightshade s'empara d'une dague tombée près du cadavre d'un des assassins. Et s'en servit avec une compétence née de la pratique.

Le chef parla.

Et mourut peu de temps après.

Le nom qu'il avait prononcé confirma les soupçons de Leandor. À présent, le roi devait être informé dans les plus brefs délais.

Abandonnant les cadavres aux bons soins de la garde de nuit, qui finirait bien par les trouver durant sa patrouille, il se dirigea en toute hâte vers le palais.

L'unique porte de son sanctuaire était faite de bois épais et munie de lourds verrous. Mais elle ne tarda pas à céder sous l'assaut de nombreuses épaules solides.

Dalveen Leandor, capitaine de la garde royale et champion du roi, fit irruption dans la pièce avec toute une compagnie de miliciens armés. Absorbé par l'exécution de son rituel, le sorcier fut pris au dépourvu. L'épée cérémonielle tomba de sa main et heurta le sol avec fracas.

—Nightshade ! s'exclama-t-il.

—Surpris de me voir, Avoch-Dar ? railla Leandor.

Le magicien leva les mains. Mais les soldats se jetèrent sur lui pour le ceinturer avant qu'il puisse lancer un sort.

— C'est intolérable ! tempêta-t-il. J'exige de voir le roi !

— Ton souhait sera exaucé, répliqua Leandor. Tu comparaîtras devant lui pour trahison et tentative de meurtre. (Il balaya la pièce du regard avant d'ajouter :) Et également pour pratique d'une magie interdite, j'imagine.

Avoch-Dar le fixa d'un air menaçant.

— Tu le regretteras, gronda-t-il.

Leandor soutint son regard furibond sans répondre. Puis il se tourna vers un des officiers et lui adressa un signe de tête.

Le sorcier fut emmené.

L'atmosphère du grand hall de Torpoint était chargée d'électricité.

Les courtisans, les gardes, les domestiques, les conseillers et divers autres fonctionnaires qui s'étaient rassemblés là attendaient, frémissant d'impatience, le jugement de leur monarque.

Assis sur son trône surélevé, le roi Eldrick de la Lance, souverain de Delgarvo, était plongé dans une sévère méditation. Il était déjà très âgé, comme en témoignait sa barbe d'un blanc neigeux. Mais la moitié de sa vie passée à défendre le royaume en tant que guerrier avait forgé son corps comme le feu forge l'acier, et bien des hommes plus jeunes auraient envié sa vigueur.

Pourtant, ce jour-là, ses nombreuses années se lisaient sur son visage. Visiblement, il était troublé par la décision qu'il devait prendre.

Sa fille, la princesse Bethan, avait pris place à sa gauche. Ses cheveux blonds, son teint clair et ses yeux bleus lui conféraient une gracieuse beauté.

Par comparaison, Dalveen Leandor, qui se tenait debout à côté d'elle, offrait une vision encore plus frappante avec ses vêtements noirs, ses yeux couleur d'olive et sa chevelure de jais. Si la jeune femme était enjouée et affable, le champion de son père avait une nature beaucoup plus réservée.

Comme toujours, le plus proche confident d'Eldrick, Golcar Quixwood, était assis à sa droite. Commandant de la garde du palais, et général d'une compétence inestimable en temps de guerre, il était presque aussi vieux que son roi, mais toujours musclé et robuste en dépit de sa barbe grisonnante et de sa taille qui s'épaississait.

Tous regardaient fixement l'accusé.

Le sorcier enchaîné était à genoux devant eux, mais même cette position humiliante n'avait pas réussi à gommer l'arrogance sur ses traits.

Enfin, le roi prit la parole d'une voix claire et forte qui résonna dans le hall.

— Toutes les preuves sont contre toi, Avoch-Dar. Tu as comploté pour t'emparer de mon trône ; afin de t'assurer un libre accès au pouvoir, tu as commandité le meurtre de mon champion. (Il jeta un bref coup d'œil à Leandor.) Et tu t'es adonné à la magie noire, en infraction avec toutes les lois de ce royaume.

Des murmures désapprobateurs s'élevèrent de la foule. L'huissier royal les fit taire d'un coup sec de son bâton sur le sol de marbre.

— Durant toute cette audience, tu as gardé le silence, reprit Eldrick. N'as-tu donc rien à dire pour ta défense ?

Avoch-Dar ne répondit pas.

— Nous prenons note du fait que tu ne nies pas tes crimes. (Le monarque soupira.) Très bien. Je vais rendre mon jugement, bien que cela me peine. Je t'ai élevé au rang de magicien de la cour parce que j'avais confiance en toi, et tu as abusé de cette confiance. Il ne saurait y avoir d'autre verdict que « coupable ».

Le sorcier continua à le fixer des yeux sans broncher.

Eldrick s'adressa à l'assemblée.

— Y a-t-il ici quelqu'un qui désapprouve ce verdict ?

Personne ne se manifesta.

— Dans ce cas, il ne me reste plus qu'à prononcer la sentence. (Eldrick reporta son attention sur le prisonnier.) Je décrète que tu vas être immédiatement banni et envoyé dans le désert de Vaynor, où tu passeras le reste de tes jours. Toute tentative d'échapper à ton exil sera punie par la mort. Comprends-tu ?

Enfin, le sorcier se décida à réagir.

— Je comprends parfaitement bien, aboya-t-il d'un air sinistre. Je comprends que vous êtes un imbécile, et un faible dirigeant, comme je l'avais toujours soupçonné.

Des hoquets de stupeur montèrent de la foule, choquée par une si flagrante irrévérence.

— Si vous manquez de cran au point de m'épargner, qu'il en soit ainsi, poursuivit Avoch-Dar. Je ne serais pas si magnanime si nos positions étaient inversées. Mais sachez ceci, Eldrick : vous maudirez le jour où vous m'avez laissé la vie. Car je jure qu'un autre jour viendra où c'est vous qui serez à ma merci. Et ce jour-là, je ne vous ferai pas de quartier. (Ses yeux durs comme des silex se posèrent sur Leandor.) Quant à toi, Nightshade, sache que je t'ai condamné pour avoir interféré avec mes plans, et que je te réserve un sort particulièrement atroce.

Le roi se leva, le visage empourpré par la colère.

— Qu'on exécute la sentence ! tonna-t-il.

Des gardes s'avancèrent, saisirent le sorcier qui se débattait et l'entraînèrent vers la porte.

Ses viles imprécations résonnèrent à travers le grand hall.

Restés seuls dans la pièce que la foule avait désertée, le roi Eldrick, sa fille, son plus vieil ami et son champion débattaient des événements récents.

La princesse Bethan frissonna.

— C'était horrible, pere. Quand Avoch-Dar a juré de se venger de vous et de Dalveen, mon sang s'est glacé dans mes veines. Et son visage…

— N'aie crainte, la rassura le roi, il ne peut plus nous faire de mal. Aux premières lueurs de l'aube, il sera escorté jusqu'à Vaynor.

— Bon débarras, déclara sans ambages Golcar Quixwood. Je ne l'ai jamais aimé, et ne lui ai jamais fait confiance.

— Je sais, acquiesça Eldrick, et je regrette de ne pas t'avoir écouté. (Il se tourna vers son champion.) Toi aussi, Dalveen, tu nourrissais des doutes à son sujet, mais tu n'as pas commenté ma sentence. Je t'écoute ; tu sais que tu peux parler librement.

— En vérité, Sire, je pense que sa punition n'est pas assez sévère.

— Aurais-tu souhaité que je le fasse mettre à mort ? Je ne suis pas ce genre de souverain.

— Mais vous auriez pu l'emprisonner ici, à Torpoint, où nous aurions pu garder un œil sur lui.

— Il fait commerce de trahison. Je préfère ne pas avoir de telles crapules autour de moi, même sous clé dans les donjons du palais.

— Est-ce la seule raison ? insista Leandor.

— Non, concéda le roi. Je m'accroche à ma conviction qu'Avoch-Dar n'a pas toujours été maléfique, qu'il s'est seulement laissé corrompre par la magie noire à laquelle il s'adonnait.

— Pourquoi dites-vous ça ? interrogea Bethan.

— Pour des raisons que tu es bien trop jeune pour connaître, mais que Golcar doit certainement se rappeler.

— En effet, approuva tristement le vieux guerrier.

— La nuit de ta naissance, j'avais convoqué un certain nombre de mystiques, de voyants et de devins. Avoch-Dar se trouvait parmi eux. Nous étions rassemblés dans cette même pièce quand on nous a annoncé que ta mère, ma bien-aimée Nerissa, venait de donner le jour à une belle petite fille. Mais ma joie s'est changée en désespoir quand une forte fièvre s'est emparée d'elle. (Eldrick s'interrompit, en proie à de douloureux souvenirs.) Elle est morte peu de temps avant l'aube.

La princesse se pencha vers lui et lui pressa doucement la main. Eldrick lui sourit avant de reprendre :

— Le chagrin m'a pratiquement détruit. Je n'ai trouvé de réconfort que dans ta présence, et dans le soutien et les conseils avisés d'Avoch-Dar. Il m'a aidé à surmonter cette terrible épreuve.

— Et la nuit même de ma naissance, Dalveen a été amené au palais, ajouta Bethan.

— Tout à fait, acquiesça Golcar. À l'époque, j'étais déjà le commandant de la garde personnelle de votre père. Quand j'ai découvert Dalveen durant une patrouille, j'ai supplié votre père d'accorder sa royale protection à ce nouveau-né abandonné.

— Soupçonnant que les dieux avaient sans doute joué un rôle dans cette découverte, j'ai consenti avec joie, se remémora le roi. J'ai également fait savoir qu'à compter de ce jour, Avoch-Dar remplirait le rôle de magicien de la cour. C'était une époque de grands changements et d'émotions mêlées. Maintenant, peut-être es-tu en mesure de comprendre ce que j'ai ressenti en apprenant que le sorcier m'avait trahi.

Leandor fronça les sourcils.

— À mon avis, il ne vous a jamais été loyal, Votre Majesté.

— Je vois où Dalveen veut en venir, dit Golcar. Il se peut qu'Avoch-Dar ait été bon autrefois, et qu'il se soit laissé contaminer par le mal. Il se peut aussi qu'il ait toujours été maléfique, mais doué pour feindre le contraire. Qui sait ? Tout ce qui compte, c'est qu'aujourd'hui, il est dangereux : capable d'engager des assassins et de pratiquer une magie diabolique.

— Dès demain, il sera en route pour un désert lointain et inhospitalier où il ne pourra plus faire de mal à personne, déclara le roi Eldrick.

— Avec tout le respect que je vous dois, Sire, j'espère que vous avez raison, soupira Leandor. Parce que, dans le cas contraire, la prochaine fois où nous entendrons parler de lui n'augurera rien de bon.

Quelques mois plus tard, la prédiction de Leandor se vérifia.

Malgré son exil à Vaynor, une contrée désertique située dans le Sud lointain, Avoch-Dar prospéra. Il continua d'arpenter les chemins de la nécromancie et de la magie noire, accroissant sa maîtrise de la sorcellerie et utilisant ses talents infernaux pour se construire un empire de ténèbres.

Très vite, il fut rejoint par des fidèles dépravés, des hommes qui désapprouvaient le règne bienveillant d'Eldrick et aspiraient à sa chute. Leurs rangs se gonflèrent de créatures inhumaines, d'êtres cauchemardesques et de hordes de morts-vivants appelés en renfort depuis les mondes de l'au-delà par les vils talents d'Avoch-Dar.

Poussé par sa soif de pouvoir et de vengeance, celui-ci avait plus que jamais l'intention de prendre par la force ce dont il n'avait pu s'emparer par la traîtrise.

Comme son armée ne cessait de grossir, il commença à lancer des raids sur Delgarvo et, ne rencontrant guère de résistance, s'aventura de plus en plus loin. Bientôt, il fut en position de menacer le cœur même du royaume.

Pendant des années, Delgarvo avait connu la paix sous la direction avisée d'Eldrick, devenant le plus grand centre d'échanges commerciaux du monde connu. Ses sujets vivaient dans l'abondance et la liberté. Sa capitale, Allderhaven, était un siège du savoir : poètes, artistes, baladins et philosophes grouillaient dans ses rues anciennes, et la cour de Torpoint servait de point de ralliement aux érudits en tout genre.

L'armée venue du sud menaçait tout cela.

Alors que les escarmouches se transformaient en batailles rangées, Eldrick rassembla le plus grand nombre d'hommes d'armes que le royaume ait vu passer depuis des générations. Dalveen Leandor fut promu au rang de commandant. Repoussant son mariage avec la princesse Bethan, il partit affronter les hordes maléfiques d'Avoch-Dar dans une série de conflits toujours plus sanglants.

En dépit de quoi, l'armée du sorcier continua à se masser aux frontières de Delgarvo dans la ferme intention d'envahir le royaume.

Désormais, une guerre ouverte était inévitable.

Le pire, c'était la mort.

La bataille entre la Lumière et les Ténèbres faisait rage depuis trois jours et trois nuits. C'était un carnage effrayant et, déjà, l'odeur putride des cadavres en décomposition flottait dans l'air.

Après avoir combattu des adversaires plus sauvages qu'il en avait jamais connus, Dalveen Leandor se rendit compte que le vent avait tourné en faveur des forces du roi Eldrick. Les restes de l'armée d'Avoch-Dar battaient en retraite. Ils demeuraient redoutables à cause de leur nombre et de leur sorcellerie diabolique, mais n'avaient plus la moindre chance de triompher.

Toutefois, les dieux de la guerre s'étaient montrés à peine plus cléments envers les guerriers d'Eldrick. Un lourd tribut avait été payé au massacre, et eux aussi voyaient la victoire se dérober. Les deux camps étaient dans une impasse.

Le mal avait été arrêté, mais non détruit.

Décelant une ouverture dans les rangs ennemis, Leandor lança un dernier assaut à la tête de son unité de cavaliers d'élite, le corps des Dents-de-Sabre. Il avait aperçu Avoch-Dar et pensait pouvoir l'atteindre. Son plan consistait à mettre un terme à toute cette folie en plongeant sa lame dans le cœur noir du magicien.

Si tant est qu'il en possède un.

Cet effort leur coûta très cher. De toute la compagnie, seul Leandor survécut à la charge. Même son destrier avait été abattu.

Mû par une rage frénétique, il se jeta sur la diabolique garde rapprochée qui protégeait son adversaire, prêt à se sacrifier pour mener sa mission à bien. Son épée étincelante et sa dague vive plongèrent dans la chair corrompue des suppôts de l'enfer. Ceux-ci répliquèrent à coups d'acier enchanté, de griffes, de crocs et d'une fureur née dans les abysses.

Ses lames dégoulinantes de sang, le corps couvert d'innombrables blessures, Leandor parvint par miracle à repousser les défenseurs.

Le seigneur sorcier était perché, hautain, sur un chariot de guerre tout d'or et d'ébène, orné de pierres précieuses dessinant des symboles magiques. Des faux dentelées hérissaient le moyeu de ses roues, et dans son harnais s'agitaient deux lézards des plaines albinos aux yeux roses.

Certain à présent que sa vie touchait à son terme, Leandor lança son attaque.

Comme il tailladait quiconque osait se dresser en travers de son chemin, il vit le sorcier lever la main. Aussitôt, les défenseurs restants reculèrent et baissèrent leurs armes. Un silence malsain s'abattit sur le champ de bataille.

Le champion et le magicien noir se défièrent du regard.

Les yeux d'Avoch-Dar étaient deux puits d'une infinie noirceur. Une rafale de vent glacial fit gonfler les plis de sa cape écarlate. Fixant Leandor du regard avec une haine qu'il ne cherchait pas à dissimuler, il incanta rapidement un sort.

Le jeune guerrier que tous connaissaient sous le nom de Nightshade, l'Ombre de la Nuit, se prépara à un assaut magique. Il leva son épée.

À cet instant, une douce brise caressa son bras droit. Celui-ci se mit à le picoter, s'engourdit, puis donna tout à coup l'impression qu'il venait de s'embraser. La douleur grandissante força Leandor à lâcher son arme. Pourtant, aucun des défenseurs ne se précipita pour en profiter, comme il s'y attendait.

En proie à une indicible agonie, il tomba à genoux et, les yeux écarquillés de stupeur, regarda son bras tressauter comme s'il était animé par une vie propre.

Son poing serré pâlit et prit l'apparence du cristal.

Puis il tomba en poussière.

Une fine cendre grise s'écoula de sa manche tandis que le reste de son bras se dissolvait.

Horrifié, Leandor eut juste le temps d'apercevoir le visage cruel du magicien avant de s'écrouler. Alors qu'il dégringolait dans un abîme de ténèbres sans fond, son unique pensée fut qu'il ne se réveillerait plus dans ce monde.

Mais Avoch-Dar ne le tua pas.

Le sorcier préférait humilier Leandor, le laisser souffrir de sa nouvelle infirmité avant de prendre sa vie. Et il était certain que l'occasion de le faire se présenterait à lui très bientôt.

Pour le moment, ses pouvoirs magiques étaient épuisés, et il avait perdu trop de ses guerriers pour poursuivre la bataille.

Suivi par son armée, il regagna la sécurité de Vaynor.

Quelques heures plus tard, lorsque Leandor reprit connaissance, il délirait, aux portes de la folie.

Sa fierté était presque aussi mutilée que son corps. Jamais encore il n'avait perdu de bataille, et il se sentait profondément honteux. Honteux d'avoir échoué, mais surtout de s'être laissé vaincre par un sort parce qu'il avait confondu témérité et bravoure.

La légende de Nightshade fut alimentée par de nombreux récits des événements de ce jour-là.

Beaucoup supposèrent que Dalveen Leandor était mort sur le champ de bataille.

D'autres prétendirent l'avoir aperçu dans le chaos ; un bras en moins, il titubait parmi les cadavres qui jonchaient le sol.

Un tout petit nombre jura qu'il avait trouvé un cheval abandonné et l'avait enfourché pour s'enfuir.

Et que le ciel avait pleuré des larmes de sang.

Chapitre premier

La vie revenait.

L'arbre commençait à bourgeonner.

Une unique feuille poussait à l'extrémité d'une branche nue, petite tache d'un vert jaunâtre agitée par le vent.

Assis en tailleur au-dessous d'elle, l'ermite méditait.

Immobile et silencieux, il veillait depuis deux jours, attendant l'instant propice.

Sa chemise, son pourpoint, ses braies et ses cuissardes de cuir étaient uniformément noirs, assortis à la teinte de ses yeux et à celle de ses cheveux attachés en une tresse qui lui tombait jusqu'à la taille. Malgré la coutume qui voulait que les hommes adultes portent une barbe, son menton était rasé de près.

Une épée était plantée dans le sol près de lui.

Ces derniers temps, les bourrasques semblaient un peu moins féroces, l'air un peu plus doux. Même ici, sur les pentes du mont Rocfaucon dans la lugubre Cawdor, le printemps arrivait enfin.

Sous les yeux de l'ermite, le vent retomba, et la feuille s'immobilisa.

Il jugea que le moment était venu. Et agit avec une rapidité presque incroyable.

D'un mouvement fluide, il saisit son épée de la main gauche tout en bondissant sur ses pieds. La lame aussi affûtée qu'un rasoir sépara la feuille de la branche et, alors qu'elle tombait, il la trancha encore deux fois. Puis il enfonça de nouveau son arme dans le sol avant que les quatre morceaux aient touché le sol.

Un mince sourire de satisfaction éclaira brièvement son visage sombre. L'année qu'il avait passée à réapprendre son art lui avait permis de retrouver une partie de ses compétences.

Mais il savait combien il était meilleur du temps où il était… complet.

Cette pensée, et les souvenirs de sa vie antérieure qu'elle fit remonter à la surface, le rendit de nouveau mélancolique. Il décida d'accomplir les corvées qu'il avait négligées ces derniers jours, afin de s'abrutir par le travail.

Alors qu'il reprenait son épée et se détournait, un mouvement dans la plaine en contrebas attira son attention.

Un cavalier solitaire.

À cette distance, il pouvait juste voir que l'inconnu cheminait dans sa direction, et qu'il traînait un cheval supplémentaire derrière lui.

L'ermite fronça les sourcils. Les voyageurs étaient plutôt rares dans cette région, et il n'appréciait pas qu'on vienne perturber sa solitude. L'intrus était peut-être hostile – un vieil ennemi venu solder son ardoise.

Il ne pouvait prendre qu'un seul chemin pour monter jusqu'à lui.

L'ermite s'y engagea, se portant à la rencontre de son visiteur indésirable.

La journée touchait à sa fin ; les ombres s'allongeaient déjà. Mais l'ermite connaissait par cœur les collines qui s'étendaient au pied du Rocfaucon, et il se mouvait sans le moindre bruit.

Il se dissimula dans un épais buisson sur le bord de la piste.

Entendant un bruit de brindilles qui se brisaient, il dégaina son couteau et s'accroupit. Une silhouette massive gravissait le chemin, mais la végétation était trop dense pour qu'il puisse distinguer ses traits. Un des deux chevaux qu'elle conduisait par la bride faillit déraper sur les graviers et poussa un hennissement de détresse. Saisissant sa chance, l'ermite bondit hors de sa cachette…

… et se figea.

— Est-ce ainsi que tu accueilles tes visiteurs ? Tu devrais avoir honte, mon garçon !

L'ermite en resta bouche bée de stupéfaction.

— Golcar ? souffla-t-il. C'est bien vous ?

L'homme âgé frappa du poing sa poitrine aussi large qu'une barrique.

— En chair et en os, grimaça-t-il. Et ravi de poser de nouveau les yeux sur toi.

L'ermite rengaina sa dague puis s'avança, la main tendue. Selon la tradition des guerriers, chacun des deux hommes referma solidement ses doigts sur le poignet de l'autre.

Mais un peu de sa bonne humeur s'évanouit du visage buriné de Golcar Quixwood quand il vit la manche droite vide de Dalveen Leandor.

— Tu as l'air… en forme, commença-t-il prudemment. (Il balaya du regard le paysage désolé et ajouta :) Pour quelqu'un qui vit en reclus.

— Mon existence ici me convient tout à fait. Et vous, Golcar, vous semblez aussi vaillant que la dernière fois que je vous ai vu.

C'était la vérité. L'année écoulée n'avait guère affecté Quixwood. Sa barbe fournie était peut-être un peu plus grise, son large dos légèrement courbé ; mais dans l'ensemble, il paraissait toujours aussi robuste que les solides bottes de cavalerie qu'il portait.

Sauf que Leandor lut dans ses yeux une lassitude qui n'y était pas auparavant.

— Mais comment m'avez-vous trouvé ? s'enquit-il. Et pourquoi ?

— J'ai suivi les rumeurs, répondit Quixwood. La plupart menaient à cette région maudite. Quant à la raison de ma venue… (Son visage s'assombrit.) Ne devines-tu pas la grave nouvelle dont je suis le porteur ?

— Dites-moi.

— *Il* est de retour.

La lumière du feu projetait des ombres grotesques sur les parois de la caverne.

D'un haussement d'épaules, Quixwood se défit de sa tunique poussiéreuse, puis ôta ses gantelets de cuir. Adossé à sa selle, il plongea la main dans une de ses sacoches, d'où il sortit une cruche en terre cuite fermée par un bouchon de liège. Il la posa sur le sol d'ardoise et poursuivit son récit.

— Pas besoin d'être devin pour savoir qu'Avoch-Dar n'abandonnerait pas. Mais nous ne nous attendions pas qu'il refasse surface si vite, avoua-t-il.

Leandor s'arracha à la contemplation des flammes.

— Vous n'avez pas eu d'avertissement ? demanda-t-il en levant les yeux vers lui.

Quixwood secoua la tête.

— Aucun. En l'espace d'une seule nuit, ils sont apparus à notre frontière. Son armée est encore plus imposante qu'autrefois, sa magie plus puissante. Nous n'avons pas pu les contenir. Ils ont envahi Delgarvo avant que nous puissions rassembler nos défenses.

— Vous n'êtes pas homme à abandonner le royaume quand il a le plus besoin de vous, fit remarquer Leandor. Pourquoi êtes-vous ici ?

— Parce que le roi Elcrick me l'a ordonné.

— Comment va-t-il ?

— Il est au bord de l'épuisement. (Quixwood sourit.) Ce qui ne l'a pas empêché d'organiser la résistance avec un zèle digne d'un homme deux fois plus jeune que lui.

— Et… Bethan ? interrogea Leandor sur un ton hésitant.

— Je crains que les nouvelles soient encore plus mauvaises de ce côté-là, soupira Quixwood. Les agents du sorcier l'ont prise en otage, et ils ne la relâcheront qu'en échange de la reddition de son père.

— Quoi ? s'exclama Leandor, alarmé.

Quixwood lui posa une main sur le bras.

— Du calme, fils. Pour ce que nous en savons, il ne lui a été fait aucun mal. Mais tu comprends à présent combien il est impératif que tu reviennes. Tout de suite.

Leandor secoua la tête.

— Golcar, je…

— Le roi lui-même te le demande ! Et ne te soucies-tu donc pas du sort de la princesse ?

D'un signe du menton, le jeune guerrier indiqua sa manche vide.

— La situation doit vraiment être désespérée pour que vous sollicitiez l'aide d'un infirme, dit-il sèchement. Et d'un lâche, par-dessus le marché.

Les narines de Quixwood frémirent.

— Je ne te laisserai pas parler ainsi ! tonna-t-il. Tu as beaucoup de défauts, Dalveen, mais la lâcheté n'en fait pas partie.

— C'est pourtant ce que doivent penser les gens.

— Depuis quand Nightshade se soucie-t-il de ce que les gens pensent, disent ou font ?

Leandor s'autorisa un sourire pincé.

— Ça faisait une éternité que personne ne m'avait appelé ainsi.

— Tu ne peux nier que ce nom possède un certain pouvoir, insista Quixwood.

— Certes, concéda Leandor. Le nom d'un guerrier le précède. Le mien m'a bien servi.

— Exactement. C'est celui du plus grand champion de Delgarvo. Laisse-le ramener l'espoir dans le cœur de nos alliés et la crainte dans celui de nos ennemis, le pressa Quixwood. Reviens avec moi, et bats-toi !

— Je ne comprends pas comment un homme ayant perdu le bras avec lequel il maniait son épée pourrait inspirer le moindre espoir ou la moindre crainte, déclara amèrement Leandor.

— Si je te connais bien, il doit y avoir assez de force dans celui qui te reste. (Quixwood soupira.) Écoute, Dalveen, tu n'étais peut-être pas notre général durant la première guerre contre Avoch-Dar, mais tu étais notre source d'inspiration. Il n'existait pas de meilleure unité de combat que le corps des Dents-de-Sabre, parce que c'était toi qui le commandais.

— Une tâche dont je me suis si bien acquitté qu'il n'y a pas eu un seul survivant.

— Tu n'as rien à te reprocher.

— Vraiment ?

— Bien sûr que non, jeune crétin ! Ces hommes étaient des guerriers, des soldats de métier comme toi et moi. Ils connaissaient les risques. Il n'en était pas un seul qui ne soit prêt à sacrifier sa vie pour son roi, pour Delgarvo… et pour toi.

— À vous entendre, tout paraît toujours si simple…

— Parce que ça l'est !

Leandor se leva et se dirigea vers l'entrée de la caverne. Il pleuvait à présent, et le ciel était si nuageux qu'on ne pouvait voir les étoiles. La lueur du feu se reflétait sur la lame attachée en travers de son dos.

— Dalveen, reprit Quixwood en se radoucissant. Je sais que la vengeance d'Avoch-Dar a été pire pour toi que la mort. La honte, l'insulte faite à ta fierté t'ont sûrement été plus douloureuses que le plus atroce des trépas. Et avec le recul, tu dois t'être rendu compte que c'était justement ta fierté – l'assurance sans bornes dont tu as toujours fait preuve – qui a entraîné ta chute.

Leandor acquiesça.

— Si j'ai appris une chose au cours de cette dernière année, c'est bien celle-là.

— Tant mieux. Mais ne bascule pas dans l'extrême opposé, dit Quixwood sur un ton désapprobateur. Je ne t'ai pas recueilli sur les marches de ce temple quand tu étais tout bébé, je ne t'ai pas enseigné tout ce que je sais de l'art de la guerre pour que tu passes le reste de tes jours à ruminer sur une montagne oubliée des dieux.

— Je vous en prie, ne prenez surtout pas de gants avec moi, railla Leandor.

— Je ne suis qu'un vieux soldat pas très diplomate, concéda Quixwood. Je dis les choses telles que je les vois. Et ce que je vois ici, c'est un jeune homme qui se vautre dans l'autoapitoiement.

— Vous êtes injuste ! protesta Leandor. Je...

— Si tu n'aimes pas ma description, tant pis pour toi, coupa Quixwood. Et si tu veux me la faire ravaler... J'étais capable de te tanner le cuir quand tu n'étais encore qu'un mioche, et je suis prêt à réessayer aujourd'hui.

Dalveen Leandor éclata de rire. C'était une chose qui ne lui était pas arrivée depuis longtemps.

— Vous m'avez manqué, Golcar, dit-il affectueusement.

— Et réciproquement, avoua Quixwood. Mais assez parlé. Je t'ai amené un cheval, et assez de pièces d'or pour payer notre voyage. Quelle est ta réponse ?

— Je vous la donnerai demain.

— Le temps presse, mon garçon ! Pendant que nous palabrons, les hordes d'Avoch-Dar sont peut-être en train de se masser aux portes d'Allderhaven ! Et la princesse Bethan…

— Je sais, l'interrompit Leandor. Néanmoins, il se fait tard, et le temps n'est guère propice à un déplacement nocturne. Même si j'accepte de vous accompagner, nous ne pourrons pas partir ce soir. Maintenant, calmez-vous et profitez-en pour vous reposer.

— Dans ce trou à rats ? grommela Quixwood en s'enveloppant d'une couverture. (Puis son visage s'éclaira, et il tendit la main vers la cruche de vin.) Ça te dit ?

Il saisit le bouchon entre ses dents et poussa un grognement tandis qu'il s'efforçait de l'arracher.

La main gauche de Leandor fusa vers la poignée de l'épée qui dépassait par-dessus son omoplate droite. La lame déchira l'air en sifflant et s'abattit sur le goulot de la cruche, laissant Quixwood avec un morceau de poterie tranchée proprement dans la bouche.

Sa mâchoire inférieure tomba sur sa poitrine ; le bouchon roula à terre.

— Non, merci, répondit calmement Leandor en rengainant son épée. Mais ne vous gênez surtout pas pour moi.

Quixwood baissa les yeux sur le récipient décapité qu'il tenait dans ses mains.

— Tu vois ? Tu es toujours aussi bon ! s'enthousiasma-t-il.

— Non, Golcar, plus aussi bon, tempéra Leandor. Mais avec un peu de chance, assez bon pour rester en vie un moment.

— Ça ne sera peut-être pas aussi facile que vous le croyez, lança une voix derrière eux.

Leandor fit volte-face, l'épée de nouveau à la main.

Quoi qu'il se soit attendu à découvrir, ce n'était certainement pas la silhouette qui se tenait sur le seuil de la caverne.

Chapitre 2

Elle était minuscule. Le sommet de son crâne atteignait à peine la poitrine de Leandor, et sa silhouette menue était toute voûtée. Des cheveux filasse d'un blanc pur encadraient son visage ridé et tombaient sur ses épaules vêtues de haillons.

Dalveen n'aurait su dire son âge exact, mais il voyait bien qu'elle était vieille. Très vieille. Et trempée jusqu'aux os par la pluie battante.

— Salutations, Dalveen Leandor, lança-t-elle d'une voix chevrotante. J'ai attendu ce moment pendant bien des années.

Le jeune homme baissa son épée.

— Vous êtes Melva la Sage ?

Elle hocha la tête.

— Entrez, l'invita-t-il en s'écartant pour la laisser passer. Venez vous réchauffer.

— Tu la connais ? demanda Quixwood alors que la vieille femme se dirigeait lentement vers leur feu.

— Je l'ai vue une fois ou deux, mais nous ne nous sommes jamais parlé. Elle vit plus haut dans la montagne, expliqua Leandor.

— On me considère comme une ermite, ajouta la vieille femme en souriant.

Elle s'assit sur un des tabourets branlants qui entouraient le feu.

Leandor alla prendre une bûche dans la pile au fond de la caverne et la plaça dans les flammes. Le bois craqua, émettant un doux parfum aromatique. Puis Leandor prit place face à Melva, tandis que Golcar s'installait sur les sacs de jute bourrés de paille qui lui servaient de lit.

Dans la lumière du feu et de l'unique bougie posée sur une caisse renversée, les deux hommes dévisagèrent leur invitée.

— Comment se fait-il que vous sachiez qui je suis ? interrogea Leandor.

— Je sais beaucoup de choses, Nightshade. C'est mon don et ma malédiction, répondit la vieille femme.

— Est-ce ce don qui vous a conduite ici ?

— Non : c'est la fatalité. J'étais destinée à venir te voir, tout comme tu étais destiné à venir t'installer à Rocfaucon.

Leandor fronça les sourcils, perplexe.

— Que voulez-vous dire ?

— Tout est écrit. Notamment le fait que si tu ignores ce que je vais te dire, tu échoueras certainement dans ta mission à venir.

— Vous parlez par énigmes, grogna Quixwood.

— Dans ce cas, laissez-moi m'exprimer plus clairement, grimaça Melva. Nightshade, ton cœur t'ordonne de retourner à Allderhaven pour affronter le mal qui l'assaille. Pourtant, ce serait une erreur que de l'écouter maintenant.

— Voudriez-vous que je me dérobe à mon devoir ? s'offusqua le jeune homme.

Melva secoua la tête.

— Non. Tu as raison de penser que ta place est auprès du roi. Mais pas pour le moment.

— Je ne vois pas en quoi un report servirait notre cause, protesta Quixwood.

— Nous sommes tous les pions d'un jeu qui nous dépasse, affirma la vieille femme. Je n'ai qu'un petit rôle à jouer dans la partie, mais le tien est beaucoup plus important que tu ne peux le concevoir, Nightshade.

Elle baissa la tête et se mit à tousser violemment, une main devant la bouche. Tout son corps frêle en fut secoué.

— Vous allez bien ? s'inquiéta Leandor.

— Mon âge et le climat de cette région ne sont guère cléments envers ma santé. (Melva prit une inspiration sifflante et poursuivit :) Au risque de me répéter, ce n'est pas un hasard si tu es venu à Rocfaucon. Pourquoi crois-tu avoir été attiré par cette montagne plutôt que par une autre ?

— Je cherchais la solitude.

— Pour pouvoir lécher tes plaies comme un animal blessé et apprendre une leçon d'humilité, acquiesça la vieille femme. Tu avais besoin des deux. Mais il y avait une autre raison, même si tu n'en étais pas conscient. Mon existence n'avait qu'un seul but, et à présent que te voilà enfin, je vais accomplir ma destinée.

Golcar était perplexe.

— Quel but ?

— Dévoiler une prophétie qui s'est transmise de mère en fille pendant un millier de générations. Le fardeau que mes ancêtres ont été condamnés à porter pour avoir offensé les dieux. Et cette prophétie te concerne, Dalveen Leandor.

— Vous voulez dire qu'elle parle de moi ? s'étonna le jeune homme. J'ai du mal à y croire.

— Et pourtant, c'est ainsi, répliqua Melva. Mais tu devras en juger par toi-même. Écoute-moi bien, car je ne te le dirai pas deux fois.

Il se pencha vers elle.

— Allez-y.

— La prophétie se compose de deux parties, révéla la vieille femme. Elle commence par prédire l'ascension d'un épouvantable tyran, à l'ambition et à la cruauté sans bornes. Il balaiera toute opposition et punira sévèrement quiconque osera se dresser en travers de son chemin. Mais ce ne sera pas un conquérant ordinaire, car il commandera une magie terrifiante.

— Avoch-Dar, siffla Golcar.

— Oui. Le mal est toujours en quête d'humains à travers lesquels œuvrer, et il en a trouvé un en Avoch-Dar. Sa sorcellerie se renforce au fur et à mesure que les jours s'écoulent. Bientôt, elle sera assez puissante pour faire tomber les barrières qui séparent notre monde des royaumes du cauchemar, déclara Melva.

— Et ensuite ? interrogea Leandor.

— La prédiction parle d'un règne interminable de sang et de flammes. Les ténèbres étoufferont la lumière. De viles créatures issues de l'au-delà passeront dans notre dimension pour réduire l'humanité en esclavage et se nourrir d'elle. L'avenir ne sera que mort et damnation.

Pendant un moment, personne ne parla. Le seul bruit était celui de la pluie qui tambourinait à l'extérieur de la caverne.

Enfin, Golcar rompit le silence.

— Vous avez dit que la prophétie se composait de deux parties, rappela-t-il.

— En effet, acquiesça Melva. Mais la seconde est incomplète. Malgré tous les efforts de mes ancêtres, un seul fragment a survécu au passage des siècles. Ce qu'il en reste, toutefois, nous fournit un maigre espoir.

De nouveau, une quinte de toux agita ses épaules.

Leandor saisit un gobelet en bois posé sur la table et le lui tendit. Elle sirota son contenu.

— Prenez votre temps, lui dit-il gentiment.

Un faible sourire étira les lèvres de la vieille femme.

— Le temps est un luxe que je ne peux plus m'offrir. (Elle lui rendit le gobelet et reprit :) Le reste de la prophétie affirme qu'un héros se dressera contre le tyran. Ce guerrier si longtemps attendu sera tout ce qu'Avoch-Dar n'est pas : courageux, noble et juste. En lui résidera la seule chance de salut de l'humanité. (Elle baissa les yeux vers la manche vide de Leandor.) Et nous le reconnaîtrons à la perte douloureuse que lui aura infligée le serviteur du mal.

— Vous semblez persuadée que je suis cette figure mythique, mais quelle preuve en avez-vous ?

— Celle de mes perceptions. Je possède le don de double vue. Les dieux me l'ont conféré afin que je puisse te reconnaître.

Leandor tenta de dissimuler son scepticisme.

— Y a-t-il autre chose ?

— Oh, oui. Les événements qui ont eu lieu juste avant ta naissance, par exemple. Es-tu au courant ?

— Vaguement. Golcar a mentionné des phénomènes très inhabituels qui se sont produits la semaine précédant ma découverte.

— Personnellement, je n'y ai jamais accordé beaucoup d'importance, intervint le vieux guerrier. Et je ne vois pas quel rapport ils pourraient avoir avec Dalveen.

— Les voies des dieux sont impénétrables, répliqua Melva.

— Racontez-moi ce qui s'est passé, réclama Leandor.

—Durant la vingt-troisième année du règne du roi Eldrick, lorsque tu es né, d'étranges augures ont troublé Delgarvo. Les rivières ont cessé de couler, et les puits se sont asséchés. Les récoltes ont été détruites par un essaim de fourmis blanches grosses comme la paume d'un homme. Des pluies de poissons vivants se sont abattues sur le royaume. Des témoins ont entendu une statue de la déesse Thyra prononcer de funestes mises en garde. Des dragons ont survolé le palais royal, et une comète a changé la nuit en jour pendant près d'une semaine. Tels sont les phénomènes qui ont salué ta venue au monde.

—Quand ont-ils pris fin ? interrogea Leandor, curieux.

—La nuit où la princesse Bethan est née et où la reine Nerissa est morte. La nuit où ton ami Quixwood ici présent patrouillait dans les rues, et où il s'est arrêté devant l'entrée d'un temple dédié aux divinités jumelles Yorath et Eleazor. C'est là qu'il t'a trouvé sur les marches, enveloppé d'un tissu grossier. La même nuit, Eldrick a fait venir divers mystiques pour interpréter ces événements et a commis l'erreur d'accueillir Avoch-Dar au sein de la maisonnée royale.

—Je ne sais trop comment réagir. La prophétie dit-elle autre chose ?

—Que pour affronter son ennemi, le guerrier devra retrouver ce qu'il a perdu. C'est tout. Nous ignorons si le dénouement du conflit a été prédit. Mais tu peux être certain que le sort de ce monde ne tient qu'à un fil, et que la conquête de Delgarvo par Avoch-Dar annonce le commencement de la fin, affirma Melva.

—Pourtant, vous me conseillez de ne pas y retourner, objecta Leandor.

—Je te conseille de ne pas y retourner dans ton état actuel, précisa la vieille femme. Si tu te bats contre le sorcier sans ton bras droit et sans aucune magie à opposer à la sienne, il te vaincra sûrement.

—Pour ce qui est de mon bras, je n'ai pas vraiment le choix, fit amèrement remarquer Leandor en baissant les yeux vers sa manche vide. Il n'est plus là. Je ne peux pas le faire repousser. Mais connaissez-vous une sorcellerie capable d'égaler celle d'Avoch-Dar ?

—Oui : celle des démons. (Melva sourit faiblement.) À en juger par ton expression, tu considères le temps des démons comme un mythe. Pourtant, ils étaient réels. Et ils régnaient sur ce monde avant l'arrivée des humains.

Leandor haussa les sourcils.

— Je veux bien vous croire sur parole, même si je pense que ce sont des contes inventés pour faire peur aux enfants. Ce que je ne comprends pas, c'est comment une race disparue pourrait nous aider.

La vieille femme toussa dans sa main et ferma les yeux un instant.

— Certaines de leurs connaissances demeurent. On peut les trouver dans le Grimoire des Ombres.

— Qu'est-ce que c'est ? s'enquit Golcar.

— Un grimoire, un recueil de sorts, une encyclopédie du savoir démoniaque contenant un pouvoir sans égal.

— Où se trouve-t-il ? demanda Leandor.

— À l'est. Dans l'endroit qui s'étend au-delà des plus lointains rivages de la mer d'Opale.

Un frisson glacé parcourut la nuque du jeune homme.

— Zenobia, chuchota-t-il.

— Oui, Zenobia, approuva Melva. Le royaume des Ténèbres. L'île des larmes et des chagrins amers. C'était le noyau de leur empire.

— Personne ne s'aventure jamais dans cette région maudite ! s'exclama Quixwood.

— Quelques-uns l'ont fait, pour chercher le livre et d'autres trésors, contra Melva. Aucun n'en est revenu.

— Pourquoi ferais-je mieux ? protesta Leandor.

— Peut-être n'y parviendras-tu pas, concéda la vieille femme. La prophétie n'offre aucune garantie de réussite. Mais une des légendes qui entourent le Grimoire des Ombres affirme qu'il ne pourra être retrouvé que par la bonne personne, une personne au cœur pur. Ceux qui voudraient l'utiliser pour répandre le mal ne feront qu'attirer le désastre.

Son visage était d'une pâleur mortelle, et ses yeux aux paupières tombantes exprimaient encore davantage de lassitude que lorsqu'elle était arrivée.

— Melva, je suis désolé que vous vous soyez autant fatiguée pour venir ici, dit Leandor. Si vous souhaitez vous reposer, nous pourrions…

— Non. (Au prix d'un effort visible, elle lui sourit.) C'est la vie qui me fatigue. Mais comme je te l'ai déjà dit, je n'ai vécu si longtemps que pour ce moment. Bientôt, j'aurai tout loisir de me reposer.

La tristesse dans sa voix était perceptible.

Leandor voulut insister, mais il voyait qu'à défaut de son corps, sa volonté était toujours vivace. Aussi se contenta-t-il de lui poser une autre question.

— D'après ce qu'on raconte, Zenobia est aussi vaste que Delgarvo. Comment pourrai-je localiser ce livre ?

— C'est très simple, déclara la vieille femme. Marche toujours vers l'est, et tu finiras par trouver sa cachette. Tu devras également apprendre à te fier à ton instinct. Cela t'aidera dans tes recherches…, si tu vis assez longtemps.

Une nuée d'étincelles jaillit du feu.

— Car ton voyage sera semé d'embûches bien plus redoutables que les dangers ordinaires. De nombreux périls attendent quiconque se lance dans la quête du Grimoire des Ombres, parmi lesquels des pièges tendus par la race démoniaque.

— En quoi consistent-ils ? s'enquit Golcar.

— Nul ne le sait. Mais les légendes affirment que chacun d'eux est potentiellement mortel. Ne t'y trompe pas, Dalveen : la fatalité te guettera à chaque pas.

— Vous parlez de prédictions et de destinée. Que se passerait-il si j'ignorais tout bonnement ce que vous venez de me dire ? interrogea Leandor, perplexe. Si notre chemin est déjà tracé…

— Tu oublies le libre arbitre. En prenant une mauvaise décision, un homme peut aller à l'encontre du dessein des dieux. (Une nouvelle quinte de toux secoua la vieille femme, qui s'interrompit pour reprendre son souffle.) Va à… Allderhaven… et tu courtiseras… une mort certaine. (Sa voix était de plus en plus faible.) La mort… pour tous.

Elle vacilla ; sa tête roula sur le côté. Leandor bondit et la rattrapa avant qu'elle tombe.

Golcar se leva.

— Amène-la ici, mon garçon.

Écartant le tabouret d'un coup de pied, Leandor transporta le corps affreusement léger de Melva jusqu'à son humble couche. Il trempa ses doigts dans le gobelet et lui humecta les lèvres.

— Melva, appela-t-il doucement. Vous m'entendez ?

Le regard de la vieille femme se focalisa sur lui, et elle lui agrippa la main.

— Mon rôle… s'achève là.

— Calmez-vous, lui enjoignit Leandor. Vous devez économiser vos forces.

— Zenobia… Le livre… Promets-moi… que tu iras le chercher.

— Melva, je…

— Promets-le-moi, Dalveen Leandor, insista-t-elle.

Le jeune homme pressa tendrement sa main et dit :

— Je vous donne ma parole.

Melva sourit. Ses traits se détendirent.

Puis elle ferma les yeux pour la dernière fois.

La pluie avait cessé.

Le temps qu'ils aient rassemblé assez de pierres pour construire un cairn à la vieille femme, le ciel s'éclaircissait déjà. Ils l'allongèrent dans sa dernière demeure, enveloppée dans la cape de Leandor. Puis Golcar prononça quelques mots extraits du service funéraire des guerriers.

Tandis qu'il recommandait son âme aux dieux, Leandor rumina les paroles de Melva et la promesse qu'il lui avait faite.

Au-dessus d'eux, les nuages s'écartèrent brièvement, révélant le pic enneigé de la montagne. Des millénaires de vent implacable avaient sculpté son sommet, lui donnant l'apparence d'une tête de rapace majestueux – la gigantesque effigie qui donnait son nom à Rocfaucon.

Baigné par la lumière écarlate du soleil levant, il semblait fait d'or.

Chapitre 3

Golcar Quixwood ne reprit la parole que lorsque le moment fut venu pour eux de se quitter.

Ils avaient chevauché en silence pendant deux heures. À présent, le pic brumeux de Rocfaucon se trouvait loin derrière eux, et ils avaient atteint l'endroit où la piste se divisait. Quixwood jeta un coup d'œil à la fourche de gauche, celle qui conduisait vers Delgarvo.

— Tu peux encore changer d'avis, Dalveen.

Leandor tira sur les rênes de sa jument noire pour la faire pivoter vers la droite.

— Non, Golcar. Je vais prendre la route de la côte.

— Pourquoi t'entêter dans cette folie ? aboya le vieux guerrier, incapable de contenir sa colère plus longtemps.

— Parce que je le dois, répondit simplement Leandor.

— Mais Zenobia… Entre tous les endroits, et alors qu'on a besoin de toi à Allderhaven !

— Je chevaucherais jusqu'aux portes d'Hadès si ça pouvait nous aider à vaincre le sorcier.

— Je sais que tu as donné ta parole à Melva, et sa mort tragique m'a bouleversé autant que toi. Mais dans le fond, tu vas entreprendre cette quête à l'instigation d'une vieille femme qui n'avait vraisemblablement plus toute sa tête, argumenta Quixwood. Le fameux livre dont elle t'a parlé n'existe peut-être même pas.

— Il y avait de la vérité dans ce qu'elle m'a dit, s'obstina Leandor. Je le sais.

— Ne te lance pas à la poursuite d'un rêve, mon garçon. Pourquoi rendre les choses encore plus difficiles qu'elles le sont déjà ?

— Parce que tout ce qui vaut la peine d'être possédé vaut la peine qu'on se batte pour l'obtenir. C'est vous-même qui me l'avez enseigné. Et puis, comme vous venez de le dire, j'ai donné ma parole à Melva. Je vous rejoindrai aussi vite que possible.

— Et combien de temps cela prendra-t-il ? C'est maintenant que le roi a besoin de toi, insista Quixwood. Écoute, Dalveen... Quand tu as disparu, Eldrick n'a lancé personne à ta recherche, parce qu'il respectait ton désir de te retirer du monde. Et même maintenant, malgré la menace d'Avoch-Dar, il ne t'ordonne pas de revenir. Mais ne crois-tu pas que tu leur dois bien ça, à lui et à Bethan ?

— Je n'ai pas besoin qu'on me rappelle mes responsabilités envers le roi et la princesse, s'emporta Leandor. (Il leva les yeux vers le ciel, puis se radoucit.) Je dois me dépêcher si je veux atteindre Selbois d'ici à demain.

— Ce repaire de coupe-jarrets ! ricana Quixwood. Tu auras de la chance si tu y trouves un capitaine prêt à t'emmener jusqu'à ta destination maudite.

Leandor tapota la bourse de cuir pendue à sa ceinture.

— J'ai tout l'or nécessaire, grâce à vous, et les hommes capables de se damner pour l'appât du gain ne manquent pas.

— Depuis le temps, je devrais savoir que ça ne sert à rien de discuter avec toi, soupira Quixwood. Écoute au moins mon avertissement. Dès l'instant où nous nous séparerons, le danger te guettera. Tu l'as peut-être oublié, perché là-haut dans ta montagne, mais une guerre fait rage dans le royaume. Prends soin de toi.

Leandor sourit.

— Juré. Au revoir, Golcar. Portez-vous bien.

— Toi aussi, mon garçon. Je compterai les jours jusqu'à ton retour.

Quixwood talonna son cheval et s'éloigna sur la route de Delgarvo.

Leandor le suivit du regard jusqu'à ce que l'homme qu'il considérait comme son père disparaisse. Alors, il s'engagea sur l'autre piste.

Quand midi arriva, la distance avait englouti Rocfaucon dans le lointain.

Leandor continua à galoper, sans même faire halte pour se reposer. Pour tout rafraîchissement, il disposait d'une gourde d'eau de source qu'il s'efforçait d'économiser.

Jusqu'en fin d'après-midi, il n'aperçut aucun signe de vie dans la lande désertique qu'il traversait. Puis, dans le lointain, il avisa une colonne de gens qui se déplaçaient à pied en direction du sud-est – autrement dit, leurs chemins ne se croiseraient pas. Il supposa que c'étaient des réfugiés qui fuyaient le chaos apporté dans l'Ouest par l'armée d'Avoch-Dar.

Plus tard, comme le soleil se couchait, le jeune homme repéra un groupe de cavaliers qui soulevaient un nuage de poussière dans leur sillage, mais eux aussi étaient trop loin pour susciter son inquiétude. Ce qui valait mieux, car il n'arrivait pas à distinguer leur uniforme.

La nuit tomba, et Leandor chercha un endroit où dresser son camp. Il le trouva dans un creux formé par une saillie rocheuse. Après avoir attaché sa monture, il rampa à l'intérieur de la crevasse et s'enveloppa d'une couverture pour se protéger du froid. Avant de s'allonger, il s'assura que son épée était à portée de main.

Des tas de questions au sujet de la quête qu'il avait entreprise se bousculaient dans sa tête. Mais il finit tout de même par s'endormir sous le ciel étoilé.

Les premières lueurs de l'aube le réveillèrent.

Il déjeuna hâtivement d'un morceau de pain noir et de quelques gorgées d'eau. Puis, déterminé à ne pas perdre de temps, il sella sa jument et se remit en route.

Au bout d'une heure, il remarqua une colonne de fumée dense à l'ouest, autour de laquelle des formes noires qui auraient pu être des vautours volaient en cercle. Probablement un village incendié qui avait eu le malheur de se trouver sur le chemin des envahisseurs.

Leandor pensa à Golcar et espéra que celui-ci pourrait rentrer à Allderhaven sans encombre.

Le paysage se modifia. Le terrain se fit moins accidenté, et des ronces commencèrent à apparaître çà et là. Comme le jeune homme poursuivait son chemin, la terre nue céda la place à un tapis d'herbe vert foncé, et les arbres devinrent plus nombreux. Quand ils se transformèrent en bois, il mit pied à terre et s'enfonça sous les frondaisons en tenant sa monture par la bride.

Un peu plus loin, il découvrit un buisson de *ganva*. Il cueillit un de ses fruits violacés et découpa sa peau. Sa pulpe juteuse paraissait appétissante, mais il dut recracher la bouchée qu'il avait mordue. Elle avait un goût de sel.

Du moins cela lui confirma-t-il qu'il approchait de son but.

Leandor continua à marcher. Bientôt, le terrain se mit à monter en pente douce, et le sous-bois s'éclaircit. Il franchit une crête et se retrouva au sommet d'une colline qui surplombait Selbois.

La ville tentaculaire qui avait poussé autour du port semblait ne suivre aucun plan. Ses rues tortueuses étaient bordées de bâtiments de hauteur variable. Des falaises d'un blanc crayeux encadraient la baie. Entre elles, des dizaines de bateaux dansaient sur les eaux de la mer d'Opale, une vaste étendue d'eau claire qui s'étendait à perte de vue jusqu'à l'horizon.

Leandor eut l'impression d'être arrivé au bord du monde.

Après une année passée seul, les images, les sons et les odeurs de Selbois faillirent le submerger.

Les étroites rues pavées grouillaient de gens originaires d'une multitude de nations, et un constant bourdonnement de langues inconnues l'assaillait de toutes parts.

Alors qu'il se frayait un chemin parmi la foule, Leandor fut bousculé par des mendiants, des ivrognes titubants, des artistes de rues et de jeunes vauriens en haillons. Des marchands guidaient des mules chargées de rouleaux de tissu multicolore ou de sacs d'herbes aromatiques. Des commerçants, des musiciens et des diseurs de bonne aventure apostrophaient les passants en vantant la qualité des produits ou des services qu'ils offraient. Des nuages d'encens à l'odeur écœurante filtraient par la porte ouverte des temples.

Il longea une rangée d'étals croulant sous des pyramides de fruits, de légumes, de fromage, de pain, de viande et d'une infinie variété de poissons, autour desquels tournait une meute de chiens efflanqués. Un peu plus loin, un cochon fouillait du museau les reliefs abandonnés dans un caniveau débordant. Des poules caquetaient avec indignation et s'écartaient dans un bruissement de plumes chaque fois que quelqu'un manquait de leur marcher dessus.

Leandor avait besoin d'une base opérationnelle, un endroit où séjourner le temps de trouver un bateau pour l'emmener à Zenobia. Sans compter que sa jument devait être pansée, abreuvée et nourrie. Il décida de pousser jusqu'au quartier du port et, jouant des coudes, tourna dans une ruelle qui descendait vers le bord de l'eau.

Dès qu'il s'éloigna du centre commerçant, l'agitation se calma, pour son plus grand soulagement. Mais son instinct l'avertit que le dédale de passages dans lequel il venait de s'engager était moins sûr. Des personnages inquiétants traînaient sur le pas des portes. Des hommes au visage dur chuchotaient entre eux dans les coins sombres.

Un groupe de marins bruyants sortirent d'une taverne. Plusieurs d'entre eux fixèrent Leandor des yeux avec curiosité, détaillant ses vêtements noirs et sa manche vide. Le jeune homme se tendit, prêt à se battre si nécessaire. Mais les marins s'éloignèrent d'un pas titubant, en se tenant par les épaules et en beuglant une chanson paillarde.

Enfin, il découvrit une auberge dotée d'une écurie. L'enseigne délavée par les intempéries qui se balançait au-dessus de la porte l'identifiait comme *Le Repos du Voyageur*. Il attacha son cheval à la barre prévue à cet effet et entra.

La grande salle de l'établissement était plutôt défraîchie. Une odeur de bière et de tabac à pipe froid planait dans l'air. Une poignée de clients – des marins, pour la plupart – se turent et tournèrent un regard maussade en direction du nouvel arrivant. Leandor les ignora. Comme il s'approchait du comptoir de bois rugueux, le tenancier, un homme bedonnant au crâne rasé, le salua d'un bref signe de tête.

—Je cherche une chambre, déclara Leandor.

—Deux pièces d'argent la nuit. Payables d'avance, dit l'aubergiste en étudiant sa manche vide.

Leandor plongea deux doigts dans sa bourse, conscient des regards braqués sur lui.

—Je voudrais aussi souper, et mettre mon cheval à l'écurie.

— Dans ce cas, ça fera trois pièces d'argent.

L'aubergiste prit celles que Leandor lui tendait et les mordit de ses dents jaunies pour s'assurer qu'elles étaient vraies. Satisfait, il les laissa tomber dans la poche de son tablier, puis désigna du pouce l'escalier qui montait derrière lui.

— À l'étage, première porte à droite. Je vous apporterai votre repas.

Les conversations reprirent à voix basse tandis que Leandor gravissait les marches.

L'ameublement de la chambre était spartiate, mais tout semblait propre, et il y avait un feu dans la cheminée. Le jeune homme tira l'unique chaise jusqu'à la fenêtre et regarda dehors. Dans le port, les mâts des bateaux se balançaient doucement contre l'horizon embrasé par le soleil couchant. Il se demanda lequel d'entre eux l'emmènerait à Zenobia, à supposer qu'il puisse convaincre quelqu'un d'entreprendre ce périlleux voyage.

Leandor s'arracha à ses pensées lorsque l'aubergiste arriva avec un plateau. Il le déposa sur la petite table et ressortit sans un mot. Le bol de ragoût épicé et le pain aux céréales encore chaud étaient étonnamment savoureux, tout comme le broc de bière au miel avec laquelle le jeune homme les fit descendre.

Après manger, il redescendit dans la grande salle. Les clients étaient beaucoup plus nombreux à présent, et il attira moins l'attention. Comme il circulait parmi eux, il se rendit compte très vite que leur principal sujet de conversation était l'assaut d'Avoch-Dar sur Allderhaven. Mais il était difficile de séparer les faits des rumeurs.

Leandor passa près d'une heure à s'enquérir d'un bateau sur lequel il pourrait embarquer, déliant les langues de ses interlocuteurs en leur offrant des tournées. Le nom qu'il entendit le plus souvent fut celui du capitaine Seth Hartern. Dès qu'il sut à quelle jetée le bateau de celui-ci – le *Coureur des vents* – était amarré, le jeune homme décida d'aller y jeter un coup d'œil. Discrètement, il se faufila hors de l'auberge, dans la fraîcheur de la nuit.

Les artères principales étaient éclairées par des torches de poix enfilées dans des anneaux métalliques, sur la façade d'un tiers des maisons environ. Les ruelles perpendiculaires, en revanche, étaient plongées dans le noir.

Comme Leandor dépassait l'entrée de l'une d'elles, quelqu'un jaillit de l'obscurité et le percuta de plein fouet.

Il recula, prêt à dégainer.

Les flammes vacillantes d'une torche voisine répandaient juste assez de lumière pour lui permettre de distinguer les traits du malotru.

Au début, il crut que c'était un adolescent. Puis il se rendit compte que la silhouette haletante appartenait à une femme d'un an ou deux plus jeune que lui, et un peu moins grande. Ses cheveux blonds étaient coupés court comme ceux d'un homme, et un bandeau rouge ceignait son front. Sous son gilet vert, elle portait une chemise de coton blanc aux manches bouffantes. Les jambes de son pantalon noir étaient rentrées dans ses bottes de cuir fauve. Elle semblait mince et musclée.

Et elle tenait un couteau à la main.

L'inconnue le dévisagea avec méfiance. Sans doute avait-elle du mal à décider s'il était un ami ou un ennemi. Ce qui ne l'empêcha pas de le toiser d'un air arrogant.

— Qu'est-ce qui ne va pas ? demanda gentiment Leandor, afin de la rassurer.

— Rien.

— Puis-je vous aider ?

— Non. (La jeune femme jeta un coup d'œil à la ruelle d'où elle venait de débouler, et son corps se raidit.) Contentez-vous de me laisser passer. Je suis pressée.

— Je vois ça. Pourquoi ?

— C'est personnel. (Son expression se durcit.) Bougez-vous !

— Mais…

— Tu l'as entendue, grogna une voix bourrue. C'est personnel.

Leandor et l'inconnue pivotèrent vers la ruelle. Un homme venait d'émerger de sa gueule noire. Sa poitrine était nue sous son pourpoint de cuir sans manches. Il portait le large pantalon et les bottines cloutées qu'affectionnaient les brigands des rues. Dans sa main, il tenait un cimeterre à la lame incurvée.

— Miséricorde, siffla la jeune femme en brandissant son couteau.

—Ce ne sont pas tes oignons, manchot, lança le brigand à Leandor. (Comme il grimaçait, une dent en or scintilla au milieu de son sourire d'une blancheur nacrée.) File.

—Je préfère rester, répliqua calmement Leandor.

Le brigand rejeta la tête en arrière et éclata d'un rire méprisant.

—Vous avez entendu ça, les gars ?

Trois hommes vêtus pareillement se glissèrent à leur tour hors de l'ombre. Cimeterre au clair, ils se déployèrent devant Leandor et l'inconnue en un demi-cercle menaçant.

—Il préfère rester, répéta leur chef sur un ton moqueur. C'est bien téméraire de la part d'un infirme, pas vrai, les gars ?

—Un marsouin avec une nageoire en moins ! cria l'un d'eux.

Et les autres de s'esclaffer derechef.

—Il lui manquera les deux quand nous en aurons terminé avec lui, promit le chef. Et sa bourse.

Leandor jeta un coup d'œil à la jeune femme. Son expression était plus déterminée que craintive. Reportant son attention sur le chef des brigands, il lâcha froidement :

—Je vous attends.

—Je crois qu'on t'a amputé du cerveau en même temps que du bras, ricana l'homme, suscitant une nouvelle fois l'hilarité de ses comparses.

—Et moi, je crois que vous êtes des vermines fatiguées de vivre.

Les rictus s'évanouirent du visage des bandits. Ils s'avancèrent.

Leandor dégaina son épée.

Chapitre 4

L'épée fut dans sa main avant que le chef des brigands ait pu faire deux pas.

Sur la gauche de Leandor, un homme s'approcha en brandissant son cimeterre. Sur sa droite, la fille recula pour éviter le bandit le plus proche d'elle. Le quatrième larron demeura en retrait, dévisageant cet infirme qui semblait si sûr de lui.

À cet instant, Leandor se rendit compte qu'il avait oublié les sensations que l'imminence d'un combat suscitait en lui.

Oublié l'énergie qui s'engouffrait dans ses veines. Oublié la perception accrue de la réalité qui picotait ses terminaisons nerveuses. Oublié de quelle façon regarder la mort en face intensifiait la vie.

À présent, il s'en souvenait. Il l'éprouvait de nouveau. C'était excitant et effrayant à la fois. Comme une résurrection.

Puis le brigand de gauche hurla :

— Il est à moi !

Et il chargea.

Leandor ne lui accorda même pas un coup d'œil. Son épée fusa vers l'extérieur en une diagonale montante. La pointe pénétra dans la chair de l'homme sous la ceinture, traversa sa poitrine et ressortit sous son menton. Le brigand s'écroula. Mort.

La lame de Leandor poursuivit sa trajectoire en arc de cercle et s'abattit sur le cimeterre du chef avec une vibration métallique.

Simultanément, la fille bondit sur le côté, esquivant de justesse l'attaque de son agresseur.

Les traits déformés par la rage, le chef des brigands se jeta sur Leandor en brandissant son cimeterre à deux mains. Le jeune homme para chacun de ses coups avec aisance, ajoutant la frustration à la fureur de son adversaire. Le fracas des lames qui s'entrechoquaient résonna dans la rue déserte.

Pivotant pour éviter une botte sauvage, Leandor vit la main de la fille projeter son couteau. Celui-ci alla se planter dans la poitrine du brigand qui la menaçait. L'homme baissa des yeux écarquillés de stupéfaction vers le manche qui dépassait de sa cage thoracique, vacilla et tomba en arrière. La fille sortit un autre couteau de sa manche.

Le chef continuait à se déchaîner. Leandor était plus agile, plus rapide et plus expérimenté que lui, mais la colère meurtrière de l'homme le rendait imprévisible, donc dangereux. Un duel avec les meilleurs bretteurs de Delgarvo n'aurait pas inquiété l'ex-champion du roi une seule seconde. Mais un duel avec le pire d'entre eux...

Il était temps d'y mettre un terme.

Leandor contre-attaqua, forçant son adversaire à reculer et à se mettre sur la défensive. Trébuchant sur les pavés inégaux, l'homme baissa sa garde. Leandor se prépara à profiter de cette ouverture.

Du coin de l'œil, il capta un mouvement.

Il fit un bond sur le côté, pivota et vit le quatrième brigand se ruer vers lui en brandissant son cimeterre au-dessus de sa tête. Au même moment, le chef reprit son équilibre et fit mine de plonger. Désarçonné par cette double menace, Leandor hésita l'espace d'une fraction de seconde.

Le brigand qui le chargeait s'arrêta net. Il poussa un hoquet, tituba et s'écroula. Un des couteaux de la fille était planté entre ses omoplates.

Leandor reporta aussitôt son attention sur le chef. Il tenta un coup de taille. L'homme bloqua avec la lame de son cimeterre, mais la violence de l'impact le fit basculer sur ses talons. Comme son épée arrivait en bout de course, Leandor la retourna d'un geste vif et l'abattit à la verticale. Le chef des brigands para de justesse.

Sa lame zébrant l'air devant lui, Leandor continua à marcher sur son adversaire. La pluie de métal mordant força le bandit à reculer jusqu'à l'autre côté de la rue. Il se retrouva acculé contre le mur d'en face, sans aucune possibilité de fuite.

Désespéré, il se jeta en avant, cherchant un moyen de franchir le mur d'acier qui l'emprisonnait. Leandor fit un pas sur le côté pour esquiver son cimeterre. Puis il s'accroupit et leva son épée au-dessus de sa tête. La collision des deux lames projeta de nouveau le brigand contre le mur et écarta son bras, laissant son torse à découvert.

Leandor bondit.

Et lui plongea son épée dans le cœur.

Le visage du chef était l'image même de la surprise et de la stupéfaction. Il poussa un grognement rauque. Ses yeux roulèrent dans leurs orbites jusqu'à ce que seul le blanc soit encore visible.

Leandor recula en tirant sur son épée pour la dégager. La lame s'arracha à la poitrine de son adversaire avec un bruit mouillé.

Un frisson parcourut l'homme de la tête aux pieds alors que sa vie l'abandonnait. Lentement, son corps glissa sur le sol.

Leandor chercha la fille du regard. Agenouillée près d'un des cadavres, elle essuyait ses couteaux sur son pourpoint.

— Viens ! appela Leandor. Il y en a peut-être d'autres.

— Pas peut-être : sûrement, répondit-elle d'un ton sec. Laisse-moi juste une minute.

Elle remonta ses manches bouffantes, révélant les fourreaux de cuir fixés sur chacun de ses avant-bras. Rapidement, elle y rangea les deux couteaux qu'elle avait utilisés, puis se releva.

— C'est bon ; allons-y.

Côte à côte, Leandor et elle s'élancèrent vers le port. Il n'y avait personne d'autre dans les rues.

Quelques minutes plus tard, ils arrivèrent en vue des quais et ralentirent. Après avoir jeté un coup d'œil par-dessus son épaule pour s'assurer que personne ne les avait suivis, Leandor remercia la fille pour avoir tué le brigand. Elle se contenta de hocher la tête.

— Comment t'appelles-tu ? demanda-t-elle.

— Dalveen Leandor.

Elle haussa les sourcils.

— Vraiment ? Celui qu'on surnomme Nightshade, le champion du roi ?

— J'ai… occupé cette position, autrefois.

— Je te crois, même si la rumeur veut que tu sois mort. Que tu aies été tué il y a un an par…

Elle semblait avoir des problèmes pour finir sa phrase.

— Par Avoch-Dar, acheva Leandor à sa place.

— Oui, Avoch-Dar. Le plus vil de tous les humains que cette terre ait jamais portés.

Il y avait de l'amertume dans la voix de la jeune femme, et aussi du chagrin. Leandor jugea le moment mal choisi pour lui demander pourquoi. Au lieu de quoi, il déclara :

— Il n'est pas si facile de se débarrasser de moi. Mais le sorcier m'a laissé un souvenir.

D'un signe du menton, il désigna sa manche vide.

— Tu ne m'as pas dit qui tu étais, ajouta-t-il.

— Je m'appelle Shani Vanya. Et je suppose que je devrais te remercier d'être venu à mon secours. Mais j'aurais pu régler leur compte à ces brigands toute seule, affirma crânement la jeune femme.

— Je n'en doute pas, sourit Leandor. D'où sortaient-ils ?

— De la guilde des voleurs.

— Comment te les es-tu mis à dos ?

Shani grimaça.

— Oh, une bête dispute au sujet d'un sac de pierres précieuses dont ils m'accusaient du vol.

— Et tu les as ?

— Plus maintenant.

Les deux jeunes gens éclatèrent de rire, et leur bonne humeur remonta en flèche.

— Est-il dans tes habitudes de te faire des ennemis aussi puissants, Shani ? interrogea Leandor.

— En règle générale, j'évite. À bien y réfléchir, ils ne vont pas non plus te porter dans leur cœur, désormais. (La jeune femme promena un regard à la ronde.) Et maintenant ?

— Je ne sais pas ce que tu comptes faire, mais personnellement, je cherche un bateau à bord duquel embarquer comme passager.

— Au ton de ta voix, je devine que tu préfères la solitude à la compagnie. Comme moi. Mais il se trouve que je cherche aussi un bateau.

Leandor se sentit légèrement honteux. Après tout, Shani venait sans doute de lui sauver la vie.

— Où vas-tu ? s'enquit-il.

— Peu m'importe, du moment que c'est loin d'ici.

— À cause de la guilde, hein ?

— Oui. Elle est particulièrement influente à Selbois. Quelque part ailleurs sur la côte, ça me conviendrait. Mais je n'ai pas encore trouvé de capitaine qui accepte de m'emmener.

— Celui dont on m'a parlé pourra peut-être t'aider.

— J'apprécie beaucoup, Dalveen. Et toi, où te rends-tu ?

— À Zenobia.

La jeune femme éclata de rire, puis s'interrompit brusquement en prenant conscience que Leandor ne plaisantait pas.

— Tu es sérieux ? s'exclama-t-elle, incrédule. Au nom des dieux, pourquoi aller là-bas ?

— Pour… récupérer quelque chose.

Shani secoua la tête.

— Bonne chance. En ce qui me concerne, je n'y mettrais pas les pieds pour tout l'or du monde.

Avoch-Dar regarda Dalveen Leandor et la jeune femme qui l'accompagnait se diriger vers les quais.

Il en avait assez vu et entendu pour l'instant. D'un geste, il dissipa leur image dans la boule de cristal qui lui permettait d'espionner à distance. Un tourbillon de couleurs vives se forma à la surface de l'orbe. Le sorcier le fixa du regard en caressant distraitement sa barbe d'un pouce et d'un index osseux, pareils à des griffes.

De l'autre côté de la tente de guerre, onze de ses généraux se tenaient au garde-à-vous dans un silence nerveux.

Enfin, Avoch-Dar se tourna vers eux, ses yeux brillant d'une lumière intense dans son long visage décharné. Aucun des officiers ne put soutenir son regard.

— Il semble que malgré son infirmité, Nightshade n'ait pas perdu grand-chose de son talent, commenta-t-il avec un léger gloussement sinistre.

Il ne s'était adressé à personne en particulier, et ses généraux le connaissaient assez bien pour ne pas s'aventurer à lui répondre sans permission.

Avoch-Dar claqua des doigts. Un serviteur s'avança, portant une cape de velours noir brodée d'un pentacle argenté dans le dos. Il la plaça sur les épaules de son maître, s'inclina profondément et battit aussitôt en retraite.

— Bien. Passons à la raison de votre présence. Qu'on amène le prisonnier ! exigea le sorcier.

Les deux pans de toile qui formaient l'entrée de la tente s'écartèrent, livrant passage à trois silhouettes. Deux d'entre elles appartenaient à des zombies, créatures balourdes et pathétiques que la volonté d'Avoch-Dar avait réduites en esclavage. Ces brutes squelettiques avaient des yeux sans vie, et une peau jaunâtre tendue à craquer sur leur crâne. Un rictus permanent étirait leurs lèvres exsangues, découvrant des dents brisées ou pourries.

Les gardes morts-vivants encadraient un homme d'âge mûr, à la moustache et aux cheveux blancs, vêtu du même uniforme que les généraux. La terreur déformait son visage.

Ils le forcèrent à s'agenouiller devant le sorcier.

Celui-ci salua l'homme prostré avec une bonne humeur factice.

— Bienvenue, général Trantez. Comme c'est aimable à vous d'être passé nous voir.

Puis son expression se changea en fureur bouillonnante alors qu'il reportait son attention sur les seigneurs de guerre assemblés.

— Messieurs, votre collègue a jugé bon de me désobéir.

Le regard fixé sur le sol, Trantez se mit à trembler de tous ses membres.

— Il avait reçu l'ordre de s'emparer de la route ouest et de la nettoyer de ses défenseurs. Une mission très simple, dit Avoch-Dar d'un ton sec. Et pourtant, il a échoué.

— Mais, seigneur, bredouilla Trantez d'une voix implorante, ils se sont battus avec une telle férocité que…

— Ne me parle pas de la férocité de la vermine delgarvienne, coupa Avoch-Dar. Où était la tienne quand il s'agissait de l'écraser ?

— Seigneur, je…

— Silence, misérable !

Les généraux échangèrent un regard plein d'appréhension.

— Je ne laisserai personne me défier ! tonna Avoch-Dar. Et je ne tolérerai pas non plus la moindre interférence avec mes plans !

Levant les mains, il se mit à tisser un sort.

Trantez se recroquevilla sur lui-même.

—Non, maître! supplia-t-il. Ayez pitié, je vous en conjure!

—La seule pitié que j'accorde aux lâches, tempêta Avoch-Dar en tendant un doigt accusateur vers lui, c'est la mort!

Une lance de flammes étincelantes jaillit du bout de son index et engloutit Trantez.

Le général déchu se tordit de douleur sur le sol, la bouche arrondie en un cri muet.

Puis la lumière qui l'enveloppait devint si aveuglante que seul Avoch-Dar put continuer à la regarder en face.

Soudain, elle s'évanouit.

Un nuage de fumée noire dissimulait l'endroit où Trantez était agenouillé. Comme elle se dissipait, saluée par les quintes de toux étouffées de plusieurs généraux, le sort de la victime leur apparut clairement.

L'homme qui vivait et respirait encore quelques instants plut tôt avait disparu. Il n'en restait qu'une flaque de liquide écarlate et visqueux, qui se détachait sur le tapis aux riches motifs. Des bulles montèrent à sa surface et explosèrent en répandant une odeur nauséabonde.

Avoch-Dar sourit.

—Regardez bien, ordonna-t-il à ses généraux. Le même sort attend quiconque me décevra.

Il fixa tour à tour ses yeux sur chacun des visages, qui avaient pris une coloration cendreuse, puis sortit de la tente dans l'envol de sa cape noire.

Les généraux s'empressèrent de le suivre en clignant des paupières et en jetant un dernier coup d'œil abasourdi aux restes de leur camarade.

Dehors, cinq cents brasiers et vingt fois plus de torches illuminaient les ténèbres liquides. Des milliers d'hommes et de créatures qui marchaient comme des hommes se préparaient à lancer l'assaut final sur Allderhaven.

Les murs de la capitale se découpaient contre l'horizon.

Et au-delà, on apercevait vaguement les tours de la forteresse royale de Torpoint.

Chapitre 5

— Je pense que ça devrait suffire.

Le capitaine Seth Hartern soupesa la bourse et sourit.

— C'est heureux, répliqua sèchement Leandor, parce que c'est tout ce que nous avons.

— La plupart des capitaines refuseraient d'entreprendre ce voyage pour dix fois cette somme, vous savez.

Ils se tenaient avec Shani près du bastingage du *Coureur des vents*, fixant du regard les lumières scintillantes de Selbois.

— Comment vont réagir vos hommes en apprenant qu'ils se rendent à Zenobia ? interrogea la jeune femme.

Plus loin sur le pont, quatre ou cinq marins chuchotaient entre eux en leur lançant de fréquents coups d'œil.

Le visage barbu et buriné du capitaine se durcit.

— Ils feront ce que je leur dirai. (Il agita la bourse, faisant tinter les pièces à l'intérieur.) Je n'aurai qu'à leur distribuer quelques-unes de ces petites mignonnes pour étouffer leur réticence dans l'œuf.

— Quand partirons-nous ? interrogea Leandor.

— À minuit, avec la marée. Soyez à bord avec vos montures un peu avant. Mais souvenez-vous : ce bateau n'approchera de la côte de Zenobia en aucun cas. Nous jetterons l'ancre au large, et nous vous amènerons à terre en canot.

Leandor acquiesça.

— Parfait. Maintenant, si vous voulez bien m'excuser, j'ai une cargaison à embarquer.

Hartern s'éloigna en aboyant des ordres à son équipage.

Alors qu'ils redescendaient la passerelle, Leandor dit à Shani qu'il retournait à l'auberge chercher son cheval.

—Moi, je n'en ai pas Mais je vais m'en procurer un, et je te retrouverai ici avant minuit

—Nous devrions peut-être y aller ensemble, suggéra le jeune homme. Si jamais tu croises d'autres membres de la guilde...

—Alors, je m'occuperai d'eux, affirma Shani. Sans vouloir te vexer, je préfère être seule. Je m'y suis habituée.

—Comme tu voudras. (Leandor posa sa main sur la coque vernie du *Coureur des vents*.) En tout cas, nous avons trouvé un navire rapide. Nous devrions atteindre notre destination en très peu de temps.

—Zenobia n'est pas le genre d'endroit où j'aurais hâte d'arriver, à ta place, gloussa Shani. (Puis, redevenant sérieuse :) Que penses-tu de Hartern ? Tu crois qu'on peut lui faire confiance ?

Leandor haussa les épaules.

—Qui sait ? À tout le moins, nous lui avons généreusement payé ses services.

—Oui, et d'avance, fit remarquer Shani. Qui te dit qu'il ne va pas nous jeter par-dessus bord et s'épargner la peine de nous transporter ? Mieux vaudrait ne dormir que d'un œil pendant la traversée.

—Tu veux dire que tu ne le fais pas d'habitude ?

Quand ils se retrouvèrent, Shani menait par la bride un splendide étalon blanc.

—C'est une belle bête, commenta Leandor. Et sans doute une excellente affaire, vu que le capitaine Hartern t'a soulagée de tout l'argent que tu possédais.

—Je ne l'ai pas exactement acheté, avoua Shani. Disons plutôt : emprunté. Et inutile de faire cette mine désapprobatrice ! Il n'appartenait à personne qui ne puisse s'en passer.

—N'aurait-il pas été préférable d'attendre que tu arrives à destination ? suggéra Leandor.

—Si tu avais deux sous de jugeote, tu comprendrais qu'on emprunte toujours un cheval dans un endroit qu'on est sur le point de quitter.

Il sourit.

—Je tâcherai de m'en souvenir.

Le *Coureur des vents* bourdonnait de préparatifs de dernière minute. Un marin les dirigea vers la zone située à la poupe où le bétail était parqué durant la traversée. Dès que les jeunes gens y eurent attaché leurs chevaux, un autre marin leur expliqua comment se rendre jusqu'à leurs cabines.

Après s'être trompés deux fois de couloir dans le pont inférieur, ils découvrirent la porte de la cabine de Leandor. Shani l'ouvrit et entra la première.

Un homme se tenait à l'intérieur, dos à eux.

Il pivota vivement, une épée à la main.

Aussitôt, un couteau apparut dans la main de Shani. Elle le lança. La lame alla se planter dans la manche de l'inconnu, lui clouant le bras au mur. Il lâcha sa rapière.

Leandor, qui avait également dégainé, projeta l'arme au loin d'un coup de pied. Puis il appuya son épée sur la gorge de l'homme.

— Du calme, l'ami.

La voix de l'inconnu ne tremblait pas, et il soutenait le regard de Leandor sans ciller.

— Qui êtes-vous ? demanda Shani d'un ton dur.

— Un simple passager, comme vous.

— Que faites-vous dans ma cabine ?

Leandor souligna sa question en augmentant la pression de son épée.

— Votre cabine ? s'exclama l'inconnu. J'ai cru que c'était la mienne. Pardonnez-moi. Je vous assure que je suis de bonne foi.

Comme Leandor, il était rasé de près, mais ses cheveux d'un roux flamboyant pendaient librement sur ses épaules. Il portait une légère cotte de mailles sans manches par-dessus une chemise brune, et des protections de poignet en cuir clouté. Ses épaisses braies de laine et ses solides bottes, ainsi que sa carrure musclée, le désignaient comme un guerrier professionnel.

— Pourquoi aviez-vous votre épée à la main ? insista Shani, soupçonneuse.

— J'ai vu un rat. (L'homme grimaça.) Sales bêtes. Je ne les supporte pas.

— Vous ne nous avez toujours pas dit votre nom, lui rappela Leandor.

—Je serai ravi de vous dire tout ce que vous voudrez savoir. (L'inconnu leva les yeux vers sa manche transpercée.) Mais ceci est-il bien nécessaire ?

Leandor et Shani se regardèrent. Ils échangèrent un bref signe de tête, puis la jeune femme s'approcha de l'inconnu et récupéra son couteau.

—Faites le moindre geste brusque, et ce sera le dernier, menaça Leandor. À présent, asseyez-vous sur la bannette. Lentement. Et répondez à ma question.

—Je m'appelle Craigo Meath, révéla l'inconnu en s'exécutant.

—De toute évidence, vous êtes un militaire. Quel maître servez-vous ?

—Aucun. Je travaille pour mon propre compte.

—Un mercenaire, cracha Shani comme si c'était une insulte.

—Je préfère me considérer comme un soldat indépendant, s'indigna Meath.

—Oh, je n'en doute pas, railla la jeune femme.

—Où allez-vous ? interrogea Leandor.

—Un peu plus loin sur la côte, dans la péninsule de Delgarvo.

—Pourquoi ?

—Pour atteindre Allderhaven au plus vite et prêter mon bras au roi Eldrick afin de repousser l'armée d'Avoch-Dar.

—Le roi n'emploie pas de mercenaires.

—Je ne me présenterai pas en tant que tel. Ma décision de le soutenir n'a rien à voir avec l'argent.

—Qu'est-ce qui vous motive, dans ce cas ?

—Même un soldat de fortune peut parfois avoir envie de servir une cause. Et je n'en connais pas de plus méritoire que vaincre ce maudit sorcier, déclara Meath. L'avenir serait bien sombre s'il devenait notre souverain.

—Et beaucoup moins lucratif pour les gens de votre profession, insinua Leandor.

—Je ne le nierai pas. Avoch-Dar a besoin d'esclaves, pas de combattants libres comme moi. S'il remportait la victoire, ce serait la fin pour nous. (Meath repoussa une mèche de cheveux roux qui lui tombait devant le visage.) Demandez au capitaine Hartern de confirmer mon histoire, si vous ne me croyez pas.

— C'est exactement ce que je vais faire, répliqua Shani. Dalveen, s'il bouge, fais-lui goûter l'acier de ta lame.

Elle sortit, claquant la porte derrière elle.

Meath grimaça, révélant des dents bien alignées d'une blancheur éblouissante.

— Elle a un sacré caractère, pas vrai ? Du moins a-t-elle confirmé mes soupçons. Vous êtes bien Nightshade, n'est-ce pas ?

Leandor ne répondit pas.

— C'était évident avant même qu'elle vous appelle par votre prénom, insista Meath. Le bras en moins, les vêtements noirs...

— L'homme dont vous parlez est présumé mort, répliqua Leandor, impassible.

— Personnellement, je n'y ai jamais cru, sourit Meath. J'ai toujours penché en faveur des récits affirmant qu'il avait survécu à sa dernière rencontre avec le sorcier. Vous êtes bien Nightshade, n'est-ce pas ?

— Et si tel est le cas ?

— Alors, je suis très honoré de faire votre connaissance. Vos exploits sont une source d'inspiration pour tous les guerriers de ces contrées. Dans ma profession, tout le monde vous admire. Même ceux que vous avez battus au combat prononcent votre nom avec respect.

Leandor haussa un sourcil.

— Vraiment ? Je ne me rappelle pas avoir épargné aucun des mercenaires que j'ai affrontés.

— À ce que je vois, vous avez perdu votre bras, mais pas votre sens de l'humour, sourit Meath.

Leandor le fixa des yeux en silence.

— Et à présent, vous rentrez à Delgarvo, poursuivit le mercenaire, pour aider le roi à combattre les envahisseurs.

— Vous faites erreur, le détrompa Leandor. Je ne vais pas à Delgarvo.

Meath sursauta.

— Pourtant...

La porte se rouvrit, et Shani entra.

— Le capitaine a confirmé qu'il avait payé son passage, dit-elle à Leandor. Et nous n'allons pas tarder à larguer les amarres.

Le jeune homme rendit sa rapière à Meath.

— Il est temps pour vous de gagner votre cabine.

— Merci. (Le mercenaire rengaina son arme.) Peut-être aurons-nous l'occasion de poursuivre cette discussion plus tard.

— Peut-être.

Meath sortit.

— Je ne l'aime pas, décida Shani.

— Je crois que tu n'aimes personne, répliqua Leandor.

— Ce n'est pas vrai. Simplement, je le trouve un peu trop sûr de lui. Et plutôt arrogant.

— Bah, nous n'aurons à le supporter qu'un jour ou deux. Ensuite, nos chemins à tous se sépareront.

— C'est vrai.

Une heure plus tard, les deux jeunes gens se tenaient sur le pont, regardant l'obscurité engloutir les lumières de Selbois.

Shani était très intriguée par le passé de Leandor. Il lui raconta sa jeunesse à Allderhaven, la bonté que le roi Eldrick et Golcar Quixwood lui avaient témoignée. Elle savait écouter, et son instinct lui disait qu'il pouvait avoir confiance en elle.

— Maintenant, parle-moi de toi, réclama-t-il enfin. Comment se fait-il que tu sois une si bonne lanceuse de couteaux, par exemple ?

— Ça fait très longtemps que je suis seule, répondit Shani. Du moins, c'est ce qu'il me semble. Je n'ai pas eu le choix : j'ai dû apprendre à me défendre pour survivre. Je sais me servir d'une épée, et je ne tire pas trop mal à l'arc. Mais c'est au lancer du couteau que je suis la meilleure. Je m'entraîne chaque fois que j'en ai l'occasion. Ça me permet d'éviter les combats au corps à corps, et ça fait de moi l'égale de n'importe quel homme. En fait, je me contente de tirer le meilleur parti d'une situation que je n'ai pas choisie. Tu dois pouvoir comprendre ça.

Leandor acquiesça.

— Quand Avoch-Dar m'a privé de mon bras, j'ai dû recommencer à zéro et tout réapprendre depuis le début. Comme toi, je n'ai pas eu le choix.

Il remarqua l'expression peinée de Shani.

— Qu'est-ce qui te trouble à ce point chez le sorcier ? Ça doit être quelque chose de grave, pour que tu fasses cette tête chaque fois que quelqu'un prononce son nom.

Il crut d'abord que la jeune femme n'allait pas lui répondre. Mais au bout d'un moment, elle se mit à parler, le regard rivé sur les flots sombres et houleux.

— Je suis née dans un village près de la frontière de Vaynor. Mes parents étaient fermiers. Ce n'était pas facile de survivre si près du désert, mais nous nous débrouillions. Et nous étions heureux. Quand Avoch-Dar et son armée ont marché sur Delgarvo pour leur première invasion, nous avons cru l'avoir échappé belle en les voyant passer au loin. C'était la semaine de mon quinzième anniversaire, et je me souviens d'avoir observé cette monstrueuse masse sombre qui se déplaçait le long de l'horizon.

» Ce que nous ignorions, c'est qu'Avoch-Dar envoyait des détachements de pillards depuis les flancs de son armée. La nuit suivante, l'un d'eux a fait irruption dans notre village.

Elle s'interrompit, et ses yeux s'embuèrent.

— Shani, dit gentiment Leandor, tu n'es pas obligée…

— Non, ça va. (La jeune femme se racla la gorge et reprit :) Mon père m'a envoyée me cacher dans les champs. Les pillards n'étaient que vingt ou trente, mais c'étaient des guerriers endurcis. Les habitants de mon village étaient des fermiers, des éleveurs et des marchands. Ils n'étaient pas de taille à lutter contre eux. Les hommes d'Avoch-Dar les ont tous passés au fil de l'épée.

— Ta famille… ?

— Ils les ont tous tués. Ma mère, mon père, mes frères, mes oncles, mes tantes, mes cousins… Puis ils ont massacré le bétail et empoisonné les puits. Tout ce qu'ils n'ont pas pu emporter, ils l'ont brûlé.

— Mais tu as réussi à t'échapper.

— C'était un pur coup de chance. Je me suis dissimulée dans un champ de maïs pendant toute la nuit, trop effrayée pour bouger. Une fois, j'ai cru me faire rattraper par un des incendies qu'ils avaient allumés, mais le vent a tourné et envoyé les flammes dans une autre direction. Quand j'ai rampé hors du champ à l'aube, les soldats étaient partis.

— Qu'as-tu fait ensuite ?

— Il ne restait rien pour moi au village. En fait, il ne restait même plus de village. Je suis devenue une vagabonde, et depuis, je cherche ma place dans le monde. (Tournant la tête vers Leandor, Shani lui adressa un faible sourire.) Je ne l'ai pas encore trouvée.

— Je suis vraiment désolé, dit le jeune homme, sincère.

Mais il savait qu'il n'existait pas de mots pour apaiser son chagrin.

Pendant un moment, ils se tinrent côte à côte en silence. Puis, bien qu'il n'ait pas eu l'intention de lui en parler jusque-là, Leandor relata à Shani sa rencontre avec Melva la Sage, et lui expliqua pourquoi il cherchait le Grimoire des Ombres. Il pensait que cela lui redonnerait espoir.

Quand il eut terminé, la jeune femme grimaça.

— Je confesse que la possibilité que tu sois en train de t'enfuir m'a traversé l'esprit. Je m'en excuse.

— Inutile. Tu n'es pas la première à penser ça de moi.

Shani s'étira et bâilla.

— La journée a été longue. Je vais me coucher.

— Bonne idée.

— Oh, j'ai oublié de te dire… Le capitaine veut t'amener à Zenobia avant de me déposer sur la côte. De nous déposer, Meath et moi.

— Drôle d'itinéraire, commenta Leandor, surpris. L'endroit où tu vas est sûrement plus près que Zenobia.

Shani haussa les épaules.

— D'après lui, ça a un rapport avec les marées et les courants, quelque chose comme ça. Même si je le soupçonne surtout de vouloir en finir au plus vite pour apaiser son équipage. Zenobia n'est pas une destination très populaire parmi les marins.

— Je n'en suis pas vraiment surpris.

Les deux jeunes gens se souhaitèrent bonne nuit et regagnèrent leurs cabines respectives.

Leandor mit beaucoup de temps à s'endormir. Il rumina ce que Shani venait de lui apprendre, songea au roi Eldrick et à Bethan avec un pincement au cœur, frissonna à la pensée de sa future confrontation avec Avoch-Dar…

Mais surtout, il se demanda quel serait le premier péril qu'il devrait affronter.

Chapitre 6

Le couteau étincela dans la lumière printanière du soleil et alla se planter dans le mât.

Cinq autres le rejoignirent en succession rapide, formant un cercle scintillant sur la colonne de bois.

Shani ramena son bras en arrière et projeta le septième. Il se ficha en plein milieu de la cible ainsi tracée.

Des applaudissements et des vivats s'élevèrent sur le pont.

La jeune femme pivota vers le marin qui se tenait à côté d'elle.

—À votre tour.

Il n'avait pas de véritables couteaux de lancer comme les siens, mais des dagues à la lame effilée dont la garde s'incurvait sur la poignée pour protéger la main.

Il visa un peu plus haut que Shani. Sa première dague se planta dans le bois en vibrant. La seconde la rejoignit, un peu hors de l'axe mais encore assez près pour former la courbe d'un cercle. Les quatre suivantes complétèrent la boucle. L'homme se concentra longuement avant de projeter la septième au centre.

Sa dague fendit l'air en sifflant…

… puis elle rebondit sur le mât et tomba sur le pont.

Les autres marins saluèrent cet échec par des quolibets et des éclats de rire moqueurs.

—Je crois que j'ai gagné, commenta Shani.

Elle tendit sa main ouverte. Rouge d'embarras mais beau joueur, l'homme déposa plusieurs pièces d'argent dans sa paume.

Une cloche sonna, signalant le changement de quart. Les membres de l'équipage qui s'étaient rassemblés pour assister au duel s'en furent vaquer à leurs corvées. Shani s'approcha du mât pour récupérer ses couteaux.

— Ça ne t'arrive jamais de perdre ? sourit Leandor.

— Si c'était le cas, je ne pourrais pas payer.

Meath les rejoignit.

— Bravo ! Avec un talent pareil, vous devriez songer à poursuivre la même carrière que moi, fillette.

— Je ne suis pas une fillette ! s'emporta Shani. Je suis une femme. Et je ne deviendrai pas mercenaire pour tout l'or du trésor d'Eldrick.

Comme d'habitude, sa flambée de colère eut l'air de beaucoup amuser Meath.

— Tss, tss. Quel sale caractère, la taquina-t-il.

L'expression furibonde de Shani n'échappa pas à Leandor. Trois jours passés à bord du *Coureur des vents* n'avaient pas amélioré l'opinion de la jeune femme sur le mercenaire. Mais ce qui semblait l'irriter le plus, c'était qu'il ne prenne jamais ses insultes au sérieux.

— J'ai des nouvelles, annonça Meath en grimaçant. D'après le capitaine, nous arriverons en vue de Zenobia d'un instant à l'autre. Ce qui devrait, à tout le moins, rompre la monotonie de cette traversée. Être coincé à bord de ce baquet fuyant me donne des fourmis dans les jambes. (Il jeta un regard accusateur à Leandor.) Cela dit, je ne vois toujours pas ce qui peut bien vous pousser à vous rendre dans ce…

— Oui, Meath, nous connaissons la chanson, aboya Shani en lui tournant le dos. Un petit duel amical, Dalveen ?

Le jeune homme haussa les épaules.

— Si tu veux.

— Et je prendrai le vainqueur ! lança Meath dans leur dos alors qu'ils s'éloignaient.

Shani saisit un coutelas dans un râtelier et fit quelques passes pour s'entraîner. Leandor dégaina son épée, et ils se mirent en garde.

Meath les observa pendant une dizaine de minutes avant de perdre patience et de tourner les talons.

Shani attaquait furieusement la lame de Leandor, mettant toute sa force dans chaque coup.

— Hé ! protesta le jeune homme. C'est juste un duel amical, tu t'en souviens ?

— Désolée. (Shani recula en baissant son coutelas.) C'est ce fichu Meath, fulmina-t-elle. Il a le don de me mettre dans une telle rogne que je pourrais…

— Tu n'auras plus à le supporter bien longtemps, coupa Leandor sur un ton apaisant. Il débarquera bientôt.

— Et toi aussi, marmonna la jeune femme d'un air sombre. Tu me manqueras, Dalveen.

— Merci, Shani. Qui sait ? Peut-être qu'un jour, nous…

— Terre ! Terre !

La vigie perchée dans la hune désignait l'horizon à tribord. Une ligne noire se profilait dans le lointain, à l'endroit où le ciel rejoignait la mer.

Le capitaine Hartern se dirigea vers les jeunes gens.

— C'est bien Zenobia, confirma-t-il en réponse à leur regard interrogateur.

— Quand l'atteindrons-nous ? interrogea Leandor.

Hartern effectua un rapide calcul mental.

— Nous saillons à bonne allure… Je dirais, d'ici à ce soir. Mais nous ne pourrons pas vous conduire à terre avant l'aube. Les eaux côtières sont traîtresses dans le coin. Je ne m'y aventurerai pas de nuit.

— C'est vous qui commandez, s'inclina Leandor.

Il rangea son épée dans le fourreau passé en travers de son dos.

— Encore une chose que je n'aurai peut-être pas le temps de vous dire plus tard, ajouta le capitaine. Votre identité n'est pas exactement un secret à bord. Vous ne m'avez pas dit pourquoi vous étiez si impatient d'atteindre ce port oublié des dieux, et ça ne me regarde pas. Mais je parierais que ça a un rapport avec Avoch-Dar. Nous autres marins, nous avons déjà beaucoup souffert aux mains de ce démon, et j'imagine que ce serait encore pire s'il triomphait. Si vous cherchez un moyen de lui mettre des bâtons dans les roues, tous mes vœux vous accompagnent.

C'était le plus long discours que Leandor ait jamais entendu sortir de sa bouche, et il lui en fut reconnaissant.

— Merci, capitaine. Je ferai de mon mieux.

Le capitaine hocha la tête et s'éloigna.

Ils regardèrent la côte de Zenobia se rapprocher.

En fin d'après-midi, ils étaient assez près pour distinguer les sinistres falaises de l'île hantée.

L'atmosphère à bord du *Coureur des vents* se modifia. La tension devint presque palpable. Les marins marmonnaient entre eux en guettant la masse terrestre qui grossissait à l'horizon.

Et les nuages orageux qui se massaient au-dessus de leur tête ne faisaient rien pour améliorer leur humeur.

Le capitaine Hartern se donnait beaucoup de mal pour les occuper et ne pas leur laisser le temps de réfléchir, mais ils vaquaient à leurs corvées de mauvaise grâce. Plus d'une fois, Leandor et Shani surprirent des regards pleins de rancœur lancés dans leur direction.

La soirée apporta pluie et vent. Le bateau se soulevait et plongeait au creux des vagues de plus en plus hautes. Toutes les mains s'affairèrent à manœuvrer les voiles et à arrimer les caisses stockées sur le pont.

Une heure s'écoula. La pluie battante continuait à tomber sans donner le moindre signe de fatigue. Le *Coureur des vents* tanguait chaque fois qu'une lame frappait sa coque, et un marin reçut l'ordre d'aller aider le timonier à contrôler la barre.

Le capitaine fit ancrer son navire à une distance prudente du rivage pour attendre que l'orage passe. Il suggéra également, avec tout le tact dont il était capable, que son équipage travaillerait mieux s'il n'avait pas de passagers dans les jambes. Leandor, Shani et Meath saisirent l'allusion. Abandonnant leur souper frugal, ils descendirent dans leurs cabines respectives.

Au fil des heures, la tempête empira, secouant le bateau de plus en plus violemment.

Allongé sur sa bannette, incapable de dormir, Leandor écoutait les craquements torturés du bois et le grincement des haubans. À quelques centimètres de sa tête, les vagues venaient s'écraser de l'autre côté de la coque avec fracas. Des voix étouffées et des chocs sourds résonnaient sur le pont.

Le jeune homme crut entendre un cri. Ou était-ce seulement le gémissement du vent ?

Puis la porte de sa cabine s'ouvrit à la volée.

Shani se tenait sur le seuil, trempée jusqu'aux os, un coutelas à la main.

— Dépêche-toi, haleta-t-elle. Nous avons un problème.

— Les marins savent ce qu'ils font, Shani. Ça ne doit pas être leur première tempête, tenta de la raisonner Leandor.

— C'est autre chose, insista la jeune femme. Viens !

Leandor empoigna son épée et se précipita à sa suite vers l'escalier.

Des rafales cinglaient le navire, dont le pont supérieur était inondé. Le tonnerre grondait et des éclairs déchiraient le ciel, illuminant une scène de confusion. Les marins couraient en tous sens ; certains tiraient sur les haubans, d'autres luttaient avec une voile à moitié affalée.

Mais ce n'était pas seulement la tempête qu'ils combattaient.

Du côté de la poupe, une large forme aux contours indistincts surplombait deux hommes. Leandor ne put l'identifier à travers la pluie battante et les gerbes d'écume.

— Qu'est-ce qui se passe ? rugit-il.

— Je ne sais pas. Quelque chose de bizarre, répondit Shani.

À la faveur d'un nouvel éclair, Leandor vit qu'un des marins brandissait une épée. La silhouette se jeta sur lui et sur son camarade. Puis les ténèbres retombèrent, et un hurlement retentit.

— Va chercher une lampe ! aboya Leandor.

Shani battit en retraite dans l'escalier.

Le jeune homme leva la tête vers le pont de barre, sa main en visière pour se protéger les yeux. Le timonier et son second avaient disparu, et la barre que plus personne ne contrôlait tournait follement sur elle-même.

Un craquement résonna derrière Leandor. Pivotant, celui-ci avisa une silhouette massive de l'autre côté du bastingage. Elle enjamba le rempart de bois et prit pied sur le pont.

Clignant des paupières pour chasser les gouttes de pluie qui brouillaient sa vision, le jeune homme recula d'un pas alors que la chose avançait.

Puis Shani le rejoignit, une lanterne à la main. Elle la leva au-dessus de sa tête, baignant la scène d'une lumière jaunâtre.

Face à eux se tenait une créature qui ne ressemblait à rien de connu.

Moitié plus haute qu'un homme, elle ressemblait à une pyramide allongée. Sa peau verte et visqueuse, qui ne cessait d'onduler, avait l'aspect du cuir mouillé. Dépourvue de jambes, elle se déplaçait sur un bouquet de tentacules grouillants pareils à ceux d'une pieuvre. En revanche, elle avait des bras. Courts et musclés, ils se terminaient par des pattes palmées munies de griffes tranchantes comme des rasoirs. Il n'y avait pas de cou entre son corps et sa tête en forme de dôme.

Quant à son visage…, il paraissait tout droit sorti d'un cauchemar. Ses yeux étaient deux fentes jaunes pourvues d'orbes d'un noir d'encre en leur centre. Des branchies jumelles pulsaient en dessous. Tout le reste n'était que gueule béante.

— Par les dieux ! cria Shani. Qu'est-ce que c'est ?

— Des ennuis en perspective.

Leandor abattit son épée sur le monstre. Sa lame lui transperça le torse, mais ne laissa aucune plaie dans son sillage. La chair gélatineuse absorba le coup et se reforma instantanément.

La créature ouvrit sa gueule encore plus grand, révélant des crocs acérés et vicieux. Un gargouillis sifflant monta de sa gorge alors qu'elle se traînait vers les deux jeunes gens.

Leandor la frappa encore et encore, sans plus de résultat que la première fois. Shani bondit et lui plongea son coutelas dans le flanc. Pour seul résultat, elle obtint une nauséabonde odeur de poisson.

La créature était sur eux à présent. Une de ses pattes griffa l'air. Leandor saisit Shani par son pourpoint et la tira sur le côté. La patte du monstre s'abattit sur le mur contre lequel ils s'étaient tenus une seconde plus tôt, creusant de profonds sillons dans le bois.

Leandor et Shani s'élancèrent vers la proue. Ils avaient l'avantage de pouvoir se déplacer plus rapidement que leur poursuivant, mais le navire tanguait si fort qu'ils avaient du mal à garder leur équilibre.

Ils atteignirent un angle à l'instant où une autre créature amphibie le franchissait en sens inverse. Comme ils freinaient, ils virent qu'un marin se débattait entre ses pattes. Ses pieds ne touchaient plus le pont ; il ruait comme un beau diable, s'efforçant de découper son agresseur à coups de coutelas.

Shani passa son épée courte dans sa ceinture, sortit un couteau de sa manche et le projeta de toutes ses forces. La lame pénétra dans le torse du monstre, et fut engloutie par sa chair spongieuse. Tandis que la jeune femme saisissait un second couteau, Leandor prit conscience que la première créature se rapprochait derrière eux.

— Vise la tête ! rugit-il.

Cette fois, le couteau de Shani atteignit le monstre à l'œil droit. Poussant un rugissement de colère et de douleur, il laissa tomber son prisonnier. Le marin heurta le pont, roula sur lui-même et tenta de se relever, mais ses pieds glissèrent sur les planches mouillées.

Soudain, un autre homme apparut derrière la créature. Dans la brève lueur d'un éclair, Shani reconnut le marin qu'elle avait défié au lancer de couteau l'après-midi même. Il tenait une dague dans chaque main. Se ruant vers le monstre, il les lui planta dans le dos. Son camarade, qui avait enfin réussi à se mettre debout, chargea à son tour en brandissant son coutelas.

Leandor entraîna Shani vers la proue. Dix pas plus loin, ils virent une autre créature porter un marin mort ou inconscient jusqu'au bastingage. Avant qu'ils puissent réagir, le monstre défonça le rail de bois et disparut par-dessus bord avec sa proie.

Les deux jeunes gens continuèrent à avancer. Des corps inanimés jonchaient le pont. À la proue, trois silhouettes luttaient contre deux abominations avec l'énergie du désespoir. Comme ils approchaient, Leandor et Shani virent que deux d'entre eux étaient Meath et le capitaine, et le troisième un matelot de pont. Meath et le matelot s'efforçaient de repousser une des créatures avec leur épée, tandis qu'Hartern luttait contre l'autre à coups de harpon.

Tenant son épée longue, Leandor l'abattit sur le monstre qui menaçait le capitaine. Sa lame lui trancha un bras. Hartern plongea en avant et frappa de toutes ses forces. Le harpon transperça la créature qui s'écroula, agitée de soubresauts.

Les griffes du deuxième monstre cueillirent le matelot sous le menton, et le malheureux s'effondra. Alors, la bête se tourna vers Leandor, avec une rapidité si inattendue que le jeune homme faillit perdre l'équilibre en esquivant sa patte meurtrière.

Meath s'interposa entre eux, repoussant la créature avec des grands moulinets d'épée. Leandor se reprit et ajouta sa lame à celle de Shani et du mercenaire. Ensemble, ils forcèrent le monstre à reculer jusqu'au bastingage et le firent tomber à l'eau.

—Merci, articula Leandor par-dessus le rugissement du vent.

Meath hocha la tête.

Soudain, il y eut un claquement pareil à une détonation, et le pont s'inclina dangereusement sous leurs pieds.

—Nous avons perdu l'ancre! s'époumona Hartern. Abandonnez le navire!

Poussé par des vagues aussi hautes que des montagnes – ou du moins le semblaient-elles vues d'en bas –, le *Coureur des vents* filait vers la côte de Zenobia.

—Suivez-moi! hurla le capitaine. Il y a un canot au milieu du pont.

Les jeunes gens n'aperçurent aucun marin survivant alors qu'ils s'élançaient à sa suite. Mais d'autres formes sombres se hissaient par-dessus le bastingage derrière eux.

Hartern atteignit le canot le premier et commença à défaire les cordes qui le maintenaient en place. Quand les autres le rattrapèrent, il leur cria:

—Occupez-vous-en! Moi, je vais libérer les animaux pour leur donner une chance.

—Je vous accompagne, offrit Meath. (Il jeta un coup d'œil à Leandor et à Shani.) Nous revenons tout de suite!

Le capitaine et le mercenaire se dirigèrent vers la poupe et disparurent.

Leandor entreprit de trancher les cordes avec son épée, tandis que Shani tenait sa lampe à bout de bras pour l'éclairer.

Quelque chose toucha l'épaule de la jeune femme.

Elle fit volte-face. Une créature sifflante la toisait à moins d'une longueur d'épée. Elle s'empara vivement de son coutelas. Mais une patte écailleuse fit sauter l'arme de sa main.

Leandor bondit et lacéra le dos du monstre. Celui-ci pivota et, d'un violent revers, l'envoya s'écraser sur le pont deux mètres plus loin.

Puis il reporta son attention sur Shani. Les ténèbres avaient englouti le coutelas de la jeune femme. Elle avait besoin d'un couteau, mais n'avait pas le temps d'en dégainer un. En désespoir de cause, elle projeta sa lanterne à la tête de la créature.

L'impact fit exploser le verre. L'huile se répandit sur la peau du monstre, que des flammes orangées enveloppèrent instantanément. Il poussa un gémissement de douleur, chancela et battit en retraite vers la proue, laissant un sillage de feu sur le pont. Quand il heurta le bastingage, puis le mât avant, ceux-ci s'embrasèrent à leur tour.

Shani s'arracha à sa contemplation de la boule de flammes vivante pour s'approcher de Leandor. À quatre pattes, celui-ci secouait la tête pour s'éclaircir les idées. La jeune femme l'aida à se relever.

Le bateau piqua du nez selon un angle si aigu qu'il lui sembla que son estomac remontait jusque dans sa gorge.

Elle leva les yeux vers l'océan. Le vent et les vagues les poussaient droit vers des récifs déchiquetés. Enfonçant ses ongles dans le bras de Leandor, elle hurla :

— Dalveen !

Puis le chaos et les ténèbres les engloutirent.

Chapitre 7

Quelque chose de rugueux frottait contre sa joue. Leandor ouvrit les yeux. Il faisait jour. Sa jument dégoulinante était penchée sur lui et lui léchait la figure. Il la repoussa gentiment.

Il était allongé sur le dos, sous un ciel parfaitement dégagé. La tempête de la nuit précédente était finie. Tout son corps était douloureux, et il avait mal à la tête, mais il ne semblait pas s'être cassé quoi que ce soit. Lentement, il se redressa.

Une plage de sable noir granuleux s'étendait devant et derrière lui. Immédiatement sur sa gauche, des vaguelettes léchaient le rivage, et au-delà, l'océan avait retrouvé son calme. Beaucoup plus loin sur sa droite, des falaises menaçantes formaient une barrière interminable dans les deux directions.

Un rayon de soleil pâle se reflétait sur un objet à demi enfoui dans le sable. Leandor allongea un bras raidi pour s'en emparer, et découvrit que c'était son épée. Il avait dû s'y accrocher pendant son évanouissement. La sensation de l'arme familière dans sa main le rasséréna quelque peu ; il la glissa dans son fourreau en se relevant.

Puis il se dirigea vers sa jument, caressa sa crinière imbibée d'eau et lui chuchota des paroles apaisantes à l'oreille. Un regard à la ronde lui confirma qu'il était seul. Il songea que Shani, Hartern, Meath et les autres s'étaient probablement noyés à cause de lui, et la culpabilité lui fit monter le rouge aux joues.

Sa jument finit par l'arracher à ses sombres ruminations, en hennissant et en tentant de l'entraîner vers le bord de l'eau. Suivant la direction de son regard, Leandor vit quelque chose émerger des flots.

Peut-être était-ce une des créatures infernales qui avaient assailli le navire. Ou, avec un peu de chance, un survivant que la marée avait porté jusqu'au rivage de Zenobia, comme lui.

Quand il s'avéra que ce n'était ni l'un ni l'autre, Leandor poussa un soupir où se mêlaient soulagement et déception.

Un étalon gris qu'il avait vu parqué à la poupe du *Coureur des vents*, mais dont il ignorait à qui il appartenait, s'arracha aux vagues. Il se secoua, projetant une nuée de gouttes d'eau, et s'approcha timidement du jeune homme. Celui-ci lui flatta l'encolure.

Leandor décida qu'il ne servirait à rien de rester là. Devant lui, les falaises distantes s'avançaient dans l'océan, formant une barrière infranchissable. Mais il n'y avait pas d'obstacle de ce genre derrière lui, où la plage contournait le mur de roche avant de disparaître. Le jeune homme saisit les chevaux par la bride et se mit à marcher dans cette direction.

À chacun de ses pas, ses bottes émettaient un couinement mouillé. Le soleil s'élevait dans le ciel, et la température montait. Bientôt, les vêtements trempés de Leandor et le poil des deux animaux se mirent à fumer. Le jeune homme jetait de fréquents coups d'œil en direction de l'océan, mais celui-ci ne régurgita rien d'autre.

Quand il atteignit enfin le tournant des falaises et découvrit l'anse qui s'étendait de l'autre côté, il vit deux personnes marcher dans sa direction.

C'était Shani et Meath.

La jeune femme se précipita vers lui et se jeta à son cou.

— Dalveen ! s'exclama-t-elle joyeusement. Les dieux en soient remerciés : tu es vivant !

Meath les rejoignit et tendit la main à Leandor.

— Ravi qu'on se retrouve, dit-il en lui serrant le poignet. D'autant plus que tu as réussi à sauver mon cheval.

— C'est le tien ?

Le mercenaire acquiesça et s'empara des rênes de sa monture.

— Oui, et nous avons traversé bien des campagnes ensemble. (Il caressa affectueusement le flanc de l'étalon.) Je croyais ne jamais le revoir.

— Moi, c'est vous deux que je croyais ne jamais revoir, confessa Leandor. Vous allez bien ?

— Nous n'avons que quelques plaies et bosses ; rien de sérieux, affirma Shani. (Elle s'assombrit.) Mais mon cheval était déjà mort quand il s'est échoué sur le rivage, et j'ai perdu deux de mes couteaux de lancer. C'est assez agaçant.

— Tu devrais t'estimer heureuse de ne pas avoir perdu la vie, répliqua Leandor.

— C'est vrai, concéda la jeune femme. La fatalité s'est montrée clémente envers nous.

— C'est une façon de voir les choses, grimaça Meath. Souviens-toi, nous sommes à Zenobia. Peut-être aurait-il mieux valu que nous périssions en mer.

La jeune femme le foudroya du regard.

Leandor pensa que la situation était déjà assez grave sans que ses compagnons recommencent à se chamailler.

— Vous avez vu quelqu'un d'autre ? s'enquit-il.

Shani et Meath secouèrent la tête. La jeune femme désigna deux ou trois morceaux de bois flotté et un amas de cordes emmêlées qui gisaient un peu plus loin sur le sable.

— Juste ça, répondit-elle, l'air sombre.

— Meath, qu'est-il arrivé après que tu es parti avec Hartern ? voulut savoir Leandor.

— Nous avons réussi à atteindre la poupe et à détacher les chevaux. Ensuite, d'autres monstres nous ont attaqués. L'un d'eux a entraîné le capitaine par-dessus bord. Pauvre diable, soupira le mercenaire. J'allais subir le même sort quand nous avons heurté les récifs. Après ça, c'est le trou noir jusqu'au moment où j'ai repris connaissance sur la plage, pas très loin de Shani.

La jeune femme frissonna.

— Ces horreurs... Qu'est-ce que c'était ?

— Je ne sais pas. Enfin, pas exactement, corrigea Leandor. (Avant que les deux autres puissent l'interroger, il enchaîna :) Apparemment, vous allez être obligés de m'accompagner. À moins que vous vouliez rester ici dans l'éventualité très improbable où un autre bateau passerait dans les parages.

Il jeta un coup d'œil vers l'océan.

— La marée ne tardera plus à monter. Meath, j'ai déjà plus ou moins raconté à Shani ce que je venais faire ici. Je suggère que nous trouvions un endroit un peu plus hospitalier pour que je vous explique le reste.

Le mercenaire désigna l'autre extrémité de la baie.

— Nous avons repéré une crevasse qui pourrait conduire jusqu'au plateau, par là-bas. L'ascension sera ardue, mais je pense que nous devrions y arriver.

Alors qu'ils se mettaient en route, Shani lança :

— Tu ne remarques rien, Dalveen ?

— Quoi donc ?

— On n'entend chanter aucun oiseau.

Elle avait raison. Mis à part le murmure du ressac, tout était silencieux.

Le rugissement de la bataille emplissait l'air.

Les hurlements des hommes et des chevaux blessés se combinaient au fracas de l'acier pour former un vacarme assourdissant. Des milliers de flèches faisaient pleuvoir la mort sur la masse grouillante des combattants.

Avoch-Dar n'y prêtait aucune attention.

Assis sur une colline qui surplombait le champ de bataille, il se concentrait sur le cristal magique posé sur un piédestal devant lui. L'orbe lui montrait Leandor, Shani et Meath en train de traverser la plage, suivis par leurs chevaux.

Un peu en retrait, un groupe de seigneurs de guerre, d'esclaves et de serviteurs attendaient le bon vouloir de leur maître, prêts à bondir pour accéder au moindre de ses désirs.

Sans quitter le cristal du regard, Avoch-Dar se laissa aller contre le dossier de son trône incrusté de joyaux.

— Ainsi, malgré l'attaque des résidents des profondeurs, Nightshade a atteint Zenobia, grommela-t-il. Il semble même qu'il ait gagné des alliés.

Personne ne dit rien. Personne n'osa.

Soudain, un bruit de course se fit entendre sur sa droite. Les rangs de ses fidèles s'écartèrent pour laisser passer un messager, qui se jeta aux pieds du sorcier.

—S'il plaît à mon seigneur, entonna-t-il d'une voix tremblante, les yeux rivés au sol.

—Mmmh ? marmonna distraitement Avoch-Dar.

—J'apporte des nouvelles du front sud, seigneur.

Avec un soupir, le sorcier tourna son regard effrayant vers le laquais prosterné.

—Parle !

—La résistance est féroce dans ce secteur, et nous avons déjà subi de lourdes pertes. Le général Wykom réclame respectueusement des renforts, seigneur.

—Faut-il toujours que l'on m'importune avec de telles peccadilles ? aboya Avoch-Dar.

L'homme frémit.

— Va dire à Wykom que le seul message que je souhaite recevoir de sa part est celui qui m'annoncera qu'il a réussi à enfoncer les défenses de la ville.

Et, d'un geste méprisant, Avoch-Dar le congédia.

Des explosions de lumière intense fleurirent contre le mur d'enceinte d'Allderhaven alors que ses fidèles déchaînaient leur magie.

La bataille se poursuivait.

Avoch-Dar s'absorba de nouveau dans la contemplation de son cristal.

La matinée était déjà bien entamée quand les trois jeunes gens et leurs chevaux prirent pied au sommet des falaises.

Un vaste plateau s'étendait devant eux. Il n'y avait pas d'arbres, juste des touffes de mauvaises herbes et des ronces à perte de vue. Des nuages sombres dissimulaient le pic de lointaines montagnes. Aucun bruit ne venait troubler le silence surnaturel.

Ils trièrent leurs maigres possessions et étendirent une partie de leurs vêtements sur le sol pour les faire sécher. Mis à part une poignée de biscuits secs miraculeusement enfouis dans la poche de Shani, ils n'avaient pas de nourriture : juste deux gourdes d'eau potable qu'ils devraient rationner. Les chevaux avaient déjà commencé à brouter la végétation souffreteuse, mais celle-ci ne les contenterait pas longtemps.

Meath avait conservé son épée, et une chose qui se révélerait probablement aussi vitale que leurs armes : plusieurs silex enveloppés dans de la résine étanche, ce qui signifiait qu'ils pourraient faire du feu.

Ils s'installèrent le plus confortablement possible, et Leandor fournit à ses compagnons l'explication qu'il leur avait promise. Meath écouta attentivement le récit de sa rencontre avec Melva. Comme tout le monde, il connaissait les légendes qui circulaient à propos du temps des démons, mais il n'avait jamais entendu parler du Grimoire des Ombres.

Quand Leandor eut terminé, le mercenaire déclara :

— Si la quête dans laquelle tu t'es lancé a la moindre chance de provoquer la chute d'Avoch-Dar, je veux y participer.

— Moi aussi, renchérit Shani.

— Je ne vous ai pas encore tout dit, tempéra Leandor. Durant notre périple, nous serons amenés à affronter des dangers très particuliers.

— Ça, nous nous en doutions un peu, railla la jeune femme.

— Je ne faisais pas allusion aux obstacles habituels – ou inhabituels, vu la réputation de cet endroit – que l'on peut s'attendre à rencontrer en territoire hostile, précisa Leandor. Les démons ont tendu des pièges à toute personne qui viendrait ici chercher le livre.

— Quel genre de pièges ?

— Melva n'a pas pu me donner de précisions. Mais j'imagine que les créatures qui ont attaqué le bateau constituaient le premier d'entre eux. Nous devrons rester vigilants. Souvenez-vous que la prophétie ne garantit pas notre réussite.

— Je ne suis qu'un simple soldat, déclara Meath, et je me méfie des prophéties. Elles ont tendance à se déformer au fil du temps. Mais la magie est bien réelle, nous le savons tous. Aussi, je suis d'accord pour chercher le livre. Il reste quand même un problème. À supposer que nous le découvrions, comment rentrerons-nous à Delgarvo ? À la nage ?

Leandor haussa les épaules.

— Chaque chose en son temps. Nous aviserons quand la question se présentera… Si nous vivons assez longtemps.

Chapitre 8

— Je ne suis pas certain que ce soit sage, déclara Leandor.

Meath laissa tomber un fagot à ses pieds, puis souffla dans ses mains en coupe.

— La température continue à baisser, mon ami. Ou bien nous allumons un feu, ou bien nous gelons sur place. Sans compter que si nous ne réussissons pas à nous sécher convenablement, nous finirons par tomber malades.

Ils avaient chevauché vers l'est toute la journée, Shani montant en croupe avec Leandor, sous un soleil trop faiblard pour extirper l'humidité de leurs vêtements. La végétation s'était faite plus dense au fur et à mesure qu'ils progressaient. À la tombée de la nuit, qui s'annonçait glaciale et sans lune, ils avaient atteint une vaste forêt. Au lieu d'y pénétrer dans l'obscurité, ils avaient dressé leur camp à sa lisière.

Shani réapparut avec une autre brassée de bois mort.

— Je pense que ça devrait suffire. (Du pouce, elle désigna les arbres.) Et je suis sûre d'avoir entendu de l'eau couler par là.

Leandor hocha la tête.

— Moi aussi. Nous jetterons un coup d'œil plus tard. Mais ensemble. Il n'est pas question que l'un de nous s'éloigne seul dans le noir.

Meath s'agenouilla, sortit deux silex et les frotta vigoureusement l'un contre l'autre jusqu'à ce que des étincelles orange en jaillissent. Bientôt, les trois compagnons se pressèrent autour d'un bon feu.

— Ne laissons pas la chaleur nous ramollir et nous faire oublier où nous sommes, conseilla Leandor.

— Aucun risque, répliqua Meath en dégainant son épée. (Il la planta dans le sol et s'assit à côté.) J'ai l'intention d'être prêt à tout.

Shani s'installa face au mercenaire, près de Leandor.

— Tu n'as pas dit grand-chose ces deux dernières heures, Dalveen, fit-elle remarquer. Quelque chose te tracasse ?

— Je n'arrête pas de penser au capitaine Hartern et à son équipage, avoua le jeune homme. Ils seraient encore vivants si je ne les avais pas forcés à m'amener ici.

— Tu ne les as pas forcés. Le capitaine a pris ton or en échange du risque qu'ils allaient courir. Il savait ce qu'il faisait.

— Ça ne soulage pas beaucoup ma culpabilité.

— Tu as dû ressentir la même chose à propos du corps des Dents-de-Sabre, j'imagine, commenta Meath.

L'expression de Leandor se durcit, et il ne répondit pas.

— D'où est-ce que je connais ce nom ? se demanda Shani à voix haute.

Meath interpréta le silence de Leandor comme une invitation à répondre.

— C'était l'unité de cavalerie d'élite que commandait notre ami ici présent. Elle s'est fait massacrer durant la dernière bataille contre Avoch-Dar, à la fin de sa première invasion. C'est bien ça, Leandor ?

— Oui, acquiesça le jeune homme à contrecœur, sans cesser de regarder les flammes.

— Je me suis souvent demandé ce qui s'était passé exactement, insista Meath. Tu pourrais peut-être éclairer ma lanterne…

Shani le foudroya du regard. Elle voyait bien que c'était un sujet douloureux pour Leandor.

Celui-ci s'arracha à la contemplation du feu pour lever les yeux vers le mercenaire.

— Rien de très mystérieux, dit-il sèchement. J'ai donné le signal de la charge contre la garde personnelle du sorcier – une action que beaucoup de gens considéreraient comme suicidaire. Il n'y a eu aucun survivant. Et oui, je regrette la mort des marins du *Coureur des vents* autant que celle de mes hommes.

— C'étaient des soldats de métier, Dalveen, dit gentiment Shani. Personne ne peut te blâmer pour ce qui leur est arrivé.

— Tu n'es pas la première personne qui m'ait dit ça récemment, acquiesça Leandor en se souvenant de sa conversation avec Quixwood. Mais un officier est responsable du bien-être de ses hommes.

— La fillette a raison, intervint Meath, ignorant l'expression offensée de Shani. Quand tu choisis une profession d'armes, tu acceptes le fait que tu verras des camarades tomber autour de toi, et que tu ne pourras rien faire pour les sauver. Telles sont les règles de la guerre. Si tu survis, tu peux toujours trinquer à leur mémoire. Pour le reste, mieux vaut ne pas trop y penser.

— J'en déduis que tu n'as pas participé à cette bataille, bien que tu prétendes soutenir le roi Eldrick, fit remarquer Leandor.

— En effet. Mais ça n'est pas faute d'avoir essayé. Je revenais des îles Amrac, et je suis tombé sur une des bandes de pirates qui infestent ces eaux. Le temps que j'arrive à Delgarvo, tout était fini.

— Je vois.

Shani saisit une des gourdes. Il n'y restait qu'une seule gorgée d'eau.

— Et si on allait les remplir maintenant, Dalveen ? suggéra-t-elle.

— D'accord. Reste en alerte, Meath, et appelle-nous si tu as un problème.

Les deux jeunes gens se dirigèrent vers la lisière des arbres. Sous les frondaisons, ils s'immobilisèrent et dressèrent l'oreille.

— Par ici, dit Shani en tendant un doigt. (Comme ils poursuivaient vers l'origine du gazouillis, elle ajouta à voix basse :) Je continue à trouver Meath arrogant.

— Si nous nous étions rencontrés il y a un an, tu aurais sans doute pensé la même chose de moi, grimaça Leandor.

— J'ai du mal à y croire.

— Ces douze mois de réclusion m'ont transformé. J'ai regardé mes défauts en face, et je me suis efforcé de les corriger. Mais je ne peux pas condamner un homme pour une faute dont je me suis moi-même rendu coupable autrefois. Et jusqu'ici, Meath nous a toujours aidés. Il m'a peut-être sauvé la vie quand je me battais contre ce monstre à bord du bateau.

— C'est vrai, reconnut Shani. Mais il voyait bien à quel point tu étais peiné par le souvenir du corps des Dents-de-Sabre. Il n'aurait pas dû insister.

Leandor haussa les épaules.

— Beaucoup de guerriers finissent par s'endurcir vis-à-vis des réalités de la mort, ce qui les fait parfois paraître insensibles. Tout ce que je peux te dire, c'est que cette quête sera déjà assez périlleuse sans que nous commencions à nous disputer entre nous. Nous devons travailler en équipe, et veiller les uns sur les autres.

Shani acquiesça.

— Je comprends. Tu veux que je sois moins agressive envers Meath. J'essaierai.

Le sol commença à s'incliner sous leurs pieds, et le bruit de l'eau se fit plus fort. Ils descendirent prudemment la pente, en regardant bien où ils posaient les pieds dans la pénombre, et arrivèrent enfin au bord d'un ruisseau.

Shani s'agenouilla, trempa le bout de ses doigts dedans et frissonna.

— C'est glacé ! (Elle but dans sa main en coupe.) Mais le goût n'est pas mauvais.

— Je préférerais quand même trouver un moyen de la faire bouillir avant de la consommer, déclara Leandor.

— Comment ? Nous n'avons pas de casserole, lui rappela Shani. (Elle remplit les gourdes et se releva.) De toute façon…

Une brindille craqua.

Quelque chose remua dans les buissons sur leur droite. Puis s'immobilisa.

Les deux jeunes gens se figèrent, l'oreille tendue. Trente secondes s'écoulèrent lentement avant que le silence soit de nouveau rompu : cette fois, par un bruissement de feuilles écrasées.

Quelle que soit la créature qui se dissimulait dans l'obscurité, elle se rapprochait d'eux.

Leandor dégaina son épée. Shani enfila prudemment la bandoulière des gourdes sur son épaule et tira un couteau de sa manche.

Comme le bruit s'amplifiait, ils comprirent qu'il était produit par plusieurs paires de pieds. Ils rebroussèrent chemin.

Alors qu'ils gravissaient la berge du ruisseau, Shani jeta un coup d'œil par-dessus son épaule, mais ne vit rien. De la pointe de son épée, Leandor lui indiqua la direction de leur camp et lui fit signe d'avancer. Il resta derrière elle, le corps à demi tourné pour tenter de surprendre leurs poursuivants.

Les deux jeunes gens pressèrent l'allure. Renonçant à toute velléité de discrétion, leurs invisibles poursuivants firent de même. Des branches craquèrent ; des buissons furent écartés par le passage de plusieurs corps.

Shani et Leandor se mirent à trottiner. Dans leur dos, les bruits s'amplifièrent. Ils pressèrent encore l'allure, sans se soucier des obstacles sur lesquels ils pourraient trébucher dans le noir. Leur retraite s'était changée en course éperdue. Plus d'une fois, ils faillirent percuter de plein fouet le tronc d'un arbre qui avait jailli en travers de leur chemin.

Les chasseurs se rapprochaient d'eux, fonçant à travers le sous-bois dans leur sillage. Leandor et Shani avaient toutes les peines du monde à ne pas se laisser rattraper.

Enfin, ils atteignirent la lisière de la forêt. Dans la plaine qui s'étendait au-delà, ils distinguèrent les flammes de leur feu, dont la lumière découpait la silhouette de Meath. Les poumons prêts à exploser, ils foncèrent vers lui.

—Meath ! Meath ! hurla Leandor.

Le mercenaire tourna la tête, puis bondit sur ses pieds, l'épée à la main, et se porta à leur rencontre.

—Qu'est-ce qui ne va pas ?

—Nous sommes… poursuivis, haleta Shani.

—Par qui ? demanda Meath en scrutant les ténèbres.

—Nous n'avons pas pu voir, mais au bruit, ils doivent être nombreux. Tiens-toi prêt, recommanda Leandor.

Les trois jeunes gens firent face à la forêt, l'arme à la main.

Pendant un moment, il ne se passa rien.

Puis un mouvement agita la végétation à la lisière des arbres. Des silhouettes devinrent visibles, malgré l'obscurité et la distance qui brouillaient leurs contours. Comme elles s'approchaient lentement d'eux, Leandor en compta une trentaine. Elles semblaient humaines, mais beaucoup plus petites que des adultes.

— Dix contre un, ça fait beaucoup, marmonna-t-il. (Il jeta un coup d'œil en direction des chevaux, attachés à une souche de l'autre côté du feu.) Le mieux à faire, c'est de détaler. Vous êtes d'accord ?

Shani et Meath acquiescèrent.

— Alors, venez.

Comme ils pivotaient, un grand cri de guerre se fit entendre derrière eux.

Puis les silhouettes chargèrent.

Elles se déplaçaient à toute vitesse, traversant l'étendue découverte qui les séparait de leurs proies avec une rapidité incroyable. Celles qui se trouvaient en tête ne mirent que quelques secondes à atteindre le feu.

— Nous n'y arriverons pas ! cria Meath.

Leandor pila et fit volte-face.

— Courage, mes amis ! Pas de quartier !

Deux silhouettes se ruèrent vers lui. Elles n'étaient pas aussi petites que des nains, mais ne devaient pas mesurer beaucoup plus qu'un enfant de dix ans. Le sommet de leur crâne arrivait à peine au menton de Shani.

Malheureusement, elles étaient aussi vigoureuses que des adultes, armées jusqu'aux dents de hachettes, de massues et de couteaux. Comme elles se rapprochaient, Leandor eut l'impression que leur visage et leur poitrine nue étaient couverts de dessins.

Il arrêta la première d'un coup d'estoc au bas-ventre. La seconde reçut un revers du plat de son épée dans la tempe et s'effondra, assommée.

Meath affrontait trois des créatures, dont l'une brandissait une lance. Il écarta l'arme sur le côté et lui plongea sa rapière dans le cœur. Puis il lacéra le visage d'une autre avec une telle force qu'elle vola en arrière et atterrit dans le feu. Elle roula sur le côté dans un éparpillement de braises et s'immobilisa. La troisième demeura hors de portée, observant d'un air méfiant l'épée du mercenaire.

Shani se débarrassa rapidement de deux de ses adversaires. L'un d'eux récolta un couteau entre les côtes, et l'autre dans le gras de la cuisse.

Mais d'autres créatures continuaient à émerger de la forêt pour se jeter dans la mêlée.

Les trois jeunes gens reculèrent, agitant frénétiquement leurs armes pour maintenir leurs assaillants à distance.

— C'est sans espoir ! s'exclama Shani. Ils sont trop nombreux !

— Dans ce cas, vendons chèrement notre peau, répliqua Leandor en abattant son épée sur l'épaule d'une créature.

Un nouveau cri – celui d'une seule voix, cette fois – s'éleva depuis la direction des arbres. Ce devait être un signal, car les petits hommes reculèrent tous ensemble.

— Et maintenant ? interrogea Meath.

La réponse à sa question se manifesta sous la forme d'un sifflement aigu dans les airs. L'instant d'après, des dizaines de flèches vinrent se planter dans le sol devant eux. Une nuée de créatures brandissant des arcs courts se précipita vers les jeunes gens, flèches déjà encochées sur cordes tendues, et se mit en position de tir.

D'un signe de tête, l'une d'elles désigna tour à tour Leandor, Shani et Meath. Visiblement, elle leur ordonnait de rendre les armes.

Les trois compagnons hésitèrent. Aussitôt, une seconde volée de projectiles s'abattit à quelques centimètres de leurs pieds.

— Nous n'avons pas le choix, décida Leandor. Nous ne pouvons pas combattre des archers avec nos épées.

À contrecœur, il lâcha la sienne. Meath fit de même, et Shani laissa tomber le couteau qu'elle s'apprêtait à lancer.

Leurs agresseurs s'approchèrent et se saisirent d'eux. Des mains palpèrent les deux jeunes hommes et les soulagèrent de leurs dagues, tandis que d'autres arrachaient les fourreaux fixés sur les bras de Shani.

Alors, ils purent observer les minuscules guerriers de près. Tous avaient de longs cheveux noirs, et quelques-uns arboraient des coiffes de plumes blanches. Ils étaient quasiment nus, à l'exception d'un pagne vert ou marron et de mocassins de peau.

Mais le plus étonnant, c'étaient les dessins qui ornaient leur peau. Des spirales, des cercles et des zigzags de couleurs vives recouvraient leur figure, leur torse, leurs bras et leurs jambes. Leandor n'aurait su dire s'ils étaient peints ou carrément tatoués. En dessous, l'épiderme des créatures avait une teinte bleu-vert, mais cela aussi pouvait être dû à l'application d'un pigment.

Un des petits hommes piqua les prisonniers du bout de sa lance et aboya quelque chose dans un langage guttural qu'aucun d'eux ne connaissait.

Leandor, Shani et Meath furent entraînés vers les profondeurs de la forêt.

Chapitre 9

Ils marchaient sous la menace des lances et des couteaux pointés dans leur dos. En se tordant le cou, ils pouvaient voir leurs chevaux que deux des petits hommes menaient par la bride en queue de colonne.

À l'exception de quelques murmures dans leur étrange langue, leurs ravisseurs gardèrent le silence pendant tout le trajet.

Enfin, ils débouchèrent dans une clairière sise au plus profond de la forêt. Elle était éclairée par un brasier et par des torches attachées à des poteaux de bois, dont la lumière révélait une vingtaine d'habitations rondes surmontées par un toit de chaume. La plupart étaient de taille assez modeste, mais trois ou quatre semblaient assez vastes pour abriter des dizaines de personnes.

D'autres petits hommes apparurent, flanqués de femmes et d'enfants.

Les trois prisonniers furent guidés vers le centre de la clairière, où ils devinrent aussitôt l'objet d'une intense curiosité. Les natifs de la forêt se pressaient autour d'eux, tâtant leur chair, tripotant leurs vêtements et jacassant entre eux. De toute évidence, le bras manquant de Leandor, les cheveux courts de Shani et les mèches rousses de Meath les fascinaient. Dans l'ensemble, ils paraissaient plus curieux qu'hostiles.

Un homme émergea d'une des huttes. Un peu plus grand que les autres, il possédait une carrure impressionnante. Sa coiffe était très volumineuse, et il portait une lance multicolore. Une demi-douzaine de guerriers le suivait à une distance respectueuse.

Le silence retomba sur la foule, qui s'écarta pour le laisser passer. Comme il approchait d'eux, Leandor constata que ses décorations étaient les plus élaborées de toutes. Mais c'était surtout son fier port de tête qui le désignait comme une figure d'autorité.

Shani était visiblement arrivée à la même conclusion.

— Ça doit être leur chef, souffla-t-elle.

L'homme examina tour à tour chacun des prisonniers. Il aboya un ordre. Ses guerriers empoignèrent les trois jeunes gens et les poussèrent sans ménagement vers une des huttes les plus petites.

D'une bourrade, ils les projetèrent à l'intérieur, puis refermèrent et barrèrent la porte derrière eux.

Shani se releva et demanda :

— Pourquoi ne nous ont-ils pas tués ?

Meath épousseta ses vêtements. En d'autres circonstances, son expression dégoûtée aurait été comique.

— Nous avons affaire à des sauvages, lâcha-t-il. Qui peut dire comment fonctionne leur esprit primitif ?

Leandor s'appuya de tout son poids contre la porte. Le battant ne bougea pas d'un pouce.

— Cet endroit est construit comme une prison.

Sur le mur d'en face, une série d'ouvertures horizontales laissaient entrer l'air et la lumière. Elles n'étaient même pas assez larges pour que Shani y passe la main, mais pouvaient servir à regarder à l'extérieur. Meath pressa son visage contre l'une d'elles et fit signe à ses compagnons de l'imiter.

Les ouvertures donnaient sur le centre de la clairière et sur une hutte adjacente. Sous leurs yeux, trois natifs de la forêt apparurent. Ils portaient des paniers remplis de fruits et un broc de terre, qu'ils déposèrent devant la porte de l'habitation. L'un d'eux s'avança d'un pas hésitant et toqua au battant. Puis tous trois prirent leurs jambes à leur cou et s'enfuirent.

— Par les entrailles d'Hadès, qu'est-ce qu'ils fabriquent ? se demanda Meath.

— Ça doit être le souper du chef, suggéra Shani.

Mais Leandor en doutait.

— Ce n'est pas la hutte dont il est sorti tout à l'heure. Quoi qu'il en soit, nous ne tarderons pas à être renseignés.

Ils se relayèrent pour surveiller l'habitation pendant l'heure qui suivit, mais personne ne sortit chercher la nourriture.

Puis la porte de leur prison s'ouvrit. Deux guerriers armés de lances entrèrent, suivis par trois de leurs semblables. Ceux-ci déposèrent un bol et un broc sur le sol, pendant que les guerriers montaient la garde.

Après leur départ, Shani examina ce qu'ils leur avaient apporté et grimaça.

— Du pain rassis et de l'eau croupie. Pas vraiment un festin, commenta-t-elle.

— Visiblement, nous ne méritons pas les mêmes égards que leur autre invité, déclara Leandor.

— Qui n'a même pas faim, grommela Meath en se détournant des fentes du mur. Il n'a toujours pas touché à son repas.

— Tu as remarqué leurs dents, Dalveen ? interrogea Shani. Elles avaient l'air bizarrement pointues.

Leandor acquiesça.

— C'est peut-être une tribu de carnivores qui n'ont jamais appris à faire cuire leur viande. Il serait normal qu'au fil du temps, ils aient acquis les attributs nécessaires pour dévorer des carcasses crues.

— Ça, c'est une perspective charmante.

— Comme je vous l'ai déjà dit, nous sommes tombés aux mains de barbares, soupira Meath.

— Possible, concéda Leandor. Mais ils ne sont pas cruels au point de négliger de nous nourrir, si mal que ce soit. (Il jeta un coup d'œil à leur maigre repas.) L'avantage, c'est qu'ils ne se seraient même pas donné cette peine s'ils avaient l'intention de nous tuer. Ou de nous tuer immédiatement, du moins. Tâchons de nous reposer.

Ils essayèrent.

Mais aucun d'eux ne dormit très bien cette nuit-là.

À l'aube, Shani se leva et s'approcha des fentes du mur pour regarder à l'extérieur.

— Les fruits et le broc sont toujours là, rapporta-t-elle. Que se passe-t-il donc, Dalveen ?

— Je suis aussi perplexe que toi, avoua Leandor. Mais au lieu de perdre notre temps à essayer de comprendre, cherchons plutôt un moyen de sortir d'ici.

Ils passèrent le reste de la journée à sonder leur prison centimètre par centimètre. S'il existait des points vulnérables dans la structure de la hutte, ils ne les trouvèrent pas. Aussi renoncèrent-ils, préférant se relayer pour dormir.

Lorsque la nuit tomba de nouveau, le rituel de la veille se répéta. Trois hommes vinrent apporter des corbeilles et un broc sur le seuil de la hutte voisine, récupérèrent ceux que le mystérieux occupant n'avait pas touchés, frappèrent à la porte et s'enfuirent. Personne ne vint ouvrir.

Peu de temps après, un brouhaha de voix ramena les trois jeunes gens à leur poste d'observation.

— On dirait que tout le clan s'est rassemblé, chuchota Shani. Y compris le chef. Tu avais raison, Dalveen : il n'était pas dans cette hutte.

— Qu'est-ce qu'ils font ? se demanda Meath.

— Je ne... Une minute. (Shani fit un signe du menton.) Regardez !

Un groupe de guerriers se dirigeaient vers le centre de la clairière, poussant devant eux une douzaine de prisonniers dont l'expression terrorisée était flagrante dans la lumière des torches.

— Ils doivent appartenir à une autre tribu, avança Leandor.

Les nouveaux venus étaient de taille normale, et surplombaient de deux bonnes têtes tous ceux qui les entouraient. Ils portaient de grandes robes blanches et des sandales de corde. Contrairement à celle de leurs geôliers, leur peau n'était pas décorée, et une barbe dissimulait le bas de leur visage.

Deux guerriers appuyèrent sur les épaules de l'un d'eux pour le forcer à s'agenouiller devant leur chef. Celui-ci leva les bras au ciel et s'adressa à la foule d'une voix forte et claire. Ses paroles avaient le rythme d'une incantation.

— On dirait un rituel, fit remarquer Shani. Si seulement nous savions ce qu'il raconte...

Mais ils n'eurent besoin que de leurs yeux pour comprendre ce qui se passa ensuite.

Le chef acheva son incantation et tendit un doigt vers le prisonnier à genoux. Un des guerriers le saisit par les cheveux et tira sa tête en arrière. Le malheureux eut beau se débattre, il ne parvint pas à se dégager. Le chef s'accroupit devant lui.

Alors, Leandor aperçut le couteau dans sa main.

Un cri déchirant résonna à travers la clairière.

Et s'interrompit dans un gargouillis.

Le prisonnier s'affaissa. Le chef se pencha vers lui.

Quelques instants plus tard, il se releva et fit face à la foule. Ses lèvres et son menton étaient tachés d'une humidité luisante. La foule poussa un rugissement approbateur.

— C'est horrible, hoqueta Shani en vacillant.

Leandor lui prit le bras pour la retenir.

— J'aurais dû m'en douter, murmura-t-il. Des cannibales...

— Ce n'est pas fini, dit Meath.

Sur un signal du chef, le reste de la tribu se jeta sur les autres prisonniers. Leurs cris d'agonie furent rapidement étouffés.

Leandor, Shani et Meath observèrent la suite avec un dégoût croissant. Avec tant de bouches à nourrir, le carnage ne dura que quelques minutes. Puis les guerriers emportèrent ce qui restait des cadavres, et les autres membres de la tribu regagnèrent leurs huttes.

— Par les dieux, marmonna Shani.

— Et maintenant ? s'enquit Meath sur un ton lugubre. Vous croyez que c'est notre tour ?

— Peut-être pas tout de suite, répondit Leandor. Espérons qu'ils soient rassasiés pour un moment.

— Ces démons ne font que nous garder en vie jusqu'à ce qu'ils aient de nouveau faim, c'est bien ça ? souffla Shani.

Leandor acquiesça.

— On dirait.

— Qu'allons-nous faire ?

— La seule chose possible : tenter de neutraliser les gardes et de nous emparer de leurs armes.

— À quoi nous serviront deux lances contre des adversaires si nombreux ? protesta la jeune femme d'une voix tremblante.

— Elles nous donneront une chance, si infime soit-elle. Et dans le pire des cas… (Leandor marqua une pause.) Nous pourrons toujours les retourner contre nous-mêmes.

Ses compagnons se regardèrent, puis acquiescèrent.

— Je ne pense pas qu'ils viendront ce soir, reprit le jeune homme. Mais si c'est le cas nous…

Il y eut un bruit à l'extérieur.

Ils se tendirent, prêts à bondir.

La porte s'entrebâilla. Derrière le brandon enflammé qu'elle tenait à la main, ils devinèrent la silhouette d'une créature. Celle-ci entra. Comme leurs yeux s'habituaient à la lumière, ils purent distinguer ses traits.

Ce qu'ils virent les stupéfia.

Avoch-Dar était furieux.

Il tapa du poing sur la table où il avait posé sa boule de cristal. L'image du visiteur de Dalveen Leandor se dissolut dans une brume tourbillonnante.

Le sorcier reporta sa colère sur un officier qui se tenait au garde-à-vous près de lui.

— Pourquoi faut-il toujours que vous m'apportiez des problèmes à résoudre ? tonna-t-il. Eldrick ne peut pas s'être enfui ! Il doit être quelque part ! Trouvez-le !

Son subordonné le salua avec raideur et s'en fut d'un pas vif le long du couloir, jouant des coudes pour se frayer un chemin parmi le flot de soldats qui arrivaient en sens inverse.

Tout n'était que vacarme et chaos dans les murs de Torpoint, la forteresse royale d'Allderhaven. Des combats faisaient rage aux étages supérieurs, et deux des tours du château restaient à sécuriser.

Il était vital que le roi soit fait prisonnier immédiatement. Sans lui, Avoch-Dar ne pouvait pas passer à l'étape suivante de son plan. Mais ses hommes ne l'avaient pas encore débusqué.

Et maintenant, ça.

Le sorcier foudroya le cristal du regard. La quête de Nightshade venait de prendre un tour inattendu. Et il détestait les surprises.

Quatre membres de sa garde personnelle étaient positionnés non loin.

—Amenez-moi la princesse ! aboya-t-il. Et protégez ce cristal en mon absence. S'il lui arrive quoi que ce soit, vous en répondrez sur votre vie.

Puis il s'éloigna à grandes enjambées furieuses pour superviser personnellement les recherches.

La créature n'était pas humaine.

Aussi petite que les cannibales, elle était entièrement recouverte de longs poils brun-roux. Très musclée, elle dégageait une impression de grande force.

La main qui tenait la torche était munie de griffes acérées, mais ses pieds sans orteils en étaient dépourvus. Elle ne portait aucun vêtement : juste des bracelets métalliques de couleurs variées aux poignets et aux chevilles. En outre, une bande brillante ceignait sa taille.

Une tête qui paraissait trop grosse pour son corps était posée sur son cou épais. Les poils de son visage étaient plus courts que le reste de sa fourrure, et presque dorés. Ses énormes yeux ronds étaient d'un vert pur, et d'autant plus spectaculaires qu'ils ne possédaient pas de paupières. En guise de nez, elle n'avait que deux petits trous plats qui devaient lui servir de narines, bien que sa bouche et ses dents soient assez similaires à celles d'un humain. Ses oreilles pointues, rabattues en arrière, faisaient penser à celles d'un cheval.

Elle fit un pas vers eux.

Shani hoqueta. Leandor se prépara à lui sauter dessus. Meath, qui était le plus proche d'elle, se précipita en avant et lui décocha un coup de poing au menton. Puis glapit de douleur et battit en retraite, serrant son poing meurtri dans son autre main.

La créature ne réagit pas.

Leandor chargea. Son épaule percuta de plein fouet la poitrine large comme une barrique. Si sa cible avait été un homme ordinaire, l'impact l'aurait renversé. Mais Leandor eut l'impression d'avoir heurté un mur de pierre. Il poussa de toutes ses forces, en vain.

Shani bondit sur le côté, saisit le bras levé de la créature et s'y suspendit de tout son poids.

L'étrange intrus ne bougea pas.

—Messieurs, madame, entonna-t-il d'une voix aiguë, la violence n'est vraiment pas nécessaire.

Stupéfaits, Leandor et Shani le lâchèrent.

— Il parle, souffla la jeune femme.

— Je suis parfaitement capable de m'exprimer, répliqua la créature sur un ton offensé.

— Que… qui êtes-vous ?

— Un homoncule, madame. Mais le moment est mal choisi pour de longues explications. Nous devons nous échapper sans délai.

— Nous échapper ? répéta Leandor.

— Absolument, monsieur. Si vous voulez bien m'accompagner, je vous conduirai à vos armes et à vos chevaux.

— Ne lui faites pas confiance ! aboya Meath en frottant ses jointures endolories. C'est un piège.

— Je vous assure que je ne suis animé d'aucune mauvaise intention à votre égard.

L'homoncule les fixait de ses grands yeux verts qui ne cillaient pas.

— Une petite minute. Est-ce vous qui occupez la hutte voisine ? interrogea Leandor.

— Oui, monsieur.

— Et vous êtes retenu prisonnier, comme nous ?

— Pas du tout, monsieur, le détrompa l'homoncule. Ces gens me considèrent comme un invité de marque. Ils pensent que je suis un dieu. Ou du moins, certains d'entre eux le pensent, et les autres n'arrivent pas à se décider.

— Dans ce cas, pourquoi partir ? s'étonna Leandor.

— Être traité comme un dieu est extrêmement ennuyeux. La tribu passe son temps à me vénérer et à m'apporter des offrandes comestibles. Comme je n'ai besoin ni de manger ni de boire, c'est vite devenu lassant.

— Quel genre de monstre peut se passer de nourriture et de boisson ? cracha Meath. Leandor, ça ne me dit rien qui vaille.

— Nous n'avons pas grand-chose à perdre, répliqua le jeune homme. De mon point de vue, ou bien nous suivons cette… personne, ou bien nous attendons ici que les cannibales nous massacrent.

— Je suis d'accord avec toi. (Shani se tourna vers l'homoncule.) Avez-vous un nom ?

— Tycho, madame, révéla la créature en inclinant légèrement la tête.

— Dites-moi, Tycho, pourquoi n'êtes-vous pas parti plus tôt ?

— Tout simplement parce que je n'avais nulle part où aller.

— Insinuez-vous que vous souhaitez venir avec nous ?

— C'est tout ce que je demande en échange de mon aide, madame.

— Je suis pour, décida Leandor. Meath ?

Le mercenaire poussa un soupir et acquiesça à contrecœur.

— Parfait, se réjouit Tycho. Nous devrions y aller maintenant, pendant qu'il fait encore noir. Mais mieux vaudrait éteindre ceci. (Il laissa tomber sa torche et la piétina.) Suivez-moi.

Il se détourna et ressortit.

Les trois jeunes gens se faufilèrent dehors à sa suite.

Tout était calme dans la clairière, et il n'y avait aucun cannibale en vue. Tycho les conduisit vers une des huttes les plus petites, où ils récupérèrent leurs armes. Plusieurs chevaux étaient attachés devant. Leandor et Meath détachèrent les leurs pendant que Shani effectuait son choix parmi les autres.

— Nous les mènerons par la bride jusqu'à ce que nous soyons sortis du village, chuchota Leandor. Alors seulement, nous monterons en selle.

Ils se dirigèrent à pas de loup vers la lisière des arbres.

Soudain, un hurlement déchira le silence.

Les portes des huttes s'ouvrirent à la volée. Des dizaines de cannibales armés jusqu'aux dents se déversèrent dans la clairière et se précipitèrent vers les fugitifs depuis toutes les directions.

En l'espace de quelques secondes, ils se retrouvèrent encerclés.

Chapitre 10

Ils se placèrent dos à dos, prêts à soutenir l'assaut des cannibales. Une multitude de lances, de massues et de couteaux les menaçait de chaque côté.

Mais les petits hommes ne les attaquèrent pas, demeurant juste hors de portée d'épée.

— Pourquoi hésitent-ils ? se demanda Leandor à voix haute.

— Ils sont confrontés à un dilemme, monsieur, expliqua Tycho. S'ils vous tuent, ils courent le risque de gaspiller un repas. Et ceux qui me prennent pour un dieu sont sans doute un peu effrayés.

— Avez-vous des pouvoirs divins qui puissent nous sortir de ce guêpier ? s'enquit Meath, plein d'espoir.

— Je possède certaines capacités hors du commun, monsieur – mais malheureusement, aucune qui soit adaptée à cette situation particulière. Et de toute façon, je suis incapable de faire du mal à des humains.

— Merveilleux ! railla le mercenaire. Vous allez vraiment beaucoup nous servir. Je vois ça d'ici.

— Inutile de désespérer, lui assura Tycho. Notre salut approche.

— À moins que vous puissiez faire apparaître une armée dans les deux minutes à venir, j'en doute, répliqua Shani.

— La nature est de notre côté, affirma l'étrange créature. Il nous faut seulement maintenir la tribu à distance un petit moment.

Meath lui jeta un regard hostile.

— Me voilà rassuré.

Du menton, Leandor désigna quelque chose par-dessus la tête des cannibales qui les entouraient.

— Leur chef arrive. Tenez-vous prêts.

Les traits déformés par la rage, le petit homme rejoignit ses guerriers. Il brandit sa lance et poussa un rugissement.

La tribu fonça.

D'un large arc de cercle, l'épée de Leandor entailla la poitrine de deux guerriers, qui s'écroulèrent dans les jambes de ceux qui les suivaient. Sans marquer de pause, le jeune homme cingla de sa lame le visage d'un troisième cannibale, puis ouvrit jusqu'à l'os la cuisse d'un quatrième.

Shani lacéra le bras d'un sauvage avec son couteau, lui arracha sa lance des mains et la retourna contre lui. Un petit homme se jeta sur elle en agitant une hachette d'un air menaçant. Elle esquiva et lui enfonça la pointe de la lance entre les côtes.

Meath plongea à l'intérieur de la garde d'un guerrier et l'embrocha. Le cannibale qui prit sa place succomba, le cœur transpercé. Le suivant bascula en arrière lorsque la lame du mercenaire lui ouvrit le ventre.

Assailli par un guerrier armé d'une machette, Leandor recula et exécuta une passe rapide, sculptant une croix sanglante dans le torse de son adversaire. Celui-ci poussa un gémissement d'agonie et s'écroula.

Tandis qu'il bondissait sur le côté pour éviter une hachette, Leandor aperçut Tycho sur sa droite. Un cannibale venait d'abattre sa massue de toutes ses forces sur la tête de l'homoncule. Celui-ci ne parut même pas s'en apercevoir, et son agresseur le dévisagea, les yeux écarquillés de stupéfaction.

Sur la gauche de Leandor, Shani se démenait comme un beau diable.

— Nous ne pourrons pas les contenir beaucoup plus longtemps ! cria-t-elle.

Des déferlantes de cannibales hurlants venaient s'écraser sur les lames du trio.

— Regardez à l'ouest !

C'était la voix de Tycho. L'homoncule tendait un doigt vers la droite. À l'horizon, le ciel virait à l'écarlate.

— L'aube ! cria Meath en déviant une lance.

Le gros orbe rouge du soleil apparut au-dessus de la cime des arbres.

— Ces gens sont des adorateurs de la lune, des êtres de la nuit, expliqua Tycho. Ils redoutent la lumière du jour, et pensent qu'ils seront maudits s'ils prennent une vie sous les yeux du dieu Soleil.

Les cannibales reculèrent. Plusieurs d'entre eux tournèrent les talons et s'élancèrent vers leurs huttes. Comme les premiers rayons du soleil perçaient la pénombre de la forêt, la panique se propagea dans leurs rangs. Oubliant leurs proies, ils se dispersèrent en toute hâte.

L'orbe pâle s'éleva rapidement dans le ciel, jusqu'à ce que la moitié de son diamètre soit visible et que le village soit baigné par sa clarté. Des portes claquèrent tandis que les cannibales se réfugiaient dans leurs abris primitifs.

Shani tira sur la manche de Leandor.

— Viens ! Filons d'ici tant que nous le pouvons !

Meath et Tycho s'élancèrent avec eux vers leurs chevaux.

Le mercenaire se hissa sur le dos de son étalon, le fit pivoter et lui enfonça ses talons dans les flancs. L'animal revint au galop vers la clairière. Son cavalier s'empara d'une torche et entreprit de mettre le feu au toit de chaume des huttes qu'il longeait.

— Meath ! appela Leandor. Meath !

Le mercenaire l'ignora, continuant à incendier le village.

— En selle, Shani, ordonna Leandor. Tycho, savez-vous monter à cheval ?

— Je n'ai pas besoin de monture, monsieur. Je peux courir aussi vite qu'elles, et je ne me fatigue jamais.

Meath les rejoignit en laissant tomber sa torche. Derrière lui, les huttes flambaient.

— Mercenaire un jour, mercenaire toujours, grinça Shani.

— C'était eux ou nous, tu le sais très bien, répliqua Meath. Maintenant, quittons cet endroit maudit.

Ils foncèrent vers la forêt, les cris d'agonie des cannibales résonnant à leurs oreilles.

La colonne de fumée était déjà loin derrière eux quand ils découvrirent une rivière. Ils firent halte pour se reposer sur sa berge.

— Était-il vraiment nécessaire d'incendier ce village, Meath ? demanda Leandor, les sourcils froncés. Nous aurions pu nous échapper sans que personne d'autre ait besoin de périr.

— Évidemment que c'était nécessaire ! Je suis surpris d'entendre une telle question dans la bouche d'un soldat de métier.

— On peut être soldat de métier et ne pas apprécier pour autant la brutalité gratuite.

Meath secoua la tête.

— Leandor… Souviens-toi de ce qu'ils allaient nous faire. Je ne sais pas ce que tu en penses, mais personnellement, l'idée d'être poursuivi par des cannibales ne me disait rien. Ne nous querellons pas, veux-tu ? Ce qui est fait est fait. (Il désigna Tycho d'un signe du menton.) Pour l'instant, l'important, c'est d'extorquer une explication à cette… chose.

— Je serai ravi de répondre à toutes les questions que vous voudrez bien me poser, déclara poliment Tycho.

— Je ne comprends toujours pas ce que tu es, avoua Shani. Jusqu'à aujourd'hui, je n'avais jamais entendu le terme hom… hom…

— Homoncule, madame. Ça signifie « créature artificielle ». Je ne suis pas né : j'ai été fabriqué à l'aide de magie alchimique.

— Par qui ?

— Par un sorcier à la triste réputation, madame. Vous avez peut-être entendu parler de lui. Il se nomme Avoch-Dar.

— Quoi ? (Meath bondit sur ses pieds et dégaina son épée.) Je savais qu'il y avait quelque chose de pourri chez cette créature ! Écarte-toi, Leandor, pour que je puisse nous débarrasser d'elle.

— Vous risquez de trouver ça très difficile, monsieur, répliqua calmement Tycho, à moins que votre lame puisse contrer la magie qui m'anime. Ce dont je doute.

— Ne nous emportons pas, conseilla Leandor à Meath. Tycho, j'avoue être assez choqué par ce que tu viens de nous révéler.

— Et moi donc, grommela Shani d'un air mécontent.

— Avoch-Dar est notre ennemi, poursuivit Leandor.

Tycho hocha la tête.

— Tant mieux. De toute évidence, j'ai pris la bonne décision en me joignant à vous.

— Nous ne devrions même pas essayer de discuter avec cette chose, fulmina Meath. Si c'est bien Avoch-Dar qui l'a créée...

— S'il était un de ses espions, il ne nous l'aurait pas dit, fit remarquer Leandor. Et tu oublies qu'il nous a sauvés de la tribu des cannibales.

— C'est vrai, acquiesça Shani. Le moins que nous puissions faire pour le remercier, c'est lui donner une chance de s'expliquer. (Elle fixa l'homoncule d'un regard dur.) Mais si nous n'aimons pas ce que tu as à nous dire, nous trouverons un moyen de te régler ton compte.

— Je comprends votre méfiance, madame. Mais, au risque de me répéter, ça ne serait pas chose aisée. À mon avis, puisque c'est la magie qui m'a donné la vie, seule la magie pourrait me l'ôter. Il se peut même que je sois immortel.

— Très bien. Commençons par le commencement, suggéra Leandor. Pourquoi Avoch-Dar t'a-t-il créé ?

— Je pense que j'étais une sorte d'expérience, monsieur, une tâche que le sorcier s'était fixée pour tester ses pouvoirs. Avec toute la gentillesse dont il est capable, il m'a conçu comme un jouet, un bouffon destiné à le divertir. Et à lui servir de souffre-douleur. Car voyez-vous, il m'a délibérément doté de sentiments, afin de pouvoir torturer mon esprit. Vous devez savoir qu'il se délecte des souffrances d'autrui ; or, quel plaisir y aurait-il à tourmenter une créature dénuée d'émotions ?

— Je ne connais que trop bien cet aspect de sa personnalité, confirma Leandor en jetant un coup d'œil à sa manche vide. Que voulais-tu dire quand tu as affirmé que tu ne pouvais pas faire de mal à des humains ?

— Ayant créé un être pratiquement indestructible, Avoch-Dar a pris conscience que je pourrais devenir une menace. Pas pour lui, car sa magie était capable de me neutraliser, mais pour ses serviteurs. Aussi a-t-il lancé sur moi un sort qui m'interdit de blesser quiconque, directement ou indirectement, révéla Tycho.

— Que se passerait-il si tu essayais ?

— Je commencerais par souffrir, et si je m'entêtais, je serais détruit.

— Mais à part ça, tu éprouves les mêmes sentiments qu'un humain ?

— Oui, monsieur. Comme vous, je connais le bonheur, la joie et la tristesse. Mais me doter d'émotions a été une erreur de la part du sorcier. Parce que leur éventail inclut la colère, le ressentiment, la notion d'injustice et le désir de vengeance. Ainsi en suis-je venu à haïr Avoch-Dar, et pas seulement pour ce qu'il m'avait fait. J'ai été le témoin de ses pires ambitions et de ses innombrables vilenies. Très vite, j'ai compris le danger qu'il constituait pour le reste du monde.

— Comment lui as-tu échappé ? s'enquit Shani, fascinée malgré elle.

— Pendant qu'il préparait sa seconde invasion de Delgarvo, Avoch-Dar s'est laissé absorber par ses plans. Il a négligé ses jouets, moi le premier. En vérité, je pense qu'il commençait à se lasser de moi.

— Et du coup, tu as réussi à t'enfuir.

— J'ai essayé. Et échoué, la détrompa Tycho. Avoch-Dar m'a rattrapé. Il lui aurait été très facile d'utiliser sa magie pour m'anéantir sur-le-champ. Mais il a conçu un sort encore plus atroce pour moi. Il a ordonné que je sois transporté à Kyastor, une petite île au large de la mer d'Opale dont il s'était déjà emparé.

» Au cas où vous ne la connaîtriez pas, Kyastor est un endroit désolé, et néanmoins doté d'une ressource précieuse : l'or. J'ai été condamné à une existence de labeur éternel dans ses mines. Cette perspective m'a déprimé à tel point que j'ai décidé de mettre fin à mes jours en me jetant du bateau qui m'emmenait là-bas. C'est alors que j'ai découvert la perfection de mon corps. Notamment, qu'il pouvait fonctionner indéfiniment sans air. La marée a fini par me pousser jusqu'à ces rivages.

— Une histoire bien pittoresque, ricana Meath.

— Et néanmoins véridique, monsieur. Si vous en doutez, peut-être pourrais-je vous faire une démonstration dans cette rivière que voilà ?

— Je ne pense pas que ce soit nécessaire, Tycho, lui assura Leandor. En ce qui me concerne, je suis disposé à te croire. Mais qu'allons-nous faire de toi à présent ?

— Si nous ne pouvons pas le tuer, laissons-le ici, suggéra Meath. Notre mission est déjà assez difficile sans que nous commencions à recueillir toutes les créatures errantes qui croisent notre chemin.

— Vous avez une mission à accomplir ? Ma force et mon endurance pourraient vous être utiles. Sans compter que je possède un talent très particulier, déclara l'homoncule.

— De quoi s'agit-il ? demanda Shani, curieuse.

Tycho regarda autour de lui. Son regard s'arrêta sur les sacoches que les jeunes gens avaient ôtées du dos de leurs montures pour les déposer dans l'herbe.

— Les actes sont souvent plus convaincants que les paroles.

Il tendit un bras.

Pendant une seconde ou deux, rien ne se produisit. Puis une des sacoches se mit à bouger. Lentement, elle s'éleva du sol, monta jusqu'à atteindre la hauteur d'un jeune arbre et s'immobilisa dans les airs.

L'homoncule remua son bras devant lui et la sacoche l'imita, se balançant de gauche à droite et de droite à gauche tel un pendule. Tycho baissa le bras. Elle retomba sur le sol.

— Sorcellerie ! s'exclama Meath. Quelle autre preuve vous faut-il ?

— Ce n'est qu'un pouvoir assez limité de l'esprit sur la matière, qui me permettait de divertir les courtisans d'Avoch-Dar, affirma modestement l'homoncule.

— Nous ne pouvons pas perdre de temps à en débattre. Je propose que Tycho vienne avec nous, dit Leandor. Nous le surveillerons de près, et au moindre signe de traîtrise, nous l'abandonnerons. Shani ?

— Ça me paraît équitable.

— Meath ?

— Ça ne me plaît pas du tout. Mais j'imagine que rien de ce que je pourrais dire ne te fera changer d'avis, n'est-ce pas ?

— Merci infiniment, messieurs, madame. Je ne trahirai pas votre confiance, promit Tycho. Serait-il possible d'en savoir un peu plus sur votre mission ?

Leandor lui parla de leur quête du Grimoire des Ombres et des périls qui défendaient celui-ci.

— Je pense que la tribu de cannibales était l'un d'entre eux, acheva-t-il.

— Je ferai n'importe quoi pour aider à la réalisation d'un plan susceptible de renverser mon ancien maître, jura l'homoncule.

Après ça, ils se mirent à spéculer sur la race démoniaque, même si Meath ne semblait pas disposé à participer à la discussion.

— Une chose m'intrigue, déclara Shani. Si ces démons étaient si puissants, comment se fait-il qu'ils aient disparu de la face du monde ?

— J'ai entendu Avoch-Dar raconter de nombreuses histoires à leur sujet, révéla Tycho. Selon lui, ils vivaient en une époque de merveilles. Ils possédaient des armes d'une puissance inimaginable, qui crachaient le feu et pouvaient dévaster une ville en l'espace d'un jour. Ils commandaient à des chariots sans chevaux qui les transportaient sur terre et dans les airs en un clin d'œil. Il paraît même qu'ils avaient conçu un instrument pour rapprocher les étoiles, et que cet instrument était un vulgaire tube de métal et de verre qui tenait dans la main d'un homme.

Shani éclata de rire.

— C'est difficile à croire. Mais qu'est-ce qui a entraîné leur perte ?

— Une légende affirme qu'ils se sont entre-tués durant une guerre terrible. Une autre, qu'ils ont utilisé leur étonnante magie pour ouvrir un portail vers une autre dimension, et qu'ils sont partis par là.

— Pourquoi auraient-ils fait ça ? s'étonna Leandor.

L'homoncule haussa les épaules.

— Qui sait, monsieur ? Peut-être que l'arrivée des humains les a chassés d'ici.

— Nous ne le saurons probablement jamais. (Leandor changea de sujet.) Écoute, Tycho, si tu dois nous accompagner, j'aime autant que tu arrêtes de nous vouvoyer et de nous donner du « monsieur » ou du « madame ». Ça me met mal à l'aise.

Shani acquiesça.

— J'ai été créé pour servir. C'est une habitude difficile à perdre, objecta l'homoncule.

— Je sais. Mais nous sommes tous égaux face au danger, et aucun de nous ne devrait se sentir supérieur ou inférieur aux autres.

Je ne pense pas que mes camarades voient une quelconque objection à ce que tu les appelles par leur nom. N'est-ce pas, Meath ?

Le mercenaire poussa un grognement et détourna la tête.

— Il s'appelle Craigo Meath. Elle, c'est Shani Vanya. Et moi…

— Oh, je sais qui vous… je sais qui tu es, Dalveen Leandor. Je t'ai reconnu tout de suite, affirma Tycho. Avoch-Dar parlait souvent du guerrier surnommé Nightshade. Il te déteste plus que n'importe qui au monde.

Après s'être délassés un moment, ils s'apprêtèrent à repartir. Pendant quelques instants, Leandor et Shani se retrouvèrent seuls au bord de la rivière.

— Meath ne semble guère apprécier notre nouveau compagnon, commenta la jeune femme.

— Il est méfiant de nature, ce qui n'est pas une mauvaise chose dans ces circonstances, répliqua Leandor. Mais je pense que nous avons pris la bonne décision en acceptant que Tycho vienne avec nous.

— Vraiment ? Je n'en suis pas si certaine.

— Son histoire sonnait vrai. Et rien ne l'obligeait à nous délivrer. Très franchement, j'accueillerai à bras ouverts toute personne prête à nous aider dans notre quête. Je ne connaîtrai pas de repos avant d'avoir rejoint Allderhaven et…

— Et ta fiancée ?

— Tu es au courant pour Bethan ?

— Qui n'a pas entendu parler de la grande romance entre Nightshade et sa princesse ? (Shani hésita.) Quel genre de personne est-elle ?

— Très différente de moi en beaucoup de points, sourit Leandor, mais courageuse et indépendante. Elle possède la dignité, les bonnes manières et la culture qu'on peut s'attendre à rencontrer chez une noble.

— Je vois, renifla la jeune femme. Les paysannes dans mon genre n'ont aucune chance de rivaliser avec elle, n'est-ce pas ?

— Shani, ce n'est pas ce que je voulais…

— Non, bien sûr que non, coupa-t-elle froidement. Je crois qu'il est temps d'y aller.

Leandor lui saisit le bras.

— J'ai encore une chose à te dire. J'ai grandi avec Bethan ; je leur dois énormément, à elle et à son père. Et je les ai remerciés en m'enfuyant quand ils avaient le plus besoin de moi. Je ne l'ai pas vu sous cet angle sur le coup, mais c'est quand même vrai. À présent, Avoch-Dar retient Bethan en otage, et les dieux seuls savent quel sort il lui réserve. J'espère qu'en tant qu'amie, tu voudras bien m'aider à empêcher ça.

Shani se radoucit.

— Évidemment, Dalveen.

Ils rejoignirent les autres et se remirent en route.

La rivière coulait vers l'est, aussi décidèrent-ils de la longer. Bien qu'il ait refusé d'emmener un cheval, Tycho n'avait aucun mal à suivre l'allure, et son énergie semblait inépuisable.

Au bout de quelques heures, ils sortirent enfin de la forêt et débouchèrent dans une plaine verdoyante.

Le soleil était en train de se coucher lorsqu'ils aperçurent une femme au bord de l'eau.

Chapitre 11

L'inconnue leur tournait le dos. Quand elle les entendit approcher, elle pivota vers eux.

Elle était très belle.

Une cascade de cheveux blonds encadrait son visage, où brillaient deux yeux noisette bordés de longs cils. Son nez et sa bouche étaient d'une délicatesse exquise, et sa peau paraissait aussi lisse que du marbre poli.

Elle portait une simple robe de soie blanche, et ses pieds étaient nus. Mais la sobriété de sa mise ne faisait que souligner son élégance, et quand elle se dirigea vers eux, ce fut d'une démarche gracieuse.

Il n'y avait ni surprise ni peur dans son expression. Elle dévisagea tour à tour chacun des voyageurs – même Tycho – sans manifester d'autre émotion qu'une curiosité modérée. Puis elle leur sourit, révélant des dents pareilles à des perles.

— Salutations, étrangers. C'est une belle journée, n'est-ce pas ? demanda-t-elle d'une voix douce.

Leandor hésita. Il ne s'attendait pas à trouver une femme si ravissante dans un endroit pareil, et encore moins qu'elle lui tienne des propos badins sur le temps. Jetant un coup d'œil à ses compagnons, il vit que Shani et Meath semblaient aussi perplexes que lui. Comme d'habitude, Tycho restait impassible.

— En effet, madame, finit par articuler Leandor. Pouvons-nous mettre pied à terre ?

— Bien sûr. Pourquoi pas ?

Ils descendirent de cheval.

— Étant donné la mauvaise réputation de cette île, j'avoue que je suis étonnée par votre désinvolture, lança Shani.

La femme éclata d'un rire mélodieux.

— Il ne faut pas croire tout ce qu'on raconte au sujet de Zenobia. Tous ses habitants ne sont pas des brigands ou des monstres, vous savez.

— Ceux que nous avons rencontrés jusqu'ici me pousseraient à vous contredire, répliqua Shani, méfiante.

— Dans ce cas, vous avez joué de malchance. J'en suis désolée. (De nouveau, la femme leur sourit amicalement.) Mais j'en oublie les bonnes manières. Je ne me suis pas présentée. Je m'appelle Aurora.

— Je suis Shani Vanya. Voici Dalveen Leandor et…

— Craigo Meath, à votre service, gente dame, coupa le mercenaire.

Il s'inclina très bas en grimaçant.

Shani se mordit les lèvres pour ne pas s'esclaffer et acheva les présentations.

— Et notre ami Tycho.

L'homoncule fit un signe de tête respectueux.

— Madame.

— Il est assez rare que nous voyions passer des voyageurs dans les parages. Où vous rendez-vous donc ? demanda la femme.

— Dans l'est, répondit Leandor en restant délibérément vague. Nous avons… un rendez-vous.

— J'espère que ça ne vous empêchera pas d'accepter des rafraîchissements.

— Pour être honnête, nous avons déjà été retardés, et…

— Fadaises ! s'exclama gaiement Aurora. Ma maison est toute proche, et je serais très honorée de vous accorder l'hospitalité.

— Eh bien, nous n'avons pas mangé depuis un moment…, concéda Meath.

— Dans ce cas, c'est réglé. Venez.

Elle se mit en marche, et les quatre compagnons lui emboîtèrent le pas en menant leurs chevaux par la bride.

— Avons-nous vraiment du temps à perdre en visites mondaines ? siffla Shani.

—Meath a raison : un repas digne de ce nom serait le bienvenu, répondit Leandor à voix basse. Et que pourrions-nous avoir à craindre d'une femme seule ?

—Nous devons nous méfier de tous les gens que nous rencontrons dans cette île maudite, lui rappela Shani.

—C'est vrai. Mais s'il y a une chance pour qu'Aurora puisse nous aider dans notre quête, ça vaut le coup de réfléchir, argumenta Leandor. Je te promets que nous ne nous attarderons pas plus que nécessaire et que nous resterons sur nos gardes.

Shani acquiesça à contrecœur.

Aurora leur fit signe, et ils pressèrent le pas pour la rattraper. Elle les entraîna sur un chemin qui serpentait entre une profusion de buissons fleuris.

Un peu plus loin, nichée au cœur d'un bosquet, une superbe maison de pierre blanche se dressait au bord d'un ruisseau gazouillant. D'élégantes colonnes encadraient son entrée.

L'intérieur, où régnait une agréable fraîcheur, était tout aussi ravissant. Des tapis aux motifs exquis recouvraient le sol de marbre ; les murs étaient décorés de riches tapisseries et de frises sculptées.

—Vous vivez seule ? demanda Shani.

—Non, mes sœurs habitent ici avec moi. (Aurora leur désigna des canapés garnis de coussins moelleux.) Mettez-vous à l'aise pendant que je vais les chercher. Je suis sûre qu'elles seront ravies d'apprendre que nous avons des invités.

Elle sortit de la pièce.

—Cette femme a un port de tête royal, commenta Meath d'un air ravi. Je vous parie qu'elle descend d'une famille d'aristocrates.

—Mais pourquoi ses sœurs et elle vivent-elles justement à Zenobia ? objecta Shani. Et comment se protègent-elles contre les horreurs de cette contrée ? Nous n'avons pas vu le moindre domestique, pas même un simple garde.

—Tu devrais lui être reconnaissante de nous avoir accueillis si chaleureusement, fillette, la tança Meath. Moi, je la trouve charmante.

—Serais-tu du même avis si elle était moins agréable à regarder ? C'est souvent une erreur de se laisser influence par un séduisant visage, fit remarquer Shani.

Le mercenaire s'empourpra. Il allait répliquer lorsque Leandor s'interposa pour éviter une nouvelle dispute.

— Pas maintenant, vous deux. La seule chose qui compte, c'est que nous trouvions le livre le plus vite possible. Rien ne doit nous détourner de notre mission. Nous ne resterons pas une seconde de plus que la politesse l'exige.

À cet instant, Aurora réapparut, bras dessus, bras dessous avec deux autres femmes aussi magnifiques qu'elle. Elles avaient le même teint crémeux, les mêmes cheveux blonds et les mêmes yeux noisette. En outre, elles portaient des robes pratiquement identiques, et ne devaient pas avoir plus d'un ou deux ans d'écart avec elle.

— Voici mes sœurs, Abigail et Adela, annonça Aurora.

Et elles avaient aussi le même sourire charmeur.

Les rafraîchissements promis se révélèrent être un banquet.

D'innombrables mets tous plus délicieux les uns que les autres furent posés devant les quatre compagnons. Des plateaux de viande rouge, de volaille ou de poisson baignant dans des sauces parfumées. Des saladiers de légumes crus ou bouillis. Plusieurs variétés de pain encore chaud. Une sélection de fromages, d'entremets et de pâtisseries. Et pour arroser le tout, une profusion de jus de fruits, de bière et de vin doux.

Leandor, Shani et Meath étaient légèrement embarrassés par ce déploiement extravagant. Tycho, qui n'avait pas besoin de nourriture pour vivre, restait en retrait et ne disait rien.

Les trois sœurs expliquèrent qu'elles avaient déjà mangé un peu plus tôt. Mais elles ne demeurèrent pas inactives pour autant, s'affairant autour de leurs invités et les resservant chaque fois que leur verre ou leur assiette étaient vides.

— Je crains que nous n'ayons pas de domestiques, s'excusa Abigail en commençant à débarrasser la table, lorsque les trois jeunes gens eurent assuré qu'ils ne pouvaient pas avaler une bouchée de plus.

— La vérité, c'est que les temps sont durs pour nous depuis la mort de notre père, soupira Adela.

— Mais nous n'avons pas de gros besoins, ajouta Aurora, et nous nous débrouillons.

— Dans ce cas, nous vous sommes d'autant plus reconnaissants de votre générosité, sourit Leandor. Ce repas était fantastique.

— D'où venez-vous ? interrogea Adela.

— De Delgarvo, répondit Shani. Y avez-vous déjà été ?

— Oh, non ! s'exclamèrent les trois sœurs en chœur, avant de se mettre à glousser comme si c'était l'idée la plus absurde du monde.

— Nous n'avons jamais quitté Zenobia, dit Aurora. Et nous ne le souhaitons pas. Nous avons tout ce qu'il nous faut ici.

— Savez-vous que cette contrée est considérée comme maléfique par les étrangers ?

— Oui, et nous trouvons ça ridicule, n'est-ce pas ?

Abigail et Adela acquiescèrent vigoureusement.

— Pourtant, tout ce que nous avons vu jusqu'ici a confirmé les rumeurs, insista Shani. Vous devez être conscientes que vous avez des voisins… assez particuliers, non ?

Adela redevint sérieuse.

— Nous ne pouvons pas le nier. Mais les environs sont assez calmes.

— Nous menons une existence paisible, et personne ne nous ennuie, renchérit Aurora. Vous devez comprendre que notre famille habite ici depuis plusieurs générations, et qu'elle est très respectée. Nous n'avons rien à faire avec les gens de l'extérieur, et réciproquement.

— Votre famille compte-t-elle beaucoup de membres ? voulut savoir Meath.

— Il ne reste plus que nous, répondit Aurora. Nous sommes les dernières de notre lignée.

— Et vous n'êtes pas mariées ? s'étonna le mercenaire.

De nouveau, les trois sœurs gloussèrent.

— C'est que les époux potentiels ne sont pas légion dans les parages, dit Abigail en rosissant. Non que cela nous ennuie. Nous sommes très heureuses ainsi.

— Dites-moi, si nous continuons à suivre la rivière, nous conduira-t-elle jusqu'à l'est du pays ? interrogea Leandor.

— Oui, confirma Aurora. Elle fait un certain nombre de détours, mais elle finit par atteindre la côte orientale.

— Parfait. (Le jeune homme fit mine de se lever.) Nous devons y aller.

— Non ! protestèrent les trois sœurs d'une seule voix.

— Le soleil est déjà couché, ajouta Adela, et il serait dangereux pour vous de voyager dans l'obscurité.

— Mais vous venez de dire…

— Oh, les environs de cette maison sont assez sûrs. Mais dès qu'on s'en éloigne un peu…, c'est une autre histoire. Mieux vaudrait que vous dormiez ici.

— Oh oui, restez ! s'exclama Abigail sur un ton suppliant.

— Une nuit de plus ou de moins ne fera pas grande différence, Leandor, intervint Meath. Et nous avons besoin de repos.

— En effet. (Le jeune homme réfléchit quelques instants.) Je suppose que ça ira, si nous nous mettons en route très tôt demain matin, capitula-t-il. Qu'en penses-tu, Shani ?

— Ça me convient, acquiesça-t-elle en étouffant un bâillement.

— Et toi, Tycho ?

— Je m'incline volontiers devant votre… devant ta décision, Dalveen.

Aurora se leva.

— Excellent. Si vous voulez bien me suivre, je vais vous montrer vos chambres.

— Les temps sont durs ? Elles n'ont pas de gros besoins ? Je ne l'aurais jamais deviné, railla Shani.

Les quatre compagnons s'étaient rassemblés dans sa chambre pour discuter des événements de la journée écoulée.

— Tu es injuste envers elles, protesta Meath.

— Peut-être. Mais j'ai du mal à supporter les gens qui n'arrêtent pas de jacasser et de glousser. (La jeune femme soupira.) Surtout quand je suis épuisée.

— Nous le sommes tous, grimaça Leandor. Je vais me coucher. Au fait, Tycho, peux-tu te passer de sommeil aussi bien que de nourriture ?

— Oui. En fait, je n'ai jamais dormi de toute mon existence. Mais j'aime la nuit. C'est le moment idéal pour réfléchir au calme. Et ce soir, je réfléchirai aux mystères de cette maison, déclara l'homoncule.

Chapitre 12

Shani prit conscience que le bruit qui l'avait tirée de son sommeil venait de derrière la porte. La poignée remuait, et elle entendait des chocs sourds contre le bois.

Saisissant un de ses couteaux, la jeune femme traversa sa chambre. Les coups se firent plus insistants, et la chaise tressauta. La première impulsion de Shani fut de sortir dans le couloir pour voir ce qui se passait. Mais elle se ravisa en entendant un raclement.

Son visiteur nocturne grattait à sa porte.

La jeune femme s'appuya contre le battant de tout son poids. L'espace d'un instant, la pression devint si forte qu'elle craignit que le bois ou les gonds ne cèdent. Elle banda ses muscles et s'arc-bouta.

Soudain, l'assaut s'interrompit. Et fut remplacé par une respiration sifflante. Puis des bruits de pas étouffés s'éloignèrent dans le couloir.

Shani resta où elle était, l'oreille collée contre le battant. Le bref silence qui suivit fut rompu par de nouveaux coups frappés à la porte voisine. La créature qui était dehors recommença à gratter, puis fit demi-tour. La jeune femme l'entendit passer devant sa chambre et s'engager dans l'escalier qui conduisait au rez-de-chaussée.

Prenant une profonde inspiration, elle repoussa la chaise sur le côté et saisit la poignée, sur laquelle elle appuya lentement. Elle entrouvrit le battant. Une série de sillons profonds balafraient sa surface extérieure, exposant du bois plus clair sous la couche de vernis. Couteau à la main, Shani passa sa tête dans le couloir et scruta la pénombre.

Quelque chose bougea sur sa gauche. Elle se raidit. Mais ce n'était que Leandor qui approchait sur la pointe des pieds, l'épée au clair.

— Tout va bien, Shani ? s'inquiéta-t-il.

— Oui, mais quelque chose a essayé d'entrer dans ma chambre.

— Dans la mienne aussi.

— Tu as vu ce que c'était ?

Le jeune homme secoua la tête.

— Non. (Il désigna les traces de griffes.) Mais il a laissé les mêmes marques sur ma porte.

— Je suis certaine qu'il est descendu, Dalveen.

— Nous allons vérifier. Mais d'abord, je veux m'assurer que les autres n'ont rien.

Tycho apparut dans le couloir.

— J'ai entendu du bruit. Qu'est-ce qui se passe ?

— Il y a un intrus dans la maison, l'informa Leandor.

Shani alla toquer à la porte de Meath. Le mercenaire apparut sur le seuil de sa chambre, les yeux pleins de sommeil.

— Qu'y a-t-il ?

La jeune femme lui résuma rapidement la situation.

— As-tu vu ou entendu quelque chose ?

— Non. Je dormais comme un bébé, grommela Meath.

— Shani pense qu'il est descendu, intervint Leandor. Nous allons jeter un coup d'œil en bas. Fouille l'étage avec Tycho. Et soyez prudents. À en juger par la taille de ses griffes, notre intrus doit être dangereux. Tu viens, Shani ?

Quand ils atteignirent le bas des marches, les deux jeunes gens constatèrent que la porte d'entrée était ouverte. Une inspection rapide révéla que les pièces du rez-de-chaussée étaient désertes, aussi sortirent-ils prudemment sous le porche.

La lune était pleine, et elle baignait le paysage d'une clarté argentée.

Shani repéra une forme grise du côté des arbres.

— Tu as vu ça, Dalveen ? chuchota-t-elle.

— Oui, mais je n'arrive pas à distinguer… Regarde, ça bouge !

La forme traversa leur champ de vision de gauche à droite. La lumière était insuffisante pour leur permettre de l'identifier, mais elle semblait assez grosse, et se déplaçait à quatre pattes. Avant que

— De quoi parles-tu ?

— Je suis assez préoccupé par ce que nous avons appris sur ces trois femmes. Comme Shani, je me demande comment elles ont réussi à survivre ici sans que personne les agresse. J'ai du mal à croire qu'on les ait laissées tranquilles pour la seule raison qu'elles appartiennent à une famille respectée. Ça n'a pas de sens, affirma l'homoncule. J'imagine mal les cannibales témoigner du respect à quiconque – pour ne citer qu'un exemple. Et d'où sort la nourriture qu'elles nous ont servie ? Elles disent qu'elles n'ont pas de serviteurs. Cultivent-elles elles-mêmes la terre ? Entretiennent-elles des troupeaux de bétail ? À en juger par la douceur de leurs mains, ça m'étonnerait beaucoup.

— Je n'avais pas fait attention à ça, admit Leandor.

— Dans ce cas, tu n'as pas fait attention à leurs orteils non plus.

— Leurs orteils ? s'exclama Meath. Par la barbe d'Eldrick, qu'est-ce que leurs orteils viennent faire là-dedans, espèce de sac à puces ?

Tycho ignora l'insulte.

— J'ai remarqué que l'orteil du milieu de chacun de leurs pieds était plus long que les autres. Il me semble que c'est significatif, mais de quoi ? Je ne m'en souviens pas. Malheureusement, ma mémoire n'est pas meilleure que celle d'un humain. Je ferai de mon mieux pour exhumer mes souvenirs pendant la nuit.

Leandor ne savait pas trop s'il devait prendre l'homoncule au sérieux.

— Une chose que j'ai remarquée, c'est qu'aucune de nos chambres ne ferme à clé. Ce serait peut-être une bonne idée de bloquer la porte avant de vous mettre au lit, suggéra-t-il.

Puis Meath, Tycho et lui sortirent.

Restée seule dans la pièce, Shani s'empara de l'unique chaise et coinça son dossier sous la poignée de la porte. Puis elle se laissa tomber sur son lit encore tout habillée et s'endormit instantanément.

Elle n'aurait su dire si quelques minutes ou plusieurs heures s'étaient écoulées lorsqu'un bruit la réveilla en sursaut.

les ténèbres l'engloutissent, ils eurent l'impression qu'elle avait une tête allongée.

—Ça doit être un animal sauvage, avança Leandor. Sans doute un prédateur.

Un hurlement s'éleva de l'autre côté des arbres, gémissement aigu qui leur glaça le sang dans les veines.

—Que se passe-t-il ?

Ils firent volte-face. Aurora se tenait sur le seuil de la maison, une bougie à la main. Shani et Leandor poussèrent un soupir de soulagement.

—Quelque chose s'est introduit dans la maison, expliqua le jeune homme. Une sorte d'animal.

—Vous en êtes sûrs ? Je n'ai rien entendu.

—Certains, répliqua Shani, irritée que leur hôtesse mette leur parole en doute. Nous venons juste de le voir. Et vous pourrez constater qu'il a fait des dégâts à l'étage. Semblable incident s'est-il déjà produit ?

Aurora secoua la tête, perplexe.

—Non. Il n'y a pas beaucoup d'animaux sauvages dans le coin. Et comment l'un d'eux aurait-il pu entrer ?

Ils examinèrent la porte. Celle-ci ne portait aucune trace d'effraction.

—Se pourrait-il que vous l'ayez laissée ouverte hier soir ? suggéra Leandor.

—J'imagine que oui. C'est la seule explication possible. Nous devrions être plus prudentes.

—Savez-vous si vos sœurs ont vu quelque chose ?

—Ça m'étonnerait. Elles ont toujours eu un sommeil de plomb. Et comme tout semble rentré dans l'ordre, je ne vois pas l'intérêt de les déranger.

Leandor et Shani ne purent que s'assurer que la porte soit bien verrouillée, cette fois. Puis ils regagnèrent leurs chambres respectives.

Le reste de la nuit se déroula sans autre incident.

Quand Leandor et les autres descendirent très tôt le lendemain matin, Abigail et Adela les attendaient. Elles leur avaient préparé un copieux petit déjeuner, auquel elles ne touchèrent pas.

— Êtes-vous au courant qu'il y a eu une intrusion pendant la nuit ? interrogea Leandor.

Les deux femmes acquiescèrent à l'unisson.

— L'une de vous a-t-elle vu quelque chose ?

— Non, répondit Adela. Même un tremblement de terre ne nous réveillerait pas. Nous ne savons que ce qu'Aurora nous a raconté.

— Nous pensons que c'était un animal, déclara Shani.

— Il arrive que des chiens sauvages s'aventurent jusqu'ici. C'était peut-être l'un d'eux, spécula Abigail. Mais nous n'en avons pas vu de près depuis des années. Je ne comprends vraiment pas.

— Où est Aurora ? s'enquit Meath.

— Elle avait des choses à faire. Elle reviendra plus tard. En fait, nous aussi, nous allons devoir vous laisser un petit moment.

— Ce n'est pas un problème, nous voulions partir après le petit déjeuner, rappela Leandor.

— Attendez au moins notre retour. Nous voulons vous donner des provisions pour votre voyage.

— C'est très gentil, Adela, mais ça ne sera pas nécessaire. Nous ne vous avons déjà que trop importunées.

— Mais pas du tout ! C'est si rare que nous recevions des visiteurs. Permettez-moi d'insister. Nous détesterions vous laisser partir sans nourriture et sans boisson.

— Très bien. Dans ce cas, nous resterons un peu.

Un sourire illumina le visage d'Abigail.

— Merveilleux. Faites comme chez vous. Au fait, nous avons pris la liberté d'abreuver vos chevaux et de leur donner du foin, pour vous épargner cette peine. À tout à l'heure.

Les deux femmes s'en furent.

Leandor les regarda s'éloigner, puis se tourna vers Tycho.

— Tu avais raison au sujet de leurs orteils. J'ai regardé. T'es-tu souvenu de ce que ça signifie ?

— Je crains que non, avoua l'homoncule. Le vacarme de la nuit dernière a interrompu ma réflexion. Mais ça me reviendra, j'en suis sûr.

— En parlant de la nuit dernière, vous n'avez pas trouvé ça bizarre qu'Aurora mette si longtemps à se manifester ? demanda Shani.

— Si, acquiesça Meath. Et ni elle ni ses sœurs ne semblaient particulièrement perturbées à l'idée qu'une bête sauvage se promène en liberté chez elles.

Shani grimaça.

— Ah! ah! Commencerais-tu enfin à voir au-delà des apparences, si plaisantes soient-elles ?

Leandor les interrompit.

— Puisque nous sommes coincés ici un petit moment, j'ai une idée. Pendant que les sœurs sont sorties, pourquoi ne chercherions-nous pas les traces de l'animal, Meath ? Il a forcément dû en laisser, et ce serait utile de savoir à quoi nous avons affaire.

Le mercenaire hocha la tête.

— Bonne idée. Ça me dégourdira les jambes.

— Et Tycho et moi en profiterons pour vaquer à nos préparatifs de départ, proposa Shani.

Il ne leur fallut pas longtemps pour rassembler leurs maigres affaires. Shani décida de tuer le temps qui leur restait en se reposant, car elle avait mal dormi la nuit précédente. Tycho la laissa en paix et se retira dans sa propre chambre.

Une demi-heure plus tard, la jeune femme s'était à moitié assoupie quand elle entendit claquer la porte d'entrée. Supposant que Leandor et Meath ou les trois sœurs venaient de revenir, elle ne se donna pas la peine de bouger.

Puis quelque chose se brisa au rez-de-chaussée. Tout de suite après, il y eut un choc violent, comme si un meuble venait de se renverser.

Shani se leva et s'approcha de la porte sur la pointe des pieds. Elle sortit dans le couloir, se dirigea vers la rambarde de l'escalier et regarda vers le bas. Mais elle ne vit rien qui sorte de l'ordinaire.

Tycho émergea de sa chambre. La jeune femme pivota vers lui et posa un doigt sur ses lèvres. L'homoncule comprit et garda le silence.

— Je vais voir ce qui se passe, lui chuchota-t-elle à l'oreille. Je t'appellerai si la voie est libre.

Dégainant un de ses couteaux, elle descendit les marches en catimini.

La porte d'entrée était fermée. Un gros buffet gisait sur le flanc contre le mur du fond. Les morceaux d'un vase en terre cuite étaient éparpillés tout autour. Rien d'autre ne semblait avoir été déplacé.

Si Shani n'avait pas pivoté à cet instant précis, elle serait morte.

Chapitre 13

La créature qui s'approchait d'elle ressemblait à un loup. Mais elle était beaucoup plus massive, et elle se déplaçait sur ses pattes postérieures.

Ses yeux étaient deux fentes jaunes qui brillaient d'une lueur impitoyable. Sa gueule béante révélait des crocs horriblement pointus. Sa langue rouge vif, dégoulinante de salive, pendait au coin de ses babines minces, et ses pattes tendues en avant se hérissaient de griffes acérées.

Le dos courbé, elle haletait en regardant fixement sa proie.

Shani hurla.

Une des pattes monstrueuses gifla l'air comme pour lui arracher la tête. La jeune femme esquiva de justesse le coup qui aurait pu lui être fatal, et sentit un courant d'air contre sa joue. Se souvenant du couteau dans sa main, elle frappa avec l'énergie du désespoir. La créature recula avec une rapidité effrayante, puis bondit de nouveau en faisant claquer ses mâchoires.

Shani tenta de l'éviter. Comme elle se jetait sur le côté, elle heurta une table basse et s'écroula de tout son long. Le souffle coupé, elle roula sur le dos. Déjà, la bête était penchée sur elle. Elle empoigna son couteau à deux mains et le lui abattit sur le museau, mais manqua sa cible alors que la créature se redressait.

Se relevant maladroitement, Shani réussit à mettre un peu de distance entre elles. La bête chargea. Elle ramena son bras en arrière et projeta son couteau.

Elle faillit toucher sa cible, mais faillit seulement. La lame frôla les côtes de la créature et alla se planter dans la porte. D'un geste vif, la jeune femme sortit un autre couteau de sa manche. Puis elle fit un pas sur le côté pour éviter la chose cauchemardesque qui s'approchait d'elle en renversant les chaises sur son passage.

Haletant de terreur et d'épuisement, elle fonça vers l'escalier. La bête pivota, se laissa tomber à quatre pattes et s'élança à sa poursuite.

Shani venait juste d'atteindre la première marche quand elle fut rattrapée. Une patte massive s'abattit sur son dos. Ses griffes se prirent dans le pourpoint de cuir de la jeune femme, qui se débattit et tenta de se défaire du vêtement.

— Shani !

Tycho dévalait l'escalier, faisant trembler les marches sous son poids. Il la saisit par les épaules et la tira vers lui. Le cuir se déchira, libérant la jeune femme. L'homoncule continua à tirer, la hissant quelques marches plus haut, puis la contourna pour se placer entre elle et son agresseur.

La créature enragée se redressa à demi et frappa. Si Tycho avait été humain, elle l'aurait coupé en deux. Mais sa patte ripa sur la bande métallique qui ceignait la taille de l'homoncule, et deux de ses griffes se brisèrent. Avec un glapissement de douleur, elle bondit en arrière.

Shani profita de sa confusion pour plonger sur elle et lui enfoncer son couteau dans la patte. La bête poussa un hurlement. Elle se laissa retomber sur ses quatre membres, fit demi-tour et s'élança en boitant vers la porte.

Qui s'ouvrit au même moment.

Leandor et Meath apparurent sur le seuil. Ils se figèrent à la vue de la créature monstrueuse qui se ruait vers eux. Celle-ci bouscula le mercenaire, l'envoyant heurter le mur, puis bondit dehors avant que Leandor puisse dégainer son épée. Le jeune homme lui courut après ; Meath se redressa et l'imita.

Ils revinrent presque immédiatement.

— Elle était trop rapide pour nous, malgré sa blessure, rapporta Leandor. Shani, tu vas bien ?

— Oui, grâce à Tycho. (Elle adressa un sourire plein de gratitude à la créature artificielle.) Je suis un peu choquée, c'est tout. Mais j'ai réussi à lui faire mal.

— Qu'est-ce que c'était ? interrogea Meath. Ça ressemblait vaguement à un loup, mais c'était trop gros et… bizarre.

— Je crois pouvoir répondre à cette question, déclara Tycho.

— Ne te gêne surtout pas.

Leandor referma la porte et vit le couteau de Shani planté dedans. Meath et lui rejoignirent leurs compagnons dans l'escalier.

— L'expérience que nous venons de vivre confirme la théorie que j'étais en train d'élaborer, révéla l'homoncule. Cette créature était un garou. Dans le cas présent, elle a pris la forme d'un loup. Mais elle aurait aussi bien pu être un léopard, une hyène, un lézard-chasseur ou un grand nombre d'autres animaux sauvages. Il existe un moyen infaillible d'identifier les humains capables de se transformer de la sorte.

— C'est-à-dire ? demanda Shani.

— Leurs orteils du milieu sont plus longs que les autres.

— Tu ne fais pas allusion à nos hôtesses, j'espère ! protesta Meath.

— Je crains que si, contra Tycho. L'une d'elles au moins est un garou, et plus probablement les trois. Le terme exact qui désigne cette condition est « lycanthropie ». Parfois, l'humain affecté ne maîtrise pas sa transformation, qui est déclenchée par la pleine lune. Mais cette attaque a eu lieu en plein jour ; je soupçonne donc ces femmes de pouvoir se métamorphoser à volonté.

— Devons-nous en conclure qu'elles sont maléfiques par nature ? interrogea Leandor.

— C'est possible, mais pas certain, répondit Tycho. Il se peut qu'elles aient conclu un pacte avec les forces des Ténèbres, et qu'elles soient devenues des garous en échange de l'immortalité. Ou qu'elles aient hérité une malédiction de leurs ancêtres. On raconte que la lycanthropie affecte parfois des familles entières, se transmettant de génération en génération. Une légende affirme même qu'il suffit de boire l'eau d'une flaque dans laquelle un garou a marché pour contracter l'infection.

— Il existe une autre possibilité : que les démons aient fait d'elles ce qu'elles sont, afin de piéger tout voyageur en quête du livre, suggéra Leandor.

— En effet, elles pourraient être l'un des périls contre lesquels on t'a mis en garde, acquiesça Tycho. Dans tous les cas, elles sont victimes d'une malédiction, esclaves d'une terrible soif de sang que seule de la viande fraîchement tuée peut étancher. De préférence, de la viande humaine.

— Ça explique les carcasses de mouton que nous avons trouvées, commenta Meath.

— De quoi parles-tu ? s'enquit Shani.

— Pendant que nous fouillions les environs, nous avons découvert des traces, mais pas suffisamment nettes pour que nous puissions identifier leur auteur. Elles conduisaient à une demi-douzaine de moutons sauvages vidés de leur sang dont la gorge avait été lacérée.

— Quand un garou n'a pas de proie humaine à sa disposition, il doit se contenter d'animaux, expliqua Tycho. Ce qu'il faut garder en tête, c'est que ces créatures sont extrêmement rusées. Elles ont peut-être disposé de plusieurs siècles pour perfectionner leurs techniques de chasse. Et elles sont presque invulnérables. Tu as eu de la chance, Shani : les armes ordinaires peuvent les blesser, mais pas les tuer.

Remarquant quelque chose sur le tapis, l'homoncule se pencha pour le ramasser.

— Si l'un d'entre vous nourrissait encore des doutes quant à la véritable nature de ces femmes, ceci devrait les dissiper. La créature s'est cassé deux griffes en tentant de me frapper. Et voici ce qu'il en reste.

Il tendit sa main ouverte pour que tout le monde puisse voir l'objet. Dans sa paume reposait un long morceau d'ongle humain.

— Veux-tu dire qu'une fois séparées du reste de son corps, ses griffes ont repris leur apparence normale ? s'étonna Leandor.

— Précisément, confirma Tycho. Si elles mouraient sous leur forme de garou, elles redeviendraient aussitôt humaines.

— Je suis d'avis que nous fichions le camp d'ici au plus vite, déclara Meath. Mais que se passera-t-il si elles nous tombent dessus ? Tu as dit que nos armes ne nous serviraient pas à grand-chose contre elles.

— Selon la légende, les loups-garous seraient des créatures de la déesse de la Lune, révéla l'homoncule. L'argent, qui est le métal précieux associé à cet astre, a la réputation d'être l'unique substance capable de les détruire. Avez-vous remarqué que parmi tous les objets précieux qui décorent cette maison, il n'en est aucun qui soit en argent ?

— J'imagine que nous n'en avons pas non plus, fit remarquer Leandor.

Meath et Shani secouèrent la tête.

— Moi, j'en ai un. (Tycho désigna la bande de métal qui lui ceignait la taille.) C'est de l'argent pur, expliqua-t-il, un des éléments qui ont été nécessaires pour me donner la vie. Il suffirait d'une toute petite quantité pour affecter un loup-garou, et je serai ravi d'en faire don à notre cause.

— Mais comment l'utiliser ? se demanda Meath.

— Facile, affirma Shani. L'argent est un métal mou, que l'on peut travailler sans trop de difficulté. Il suffirait de le chauffer dans la cheminée pour le ramollir, et d'en entourer la lame de quelques-uns de mes couteaux.

— Bonne idée, la félicita Leandor. Mettons-nous au travail tout de suite.

Meath monta la garde pendant que la jeune femme allumait un feu et allait chercher un bol en cuivre dans la cuisine. Du tranchant de son épée, Leandor détacha quelques copeaux brillants de la taille de Tycho. Il prit garde à ne pas trop en prélever, afin de ne pas nuire au bien-être de leur compagnon.

Une fois chauffé, le métal malléable leur suffit à traiter trois des couteaux de Shani. Ils posèrent ceux-ci au bord de la cheminée pour les laisser refroidir.

— N'oubliez pas que l'argent va augmenter le poids de la lame et altérer leur équilibre, fit remarquer la jeune femme. Ce qui signifie qu'ils seront plus difficiles à lancer et qu'ils manqueront de précision. Si vous devez vous en servir ainsi, visez plus haut que d'ordinaire afin de contrebalancer le poids supplémentaire, et n'économisez pas vos forces. Je pense quand même qu'il serait préférable de les utiliser comme des dagues.

— Espérons que nous n'aurons pas à les utiliser du tout, répliqua Leandor. Regardez, l'argent a durci. Prenons-en un chacun et filons.

Il passa l'un des couteaux dans sa ceinture. Shani en rangea un second dans le fourreau fixé sur son avant-bras gauche. Meath glissa le dernier dans sa botte et revint vers la porte entrouverte.

Il jeta un coup d'œil à l'extérieur et s'exclama :

— Elles reviennent !

Chapitre 14

— Ce sont Adela et Aurora, rapporta Meath en rejoignant précipitamment ses compagnons. Je n'ai pas vu Abigail. Que faisons-nous ?

— Rien du tout, ordonna Leandor. Nous restons calmes, et nous prenons congé comme prévu. Je veux éviter de faire couler le sang si possible. Mais gardez vos couteaux à portée de main.

La porte s'ouvrit, livrant passage aux deux jeunes femmes. Chacune d'elles portait un petit panier dans le creux de son coude. Leur sourire amical céda la place à une expression choquée quand elles découvrirent les dégâts perpétrés au rez-de-chaussée.

— Que s'est-il passé ? s'exclama Aurora.

Leandor dut admettre qu'elle feignait la surprise à la perfection. C'était un grand numéro d'actrice.

— Notre mystérieux visiteur est revenu.

— Quelqu'un a-t-il été blessé ? s'enquit Adela, les yeux écarquillés.

— Seulement le loup, répondit Shani.

— Le loup ? répéta Aurora avec une mine perplexe. Vous devez vous tromper. Il n'y en a pas dans les environs.

— Pourtant, ça y ressemblait beaucoup, répliqua Leandor. Et c'était très gros.

— Les loups ont disparu de cette région il y a des années, protesta Aurora, et les rares spécimens que nous avons aperçus de loin quand nous étions enfants n'étaient guère impressionnants.

— Mais nous nous excusons pour ce désagrément, ajouta Adela. Après tout, vous êtes nos invités.

— Plus pour longtemps, je le crains. Nous allions justement partir.

Les deux sœurs eurent l'air déçues.

— Où est Abigail ? interrogea Meath.

Le sourire d'Aurora flancha l'espace d'un instant.

— Elle s'est… fait mal. Mais elle ne tardera plus.

Adela posa les paniers devant eux.

— Nous vous avons apporté des fruits frais pour votre voyage. Et nous avons autre chose pour vous – un petit cadeau. Attendez-nous ici pendant que nous allons le chercher.

Les deux femmes se dirigèrent vers la porte.

— Nous n'en aurons que pour quelques minutes, promirent-elles avant de sortir.

— Elles nous tendent un piège, commenta Meath, l'air sombre.

— Pourquoi ne pas filer avant leur retour ? suggéra Shani.

— Oui, approuva Leandor. Ce jeu du chat et de la souris n'a déjà que trop duré. Tycho, tu es prêt ?

— Certainement, Dalveen. Mais nous devrions rester sur nos gardes, conseilla l'homoncule. La traîtrise est la seconde nature des lycanthropes.

Quand ils ouvrirent la porte, ils se retrouvèrent face à Abigail. Celle-ci se composa rapidement un masque affable.

— Vous n'alliez pas partir sans nous dire au revoir, j'espère ?

Leandor baissa les yeux vers sa main droite. Elle était enveloppée d'un bandage. Les autres le remarquèrent aussi.

— Je vois que vous vous êtes blessée, commenta le jeune homme.

— Oh, ça… (Abigail eut un geste qui se voulait désinvolte.) Ce n'est rien, juste une brûlure sans gravité. (Sa main disparut derrière son dos, et elle changea de sujet.) Mes sœurs m'ont dit qu'un animal sauvage vous avait ennuyés.

— Oui, acquiesça Leandor. Il ressemblait à un loup. Et il a fait beaucoup plus que nous ennuyer.

Abigail balaya du regard les meubles renversés.

— C'est ce que je vois. C'est très inquiétant. Que serions-nous devenues si vous n'aviez pas été là ?

— Je crois que vous vous en seriez très bien sorties, répliqua froidement Shani.

— Trois femmes sans défense, qui vivent seules dans un endroit isolé ? Je n'en suis pas certaine du tout. (Abigail fixa Leandor d'un air implorant.) Ne consentiriez-vous pas à rester ici un peu plus longtemps, au cas où cette bête reviendrait ?

— Je suis désolé, mais nous devons partir.

— Juste une journée, insista la jeune femme. S'il vous plaît...

— C'est impossible, affirma Leandor.

— Comment pouvez-vous nous abandonner alors qu'un animal sauvage rôde dans les parages ? geignit Abigail.

— Nous n'avons déjà que trop tardé.

— Vous ne pouvez pas vous en aller ! (L'expression amicale de la jeune femme se dissipa ; sa voix se fit coléreuse et exigeante.) Nous ne vous laisserons pas faire !

— Attention, Dalveen, le prévint Tycho.

Leandor recula d'un pas.

— Vous ne partirez pas ! hurla Abigail, qui semblait perdre tout contrôle d'elle-même. Vous... ne... partirez... pas !

Ses traits se tordirent, et toute leur calme beauté s'évapora. À sa voix aiguë succéda une respiration lourde et haletante.

Comme hypnotisés, les quatre compagnons la fixèrent des yeux tandis qu'elle commençait à se transformer.

Ce furent d'abord ses yeux ronds, qui se changèrent en deux fentes. Leur iris vira au noir, et leur blanc prit une teinte jaune malsaine.

Puis la peau de son visage, de son cou et de ses bras nus se couvrit de taches sombres. Des touffes de poils durs en jaillirent, et une fourrure dense se répandit telle une vague à la surface de son corps. La chair entre son menton et son nez frémit et saillit vers l'avant, dessinant un museau, tandis que sa bouche s'étirait et s'élargissait sous la pression de ses dents devenues crocs.

Leandor entendit le craquement humide de ses os qui se déformaient.

À présent, la jeune femme n'avait plus grand-chose d'humain. Elle se voûta alors que des omoplates saillantes déchiraient le dos de sa robe. Le reste du tissu implosa sous la pression de son corps qui enflait. Des muscles noueux ondulèrent sous sa fourrure hérissée. Ses mains gonflèrent et s'allongèrent jusqu'à se métamorphoser en pattes griffues ; au bout de l'une d'elles pendaient encore des lambeaux de bandage.

La transformation était achevée.

Un grondement menaçant monta depuis la gorge de la bête. De la salive dégoulinant le long de sa mâchoire inférieure, elle fixa les quatre compagnons d'un air empli de malveillance.

Leandor tira le couteau de sa ceinture. Le loup-garou se ramassa sur lui-même, prêt à bondir. Shani et Meath dégainèrent leur arme et adoptèrent une position défensive.

Les yeux cruels de la créature qui était une femme quelques secondes plus tôt se posèrent tour à tour sur chacun des trois jeunes gens.

Puis, sans crier gare, elle se jeta sur Meath.

Le mercenaire recula en brandissant sa dague. Mais ce n'était qu'une feinte. Avec une rapidité incroyable, l'animal rusé pivota vers Leandor.

Et faillit réussir à le surprendre.

Par chance pour lui, les réflexes du jeune homme, affûtés par toute une vie de combats, lui permirent d'éviter d'un cheveu les griffes meurtrières. Il fit un écart et frappa avec son couteau, manquant sa cible mais réussissant à la maintenir à distance.

Meath et Shani s'avancèrent, le premier sur le flanc gauche de la bête et la seconde face à elle. Leandor se trouvait sur sa droite, et Tycho se plaça derrière elle, les bras écartés, afin de lui couper toute retraite.

Enragé par la vue de l'argent que brandissaient ses proies, le loup-garou donna des coups de patte furieux mais prudents. Aucun des deux camps ne pouvait se rapprocher suffisamment de l'autre pour lui causer des dommages significatifs. Ils étaient dans une impasse.

Shani décida que cela avait assez duré.

Elle saisit son couteau par la lame, ramena son bras en arrière et aboya :

— Faites-moi de la place !

Les autres s'éparpillèrent.

Se souvenant de ses propres conseils, la jeune femme visa haut et lança de toutes ses forces.

La lame alla se planter dans la poitrine velue du loup-garou. Un hurlement mi-humain, mi-bestial, où se mêlaient douleur et colère, déchira l'air.

La créature donna un coup de patte au couteau comme pour le déloger, tituba et s'écroula.

Tout l'air s'échappa de ses poumons dans un effort laborieux. Son corps se convulsa. Puis s'immobilisa.

Leandor et les autres s'approchèrent prudemment. Déjà, les traits de la bête se dissolvaient. Sa fourrure parut s'évaporer ; ses membres se détendirent et reprirent leur forme humaine. Sa gueule se rétracta. Ses yeux redevinrent ronds. Ses griffes disparurent.

Le loup-garou n'était plus. Ils contemplaient une très belle jeune femme, et sans le couteau qui dépassait encore des lambeaux de sa robe, ils auraient pu croire qu'elle dormait.

— Beau lancer, Shani, lâcha Leandor.

— À la voir ainsi, je ne suis pas certaine de mériter des félicitations, soupira-t-elle. Elle semble si… paisible.

— N'aie pas de regrets, intervint Tycho. Tu l'as libérée d'une terrible malédiction.

— Ne va pas ramollir maintenant, fillette, ajouta Meath. Pense à toutes les vies qu'elle et ses sœurs ont dû prendre.

— En parlant de ses sœurs, dit Leandor, je me demande où…

La porte d'entrée s'ouvrit à la volée.

Aurora et Adela apparurent sur le seuil. Leur regard se posa sur le cadavre d'Abigail, et une haine féroce tordit leur ravissant visage.

Puis leur corps commença à muter.

— Vous allez payer, cracha Adela.

— Nous allons vous arracher le cœur ! hurla Aurora.

Meath se précipita vers elles.

— Vite, avant qu'elles se transforment ! cria-t-il à ses compagnons.

Mais il était déjà trop tard. Le temps qu'il parcoure les quelques pas qui le séparaient d'elles, les deux sœurs s'étaient changées en loups.

La créature qui avait été Aurora attaqua immédiatement. Un coup de patte rapide comme l'éclair atteignit le mercenaire au bras, déchirant sa manche. Son couteau vola hors de sa main, et il perdit l'équilibre. La bête se pencha sur lui tandis qu'il tentait de la repousser en ruant et en la frappant de ses poings.

La seconde créature fonça vers Leandor et Shani, à une telle vitesse que la jeune femme n'eut pas le temps de récupérer son couteau toujours planté dans le cadavre d'Aurora. Elle plongea sur le côté, espérant ramasser celui de Meath, mais le mercenaire et la bête contre laquelle il luttait l'empêchèrent de l'atteindre.

Leandor se retrouva seul pour encaisser l'assaut furieux d'Adela. Il dut mobiliser toutes ses ressources de combattant expérimenté pour esquiver ses griffes et ses crocs affûtés comme des rasoirs.

Puis la chance le favorisa. La pointe de sa dague entailla le bras de la créature – une coupure peu profonde, qui serait passée inaperçue si elle avait été faite par une arme ordinaire. Mais le contact de la lame enveloppée d'argent fut atrocement douloureux pour le loup-garou. Il poussa un rugissement d'agonie et leva sa patte blessée.

Leandor en profita pour feinter et pour plonger son couteau dans son torse velu. La créature s'effondra en gémissant.

Shani s'efforçait toujours de mettre la main sur l'arme de Meath. Une tâche d'autant plus urgente que le mercenaire s'affaiblissait visiblement.

Quand il appela à l'aide, elle décida de se porter à son secours, avec ou sans couteau.

— Shani ! (C'était la voix de Tycho.) Tiens-toi prête !

L'homoncule désigna l'arme tombée à terre.

Au début, Shani ne comprit pas ce qu'il voulait dire. Puis elle le vit fermer les yeux et tendre la main devant lui, comme il l'avait fait dans la forêt.

Le couteau s'éleva dans les airs. Il resta en suspension l'espace d'une seconde, oscillant doucement, avant de glisser vers la jeune femme. Quand il arriva au-dessus de sa tête, elle bondit et s'en saisit.

Le dos difforme d'Aurora était une cible facile pour quelqu'un d'aussi doué que Shani. La jeune femme mit toutes ses forces dans son lancer, atteignant la créature sous l'omoplate gauche.

Meath réussit à rouler sur lui-même avant que le loup-garou mortellement blessé bascule en avant. Sa tête heurta le sol avec fracas tout près de celle du mercenaire, qui sentit sa dernière bouffée d'haleine fétide lui caresser le visage.

Comme leur sœur, Adela et Aurora reprirent leur apparence humaine dans la mort.

Leandor et Tycho aidèrent Meath à se relever. Shani retroussa délicatement sa manche lacérée pour examiner la plaie.

— Ça n'a pas l'air trop méchant, annonça-t-elle. Tiens-toi tranquille ; je vais te faire un bandage.

— Je suppose que je devrais te remercier, marmonna le mercenaire à contrecœur.

— De rien, répliqua Shani en déchirant un morceau de tissu. Ne crois-tu pas que Tycho aussi mérite ta gratitude ?

Meath hésita, l'air maussade, avant de grommeler quelque chose qu'aucun d'entre eux ne comprit.

— Je te demande pardon ? susurra Shani. Je n'ai pas bien entendu.

— J'ai dit… (Le mercenaire soupira.) J'ai dit : merci, Tycho.

L'homoncule esquissa une légère courbette.

— Ravi d'avoir pu me rendre utile.

Leandor sourit.

— Parfait. Dès que Shani aura terminé, nous prendrons tout ce qui pourra nous servir pour la suite de notre voyage, et nous partirons. Mais je ne crois pas qu'il sera nécessaire de mettre le feu cette fois, n'est-ce pas, Meath ?

— Tu lis dans mes pensées, soupira le mercenaire. C'est vraiment dommage. Aïe !

— Je t'ai fait mal ? grimaça innocemment Shani. Désolée.

Chapitre 15

Une puanteur de mort planait sur Torpoint.

Une bonne partie des soldats étaient occupés à déblayer les couloirs jonchés de cadavres.

Sans se soucier du carnage qui l'entourait, Avoch-Dar passa devant eux, flanqué de sa garde personnelle. Il se dirigea à grandes enjambées vers la salle du conseil et, d'une poussée, ouvrit sa double porte massive.

Une vingtaine d'hommes étaient assis à l'intérieur ; une sentinelle armée montait la garde dans le dos de chacun d'eux. Une vingtaine de regards craintifs se tournèrent vers le sorcier.

Avoch-Dar s'avança jusqu'à une extrémité de la table massive. Il ôta ses gantelets noirs avec une lenteur délibérée, tout en fixant tour à tour du regard chacun des visages au teint cendreux.

Quand il en laissa délibérément tomber un, le bruit mat de la cotte de mailles sur le chêne vernis fit sursauter plusieurs des conseillers.

— Voici donc les fameux Anciens, railla le sorcier en se défaisant de son autre gantelet. Un titre qui vous décrit à merveille. Je ne vois ici que barbes blanches et peaux ridées ; je n'entends que craquement d'os friables et sang dilué courant à travers des veines encroûtées.

À l'autre bout de la table, un homme aux joues empourprées par l'indignation s'exclama :

— Vous n'avez donc aucun respect pour la sagesse de l'âge ?

Avoch-Dar claqua des doigts presque distraitement. Une petite boule de feu vert vif fusa vers l'impertinent, frappa sa main levée et se dissolut dans une bouffée de fumée. Le conseiller glapit de douleur et retomba dans sa chaise en massant sa chair brûlée. Ses collègues poussèrent un hoquet de stupeur. Puis un silence apeuré retomba dans la pièce.

— C'est exact, acquiesça calmement Avoch-Dar ; je n'ai aucun respect envers votre soi-disant corps dirigeant. Et encore moins envers le roi qui s'est montré assez faible pour tenir compte de son avis.

Il se tourna vers un groupe de gardes et aboya :

— Amenez-moi Eldrick et la princesse ! Tout de suite !

Les gardes se hâtèrent d'obéir.

— Néanmoins, je vais vous donner l'occasion de remplir vos fonctions une dernière fois, reprit Avoch-Dar.

Un serviteur lui apporta un parchemin.

— Ceci est le traité de reddition. Vous allez le signer.

Les gardes revinrent avec Bethan, qui marchait le menton fièrement levé.

— Ah, Votre Altesse Royale, la salua Avoch-Dar. (Il esquissa une courbette faussement courtoise.) Vous arrivez juste à temps pour assister au transfert de pouvoir.

La jeune femme le foudroya du regard.

— Vous ne vous en tirerez pas comme ça, espèce de vipère.

Avoch-Dar éclata d'un rire moqueur.

— Trop tard, ma chère. Ce document va sceller ma victoire.

— Depuis quand avez-vous besoin d'un traité pour prendre ce que vous convoitez ?

— Si les citoyens de Delgarvo savent que votre père et ses conseillers m'ont cédé le trône dans les règles, ils accepteront plus facilement mon règne.

— Ils n'accepteront rien du tout, tyran ! Ils ne connaîtront pas de repos avant de vous avoir renversé !

— Pour l'instant, ce morceau de papier suffira à les faire tenir tranquilles. Bientôt, mes pouvoirs magiques seront décuplés, et plus rien de ce qu'ils pourraient faire ne réussira à m'atteindre.

Avant que Bethan puisse répondre, les gardes amenèrent le roi. Bien qu'enchaîné et forcé à marcher sous la menace d'une épée qui lui piquait les reins, Eldrick n'avait rien perdu de sa royale prestance. Malgré son grand âge, son large dos était toujours droit, ses yeux toujours clairs.

— Père !

Bethan s'élança et lui jeta les bras autour du cou.

— Tu vas bien, mon enfant ? s'inquiéta Eldrick.

— Oui ; il ne m'a pas fait de mal.

— Comme c'est touchant, cracha Avoch-Dar.

Le roi gonfla la poitrine et serra les poings.

— Si tu touches à un seul cheveu de ma fille…, gronda-t-il.

— Que pourrez-vous bien faire, vieillard ? (Le sorcier lui rit à la figure.) Mais n'ayez crainte, cela n'est pas dans mes intentions. Bethan aura un rôle à jouer dans mon plan.

— Jamais ! claironna la princesse sur un ton de défi.

— C'est ce que nous verrons. En attendant, nous avons un traité à signer. (Avoch-Dar brandit le parchemin et s'adressa aux conseillers.) Mes termes sont très simples. Je suis votre conquérant, et vous n'avez aucun droit.

— Je ne prêterai pas mon nom à un accord si inique, fulmina Eldrick.

— Dans ce cas, chacun des hommes ici présents sera exécuté sous vos yeux. Je vous laisse le choix.

— Vous avez peut-être gagné pour le moment, gronda Bethan, mais il vous reste un adversaire que vous ne parviendrez pas à renverser si facilement.

— Ah, oui. Nightshade. Je n'ai pas oublié votre bien-aimé Dalveen Leandor. (Le sorcier eut un rictus méprisant.) Malheureusement pour vous, son existence touche à sa fin. N'attendez aucune aide de ce côté-là, princesse.

Des larmes montèrent aux yeux de Bethan.

— Vous mentez, souffla-t-elle.

Avoch-Dar l'ignora et poussa le parchemin vers Eldrick.

— J'accepte votre reddition inconditionnelle.

— Tu dois bien avoir une idée de l'endroit où se trouve ce livre ! répéta Meath pour la centième fois.

— Aucune. Tout ce que Melva m'a dit, c'est que je devais marcher vers l'est, répéta Leandor. Et faire confiance à mon instinct.

— C'est beaucoup trop vague, protesta le mercenaire. Comment saurons-nous… ?

— Nous le saurons, coupa Leandor. J'ignore comment, mais nous le saurons.

Shani revint vers eux avec un chiffon mouillé. Ils se trouvaient à deux jours de cheval de la maison des trois sœurs. La rivière qu'ils suivaient s'était élargie ; son courant était de plus en plus fort.

— Où est Tycho ? s'enquit la jeune femme.

Du menton, Leandor désigna l'amont du cours d'eau.

— Il a décidé d'aller jeter un coup d'œil par là-bas. Je lui ai recommandé de ne pas trop s'éloigner.

Shani défit le bandage de Meath et nettoya prudemment sa plaie.

— Elle est en bonne voie de guérison, commenta-t-elle. Tu devrais juste garder une petite cicatrice. Je pense qu'il est inutile de te mettre un nouveau bandage.

— Tant mieux, se réjouit le mercenaire. Je me demandais comment nous saurions que nous avons trouvé la cachette du livre. Aurais-tu une idée sur la question ?

— Pas vraiment, admit Shani. Mais si la prophétie a dit vrai – si Dalveen était bel et bien destiné à entreprendre cette quête –, il semblerait logique qu'il reconnaisse l'endroit quand nous y arriverons.

— Ça m'étonnerait beaucoup qu'il y ait des panneaux indicateurs, et cette île est immense ! insista Meath. Nous pourrions passer le reste de nos vies à chercher.

— Si tu as un meilleur plan, je t'écoute, aboya Leandor, à bout de patience.

Le mercenaire ne répondit pas.

Ce fut Shani qui rompit le silence.

— Voilà Tycho. Et il a l'air pressé.

L'homoncule s'approchait d'eux à grandes enjambées.

— J'ai découvert quelque chose d'intéressant un peu plus haut, révéla-t-il.

Leandor se leva.

— Quoi donc ?

— Des ruines. Venez, je vais vous montrer.

Menant leurs chevaux par la bride, les trois jeunes gens emboîtèrent le pas à l'homoncule.

La rivière décrivait une large courbe. Sur leur droite se dressaient de grands arbres au pied dissimulé par des buissons touffus. Bientôt, ils atteignirent un endroit où la végétation avait dépéri, révélant une section de mur à demi effondré.

Meath tâta les briques. Quand il retira sa main, le bout de ses doigts était couvert d'une fine poussière rouge.

— Il est très vieux et tout branlant. Mais il devait être solide autrefois.

— Voyons ce qu'il y a de l'autre côté, suggéra Leandor.

Comme leurs yeux s'habituaient à la pénombre du sous-bois, les jeunes gens distinguèrent d'autres restes d'habitations : des pans de murs, des blocs de granit empilés et les fondations de plusieurs bâtiments depuis longtemps disparus, à peine identifiables sous les ronces et les mauvaises herbes qui les avaient envahis.

Shani enjamba ce qui ressemblait à un tronc mort. Mais quand elle écarta le feuillage de la main, elle se rendit compte que c'était en réalité une colonne de pierre couchée sur le flanc.

— Regardez ! s'exclama Tycho. Au-dessus de la cime des arbres !

Les jeunes gens levèrent les yeux. Le sommet de plusieurs structures de pierre perçait entre les frondaisons.

— Je ne crois pas que nous soyons trop loin, jugea Leandor. Venez.

Laissant la rivière derrière eux, ils s'enfoncèrent dans la forêt.

Comme ils avançaient, les ruines se firent plus denses, les arbres plus clairsemés, et le sol se mit à monter en pente de plus en plus raide.

Leandor fut le premier à atteindre le sommet de la colline.

— À ton avis, qui habitait ce village ? demanda Shani dans son dos.

— C'était bien plus qu'un village, contra le jeune homme en tendant un doigt.

Shani se rapprocha de lui et poussa un hoquet de surprise.

Meath et Tycho les rejoignirent. À leur tour, ils découvrirent la scène qui s'étendait en contrebas.

— Fascinant, déclara l'homoncule.

Une cité antique se nichait dans la vallée. Aussi loin que portait le regard, des bâtiments trapus et grossiers se mêlaient à d'élégantes structures de plusieurs étages. Des tours à demi effondrées émergeaient à peine de la végétation qui tentait de les étouffer. Des aiguilles immenses jaillissaient vers le ciel ; d'autres étaient surmontées par une couronne de pointes déchiquetées, semblables à des crocs. À certains endroits, on pouvait distinguer le tracé d'une route à travers la jungle.

— Apparemment, plus personne n'habite ici depuis une éternité, commenta Meath.

— C'est peut-être ici que le livre est caché, suggéra Shani, les yeux brillants.

Leandor hocha la tête.

— Descendons jeter un coup d'œil. Mais souvenez-vous qu'il nous reste peut-être d'autres périls à affronter. Ne relâchez pas votre vigilance.

Le temps et les éléments avaient encaissé leur dû.

La décrépitude était partout. Des piles de gravats encombraient la plupart des rues, les rendant impraticables. Des murs en voie de désintégration s'inclinaient selon des angles dangereux. Des lianes épaisses s'étaient enfoncées entre les pavés, formant des murs hérissés d'épines qui bloquaient des avenues entières.

Et le silence était absolu.

Mais certains quartiers de la cité avaient été moins affectés que d'autres. Çà et là, les quatre compagnons avisèrent des zones qui paraissaient quasiment intactes.

Après avoir rebroussé chemin plusieurs fois dans ce labyrinthe végétal, ils débouchèrent sur une vaste place centrale. Celle-ci était bordée sur ses quatre côtés par des bâtiments impressionnants, à divers stades de délabrement.

En son centre se dressaient une vingtaine de statues. Quelques-unes s'étaient renversées, une ou deux étaient rongées par l'érosion, mais les autres demeuraient intactes. La majorité représentait des guerriers brandissant épée et bouclier, coiffés d'un heaume orné de plumes ; les autres, des dignitaires en robe qui auraient pu être des politiciens.

— Jusqu'ici, je pensais que nous avions découvert une cité construite par les démons, avoua Shani. Mais apparemment, je me trompais.

— Cette idée m'avait aussi effleuré l'esprit, acquiesça Meath. Je me demande ce qui est arrivé aux gens qui vivaient ici. Pensez-vous que les démons aient pu les chasser ou les tuer ?

— Peut-être, répondit Leandor. À supposer que cet endroit date des démons. Malgré son aspect, il a sans doute été bâti longtemps après.

Shani regarda autour d'elle. Deux ou trois des bâtiments étaient coiffés d'un toit conique ; un autre avait la forme d'un tire-bouchon.

— En tout cas, je n'ai jamais vu d'architecture aussi étrange, commenta-t-elle.

— Tout cela est très mystérieux, acquiesça Tycho, et si je ne m'abuse sur la nature humaine, résoudre des mystères procure un grand plaisir aux membres de votre race.

Leandor sourit.

— Parfois, oui. Mais je doute que nous découvrions jamais les origines de cette cité, ou ce qu'il est advenu de ses habitants. Trop de temps s'est écoulé.

— Néanmoins, nous parviendrons peut-être à trouver la réponse d'une ou deux énigmes mineures, affirma l'homoncule. Et cette place semble être un bon point de départ. (Il indiqua le plus gros et le mieux préservé des bâtiments qui l'entouraient.) C'est une construction magnifique et, à en juger par sa taille, elle devait avoir une fonction importante.

Les compagnons attachèrent leurs chevaux et se dirigèrent vers les larges marches de pierre qui conduisaient jusqu'à l'entrée béante. Si celle-ci avait été munie de portes autrefois, leurs battants avaient dû se décomposer depuis longtemps.

Ils n'eurent pas besoin d'utiliser leurs précieux silex pour faire de la lumière : un énorme trou dans le plafond en forme de dôme laissait entrer celle du soleil.

Devant eux s'étendaient des rangées d'étagères parallèles, au moins deux fois plus hautes que Leandor. Les rayonnages étaient bourrés d'objets cylindriques qui leur donnaient une apparence de ruche.

— Vous savez où nous sommes, n'est-ce pas ? s'exclama Meath, tout excité. Dans une bibliothèque ! Quelle chance ! Notre quête touche peut-être à sa fin !

Il se dirigea vers l'étagère la plus proche et en tira un parchemin. Mais comme il tentait de le dérouler, celui-ci tomba en poussière.

Leandor et Shani se mirent à fouiller de leur côté, avec le même résultat.

— Par ici ! appela Tycho sur leur droite. J'ai trouvé des livres !

Mais malgré toutes leurs précautions, ils ne réussirent à ouvrir aucun d'eux sans qu'il se désintègre entre leurs mains.

Shani poussa un soupir.

— C'est assez ironique, à bien y réfléchir. Les étagères ont tenu bon parce qu'elles sont en pierre. (Elle promena son doigt à la surface de l'une d'elles.) Du marbre, je pense. Mais le papier qu'elles contenaient n'a pu échapper à la décomposition. Tout ce savoir, perdu à jamais... Quelle tristesse !

— On s'en fiche ! clama Meath. Tout ce qui nous intéresse, c'est le Grimoire des Ombres !

— Nous pourrions retourner cet endroit, mais ça m'étonnerait que nous le trouvions, dit Leandor.

— Pourquoi ?

— Parce que j'ai du mal à croire que les démons aient laissé quelque chose d'aussi précieux pourrir ici.

— Il se peut que tu aies raison. D'un autre côté, il ne s'agit pas d'un ouvrage ordinaire. S'il est aussi puissant que Melva l'a affirmé, peut-être qu'il ne pourrirait pas.

— Tout de même, ils l'auraient mieux protégé que ça. Il ne me semble pas logique que nous le découvrions aussi facilement. Mais ça vaut quand même le coup d'essayer. Nous devrions nous séparer et...

— Excuse-moi, Dalveen, l'interrompit Tycho. Vous n'avez pas entendu quelque chose ?

Les jeunes gens secouèrent la tête.

— Mon ouïe est supérieure à celle des humains, insista l'homoncule, et j'aurais juré que... Oui ! Écoutez !

Cette fois, ils l'entendirent. C'était un raclement grinçant, comme si quelqu'un s'amusait à frotter deux pierres l'une contre l'autre. Ils eurent beau regarder autour d'eux, ils ne parvinrent pas à déterminer son origine.

— À ton avis, qu'est-ce que c'est, Tycho ? souffla Shani.

— Je ne saurais dire. Mais nous sommes dans un bâtiment où personne n'avait dû pénétrer depuis des siècles. Il est possible que…

— Qu'il soit sur le point de s'effondrer ! acheva Leandor à la place de l'homoncule. Tout le monde dehors. Vite !

Ils rebroussèrent chemin en toute hâte. Quand ils eurent mis une distance prudente entre eux et le bâtiment, ils s'arrêtèrent et se retournèrent.

Rien ne se produisit.

Puis le bruit se fit entendre de nouveau. Beaucoup plus fort que la fois précédente…

Et juste derrière eux.

Chapitre 16

Ils firent volte-face.

Sur la place, rien n'avait changé. Les statues au regard vide continuaient de monter la garde sur la même scène désolée.

— C'est peut-être un autre bâtiment qui va s'écrouler, suggéra Meath.

— Possible, concéda Tycho. Dans un endroit aussi ancien, beaucoup d'entre eux ne doivent plus être très sûrs.

— Ou peut-être que nous ne sommes pas seuls ici, en fin de compte, déclara Shani.

Le bruit résonna une troisième fois. Il se rapprochait. Mais les compagnons ne voyaient toujours pas d'où il provenait.

— Par tous les feux de l'enfer, que se passe-t-il ? s'exclama Meath.

Leandor dégaina son épée.

— Gardez la tête froide et l'œil ouvert, recommanda-t-il.

Shani et le mercenaire l'imitèrent, tirant respectivement couteau et rapière de leur fourreau.

— C'est ridicule, se plaignit Meath. Si nous devons nous battre, j'aimerais au moins voir mon adversaire. (Il mit ses mains en porte-voix et hurla :) Montrez-vous, chiens jaunes ! Sortez de votre cachette !

Ses paroles se répercutèrent dans les canyons de granit de la cité morte.

— Si tu voulais indiquer notre position, c'est réussi, lui reprocha Shani. Maintenant, s'il y a quelqu'un d'autre dans les parages, il n'aura aucun mal à nous localiser.

— Il vaut sûrement mieux savoir à quoi nous avons affaire, argumenta Meath. Ça nous permettra au moins de…

— Chut ! lui intima Tycho en pressant un doigt sur ses lèvres.

De nouveau, ils entendirent le raclement grinçant. Perplexe, Leandor promena un regard à la ronde.

— D'où… ?

— Là ! s'exclama Shani en tendant un index. Je suis certaine que ça venait de derrière les statues !

— Venez, vous deux, et soyez prudents, ordonna Leandor. Tycho, tu surveilles nos arrières.

Les trois jeunes gens s'approchèrent des sculptures et se déployèrent, tous les sens en alerte. Shani était sur la droite de Leandor, Meath sur sa gauche. Il ne leur fallut qu'un moment pour s'assurer que personne ne se dissimulait parmi les statues.

— Tu es sûre que ça venait de là, Shani ? appela Meath.

— Certaine.

Leandor se tenait face à l'effigie grandeur nature d'un guerrier monté sur un petit piédestal. L'homme portait un plastron et un casque rond, et serrait contre lui une épée large à deux mains. À l'instant où Leandor allait se détourner, un nuage de fine poussière grise se détacha de sa poitrine.

— Dalveen ? (Shani l'avait rejoint.) Qu'est-ce que tu regardes ?

— Je n'en suis pas sûr. Tiens-moi ça, veux-tu ?

Il lui remit son épée, puis leva le bras et toucha la statue. La pierre était fraîche et dure.

Meath arriva à l'instant où un autre filet de poussière tombait depuis le coude du guerrier.

— Que se passe-t-il, Leandor ?

— Je ne sais pas trop. On dirait qu'il se décompose à vue d'œil.

— Regarde ! s'exclama le mercenaire en désignant une autre statue, qui semblait elle aussi se désagréger. Ce sont peut-être les prémices d'un tremblement de terre !

— Dans ce cas, pourquoi les bâtiments ne sont-ils pas affectés ? répliqua Leandor, les sourcils froncés.

— Ce n'est pas un tremblement de terre, décida Shani. Je pencherais plutôt pour un phénomène beaucoup moins… naturel.

Le raclement se fit entendre une fois de plus. Et cette fois, aucun doute n'était plus permis quant à son origine.

— Ça vient des statues ! cria la jeune femme.

Ce qui se produisit alors paralysa les trois compagnons.

L'effigie du guerrier bougea.

Sa tête casquée pivota dans une secousse et s'inclina vers eux comme pour les observer. Sa lourde épée à deux mains se souleva, délogeant des particules de pierre qui tombèrent en pluie à ses pieds.

Leandor s'arracha à sa stupeur.

— Reculez ! aboya-t-il. Shani, mon épée !

La jeune femme lui lança son arme.

Comme ils s'écartaient du guerrier, d'autres statues donnèrent des signes de vie. Des bras et des jambes s'arrachèrent à leur immobilité millénaire. Des visages anguleux se tournèrent lentement dans une nouvelle direction. Et le crissement de protestation du granit accompagnait chacun de leurs mouvements.

Dans un craquement sonore, le guerrier qui avait été le premier à remuer souleva un pied après l'autre, laissant le contour de ses empreintes sur le piédestal. Puis il descendit lourdement à terre.

Autour de lui, les autres statues l'imitèrent.

— Prends garde, Nightshade ! s'exclama Tycho depuis le bord de la place. Ça ressemble à un enchantement très puissant !

— Voyons comment ils réagiront à la morsure de l'acier.

Leandor se porta à la rencontre du guerrier et abattit son épée sur sa poitrine. Mais il ne réussit qu'à faire sauter quelques éclats de pierre, et la puissance de l'impact faillit lui faire lâcher son arme. Jurant, il s'écarta du chemin de l'horreur animée.

L'effigie d'un civil brandit sa dague et se jeta sur Shani. La jeune femme lança un de ses couteaux. La lame se brisa sur les plis sculptés de la robe de son assaillant.

— Misère, grogna-t-elle en reculant.

Meath tenta de croiser le fer avec une lame de granit. La statue qu'il avait choisie se mouvait comme au ralenti, ce qui lui donnait l'avantage de la vitesse. Mais ses coups ne produisaient pas le moindre effet, et il ne tarda pas à se désengager du combat.

Les trois jeunes gens battirent en retraite vers Tycho et regardèrent, impuissants, l'armée de pierre qui marchait sur eux.

— Vous avez remarqué que leurs mouvements deviennent plus fluides ? lança Shani.

— Oui. Et ils gagnent en rapidité, renchérit Leandor.

— Je crains qu'ils ne tardent pas à recouvrer une agilité quasi humaine, déclara Tycho. Pour le moment, ils sont encore raides d'être restés immobiles si longtemps. Mais ça ne durera pas. Nous devons les neutraliser le plus vite possible, Dalveen.

— Mais comment ? Nos armes ne leur font rien, se désespéra le jeune homme.

— Parfois, la fuite est la solution la plus sage.

— Ça, c'est bien vrai, acquiesça Meath. Fichons le camp d'ici. À tout le moins, cela nous donnera le temps de réfléchir à un plan d'action.

Leandor hocha la tête.

— Je veux bien essayer. Mais je ne suis pas certain que nous puissions les distancer.

Il avait raison. Ses compagnons et lui étaient encore en train d'enjamber les gravats de la place quand les statues de tête les rejoignirent.

— Dispersion, ordonna Leandor. On se retrouve près des chevaux.

Tycho et Meath foncèrent vers la gauche. Un guerrier effrayant, qui brandissait une hache de bataille, s'élança à leur poursuite. Comme ils longeaient un bâtiment qui tenait encore debout, ils aperçurent le tronc d'un gros arbre mort de l'autre côté de l'arche qui lui tenait lieu de porte.

— J'ai une idée, annonça Tycho. Entre là-dedans.

Meath jeta un coup d'œil par-dessus son épaule et vit la statue se rapprocher.

— J'espère qu'elle est bonne, grommela-t-il en suivant l'homoncule à l'intérieur.

Tycho posa ses mains sur le tronc et s'arc-bouta.

— Aide-moi à bloquer l'entrée avec ça.

Deux hommes ordinaires n'y seraient probablement pas arrivés. Mais les efforts de Meath et la force surhumaine de l'homoncule suffirent à faire rouler l'arbre mort dans la bonne direction.

Ils parvinrent à sceller l'ouverture à l'instant où leur poursuivant l'atteignait. Entre le sommet de l'arche et leur barricade improvisée, ils virent sa tête et ses épaules s'immobiliser.

Le guerrier fixa l'obstacle d'un regard impassible pendant quelques instants, puis se mit à pousser dessus. Tycho et Meath s'adossèrent au tronc de tout leur poids pour l'empêcher de bouger.

Au bout d'un moment, la statue renonça. Elle recula de deux pas et, soulevant son énorme hache, entreprit de taillader le bois mort.

— Et maintenant ? haleta Meath.

Tycho se déplaça sur la droite et appuya son épaule contre le mur qui encadrait l'arche.

— Fais comme moi de l'autre côté ! Dépêche-toi !

Le mercenaire obtempéra sans discuter. Mais très vite, il dut se rendre à l'évidence.

— C'est trop solide ! s'exclama-t-il.

— Pousse plus fort, ordonna Tycho.

Le guerrier continuait à s'acharner sur le tronc d'arbre. Déjà, il l'avait à moitié coupé en deux.

— Nous n'arriverons pas à faire effondrer ce mur, grogna Meath, les dents serrées et le front ruisselant de sueur.

— Il est vieux et instable, insista Tycho. Nous pouvons le faire.

Le mur vacilla légèrement. De petits morceaux de pierre s'en détachèrent, et des fissures s'ouvrirent dans la maçonnerie.

Focalisée sur ses proies, la statue ne mesura pas le danger qui la menaçait.

— Encore un petit effort, pressa Tycho.

Malgré ses muscles qui le brûlaient, Meath obtempéra.

Ils sentirent le mur frémir. Soudain, il s'écarta d'eux, s'inclinant vers l'extérieur. Puis la gravité prit le dessus, et il commença à s'écrouler dans un grondement sourd.

La statue s'interrompit enfin et leva les yeux. Aucune expression ne s'inscrivit sur son visage figé, mais elle recula maladroitement de deux pas.

Avec un craquement assourdissant, le mur s'effondra.

Des tonnes de pierre engloutirent le guerrier, l'écrasant et l'enfouissant simultanément.

Un nuage de poussière étouffante obscurcit la scène pendant quelques instants. Comme elle se dissipait, Tycho et Meath escaladèrent les débris. À part un moignon de bras qui dépassait de la pile, il ne restait aucun signe de la statue.

— C'était bien trouvé, Tycho, le félicita Meath tandis qu'ils s'élançaient vers leurs chevaux. Combattre la pierre avec la pierre…

— Merci.

— Mais je croyais que tu ne pouvais pas faire de mal à d'autres créatures vivantes.

— Je ne peux pas faire de mal à des humains, corrigea Tycho. Et ces créatures n'en étaient certainement pas.

Il jeta un coup d'œil par-dessus son épaule. Plusieurs autres statues les poursuivaient.

— En revanche, elles font preuve d'une obstination digne de votre race. Viens, nous ne devons pas traîner.

Leandor et Shani avaient pris sur la droite. Ils ralentirent pour regarder ce qui se passait quand le mur s'écroula, et furent rassurés de voir Tycho et Meath émerger des décombres.

— Attention ! s'exclama la jeune femme.

Deux statues en avaient profité pour les rattraper. L'une d'elles, qui tenait une lance, se jeta sur Leandor. L'autre, munie d'une épée et d'un bouclier triangulaire, fonça vers Shani. La jeune femme détala.

Leandor esquiva l'attaque d'estoc de son adversaire et riposta, sachant d'avance que cela ne servirait à rien. La lame rebondit sur le torse du guerrier de pierre sans lui infliger le moindre dommage. Tout ce que pouvait faire le jeune homme, c'était parer sa lance et désengager le combat à la première occasion.

Puis il remarqua quelque chose qui lui redonna espoir : de fines craquelures sur l'épaule droite de son adversaire. Il décida de concentrer ses coups sur cette zone vulnérable.

Bondissant en avant, il pénétra la garde de la statue et frappa à deux reprises. Le guerrier recula pour tenter de l'embrocher ; Leandor dut faire un bond sur le côté afin d'esquiver. Il réussit à frapper le haut de son bras une troisième fois et vit les fissures s'élargir.

Comme il s'apprêtait à délivrer un nouveau coup, son adversaire contre-attaqua. La lance manqua sa tête d'un cheveu, mais elle lui fournit une ouverture. Le jeune homme abattit son épée de toutes ses forces sur l'articulation de la statue.

Sa lame lui sectionna le bras. Celui-ci tomba sur le sol, les doigts toujours crispés sur sa lance. Déséquilibré, le guerrier mutilé tituba et alla heurter un mur.

Leandor songea brièvement combien c'était ironique qu'un homme manchot se retrouve en train de combattre une statue manchote. Mais il oublia très vite cette idée en prenant conscience qu'il tenait enfin une occasion de s'enfuir.

Du regard, il chercha Shani.

La jeune femme courait le long d'un des côtés de la place, un guerrier armé d'une épée sur les talons. Devant elle, deux bâtiments se rejoignaient en formant un angle. L'entrée du premier était bloquée. Pour ne pas se retrouver acculée, elle fonça vers le second, une structure dont la façade à demi effondrée révélait un escalier en colimaçon à l'intérieur.

Shani bondit par-dessus une pile de gravats et se hissa sur les marches alors que son poursuivant se rapprochait derrière elle.

Elle écarquilla des yeux horrifiés en constatant que l'escalier se terminait au premier étage, où une plate-forme branlante donnait directement sur le vide. Pourtant, elle n'avait pas d'autre choix que de continuer à grimper. Les marches vibraient de façon inquiétante sous le pas pesant de la statue.

Arrivé au sommet de l'escalier, Shani passa sous une longue barre métallique fixée au mur de briques adjacent et se retrouva sur la plate-forme. Puis elle n'eut plus nulle part où aller.

Elle fit volte-face. La statue continuait à monter pesamment, son épée brandie devant elle.

Quand sa tête atteignit le niveau des pieds de la jeune femme, celle-ci prit conscience qu'elle n'avait qu'une seule option. Elle recula prudemment vers l'autre bout de la plate-forme, s'attendant que celle-ci cède à tout instant. Puis, comme le torse du guerrier apparaissait en haut des marches, elle s'élança à sa rencontre et bondit, les bras tendus en l'air.

Ses mains se refermèrent sur la barre de métal rouillé. Emporté par son élan, le reste de son corps continua à se balancer vers l'avant. Shani raidit ses jambes, et le talon de ses bottes heurta la poitrine de la statue. Par chance, elle l'avait atteint assez haut et avec suffisamment de force pour déplacer son centre de gravité.

Le guerrier vacilla un instant, puis bascula sur le côté. Il plongea vers le plancher du rez-de-chaussée, où il se brisa en mille morceaux.

Shani prit une inspiration tremblante et attendit que les battements de son cœur se calment avant de redescendre.

Leandor était planté au pied de l'escalier.

— Bien joué, la félicita-t-il. Tu es blessée ?

— Mes pieds me brûlent, mais à part ça, ça va. Ne traînons pas ici.

Dehors, Tycho s'efforçait de détacher leurs montures tandis que Meath repoussait les assauts d'une statue énorme. Shani et Leandor se précipitèrent vers eux.

— Occupe-toi des chevaux, ordonna le jeune homme à sa compagne, avant d'infléchir sa trajectoire pour se porter au secours du mercenaire.

— Ravi de te voir, déclara Meath sans détacher son regard de son adversaire. Une rapière, ce n'est pas l'arme idéale pour ce genre de boulot.

— Continue à le harceler, lui intima Leandor en brandissant son épée large. Et cherche des craquelures : elles indiquent les endroits vulnérables.

— Comme celle qu'il a autour du cou ? suggéra Meath.

— Exactement.

Leandor abattit sa lame dans le creux de l'épaule de la statue, faisant sauter un gros morceau de granit. Le guerrier recula mais continua à se battre alors que Meath le poussait dans ses derniers retranchements. Leandor frappa une nouvelle fois. D'autres éclats de pierre volèrent.

Comme elle battait en retraite, la statue bouscula Shani. Avant que la jeune femme puisse s'écarter de son chemin, elle lui assena un violent revers de sa main libre. Shani s'écroula, lâchant les rênes des chevaux que Tycho et elle avaient détachés. Les animaux poussèrent un hennissement paniqué et s'enfuirent au galop.

— Enfer et damnation, cracha la jeune femme.

Tycho chargea la statue, qu'il percuta sur le côté. Le guerrier tituba et s'écroula. Leandor se rapprocha et le frappa dans le cou.

Au bout de la troisième fois, sa tête se détacha de ses épaules, roula sur une courte distance et s'immobilisa, son regard vide tourné vers les jeunes gens.

La statue décapitée tenta maladroitement de se relever. Ils l'ignorèrent.

— Nous ne rattraperons jamais les chevaux, se lamenta Meath. Et en voilà d'autres !

En effet, une demi-douzaine de statues convergeait vers eux depuis des directions différentes.

— Il va falloir tenter de les semer, décida Leandor. Suivez-moi !

Ils s'élancèrent vers l'avenue qui conduisait jusqu'à la rivière.

Chapitre 17

— Ils gagnent du terrain ! hurla Meath.

— Par ici !

Leandor fonça vers une étroite ruelle qui s'éloignait de la place, en direction de la colline depuis laquelle les quatre compagnons avaient découvert la cité abandonnée.

Fracturant le silence du lourd martèlement de leurs pieds, les statues ensorcelées continuèrent à se rapprocher d'eux.

La pente devenait de plus en plus raide. Une centaine de pas devant eux, elle disparaissait sous une végétation dense. Leandor, Shani et Meath commençaient à fatiguer. Mais Tycho, semblable en cela à leurs poursuivants, ne donnait aucun signe d'épuisement.

— Nous n'arriverons jamais à passer, haleta Shani comme ils atteignaient le grouillement de lianes.

— Utilisez vos armes ! aboya Leandor.

Ils plongèrent dans la verdure, s'ouvrant un chemin à grands moulinets désespérés. Des tentacules gonflés de sève s'enroulaient autour de leurs chevilles ; des épines égratignaient leur chair exposée ; des feuilles de palmiers aux rebords coupants leur entaillaient le visage. Invisibles derrière eux, les guerriers de pierre fonçaient à travers la végétation comme si elle n'existait pas.

Saignant d'une multitude de petites plaies, les quatre compagnons émergèrent enfin sur le flanc découvert de la colline. Ils s'engagèrent dans l'herbe qui leur montait jusqu'aux genoux et se mirent à grimper. Dans leur dos, les statues jaillirent des fourrés et leur emboîtèrent le pas.

Leandor fut le premier à atteindre le sommet. Luttant pour reprendre son souffle, il jeta un coup d'œil en contrebas. La pente descendait vers la forêt touffue qu'ils avaient traversée à l'aller. Quelques ruines éparses saillaient au milieu du sous-bois et, plus loin, la lumière du soleil se reflétait à la surface argentée d'une tache d'eau.

—Si nous ne réussissons pas à nous défaire d'eux avant la rivière, nous serons pris au piège, déclara Shani alors qu'ils se regroupaient.

—Je sais, acquiesça Leandor. Nous tenterons de les semer entre les arbres.

—À votre place, je ne me ferais pas trop d'illusions, répliqua Tycho en regardant par-dessus son épaule les macabres silhouettes qui se rapprochaient d'eux. Ces statues ont visiblement été créées dans le seul but de détruire quiconque viendrait chercher le livre. Ce sont des tueurs dénués de raison.

Ils dévalèrent la pente, les guerriers sur les talons.

—Continuez droit devant, ordonna Leandor en ralentissant pour laisser passer ses compagnons devant lui.

Meath prit la tête du petit groupe. Devoir zigzaguer entre les ruines envahies par la végétation les ralentissait, et leurs poursuivants gagnaient un peu plus de terrain à chaque minute.

Bientôt, ils arrivèrent en vue de la rivière. Le chemin que Meath avait choisi se rétrécit, forçant les compagnons à courir en file indienne. Puis une tour ronde apparut devant eux. Pendant que les autres la contournaient, Leandor pivota et vit que les statues étaient sur le point de les rejoindre.

Il décida de gagner un peu de temps pour ses amis.

L'épée brandie, il fit face au guerrier de tête. Prenant garde de rester hors de portée de sa lance, il effectua une série de passes défensives. D'autres statues se jetèrent dans la mêlée, forçant le jeune homme à reculer vers le mur couvert de mousse. L'une d'elles parvint à le prendre à revers, lui coupant toute retraite.

Sans cesser de parer frénétiquement dagues, épées et lances, Leandor longea le mur incurvé de la tour et atteignit enfin son entrée. La seule solution était de plonger à l'intérieur. Pour ce qu'il pouvait en voir, le passage était plus ou moins dégagé. Mais il n'y avait pas d'autre porte : juste un escalier qui montait jusqu'au toit. À supposer qu'il existe encore un toit.

Les statues s'engouffrèrent dans la tour à la suite du jeune homme. Il n'eut pas d'autre choix que de se ruer dans l'escalier, talonné par les effigies de pierre.

Malgré la tache de lumière pâle qui brillait au-dessus de sa tête, Leandor grimpait dans une obscurité presque totale. Craignant que les marches soient pourries, il rasait le mur extérieur et, plusieurs fois, il s'égratigna douloureusement contre la maçonnerie.

Une statue se rapprocha suffisamment pour tenter de lui balayer les jambes de sa lance. Leandor pivota et fit pleuvoir une volée de coups sur le bouclier de son adversaire.

Un coup plus heureux que les autres atteignit la statue au visage. Le guerrier bascula sur le côté et tomba dans le vide. Leandor avait déjà repris son ascension quand le bruit de l'impact se répercuta contre les murs de la tour.

Deux boucles plus haut, l'escalier en colimaçon débouchait sur un petit couloir au bout duquel se dressait l'arche d'une porte. Leandor fonça et se retrouva sur un large toit plat entouré de créneaux. Le parapet était quasiment intact, à l'exception d'une brèche juste devant lui. Le jeune homme s'en approcha et baissa les yeux. Très loin en dessous de lui, la rivière coulait au pied de la tour.

Dans son dos, les statues se déversèrent par l'ouverture et se rapprochèrent implacablement.

Leandor était piégé.

Meath, Shani et Tycho jaillirent des buissons sur la berge de la rivière, un peu en amont de la tour.

— Où est Dalveen ? interrogea la jeune femme, inquiète.

Tycho jeta un coup d'œil en arrière.

— Je croyais qu'il nous suivait.

— Et où sont passées ces maudites statues ? ajouta Meath en scrutant la lisière des arbres.

— Oh, dieux, souffla Shani. Tu ne crois quand même pas que… ?

— Regardez ! s'exclama Tycho. Là-haut !

Il désigna le sommet de la tour.

La tête et les épaules de Leandor étaient tout juste visibles entre deux créneaux. Le jeune homme reculait vers le parapet. Comme ses compagnons le fixaient des yeux en retenant leur souffle, plusieurs guerriers de pierre apparurent devant lui.

— Reste ici, Tycho, ordonna Shani. Meath, avec moi !

Ils rebroussèrent chemin dans la forêt, laissant l'homoncule observer anxieusement le drame qui se déroulait au-dessus de lui.

Quelques minutes plus tard, ils atteignirent la tour. En entrant, ils faillirent trébucher sur les débris d'une statue. Ils s'élancèrent vers l'escalier et montèrent les marches quatre à quatre.

Leandor savait qu'il n'avait aucun espoir de repousser les monstres qui avançaient lentement vers lui. Et il n'avait pas non plus de moyen de leur échapper.

Il était fait comme un rat.

Mais il lui restait encore une chose à essayer. Il se souvint du commentaire de Tycho. Selon l'homoncule, les statues ne possédaient pas d'esprit propre. Elles n'avaient qu'un seul but : traquer et massacrer quiconque cherchait le livre. Leandor décida de vérifier cette théorie.

Le fait que ça le tuerait probablement ne faisait pas grande différence dans les circonstances présentes.

Il rangea son épée dans le fourreau fixé sur son dos et se porta à la rencontre des guerriers qui s'apprêtaient à le tailler en pièces. Quand il arriva à la limite de la portée de leurs armes, il s'immobilisa.

Puis fit brusquement volte-face et s'élança vers le parapet.

Les statues se ruèrent sa suite, agitant leurs épées et leurs lances, tout leur être artificiellement animé tendu vers un unique objectif : sa destruction.

En atteignant la brèche, Leandor prit une profonde inspiration.

Et sauta.

Shani et Meath firent irruption sur le toit à l'instant où les statues bondissaient derrière lui.

— Dalveen ! hurla la jeune femme.

La silhouette manchote, toute de noir vêtue, dégringola dans le vide. Elle fut aussitôt imitée par le groupe de ses poursuivants minéraux qui chutèrent comme autant de poids morts, le corps rigide.

La princesse Bethan poussa un hoquet horrifié et porta les mains à sa bouche.

D'un geste vif, Avoch-Dar fit disparaître l'image. Un kaléidoscope de couleurs tourbillonnantes prit sa place à la surface du cristal.

— C'est une illusion, balbutia Bethan, les joues inondées de larmes.

— Oh non, ma chère. Ce que vous venez de voir est la pure réalité, ricana le sorcier.

— Pourquoi me montrer quelque chose d'aussi horrible ?

— Pour vous faire souffrir, évidemment. Et pour vous prouver que votre précieux Nightshade a bien autre chose à faire que de voler à votre secours.

La princesse s'abandonna au désespoir.

Avoch-Dar eut un rictus cruel. Tout se déroulait comme prévu.

Leandor creva la surface de la rivière.

Il avait réussi à se raidir pendant sa chute, et pénétra dans l'eau comme une lame. Néanmoins, la force de l'impact faillit expulser l'air précieux qu'il avait emmagasiné dans ses poumons.

Il était tombé d'une telle hauteur qu'il toucha le fond avant que la densité du liquide le ralentisse. Son bras s'enfonça dans la boue jusqu'au coude. Comme il le dégageait, un objet gris massif dégringola près de lui, soulevant un nuage brunâtre. Un autre le suivit aussitôt, manquant de peu la tête du jeune homme, et demeura coincé dans la vase.

Les statues coulaient tout autour de lui. Si l'une d'elles le percutait, son compte était bon. D'un coup de reins, Leandor se propulsa un peu plus loin.

Ses poumons étaient en feu. Et avec un seul bras, il doutait fort de pouvoir regagner la surface.

Meath et Shani atteignirent le parapet à l'instant où la rivière engloutissait la dernière statue dans une gerbe d'éclaboussures. Ils virent Tycho courir le long de la berge en direction du point d'impact.

— Comment pourra-t-il nager avec un seul bras, Meath ? s'écria Shani. Il va se noyer !

— Si la chute ne l'a pas déjà tué, renchérit le mercenaire, l'air sombre. Tiens, prends ça.

Il fourra sa rapière dans les mains de la jeune femme.

— Que… ?

— Écarte-toi.

Shani obtempéra tandis que Meath reculait de deux pas.

Puis il s'élança et plongea depuis le parapet.

Chapitre 18

Leandor se noyait.

Malgré tous les efforts fournis, il lui semblait que la surface ne se rapprochait pas d'un pouce. Ses membres lui faisaient mal ; le manque d'oxygène lui brûlait la poitrine, et sa vision se brouillait.

Il comprit qu'il était sur le point de perdre connaissance.

Ç'aurait été si facile de lâcher prise, de cesser de se débattre et d'autoriser l'eau fraîche à envahir ses poumons. Si simple de se laisser flotter jusqu'aux profondeurs boueuses et de se reposer. De s'abandonner à un sommeil éternel.

Non.

Son esprit se rebella, rejetant cette idée. Il avait parcouru tant de chemin – tellement de gens dépendaient de lui – qu'il préférerait être damné pour l'éternité plutôt que de renoncer à présent. La rivière ne l'aurait pas. Il ne se rendrait pas sans combattre.

Dans un suprême effort de volonté, il rassembla ses dernières forces pour tirer son corps épuisé vers la lumière au-dessus de lui. Il savait que s'il échouait, il n'aurait pas de seconde chance.

La surface était toute proche. Assez proche, il en était certain, pour que ses doigts tendus la crèvent d'une seconde à l'autre. Mais elle se dérobait à lui, se riait de ses efforts. Le monde d'air salvateur qui s'étendait au-delà n'était qu'une illusion qu'il ne parvenait pas à atteindre.

Il recommença à couler.

Puis il perçut un brusque déplacement d'eau alors que quelque chose plongeait près de lui. Il eut conscience d'un mouvement désordonné, de bras et de jambes qui s'agitaient, de longues mèches de cheveux roux ondulant comme des algues…

Une main le saisit fermement par le dos de sa chemise. Il sentit une secousse alors que des jambes puissantes le propulsaient vers le haut. Tiré par la peau du cou, il recommença à s'élever, et trouva encore l'énergie de pousser sur ses jambes pour hâter son ascension. L'infinité de l'espace qui l'avait emprisonné redevint une simple distance, un voyage qui s'accomplit en trois battements de cœur.

Sa tête creva la surface. Il aspira une grande goulée d'air frais et pur qui soulagea instantanément la pression explosive de ses poumons. Meath apparut près de lui, haletant, et entreprit de le traîner vers la berge. Tycho entra dans l'eau en soulevant des éclaboussures pour aider le mercenaire à le tirer au sec.

Allongé sur le dos, Leandor se mit à cracher et à hoqueter entre deux inspirations sifflantes.

Meath et Tycho étaient penchés sur lui. Presque aussitôt, Shani apparut dans son champ de vision, complétant ce trio de visages inquiets.

— Tu vas bien, Dalveen ? demanda-t-elle sur un ton anxieux.

Le jeune homme était trop essoufflé pour lui répondre autrement que par un hochement de tête.

Shani se tourna vers Meath.

— Crois-tu qu'il ait avalé beaucoup d'eau ? Ne faudrait-il pas lui appuyer sur la cage thoracique pour la faire sortir ?

Leandor se racla la gorge et parvint à articuler :

— Non… Ça va… Je n'ai rien avalé… du tout.

Il toussa encore un peu, puis tenta de se redresser.

— Du calme, ordonna Meath en lui posant une main sur l'épaule. N'en fais pas trop.

— Je t'assure… que ça va, haleta Leandor. Mille mercis. J'ai une dette… envers toi.

— Oublie ça. (Le mercenaire sourit.) C'est à ça que servent les compagnons d'armes. Je sais que tu en aurais fait autant pour moi.

— Tout de même, je te suis très… reconnaissant. (Leandor recouvrait peu à peu ses esprits, et sentait ses forces revenir.) Merci aussi pour ton aide, Tycho.

— Ce n'était rien, affirma l'homoncule.

Shani jeta un coup d'œil à la rivière.

— C'est une bonne chose que ces statues nagent encore plus mal que toi, Dalveen. Crois-tu que nous les reverrons ?

— Probablement pas. Mis à part les trois ou quatre que nous avons neutralisées dans la cité, je suis sûr qu'elles m'ont toutes poursuivi, et qu'elles reposent désormais au fond de la rivière.

— Que fait-on maintenant ? s'enquit Meath.

— On commence par allumer un feu pour que vous puissiez vous sécher, décida Shani. Ensuite, nous nous mettrons à la recherche de nos chevaux.

— Nous aurons bien de la chance si nous réussissons à leur mettre la main dessus, soupira le mercenaire.

— Oh, et il faudrait trouver quelque chose pour affûter nos armes, ajouta Shani. À force de taper sur de la pierre, elles se sont forcément émoussées.

— Mais après ? insista Meath. Ne devrions-nous pas fouiller la cité, au cas où le livre serait dissimulé là-bas ?

— J'imagine que nous pourrions examiner les bâtiments principaux, concéda Leandor. Mais je suis plus convaincu que jamais que ce que nous cherchons ne s'y trouve pas.

— Tu t'appuies toujours sur ton instinct ? interrogea Shani.

— En partie. Et sur les raisons que je vous ai données dans la bibliothèque. D'abord, ça ne semblerait pas logique d'avoir abandonné quelque chose d'aussi précieux dans un lieu ouvert à tous les vents. Souvenez-vous que, de toute évidence, cette cité n'a même pas été construite par les démons. Ensuite, Melva a dit que je reconnaîtrai l'endroit quand j'y arriverai. Et je n'ai rien vu ni ressenti de particulier pendant que nous étions là-bas.

Meath se rembrunit.

— Peut-être parce que nous n'avons pas poussé notre exploration assez loin.

— C'est possible. Mais je suis d'avis que notre quête ne touche pas encore à sa fin. Je vote pour que nous poursuivions notre chemin en direction de l'est.

— Sans chevaux ?

— Nous n'avons pas le choix, dit simplement Leandor.

Ce qui donna aux quatre compagnons un sujet de réflexion pendant qu'ils ramassaient du bois mort pour le feu.

— Je n'avais jamais vu un paysage se modifier aussi soudainement, fit remarquer Shani en balayant du regard le terrain désolé qui s'étendait devant eux.

— Ni la température monter en flèche à une telle vitesse, geignit Meath. (D'un revers de manche, il essuya son front maculé de sueur.) Trop d'eau hier et pas assez aujourd'hui, pas vrai, Dalveen ?

— Nous semblons avoir basculé d'un extrême à l'autre, approuva Leandor. Peut-être n'aurions-nous pas dû nous écarter de la rivière.

— Je pense que c'était la bonne décision, déclara Tycho. Suivre ses méandres nous faisait perdre trop de temps. Maintenant, au moins, nous allons droit vers l'est.

— Oui, et à pied, grommela Meath. Je persiste à dire que nous aurions dû construire un radeau.

— Pour finir où ? répliqua Shani. Si la prophétie dit d'aller vers l'est, nous irons vers l'est. Un point c'est tout.

Ils s'abîmèrent dans un silence maussade.

Leurs recherches dans la cité n'avaient rien donné. Ils n'avaient découvert ni Grimoire des Ombres, ni chevaux. Du coup, ils se retrouvaient privés de leurs provisions, de leurs gourdes et d'une grande partie de leur maigre équipement. Et dès qu'ils avaient laissé la rivière derrière eux, la forêt avait cédé la place à un véritable désert.

— Il n'est pas trop tard pour rebrousser chemin et pour construire ce radeau, insista Meath. Nous ne marchons que depuis une journée et demie.

— Il me semble que ça fait des semaines, grogna Shani.

— Nous avons pris une décision hier, et je m'y tiendrai coûte que coûte, s'obstina Leandor. Mais rien ne vous oblige à en faire autant. Si vous voulez revenir en arrière, je comprendrai. Après tout, aucun de vous n'avait l'intention de se lancer dans cette quête à l'origine.

— En ce qui me concerne, je n'ai peut-être pas demandé à être embarquée dans cette galère, grimaça Shani, mais maintenant que j'y suis, je ne renoncerai pas avant que nous ayons atteint notre but.

— C'est aussi ma façon de voir, renchérit Tycho.

— Et la mienne, évidemment, soupira Meath. Je suis juste un peu accablé par cette chaleur.

— Comme nous tous, acquiesça Leandor. Mais j'ai le même sentiment qu'hier, quand j'ai cru que j'allais me noyer. Sur le coup, ça m'a paru ridicule de renoncer après avoir parcouru tout ce chemin. Je suis déterminé à aller jusqu'au bout et, si je dois y laisser ma vie, qu'il en soit ainsi. Naturellement, je n'attends pas le même sacrifice de votre part.

— C'est à moi de décider si je veux risquer ma peau ou non, merci bien, s'emporta Shani. Et j'ai décidé depuis un moment que je t'accompagnerai, quelles qu'en soient les conséquences. Je pense que c'est valable pour chacun de nous, n'est-ce pas ?

Tycho et Meath hochèrent la tête.

Leandor leur sourit.

— Merci. Bien que ce soit le hasard qui nous ait réunis, je n'aurais pu souhaiter meilleurs compagnons, dit-il chaleureusement.

— Ne gâche pas tout en devenant trop sentimental, marmonna Shani, embarrassée.

— Euh, excusez-moi, interrompit Tycho, mais à votre avis, qu'est-ce que c'est ?

Il tendit un doigt vers l'horizon.

Les trois jeunes gens mirent leur main en visière et plissèrent les yeux pour se protéger de la clarté aveuglante du soleil. Au loin, celle-ci se reflétait sur quelque chose de vert et de brillant.

— Ce n'est pas tout près d'ici, commenta Leandor. Donc, si c'est un bâtiment, je dirais qu'il doit être sacrément grand.

— Allons voir ça, suggéra Meath.

La princesse Bethan tenta de dissimuler le choc qu'elle venait d'éprouver.

— Vous voudriez que je fasse quoi ? s'exclama-t-elle, incrédule.

— N'employez pas le conditionnel : ça donne l'impression que vous avez le choix, ce qui n'est évidemment pas le cas, répliqua Avoch-Dar. Dans le fond, c'est très simple, ma chère. Demain après-midi, nous nous marierons.

— Ne m'avez-vous pas déjà assez humiliée ?

— Si j'étais moins tolérant, cette remarque pourrait m'offenser. Vous ne refuseriez sûrement pas cette occasion d'épouser le nouveau dirigeant de Delgarvo, n'est-ce pas ? De siéger à sa droite pendant qu'il conquerra le reste du monde... Beaucoup de femmes seraient prêtes à se damner pour prendre votre place.

— Vous n'avez qu'à épouser l'une d'entre elles, répliqua Bethan.

— Ah, mais elles ne sont pas princesses de sang, ma chère. Elles n'occupent pas une position aussi importante que la vôtre.

— À quoi cela vous servira-t-il, Avoch-Dar ? Qu'espérez-vous obtenir au moyen de cette farce ?

— Notre union fera de moi le souverain incontesté de Delgarvo. Elle m'aidera à consolider ma position à la tête du royaume et me donnera une légitimité vis-à-vis du peuple.

— Ne comptez pas trop là-dessus, cracha Bethan. Les sujets de mon père ne se laisseront pas embobiner si facilement.

— Mon souhait le plus cher est de fonder une dynastie, poursuivit le sorcier comme s'il ne l'avait pas entendue. Le roi Avoch-Dar, ça sonne plutôt bien, non ?

— Vous êtes fou ! Vous devez forcément l'être, pour penser que j'ignore ce qui m'arrivera une fois que j'aurai rempli mon rôle. Je préfère mourir maintenant que d'endurer cette mascarade et de périr plus tard, quand vous estimerez que vous n'avez plus besoin de moi.

— Allons, Bethan, ça ne sera pas si terrible. (Un rictus cruel tordit la bouche d'Avoch-Dar.) Après tout, ce n'est pas comme si vous aviez un autre prétendant susceptible de réclamer votre main.

— Voilà la véritable raison. Vous faites ça pour punir Dalveen, n'est-ce pas ?

— Je confesse que cela m'apportera une certaine satisfaction. Ce sera la cerise sur le gâteau de mon plan. Mais n'ayez pas l'air si abattu, ma promise : je suis certain que si Nightshade était là, il donnerait son bras droit pour... Oh, que je suis stupide. Il l'a déjà fait, n'est-ce pas ?

Et le sorcier éclata d'un rire moqueur.

— Misérable ! hurla Bethan. Vous ne valez pas mieux qu'un lézard des marais ! Vous...

— Emmenez-la, aboya Avoch-Dar.

Deux gardes saisirent la princesse et la poussèrent vers la porte de la salle du conseil.

—À demain, mon aimée ! lança le sorcier alors qu'elle jurait et se débattait en vain.

Quand elle eut disparu dans le couloir, il se dirigea vers son cristal magique. D'un geste, il invoqua une vision de Leandor et de ses compagnons. Ceux-ci étaient en train d'approcher d'une structure étrange, sise au cœur d'une étendue désertique.

—Fascinant, murmura Avoch-Dar. Vraiment fascinant.

C'était une énorme pyramide de verre vert. Ou d'un matériau qui ressemblait à du verre.

Shani passa une main sur sa surface lisse.

—C'est froid, malgré le soleil qui tape dessus, annonça-t-elle. Je me demande de quoi c'est fait…

—Je l'ignore, avoua Leandor. Je n'avais encore jamais rien vu de pareil.

—Vous avez remarqué qu'il n'y a pas de joints ? lança Meath. Comme si cette chose avait été taillée dans un seul monstrueux bloc de… je ne sais quoi.

—Actuellement, il n'existe personne au monde qui possède les compétences nécessaires pour construire une structure pareille, décida Tycho.

Peu de temps avant que les compagnons atteignent leur objectif, les mauvaises herbes et la terre craquelée avaient cédé la place à du sable. Poussé par le vent, celui-ci s'était accumulé en petits monticules jaunes à la base de la pyramide. Tycho avisa quelque chose qui dépassait de l'un d'eux et fit signe aux autres de venir voir.

—L'un d'entre vous connaît-il cette plante ? interrogea-t-il.

La tige fine portait des fleurs pourpres en forme de clochettes, dont chacune abritait une grappe de minuscules baies noires.

—Moi, répondit Shani. Dans mon pays, on l'appelait « dwale ».

—Ou belladone, ajouta Meath. Ses baies sont empoisonnées.

—Précisément, confirma Tycho. Je ne doute pas que Dalveen soit familier avec son nom courant : l'ombre de la nuit.

— C'est exact, acquiesça pensivement Leandor. Elle apparaît même sur le blason qu'Eldrick a fait faire pour moi.

— Regardez, dit Shani en tendant un doigt. Il y en a d'autres. Comment poussent-elles dans ces conditions ?

Meath haussa les épaules.

— Comme tout ce qui vit en ce royaume maudit, elles défient les lois de la nature. Mais ce qui est important, c'est leur présence en ce lieu. Je ne vois aucune autre plante. Ça ne peut pas être une coïncidence.

— C'est probablement le signe que nous cherchions, supputa Tycho.

Ils longèrent deux des côtés de la pyramide sans rien découvrir d'autre. Mais au centre de son troisième et dernier côté, une énorme porte se découpait dans la façade brillante, encadrée par des taillis de belladone.

Le battant semblait sculpté dans du bronze poli. Il n'y avait pas de poignée, de trou de serrure ni aucun autre moyen évident de l'ouvrir. À sa surface était gravée une grande étoile, entourée par un cercle qui touchait chacune de ses cinq pointes.

— Un pentacle, commenta Tycho.

Mais il aurait aussi bien pu s'abstenir. Chacun des trois jeunes gens connaissait ce symbole antique et son association ancestrale avec la magie noire.

Meath poussa sur la porte. Celle-ci ne bougea pas.

— Comment allons-nous entrer ?

— Logiquement, étant donné qu'elle est inclinée selon le même angle que le mur, il paraît peu probable qu'elle s'ouvre vers l'intérieur ou l'extérieur. Je suppose qu'elle doit se relever ou glisser sur un côté, déclara Tycho.

En l'absence de rainures latérales, les compagnons entreprirent de déblayer le sable qui masquait le bas du battant.

— On dirait bien qu'elle se relève, constata Meath. Et qu'il y a un jour suffisant pour passer les doigts dessous. Tycho, tu veux bien me donner un coup de main ?

Leandor et Shani regardèrent le mercenaire et l'homoncule se mettre en place et pousser sur leurs jambes. Mais malgré tous leurs efforts, la porte refusa obstinément de se soulever.

— Aidez-nous, vous deux, haleta Meath.

Les deux jeunes gens s'accroupirent de part et d'autre de leurs compagnons. Comme Leandor cherchait une prise sous le battant, la paume de sa main effleura le pentacle.

Immédiatement, la porte commença à se relever. Et bien qu'elle dût peser plusieurs tonnes, elle le fit sans la moindre secousse et sans produire aucun bruit.

Les yeux écarquillés de stupeur, Shani, Meath et Tycho regardèrent fixement l'entrée béante de la pyramide.

— Cette fois, aucun doute n'est plus permis, s'enthousiasma la jeune femme. Elle s'est ouverte pour toi, Dalveen !

Leandor ne répondit pas. Il était trop occupé à scruter l'intérieur de la structure.

L'intérieur *éclairé* de la structure.

— D'où vient cette lumière ? s'étonna Meath. Il n'y a pas de fenêtres, et je ne vois ni torches ni lanternes.

— Peut-être qu'elle est occupée, suggéra Shani en frissonnant.

— Ça m'étonnerait, contra Leandor. Regarde le sol. Personne n'est passé ici depuis une éternité.

Il franchit le seuil de la pyramide, et ses bottes s'enfoncèrent dans une épaisse couche de poussière. Un couloir long et large partait tout droit devant lui.

Tycho entra à sa suite et promena un regard à la ronde.

— L'intérieur semble être fait du même matériau que l'extérieur, à ceci près qu'il est gris et non vert. Il est extrêmement solide, et il laisse entrer la lumière.

— Pourtant, il n'est pas transparent, objecta Leandor, les sourcils froncés.

— Exact. C'est en quelque sorte du verre à sens unique. Si ce sont les démons qui ont construit cette pyramide, ils détenaient de remarquables secrets.

— Regardez, on voit le sommet d'un escalier au bout, annonça Meath.

Les quatre compagnons se dirigèrent vers le fond et descendirent les larges marches. Au bas de celles-ci, ils découvrirent une ouverture en forme d'arche et, au-delà, un étroit passage dont d'autres couloirs partaient dans toutes les directions en formant des angles aigus. Une rapide inspection révéla que chacun d'eux conduisait à de nouveaux embranchements multiples.

— C'est un labyrinthe, constata Leandor.

— L'un de nous devrait peut-être rester ici pour garder la sortie, suggéra Meath.

— Je pense qu'il vaudrait mieux que vous restiez tous, déclara Leandor.

— Quoi ? s'exclama Shani. Mais il pourrait y avoir n'importe quoi là-dedans !

— En effet, acquiesça calmement le jeune homme. Quoi qu'il en soit, je dois l'affronter seul. Je ne vous ai déjà que trop mis en danger.

— Tu pourrais errer dans cet endroit jusqu'à la fin des temps sans jamais retrouver la sortie, fit remarquer Meath.

Shani ôta le bandeau qui lui ceignait le front et entreprit de le détricoter.

— C'est un seul fil continu, expliqua-t-elle. Attaches-en une extrémité à ta ceinture, et laisse-nous l'autre. Ça devrait t'aider à retrouver ton chemin.

Leandor sourit.

— C'est une excellente idée. Mais que se passera-t-il si le labyrinthe est plus long que le fil ?

— Dans ce cas, nous l'attacherons à un autre. Pris sur la chemise de Meath, par exemple.

Le mercenaire se rembrunit.

— S'il n'y a pas d'autre solution… Je pense quand même que c'est très imprudent de ta part d'y aller seul, Dalveen. Ne veux-tu vraiment pas que l'un de nous t'accompagne ?

— Non. Ne perdons pas de temps à discuter, s'il te plaît. (Leandor noua le fil à sa ceinture.) Et surtout, qu'aucun d'entre vous ne tente de me suivre, c'est compris ? Si je ne suis pas revenu d'ici… disons, l'aube, sortez de cette pyramide et tâchez de retourner chez vous.

— J'ignore si ça pourra t'être utile, mais les labyrinthes sont censés avoir été inventés par les démons, révéla Tycho. Les érudits qui les ont étudiés ont constaté que la plupart d'entre eux suivaient un schéma classique. Si c'est le cas de celui-ci, tu devras tourner systématiquement à gauche pour atteindre son centre, et à droite pour revenir jusqu'ici.

— C'est un plan qui en vaut un autre, approuva Leandor. D'où tires-tu cette information si obscure ?

— J'ai entendu Avoch-Dar en parler, une fois.

Une sombre détermination s'inscrivit sur le visage de Leandor.

— Merci de me rappeler la raison de notre présence ici, Tycho.

Puis il entra dans le labyrinthe.

Chapitre 19

Suivant les conseils de Tycho, Leandor prit à gauche à chaque embranchement.

Plusieurs des passages qu'il suivit se terminaient en cul-de-sac. Quand il se retrouvait face à un mur, le jeune homme revenait sur ses pas et passait au couloir de gauche suivant. Une fois, il réussit à décrire un cercle complet et ne s'en serait pas aperçu sans le fil qu'il traînait derrière lui. Après ça, il fit particulièrement attention à ne pas le rompre.

Partout, les murs, le sol et le plafond étaient faits du même matériau gris et brillant. L'intensité de la lumière ne variait pas. Bientôt, Leandor perdit toute notion du temps écoulé et de la distance qu'il avait parcourue.

Aussi n'aurait-il pas su dire à quel moment il remarqua que le sol avait commencé à décliner.

Le chemin qu'il suivait l'entraînait vers le bas.

Au bout d'un moment, il déboucha dans un passage plat, à l'extrémité duquel se dressait une porte. Mis à part sa taille, qui était normale, elle ressemblait en tout point à celle par laquelle les compagnons avaient pénétré dans la pyramide. Un pentacle était gravé à sa surface de bronze poli.

Leandor hésita, conscient du silence absolu qui l'enveloppait, et se demanda ce qu'il trouverait de l'autre côté. Enfin, il tendit sa main et la posa sur le symbole magique.

Le battant se releva.

Et il ne douta plus d'avoir enfin atteint le cœur du labyrinthe.

Devant lui s'étendait une immense salle circulaire. Son plafond en forme de dôme était bien plus haut que celui des couloirs. Une autre porte, jumelle de celle que le jeune homme venait de franchir, se découpait dans le mur face à lui. Les parois grises et lisses ne comportaient aucun autre ornement.

Un piédestal rectangulaire se dressait au centre exact de la pièce. Leandor estima qu'il devait lui arriver à la poitrine. Bien que noir, il semblait avoir été sculpté dans la même matière que tout le reste de la pyramide.

À son sommet reposait le Grimoire des Ombres.

Le cœur de Leandor battait si vite et si fort que si quelqu'un d'autre avait été là, il aurait sûrement pu l'entendre.

Le jeune homme dénoua le fil passé à sa ceinture, le laissa tomber à terre et s'avança prudemment.

Le livre était énorme : d'une longueur comparable à une coudée et moitié aussi large. Il avait à peu près l'épaisseur de son poing fermé. Sa couverture d'un jaune brunâtre ressemblait à de la peau tannée, et sa reliure était articulée par deux grosses charnières métalliques. Il ne portait ni titre ni décoration d'aucune sorte.

Bien qu'il n'ait pas l'air fragile ou endommagé, il donnait l'impression d'être inimaginablement vieux.

Leandor avait conscience d'une sensation plus profonde et plus vague, qu'il ne pouvait définir par des mots. On aurait dit qu'une énergie invisible faisait palpitait le livre. Et même s'il ne comprenait pas comment cela était possible, le jeune homme devinait que cette aura de pouvoir était émise par une forme d'intelligence. Une intelligence sans rien de commun avec ce qu'il avait déjà rencontré.

C'était comme s'il se trouvait en présence de quelque chose de vivant.

Il tendit la main pour le toucher.

Alors, une ombre s'abattit par-derrière sur lui et sur le livre.

Leandor pivota vers sa source.

Shani découpa l'autre manche de la chemise de Meath. La première, attachée au bout de son bandeau, s'était presque entièrement défaite.

Tycho, qui surveillait le dévidage du fil depuis le début, annonça :

— Ça ne sera peut-être pas nécessaire. Ça fait plusieurs minutes que Dalveen n'a pas tiré dessus.

— Espérons que ça signifie qu'il a atteint le centre, et non qu'il a été arrêté par quelque chose, dit Meath.

— Je regrette de n'avoir pas insisté pour qu'il emmène l'un de nous, soupira Shani. Il aura peut-être besoin d'aide.

— Ne sous-estime pas ses capacités, conseilla Tycho.

Meath était assis par terre, dos au mur, les mains croisées autour de son genou gauche replié.

— Néanmoins, nous devrions réfléchir à ce que nous ferons s'il ne revient pas.

Shani le foudroya du regard.

— Ce que tu peux être froid et calculateur, quand tu t'y mets…

— Pas du tout : je fais seulement preuve d'esprit pratique, se défendit le mercenaire. Si Leandor devait échouer et perdre la vie, que voudrais-tu que nous fassions ? Que nous nous détournions du livre ? Que nous renoncions à cette chance de nous en emparer, alors que nous sommes si proches du but ?

— Une des raisons pour lesquelles Dalveen s'est lancé dans cette quête, c'est qu'il espérait que le livre lui rendrait son bras. S'il meurt, pourquoi en aurions-nous besoin ?

— Réfléchis un peu, fillette. Comme tu viens de le dire, ce n'était que l'une de ses raisons. L'autre étant que le livre contient un savoir incommensurable – donc, un grand pouvoir. Que nous pourrions utiliser contre Avoch-Dar.

— C'est une bonne remarque, approuva Tycho. À supposer qu'il soit bien ici, ce livre pourrait se révéler une arme inestimable dans la lutte contre le sorcier.

— Et vous croyez que nous pourrions réussir là où Dalveen aurait échoué ? railla Shani.

— Possible, répondit Meath d'un ton égal. S'il n'est pas revenu à l'aube, je suggère que nous entrions à notre tour dans le labyrinthe, au lieu de tourner les talons comme il nous l'a demandé.

— Pour une fois, nous sommes d'accord, dit la jeune femme. C'est ce que j'avais décidé de faire de toute façon. Pas pour ce maudit bouquin, mais pour voir si je peux l'aider. (Sur un ton lugubre, elle ajouta :) Ou, à défaut, pour venger sa mort.

La première chose qui frappa Leandor, ce fut la taille de la chose qui se tenait face à lui.

Deux fois plus haute et plus large qu'un homme, la créature semblait issue d'un croisement entre un humain et un rejeton des enfers.

Une armure dorée enveloppait sa poitrine massive. Ses bras étaient recouverts d'épais poils noirs. Chacune de ses mains aurait facilement pu faire le tour du cou de Leandor. Et l'étrangler sans forcer. Ses jambes velues se terminaient par des sabots similaires à ceux d'un cheval de guerre.

Contrairement à son corps, sa tête était chauve ; sa peau avait la texture et l'apparence d'un cuir pâle, un peu usé. Ses grandes oreilles pointues faisaient penser à celles d'un elfe. De gros sourcils broussailleux surplombaient ses yeux aussi ronds et larges que des soucoupes, dont l'iris noir et le blanc étaient tachetés de points écarlates. En guise de nez, elle avait un museau aplati. Des défenses saillaient aux coins de la fente dépourvue de lèvres qui lui tenait lieu de bouche.

Dans ses mains, elle tenait une épée d'acier qui, dressée à la verticale, aurait été aussi haute que Leandor. Sa lame était si bien polie qu'on aurait pu s'en servir comme d'un miroir.

Tandis que la créature s'avançait vers lui, le jeune homme aperçut l'extrémité d'une queue fourchue qui se balançait quelques centimètres au-dessus du sol, derrière elle. Il remarqua également que l'autre porte de la pièce était ouverte et conclut qu'elle avait dû arriver par là.

Reculant pour s'écarter du piédestal, Leandor dégaina son épée.

Mais l'attaque à laquelle il s'attendait ne se produisit pas. Le géant s'immobilisa, et ils s'observèrent en silence pendant un long moment.

Puis la créature parla.

— Je suis Kreid, tonna-t-elle. Le gardien du livre.

— Je suis Dalveen Leandor, également connu sous le nom de Nightshade, et je suis venu pour l'emporter, révéla le jeune homme.

Le regard glacial de Kreid demeura rivé sur lui.

— Des empires sont nés et morts, des océans se sont asséchés, des montagnes sont tombées en poussière tandis que j'endurais ma réclusion en ce lieu, attendant que quelqu'un vienne me défier. Tu es le premier de ton espèce.

— Et je serai le dernier, affirma Leandor.

— Vraiment ? Seul le Champion de la prophétie aura droit à une chance de s'emparer du livre.

— C'est moi.

— Les portes de cette pyramide sont enchantées de façon à ne laisser passer que le Champion. Tu es arrivé jusqu'ici, et ce simple fait plaide en ta faveur. Mais même le plus puissant des sorts peut s'affaiblir au fil du temps. Or, depuis qu'il a été lancé, il s'est écoulé davantage d'années que tu pourrais l'imaginer.

— J'ai surmonté tous les périls placés en travers de ma route.

— Exact. Mais tu dois encore me vaincre, et ça ne sera pas facile.

— Êtes-vous un démon ?

— Non. J'ai été créé par ceux que tu nommes ainsi. Un peu de leur sang coule dans mes veines.

— Que sont-ils devenus ?

— Ils sont partis… ailleurs.

— Où ?

— Aussi loin que l'étoile la plus distante, aussi près que ta prochaine pensée. Tu ne pourrais pas comprendre.

— Pourquoi sont-ils partis ?

— Parce que ce monde ne pouvait plus les contenir. L'avènement de ta race, telle une pestilence, a scellé leur décision de le quitter.

— En vous laissant derrière eux.

— Le livre est plus précieux pour moi que ma propre vie. Je n'existe que pour le protéger.

— Et à présent, vous allez me le remettre.

— Non, petit homme. Je te le répète : tu n'as gagné que l'occasion de l'acquérir.

— N'ai-je pas prouvé ma valeur et mon droit, tel qu'établi par la prophétie elle-même ?

— Pas contre moi. J'ai beau souhaiter que tu sois celui que j'attendais et que tu me délivres enfin de ma longue veille, je n'ai pas le choix : je dois supposer que tu es un vulgaire intrus et faire de mon mieux pour te tuer.

— J'ai besoin du livre pour combattre un tyran maléfique, un sorcier noir qui voudrait bannir le bien de ce monde. Une telle cause ne vous émeut-elle pas ?

— Vos luttes humaines sont insignifiantes pour moi. Elles ne me concernent pas. Et même si je le pouvais, le fabuleux pouvoir du livre n'est pas une chose que je céderais à la légère. Tu dois t'en emparer par la force. Si tu en es capable. (Kreid brandit sa redoutable épée.) Ne gaspille pas ton souffle en discutant avec moi, Nightshade. Économise-le pour notre combat.

Le gardien s'avança.

Chapitre 20

Kreid se rua à l'attaque.

Leandor recula vivement, son épée levée en une position défensive. Il savait que tant qu'il n'aurait pas pris la mesure du gardien, se retrouver à portée de sa lame gigantesque lui serait fatal. Le plus sage était de rester à distance et d'essayer de repérer ses points faibles.

Ce qui était plus facile à dire qu'à faire.

Kreid manifestait une agilité que Leandor n'aurait jamais crue possible chez un être aussi massif. Quant à ses faiblesses, il craignait que le gardien n'en ait aucune. Si tel était le cas, il affrontait le plus dangereux des adversaires, à la fois supérieur à lui en taille et en rapidité.

Leandor n'arrivait pas à trouver une ouverture dans la pluie de coups meurtriers qui s'abattait sur lui. C'était une retraite plutôt qu'un duel. Et déjà, il commençait à croire qu'il serait épuisé longtemps avant que Kreid ait entamé ses abondantes ressources d'énergie.

Le jeu du chat et de la souris ne pouvait pas se prolonger. Leandor devait passer à l'offensive coûte que coûte.

Le géant maniait son épée comme une faux, balayant l'air devant lui tandis qu'il marchait sur son adversaire. Si Leandor tentait de pénétrer sa garde, il se ferait tailler en deux. Mais il se rendit compte très vite qu'il y avait une fraction de seconde d'immobilité quand la lame atteignait la limite de son arc avant de repartir dans l'autre sens. Tenter d'exploiter cette occasion serait très risqué…

Leandor décida qu'il n'avait pas le choix.

Il tint sa position, laissant plusieurs coups passer aussi près de lui qu'il l'osa. La monstrueuse épée large, qu'il aurait sans doute eu du mal à soulever même s'il avait encore eu ses deux bras, sifflait en tranchant l'air.

Puis la brèche se présenta à lui, et il fonça.

Sa lame s'abattit sur le plastron de Kreid sans lui causer le moindre dégât. Mais cette attaque inattendue suffit à perturber le rythme de son mouvement de balancier. Leandor en profita pour frapper une nouvelle fois. Il visa plus bas et parvint à entailler la cuisse velue du gardien. Celui-ci poussa un grognement de douleur, se figea brièvement, puis reprit son assaut avec une fureur décuplée.

Leandor se jeta sur le côté, le souffle court, le front recouvert d'une pellicule de sueur.

Il remarqua que de la blessure qu'il avait infligée à Kreid coulait, non pas du sang humain écarlate, mais un fluide noir et épais comme du goudron. Cette vision l'encouragea. La créature n'était peut-être pas aussi invulnérable qu'il le pensait.

À présent, c'était le moment de mettre en œuvre une des règles basiques du duel : quand on a réussi à infliger des dommages à son adversaire, il faut recommencer le plus vite possible.

Plongeant sous l'épée de Kreid, Leandor bondit sur la gauche, fit volte-face et se retrouva dans son dos.

Comme il l'avait espéré, le plastron doré du gardien était conçu pour ne protéger que sa poitrine. Dans le dos, une trouée s'étendait de son cou jusqu'à sa taille, traversée par les liens de cuir croisés qui maintenaient l'armure en place. Le jeune homme abattit son épée à la verticale sur cette zone découverte. Sa lame trancha les liens de cuir et entailla la chair en dessous.

Kreid poussa un rugissement.

Et pivota si vivement que Leandor faillit ne pas pouvoir esquiver sa riposte.

La pointe de l'épée large déchira sa chemise et lui lacéra la poitrine. Il eut l'impression qu'on lui avait appliqué sur la peau un fer chauffé au rouge. S'il n'avait pas reculé instinctivement, le coup l'aurait éventré.

Avec un hoquet de douleur, il tituba en arrière, s'attendant que le gardien l'achève.

Mais Kreid était empêtré dans son armure, qui avait commencé à glisser vers le bas dès l'instant où Leandor avait sectionné ses attaches. Il l'empoigna d'une main, l'arracha et la projeta sur le côté. Le plastron s'écrasa sur le sol dans un grand fracas métallique.

Leandor en profita pour s'écarter. Le gardien s'avança de nouveau vers lui, les traits déformés par une résolution meurtrière. Un autre déluge de coups força le jeune homme à reculer vers le mur. Malgré ses blessures, Kreid ne donnait aucun signe de fatigue, et il paraissait plus déterminé que jamais à massacrer l'intrus.

Il porta une attaque horizontale visiblement destinée à décapiter son adversaire. Leandor s'accroupit pour esquiver ; la lame de Kreid s'enfonça dans le mur, faisant sauter un morceau de matériau gris.

Une course folle ramena Leandor au centre de la pièce, à quelques pas du piédestal. Le gardien était juste derrière lui. Convaincu qu'il ne parviendrait pas à s'enfuir, le jeune homme fit volte-face en brandissant son épée.

Kreid para son attaque. Tout comme la suivante, et celle d'après.

Puis leurs lames s'entrechoquèrent avec une telle force que celle de Leandor lui échappa de la main.

Il se tenait désarmé face au gardien triomphant.

Celui-ci s'avança pour lui porter le coup de grâce.

Bondissant en tous sens, Leandor parvint à éviter ses premières bottes. Mais Kreid était pareil à un tourbillon déchaîné, et il ne lui laissait pas la moindre seconde de répit.

Comme le jeune homme reculait en titubant, il heurta un obstacle qui bloqua sa retraite. Ça ne pouvait être que le piédestal.

Kreid leva son épée au-dessus de sa tête.

— Ta quête s'achève ici, Nightshade, siffla-t-il. Prépare-toi à mourir !

Pour en finir, il abattit son arme avec une exceptionnelle férocité.

Mobilisant ses dernières forces, Leandor se jeta sur le côté et roula sur lui-même.

Du coin de l'œil, il aperçut le visage du gardien. Une expression de terreur pure s'inscrivit sur les traits de Kreid comme il prenait conscience que sa lame n'allait pas atteindre sa cible. Emportée par son élan, elle plongeait vers l'objet même qu'il était censé protéger.

L'épée frappa le livre.

— Est-ce tout ce dont tu te souviens, Tycho ? interrogea Shani.

— Oui. Avoch-Dar faisait si peu de cas de moi qu'il parlait souvent de choses importantes en ma présence, mais jamais il n'est entré dans les détails concernant ce sujet. Il disait simplement que son pouvoir serait bientôt décuplé. Ça m'a marqué, parce qu'il n'arrêtait pas de le répéter.

— La conquête de Delgarvo augmentera certainement son influence, acquiesça Meath. Je ne vois pas où est le mystère.

— Je ne pense pas qu'il faisait allusion à sa puissance militaire, répliqua Tycho. Il discutait ouvertement de ses plans d'invasion, mais ça… c'était autre chose. À mon avis, ça concernait plutôt son pouvoir magique.

— Comme s'il n'était pas déjà assez redoutable, grommela Shani.

— Raison de plus pour que nous nous rendions au centre de ce labyrinthe, argumenta Meath. Pourquoi attendre l'aube ? Il ne sert à rien de remettre au lendemain ce qui peut être accompli le jour même.

— Ce serait aller à l'encontre du souhait de Dalveen, lui rappela Tycho.

Le mercenaire allait dire quelque chose quand un cri à glacer le sang dans les veines s'éleva des profondeurs du dédale. C'était un hurlement primitif où se mêlaient douleur et colère ; aucun d'eux n'avait jamais entendu semblable son sortir de la bouche d'un homme ou d'un animal.

— Par les feux de l'enfer, qu'est-ce que c'était ? s'exclama Meath.

Shani bondit sur ses pieds.

— Peu m'importe ce que nous avons promis. Il faut y aller !

Meath s'empara de son épée.

— Tycho, guide-nous. Et ne lâche surtout pas ce fil !

Ils s'élancèrent dans le labyrinthe.

Kreid n'arrêtait pas de hurler.

Quand sa lame était entrée en contact avec le livre, cela avait été comme s'il venait de frapper sur une enclume. Son épée s'était instantanément brisée en un millier de fragments pareils à des cristaux de glace. Un spasme incontrôlable l'avait parcouru, et il avait poussé un rugissement d'agonie.

À présent, paralysé de stupeur, Leandor regardait le géant se tordre de douleur. Le liquide sombre et poisseux qui lui tenait lieu de sang s'écoulait à gros bouillons depuis ses paumes, éclaboussant le plancher. Des convulsions faisaient tressauter ses bras jusqu'aux épaules. Sa poitrine se soulevait brutalement. Sa grosse tête tournait en tous sens, et un autre jet de fluide noir jaillit de sa bouche.

Kreid porta ses mains à sa gorge. Un affreux gargouillement remplaça son cri torturé, et il vacilla comme s'il était soûl.

S'arrachant à sa transe, Leandor recula en s'aidant de ses pieds et de ses coudes pour s'écarter de lui.

Le gardien tituba et s'effondra. Lorsque son corps massif heurta le sol, l'impact fut si violent que Leandor sentit la structure vibrer sous lui. Un dernier frisson l'agita…

Puis il s'immobilisa.

Le silence retomba, rompu par la seule respiration haletante de Leandor.

Le jeune homme se redressa lentement. Sa blessure le brûlait, et il frémit alors qu'il s'approchait du corps de Kreid à pas prudents. Il le poussa du bout de sa botte. Pas de doute, le gardien était mort.

Il se tourna vers le livre. Celui-ci ne portait aucune marque.

La main froide de la peur caressa son échine. Cet objet antique venait de tuer son propre protecteur. Peut-être était-ce pour se défendre contre sa lame. Ou peut-être avait-il été conçu pour que tout type de contact avec lui soit fatal. Dans un cas comme dans l'autre, le malheureux Kreid avait été bien mal récompensé pour tous ses siècles de dévouement.

Leandor regarda fixement le livre et perçut une fois encore la pulsation de la sombre énergie qu'il irradiait. Quelque chose lui disait que ce à quoi il venait d'assister n'était qu'un bref aperçu de son véritable pouvoir.

Que lui ferait-il s'il tentait de s'en emparer ?

Il n'y avait qu'un seul moyen de le découvrir.

Leandor tendit la main vers le livre.

Avoch-Dar fixait anxieusement du regard sa boule de cristal, les poings serrés, le front barré par un pli d'intense concentration.

Sa garde personnelle, éparpillée dans le grand hall de Torpoint, l'observait en silence. L'atmosphère était tendue. Aucun des hommes présents n'osait remuer, ne serait-ce que le petit doigt.

Le sorcier avait suivi la progression de Leandor à travers le labyrinthe sous la pyramide de verre. Il avait assisté à sa confrontation avec Kreid et à la mort du gardien. À présent, il regardait son vieil ennemi contempler le livre d'un air pensif.

Enfin, Leandor tendit la main. Avoch-Dar se pencha en avant pour savourer ce moment. Les doigts du jeune homme hésitèrent au-dessus de la reliure du grimoire...

L'image se mit à frissonner. Elle se brouilla, puis disparut totalement dans un tourbillon de fumée grise et dense.

—Par la queue de Belzébuth ! s'exclama Avoch-Dar, frustré. Pas maintenant !

Il incanta pour faire revenir l'image, mais ne parvint pas à la faire apparaître.

—Le pouvoir du livre contre le mien ! enragea-t-il. Mon cristal est aveugle ! Aveugle !

La colère brûlante qui émanait de lui fit frémir les gardes. Ils se raidirent, prêts à subir son courroux.

Au lieu de quoi, ils virent l'expression du sorcier se radoucir. Avoch-Dar se laissa aller contre le dossier de son trône et eut un sourire presque bienveillant.

—Mais il a le livre, murmura-t-il avec ce qui ressemblait fort à de la satisfaction. Il a le livre...

Ses gardes échangèrent des regards perplexes.

Il était toujours vivant.

Leandor avait posé la main sur le livre, et rien ne s'était produit.

Un soupir de soulagement s'échappa de ses lèvres.

Il laissa courir ses doigts sur la reliure. Son imagination lui jouait peut-être des tours, mais il aurait juré avoir senti un picotement et une sorte de… chaleur. D'un autre côté, rien ne pouvait plus l'étonner venant de cet ouvrage remarquable. Il avait vu de ses propres yeux la démonstration de son pouvoir.

Ce qui ne l'empêcha pas de frissonner.

Quand il souleva la couverture, il s'attendait plus ou moins à trouver du parchemin pourri, ou au minimum cassant. Mais ce ne fut pas le cas. Le papier était juste un peu jauni.

Il n'y avait rien sur la première page. Un pentacle était dessiné sur la seconde. Les suivantes étaient couvertes d'une écriture incompréhensible, parsemée de symboles magiques. Leandor n'en reconnut aucun et se demanda comment il pourrait bien se servir d'un livre qu'il était incapable de lire.

Résistant à la tentation de le feuilleter plus longuement, le jeune homme referma la couverture. Ses amis devaient s'inquiéter ; il ferait mieux de les rejoindre. Du regard, il chercha son épée et la découvrit gisant à terre de l'autre côté du cadavre de Kreid.

Il ramassa l'arme, la rangea dans son fourreau et baissa les yeux vers le gardien. Déjà, sa chair commençait à se décomposer et à émettre une nauséabonde odeur de pourriture. Après avoir patienté pendant des siècles, la mort semblait impatiente de récolter son dû.

Leandor revint vers le piédestal. Porter un objet aussi encombrant ne serait pas aisé pour un homme à qui il ne restait qu'un bras, mais il était certain de s'en sortir. Il espéra juste que le livre ne verrait pas d'objection à ce qu'on le déplace.

Cette pensée lui arracha un sourire. Un sourire plutôt crispé.

Posant son avant-bras sur la couverture, il referma ses doigts sur la reliure et fit glisser l'ouvrage vers lui. Il cala sa tranche sous son aisselle avant de le plaquer contre son flanc. Le livre était lourd, mais pas au point de le déséquilibrer.

Puis Leandor se dirigea vers l'extrémité du fil qu'il avait laissé tomber à l'entrée de la salle.

Soudain, il se figea. Des bruits de pas et des voix étouffées résonnaient dans le couloir.

Leandor alla reposer le livre sur son piédestal, se planta devant lui et dégaina son épée.

Shani apparut dans l'encadrement de la porte, Tycho et Meath sur ses talons.

— Dalveen ! s'exclama-t-elle en se ruant vers lui. Les dieux en soient remerciés : tu es vivant !

Le jeune homme se détendit et rangea son arme.

— Tu es blessé, constata Shani en voyant sa chemise déchirée et tachée de sang.

— Ce n'est rien. J'ai eu de la chance.

— Et ça, c'était qui ? Ou quoi ? demanda Meath en désignant le cadavre de Kreid.

— Le gardien du livre, répondit Leandor. Il s'appelait Kreid.

— Tu t'es remarquablement bien débrouillé, pour réussir à vaincre un adversaire si formidable, commenta Tycho.

— Je ne l'ai pas vaincu, le détrompa Leandor. Le livre l'a tué. (Voyant l'expression perplexe de ses amis, il ajouta :) Je vous expliquerai plus tard.

Meath était intrigué.

— Et le Grimoire des Ombres ? Tu l'as ?

Leandor fit un pas sur le côté, révélant le piédestal. Les trois autres s'approchèrent prudemment et regardèrent fixement le grimoire.

— Il ne me plaît pas, déclara Shani au bout de quelques secondes. Traitez-moi d'idiote si ça vous chante, mais il me met mal à l'aise.

— C'est vrai qu'il a quelque chose d'assez perturbant, acquiesça Tycho.

— Vous le sentez aussi ? interrogea Leandor. Je croyais que j'étais le seul.

— C'est évident, renchérit Meath. Il y a du pouvoir là-dedans. Un pouvoir immense.

— Oui, et aussi un problème à résoudre. Je ne peux pas lire le langage dans lequel il est écrit, révéla Leandor, penaud.

— J'ai appris pas mal de choses pendant mes voyages, déclara le mercenaire. Voyons si je peux t'aider.

Il fit mine de saisir le livre.

— Non ! s'exclama Leandor en lui attrapant le poignet. Quoi que tu fasses, surtout ne le touche pas. C'est aussi valable pour vous,

Shani et Tycho. Il est dangereux. Kreid était son protecteur, et il l'a tué.

Meath se dégagea.

— Mais toi, il ne te fera pas de mal ?

— Jusqu'ici, il ne m'en a pas fait. Dans le doute, je préfère être le seul à le manipuler.

— Ça risque d'être assez difficile, vu que tu n'as qu'un…

— Écoutez ! les interrompit Shani en levant un index. Qu'est-ce que c'est ?

Ils entendirent un grondement pareil à celui du tonnerre. Le bruit s'amplifia rapidement, et le sol se mit à trembler.

Tycho désigna le mur.

— Regardez !

Des fissures irrégulières venaient d'apparaître à sa surface. Un nuage de poussière s'abattit depuis le plafond. Quelque part hors de leur champ de vision, quelque chose se brisa avec un craquement sec. De l'autre côté de la pièce, une large crevasse s'ouvrit dans le sol.

— La pyramide est en train de s'effondrer ! hurla Shani.

Leandor s'empara de nouveau du livre.

— Il faut sortir d'ici ! Dépêchons-nous !

Toute la salle se mit à vibrer derrière eux tandis qu'ils se ruaient vers la sortie.

Chapitre 21

De gros morceaux de verre se détachaient du plafond. Les murs s'écroulaient autour d'eux. Le sol se fendait sous leurs pieds. Le bruit était assourdissant, et il ne cessait d'enfler.

Tycho prit la tête du petit groupe, suivant le chemin marqué par le précieux fil de Shani tandis que des gravats rebondissaient sur le sol brillant. La jeune femme venait ensuite, les bras croisés au-dessus de sa tête pour se protéger contre le bombardement. Leandor la suivait de près, le livre plaqué contre sa poitrine, et Meath fermait la marche.

Enfin, ils atteignirent la sortie du labyrinthe et se ruèrent dans l'escalier. Celui-ci se cabrait follement tandis que des secousses de plus en plus rapprochées déchiraient la trame du bâtiment. Meath venait à peine de quitter la dernière marche que l'escalier s'effondra dans un rugissement.

Un nuage de poussière étouffant emplissait le couloir qui conduisait à l'entrée de la pyramide.

— La porte ! cria Shani en tendant un doigt devant elle.

L'énorme battant de bronze était en train de redescendre. Déjà, il masquait la moitié de l'ouverture.

Lorsque Tycho l'atteignit, il arrivait au niveau de sa tête et semblait gagner en vitesse à chaque seconde. L'homoncule plaça ses mains sous son rebord inférieur et se raidit pour le retenir. Sa progression ralentit mais ne s'interrompit pas.

— Dépêchez-vous ! hurla Tycho à ses compagnons. Je ne tiendrai pas longtemps !

— Utilise tes pouvoirs mentaux, lança Shani en titubant vers lui.

— Je vais essayer.

L'homoncule ferma les yeux et se concentra. La descente de la porte ralentit encore un peu.

— Mais je crains… qu'elle soit… trop lourde, ahana-t-il.

Shani le dépassa et jaillit à l'extérieur.

Leandor arriva à son tour, plié en deux pour protéger le livre.

— Tiens bon, Tycho ! Plus que quelques secondes !

Les jambes de l'homoncule commencèrent à fléchir. Son dos se voûta. À présent, il retenait le battant sur ses épaules.

— Viens, Meath ! pressa Leandor en lui jetant un coup d'œil par-dessus son épaule avant de se propulser par l'ouverture.

Haletant et toussant, le mercenaire émergea du nuage de poussière à l'instant où Tycho tombait à genoux. La porte émit un craquement sinistre. Des débris de verre tombèrent en pluie autour d'eux. Meath plongea sous le battant en poussant un grognement.

— Tycho ! hurla Shani.

D'un bond, l'homoncule se libéra de son monstrueux fardeau. Aussitôt, la porte de bronze retomba avec fracas.

Les compagnons s'élancèrent depuis l'ombre de la pyramide. Dès qu'ils eurent mis suffisamment de distance entre elle et eux, ils se jetèrent à terre et la regardèrent vibrer, se briser et se désintégrer.

Dans un dernier rugissement, la structure de verre vert s'effondra sur elle-même.

Puis le silence revint.

— Merci, Tycho, dit Shani. Nous te sommes tous très reconnaissants de ce que tu viens de faire pour nous.

Les autres acquiescèrent. Tout en époussetant ses braies, Meath ajouta :

— Mais évidemment, si tu es immortel comme tu le prétends, tu ne courais aucun risque de perdre la vie, n'est-ce pas ?

— Peut-être pas, répliqua l'homoncule, mais la perspective d'être enseveli à tout jamais dans les ruines de la pyramide ne me disait rien qui vaille.

— Bonne remarque, concéda le mercenaire. Je me demande bien pourquoi elle s'est autodétruite…

— Probablement parce que, comme le gardien, sa seule raison d'être était de protéger le livre, suggéra Tycho.

Le regard de Shani se posa sur l'ouvrage, que Leandor serrait toujours contre lui.

— Pourrions-nous au moins y jeter un coup d'œil, même si nous ne devons pas le toucher ? s'enquit-elle.

— Bien sûr.

Leandor plaça le livre sur le sol près de lui.

— Dalveen ! s'exclama la jeune femme. Ta blessure ! Elle a disparu !

Leandor baissa les yeux vers sa poitrine. Sous la déchirure de sa chemise, sa peau était lisse et intacte. Même le sang semblait s'être volatilisé.

— C'est sûrement à cause du livre, décida-t-il. Je l'ai tenu contre la plaie pendant toute notre fuite.

— Dans ce cas, son pouvoir est aussi stupéfiant que nous l'espérions, commenta Tycho. Et s'il peut guérir par simple contact, peut-être pourra-t-il te restituer ton bras de la même façon. Pourquoi ne pas essayer ?

— D'accord.

Le jeune homme s'allongea sur le flanc droit, calant le livre sous son moignon d'épaule comme un oreiller.

Ils se reposèrent pendant près d'une heure, n'échangeant que peu de paroles et attendant un signe qui indiquerait que la magie du livre fonctionnait.

Enfin, Leandor se redressa et tâta son moignon, sans réussir à dissimuler sa déception.

— Ça n'a pas marché, soupira-t-il. Visiblement, la simple proximité du livre suffit pour guérir une blessure, mais pas pour régénérer ce qui a été perdu. Il doit falloir quelque chose de plus.

— Quelque chose que nous trouverons sans doute dans ses pages, déclara Meath. Voyons si nous pouvons comprendre ce qu'il raconte.

Leandor souleva la couverture de l'ouvrage et le feuilleta lentement pour que ses compagnons puissent examiner l'étrange écriture.

Mais même le mercenaire dut très vite reconnaître qu'il n'avait jamais rien vu de semblable.

Leandor referma le livre.

— Il doit y avoir un moyen de lui faire faire ce que nous voulons. Nous devrons étudier chaque page soigneusement.

— Tout cela est très beau, répliqua Meath, mais l'endroit me semble mal choisi pour un séminaire. (D'un large geste, il désigna l'étendue désertique qui les entourait.) Vous semblez tous avoir oublié que nous sommes coincés ici, sans chevaux pour nous ramener jusqu'à la côte. Et à supposer que nous parvenions à la rejoindre à pied, comment traverserons-nous la mer d'Opale ?

— Le livre pourra peut-être nous aider, avança Tycho.

— Tu plaisantes ? ricana le mercenaire.

— Pas du tout. Avoch-Dar parlait souvent de la magie des démons. Il disait qu'elle était miraculeuse, qu'elle pouvait accomplir n'importe quoi si on l'utilisait correctement.

— Que proposes-tu ? demanda Leandor.

— Nous pourrions essayer de nous prendre par la main, pendant que tu penserais à un endroit de Delgarvo que tu connais vraiment bien.

— C'est ridicule ! protesta Meath.

Leandor se tourna vers lui.

— Tu as senti le pouvoir du livre. Tu le sens encore. Ça semble peut-être absurde, mais qu'avons-nous à perdre ?

— Rien du tout, acquiesça Shani. Sur quel endroit penses-tu te concentrer, Dalveen ?

— La porte principale d'Allderhaven en vaut un autre. J'ai dû la franchir des centaines de fois ; je n'aurai pas de mal à me la représenter. Mettez-vous en place. Shani, tu n'auras qu'à t'accrocher à ma ceinture sur le côté droit, en faisant bien attention à ne pas toucher le livre.

Ses compagnons obtempérèrent, même si ce fut avec mauvaise grâce que Meath saisit la main poilue de Tycho.

Leandor ferma les yeux.

— Je pense à la porte, annonça-t-il. Je la vois très clairement dans ma tête. Ne bougez surtout pas.

Une minute s'écoula en silence.

Rien ne se produisit.

—Je savais bien que c'était idiot, grommela Meath.

—Pourquoi n'essaies-tu pas de donner un ordre au livre, Dalveen ? suggéra Shani.

—C'est une assez bonne idée. (Leandor réfléchit.) Je me demande quelle formulation je devrais employer...

—Contente-toi de le faire ! aboya le mercenaire.

—Très bien.

Leandor se racla la gorge. Il commençait à se sentir stupide.

—Grimoire des Ombres ! Je t'ordonne de nous transporter immédiatement à la porte principale d'Allderhaven, dans le royaume de Delgarvo !

Il venait juste de décider que ça ne marcherait pas non plus quand quelque chose d'étrange arriva à l'environnement.

Le paysage qui les entourait se brouilla, comme s'ils le voyaient à travers un rideau d'air brûlant par une journée caniculaire. Un son pareil au rugissement du vent emplit les oreilles de Leandor. Il se sentit désorienté, et son cœur remonta dans sa gorge comme s'il était en train de tomber dans un puits sans fond.

Puis une lumière blanche l'aveugla, et un abysse de vide l'engloutit.

Quand Leandor revint à lui, il était allongé sur le dos.

La tête lui tournait, et tout son corps lui faisait mal mais, mis à part ça, il semblait indemne. Le livre était toujours plaqué contre son flanc. Shani, Meath et Tycho gisaient tout près de lui ; eux aussi commençaient à s'agiter.

Lentement, le jeune homme se redressa et regarda autour de lui.

Ils se trouvaient en un autre lieu.

Le désert et les ruines de la pyramide avaient disparu, cédant la place à un paysage verdoyant. Au loin, Leandor distingua un long mur de pierre qui s'étirait à perte de vue en travers de l'horizon.

—Dalveen ?

Tournant la tête, il vit Shani se frotter les yeux.

—Où sommes-nous ? demanda-t-elle.

—À Delgarvo. Tu vas bien ?

— Je crois. Je suis juste un peu sonnée. (Elle balaya du regard l'herbe foisonnante et les arbres qui les entouraient.) Incroyable, souffla-t-elle. Ça a marché !

— Oui, acquiesça Leandor en souriant. Nous ne sommes pas à Allderhaven même, mais le livre nous a déposés à distance de marche de la porte principale.

À leur tour, Meath et Tycho reprirent leurs esprits.

— Il semble que je me sois trompé, admit le mercenaire à contrecœur. Peut-être bien que ce livre est capable de tout.

— Néanmoins, il ne nous a pas emmenés à l'endroit exact que nous souhaitions, fit remarquer Tycho. Je ne suis encore jamais venu à Delgarvo, mais je sais distinguer une clairière d'une ville.

— Allderhaven est là-bas, dit Leandor en désignant le mur. À ton avis, comment cela se fait-il ?

— Peut-être que nous ne savons pas encore comment bien utiliser le livre, suggéra l'homoncule. Ou peut-être qu'Avoch-Dar est dans la place, et que ses pouvoirs forment une sorte de bouclier qui a empêché le livre d'approcher.

— Vraiment ? Je croyais que la magie des démons était de loin la plus puissante.

— Ne sous-estime pas les talents du sorcier. Si je le connais bien, la première chose qu'il a dû faire après avoir conquis la ville, c'est de lancer des sorts de protection pour maintenir les intrus à distance. Si nous maîtrisions mieux l'utilisation du livre, nous aurions probablement pu passer outre.

— Bah, peu importe, déclara Meath en haussant les épaules. Nous sommes bien assez près. Et apparemment, aucun de nous n'a subi d'effets secondaires déplaisants à cause de notre étrange mode de déplacement. Que faisons-nous maintenant ?

— Nous gagnons la ville et nous trouvons un moyen d'y entrer, répondit Leandor. Comme la nuit ne tardera pas à tomber, je suggère que nous nous mettions en route sans délai.

Ils restèrent à l'écart de la route principale.

Malgré cela, ils s'étaient attendus à croiser des gens tandis qu'ils longeaient les fermes et les hameaux sis autour de la capitale delgarvienne. Mais ils ne virent personne.

Juste l'évidence flagrante d'une bataille aussi récente que féroce. Bâtiments incendiés, clôtures abattues, récoltes piétinées, bétail errant dans la campagne…

— Où sont les habitants ? se demanda Tycho à voix haute.

— Peut-être qu'ils se cachent, suggéra Leandor. Ils ont pu être faits prisonniers ou exécutés. Tout est possible.

— Quelqu'un a remarqué combien il fait froid ? lança Shani. La température ne devrait pas être aussi basse à l'approche de l'été, non ?

— Tu as raison, acquiesça Leandor. Normalement, il fait bon à Delgarvo à cette époque de l'année.

Plus ils s'approchaient de la ville, plus le froid s'intensifiait. Bientôt, ils distinguèrent une couche de givre sur l'herbe et dans les branches des arbres. Le temps qu'ils arrivent au pied du mur d'enceinte d'Allderhaven, le givre s'était changé en glace.

— Ce n'est pas naturel, commenta Leandor. Quelque chose cloche ici.

— Je te parie que c'est en rapport avec le sorcier, déclara Tycho. Ça ne me surprendrait guère que tout ce qui l'entoure devienne aussi dur et glacial que son cœur.

Les compagnons resserrèrent leurs vêtements autour d'eux et se dirigèrent vers la porte principale. La nuit était tombée quand ils l'atteignirent enfin.

— Elle est ouverte, et il ne semble pas y avoir de sentinelles, constata Leandor. Ça aussi, c'est nouveau.

— Nous devrions nous méfier. C'est peut-être un piège, marmonna Shani.

Mais personne ne les empêcha d'entrer.

Il régnait une atmosphère presque surnaturelle dans la capitale désertée, prisonnière d'une gangue de glace et baignée par l'éclat argenté du clair de lune. Les compagnons rasèrent les murs, guettant tout signe d'embuscade.

Tycho avisa une affichette placardée sur la porte barrée d'une auberge.

— Voilà pourquoi nous n'avons croisé personne, chuchota-t-il en la désignant à l'attention des trois autres. Avoch-Dar a instauré un couvre-feu entre le crépuscule et l'aube, et il promet que tout contrevenant sera mis à mort.

—Ainsi, il ne fait plus de doute qu'il s'est emparé de la ville, grommela Leandor. Et si un couvre-feu est en vigueur, il doit y avoir des patrouilles qui circulent dans les rues pour le faire respecter. Nous devons redoubler de vigilance.

—Dalveen ! siffla Shani depuis l'embrasure d'une porte adjacente, en lui faisant signe de la rejoindre.

Elle avait découvert une autre affichette. Leandor déchiffra le texte.

Proclamation

Sa Seigneurie Avoch-Dar a le plaisir d'annoncer à tous ses sujets ses fiançailles avec la princesse Bethan de la maison impériale d'Eldrick. Le mariage sera célébré dans le grand hall du palais royal, à midi, le second jour du dernier quartier de la lune. Tous les habitants de la capitale sont sommés de former une haie d'honneur dans les rues, en vue de la procession qui suivra la cérémonie. Tout individu qui manquerait de se présenter ou de se réjouir avec la vigueur appropriée sera mis à mort.

Muet de stupéfaction, Leandor regardait fixement l'affichette.

—Il semble que la situation ait beaucoup évolué en ton absence, commenta Meath.

—Je suis vraiment désolée, Dalveen, dit Shani d'une voix douce.

Tycho leva les yeux vers le ciel.

—À moins que je me trompe dans mes calculs, le mariage est prévu pour demain, annonça-t-il.

Chapitre 22

— Quelqu'un vient !

Entendant l'avertissement de Shani, Leandor s'arracha à la contemplation de l'affichette.

— Où ça ?

— À l'autre bout de la rue. On dirait une patrouille.

En effet, un groupe de soldats se dirigeait vers les compagnons.

Leandor promena un regard rapide autour de lui, en quête d'une échappatoire, et avisa l'entrée d'une ruelle.

— Je ne crois pas qu'ils nous aient repérés. Par ici !

Ses amis s'élancèrent derrière lui, Shani et Meath prêts à dégainer, Tycho jetant un coup d'œil par-dessus son épaule à la patrouille qui approchait.

La petite artère était suffisamment sombre pour qu'ils puissent s'y dissimuler. Ils se plaquèrent contre un mur en retenant leur souffle. Le martèlement des bottes sur les pavés s'amplifia.

Mais les gardes vivants et morts-vivants dépassèrent la ruelle sans les voir, les zombies traînant maladroitement les pieds derrière leurs camarades humains.

Quand il fut certain qu'ils s'étaient éloignés, Leandor chuchota :

— À partir de maintenant, nous éviterons les routes principales. (Du menton, il désigna l'autre bout de la ruelle.) Torpoint est par là. Venez.

Le jeune homme guida ses compagnons à travers le réseau d'allées étroites qu'il connaissait par cœur depuis son enfance.

Après avoir marché en silence pendant dix minutes, ils atteignirent un embranchement. Ils prirent à gauche, franchirent l'angle d'un bâtiment…

Et se retrouvèrent nez à nez avec un groupe de guerriers armés jusqu'aux dents.

— Malédiction ! s'exclama Shani en sortant un couteau de sa manche.

Meath tira sa rapière de sa ceinture, d'un geste si vif qu'il manqua de s'étaler sur les pavés glissants.

— Attendez ! aboya Leandor.

Face à eux, les silhouettes n'avaient pas bougé. Elles semblaient pétrifiées ; certaines brandissaient une arme, d'autres avaient la main posée sur la poignée de leur épée.

Leandor plissa les yeux. Il y avait juste assez de lumière diffuse pour qu'il puisse distinguer leur uniforme.

— Ce sont les hommes du roi, annonça-t-il. Des membres de sa garde personnelle.

À leur tour, les autres s'approchèrent et examinèrent les guerriers couverts de glace.

— Ils ont été congelés, constata Tycho, mais pas par les éléments. C'est un enchantement qui les immobilise. Ceci est l'œuvre d'Avoch-Dar.

Leandor fixait des yeux un des soldats, un officier d'âge mûr aux larges épaules et au menton dissimulé par une barbe épaisse.

— Oh, non, souffla-t-il.

— Qu'y a-t-il, Dalveen ? s'enquit Shani.

— C'est Golcar. Golcar Quixwood, mon père adoptif.

Meath étudia les visages bleuis.

— Vous croyez qu'ils sont morts ?

Réalisant que l'unique main de Leandor était occupée à tenir le livre, Shani tendit une des siennes et la posa dans le cou de Quixwood.

— Non. Je sens un pouls. Léger, mais régulier.

Tycho prit le poignet d'un autre guerrier.

— Pareil pour lui. Nul doute que mon ancien maître les garde en réserve, pour les tuer quand ça lui chantera. Son sens de l'humour pervers a dû le pousser à les laisser dans cette position indigne jusque-là.

— Peut-être que le livre pourrait les délivrer, suggéra Shani.

— C'est exactement ce à quoi je pensais, acquiesça Leandor. Grimoire des Ombres, je t'ordonne de lever l'enchantement qui pèse sur ces hommes.

Les guerriers demeurèrent figés.

— Tu ne t'attendais quand même pas que ça marche ? ricana Meath.

— Ça valait la peine d'essayer. Tu as une meilleure idée ?

— Il se peut qu'une fois de plus, les pouvoirs d'Avoch-Dar contrent ceux du livre, fit remarquer Tycho. Si tel est le cas, plus nous nous rapprocherons du sorcier, plus son influence grandira.

— Nous ne devrions pas traîner ici, déclara Meath.

— Je ne peux pas abandonner Golcar, s'emporta Leandor.

— Que proposes-tu ? De le porter ? Un fardeau pareil nous ralentirait et entraînerait sûrement notre capture.

— Meath a raison, Dalveen, dit doucement Shani. Le plus grand service que nous puissions rendre à Golcar et à ses camarades, c'est d'attaquer la source de l'enchantement qui les lie. Viens. Nous avons fait tout ce que nous pouvions ici.

— D'accord, soupira Leandor.

Il jeta un regard plein de regret au visage impassible de Quixwood avant de repartir à contrecœur.

Tycho enroula la chaîne autour de ses grosses mains et la brisa d'un coup sec.

Shani poussa prudemment la porte et passa la tête à l'intérieur.

— Ça a l'air vide, chuchota-t-elle. Mais il vaut mieux que Meath et moi allions vérifier. Restez ici jusqu'à notre retour.

Une minute plus tard, elle ressortit et fit signe à Leandor et à Tycho de la suivre dans l'humble demeure.

— De toute évidence, les précédents occupants sont partis précipitamment, rapporta Meath. (Il bloqua la porte en appuyant un morceau de bois contre le battant.) Il n'y a que deux pièces, et celle de derrière a une fenêtre, au cas où nous devrions filer en catastrophe.

— Parfait, acquiesça Leandor.

Il déposa le livre sur une table, pendant que Tycho rassemblait les chaises éparpillées.

Shani plongea sa main dans la barrique qui occupait le coin du fond et se lécha les doigts.

— De l'eau. Un peu croupie, mais buvable, annonça-t-elle.

— Et ce pain est à peine rassis, ajouta Meath en sortant une miche noire rectangulaire de la huche. Il ne doit pas avoir plus de deux jours.

Les compagnons s'assirent pour avaler leur frugal repas et discuter de la suite des événements.

— La première chose que je tiens à dire, commença Leandor, c'est que maintenant que nous sommes de retour à Delgarvo, aucun d'entre vous n'est plus obligé de rester avec moi. Vous avez déjà pris suffisamment de risques. Si vous ne voulez pas vous impliquer davantage dans mon combat contre Avoch-Dar, je comprendrai.

— Ce n'est pas seulement ton combat, répliqua Shani. Chacun de nous a une raison personnelle de vouloir renverser le sorcier. (Elle échangea un regard avec Meath et Tycho.) Aujourd'hui comme hier, tu peux compter sur nous.

— Merci, sourit Leandor. Mais ne vous y trompez pas : les choses vont encore se compliquer à partir de maintenant, et nos chances de réussite sont assez minces.

— Nous en sommes conscients, affirma Tycho.

— J'aurais aimé avoir plus de temps pour élaborer un plan, poursuivit Leandor. Mais savoir que le mariage aura lieu demain et avoir découvert Golcar dans cet état m'oblige à agir sans tarder.

— Alors, comment as-tu l'intention de procéder ? interrogea Meath.

— Je n'en suis pas certain, avoua Leandor. La première chose à faire, c'est de libérer Bethan.

Le regard de Tycho se posa sur le Grimoire des Ombres.

— Jusqu'ici, tout ce que t'a raconté Melva s'est révélé exact, déclara-t-il pensivement. T'a-t-elle expliqué comment utiliser le livre ?

— Si ma mémoire est bonne, elle m'a dit la même chose qu'à propos de la façon dont je le trouverais : que la solution serait évidente.

— Fais-lui confiance. Laisse le livre te guider.

— Comment ? demanda Leandor, intrigué.

— Eh bien… Au lieu de chercher consciemment la bonne façon de faire, remets-t'en à ton instinct. Tu pourrais commencer par l'ouvrir au hasard.

— Ça vaut le coup d'essayer. Aidez-moi à débarrasser la table.

Ses amis obtempérèrent, ne laissant que le livre devant lui.

— Fais le vide dans ton esprit, suggéra Tycho, et commence quand tu te sentiras prêt.

Leandor demeura muet et immobile pendant quelques instants. Puis il tendit la main et, sans réfléchir, ouvrit le livre. Les pages qui apparurent étaient presque blanches. Celle de gauche comportait une simple illustration, celle de droite, une unique phrase de six mots.

— Le dessin représente un oiseau, commenta Shani. C'est bizarre : il n'a qu'une seule aile. Oh.

Réalisant ce que ça signifiait, elle se tut.

— C'est un faucon, souffla Leandor.

— Ça te dit quelque chose ? s'enquit Tycho. À part le symbolisme évident de l'aile manquante, bien sûr.

— La montagne sur laquelle je me suis réfugié avant d'entreprendre ma quête s'appelait Rocfaucon, révéla Leandor. Et c'était là que vivait Melva.

— Ça ne peut pas être une coïncidence, affirma l'homoncule. Tu remarqueras que l'écriture sur la page d'en face est plus proche de la nôtre que tout ce que nous avons vu d'autre dans le livre. Les mots n'ont aucun sens pour moi, mais tu ne devrais pas avoir de difficulté à les lire à voix haute.

— Méfie-toi, Dalveen, le prévint Meath. Tu as affaire à de la magie démoniaque. Tu ignores quel pouvoir tu risques de libérer.

— Je n'ai pas fait tout ce chemin pour renoncer maintenant. Mais peut-être serait-il sage que vous reculiez, suggéra Leandor.

Ses trois amis allèrent se placer à l'autre bout de la pièce.

Le jeune homme prit une profonde inspiration et posa sa main sur l'illustration.

Puis il récita les mots.

— *Ex Umbris et Imaginibus in Veritatem !*

Et hurla.

Avoch-Dar hoqueta.

C'était comme si quelqu'un venait de lui plonger une aiguille chauffée à blanc dans le cœur. Portant une main à sa poitrine, il tituba et s'écroula sur la table de banquet. Assiettes de porcelaine et gobelets de cristal s'écrasèrent sur le sol.

Le capitaine de sa garde se précipita pour l'aider à se relever. Avoch-Dar le repoussa et jura entre ses dents. Les deux mains agrippant le bord de la table, il lutta pour reprendre son souffle.

La princesse Bethan l'observait avec une fascination horrifiée. Ses demoiselles d'honneur, qui tenaient encore la traîne noire de sa robe de mariée, avaient pâli.

— Il a… trouvé…, haleta le sorcier.

— Il ? répéta Bethan sans comprendre.

— Nightshade ! Votre.. précieux Leandor ! Il a trouvé… le moyen… d'utiliser le livre ! Je le sens ! Son pouvoir est… incommensurable !

La jeune femme sourit.

— J'ignore de quel livre vous parlez. Mais je sais que Leandor vengera les torts que vous m'avez causés, misérable !

— Silence ! tonna Avoch-Dar.

Au ton de sa voix, Bethan comprit qu'elle ferait mieux de tenir sa langue.

Le sorcier se ressaisissait lentement.

— Ce n'est rien… que je n'aie prévu. (Il se redressa et, petit à petit, recommença à respirer normalement.) Je vois à votre expression… que vous vous inquiétez pour ma santé, très chère, ajouta-t-il, sarcastique. Mais n'ayez crainte. Je vais… parfaitement bien.

Bethan le foudroya du regard.

— Le pouvoir du livre est aussi impressionnant que je le pensais, reprit Avoch-Dar. Et il doit être tout proche. Gardes ! Mobilisez tous les hommes disponibles ; organisez une fouille en règle de la ville, et ramenez-moi Nightshade !

Le capitaine s'inclina devant lui et s'élança vers la porte.

— Et si vous échouez, cria Avoch-Dar dans son dos, je vous ferai regretter d'être nés !

— Qu'est-ce qui lui arrive ? s'exclama Shani d'une voix que la panique faisait monter dans les aigus.

Leandor s'était affaissé sur la table. Son premier hurlement perçant avait cédé la place à des gémissements rauques ininterrompus. À présent, tout son corps se convulsait violemment.

Et une aura bleue spectrale enveloppait le moignon de son épaule droite.

— Nous devons l'aider !

Shani voulut se précipiter vers lui, mais Tycho la retint d'une poigne de fer.

— Fais preuve d'un peu de bon sens, fillette ! aboya Meath. Il est assailli par la magie des démons. Si tu t'approches de lui, tu risques la mort. Ou pire.

— Même si cela nous peine, nous ne pouvons qu'attendre et observer, renchérit Tycho.

Leandor poussa un grognement. La lumière bleue se mit à palpiter à intervalles réguliers. Entre deux éclats rythmiques se dessina le contour fantomatique d'un membre.

La lumière devint si aveuglante qu'ils durent se couvrir le visage.

Puis elle explosa avec l'intensité d'un éclair.

Aussitôt, la pénombre revint dans la pièce.

Ils baissèrent leurs mains. Bien qu'ils aient protégé leurs yeux, ils avaient l'impression d'avoir contemplé le soleil en face trop longtemps.

Shani cligna des paupières pour rétablir sa vision. Leandor gisait immobile, affalé sur la table.

— Par les dieux, hoqueta-t-elle, il est mort !

Mais alors qu'ils s'approchaient de lui, le jeune homme remua. Et ils virent que son bras droit n'avait pas été régénéré.

— Tu vas bien ? s'inquiéta Tycho.

Leandor leva les yeux de son moignon et les fixa d'un regard fiévreux. Son visage dégoulinait de sueur, et il avait du mal à respirer.

Shani posa doucement une main sur son dos.

— Dalveen ? appela-t-elle.

À grand-peine, le jeune homme fixa son regard sur elle.

— C'est vrai ? chuchota-t-il. J'ai échoué ?

— Je crains que oui, Dalveen. Le livre ne t'a pas rendu ton bras. Je suis désolée.

Un désespoir insondable passa dans les yeux de Leandor.

Meath et Tycho parvinrent à le retenir avant qu'il tombe de sa chaise, inconscient.

Chapitre 23

Lorsque l'aube arriva, Leandor se sentait physiquement remis. Mais son humeur demeurait sombre.

— Tu y étais presque, tenta de le consoler Shani. Nous en avons tous été témoins. L'espace d'un instant, le contour de ton bras manquant est devenu visible. Raccroche-toi à cette idée.

— Je suis certain que la seule raison pour laquelle il n'a pas repoussé, c'est que nous ne savons pas encore comment utiliser correctement le livre, ajouta Tycho.

— Vous avez peut-être raison, soupira Leandor. C'est juste que… j'espérais tellement qu'il me rendrait mon intégrité physique ! (Il tira son épée du fourreau posé sur la table et, rapide comme l'éclair, dessina un huit dans les airs avec sa pointe.) À la base, je suis droitier. Je n'aurais jamais appris à manier une arme de la main gauche si je n'y avais pas été obligé.

— La nécessité t'a bien servi, fit remarquer Meath. Malgré ton bras en moins, tu es le meilleur bretteur que j'aie jamais rencontré.

— Mais cela suffira-t-il ? Là est toute la question, répliqua Leandor d'un air maussade.

— Nous compatissons tous, lui assura Tycho. Néanmoins, le mariage sera célébré dans six heures, et nous n'avons pas encore élaboré le moindre plan.

Leandor remit son épée au fourreau.

— C'est vrai. Pardonnez-moi.

— Ta réaction est tout à fait compréhensible. Cela dit, Tycho a raison, déclara Shani. Alors, que faisons-nous ?

— Nous devrions voir si le livre peut nous faire franchir le bouclier d'Avoch-Dar et nous transporter au palais.

— À ta place, je ne me ferais pas trop d'illusions, murmura Tycho alors que les quatre compagnons se prenaient par la main.

Il ne se trompait pas. Quand Leandor ordonna au livre de les emmener à Torpoint, rien ne se produisit.

Le jeune homme reposa le grimoire et affirma :

— Il faudra trouver un autre moyen.

— En existe-t-il un ? interrogea Meath, dubitatif.

— Souviens-toi que j'ai grandi au palais. Je connais un accès discret... à condition qu'il n'ait pas déjà été découvert et bloqué. Nous le découvrirons bien assez tôt.

Leandor fit mine de se diriger vers la porte.

— Vous venez ?

— Pas si vite, contra Shani. Avant de partir, nous avons un ou deux problèmes à régler.

— Mais encore ?

— L'apparence de Tycho, pour commencer. (Elle se tourna vers l'homoncule.) Sans vouloir t'offenser, tu peux difficilement passer inaperçu. Si tu sors dans les rues tel quel, je ne nous donne pas dix minutes avant qu'une patrouille nous arrête.

— C'est une bonne remarque, concéda Tycho. Comment suggères-tu que je me déguise ?

La jeune femme sortit de sa poche une aiguille et une bobine de fil.

— J'ai trouvé ça dans la chambre. Je pourrais te coudre une robe dans un drap et une capuche dans un autre. Ça nous permettrait de te faire passer pour un saint homme. À condition que tu gardes les mains dans tes poches.

— Excellente idée, Shani, approuva Leandor. Quoi d'autre ?

— Le livre. Ne vaudrait-il pas mieux le cacher quelque part ?

— Ce serait très mal avisé ! protesta Meath.

— Je suis d'accord avec lui, renchérit Leandor. Quelque mal que nous nous donnions pour le dissimuler, il y aurait un risque que quelqu'un le découvre. C'est beaucoup trop dangereux. Il reste avec moi.

— Très bien, capitula Shani. Nous trouverons un morceau de tissu dans lequel l'envelopper. Et nous allons avoir besoin d'une cape pour masquer ton moignon, Dalveen.

— C'est vrai que les manchots ne courent pas les rues, murmura le jeune homme d'un air sombre.

Shani faillit commenter l'amertume de sa voix, mais se ravisa. Au lieu de quoi, elle coupa un morceau de fil avec ses dents, l'enfila dans le chas de l'aiguille et lança :

— Mettons-nous au travail.

Les gens qui piétinaient dans les rues gelées d'Allderhaven semblaient effrayés et accablés. Et le froid surnaturel ne faisait qu'ajouter à leur misère.

— Pour un jour de mariage, ils ne semblent guère se réjouir, commenta Shani.

Leandor ajusta sous son bras le livre enveloppé d'une toile de jute.

— On peut presque sentir la peur qui plane dans l'air, acquiesça-t-il. (Il baissa les yeux vers son épée qu'il avait dû accrocher à sa ceinture, à cause de la cape qu'il portait désormais.) Gardez les yeux ouverts et, si l'un d'entre vous aperçoit une patrouille, qu'il le signale immédiatement.

— J'ai déjà du mal à voir où je vais, se plaignit Tycho depuis les profondeurs de son ample costume.

Les plis de sa capuche dissimulaient presque entièrement son visage.

— Au moins, tu seras au chaud là-dedans, le taquina Shani.

— Je ne suis pas sensible aux températures extrêmes, répliqua l'homoncule avec humeur.

Ils longèrent une rangée d'étals où quelques marchands ambulants vendaient du pain et des fruits.

— De la nourriture fraîche, s'enthousiasma Meath. Attendez-moi un moment, pendant que j'achète quelque chose à grignoter.

— Tu crois vraiment que le moment est bien choisi ? grommela Shani.

— Nous n'avons pas fait un seul repas digne de ce nom depuis notre séjour chez les sœurs lycanthropes, répliqua le mercenaire, et je me fais un devoir de ne jamais partir au combat le ventre vide, si je peux l'éviter.

Il s'éloigna d'un pas vif, fouillant dans sa poche à la recherche de quelques piécettes.

Afin de ne pas attirer l'attention, les trois autres continuèrent à marcher et s'arrêtèrent pour l'attendre sous une porte cochère, de l'autre côté de la rue. Lorsque Leandor reporta son attention sur Meath, celui-ci était en train de marchander avec un vendeur.

Un homme âgé passa près d'eux, regardant fixement l'épée de Leandor. Shani surprit son regard, et il baissa très vite les yeux.

La jeune femme claqua des doigts.

— Misère ! Je me demandais pourquoi les gens nous dévisageaient ainsi.

— Qu'est-ce qui ne va pas ?

— Ton épée. N'as-tu pas remarqué que personne ne porte d'arme ? De toute évidence, Avoch-Dar a dû l'interdire. Cache-la, vite !

Leandor ramena sa cape en avant, de façon qu'elle recouvre son fourreau.

— C'était une erreur de débutant. Heureusement, Tycho et toi n'avez rien à craindre.

— Mais Meath, si ! s'exclama l'homoncule. Sa lame est bien visible.

— Je vais aller le lui dire, offrit Shani.

— Non, la retint Leandor. Regarde !

Un groupe de soldats venait de franchir l'angle de la rue près de l'étal devant lequel se tenait le mercenaire. L'officier avisa celui-ci et aboya un ordre. Ses hommes dégainèrent et se précipitèrent pour cerner Meath.

— Par les dents de l'enfer ! siffla Shani.

L'officier et Meath se disputaient. L'altercation tourna à l'empoignade ; le mercenaire fut ceinturé et désarmé.

Shani glissa une main à l'intérieur de sa manche.

— Devons-nous intervenir ?

— Ils sont au moins une dizaine, et qui sait combien d'autres se trouvent à proximité, contra Leandor. Si nous sommes tous capturés, notre mission s'achèvera ici. Nous ne pouvons pas l'aider.

Ils se rencognèrent dans l'embrasure de la porte tandis que les soldats emmenaient Meath sous la menace de leurs armes.

— À ton avis, que vont-ils faire de lui ? interrogea Shani.

— Visiblement, ils le conduisent au palais. Une fois qu'ils seront là-bas… (Leandor haussa les épaules)… va savoir. Mais il n'y a aucune raison pour qu'ils fassent le rapprochement avec nous.

— N'en sois pas si sûr, intervint Tycho. Ils pourraient le torturer. Avoch-Dar connaît toutes sortes de moyens ingénieux pour faire parler ses prisonniers.

— Ça, c'est une idée réjouissante, grimaça Shani.

Avec ses tours blanches et austères qui se découpaient contre le ciel maussade, Torpoint ressemblait à un palais de glace.

En route, les compagnons avaient croisé d'autres groupes de guerriers pétrifiés, dont le nombre n'avait fait que croître alors qu'ils se rapprochaient de leur objectif. Craignant les patrouilles qui arpentaient les rues, les citoyens d'Allderhaven évitaient soigneusement ces hommes statufiés ; ils allaient même jusqu'à baisser les yeux pour ne pas les regarder.

Leandor, Shani et Tycho durent infléchir leur trajectoire à plusieurs reprises pour éviter les soldats. Mais ils finirent par atteindre le mur d'enceinte du palais. Dans une ruelle adjacente, Leandor montra à ses amis un petit portail de fer forgé.

— Il conduit aux jardins royaux, expliqua-t-il. Tycho, tu pourrais nous faire entrer ?

— Je crois. Montez la garde.

L'homoncule appuya son épaule musclée contre le portail et poussa. La serrure céda, et il s'ouvrit vers l'intérieur.

Leandor jeta un coup d'œil à la ronde pour s'assurer que personne ne les avait vus. Les compagnons traversèrent la pelouse gelée en courant et, longeant un autre mur, se faufilèrent jusqu'à un épais amas de buissons.

— Ce que nous cherchons devrait se trouver par ici, murmura Leandor. Ah, je l'ai ! (Du pied, il frappa une plaque métallique carrée qui se détachait sur le sol.) Tycho, nous allons encore avoir besoin de ta force.

La trappe se souleva facilement, révélant un tunnel peu profond.

— Qu'est-ce que c'est ? interrogea Shani.

— Un ancien conduit qui permet d'évacuer l'eau de pluie depuis les remparts, répondit Leandor. Si mes souvenirs sont exacts, il mène à la cour intérieure du palais.

La jeune femme scruta les ténèbres en contrebas. Un léger bruit de ruissellement en émanait.

— Je ne suis pas trop amatrice de tunnels, marmonna-t-elle. Dépêchons-nous d'en finir.

— Avant que nous descendions, je vous rappelle que notre plan consiste à localiser Bethan et le roi, et à les délivrer. Si nous pouvons récupérer Meath au passage, ce sera encore mieux.

— C'est un objectif plutôt ambitieux, fit remarquer Tycho. Si nous réussissons, as-tu réfléchi à ce que nous ferons ensuite ?

— Nous quitterons la ville et nous nous servirons du roi pour rallier des troupes, afin d'organiser une insurrection contre Avoch-Dar. Ce n'est sans doute pas le meilleur plan du monde, concéda Leandor, mais je n'en vois pas d'autre.

Shani et Tycho acquiescèrent.

— Ce tunnel est juste assez large pour que nous puissions nous y déplacer en file indienne, reprit Leandor. Comme il y a une deuxième trappe à ouvrir à l'autre extrémité, il vaudrait mieux que tu passes le premier, Tycho.

L'homoncule se glissa maladroitement par l'ouverture.

— Les parois sont gelées, annonça-t-il. Faites attention en descendant.

Leandor lui fit passer son baluchon, puis se laissa tomber près de lui. Shani l'imita, tirant derrière elle la plaque métallique, qu'elle remit en place avec un grognement.

Pliés en deux, un filet d'eau clapotant sous leurs pieds, ils avancèrent dans l'obscurité jusqu'à ce qu'ils se retrouvent face à un mur.

— La trappe doit être juste au-dessus de ta tête, Tycho, déclara Leandor. Soulève-la juste un peu et vérifie s'il n'y a personne dans les parages.

L'homoncule obtempéra, et un rai de lumière pénétra dans le tunnel.

— La voie paraît libre, signala-t-il.

Il repoussa la plaque métallique sur le côté en faisant le moins de bruit possible, puis se dégagea du tunnel et tendit la main à ses amis pour les aider à sortir. Après s'être assuré qu'il n'y avait bel et bien aucun signe de vie dans la cour pavée, il remit la trappe en place.

— Par ici, chuchota Leandor.

Il entraîna ses compagnons vers une porte située sur un côté du palais.

Celle-ci n'était pas verrouillée. Ils dégainèrent leurs armes et se faufilèrent à l'intérieur, promenant un regard anxieux à la ronde. Mais le spacieux couloir était désert.

— Où allons-nous ? s'enquit Tycho.

— Le grand hall me semble un endroit tout indiqué pour commencer nos recherches. Par ici, indiqua Leandor.

— Je suis ravie que tu connaisses les lieux, murmura Shani. Cet endroit est un véritable dédale.

Ils enfilèrent les corridors jusqu'à ce que Leandor s'immobilise devant une énorme porte à double battant.

— J'ignore ce que nous allons trouver de l'autre côté, prévint-il à voix basse, mais si c'est quelque chose contre quoi nous ne pouvons pas lutter, fuyez.

Il saisit la poignée de cuivre et poussa.

La vaste salle était vide. La table de banquet, qui occupait toute sa longueur sur le côté droit, était dressée pour le repas de noces. Les compagnons entrèrent et regardèrent autour d'eux.

— Et maintenant ? demanda Shani.

— Maintenant, vous êtes à moi !

Ils firent volte-face.

Avoch-Dar se tenait sur le seuil du grand hall.

Des dizaines de soldats lourdement armés s'engouffrèrent à sa suite et se déployèrent dans la pièce.

— Comme c'est aimable à toi de venir te livrer, Nightshade, susurra le sorcier. Lâchez donc vos armes.

— Et puis quoi encore ? cracha Shani. Je savais bien que c'était trop facile !

Elle tira un second couteau de sa manche et, une lame dans chaque main, se prépara à se défendre.

— Ne t'attends pas que nous nous rendions sans combattre, claironna Leandor. Si nous devons mourir, nous emporterons un maximum de tes hommes avec nous !

Avoch-Dar éclata de rire.

— Ça m'étonnerait. Qu'on amène les prisonniers.

Deux gardes entrèrent, poussant devant eux la princesse Bethan. L'un d'eux plaquait une dague sur sa gorge.

— Dalveen ! hoqueta la jeune femme, tentant de dissimuler sa terreur.

— Bethan !

Vint ensuite le roi, tenu en respect à la pointe de l'épée.

— Je ne le répéterai pas une troisième fois. Lâchez vos armes, ordonna Avoch-Dar.

— Ne te rends pas, Dalveen ! hurla Eldrick. Nos vies n'ont pas d'importance. Vends la tienne chèrement !

— Silence, vieux débris ! aboya le sorcier. À moins que tu veuilles voir la couleur du sang de ta fille…

Leandor soupira. Il jeta un coup d'œil à ses compagnons, puis jeta son épée sur le sol. Shani laissa tomber ses deux couteaux.

Avoch-Dar fixait avidement des yeux le baluchon de Leandor.

— J'imagine que c'est le livre. Pose-le sur la table. Je t'ai dit de le poser !

Bethan réprima un gémissement alors que le garde augmentait la pression de la lame sur son cou.

Leandor écarta du coude une assiette et quelques couverts, déposa le livre à l'endroit ainsi dégagé et déplia la toile de jute qui l'enveloppait.

Avoch-Dar se rapprocha.

— Ouvre-le !

Leandor souleva la couverture et se mit à tourner les pages du grimoire.

— Fascinant, murmura le sorcier.

— Vous êtes capable de le lire ?

— J'ai passé des années à étudier le langage des démons, à travers les fragments de leurs travaux écrits qui ont subsisté jusqu'à nous. Continue à tourner les pages.

Leandor était presque arrivé à la fin lorsqu'Avoch-Dar repéra ce qu'il cherchait.

— Excellent, se réjouit-il. Le sort suprême… Maintenant, recule.

Leandor obéit. Alors, les gardes s'avancèrent et se saisirent des trois compagnons. Ils arrachèrent les fourreaux de Shani et le déguisement de l'homoncule.

— Mais c'est mon loyal serviteur Tycho, railla Avoch-Dar. Bienvenue chez toi.

Il fit signe à un officier qui se tenait près de la porte. L'homme passa la tête dans le couloir et dit quelque chose que Leandor n'entendit pas.

— Je crois qu'une petite réunion s'impose, jubila le sorcier.

Craigo Meath entra.

— Meath ! s'exclama Shani. Tu vas bien ? Ils ne t'ont pas fait de mal ?

Le mercenaire lui adressa un sourire. Un sourire fort déplaisant.

— Laissez-moi vous présenter mon lieutenant, annonça Avoch-Dar.

Shani en resta bouche bée.

— Votre quoi ?

— L'homme qui se tient devant vous, ma jeune demoiselle, est l'un de mes plus fidèles serviteurs.

— Que t'ont-ils fait, Meath ? Dis-moi que ce n'est pas vrai !

— La ferme, fillette ! aboya le mercenaire.

— Que t'a-t-il promis, Meath ? interrogea froidement Leandor. Des richesses ? Du pouvoir ? Quel a été ton prix pour te retourner contre nous ?

— Tu n'es qu'un imbécile, Nightshade, ricana le mercenaire. Je sers un seul maître depuis le début.

— Un traître. Comme j'ai été sot de ne pas m'en apercevoir…

— Mais tu t'es battu avec nous, protesta Shani. Tu as sauvé la vie de Dalveen !

— Seulement parce que ça faisait partie de son travail, intervint Avoch-Dar. Sa mission consistait à faire le nécessaire pour que le livre parvienne jusqu'à moi. Même s'il devait pour cela préserver la vie de Nightshade.

— Et vous ne pouvez pas savoir à quel point j'ai détesté ça, ajouta Meath sur un ton venimeux. Quelle joie cela m'aurait procuré de laisser ce monstre aquatique te tailler en pièces, Leandor, ou de te regarder te noyer ! Comme j'ai lutté pour ne pas te poignarder dans le dos chaque fois que j'en avais l'occasion !

— Sale rat ! hurla Shani en se débattant pour échapper à l'étreinte des gardes. Poignarder un homme dans le dos, c'est bien digne d'une vermine dans ton genre !

— Pourquoi ne t'es-tu pas contenté de nous dénoncer à cette patrouille, dans la rue ? interrogea Tycho.

— C'était une authentique arrestation. Le capitaine n'a pas su qui j'étais jusqu'à ce que nous arrivions au palais. L'idiot ! Et si je vous avais désignés à son attention, vous vous seriez probablement battus. Je ne pouvais pas courir le risque que vous vous échappiez avec le livre.

— Sans compter que ça t'a donné une raison supplémentaire de venir ici, Nightshade, ajouta Avoch-Dar. Le noble héros prenant tous les risques pour délivrer sa promise et son soi-disant ami. Ce que tu peux être prévisible...

Leandor fixa le sorcier d'un regard glacial.

— Ainsi, tu t'es servi de nous pour te procurer le livre. Évidemment, tu n'avais pas le choix, constata-t-il. Melva la Sage m'avait bien dit que seul un être au cœur pur pourrait s'en emparer. Ce qui t'écartait d'entrée de jeu, n'est-ce pas ?

— Ça présentait effectivement un problème, concéda Avoch-Dar. Mais tu l'as résolu comme je l'escomptais. À présent, je vais utiliser les secrets de la race démoniaque pour accroître mes pouvoirs magiques au-delà de toute imagination. C'est presque dommage de penser que toi et tes amis ne serez plus là pour assister à mon triomphe.

— Je ne doute pas que votre pleutre de lieutenant va vous débarrasser de nous, siffla Shani. Sans doute en nous plantant un couteau entre les omoplates.

— Oh, j'avais quelque chose de beaucoup plus inventif en tête. Mais tu me donnes une idée qui pourrait être fort amusante. Meath, cela te plairait-il de croiser le fer avec le légendaire Nightshade ?

— Rien ne me réjouirait davantage, maître. (Le mercenaire jeta un regard vicieux à Leandor.) Je suis largement aussi fort que ce soi-disant champion !

— Donne-moi ta rapière, ordonna le sorcier.

Meath la lui remit. La tenant dans une main, il laissa courir la paume de l'autre sur toute la longueur de sa lame en marmonnant une incantation. Une aura bleue crépitante enveloppa l'arme l'espace d'un instant, puis se dissipa.

— Pour corser un peu les choses, annonça Avoch-Dar, je viens d'enchanter cette épée de façon qu'un simple contact avec elle entraîne la mort de quiconque, à l'exception de son porteur. (Il la rendit à Meath, puis se tourna vers Leandor et dit :) Ramasse la tienne, Nightshade.

— Et si je refuse ?

— Tu assisteras à l'agonie lente et douloureuse de tes amis.

Leandor hésita une seconde, puis s'exécuta.

Les gardes reculèrent.

Meath s'avança, un rictus cruel sur les lèvres.

— Je sens que je vais adorer ça.

Puis il brandit sa lame meurtrière et se prépara à attaquer.

Chapitre 24

Gardes et prisonniers regardaient en silence les deux hommes qui se tournaient autour.

Soudain, Meath se jeta en avant, et leurs épées se heurtèrent violemment.

Le fracas de l'acier se répercuta sur les murs du grand hall tandis qu'ils échangeaient des coups furieux. Ils se battaient avec férocité, aucun d'eux ne cédant le moindre pouce de terrain, chacun d'eux cherchant une ouverture dans la défense de l'autre.

Meath abattit sa rapière sur la tête de Leandor, et la lame meurtrière passa si près que le courant d'air provoqué souleva ses cheveux. Le jeune homme riposta par une attaque montante qui, déclenchée un battement de cœur plus tôt, aurait tranché le bras du mercenaire.

Leurs lames fendirent l'air en sifflant et se heurtèrent de nouveau. Leandor bondit sur le côté, se baissa et porta un coup d'estoc à la cuisse de Meath. Son adversaire esquiva, pivota et visa sa tête. Seuls les réflexes du jeune homme lui évitèrent d'être touché.

Ils se déplaçaient de long en large sur le sol de marbre, la foule s'écartant pour les laisser passer. Meath parait chacune des attaques de Leandor, et réciproquement. Ils frappaient sans répit, sourds et aveugles à tous ceux qui les entouraient, leur duel les emmenant d'un bout à l'autre de la pièce.

Et à chaque instant, Leandor était conscient que le plus petit contact avec la lame de son adversaire entraînerait sa mort.

Meath lança un nouvel assaut avec une frénésie décuplée. Leandor le contra et rendit coup pour coup. Tous deux étaient de superbes bretteurs, dont la virtuosité arrachait des hoquets de stupéfaction à leurs amis comme à leurs ennemis.

Ils économisaient si peu leurs forces qu'ils commençaient déjà à se fatiguer. Il était évident qu'ils ne pourraient pas soutenir un tel rythme très longtemps.

Alors qu'il écartait d'un coup de pied une chaise qui le gênait, Leandor aperçut Avoch-Dar du coin de l'œil. À en juger par son expression, le sorcier s'amusait beaucoup. Puis Meath tenta un coup de taille, et le jeune homme dut reporter toute son attention sur le combat.

Les membres douloureux, les poumons en feu, Leandor puisa dans les profondeurs de son être l'énergie nécessaire pour continuer.

Leur déplacement les emmena à quelques pas de l'endroit où Bethan et son père étaient retenus. Fascinés par le spectacle, les gardes ne faisaient plus guère attention à eux.

Un brusque mouvement fit tourner la tête à Leandor. Le roi venait de se libérer. Surpris, les gardes mirent un moment à se ressaisir. Eldrick en profita pour bondir avec l'agilité d'un homme beaucoup plus jeune et pour s'emparer d'un javelot ornemental fixé au mur.

Comme le premier garde s'avançait pour le maîtriser, il pivota vers lui et l'embrocha. La pointe de son arme transperça la cotte de mailles de l'homme, qui s'effondra. Le second s'approcha plus lentement, l'épée au clair.

Eldrick l'ignora. Il arma son bras et projeta le javelot vers Meath. Mais le mercenaire fit volte-face juste à temps pour éviter l'arme qui volait vers lui, et elle alla s'écraser à l'autre bout de la pièce sans lui causer de dommage.

Le second garde se précipita et entailla vicieusement la poitrine du vieil homme.

— Père ! hurla Bethan.

Eldrick tomba à genoux.

Quand Meath reporta son attention sur Leandor, il arborait une grimace de triomphe et de mépris.

Une fureur impossible à endiguer enfla dans le sein de Nightshade. Un voile de brume écarlate s'abattit devant ses yeux, et la démence d'une rage meurtrière s'empara de lui.

Avec une telle rapidité que l'œil humain avait du mal à le suivre, il se tourna vers le garde terrifié, dont il fit sauter l'épée d'un revers de lame. Puis il lui enfonça la sienne entre les côtes. L'homme mourut avant de toucher le sol.

Tout s'était produit si vite que Meath n'avait pas eu le temps de réagir. Leandor pivota de nouveau vers lui et pulvérisa ses défenses. Tout semblant d'affrontement civilisé avait disparu dès que le jeune homme s'était abandonné à Nightshade, redresseur de torts, champion ultime…

Tueur sauvage.

Meath se retrouva confronté à une tempête d'acier étincelant et meurtrier. Sa grimace arrogante s'évanouit, cédant la place à une appréhension visible. Puis à de la frayeur. Puis à de la terreur pure.

Il battit en retraite, luttant pour échapper au tourbillon qui menaçait de le submerger. Ses reins heurtèrent le bord de la table de banquet. Sa rapière fut projetée sur le côté, le laissant à découvert et sans défense.

Dans les yeux de son vainqueur, le mercenaire ne lut que férocité impitoyable.

— Pitié, implora-t-il pourtant.

— Il n'y a pas de pitié qui tienne pour les agents du mal, répliqua Nightshade.

Et il plongea son épée dans le cœur du traître.

Leandor recula. Il regarda Meath glisser à terre, rouler sur lui-même et s'immobiliser, une flaque de sang se formant déjà sous son corps sans vie.

Le silence choqué fut rompu par une paire de mains qui applaudissaient avec une lenteur délibérée.

Leandor cligna des yeux pour dissiper la brume rouge de sa colère et promena un regard à la ronde. Avoch-Dar était la source de cet hommage hypocrite.

— C'était un excellent divertissement, déclara-t-il.

— Ne regrettes-tu pas la perte de ton lieutenant ? haleta Leandor.

— Pas particulièrement, grimaça le sorcier. Sa mission accomplie, il ne m'était plus d'aucune utilité. Ce qui est également valable pour toi. Jette ton arme.

Les gardes se rapprochèrent de Leandor. Celui-ci hésita, se demandant s'il ne devrait pas les affronter et en finir tout de suite.

Mais Avoch-Dar désigna Shani et les autres.

— Si tu résistes, c'est eux qui paieront.

Une fois de plus, Leandor céda.

— Maintenant, revenons à nos moutons, gloussa le sorcier en se frottant les mains.

Il revint vers la table et regarda fixement le livre ouvert.

Leandor se dirigea vers le roi agenouillé. Les gardes s'interposèrent entre eux.

Avoch-Dar leur jeta un coup d'œil.

— Laissez-leur quelques minutes pour se faire leurs adieux, ordonna-t-il distraitement. Ils ne peuvent plus nous nuire.

Puis il reporta son attention sur le grimoire.

Les gardes lâchèrent Bethan, qui se précipita dans les bras de Leandor. Ensemble, ils s'approchèrent d'Eldrick et découvrirent qu'il était toujours vivant. Tycho et Shani les rejoignirent, sous le regard vigilant des soldats déployés en arc de cercle.

La princesse s'agenouilla près de son père et lui prit la main. Une larme roula sur sa joue.

— Père, sanglota-t-elle. Oh, père…

Eldrick lui sourit faiblement.

— Ne pleure pas… pour moi, ma fille. Je suis plus… coriace que tu le penses. (Il s'interrompit pour reprendre son souffle, puis tourna son noble visage vers Leandor.) Tu t'es bien… débrouillé, Dalveen. N'abandonne… pas encore.

Ses paupières se fermèrent tandis qu'il sombrait dans une semi-inconscience.

— Il a raison, déclara Shani. Nous ne pouvons pas nous laisser massacrer sans réagir.

— Nous n'avons plus d'armes, lui rappela Leandor.

— Dans ce cas, nous nous battrons à mains nues, s'obstina la jeune femme. (Elle jeta un coup d'œil aux gardes.) Si je dois finir en enfer, j'emmènerai au moins quelques-uns de ces démons avec moi !

Bethan tamponna ses yeux rougis.

—Ton amie a du tempérament, Dalveen.

Les deux femmes se regardèrent, fières chacune à sa façon.

Ce moment prit fin lorsqu'Avoch-Dar lança à la cantonade :

—J'ai décidé de faire usage du livre immédiatement et d'invoquer ses créateurs depuis la dimension qu'ils habitent à présent.

Un murmure excité s'éleva de la foule.

—J'ai l'intention de leur offrir nos invités… (du menton, le sorcier désigna Leandor et les autres prisonniers)… en sacrifice. D'après ce que je sais sur eux, c'est un geste qu'ils devraient apprécier.

Quelques rires résonnèrent dans les rangs de ses fidèles.

—Les démons étaient la race magique la plus puissante qui ait jamais peuplé ce monde, poursuivit Avoch-Dar. Je les forcerai à me transmettre une partie de leurs pouvoirs. Mais avant de commencer, il me faut prendre une petite précaution.

Il se dirigea vers le cadavre de Meath, sortit un mouchoir de sa poche et le trempa dans la flaque de sang qui s'élargissait. Puis il s'en servit pour dessiner quelque chose sur le sol.

Sur son ordre, deux gardes s'avancèrent pour imbiber d'autres chiffons, qu'ils lui firent passer au fur et à mesure.

Dix minutes plus tard, le sorcier avait tracé un grand pentacle rouge poisseux sur le marbre blanc.

—Si quelqu'un pénétrait à l'intérieur de ce cercle, expliqua-t-il, sa magie serait rompue. Il ne pourrait plus empêcher les démons de pénétrer dans notre monde pour y semer le chaos. Peut-être n'obéiraient-ils même plus à mes ordres. Aussi l'ai-je conçu de telle sorte qu'aucun être humain ne puisse franchir la ligne.

Tous se turent tandis qu'il reportait son attention sur le livre. Bethan serra convulsivement la main de Leandor, et Shani s'agrippa à son bras. La tension était à son comble dans le grand hall.

Avoch-Dar regarda fixement le grimoire ouvert pendant quelques secondes avant d'entonner l'incantation à voix haute. Les mots qu'il prononça étaient étranges, incompréhensibles pour ceux qui les écoutaient. Mais ils n'eurent pas besoin de traduction pour comprendre que le rituel effectué par le sorcier était noir et terrible.

Lorsque Avoch-Dar se tut, une brume sombre se forma au centre du pentacle et se mit à tourbillonner. Une odeur âcre de soufre emplit la pièce. Une lueur d'un rouge doré se mit à palpiter au cœur du brouillard.

Et en son sein, un grouillement de formes se solidifia.

Chapitre 25

Leandor s'était attendu que tous les démons se ressemblent. Comme la brume se dissipait, il se rendit compte qu'il avait eu tort.

Et vit qu'ils étaient plus horribles que n'importe quel cauchemar.

De toutes les créatures apparues à l'intérieur du pentacle, il n'en était pas deux qui possédaient la même apparence. Des ailes à la texture de cuir se mêlaient à des tentacules rampants, des cornes incurvées, des queues pointues et des sabots fourchus. Certaines avaient des écailles, d'autres une peau dénuée de tout poil mais constellée de verrues ; d'autres encore étaient couvertes d'une fourrure hérissée.

Parmi la horde monstrueuse, Leandor distingua des démons qui ressemblaient à des chauves-souris, des crapauds ou des scarabées géants. L'un d'eux était moitié serpent et moitié lion ; un autre, moitié ours et moitié oiseau de proie. Des nains à cinq jambes bousculaient des insectoïdes aux multiples paires de bras. Il y avait là des créatures au crâne décharné, d'autres avec une tête de cheval ou de rat – voire avec plusieurs têtes, comme celle qui arborait trois gueules de chien par-dessus un corps de crocodile.

Mais la plupart étaient si hideuses qu'elles défiaient toute description.

Les ongles de Bethan s'enfoncèrent dans la chair de Leandor. Shani poussa un hoquet de stupeur.

Le visage couleur de cendre, Eldrick souffla :

— Si Avoch-Dar réussit à… acquérir le pouvoir qu'il convoite, toute… vie humaine sera en péril.

De la horde démoniaque irradiait une aura de menace presque tangible.

— Ne sont-ils pas étonnants ? clama le sorcier sur un ton respectueux. (Il s'approcha du cercle.) En tant que possesseur du Grimoire des Ombres, je vous ordonne de faire ma volonté ! J'exige que vous me confériez le pouvoir magique ultime !

Des dizaines d'yeux effrayants le fixèrent.

— Tout est perdu, se lamenta Bethan.

— Peut-être pas, madame, contra Tycho.

— Que veux-tu dire ? s'enquit Leandor.

Mais l'homoncule ne répondit pas à sa question.

— Souhaitez-moi bonne chance, se contenta-t-il de lâcher.

Puis il s'élança.

Les gardes étaient si absorbés par le drame qui se déroulait sous leurs yeux que Tycho franchit leur piquet avant qu'ils puissent réagir. Et quand ils tentèrent enfin de l'arrêter, ils se rendirent vite compte que ce n'était pas aussi facile que ça en avait l'air. Les coups d'épée rebondissaient sur sa fourrure sans lui faire de mal ; les pointes de lance étaient déviées, et une flèche qui visait son dos se brisa en deux.

Shani était perplexe.

— Qu'espère-t-il faire ?

— Je crois le savoir, répondit Leandor. S'il réussit, tiens-toi prête à agir !

Tycho dépassa Avoch-Dar et franchit le tracé du pentacle.

Puis fit demi-tour et rebroussa chemin à toutes jambes.

Le sort de protection du cercle était rompu.

Aussitôt, les démons se déversèrent par la brèche. Alors qu'ils se répandaient dans le grand hall, d'autres apparurent par le portail luisant et les imitèrent.

L'enfer envahit Torpoint.

Avoch-Dar poussa un rugissement de rage tandis que les hideuses créatures taillaient sa milice en pièces. Des hurlements emplirent la salle, se mêlant à des sons inhumains. Partout, ce n'était plus que chaos sanglant.

— Viens ! s'écria Leandor.

Il bondit sur le garde le plus proche, le jeta à terre et lui arracha son épée.

— Une lame ! s'exclama Shani. Donne-moi une lame !

Leandor éventra une sentinelle qui prenait la fuite, s'empara de sa rapière et la lança à la jeune femme. Celle-ci la rattrapa par la poignée et s'en servit pour embrocher un garde qui se jetait sur elle.

Déjà, les corps des morts et des mourants jonchaient le sol. Les démons impossibles à arrêter lacéraient la chair de leurs adversaires, écartaient leurs épées et leurs lances. Et même quand celles-ci parvenaient à les toucher, elles ne leur causaient aucun dommage visible.

— Protège Bethan et le roi, ordonna Leandor à Shani.

Puis il s'élança vers le sorcier.

Comme elle pivotait pour lui obéir, la jeune femme faillit percuter un archer, qu'elle arrêta net en lui tranchant la gorge. Laissant tomber la rapière, qui n'était pas son arme favorite, elle s'empara de son carquois et de son arc.

Personne ne se dressait entre elle et Avoch-Dar. Shani encocha une flèche et tira. Le projectile manqua sa cible de peu et alla se planter dans une des tapisseries qui décoraient les murs.

La jeune femme reporta son attention sur Eldrick et la princesse. Tycho les avait rejoints et se dressait devant eux pour leur faire un bouclier de son corps.

Pendant ce temps, Leandor s'était frayé un chemin parmi la mêlée et avait atteint Avoch-Dar. Le sorcier leva les mains et incanta. Un éclair d'une intensité aveuglante fusa vers le jeune homme. Il bondit sur le côté, et la boule d'énergie crépitante explosa contre le mur derrière lui.

De nouveau, il marcha sur sa cible. Avoch-Dar déclencha un second éclair. Celui-ci rasa le flanc de Leandor et percuta de plein fouet l'un des hommes du sorcier. Des flammes enveloppèrent instantanément le malheureux. Changé en torche humaine, il s'écroula en hurlant.

Leandor se laissa distraire par ce spectacle macabre et par la nécessité de neutraliser un garde assez fou pour engager le combat avec lui. Le temps qu'il tourne de nouveau son regard vers Avoch-Dar, une meute de démons entourait le sorcier. Ce dernier semblait leur parler, ou peut-être réciter une incantation. Mais Leandor ne pouvait pas entendre ce qu'il disait.

Puis Avoch-Dar et les démons se déplacèrent en direction du pentacle.

Leandor les suivit à une distance prudente, se débarrassant au passage des gardes qui tentaient de lui barrer le chemin. Mais il ne restait plus beaucoup de courageux dans la pièce : la plupart des miliciens avaient péri ou fui. Le principal obstacle qui se dressait entre le jeune homme et sa cible était la multitude de cadavres qu'il devait enjamber.

Le bataillon de cauchemar au centre duquel se tenait Avoch-Dar atteignit le pentacle.

D'autres démons se repliaient vers le cercle magique, et Leandor prit bien garde de les éviter. Il remarqua néanmoins une créature particulièrement répugnante qui, près de la table de banquet, observait le Grimoire des Ombres. D'une patte écailleuse, elle le referma et le fourra sous son bras.

L'espace d'un instant, son regard croisa celui de Leandor. Dans ses yeux terribles, le jeune homme vit toutes les horreurs de l'abysse, tous les tourments endurés par les âmes damnées, et il ne put réprimer un frisson.

Puis le démon s'éloigna d'un pas glissant afin de rejoindre le reste de la horde.

Le désespoir envahit Leandor. Sa seule chance de salut venait de lui être arrachée. Après toutes les épreuves qu'il avait surmontées, après tant de souffrances, de combats et de morts, il ne pouvait que regarder les légitimes propriétaires du livre l'emporter. Et son ennemi allait s'échapper avec eux. Car le jeune homme savait que ses faibles ressources humaines ne feraient pas le poids face à la puissance brutale des créatures infernales.

Pourtant, il se rua vers elles.

Il atteignit le cercle magique un instant après que le démon écailleux l'eut franchi. Sans réfléchir, il laissa tomber son épée et tendit la main au-dessus de la ligne de sang, espérant lui arracher le grimoire.

Ce fut comme s'il avait plongé son bras dans de la lave en fusion.

La douleur était trop atroce. Avec un cri étouffé, Leandor recula.

Un rire dément résonna à travers la pièce. Au milieu du grouillement cauchemardesque, Avoch-Dar se réjouissait de l'agonie et du désespoir de son vieil ennemi.

À l'intérieur du pentacle, l'air s'épaissit et se changea de nouveau en brume rouge aux reflets dorés.

Puis il y eut une explosion silencieuse de lumière aveuglante. Une vague de chaleur frappa Leandor de plein fouet, le projetant à terre.

Quand il releva la tête, le cercle était vide.

—Allez-vous cesser de me tripoter ! geignit le roi Eldrick.

—Vous devriez vous montrer plus coopératif, père, l'admonesta Bethan. Il essaie seulement de vous aider.

D'un signe de tête, elle congédia le médecin, qui s'inclina et sortit de la chambre à reculons.

—Je remercie les dieux que votre blessure ne soit pas plus grave, reprit-elle. D'ici une semaine ou deux, vous serez de nouveau sur pied.

—Si tu crois que je vais rester alité pendant tout ce temps, tu te fourres le doigt dans l'œil, ma petite fille, tempêta Eldrick. Il faudrait bien plus qu'une simple égratignure pour avoir raison de moi.

—Votre blessure est plus qu'une égratignure, Sire, intervint Golcar Quixwood. Tâchez d'être un patient… patient.

—Ça ne sera pas facile, mon vieil ami, soupira le roi. Et toi, comment vas-tu ?

—Très bien. Dès que le sorcier a disparu, l'enchantement qui nous maintenait dans l'immobilité a été brisé. Et nous ne semblons souffrir d'aucun effet secondaire.

—Je suis ravi de l'apprendre. Où en sont les opérations de nettoyage ?

—Nous sommes en train de déloger les derniers serviteurs d'Avoch-Dar, rapporta Quixwood avec satisfaction. Privés de leur maître, ils sont trop démoralisés pour nous opposer une résistance significative. Quant aux guerriers zombies, la mort les a repris juste après son départ.

Adossé à ses oreillers, Eldrick secoua la tête.

— Je ne peux m'empêcher de penser à l'époque où Avoch-Dar me servait et où j'avais confiance en lui, dit-il sur un ton de regret. S'il n'avait pas été si faible, il ne se serait jamais laissé corrompre par le côté obscur de la magie.

— Si je puis me permettre, Majesté, votre compassion me semble fort mal placée, déclara Tycho. Je crois que le sorcier portait en lui la graine du mal depuis le début, qu'il était né pour semer le chaos. En tout cas, ça correspondrait avec ce que nous connaissons de la prophétie.

— Tu as peut-être raison, concéda Eldrick. Quoi qu'il en soit, je te dois mes remerciements les plus chaleureux. C'est ta vivacité d'esprit qui a permis d'éviter la débâcle.

— Cela ne fait aucun doute, acquiesça Bethan. Tu as été assez intelligent pour comprendre que le sort d'Avoch-Dar ne s'appliquait pas à toi.

— Merci, madame. Oui, Avoch-Dar m'a sous-estimé, comme toujours. Mais je ne suis pas humain, et rien ne m'empêchait de briser son sort de protection.

— Pourtant, ce faisant, tu as mis des vies humaines en péril, fit remarquer Shani. Je croyais que ça t'était impossible.

— Pas du tout. Je me suis contenté de franchir une ligne tracée sur le sol. Un geste qui ne menaçait directement aucune vie humaine. Et certainement pas celle du sorcier, à qui ses tractations avec les forces les plus obscures de la magie ont ôté le peu d'humanité qu'il possédait.

— Tu seras récompensé pour ton courage, promit Eldrick. À compter de maintenant, tu es sous ma protection royale. Je te trouverai une fonction à remplir au palais, si tu le désires.

— J'en serai très honoré, Sire, acquiesça poliment Tycho.

Eldrick se rembrunit.

— Et Dalveen ? Comment va-t-il ?

— Comme on pouvait s'y attendre, il est très déprimé par la tournure que les événements ont prise, répondit tristement Bethan.

Voir tous ses espoirs anéantis et l'infâme sorcier échapper à notre justice lui a porté un rude coup au moral. Je crois qu'il…

Elle s'interrompit en entendant la porte s'ouvrir.

Leandor entra, son bras unique en écharpe. Le désespoir se lisait sur son visage.

—Ah, Dalveen, le salua le roi. Nous parlions justement de toi. Comment va ta blessure ?

—Elle guérira, affirma le jeune homme d'un ton maussade.

—Tâche de ne pas trop remâcher ta déception, mon aimé, lui conseilla Bethan.

—Oui, approuva Eldrick. Avoch-Dar a réussi à s'enfuir, mais tes amis et toi avez contrecarré ses plans de conquête. Et il a été forcé de se réfugier dans la dimension infernale qu'habitent désormais les démons.

Leandor tourna un regard sombre vers le monarque.

—Mais pour combien de temps ? répliqua-t-il. Et où qu'il soit, il détient le livre. Il m'a privé de ma seule chance de recouvrer mon intégrité physique.

—Pas nécessairement, contra Eldrick. Il y a de nombreux guérisseurs à Delgarvo. Nous les consulterons tous s'il le faut. Ne nous avouons pas déjà vaincus.

—Merci, Votre Majesté, dit Leandor avec un manque flagrant de conviction.

—Ne cède pas au découragement. Tant qu'il y a de la vie, il y a de l'espoir. Nous trouverons un moyen, déclara Quixwood.

Leandor s'autorisa un mince sourire.

—Peut-être que oui.

—Voyons le bon côté des choses, reprit Eldrick. Tout danger immédiat a été écarté, ne serait-ce que temporairement. Nous devons veiller à renforcer nos défenses au cas où le sorcier reviendrait nous menacer. Il y a beaucoup à faire, Dalveen, et nous avons besoin de toi plus que jamais.

Ces paroles rassérénèrent quelque peu le jeune homme.

—Vous pouvez compter sur moi, Sire, affirma-t-il.

—Pour l'instant, il vaudrait mieux le laisser se reposer, suggéra Bethan. Golcar et moi resterons à son chevet un petit moment.

Leandor, Shani et Tycho se retirèrent.

Dans le couloir, l'homoncule s'excusa auprès de ses amis et s'en fut, les laissant seuls.

Shani posa doucement sa main sur le bras en écharpe du jeune homme.

— Ton roi est un homme plein de sagesse, Dalveen. Le mieux que tu puisses faire pour te changer les idées, c'est de participer à la réparation des dégâts causés par Avoch-Dar.

— J'en ai bien l'intention. Je suis convaincu que le sorcier n'a pas dit son dernier mot. Et quand il reviendra, je veux que nous soyons prêts à l'accueillir comme il le mérite. (Leandor se renfrogna.) Mais il y a autre chose. Autre chose qui me préoccupe.

— Quoi donc ?

— Viens, je vais te montrer.

Il entraîna Shani vers la tour qui abritait les anciens appartements d'Avoch-Dar. Arrivé au sommet de l'escalier, il poussa la porte…

Pendant un long moment, aucun des deux jeunes gens ne dit rien. Ils se contentèrent de fixer l'objet des yeux en silence.

— C'est bien de ceci qu'il s'est servi pour nous espionner pendant que nous étions à Zenobia ? demanda enfin Shani.

— D'après Bethan, oui, acquiesça Leandor. De toute évidence, c'est un instrument très puissant.

La jeune femme tendit prudemment la main et effleura du bout des doigts le cristal enchanté d'Avoch-Dar.

— Il est froid. Comme mort, commenta-t-elle.

— Mais il existe peut-être un moyen de le refaire marcher.

— Lequel ?

Leandor soupira.

— Je l'ignore.

— Il a peut-être besoin de la magie du sorcier pour l'alimenter. Et de toute façon, que voudrais-tu en faire ?

— Je n'en ai pas la moindre idée. Mais c'est notre seul lien avec Avoch-Dar, et Avoch-Dar détient le livre…

— … qui pourrait régénérer ton bras, acheva Shani. Je sais. Personne ne le désire plus que moi, Dalveen. Mais mieux vaut que tu ne te fasses pas trop d'illusions. Nous ne reverrons peut-être jamais Avoch-Dar et cet ouvrage maudit. N'en fais pas une obsession.

—J'essaierai. (Leandor sourit.) Et toi, que comptes-tu faire à présent ?

—J'ai décidé de repartir, annonça Shani.

Le jeune homme décela une pointe de tristesse dans sa voix.

—J'avais espéré que tu accepterais de rester à Torpoint, avoua-t-il. Je suis sûr que tu pourrais te rendre très utile ici.

—Merci, Dalveen. C'est une offre tentante, mais… Comme je te l'ai déjà dit, je n'ai pas trouvé ma place dans le monde. Je ne suis pas encore prête à me ranger.

—Je comprends. Même si ça m'ennuie. Si jamais tes vagabondages te ramènent à Allderhaven…

—Je viendrai te saluer, c'est promis. Et si jamais tu as besoin de moi, tu n'auras qu'à faire passer le mot. Qui sait, je reviendrai peut-être même pour assister à ton mariage. (Shani s'interrompit et, soutenant le regard de Leandor, demanda :) Vous avez fixé une date ?

—Pas encore. Mais nous serons très honorés de te compter parmi nos invités de marque. Quand pensais-tu t'en aller ?

—Tout de suite. Je ne suis pas très douée pour les adieux qui s'éternisent.

—Tu me manqueras, Shani.

—Toi aussi, Dalveen. (La jeune femme leva une main et lui caressa tendrement la joue.) Adieu, Nightshade.

Puis, sans rien ajouter, elle tourna les talons et sortit de la pièce.

Dalveen Leandor resta là, s'interrogeant sur le mystère du cristal d'Avoch-Dar, jusqu'à ce que le soleil se lève sur un nouveau jour.

L'Ombre du sorcier

Les Chroniques de Nightshade – livre deux

À Helen et Tony Inman,
pour leur amitié et leur soutien Ici-bas et Au-delà

Chapitre premier

On aurait dit qu'ils s'apprêtaient à pendre une douzaine de nains.

Les gibets de bois ressemblaient à des potences miniatures. Ils se dressaient en deux rangées parallèles de six, un sac rond en peau d'animal suspendu à chacun d'eux. Les premiers baluchons avaient la taille d'une citrouille mûre ; les suivants étaient de plus en plus petits, si bien que les deux derniers auraient tenu dans la main d'un adulte.

Un homme marchant entre les deux rangées avec les bras tendus et une épée dans chaque main aurait pu toucher les sacs de chaque côté de lui avec la pointe de ses lames.

Golcar Quixwood se demanda si même Nightshade n'aurait pas du mal à accomplir la tâche qu'il s'était fixée.

À l'autre extrémité de la cour, Dalveen Leandor montait à cru un étalon gris. L'animal n'avait ni rênes ni étriers. Le jeune homme portait une épée dans son fourreau, et sa manche droite vide était attachée au flanc de sa chemise. De légers flocons de neige saupoudraient ses cheveux et ses vêtements noirs.

Les hommes de la garde du palais s'étaient rassemblés pour l'observer. Ils se tenaient en petits groupes, bavardant entre eux à voix basse et tapant des pieds pour se réchauffer. Un jeune cadet, arborant un tambour en bandoulière, attendait le signal.

Quixwood se tourna vers le guerrier à cheval.

— Tu es prêt ?

Leandor acquiesça.

Quixwood baissa le bras. Musicien et cavalier se mirent en mouvement.

Le tempo du tambour était le même que celui des battements d'un cœur humain. Au premier coup, Leandor talonna sa monture. Deux filets de vapeur s'échappèrent en sifflant des naseaux de l'étalon alors que celui-ci s'élançait sur les pavés gelés. Le contrôlant par la seule pression de ses cuisses, Leandor dégaina son épée.

Il atteignit la première paire de gibets au troisième coup de tambour.

Sa lame jaillit et transperça le sac suspendu sur sa gauche. Une pluie de teinture rouge se déversa par la fente. Rapide comme l'éclair, Leandor pivota vers sa droite, se penchant sur le côté pour atteindre sa cible. Son geste fut récompensé par une nouvelle explosion de liquide écarlate.

Le tambour continuait à scander son rythme régulier.

Leandor filait entre les rangées de gibets. Son épée trancha à gauche, à droite, puis de nouveau à gauche, si vite que l'œil humain avait presque du mal à la suivre.

Chacune des paires de sacs, plus petite que les précédentes, contenait des teintures de couleurs différentes. Le contact de l'acier affûté déclencha successivement une cascade jaune, verte, orange et bleue. Puis, comme Leandor crevait les minuscules derniers baluchons, deux bouffées jumelles de poussière dorée s'échappèrent.

Le martèlement du tambour s'interrompit. Des applaudissements et des vivats montèrent de la foule des spectateurs.

Le cheval de Leandor fonçait toujours. Le jeune homme lui pressa les flancs de ses genoux pour le faire ralentir. D'un mouvement fluide, il passa sa jambe droite par-dessus l'encolure de l'animal avant de se laisser glisser à terre. Il atterrit souplement sur ses pieds et rengaina son épée.

Plus loin, un palefrenier arrêta et calma l'étalon gris.

Les gardes se dispersèrent, regagnant leur poste en riant et commentant le tour de force dont ils venaient d'être témoins. Quelques pièces changèrent de main en règlement des paris qui avaient été pris.

Un domestique s'élança vers Leandor et lui déposa une cape sur les épaules. La neige tombait de plus en plus dru.

Comme le domestique se retirait, Quixwood s'approcha de son protégé et lui donna une grande claque dans le dos.

—Magnifique ! tonna-t-il. Treize coups, treize ! Et pas une goutte de teinture ne t'a éclaboussé !

Malgré l'exploit qu'il venait de réaliser, Leandor était visiblement d'humeur maussade. Il gratifia son père adoptif d'un sourire aussi faible que bref, mais ne dit rien.

Les deux hommes étaient très différents.

Bien qu'encore vigoureux, Quixwood se faisait vieux. Il était solidement bâti, avec une poitrine aussi large qu'une barrique et des membres robustes. Sa barbe fournie grisonnait, mais ses yeux bleus pétillaient de vitalité. De nature expansive et peu compliquée, il avait tendance à exprimer ses opinions sans s'embarrasser de diplomatie.

Leandor, lui, était jeune, mince et athlétique, à l'apogée de son agilité. Son menton était rasé de près, et il avait les yeux couleur d'olive. Ses longs cheveux noirs attachés en queue-de-cheval lui descendaient jusqu'au milieu du dos. Les vêtements sombres qu'il affectionnait reflétaient son caractère mélancolique.

Mais l'un comme l'autre avaient choisi de vivre par l'épée.

Quixwood jeta un coup d'œil à la façade massive de Torpoint. Des échafaudages avaient été dressés contre le mur d'enceinte. Le long de planches souples, soutenues par une charpente en bois de chêne, se pressaient des ouvriers occupés à colmater les fissures de la maçonnerie. D'autres hissaient des seaux de ciment sous la neige tourbillonnante.

—Les réparations progressent de manière satisfaisante, commenta Quixwood.

—Mais pas assez vite à mon goût, contra Leandor d'un air sombre.

—Tu en fais trop, Dalveen. Cinq mois se sont écoulés depuis la fin de l'invasion, et c'est à peine si tu t'es reposé.

—Nous devons remédier aux dégâts causés par Avoch-Dar et reconstruire nos défenses. Avec l'hiver qui approche, le temps nous est compté.

—Certes, mais tu pourrais déléguer une partie de tes responsabilités.

— J'ai besoin de m'occuper l'esprit. (Du pouce, Leandor désigna sa manche vide.) Ça m'empêche de penser à ça.

— La perte de son bras directeur n'est pas une chose dont un guerrier se remet facilement, mon garçon. Peut-être n'y arriveras-tu jamais. Et comme toutes tes chances de récupération ont disparu avec le grimoire…, c'est normal que tu te sentes abattu. Mais il faut aller de l'avant désormais.

— Comment le pourrais-je ? protesta le jeune homme. Avoch-Dar a bien failli nous mettre à genoux. S'il revient à Delgarvo…

— Pour l'amour des dieux, l'interrompit Quixwood, oublie un peu Avoch-Dar. Même s'il a survécu, il est avec les démons dans leur royaume infernal. Ça m'étonnerait que nous le revoyions.

— Pas moi. Je me demande…

— Tu passes trop de temps à te poser des questions et à ruminer face à son maudit cristal mort.

— Il a le grimoire, Golcar, insista Leandor.

— Peut-être n'arrivera-t-il pas davantage à s'en servir que toi.

— Vous oubliez son alliance avec les démons. Ce sont eux qui ont créé le livre.

— Peut-être que le sorcier constitue toujours une menace pour nous, et peut-être pas. S'il pointe de nouveau le bout de son nez, nous serons prêts à l'accueillir.

— Mais je ne devrais pas rester là sans rien faire ! Je devrais être en train de le chercher, ou…

— Ou quoi ? Et d'abord, le chercher où ? Réfléchis une minute, Dalveen. Tu as dit toi-même qu'il y avait beaucoup à faire ici, à Allderhaven. Nous avons besoin de toi. Bethan a besoin de toi. Elle se fait déjà bien assez de souci pour son père.

— Comment va-t-il ?

Quixwood se rembrunit.

— Pas très bien. Les médecins sont à son chevet depuis l'aube.

— Je pensais vraiment qu'il allait se remettre de cette blessure que lui a infligée l'un des gardes d'Avoch-Dar, soupira Leandor. Il avait l'air de récupérer. Mais il a insisté pour reprendre ses fonctions dès qu'il a été capable de tenir debout. À son âge, il aurait dû rester alité jusqu'à sa guérison complète.

—Autant demander au soleil de ne pas se lever, grimaça Quixwood. Eldrick a toujours été un homme d'action. L'âge n'y a rien changé.

—C'est vrai. Je lui rendrai visite dès que j'aurai réglé quelques affaires en cours. Espérons que son état se sera amélioré. (Leandor agrafa sa cape.) Je ne peux pas m'attarder ici, Golcar. Il y a trop à faire.

—Très bien. Mais tâche de suivre tes conseils, Dalveen, et ménage tes forces, toi aussi, ajouta Quixwood. Souviens-toi de ce que je t'ai dit. Laisse le sorcier et le grimoire à leur place – dans le passé.

—J'aimerais pouvoir. Mais supposez qu'ils ne soient pas dans le passé. Qu'adviendra-t-il alors ?

Sans attendre de réponse, Leandor se dirigea vers le palais, sa cape ondulant dans le vent glacé.

Dans la cour, la neige qui s'abattait depuis un ciel de plus en plus sombre commençait à recouvrir les flaques de teinture.

Quixwood regarda son protégé s'éloigner en s'interrogeant sur ses dernières paroles.

Si Avoch-Dar et le Grimoire des Ombres appartiennent encore à notre présent, songea-t-il, *je ne veux pas penser à ce que nous réserve l'avenir.*

Chapitre 2

La patience de Leandor avait atteint ses limites.

Le dernier des soi-disant guérisseurs auxquels il avait fait appel ne semblait pas plus compétent que ses prédécesseurs. Aussi sec qu'une brindille, avec des cheveux blancs qui lui tombaient sur les épaules, il répondait au nom de Thesmesus. Il était arrivé avec le thème astrologique du jeune homme, puis avait passé une demi-heure à lui expliquer que cela ne servirait probablement à rien, parce que personne ne connaissait le moment et le lieu exacts de sa naissance.

Puis il avait disposé devant lui un grimoire loqueteux, deux ou trois bougies, une petite bourse d'encens et autres accessoires magiques. Choisissant un sort qui, selon lui, garantissait la récupération du bras de Leandor, il avait maladroitement accompli le rituel et bredouillé l'incantation. Quand il avait enfin réussi à la prononcer correctement, rien ne s'était produit.

À présent, il préparait une potion à l'odeur méphitique dans un petit chaudron noir.

Il remplit un gobelet de liquide bouillonnant et annonça :

— Cette infusion devrait instantanément vous rendre votre bras, monsieur.

— Instantanément ?

— Si les dieux le veulent.

— Bien entendu, railla Leandor.

Il observa la décoction d'un œil méfiant. Elle ressemblait à de la boue chaude.

— Elle sera d'autant plus efficace que vous la boirez d'un trait, le prévint Thesmesus.

Leandor porta le gobelet à ses lèvres. Tentant d'ignorer son arôme nauséabond, il engloutit la mixture en une seule gorgée.

Et grimaça.

— C'est répugnant. Qu'y a-t-il là-dedans ? Non ; réflexion faite, je préfère ne pas le savoir.

— Rien dont vous ne devez vous inquiéter, je puis vous l'assurer. Maintenant, détendez-vous. L'effet ne devrait pas tarder à se manifester.

Plusieurs minutes s'écoulèrent dans un silence gêné.

— Il semble que les dieux ne soient pas d'humeur très coopérative aujourd'hui, commenta enfin Leandor, sans le moindre effort pour dissimuler le sarcasme dans sa voix.

Thesmesus s'empourpra.

— Je ne comprends pas, balbutia-t-il. Ne sentez-vous rien ? Pas le moindre picotement dans votre moignon ? Pas la plus petite chaleur ?

— Juste un goût atroce dans ma bouche, répliqua Leandor. (Son expression se radoucit.) Ne soyez pas embarrassé, mon ami. La magie dont Avoch-Dar s'est servi pour me mutiler était incroyablement puissante. Il sera très difficile de l'annuler.

À la mention du sorcier, toute couleur déserta le visage de Thesmesus.

— Je vous remercie de vos efforts, ajouta Leandor. Mais à présent, je dois vaquer à mes devoirs.

Il s'apprêtait à congédier le guérisseur lorsque l'on toqua à la porte.

— Entrez !

La mâchoire inférieure de Thesmesus tomba sur sa poitrine à la vue de la créature qui apparut alors sur le seuil de la pièce.

Plus petite qu'un être humain, elle était très musclée et entièrement recouverte d'une épaisse fourrure brun-roux. Une tête trop large pour son corps reposait sur son cou trapu. Les poils de son visage étaient plus courts, et presque dorés. Sa bouche ressemblait à celle d'un homme, mais son nez se limitait à deux fentes plates, et ses oreilles pointues étaient rabattues en arrière. Son trait le plus frappant était ses immenses yeux sphériques d'un vert intense, dépourvus de paupières.

Vêtue en tout et pour tout de bracelets de poignets et de chevilles, et d'une bande métallique qui lui ceignait la taille, elle serrait un parchemin dans une de ses mains griffues.

Quand elle prit la parole, Thesmesus ne put s'empêcher de sursauter.

—Je suis désolé, Dalveen. Je te dérange ?

—Pas du tout, Tycho. Mon visiteur allait partir.

Leandor et le nouveau venu se tournèrent vers le guérisseur, qui s'arracha à sa paralysie et marmonna :

—Euh, oui. J'allais partir. Tout de suite.

Il rassembla hâtivement son matériel. Les bras chargés d'instruments, le chaudron pendant au creux de son coude, il esquissa une courbette maladroite tout en balbutiant des excuses et des adieux. Puis, après un dernier coup d'œil éberlué à Tycho, il se dirigea vers la sortie.

Quand la porte se fut refermée derrière lui, Leandor se mit à glousser.

—Il semble que mon apparence produise toujours une extrême agitation chez les humains, commenta Tycho.

—Très peu d'entre nous ont déjà eu le plaisir de rencontrer un homoncule. Tu ne peux pas en vouloir à ce malheureux.

—Je ne lui en veux pas. A-t-il réussi à t'aider ?

—Non. Il n'est qu'un magicien de bas étage parmi tant d'autres, je le crains. Et je commence à me lasser de servir de cobaye à tous les charlatans de Delgarvo. On m'a tâté, pincé, ensorcelé, aspergé d'eau bénite, étouffé avec des vapeurs d'encens, fait ingurgiter des potions immondes, et on m'a lancé plus de sorts que l'année compte de jours. (Leandor poussa un soupir.) Je sais que c'est inutile ; je ne me prête à cette mascarade que pour faire plaisir à Bethan. Seul le grimoire pourrait me rendre mon bras.

—J'ai peur que tu aies raison, acquiesça Tycho.

—Nos agents ont-ils des nouvelles concernant Avoch-Dar ?

—Aucune. Nous avons envoyé des espions dans la plupart des villes du royaume, et pas un seul d'entre eux n'a entendu ne serait-ce qu'une rumeur au sujet du sorcier. Ce qui ne signifie pas qu'il ne soit pas en train de comploter en secret quelque part, bien sûr. À supposer qu'il soit toujours vivant.

— En douterais-tu ?

— Je pense qu'Avoch-Dar est un homme très difficile à tuer.

— Moi aussi. Et je suis content que nous soyons du même avis. Parfois, j'ai l'impression d'être le seul à croire que nous n'en avons pas terminé avec lui.

— Si j'ai appris une chose durant le temps que j'ai passé à sa cour, c'est bien qu'il constituerait une menace pour l'humanité aussi longtemps qu'il vivrait.

Leandor s'abîma dans une sombre contemplation. Au bout d'un moment, il se secoua et dit :

— Pardonne-moi, Tycho. Pourquoi es-tu venu ?

— Tu te rappelles probablement qu'après que Sa Majesté m'a nommé chancelier du trésor royal, tu m'as demandé de faire le point sur les finances de la nation. (L'homoncule déposa le parchemin sur la table.) Voici mes conclusions.

— Je les examinerai en détail plus tard. Pourrais-tu me récapituler les points principaux ?

— Sans problème. J'ai fait inventorier les dégâts causés par l'invasion, et ils sont plus étendus que nous le pensions. Outre les bâtiments qui ont été détruits ici, à Allderhaven, la campagne est jonchée de ponts, d'aqueducs, de moulins et de fermes en ruine. La liste est très longue. Ajoute à cela le coût de la farine que nous devrons importer parce que les récoltes ont été saccagées, plus celui des réparations que tu as entreprises, et tu obtiens un chiffre plutôt inquiétant. Delgarvo est au bord de la banqueroute.

— À ce point ?

— J'en ai peur. Faute d'une nouvelle source de revenus, d'ici un mois ou deux, il ne nous restera plus assez d'argent pour payer les choses essentielles comme le salaire des soldats. Et je ne te parle même pas de celui des maçons.

— Que pouvons-nous faire ? interrogea Leandor, les sourcils froncés.

— Lever de nouveaux impôts ? suggéra Tycho.

Le jeune homme secoua la tête.

— Le roi n'y consentirait jamais, à supposer qu'il soit en état de prendre une décision. Personnellement, je n'y suis pas favorable non plus. Le peuple a assez souffert ; il peine déjà à assurer sa subsistance.

— Que faire, alors ? Si Avoch-Dar recommence à nous menacer, ou si quelqu'un défie l'autorité d'Eldrick, nous n'aurons pas les moyens de nous défendre.

— Je sais.

— Le palais abrite un certain nombre de reliques précieuses. Peut-être pourrions-nous les vendre ? suggéra Tycho.

— Ça m'étonnerait. Trouver des acheteurs dans un royaume appauvri ne sera pas chose facile. Et je doute que ce serait bien accueilli par l'opinion publique. Nous séparer de l'héritage de Torpoint risquerait de saper la confiance du peuple en nos capacités à le gouverner correctement. (Les épaules de Leandor s'affaissèrent.) Non, il faudra trouver un autre moyen.

Après cette déprimante conversation avec Tycho, Leandor ressentit le besoin de prendre l'air.

Il quitta le palais et déambula au hasard dans les rues de la ville, jusqu'à ce qu'il atteigne le quartier marchand d'Allderhaven. Un moment, il parvint presque à oublier ses inquiétudes tandis qu'il se mêlait à la foule parmi les étals bigarrés.

Une heure s'écoula avant que le jeune homme se souvienne qu'il devait rentrer à Torpoint pour sa prochaine réunion. Cette fois, Tycho et lui allaient inspecter les travaux de reconstruction des défenses du palais, et chercher un moyen de les financer.

Comme il s'engageait dans l'avenue conduisant à Torpoint, Leandor remarqua un inconnu qui se dirigeait vers lui en jouant des coudes. Instinctivement, il porta la main à la poignée de son épée.

L'homme qui approchait était plus grand que la moyenne, dépassant d'une tête au moins les gens qui l'entouraient. Bien que d'âge mûr, il possédait encore une carrure et une musculature impressionnantes. Son dos était aussi droit qu'un manche à balai. Il portait un grand poncho marron par-dessus son pantalon noir et ses bottes de cuir. La barbe grise qui lui mangeait la moitié du visage ne dissimulait pas son expression déterminée.

— Dalveen Leandor ?

Malgré l'inflexion montante, ce n'était pas tant une question qu'une affirmation.

Leandor acquiesça lentement et, méfiant, resserra sa prise sur son épée.

— Je dois vous parler.

Là encore, c'était une exigence plutôt qu'une requête.

— De quoi ? interrogea Leandor.

L'inconnu jeta un coup d'œil à sa manche vide.

— D'un sujet qui vous concerne autant que moi.

— Je ne consulte pas de soi-disant guérisseurs en pleine rue. Ajoutez votre nom à la liste de vos confrères qui attendent pour me voir, lâcha sèchement Leandor.

L'homme eut l'air offensé.

— Je ne suis ni un rebouteux ni un sorcier de pacotille. Le problème dont je veux discuter avec vous est beaucoup plus important qu'un membre perdu.

Leandor soupira. Il s'attendait que l'inconnu lui demande d'intervenir dans une querelle de succession, ou lui expose ses doléances à propos du système d'égout.

— Je suis pressé. Tâchez d'être bref. De quoi voulez-vous me parler ?

— Du Grimoire des Ombres.

— Le grimoire ? (L'homme avait réussi à éveiller l'intérêt de Leandor, mais aussi à raviver ses soupçons.) Je vous écoute.

L'inconnu désigna la foule qui se pressait autour d'eux.

— Ne pourrions-nous pas en discuter dans un endroit plus discret ?

— Suivez-moi.

Leandor se dirigea vers une ruelle moins fréquentée.

— Ce n'est pas très intime, protesta l'homme.

— C'est à prendre ou à laisser. Je n'ai pas beaucoup de temps à vous accorder. Maintenant, dites-moi qui vous êtes et ce que vous avez à voir avec le grimoire.

— Je m'appelle Drew Hadzor.

Ce nom ne disait rien à Leandor.

— J'ai deux choses à vous révéler au sujet du grimoire, poursuivit Hadzor. D'abord, je crois que vous avez sous-estimé sa capacité à faire le bien.

— Le bien ? Ce maudit grimoire doit être l'objet le plus maléfique de toute la Création, s'exclama Leandor. Et comment pourrait-il en être autrement, puisqu'il a été créé par une race perverse ?

— Mon hypothèse est que son pouvoir intrinsèque n'est ni bon ni mauvais, mais qu'il adopte les attributs de la race ou de l'individu capable de l'utiliser, expliqua Hadzor.

Une alarme résonna faiblement dans les profondeurs de l'esprit de Leandor.

— Je serais plus enclin à vous croire si vous pouviez me présenter une preuve de ce que vous avancez.

— Je n'en ai pas à proprement parler, reconnut Hadzor.

— Je vois.

— Mais mon raisonnement est logique. Même s'il me faudrait du temps pour vous l'exposer.

— Vous avez parlé de deux choses...

— Oui. La seconde concerne votre relation avec le grimoire.

Intrigué, Leandor haussa les sourcils.

Hadzor glissa une main à l'intérieur de son poncho et en sortit une flasque, qu'il lui tendit.

— Du brandy ?

— Non, merci, déclina le jeune homme.

Son interlocuteur but une longue rasade d'alcool et fit claquer ses lèvres d'un air approbateur.

— C'est juste ce qu'il faut pour maintenir le froid à distance.

Irrité par ce délai, Leandor tenta de revenir au sujet qui les préoccupait.

— Vous évoquiez ma relation avec le grimoire...

— En effet. Vous êtes un puissant guerrier, Nightshade, personne ne peut le nier. Et personne n'éprouve plus de respect et d'admiration que moi envers vos prouesses martiales.

Leandor jugeait plus probable que cet homme éprouve surtout du respect et de l'admiration pour ses propres capacités.

— Et je suis parfaitement conscient que la prophétie attachée au Grimoire des Ombres est ouverte à maintes interprétations incorrectes, ajouta Hadzor.

— Des interprétations incorrectes ? (L'alarme s'intensifia dans la tête de Leandor.) Auriez-vous par hasard découvert l'un de ses fragments manquants ?

— Non, le détrompa Hadzor. Je base mon raisonnement sur les légendes qui circulent au sujet du grimoire, et sur ce que vous-même en avez dit. Comme vous vous en doutez, vos propos ont été amplement diffusés par les conteurs et les baladins durant ces derniers mois. J'imagine que ces versions sont exactes, pour l'essentiel ?

— Oui. Et en vous fiant à elles, vous êtes parvenu à une nouvelle conclusion ?

— Disons plutôt à une interprétation. Mais que je juge plus convaincante que la vôtre. Sans vouloir vous offenser, bien entendu.

— Bien entendu, railla Leandor. Poursuivez.

— Quand la prophétie évoque la venue d'un grand champion qui luttera contre les forces du mal, on pourrait penser qu'elle fait allusion à vous. Mais avez-vous envisagé qu'il puisse exister quelqu'un qui corresponde mieux à ce rôle et qui soit par conséquent le légitime propriétaire du grimoire ?

— Non. Parce que je n'ai jamais cherché à prouver que j'étais bien la personne désignée par la prophétie, contrairement à ce que vous semblez croire. Je me suis contenté d'accepter ma destinée dès lors qu'il m'est devenu impossible de nier la vérité. Jamais je n'ai souhaité faire partie des acteurs de ce drame.

Hadzor secoua la tête.

— Vous vous méprenez. Peut-être vous a-t-on poussé à dessein dans cette voie. Quoi qu'il en soit, vous pouvez encore céder votre fardeau à celui qui est réellement censé le porter.

— Ne voulez-vous pas comprendre ? s'impatienta Leandor. Je n'ai pas le choix. Le sort en a décidé pour moi. (Il marqua une pause pour laisser à son interlocuteur le temps d'intégrer ses paroles, puis demanda :) Et qui est donc cette personne que, selon vous, la prophétie aurait désignée comme son véritable Champion ?

De nouveau, Hadzor eut l'air offensé.

— Mais… moi, évidemment.

À présent, l'alarme était assourdissante. Leandor avait affaire à un fou.

— Est-ce encore une hypothèse que vous ne pouvez étayer d'aucune preuve ?

— De nombreuses circonstances plaident en ma faveur. La plupart des indices qui semblent vous désigner s'appliquent également à moi. Sans oublier que j'ai étudié le grimoire et l'histoire des démons pendant des années. Accordez-moi une audience et je vous expliquerai tout.

Leandor avait mieux à faire que d'écouter les discours d'Hadzor. Le moment était venu de prendre congé.

— Pas maintenant. Je suis déjà en retard pour une réunion très importante concernant les défenses de la ville.

— Quand pourrons-nous parler ? Le danger nous menace. Nous devons agir sans délai !

— Écoutez, Hadzor..., soupira Leandor. Je vais être franc avec vous. Je sais sans l'ombre d'un doute que vous ne pouvez pas être le champion désigné par la prophétie. Croyez-moi sur parole. Vous vous êtes laissé bercer par une illusion, ne le voyez-vous pas ?

— Tout ce que je vois, c'est que vous voulez récupérer le grimoire pour servir vos propres objectifs. Vous rêvez de la gloire que son pouvoir vous apportera. (Le visage d'Hadzor s'empourpra tandis que la colère montait en lui.) Mais vous vous trompez ! Entendez-moi, Dalveen Leandor ! Utiliser le grimoire à des fins égoïstes ne fera qu'entraîner mort et destruction ! Alors que moi, je l'emploierai pour le bien-être de tous.

— Pour l'amour des dieux, reprenez-vous ! Je dis simplement que...

— Monsieur ! Monsieur !

Leandor s'interrompit en voyant l'un des gardes du palais fendre la foule pour le rejoindre.

L'homme pila devant lui, à bout de souffle.

— Nous vous avons cherché partout, monsieur, haleta-t-il. Nous avons un message de la part de la princesse Bethan. Elle requiert votre présence immédiate dans les appartements privés du roi.

— Très bien. J'arrive.

Leandor pivota vers Hadzor. Mais celui-ci avait disparu.

Haussant les épaules, il le chassa de son esprit et s'élança vers le palais.

Chapitre 3

Dans l'un des couloirs principaux de Torpoint, Leandor croisa Tycho, qui avait également été appelé de toute urgence au chevet d'Eldrick.

Comme ils se dirigeaient à grands pas vers les appartements royaux, le jeune homme relata à son ami son étrange conversation avec l'illuminé qui se faisait appeler Drew Hadzor. Bien que convaincu d'avoir eu affaire à un fou, il ne cessait de repenser à lui. À moins qu'il cherche tout simplement un moyen d'oublier son inquiétude pour l'état de santé d'Eldrick pendant quelques minutes encore.

— N'oublie pas que beaucoup de gens s'intéressent au grimoire depuis que ton histoire est devenue publique, lui rappela Tycho. Ce Hadzor n'est pas le premier à exprimer une opinion farfelue sur le sujet.

— Il est vrai que je me suis déjà fait épingler deux ou trois fois par des citoyens sûrs que leur théorie était la bonne, concéda Leandor. Mais jamais par quelqu'un qui pense avoir plus de droits que moi sur le grimoire.

— Je t'accorde que c'est nouveau. Cependant, ça ne signifie pas qu'il ait raison. D'autant plus qu'il ne t'a rien appris de nouveau sur la prophétie.

— Non. Mais il avait quelque chose de spécial. Il semblait si sûr de lui…

— J'ai remarqué que les humains un peu… dérangés ont souvent une forte personnalité et qu'ils peuvent se montrer très convaincants.

— Une leçon que tu as dû apprendre durant ta servitude auprès d'Avoch-Dar, j'imagine ?

— Que le sorcier soit fou ou non est un point très discutable, Dalveen. Personnellement, je pense qu'il est sain d'esprit. À moins que tu considères le mal poussé à l'extrême comme une forme de démence. Mais si je puis me permettre, le moment me paraît mal choisi pour en débattre, ajouta Tycho comme ils approchaient des appartements d'Eldrick.

Leandor hocha la tête d'un air sombre.

La princesse Bethan les accueillit devant la chambre de son père. Avoir veillé celui-ci nuit et jour avait fait pâlir son teint habituellement vigoureux. De gros cernes sombres contrastaient avec le bleu de ses yeux, et ses joues étaient sillonnées de larmes.

D'un geste las, elle repoussa une mèche de cheveux blonds qui lui tombaient devant la figure avant de saisir la main tendue de Leandor.

— Son état a brusquement empiré, révéla-t-elle. D'après les médecins, c'est assez grave.

— Est-il conscient ? s'enquit Leandor.

— Oui, et il a l'esprit tout à fait clair. Il est particulièrement impatient de s'entretenir avec toi et avec Tycho. Mais il est très faible, Dalveen, et il faut lui épargner toute agitation.

Ils entrèrent en silence dans la chambre plongée dans la pénombre.

Quixwood était assis au chevet du roi. Un prêtre psalmodiait de l'autre côté du lit et, à son pied, trois médecins s'entretenaient à voix basse.

Eldrick était adossé à une pile d'oreillers. Le passage des ans et sa récente blessure avaient exigé un lourd tribut de cet homme qui, dans son jeune âge, avait été un robuste guerrier. Ses cheveux et son abondante barbe étaient devenus tout blancs. Son visage autrefois jovial s'était creusé, et sa peau cireuse était tendue sur ses os.

Pourtant, son regard restait plein de sagesse et de noblesse.

Il le focalisa sur les nouveaux arrivants et se força à leur adresser un faible sourire.

— Qu'on nous laisse, ordonna-t-il d'une voix qui ne contenait plus que l'ombre de sa vigueur d'antan.

Bethan poussa les médecins et le prêtre vers la sortie.

—Comment allez-vous, Sire ? s'enquit Tycho.

—Ma vie touche à sa fin.

—Père..., commença Bethan.

—Non, mon enfant. Prétendre le contraire serait nous voiler la face. Que cela ne t'attriste pas : mon existence a été longue et fructueuse. Je ne nourris aucun regret.

La jeune femme porta une main à sa bouche et inclina la tête.

—Je n'ai aucune inquiétude en ce qui me concerne, poursuivit Eldrick. Mais je me fais beaucoup de souci pour vous tous et pour l'avenir de Delgarvo.

—Pourquoi ? interrogea Leandor.

—Gouverner un royaume n'est pas chose facile, loin s'en faut. Fais un pas de travers, et tu risques de déclencher une guerre avec les États voisins. Ignore le bien-être de ton peuple, et tu provoques son mécontentement, voire une insurrection.

—Votre exemple nous guidera et nous empêchera de commettre de telles erreurs.

—Ne te méprends pas, Dalveen : je sais que je laisse la nation entre de bonnes mains, et je ne voudrais pas t'offenser en parlant de la sorte. Mais il me reste trop peu de temps pour que je le gaspille en mondanités.

—Que souhaitez-vous que nous fassions, Sire ?

—D'abord, une chose dont je sais que tu te serais acquitté de toute façon. Soutiens Bethan. Après ma mort, c'est elle qui héritera de la couronne. Aide-la à préserver la stabilité du royaume, à protéger la liberté du peuple de Delgarvo et à rétablir sa prospérité. (Eldrick jeta un coup d'œil à Quixwood.) Tu seras bien inspiré d'écouter les conseils prudents de Golcar en la matière.

—Merci, Sire, murmura le vieux guerrier.

—De la même façon, notre nouvel ami Tycho s'est montré infiniment précieux dans la gestion des affaires de l'État. N'hésite pas à le consulter aussi souvent que nécessaire.

—Vous me flattez, Sire, affirma gravement l'homoncule.

—J'ajouterai encore une chose, Dalveen : une reine a besoin d'un prince consort. J'espère que tu ne repousseras pas trop longtemps ton mariage avec Bethan.

Leandor hocha la tête, mais ne fit aucun commentaire.

— Tu vas avoir du mal à accepter le conseil que je vais te donner maintenant, car il va à l'encontre de ta nature. Mais jamais tu ne trouveras la paix de l'esprit, jamais tu ne pourras entièrement te dévouer à Bethan et à tes nouvelles fonctions tant que tu te lamenteras sur la perte de ton bras.

Eldrick s'affaiblissait.

— Tu as subi… une terrible injustice. Néanmoins, tu ne dois pas… la laisser t'accabler.

Bethan lui posa une main sur le front.

— Vous êtes fatigué, père. Vous devez vous reposer.

Comme il s'assoupissait, elle se tourna vers les autres et chuchota :

— Il faut le laisser dormir.

Quixwood, Tycho et Leandor sortirent en file indienne.

Le prêtre et les médecins reprirent leur place au chevet du monarque, relevant Bethan. La jeune femme rejoignit ses amis dans le couloir. Ils étaient tous aussi désemparés les uns que les autres.

— Je sais que tu n'as pas envie de l'entendre, Dalveen, mais père avait raison : tu dois reléguer les événements du passé dans les oubliettes de ta mémoire, afin d'être prêt à prendre les rênes du pouvoir. Et je crains que la nécessité s'en fasse sentir très bientôt, affirma tristement Bethan.

Leandor ne répondit pas. Trop de pensées contradictoires se bousculaient dans son esprit. Il percevait la logique dans les paroles du roi, mais n'arrivait pas à résoudre son dilemme pour autant. Comment pouvait-il oublier le tort monstrueux qu'Avoch-Dar lui avait causé ? Ou ignorer la menace qu'il était certain que le sorcier constituait encore ?

Dans sa tête défilaient des images d'Avoch-Dar et des hideux démons que celui-ci avait invoqués.

Il pensa au Grimoire des Ombres.

Et à Shani Vanya qui les avait accompagnés, Tycho, le traître Meath et lui, dans leur quête pour s'emparer du grimoire. Personne ne l'avait revue ni n'avait entendu parler d'elle depuis son départ d'Allderhaven, près de six mois auparavant.

De l'autre côté du couloir, une fenêtre révélait la neige drue qui tombait depuis le ciel nocturne.

Ce n'était pas la première fois que Leandor éprouvait un pincement de culpabilité, comme s'il se montrait déloyal envers Bethan en pensant à Shani. Il ne comprenait pas bien pourquoi. Tout ce qu'il savait, c'est que chaque fois qu'il songeait à elle, ses émotions devenaient… conflictuelles.

Il se demanda où elle était et comment elle allait.

Chapitre 4

Si Shani Vanya n'avait pas volé ce cheval, elle aurait exigé que son ancien propriétaire la rembourse.

Regardant fixement l'animal mort qui gisait à ses pieds, elle maudit sa malchance.

La nuit était tombée; il faisait un froid mordant. Un blizzard soufflait, et la neige lui arrivait déjà à mi-mollet. Il n'y avait d'abri nulle part dans le paysage désolé. Et la jeune femme ignorait où elle se trouvait exactement; elle savait juste que Cawdor se dressait quelque part au nord et que les bandits régnaient en maîtres sur ce territoire.

Bref, ce n'était ni le moment ni l'endroit pour se retrouver à pied.

Trois jours avant, sa précédente monture avait commencé à boiter. Ses vagabondages l'avaient entraînée aux abords d'une grande ville, où elle n'avait pas eu de mal à s'en procurer une autre. Naturellement, elle ne s'était pas donné la peine de consulter le propriétaire. Mais elle s'était montrée imprudente et avait dû fuir en toute hâte, une bande de citoyens en colère à ses trousses. Ils n'avaient abandonné la poursuite que quand elle avait pénétré dans cette région hors la loi.

À présent, Shani n'avait que deux options. Rester là et prendre le risque de mourir de froid, ou tenter de rejoindre Bearsden. Aucune des deux ne la tentait vraiment.

Bearsden devait être l'un des endroits les plus dangereux de Delgarvo. Véritable aimant à brigands et à fugitifs, elle avait la réputation d'une place forte du mercenariat.

Or, Shani détestait les mercenaires.

Se tournant vers ce qu'elle pensait être le nord, elle se protégea les yeux avec ses mains pour sonder la tempête de neige. À travers les flocons tourbillonnants, elle distinguait tout juste les pics lointains de Cawdor la montagneuse. Ce qui signifiait que l'est se trouvait sur sa droite. Si elle marchait dans cette direction, elle finirait par atteindre Bearsden, à condition que la ville ne soit pas trop loin et que le temps l'y autorise.

Fouillant dans ses sacoches de selle, Shani en tira plusieurs petits objets qu'elle transvasa dans ses poches. Puis elle examina les fourreaux de cuir qu'elle portait sous ses manches de chemise. Caresser le jeu de couteaux de lancer fixés sur ses avant-bras la réconforta quelque peu.

Déroulant la couverture fixée à l'arrière de sa selle, la jeune femme s'en enveloppa et se mit en marche.

Le vent glacial la transperçait jusqu'aux os. Cheminer dans les congères était pénible et, bientôt, toute sensation déserta ses pieds et ses mains. Les flocons qui la giflaient à chaque pas lui piquaient le visage, et ses jambes lui brûlaient d'épuisement.

Il était impossible d'évaluer le passage du temps au cœur de cette blancheur aveuglante, mais Shani estima que deux ou trois heures s'étaient écoulées quand elle aperçut enfin une lumière. Rassérénée, elle pressa le pas.

Au bout de ce qui lui parut une éternité, le contour d'un bâtiment trapu se détacha sur l'horizon. Comme elle s'en approchait, le dos courbé pour se protéger du vent, elle entendit des voix étouffées, ponctuées par de gros éclats de rire. Elle avait trouvé une taverne.

S'il y avait d'autres bâtiments aux alentours, la jeune femme ne pouvait pas les voir. Celui-ci se dressait peut-être un peu à l'écart de la ville. Ne pas devoir s'aventurer à l'intérieur de Bearsden lui convenait tout à fait, même si elle était trop fatiguée et transie pour se soucier encore du danger. Tendant une main engourdie, elle poussa la porte.

La lumière, le bruit et la chaleur la frappèrent comme un coup de poing.

Il y avait au moins une vingtaine d'hommes dans la grande salle et, lorsque Shani entra, ils se turent instantanément. La jeune femme les ignora. Tout ce qui l'intéressait, c'était le bon feu de cheminée qui brûlait dans un foyer massif à l'autre bout de la pièce.

Tous les regards braqués sur elle, elle s'en approcha, laissa tomber sa couverture et tendit ses mains vers les flammes, les frottant l'une contre l'autre pour rétablir sa circulation sanguine.

Quand elle pivota pour se réchauffer le dos, elle vit que les regards des clients étaient toujours fixés sur elle. Dans ce silence à couper au couteau, on aurait entendu un rat respirer, et l'atmosphère n'avait rien d'amical.

— Qu'est-ce que vous voulez ?

Shani leva les yeux vers le tenancier, un homme large d'épaules et quasiment chauve qui, accoudé à son comptoir, la dévisageait d'un air peu amène.

D'un pas délibérément mesuré, elle se dirigea vers lui.

— Ce que la plupart des gens veulent dans une taverne, répliqua-t-elle. À boire. Du brandy et du vin chaud.

Derrière elle, quelqu'un ricana.

— Et quelque chose de chaud à manger, ajouta la jeune femme en avisant une marmite de ragoût bouillant sur le comptoir.

Le tenancier ne bougea pas. Shani sortit deux pièces d'argent de sa poche et les laissa tomber devant lui. Il poussa un grognement, les fit glisser dans la poche frontale de son tablier crasseux et saisit une chope pour la servir.

Dans la grande salle, les clients reprirent leurs conversations, mais à voix basse.

Deux hommes se tenaient à l'extrémité gauche du comptoir. Le premier était petit et mince ; il avait une tête de fouine et une cicatrice rouge qui courait en travers de sa joue droite. Le second était grand et musclé, avec un cou de taureau. Ils détaillèrent ouvertement la nouvelle venue.

— Je peux acheter un cheval dans le coin ? lança Shani d'un ton aussi léger que possible.

— Tu peux acheter n'importe quoi à Bearsden, grogna le balafré. Si tu as assez d'argent. Est-ce que tu as assez d'argent, fillette ?

Son compagnon massif scruta les courts cheveux blonds de Shani et ses vêtements masculins.

— Tu es bien une fillette, n'est-ce pas ? gloussa-t-il.

— Non, répondit-elle froidement. Je suis une femme. Et je peux payer ce dont j'ai besoin.

Cet échange fut interrompu par le tavernier, qui posa devant Shani une chope pleine de liquide sombre. Puis il s'empara d'un tisonnier chauffé au rouge qu'il plongea dans le mélange de brandy et de vin, produisant un sifflement. Dès qu'il eut terminé, la jeune femme engloutit d'un trait la moitié du contenu de son verre. La poigne gelée qui agrippait ses entrailles fondit instantanément.

Le tavernier poussa vers elle une écuelle pleine de ragoût. Shani se détourna des deux hommes maussades et attaqua son repas.

La première bouchée lui arracha une grimace.

Deux autres hommes s'approchèrent du comptoir et se positionnèrent sur sa droite. Ils ne semblaient pas plus sociables que les précédents. Shani les observa tout en continuant à manger du bout des lèvres. Aussi grands l'un que l'autre et dotés de la même barbe noire broussailleuse, ils auraient pu être frères. Et, comme tous les occupants de la pièce, ils étaient armés.

L'atmosphère était encore plus tendue qu'à l'entrée de Shani. La jeune femme avait conscience que tout le monde avait les yeux rivés sur elle.

— On se connaît ? grommela l'un des barbus.

— Je ne crois pas, répondit-elle d'un ton neutre.

— Je t'ai déjà vue quelque part, insista l'homme.

— Vous avez de la chance.

Repoussant son écuelle à laquelle elle avait à peine touché, Shani s'empara de sa chope et la vida, histoire de se débarrasser du mauvais goût que le ragoût lui avait laissé dans la bouche.

— C'était à Allderhaven.

— Ah oui ?

— Tu étais avec Leandor.

— Qui ça ? demanda-t-elle innocemment.

— Dalveen Leandor. Nightshade. Ne me dis pas que tu n'as pas entendu parler de lui.

Elle haussa les épaules.

Le second barbu prit la parole à son tour.

— Leandor a tué un de nos camarades, déclara-t-il.

— Vraiment ?

— Vraiment. Peut-être sais-tu de qui je parle.

— On raconte que Nightshade a tué beaucoup d'hommes.

— Celui auquel je pense était un soldat de fortune. Comme nous.

Shani commençait à se lasser de cette inquisition.

— Vous voulez dire un mercenaire ? cracha-t-elle.

— Peu importe comment tu veux nous appeler, répliqua le premier barbu. Son nom était Craigo Meath. Ça réveille peut-être des souvenirs ?

La jeune femme en avait assez.

— Maintenant que vous m'en parlez... Oui. (La moutarde lui montait au nez, et sa voix se fit aussi mordante que le blizzard.) Meath était un traître. Il servait Avoch-Dar.

— Ça, c'est un mensonge éhonté !

— Non : un simple fait. Si vous vous considérez comme ses amis, je suis étonnée que vous ne vous en soyez pas rendu compte.

— Ce n'est pas vraiment une question d'amitié, se défendit le barbu, presque embarrassé d'avoir à utiliser ce mot. C'est le code de notre profession. Touche à un seul d'entre nous, et tu nous touches tous.

Shani planta résolument son regard dans les yeux fuyants de l'homme.

— Oui, j'imagine que l'amitié est une chose dont les gens de votre espèce n'ont pas grand besoin. Mais je ne me disputerai pas avec vous. Je veux juste me procurer un cheval pour pouvoir ficher le camp d'ici.

— Avec ou sans cheval, nous ne te laisserons pas repartir, promit l'autre barbu sur un ton menaçant.

La main de son compagnon était déjà sur la poignée de son épée. Les deux hommes se rapprochèrent de Shani. Dans le même temps, celle-ci eut conscience d'un mouvement derrière elle. Elle se tendit.

Et sourit.

— Dans ce cas, susurra-t-elle, pourquoi ne pas vous joindre à moi pour le dîner ?

Les barbus qui lui faisaient face eurent une seconde pour manifester leur étonnement avant que le ragoût brûlant les frappe en pleine figure.

Ils poussèrent un hurlement de rage. Puis celui des deux qui avait été le moins touché dégaina son épée.

Shani tira un couteau de sa manche bouffante et le projeta de toutes ses forces. L'arme alla se ficher dans la gorge de son agresseur.

Qui s'écroula, bouche bée.

D'autres clients s'étaient levés et convergeaient vers la jeune femme depuis toutes les directions. Des épées et des dagues apparurent dans leurs mains.

Le second barbu était toujours occupé à se nettoyer la figure. Shani fit volte-face. Les deux hommes auxquels elle avait parlé cinq minutes plus tôt marchaient sur elle en brandissant leurs armes.

Elle croisa les bras, chacune de ses mains glissant dans sa manche opposée pour en sortir deux couteaux supplémentaires. D'un même mouvement fluide, elle les projeta par-dessous.

Le balafré reçut le sien en plein cœur. Il mourut avant même de toucher le sol.

Cou-de-Taureau baissa des yeux écarquillés et stupides vers le manche qui dépassait de sa cage thoracique. Il réussit à faire encore quelques pas titubants vers la jeune femme, puis s'écroula mollement.

Shani lui arracha son épée et pivota. Le barbu se précipitait vers elle en brandissant une dague. Elle frappa en diagonale. La pointe de sa lame entailla le visage de son adversaire avec une telle force que celui-ci effectua un demi-tour avant de s'effondrer en hurlant.

Environ sept secondes, estima la jeune femme. *C'est beaucoup trop long pour abattre seulement quatre cibles. Le froid a dû émousser mes réflexes.*

Les autres hommes continuaient à approcher, mais ils avaient ralenti. Ils se méfiaient d'elle.

Soudain, l'un d'eux bondit en zébrant l'air de sa rapière.

Shani ne bougea pas jusqu'à ce qu'il arrive à sa portée. Alors, elle fit un pas sur le côté, lui plongeant au passage son épée entre les côtes. L'homme poussa un grognement, lâcha son arme et se plia en deux.

Avisant une chaise à haut dossier près d'elle, Shani sauta dessus et, de là, sur le comptoir. Le tavernier fit mine de lui saisir les jambes. Un bon coup de talon sur l'arête de son nez le mit hors jeu.

Les clients restants – et ils étaient au moins une douzaine – se ruèrent vers la jeune femme telle une vague de crasse.

En reculant, Shani sentit quelque chose effleurer son mollet. Elle baissa les yeux. C'était la marmite de ragoût. D'un violent coup de pied, elle la propulsa en direction de ses agresseurs. Douchés par la sauce brunâtre qui fumait encore, les plus proches hurlèrent et se couvrirent le visage.

Shani s'élança le long du comptoir, renversant bouteilles et chopes tandis qu'elle évitait les lames qui tentaient de l'abattre. Tous les deux ou trois pas, elle ripostait ; son épée sifflait dans l'air et les hommes rentraient la tête dans les épaules pour ne pas se faire décapiter.

Elle commençait à croire qu'ils étaient trop nombreux pour en venir à bout toute seule.

Un individu maigre, au visage en lame de couteau, se hissa sur l'autre extrémité du comptoir et chargea. De sa main libre, Shani dégaina un couteau de lancer et le projeta vers lui. La lame se planta au-dessus de son genou droit.

Avec un hoquet de douleur, l'homme tituba, perdit l'équilibre et alla s'écraser sur les brutes en contrebas.

Shani profita du chaos pour sauter à terre. Comme elle se redressait, un des clients voulut lui barrer le chemin.

Un baiser d'acier lui régla son compte.

Haletante, la jeune femme chercha la sortie du regard. Mais plusieurs tables flanquées de bancs s'interposaient entre elle et la porte, et quatre ou cinq brigands se déployaient déjà pour l'encercler. Choisissant la voie de la moindre résistance, elle s'élança vers le mur, le percuta et pivota. La porte se trouvait sur sa gauche.

Trop loin pour qu'elle l'atteigne avant de se faire rejoindre.

Ses agresseurs se jetèrent sur elle.

Shani se battait comme un beau diable, frappant de taille et d'estoc, esquivant et parant les coups de ses adversaires. Ceux-ci étaient si proches qu'elle sentait leur haleine fétide.

Au-delà de la mêlée, les hommes qu'elle avait seulement blessés reprenaient leurs esprits et se dirigeaient de nouveau vers elle.

Elle allait être submergée.

Mue par le désespoir, la jeune femme découpa devant elle un grand arc de cercle qui força ses agresseurs à reculer. Durant le trop bref répit qui suivit, elle fit quelques pas vers sa gauche, puis dut interrompre sa progression alors que les malandrins revenaient à la charge.

La porte aurait tout aussi bien pu être à l'autre bout du monde, pour le peu de chances qu'elle avait de l'atteindre.

Cette pensée défaitiste venait juste de jaillir dans son esprit quand la porte s'ouvrit.

Si c'était encore un mercenaire, Shani était cuite.

Du coin de l'œil, elle aperçut brièvement l'homme qui venait d'entrer. Grand et anguleux, il se tenait très droit. La seule autre chose que la jeune femme eut le temps de remarquer fut sa longue barbe grise.

Shani se raidit. Mais elle remarqua qu'un ou deux de ses agresseurs avaient tourné la tête vers le nouveau venu et qu'ils ne semblaient pas le reconnaître.

Elle continua à lutter pour sa vie.

Soudain, l'inconnu fut à ses côtés.

Avec une rapidité incroyable chez quelqu'un d'aussi imposant, il plongea sur le plus proche des adversaires de Shani, dont il pénétra habilement la garde. Son poing énorme fusa vers le menton du mercenaire. Celui-ci vola en arrière et alla s'écraser sur une table que la violence de l'impact brisa en deux. Stupéfaits, ses compagnons reculèrent.

Shani n'était pas moins étonnée qu'eux.

Deux hommes se reprirent plus vite que les autres et s'avancèrent pour reprendre les hostilités.

La jeune femme projeta l'un de ses couteaux vers celui de droite. Il esquiva, mais pas assez vite. La lame emporta un morceau de son oreille. Le visage déformé par la douleur et par la rage, il plaqua une main sur le côté de sa tête en hurlant.

L'inconnu n'attendit pas que l'autre arrive au contact. Il s'élança vers lui, écartant son épée d'un revers méprisant. Avant de pouvoir réagir, l'homme fut soulevé de terre et projeté sur le reste des mercenaires.

Plusieurs d'entre eux s'écroulèrent dans un enchevêtrement de bras et de jambes. Pendant qu'ils luttaient pour se relever, l'inconnu saisit une lampe à huile suspendue à un crochet et la lança vers l'amas de mobilier au centre de la pièce.

Le choc fit exploser le verre. Un énorme rideau de feu jaillit.

— Venez ! hurla-t-il par-dessus son épaule en se dirigeant vers la porte.

Shani hésita.

— Venez ! insista l'inconnu. Ou restez ici et brûlez dans ce nid de vermine.

Elle le suivit à reculons, son épée brandie devant elle en une posture défensive.

Déjà, les flammes avaient couru le long du plancher jusqu'au comptoir, qu'elles étaient occupées à dévorer. Un épais nuage de fumée emplissait la pièce. Des étincelles montaient jusqu'au plafond. Les hommes restés debout s'éparpillèrent, abasourdis et apeurés.

Dehors, le froid gifla Shani. Il neigeait encore.

Elle agrippa le bras de l'inconnu.

— Qui… ?

— Par ici ! aboya-t-il, coupant court à toute discussion.

Il se dégagea sans douceur et se dirigea vers un cheval attaché à un poteau. Dès qu'il fut en selle, Shani se hissa derrière lui.

La taverne flambait. Des cris déchirants se mêlaient au rugissement de l'incendie. Une boule de feu humaine franchit le seuil en titubant et s'écroula dans la blancheur glacée.

Ce fut la dernière chose que vit Shani avant que la monture de l'inconnu les emporte. Puis des arbres dissimulèrent le bâtiment, et il ne resta qu'une lueur rosâtre dans le ciel au-dessus de leur cime.

— Qui êtes-vous ? demanda-t-elle au dos de son sauveur.

— Un ami.

— Que je suis bête, railla-t-elle. Un ami. Bien sûr. C'est drôle que je ne me rappelle pas vous avoir déjà rencontré.

L'inconnu éclata d'un rire tonitruant.

— Tout ce que j'ai entendu dire sur toi est donc vrai, Shani Vanya ! À présent, je comprends pourquoi un homme tel que Nightshade a pu s'associer à pareil tempérament !

La jeune femme sursauta.

— Dalveen ? Vous le connaissez ?

— Je serai son salut.

— Hein ? Je ne comprends pas. Est-ce lui qui vous a envoyé ?

L'inconnu ne répondit pas. Shani eut beau l'assaillir de questions, il garda le silence.

Par tous les feux d'Hadès, qui est cet homme ? Comment me connaît-il ? Et que veut-il dire en affirmant qu'il sera le salut de Dalveen Leandor ?

Ils continuèrent à chevaucher à travers la tempête.

Chapitre 5

Comme le jour se ternissait à l'approche de la nuit, le voyage du vieux roi touchait à sa fin.

À l'exception du chant funèbre que marmonnait le grand prêtre, la chambre était silencieuse. Les médecins muets et abattus se tenaient dans une alcôve plongée dans la pénombre ; Bethan, Leandor et Golcar Quixwood étaient assis au chevet d'Eldrick.

Leur veillée avait déjà duré plusieurs heures, et aucune des personnes présentes ne s'attendait qu'elle se prolonge beaucoup.

Le visage creusé par la tristesse, Bethan serrait la main de son père dans la sienne. Les yeux d'Eldrick étaient ouverts et conservaient une partie de leur éclat d'antan, mais celui-ci s'estompait rapidement.

Il tenta de parler.

La princesse se pencha vers lui et souffla :

— Oui, père, je suis ici. Golcar et Dalveen aussi.

Les lèvres d'Eldrick tremblèrent.

Bethan se rapprocha encore.

— Père, je ne vous…

— Lame…

Elle ne comprenait pas.

— Une… lame…

Leandor et Quixwood échangèrent un regard.

— Nous savons ce qu'il veut, dit gentiment le vieux guerrier.

Il adressa un signe de tête à Leandor. Celui-ci se leva, dégaina son épée et, avec mille précautions, déposa sa poignée dans la paume ouverte d'Eldrick. Les doigts de celui-ci se refermèrent lentement dessus, et il parvint à esquisser un faible sourire.

— Un homme… ne pourrait rêver… trépas plus doux.

— C'est normal, affirma Quixwood d'une voix chargée d'émotion. Au combat ou dans la paix, un guerrier devrait toujours mourir une arme à la main.

Le roi s'agita. Sa prise sur l'épée et sur la main de sa fille se resserra brièvement.

— Ma place, haleta-t-il. Ma place… à la table de banquet… dans le hall des dieux… est assurée.

Son regard se fixa sur une autre scène, une scène au-delà du décor de sa chambre et des personnes qui l'entouraient.

Puis ses yeux se fermèrent pour la dernière fois en ce monde.

Le médecin en chef s'approcha du lit et lui saisit le poignet. Au bout d'un moment, il secoua tristement la tête.

Quixwood se leva avec difficulté et, d'une voix étranglée, déclara :

— Eldrick de la Lance est mort. (Des larmes se mirent à rouler sur ses joues.) Longue vie à la reine Bethan !

Les médecins et le prêtre reprirent en chœur sa dernière phrase, tombant à genoux devant la jeune femme. Quixwood les imita.

Leandor s'approcha de Bethan. Se laissant aller contre lui, elle se mit à sangloter.

Il la serra très fort.

Quelques heures plus tard, après que la tempête de leurs émotions se fut enfin apaisée, les deux jeunes gens se tenaient seuls dans le grand hall de Torpoint.

Bethan laissait affectueusement courir ses doigts sur l'accoudoir du trône vide de son père. De nouveau, ses yeux s'embuèrent. Leandor crut qu'elle allait se remettre à pleurer, mais elle semblait avoir repris le contrôle d'elle-même.

Ainsi qu'il seyait à une reine.

Il posa une main réconfortante sur son bras.

— Il comptait beaucoup pour moi aussi, tu sais. Je l'ai toujours considéré comme mon père, au même titre que Golcar.

Peu d'hommes ont la chance d'avoir deux pères, et encore moins deux pères aussi formidables qu'eux.

Bethan le gratifia d'un sourire.

— Il n'aurait pas voulu que tu te laisses submerger par le désespoir, ajouta Leandor. Tu en es consciente, n'est-ce pas ?

— Oui, Dalveen. (Une expression résolue se peignit sur le visage de la jeune femme.) Je ne céderai pas. Pour honorer son souvenir, et à cause des responsabilités que je devrai assumer à l'avenir. Les préparatifs de mon couronnement ont déjà été entamés. Comme le disait toujours Père, il n'est jamais bon de laisser une question en suspens.

Leandor hocha la tête.

— Je dois également prendre mes dispositions pour... ses funérailles, ajouta Bethan.

— Bien entendu.

— Mais ensuite... Souviens-toi de ses paroles, Dalveen : une reine a besoin d'un prince consort. Je te veux près de moi pour m'aider à assumer le fardeau du gouvernement. Rien ne me ferait davantage plaisir que de hâter notre mariage pour que nous puissions siéger ici ensemble. (Du menton, elle désigna les deux trônes.) C'est aussi ce que tu désires, n'est-ce pas ?

Le jeune homme se sentait mal à l'aise.

— Naturellement, mais...

— Mais... ? insista Bethan.

— J'ai encore une affaire à régler.

— Et qui cette affaire concerne-t-elle ?

— Je ne comprends pas, s'étonna Leandor.

— Se peut-il que tu... aies quelqu'un d'autre en tête ?

— Je ne vois pas de qui tu veux parler.

— Vraiment ? Et Shani ? N'occupe-t-elle pas tes pensées davantage que moi ?

Il sursauta.

— Non ! Enfin... Il m'arrive de songer à elle, bien sûr. Nous étions compagnons d'armes durant ma quête du Grimoire des Ombres. Elle nous a aidés à repousser Avoch-Dar. C'est normal que je m'inquiète de son bien-être. Mais en tant qu'ami, et rien d'autre.

Bethan ne semblait pas convaincue. Leandor était troublé par le fait qu'elle puisse douter de sa loyauté, même si ses propres sentiments sur le sujet n'étaient pas très clairs. Avant qu'il puisse trouver un autre argument pour la rassurer, la jeune femme lança :

— Donc, ce sont les événements du passé qui continuent à te tourmenter. (Elle jeta un coup d'œil à sa manche vide.) Cette brute d'Avoch-Dar et ce maudit Grimoire des Ombres. Malgré les conseils de mon père, tu persistes à faire une fixation sur eux. Tu dois absolument t'en débarrasser !

La sévérité de son attitude ajouta encore à l'étonnement de Leandor.

— Tu n'es pas la seule à me le dire, acquiesça-t-il d'un ton hésitant. Et cela me perturbe d'aller à l'encontre des souhaits de tous mes proches. Mais tu dois comprendre que ma destinée est d'accomplir la prophétie que Melva m'a transmise avant de mourir.

— Ne t'est-il pas venu à l'esprit que tu l'as peut-être déjà fait ? répliqua Bethan. (D'un large geste, elle désigna le grand hall.) As-tu oublié que le triomphe final du sorcier s'est dérobé à lui dans cette pièce même ? Cela ne te suffit-il pas ?

Elle était de plus en plus en colère.

— Ce qui s'est passé ici n'avait rien de définitif, Bethan, contra Leandor. Ce n'était qu'une déconvenue pour le sorcier, pas une défaite.

— Tu le crois vraiment ?

— Oui. Tant qu'Avoch-Dar vivra et contrôlera le Grimoire des Ombres, personne ne sera en sécurité. Mon rôle dans ce drame est loin d'être terminé.

— Qu'as-tu l'intention de faire ? s'enquit la jeune femme d'un ton tranchant.

— Je dois trouver Avoch-Dar et lui reprendre le grimoire, répondit Leandor avec détermination. Peut-être qu'il régénérera mon bras. Alors, nous pourrons nous marier, sachant que tout est rentré dans l'ordre.

— N'y aura-t-il jamais de paix pour nous ? soupira Bethan.

— Pas si nous laissons faire le sorcier. Il dispose du pouvoir du grimoire, et il s'est allié avec les démons. N'oublie pas qu'il est responsable de la blessure de ton père et qu'il a probablement précipité sa fin. Rien ne compte, pas même notre mariage, face à la menace qu'il représente, affirma Leandor.

— Donc, Avoch-Dar est plus important à tes yeux que moi et le royaume ? s'emporta la jeune femme.

— Non, Bethan. Mais si personne ne l'arrête, il n'y aura plus de royaume. Ni aucun lieu sûr en ce monde pour le genre humain.

— À supposer que ta théorie soit fondée, en quoi cela nous empêche-t-il de nous marier ?

Leandor poussa un soupir.

— Je vais être franc avec toi. En tant que prince consort, je ne pourrai éviter d'être mêlé au gouvernement de Delgarvo. Et je n'aurai pas de temps à consacrer aux affaires d'État. Elles feraient obstacle à ma mission.

— Ta mission ? Tu veux dire ton obsession, ricana amèrement Bethan.

— Cela m'attriste que tu le voies ainsi. J'ai besoin de ton soutien par-dessus tout.

— Et moi du tien ! Jamais il ne m'a été plus nécessaire qu'en ce moment.

Leandor voyait bien qu'elle était à bout de nerfs.

— Le moment est sans doute mal choisi pour une telle discussion, dit-il sur un ton apaisant. Mais je te promets de t'aider autant que possible dans l'accomplissement de tes devoirs.

— Quand tu ne seras pas occupé à chercher le sorcier et le grimoire, ou à courir de terribles dangers ? répliqua la jeune femme, furieuse. Non, Dalveen. Tu dois décider si tu entends te consacrer à moi et à Delgarvo ou à la poursuite de cette folie.

— Bethan, je...

— Ce n'est pas seulement ton bras que tu as perdu, mais aussi ta capacité à voir ce que cette obsession est en train de te faire. Et de faire à tous ceux qui t'aiment. Tu es aveugle, Dalveen ! Aveugle à l'abysse qui s'étend en travers de ton chemin !

Elle se détourna et s'élança vers la porte.

— Bethan !

À cet instant, Quixwood entra. Le visage baigné de larmes, elle le bouscula sur le seuil.

— Madame ? appela le vieux guerrier, étonné. Qu'est-ce qui ne va pas ? Madame !

Mais elle s'éloigna en toute hâte sans lui répondre.

Leandor fit mine de la suivre. Quixwood lui saisit le bras pour le retenir.

— Non, mon garçon. Laisse-la tranquille. Il lui faudra du temps pour se remettre de la mort d'Eldrick. Qu'elle s'adonne à son chagrin en paix.

— Mais, Golcar…, protesta Leandor.

— Je t'ai dit de la laisser. Pour le moment. (Quixwood dévisagea son jeune protégé.) Vous vous êtes disputés à cause du mariage ? devina-t-il.

— Oui. Bethan se fait des idées à propos de Shani. On dirait presque qu'elle est… jalouse. Mais vous, vous me comprenez, n'est-ce pas ? demanda Leandor sur un ton suppliant. Comment pourrais-je l'épouser et me cloîtrer ici alors qu'Avoch-Dar court toujours ? Et que je demeure infirme…

— C'est pourtant ce que tu devrais faire. Bethan aura besoin de ton aide pour diriger le royaume. Et comme je te l'ai déjà dit, le mieux à faire au sujet d'Avoch-Dar et de toute cette histoire est de l'oublier.

— Vous ne pouvez pas me demander de…

— Quant à Shani, coupa Quixwood, je ne peux pas blâmer Bethan de la considérer comme une rivale.

— Quoi ?

— Envisage la situation depuis son point de vue. Tu refuses de fixer une date pour votre mariage. Et elle vient juste de perdre son père. C'est normal qu'elle doute de tout, qu'elle se sente menacée. Qu'elle soupçonne que tu lui préfères une autre femme.

— C'est absurde ! s'exclama Leandor. Ça n'a rien à voir avec Shani ! Elle n'est même pas là, et j'ignore si je la reverrai un jour ! Tout ce qui me préoccupe, c'est le sorcier et le grimoire. C'est d'essayer de récupérer mon bras et d'accomplir la prophétie ! Pourquoi refusez-vous tous de le croire ?

— Il se peut que nous ayons tort, concéda Quixwood. Mais nous devons accepter le monde tel qu'il est et nous incliner devant notre destin.

— C'est justement ce que je m'efforce de faire, Golcar ! Et je pensais que vous au moins, vous le comprendriez.

— Oui, je comprends. Mais c'est une question de priorités, mon garçon. Tu dois…

La porte s'ouvrit à la volée, et Tycho fit irruption dans le grand hall.

— Pardonnez-moi, Dalveen, Golcar ! Mais…

— Enfin, un allié ! se réjouit Leandor. Tycho, tu es d'accord avec moi sur le fait qu'Avoch-Dar reste dangereux pour nous tous, n'est-ce pas ?

— En effet. C'est justement ce qui m'amène. Je suis monté dans ses anciens appartements, et quelque chose d'extraordinaire s'est produit, révéla l'homoncule.

Un frisson glacé parcourut l'échine de Leandor.

— Tu peux préciser ?

— Il semble que le cristal se soit activé.

Chapitre 6

La lune était invisible, mais une multitude d'étoiles brillaient dans le ciel nocturne limpide comme du cristal. Sous leur fardeau blanc, les arbres avaient un aspect fantomatique.

Shani et l'inconnu chevauchaient en silence depuis des heures. Lorsque la neige cessa enfin de tomber, ils ralentirent l'allure et firent halte près d'un bosquet.

—Je suggère que nous campions ici, dit l'inconnu.

Shani se laissa glisser à terre.

—Ainsi, vous pouvez encore parler, railla-t-elle. Je croyais que vous aviez avalé votre langue.

L'homme descendit à son tour et attacha les rênes de son cheval autour d'un tronc noueux.

—Inutile de poursuivre notre route à cette heure. Nous devrions nous reposer jusqu'au matin.

Le calme inébranlable avec lequel il s'exprimait ne fit que raviver la fureur de Shani.

—Qu'est-ce qui vous fait croire que je vais rester avec un homme qui refuse de me dire son nom et ce qu'il me veut ?

—La patience est une vertu, répliqua l'inconnu. Exerce-la pendant que nous nous installons, et je promets que je t'expliquerai tout ensuite.

Perdue au milieu de nulle part sans monture à elle, la jeune femme n'eut pas d'autre choix que d'obtempérer.

Ils ramassèrent du bois mort protégé de l'humidité au pied des arbres. Puis ils déblayèrent un petit bout de terrain au milieu duquel ils allumèrent un feu, à l'écart des branches chargées de neige. L'inconnu étendit des couvertures sur le sol, et ils s'assirent face aux flammes bienfaitrices.

— Maintenant, dites-moi comment vous me connaissez, exigea Shani. Et qui vous êtes. Et pourquoi vous avez choisi d'intervenir pendant la bagarre de tout à l'heure.

L'homme leva les mains et sourit.

— D'accord, d'accord. Il est normal que tu aies beaucoup de questions à me poser, et je répondrai à toutes.

Des replis de son poncho, il sortit une petite flasque d'argent. Il but longuement au goulot, fit claquer ses lèvres et la tendit à Shani.

— Du brandy tarlien, expliqua-t-il. Ça te réchauffera.

La jeune femme secoua la tête impatiemment.

Il haussa les épaules, rangea la flasque dans une de ses poches et annonça :

— Je me nomme Drew Hadzor.

— Ça ne me dit rien.

— Je n'en doute pas. Néanmoins, j'avais besoin de te parler et d'obtenir ton aide.

— Les paroles sont gratuites. L'aide peut se révéler coûteuse, répliqua Shani.

Hadzor eut l'air offensé.

— Ne m'es-tu pas reconnaissante de t'avoir prêté main-forte contre ces mercenaires ? N'as-tu pas une dette envers moi ?

— Écoutez, coupa la jeune femme, je ne vous avais rien demandé. C'était mon combat, et je ne me rappelle pas vous avoir envoyé une invitation à y participer. Je ne vous dois rien.

De nouveau, Hadzor éclata d'un rire tonitruant.

— Toujours ce tempérament de feu… Tu as dû être d'un précieux secours à Leandor durant sa quête du Grimoire des Ombres.

Shani se tendit et le fixa d'un air soupçonneux.

— Le Grimoire des Ombres ? répéta-t-elle.

— Oui. C'est lui qui m'intéresse.

Dans la lumière dansante des flammes, l'expression d'Hadzor avait quelque chose de déroutant.

— Et pourquoi ça ? s'enquit prudemment Shani.

— Je ne pense pas qu'il soit maléfique. Je crois qu'on peut l'utiliser pour faire le bien.

La jeune femme faillit s'esclaffer. Puis elle prit conscience que son interlocuteur était peut-être fou.

— C'est une idée... assez curieuse, commenta-t-elle sans se mouiller.

— Laisse-moi t'expliquer. Il ne fait aucun doute que le grimoire possède un pouvoir considérable. Mais quelle est la nature de ce pouvoir ? lança Hadzor en haussant les sourcils. Peut-être est-il comme le vent, qui peut faire tourner un moulin pour produire de la farine, ou déclencher une tempête qui tue des gens et détruit leurs biens. Peut-être est-il comme la pluie qui fait pousser les récoltes ou inonde les villages. Tu ne songerais pas à blâmer la pluie ou le vent pour les ravages qu'ils peuvent provoquer. Ce sont des éléments neutres, susceptibles de faire le bien tout autant que le mal.

— Et vous pensez qu'il en va de même avec le grimoire ? s'enquit Shani, intriguée malgré elle.

— Oui. Je suis persuadé qu'il peut être utilisé de façon positive ou négative, selon les intentions de la personne qui le contrôle.

Les flammes répandaient une douce chaleur. Tout en parlant, Hadzor entreprit d'ôter son poncho.

— Même si ce que vous dites est vrai, il faudrait quelqu'un de tout à fait exceptionnel pour diriger son pouvoir. Ce serait un risque terrible, fit remarquer Shani.

— Avoch-Dar semble croire qu'il en est capable. Et Leandor a réussi à s'en servir pour vous ramener à Allderhaven, n'est-ce pas ?

— Certes, mais je n'irais pas jusqu'à dire qu'il le contrôlait. Il n'a pas pu le forcer à régénérer son bras.

— Ça ne m'étonne pas vraiment.

Hadzor se leva pour défaire les derniers boutons de son poncho.

— Vous devez savoir que Dalveen a d'excellentes raisons de croire qu'il est bien le champion désigné par la prophétie, l'homme dont la destinée est intimement liée au Grimoire des Ombres, déclara Shani.

— Je sais qu'il en est convaincu, acquiesça Hadzor. Mais il se peut qu'il se trompe. Ou qu'il ne soit pas le seul à posséder les qualités nécessaires pour maîtriser le pouvoir du grimoire.

De nouveau, il sortit la flasque de brandy de sa poche.

— Sous-entendriez-vous qu'il existe d'autres personnes dans ce cas ?

— Au moins une.

Shani avait vu juste : cet homme était fou. Ou, à tout le moins, d'une arrogance folle.

— Je vois, railla-t-elle. Vous pensez qu'un ivrogne bagarreur dans votre genre aurait une meilleure chance d'y arriver, c'est bien ça ?

À cet instant, Hadzor laissa tomber son poncho défait, révélant les vêtements gris et bruns très particuliers qu'il portait en dessous.

La signification de sa mise n'échappa pas à la jeune femme.

— Allons, Shani, la taquina-t-il. Est-ce une façon de parler à un saint homme ?

Leandor fut le premier à atteindre la chambre qui contenait le cristal.

Située au sommet de la tour la plus isolée de Torpoint, elle avait autrefois été occupée par Avoch-Dar, du temps où celui-ci était le magicien de la cour d'Eldrick.

Tycho rejoignit son ami quelques secondes plus tard, après avoir monté l'escalier en colimaçon d'un pas vif et sans effort notable. Les vieux os de Quixwood l'avaient ralenti ; il fermait la marche, raide et haletant.

Lorsqu'ils furent tous rassemblés sur le palier, Leandor ouvrit la porte à la volée.

Très peu des gens qui vivaient ou travaillaient au palais auraient osé s'aventurer dans les anciens appartements du sorcier. Ils avaient remarqué que ceux-ci étaient toujours glacés, quelle que soit la température extérieure. Cette nuit-là ne faisait pas exception à la règle.

Deux ou trois bougies étaient éparpillées à travers la pièce. Mais elles ne constituaient pas sa principale source de lumière.

Au centre de la chambre, sur une table de chêne, reposait le cristal enchanté. Aussi gros que la tête d'un homme adulte, il était taillé comme un diamant aux multiples facettes. Grâce à sa magie, Avoch-Dar avait espionné Leandor et ses compagnons durant leur quête du Livre des Ombres. Et quand le sorcier s'était enfui, l'orbe était resté derrière lui, terne et sans vie.

À présent, une lueur d'un blanc laiteux frémissait dans ses profondeurs.

Il y avait juste assez de lumière pour mettre en évidence certaines marques sur les dalles de granit qui composaient le sol : des motifs que les domestiques n'avaient pu effacer même en les frottant de toutes leurs forces.

Le dessin d'une étoile à cinq branches inscrite dans un cercle – un pentacle – était toujours clairement visible. D'autres symboles magiques plus complexes l'entouraient, telles des traces de bave laissées par des limaces sur la pierre dure ; ils témoignaient des rituels infernaux auxquels Avoch-Dar s'était livré en ses appartements.

Comme Leandor, Tycho et Quixwood le regardaient fixement, la lueur qui tourbillonnait au cœur du cristal s'intensifia.

— Qu'est-ce que ça signifie ? chuchota Quixwood.

— Je l'ignore, répondit Leandor. Mais restez sur vos gardes.

— Peut-être serait-il sage de convoquer des maîtres de la magie blanche, suggéra Tycho, et de leur faire lancer des sorts de protection sur l'orbe.

Leandor secoua la tête.

— Non. Je doute qu'ils soient capables de contenir sa magie. Et je ne veux personne d'autre ici. J'ai attendu trop longtemps que cette chose manifeste un signe de vie.

Des étincelles multicolores dansaient à l'intérieur du nuage pâle et bouillonnant. Le jeune homme se rapprocha.

— Fais attention, Dalveen, lui conseilla Quixwood en dégainant son épée.

De minuscules éclairs zébrèrent les profondeurs du cristal. Puis ils cédèrent la place à des explosions silencieuses, mais si vivaces qu'il était presque douloureux de les regarder en face.

— Quelque chose est en train de se former ! s'exclama Tycho.

De fait, la brume s'agitait et se compactait comme pour prendre une forme distincte. Lentement, l'image ondulante se solidifia.

Et devint le visage d'un homme.

Ses traits étaient marqués par le sceau du mal et de la corruption. Ses joues creuses et sa peau tendue à craquer lui donnaient une apparence cadavérique. Ses cheveux et son bouc étaient d'un noir d'ébène, son teint olivâtre et cireux.

Mais c'étaient ses yeux qui perturbaient le plus : deux puits de ténèbres dont le regard évoquait celui d'un prédateur.

— Avoch-Dar ! hoqueta Quixwood.

Le sorcier eut un sourire déplaisant.

— Salutations, Nightshade, susurra-t-il.

Transmise par le cristal, sa voix résonnait comme un écho irréel.

— Comment ? poursuivit-il sur un ton moqueur. Pas d'accueil chaleureux ? Pas d'applaudissements pour fêter mon retour dans le monde des hommes ? Je pourrais presque croire que tu n'es pas content de me voir.

Il éclata de rire.

— Je n'ai jamais douté que nous nous reverrions, répliqua Leandor. Même si j'espérais que ce serait en face-à-face, plutôt que par un biais aussi lâche. Mais on ne saurait attendre davantage d'une vermine telle que toi.

— Tu as la langue toujours aussi bien pendue, à ce que je constate, ricana Avoch-Dar. Mais ne crains rien : nous nous affronterons en chair et en os très prochainement.

— Ma lame et moi attendrons ce moment avec impatience, affirma sèchement Leandor. Politesse mise à part, quel est le but de cette grotesque apparition ?

— En tant que loyal sujet, je souhaitais te faire toutes mes condoléances. La perte du roi doit avoir été presque aussi douloureuse pour toi que celle de ton bras.

De nouveau, le sorcier s'esclaffa avec malveillance.

— Le rôle que tu as joué dans sa mort vient s'ajouter à la longue liste des crimes pour lesquels je te ferai payer, promit Leandor.

— Tu me fais trop d'honneur, Nightshade. Même s'il me serait très agréable de penser que j'ai bel et bien précipité la fin d'Eldrick. Comme je l'avais déjà fait pour sa reine.

— Que dites-vous ? s'exclama Quixwood, choqué.

— Oh, vous n'aviez pas deviné ? lâcha Avoch-Dar d'un ton désinvolte. La mort de Nerissa était mon œuvre. Durant mon étude des arcanes, j'ai acquis une connaissance approfondie des poisons. Si mes souvenirs sont exacts, dans son cas, j'ai utilisé le venin d'une vipère des marais.

— Mais… pourquoi ? Qu'avait-elle bien pu faire pour mériter un sort pareil ? interrogea Leandor, stupéfait.

— Rien. Je l'ai fait parce que je savais que sa disparition plongerait Eldrick dans le désespoir, et qu'il me serait plus facile ainsi de gagner sa confiance et de m'assurer une position au sein de la cour.

— Misérable ! rugit Quixwood. Écarte-toi, Dalveen ! Je vais pulvériser ce maudit cristal !

— Ce serait très malavisé, le prévint Tycho.

— Le pantin a raison, vieil imbécile, confirma Avoch-Dar. Essaie d'abîmer le cristal, et c'est lui qui t'abîmera. (Il eut un rictus cruel.) Mais que cela ne t'arrête surtout pas.

Livide de rage, Quixwood tremblait de la tête aux pieds. Leandor le saisit par la manche.

— Il ne cherche qu'à nous provoquer, Golcar. Gardez votre calme.

— Oui, ne lui donnez pas la satisfaction de vous mettre en colère, ajouta l'homoncule.

— Tu es toujours d'aussi bon conseil, Tycho, commenta Avoch-Dar. J'ai bien réussi ta fabrication, et j'attends avec impatience le moment où je réussirai ta destruction.

— Les menaces à distance sont une chose, aboya Leandor. Les mettre à exécution en est une autre. Choisis ton champ de bataille, et affronte-moi comme un homme !

— Ne fais pas le sot, Nightshade, renifla le sorcier. C'est moi qui dicte les règles. Et tu ne t'es pas vraiment distingué lors de notre dernier affrontement. (Il grimaça.) Dans tous les cas, j'imagine que tu n'as pas de temps à perdre en folles aventures, si tu es toujours censé épouser Bethan. Comme j'ai failli le faire il y a quelques mois.

— Oui, sous la contrainte, répliqua Leandor.

Avoch-Dar l'ignora.

— Elle fera une mariée ravissante. Et une veuve encore plus charmante.

— Déblatère autant qu'il te plaira, sale chien, gronda Leandor. Tu ne m'as pas encore vaincu.

— Un infirme pathétique ne saurait se dresser longtemps en travers de mon chemin, affirma Avoch-Dar sur un ton léger. J'aurai ma vengeance, Nightshade. S'il y a une chose dont tu peux être certain, c'est bien celle-là.

Avant que Leandor puisse répondre, la lumière du cristal s'éteignit comme une bougie qu'on vient de souffler. L'orbe redevint vide et froid.

Il ne resta qu'une odeur méphitique dans l'air.

Une odeur qui ressemblait fort à celle du soufre.

Chapitre 7

— Vous êtes un prêtre ? s'exclama Shani, éberluée.
— Un moine, plus exactement, corrigea Hadzor.
La jeune femme eut un geste insouciant.

— Moine, prêtre… Quel que soit le nom que vous vous donnez, votre comportement ne correspond guère à celui qu'on pourrait attendre de la part d'un saint homme. Où avez-vous appris à vous battre ainsi ?

— J'appartiens à la fraternité de la Lumière intérieure, déclara fièrement Hadzor. Un très vieil ordre de moines guerriers.

— J'en ai entendu parler. Mais je croyais qu'il avait disparu depuis longtemps.

— Pas du tout. Nous nous sommes seulement retirés du monde pour vaquer en paix à nos dévotions. Notre nombre est modeste, mais nous sommes toujours très actifs malgré le détachement que nous avons choisi d'adopter vis-à-vis du reste de l'humanité. Quant à nos capacités martiales, nous avons commencé à les développer il y a plusieurs siècles, à l'époque où nous étions persécutés et devions sans cesse défendre notre peau. Nous pensions qu'en agissant ainsi, nous servions au mieux la volonté des dieux. Aussi nos traditions guerrières se sont-elles perpétuées au fil des ans, même si aujourd'hui elles relèvent surtout d'une discipline de vie.

— Donc, c'est la fraternité qui recherche le Grimoire des Ombres ?

— Pas exactement.

Shani haussa un sourcil.

— Mais ses membres savent que je m'y intéresse, ajouta très vite Hadzor. Simplement, je ne suis pas ici à titre officiel.

— Ils n'approuvent pas votre quête.

— Disons que mon abbé nourrit quelques doutes quant à son bien-fondé. Mais réfléchis, Shani. Réfléchis à tout le bien que je pourrais faire si je disposais du pouvoir du grimoire !

— En admettant que votre théorie soit correcte, il reste un certain nombre de problèmes pratiques que vous ne semblez pas avoir envisagés. Pour commencer..., quand nous avions le grimoire entre les mains, nous n'avons pas pu comprendre la langue dans laquelle il était rédigé.

— Ça ne serait pas un obstacle pour moi. Mon ordre a préservé de nombreux écrits de la race des démons, que j'ai étudiés en profondeur. C'est comme ça que j'en suis venu à m'intéresser au livre. Je suis certain que j'arriverais à le déchiffrer.

Au-dessus de l'horizon, le ciel était rouge sang. L'aube n'allait pas tarder à se lever.

— Très bien. Deuxième problème, dont vous n'êtes peut-être pas conscient. Le grimoire est si dangereux que le simple fait de le manipuler peut entraîner la mort. Il a tué son propre gardien, un être nommé Kreid, parce que l'épée de celui-ci était entrée en contact avec sa couverture.

Le moine se renfrogna.

— Tu as raison, j'ignorais ce détail. Mais j'imagine que Nightshade a réussi à le toucher sans qu'il lui cause le moindre dégât. Et Avoch-Dar aussi, puisqu'il l'a emporté.

Shani secoua la tête.

— Détrompez-vous. Leandor semble être le seul capable de le manipuler. Et c'est parce que sa destinée est liée à celle du grimoire.

— Ça, c'est toi qui le dis, répliqua Hadzor sans chercher à masquer son scepticisme.

— Avoch-Dar n'a pas touché le livre, insista la jeune femme. Il a fait très attention à ne même pas l'effleurer. C'est un des démons qu'il avait invoqués qui l'a emporté. Puis ils ont disparu ensemble par une sorte de... portail magique.

Hadzor médita cette révélation pendant quelques instants, puis déclara :

— Je continue à penser que le tout, c'est de savoir comment s'y prendre. D'appliquer les bonnes connaissances.

— Ce n'est pas le genre de choses qu'on peut apprendre en faisant des essais et en tirant la leçon des erreurs commises, fit remarquer Shani.

— Je trouverai un moyen.

Hadzor était décidément très déterminé ou très obtus. Probablement les deux, décida la jeune femme.

— Là encore, admettons. Il reste un dernier problème, le plus incontournable de tous : Avoch-Dar et le grimoire ne sont pas dans notre monde.

— Sur ce point, je suis certain que tu te trompes. Avoch-Dar a certainement regagné cette dimension, affirma le moine. Il a peut-être passé un peu de temps dans celle des démons, mais...

— Quoi ? s'exclama Shani. Comment pouvez-vous en être sûr ?

— Bien que ça ne soit pas mon cas, il existe au sein de la fraternité une élite qui possède des capacités magiques, expliqua Hadzor. Notre ordre est le dépositaire d'un immense trésor de secrets d'arcanes, et les initiés des plus hauts rangs maîtrisent la magie blanche. Il y a plusieurs mois, ils ont perçu une importante perturbation dans la toile invisible qui relie toute vie et avec laquelle ils sont en harmonie psychique. Leur interprétation de cet événement, c'est qu'Avoch-Dar venait de quitter le royaume des démons pour regagner Pandémonium.

À la mention de la cité qu'Avoch-Dar avait magiquement créée à Vaynor, Shani sentit un frisson glacé lui parcourir l'échine. Les rares personnes qui l'avaient vue et qui avaient survécu assez longtemps pour témoigner la décrivaient comme une sorte de nécropole, un endroit d'aspect hideux conçu pour les morts plutôt que pour les vivants.

— J'aimerais croire que vos frères se trompent. J'espérais vraiment que nous ne les reverrions jamais, lui et ce bouquin infernal, soupira la jeune femme.

— Le grimoire peut être utilisé pour faire le bien, répéta Hadzor. Crois-moi. Et aide-moi à le retrouver.

— Comment le pourrais-je ? Et surtout, pourquoi le voudrais-je ? Il est dangereux. Il a déjà tué ! s'exclama Shani. De toute façon, si ce que vous dites est vrai, vous savez qu'il se trouve à Vaynor.

— Je pensais que tu aurais peut-être une piste ou une information utile à me fournir. Pour le reste… ma connaissance de la langue des démons nous serait très précieuse. Si je parvenais à contrôler le grimoire, je pourrais peut-être rendre son bras à Leandor.

— Peut-être, c'est le mot. Mais vous devriez affronter Avoch-Dar, à supposer qu'il soit effectivement de retour à Vaynor, et ce n'est pas une perspective qui me réjouit.

— Tôt ou tard, il faudra bien que quelqu'un règle son compte au sorcier, insista Hadzor. Il ne connaîtra pas de repos avant d'avoir conquis Delgarvo. Et, après ça, le reste du monde.

— Dalveen est du même avis, et j'imagine que vous avez raison tous les deux. À bien y réfléchir…, pourquoi ne vous adressez-vous pas directement à lui ?

— Je l'ai déjà fait. J'ai passé une semaine à tenter de convaincre les bureaucrates d'Allderhaven de m'accorder une audience. Au final, j'ai dû me résoudre à l'aborder en pleine rue.

— Et quelle a été sa réaction ?

— Leandor est un guerrier d'un courage incomparable, cela ne fait aucun doute. Mais en ce qui concerne le grimoire, je crains que son jugement ne soit pas des plus objectifs.

Shani trouva cette remarque osée de sa part. Mais elle se contenta de demander :

— Il ne vous a pas écouté, hein ?

Le moine ignora le sarcasme contenu dans sa voix, à moins qu'il ne l'ait pas identifié comme tel.

— Je crains que sa soif de gloire oblitère son bon sens. Il n'a même pas voulu envisager que j'aie raison, qu'il puisse ne pas être le légitime propriétaire du livre.

Shani ne put retenir sa colère plus longtemps.

— Je n'en suis pas surprise, Hadzor ! Comment réagiriez-vous si un hurluberlu vous tombait dessus et insistait pour vous convaincre que votre destinée n'est qu'une illusion, mais sans vous apporter la moindre preuve de ce qu'il avance ? L'homme dont vous parlez n'est pas le Leandor que je connais. Ce Leandor-là ne recherche pas la gloire, et il est en pleine possession de ses facultés de jugement.

— Disons que nous n'avons pas la même opinion sur le sujet et restons-en là, lâcha le moine avec raideur. Néanmoins, je suis persuadé que Leandor a un rôle à jouer dans la récupération du livre. C'est pourquoi je souhaitais le rallier à ma cause.

— *Votre* cause ? s'étrangla Shani.

Hadzor l'ignora.

— Je suis donc prêt à lui soumettre mon cas une nouvelle fois, et je pensais que si tu lui disais un mot en ma faveur...

— Regardez ! l'interrompit la jeune femme en tendant un doigt vers la plaine enneigée.

De mauvaise grâce, Hadzor revint à la réalité et suivit la direction de son regard.

Un groupe de cavaliers, taches sombres se détachant contre le soleil levant, cheminait dans leur direction. Ils étaient encore trop loin pour qu'on puisse déterminer leur nombre.

— Sans doute serait-ce trop optimiste de supposer qu'ils ne nous sont pas hostiles ? lança Shani.

— J'imagine que ce sont des mercenaires venus de Bearsden pour se venger.

— On reste ici pour les affronter, ou on essaie de s'enfuir ?

— Nous ne parviendrons jamais à les distancer avec un seul cheval, répliqua Hadzor.

— C'est bien ce que je craignais. (La jeune femme releva une de ses manches, révélant ses couteaux de lancer dans leurs fourreaux.) Vous en voulez un ?

Le moine glissa une main à l'intérieur de sa robe. Et l'en ressortit tenant un outil agricole que Shani avait déjà vu utilisé par d'autres guerriers comme une arme improvisée : deux massues courtes aux extrémités reliées par une chaîne. Un fléau à riz.

— Je devrais réussir à me débrouiller avec ça, affirma-t-il.

Les cavaliers continuaient à galoper dans leur direction. Comme ils se rapprochaient, Shani vit qu'ils étaient quatre.

— Ils ont l'avantage d'être en selle, commenta Hadzor. Les affronter à pied serait une mauvaise stratégie. L'un de nous devrait peut-être prendre mon cheval.

La jeune femme jeta un coup d'œil à l'animal avant de reporter son attention sur le groupe.

— Nous n'avons pas le temps. Préparez-vous à vous défendre !

Ils se déployèrent.

Alors qu'elle regardait fixement les nouveaux arrivants, Shani constata qu'ils étaient entièrement vêtus de noir. La couleur de leur tenue était assortie à celle du pelage de leurs montures.

— Ce ne sont pas des mercenaires, en déduisit-elle.

Les deux cavaliers de tête avaient un peu d'avance sur les autres. Ils se séparèrent ; le premier se dirigea vers Shani, le second vers Hadzor.

La jeune femme dégaina un couteau et planta ses pieds dans le sol. Du coin de l'œil, elle vit que le moine ne bougeait pas non plus. Elle devina que, comme elle, il allait attendre la dernière seconde pour passer à l'action.

Shani regarda son adversaire se ruer sur elle, l'épée pointée devant lui telle une lance. Sans ciller, elle arma son bras et visa. Elle tint compte de la vitesse à laquelle le cavalier se mouvait, calcula l'angle nécessaire pour le toucher et projeta son couteau.

La lame se ficha dans la poitrine de l'homme. L'impact le fit partir en arrière, et son épée vola de sa main. Puis son corps retenu par les étriers bascula en avant, et sa tête s'affaissa. Shani bondit sur le côté pour laisser passer le cheval que personne ne dirigeait plus et sur la selle duquel le cadavre rebondissait mollement.

Hadzor esquiva adroitement le cavalier qui le chargeait et, d'un geste vif, projeta une des extrémités de son fléau vers lui. La massue et sa chaîne s'enroulèrent autour du bras droit de l'homme. L'élan de l'arme et un petit coup sec de celui qui la maniait firent le reste.

Avec un hurlement, le cavalier dégringola de sa selle. Il heurta violemment le sol et s'immobilisa, tandis que son cheval hennissait et poursuivait sa course en ligne droite.

Shani et Hadzor n'eurent pas le temps de savourer leur victoire. Les deux autres cavaliers étaient presque sur eux.

La jeune femme eut la chance d'éviter la lame de celui qui l'avait choisie pour cible. L'arme fusa assez près de sa tête pour qu'elle sente le déplacement d'air provoqué. Son agresseur la dépassa, tira sur les rênes de sa monture et fit demi-tour pour enchaîner sur une nouvelle passe.

De son côté, Hadzor esquivait les coups de son nouvel adversaire. Plusieurs d'entre eux faillirent bien désolidariser sa tête de ses épaules. Mais au final, l'agilité du moine porta ses fruits. Une massue dans chaque main, il parvint à faire passer la chaîne de son fléau par-dessus le pommeau de la selle. Il tira de toutes ses forces et, dans une incroyable démonstration de puissance physique, fit s'écrouler à la fois le cavalier et sa monture.

L'animal terrifié se redressa et détala. L'homme se releva d'un bond et se jeta sur Hadzor en brandissant son épée. Ce dernier para habilement les attaques, mais ne parvint pas à trouver une ouverture dans la défense de son adversaire.

Shani dut faire appel à toute sa rapidité pour ne pas se faire piétiner par la deuxième charge du cavalier qu'elle affrontait. De nouveau, l'homme fit demi-tour et s'apprêta à lancer une troisième charge. Elle savait qu'elle ne pourrait pas esquiver indéfiniment. Il devait y avoir un moyen de mettre un terme à ce combat, et le plus tôt serait le mieux. Avisant un tronc d'arbre abattu non loin d'elle, elle eut une idée.

Quelques mètres sur sa gauche, Shani vit l'adversaire d'Hadzor faire pleuvoir des coups féroces sur lui et réussir à lui entailler la poitrine. La force de l'impact fit tituber le moine en arrière, mais il parvint à garder son équilibre.

Shani ne pouvait pas lui prêter main-forte : elle avait déjà bien assez de ses propres problèmes. Le cavalier fonçait vers elle. Elle attendit aussi longtemps qu'elle l'osa avant de s'élancer vers le tronc d'arbre. Elle crut bien que sa fin était venue lorsque, dix pas plus loin, elle trébucha et faillit s'étaler de tout son long. Puis elle atteignit l'arbre, bondit dessus et fit volte-face.

Juste à temps pour esquiver la lame sifflante qui avait voulu la décapiter.

Son perchoir lui fournit l'élévation supplémentaire dont elle avait besoin. Alors que le cavalier luttait pour maîtriser sa monture, Shani bondit en s'étirant de tout son long et atterrit en croupe derrière lui.

Avant qu'il puisse pivoter, elle lui plongea son couteau entre les omoplates. Puis elle le fit basculer à terre, saisit les rênes du cheval et le talonna pour rejoindre Hadzor.

Elle aurait pu s'épargner cette peine. Le temps qu'elle couvre la courte distance qui la séparait du moine, celui-ci avait pris le dessus sur son adversaire. Il l'avait ceinturé par-derrière dans une étreinte d'ours, la chaîne de son fléau enroulée autour de sa gorge.

Les yeux exorbités, l'homme lâcha son épée et se débattit faiblement. Hadzor tira d'un coup sec sur les extrémités de la chaîne. Il y eut un craquement. L'homme fut agité d'un dernier spasme, puis s'effondra sans vie sur le sol.

Shani sauta à terre. Hadzor avait porté une main à sa poitrine, et une grimace tordait ses traits.

— Vous allez bien ? s'inquiéta la jeune femme.

Le moine glissa la main à l'intérieur de sa robe.

— Enfer et damnation !

— C'est grave ?

— Et comment !

Il extirpa sa flasque des replis du tissu. Le récipient était crevé ; tout le brandy qu'il contenait s'écoulait par l'ouverture aux rebords déchiquetés. Hadzor se lécha les doigts en marmonnant quelque chose d'inintelligible.

Soulagée, Shani éclata de rire. Elle attacha les rênes du cheval à un arbre, puis s'accroupit pour examiner l'homme qu'Hadzor venait juste d'achever.

Le moine la rejoignit et détailla la tenue noire de l'inconnu.

— Tu avais raison : ce ne sont pas des mercenaires.

Shani remarqua le scintillement d'une chaîne d'argent autour du cou de l'homme. Elle la glissa hors de son pourpoint, mettant au jour un médaillon aussi gros qu'un poing qui représentait une étoile à cinq branches entourée d'un cercle.

— Un pentacle, constata Hadzor.

— Et je vous parie qu'ils portent tous le même, acquiesça la jeune femme d'un ton funeste.

— Qu'est-ce que tu en déduis ?

— Je pense que ce sont des envoyés d'Avoch-Dar.

— Ils sont bien loin de Vaynor, commenta Hadzor. Tu crois que le sorcier les a envoyés à nos trousses ?

Shani frissonna.

— C'est ce qu'on dirait, non ?

—Apparemment, j'avais raison. Il prépare son retour. Peut-être es-tu destinée à te battre de nouveau contre lui, que ça te plaise ou non.

—Mais pas seule. Leandor doit être immédiatement averti de ce qui vient de se passer.

—Tu veux rentrer à Allderhaven ? (Les yeux du moine se mirent à briller.) Tu lui parleras pour moi ?

—Oui.

Shani croisa mentalement les doigts. Le « oui » était la réponse à la première question du moine. Pour ce qui était de la seconde…, elle verrait une fois sur place.

—Venez, il ne faut pas traîner ici. Ces hommes n'étaient peut-être pas seuls.

Elle s'éloigna pour rassembler leurs affaires.

Resté seul près du cadavre, Hadzor regarda fixement le pentacle un long moment.

Puis il l'arracha à sa chaîne.

Chapitre 8

Une image du visage perplexe de Drew Hadzor flottait à la surface de la vasque. Un liquide visqueux, d'un jaune verdâtre, bouillonnait tout autour.

Avoch-Dar scrutait attentivement les traits du moine.

Soudain, celui-ci s'empara du pentacle et l'arracha à sa chaîne. Aussitôt, son image disparut.

—Malédiction ! rugit le sorcier.

Aussi large que la roue d'un chariot à bœufs, la vasque était posée à même le sol. Debout près du muret qui l'encerclait, Avoch-Dar regarda le fluide tourbillonnant s'apaiser. Puis il leva les bras et incanta un sort.

Une petite grappe de bulles apparut à la surface désormais placide du liquide et éclata en projetant de minuscules ondulations. Mais il ne put faire réapparaître l'image, ni rétablir le contact avec les pentacles que portaient ses trois autres agents.

Son lien avec les médaillons se nourrissait de l'énergie vitale de leurs porteurs. Seule la mort de ces derniers pouvait le rompre, et la vie de l'homme auquel Hadzor venait d'arracher son pendentif devait toucher à son terme. Sans doute avait-il expiré à l'instant où la chaîne se brisait.

Avoch-Dar se reprocha de n'avoir envoyé que quatre hommes à la poursuite de Shani Vanya. Il était pourtant bien placé pour savoir que la jeune femme était pleine de ressources et qu'elle avait déjà survécu à des affrontements contre des adversaires plus nombreux et plus redoutables. Mais elle le lui paierait très cher la prochaine fois. Et, qui que soit son compagnon, il regretterait d'avoir interféré avec ses projets.

Le palais d'Avoch-Dar se dressait au cœur de Pandémonium, plus massif, plus haut et plus grotesque que tous les autres bâtiments déjà étranges et difformes qui composaient sa capitale à Vaynor.

Le grand hall dans lequel le sorcier se tenait était entièrement constitué de marbre noir. D'énormes piliers du même matériau, incrustés de motifs en albâtre, soutenaient le plafond voûté que les ténèbres dissimulaient au-dessus de sa tête. La lumière provenait des torches qui crépitaient dans des porte-flambeaux en fer forgé fixés aux murs.

Avoch-Dar se trouvait près de l'une des extrémités de l'immense salle caverneuse. Sur sa droite, à une cinquantaine de pas environ, s'ouvrait l'entrée d'une pièce plus petite et plongée dans l'obscurité. Une grotte d'ombres.

À l'intérieur, l'atmosphère était brumeuse, imprégnée d'une odeur nauséabonde qui ressemblait à celle du soufre. Et il y avait des bruits. Sourds et étouffés, différents de tous les sons que pouvaient produire un homme ou une bête.

Des silhouettes se mouvaient dans le brouillard, la maigre clarté qui provenait du grand hall permettant à peine de deviner leur véritable nature. Difformes, bancales et inhumaines, elles appartenaient à des êtres issus d'un cauchemar.

L'un d'eux se détacha de la masse et se dirigea vers Avoch-Dar.

On ne pouvait pas vraiment dire qu'il marchait. Ni qu'il rampait ou se traînait sur le sol. Ses mouvements étaient un mélange des trois et, derrière lui, il laissait un sillage de bave luisante.

Le sorcier pivota pour observer la créature. S'il avait dû la décrire, il aurait eu des difficultés à trouver ses mots. Elle était beaucoup plus grande que lui. Composée pour parts égales d'insecte, de reptile et de félin, elle avait également quelque chose qui lui rappelait les formes de vie écailleuses aux pattes palmées qui habitaient les profondeurs de l'océan.

Malgré son apparence, les multiples yeux de la créature brillaient d'une intelligence aiguë. Mais aussi d'une cruauté impitoyable et d'une faim terrible. Même Avoch-Dar avait du mal à soutenir son regard.

—J'espère que tout se passe ainsi que vous le désirez, Berith ? demanda-t-il au seigneur démon.

—Pas entièrement, répliqua celui-ci.

Sa voix était un grognement rauque ponctué de bruits de succion. Elle donnait l'impression qu'il n'avait pas l'habitude de s'exprimer en utilisant un moyen aussi primitif que le langage parlé.

Avoch-Dar ignora la bouffée d'haleine nauséabonde que son interlocuteur lui avait soufflée au visage.

— Qu'est-ce qui ne vous convient pas ?

— Nous aussi, nous avons observé l'échec de votre action contre la femelle humaine. Cela n'inspire pas confiance aux Sygazons.

Il avait prononcé le nom de sa race avec une intonation plus aiguë et plus sonore, comme pour souligner son importance.

— Quel objectif poursuis-tu en attaquant les associés de Nightshade ? En quoi cela contribuera-t-il à la réussite de notre campagne contre lui ?

— Tuer les amis de Leandor le privera d'alliés et anéantira sa volonté.

— À condition que tu réussisses.

L'indignation durcit les traits d'Avoch-Dar.

— Les hommes que j'ai envoyés se sont révélés être des idiots. De toute façon, je ne leur ai assigné Shani Vanya et son compagnon que parce qu'ils se trouvaient dans la même région qu'eux.

— Donc, il ne s'agissait pas tant d'un plan que d'un caprice.

— Pas du tout. Une occasion de frapper nos ennemis s'est présentée, et je l'ai saisie.

— Tu veux dire que tu as vu là une occasion de te venger contre l'une des personnes qui t'avaient mis en échec la dernière fois, contra Berith. L'impulsivité et la sagesse font rarement bon ménage, Avoch-Dar.

— Je ne vois aucun mal à me venger de ceux qui m'ont causé du tort, insista le sorcier. Pour ce qui est de l'impulsivité, j'ai toujours fonctionné ainsi. Il n'y a rien à gagner à attendre que le hasard vous distribue une main gagnante. Agir est le seul moyen de vaincre.

— Pas quand on prend le risque de tout gâcher. Si tu veux régner un jour sur ce monde, concentre tes efforts sur Nightshade. C'est lui qui constitue la plus grande menace envers tes ambitions. Et envers les objectifs des Sygazons.

— Vous ne cessez d'évoquer vos objectifs, et je commence à perdre patience.

— Pourquoi ?

—Parce que j'ignore tout d'eux! Vous ne m'en avez jamais rien dit. Quand nous avons scellé notre pacte et franchi le portail interdimensionnel pour venir à Vaynor, vous avez accepté d'accroître mes pouvoirs magiques. Vous m'avez offert la maîtrise du grimoire en échange de mon aide. Vous m'avez fait beaucoup de promesses, mais vous n'avez honoré que très peu d'entre elles.

Le visage hideux de Berith était indéchiffrable.

—Il est temps que vous me révéliez vos intentions, insista Avoch-Dar.

—Nous voulons la même chose que toi : détruire Nightshade.

—Ça ne peut être qu'une partie de votre plan.

—Certes, bien qu'une partie vitale.

—Et pour le reste?

—Tu le découvriras en temps voulu.

—J'en viendrais presque à soupçonner qu'il existe une raison pour laquelle vous avez besoin d'autres personnes afin d'exécuter vos plans, avança Avoch-Dar sur un ton rusé. Une raison que vous répugnez à dévoiler. Se pourrait-il qu'il y ait une limite à l'étendue de vos pouvoirs en ce monde?

Il avait dû toucher un point sensible, car le démon répondit par un sifflement désapprobateur. Sa poitrine écailleuse se gonfla visiblement. Le sorcier ne put se méprendre quant à la menace sous-jacente dans sa réaction.

—Les Sygazons n'admettent aucune limite à leurs capacités. Nos plans te seront révélés quand nous jugerons le moment propice.

Ce petit jeu du chat et de la souris excitait la colère d'Avoch-Dar. Il tenta une approche différente.

—Dois-je vous rappeler que c'est moi qui vous ai offert un accès pour regagner ce monde, via le pentacle de Torpoint? Cela ne mérite-t-il pas que vous me fournissiez une explication?

—Rectification, gronda le démon. Tu t'es servi du grimoire pour nous invoquer. Et tu avais besoin de nous pour échapper à Nightshade.

—Si je n'avais pas comploté pour me procurer le grimoire en premier lieu et fait usage de ma sorcellerie pour l'utiliser, vous ne seriez pas là en ce moment!

—Et ni toi ni nous n'aurions pu revenir de notre dimension sans la connaissance supérieure du grimoire que possèdent les Sygazons. Le

destin a lié nos sorts, Avoch-Dar. Pour atteindre nos objectifs, nous devons agir de concert.

Le sorcier n'avait toujours pas réussi à découvrir ce qu'il pouvait faire pour les Sygazons que les Sygazons ne puissent faire eux-mêmes. Il fixa Berith du regard et, par-delà le seigneur démon, ses semblables qui grouillaient dans leur trou de ténèbres. Pour la centième fois, il se demanda si sa magie était plus puissante que la leur, et quel camp émergerait victorieux en cas de confrontation. Il était assez tenté d'en provoquer une, rien que pour être fixé.

Puis il scruta la multitude des regards démoniaques durs comme du silex et décida de s'abstenir. Pour le moment.

—J'ai besoin de maîtriser le grimoire. Aidez-moi au moins à contrôler sa magie.

—Son pouvoir est supérieur à tout ce que tu peux imaginer, siffla Berith. Il ne sera pas facile de le contrôler, surtout pour un mortel. Sois patient, et nous te dévoilerons ses secrets.

La patience n'était pas le fort d'Avoch-Dar, mais il n'avait pas d'autre choix que de ronger son frein en attendant le bon vouloir des Sygazons.

Il tourna la tête vers le centre du grand hall. Là se dressait une construction d'obsidienne noire que l'on aurait pu prendre pour un autel. Au sommet de l'imposant édifice reposait un unique objet. Un objet qui émettait une étrange lueur bleutée.

Le Grimoire des Ombres.

Leandor et Bethan avaient contemplé le brasier funéraire d'Eldrick jusqu'à ce que ses flammes se changent en simples braises. Alors, le jeune homme avait persuadé sa fiancée de regagner Torpoint.

Il la conduisit dans un salon qui surplombait le site funéraire et se tint en retrait pendant qu'elle fixait du regard la scène enneigée en contrebas. Au bout d'un long moment, il la prit par le bras et lui dit doucement :

—Ça suffit à présent. Viens.

Bethan se laissa guider vers un fauteuil devant la cheminée, où brûlait un bon feu de bois. Leandor et elle parlèrent de son défunt père, et des larmes inondèrent de nouveau ses joues.

Puis, au terme de quelques minutes de silence, la jeune femme parut surmonter sa tristesse et reprendre un peu le contrôle d'elle-même.

— Je crois que je te dois des excuses, renifla-t-elle. À propos d'Avoch-Dar.

— Tu ne me dois rien du tout, répliqua Leandor. C'est moi qui devrais implorer ton pardon pour t'avoir raconté son apparition la veille des funérailles de ton père. Mais il fallait que tu sois au courant, Bethan. C'était trop important pour que je fasse comme s'il ne s'était rien passé.

— Bien sûr. Néanmoins, j'avais tort. Je pensais… ou plutôt, j'espérais que nous ne le reverrions jamais. Mais tu avais vu juste depuis le début. Il est de retour. Et les propos que tu m'as rapportés…

— Il se réjouissait de la mort de ton père et se vantait d'être responsable de celle de ta mère. Je sais. (Leandor pressa la main de sa fiancée.) Mais il y a de grandes chances pour qu'il ait prétendu ça dans le seul but de te faire du mal.

— Je suis consciente de cette possibilité. Tout de même, ça sonne vrai, tu ne trouves pas ? Et même si c'est un mensonge, ça prouve à quel point il est cruel.

— De cela, je n'ai jamais douté. Mais ne trouves-tu pas étrange qu'Avoch-Dar se contente de proférer des menaces au lieu d'agir contre nous ?

— Peut-être est-il en train d'agir sans que nous le sachions, suggéra Bethan. Il pourrait fomenter un tas de complots à notre nez et à notre barbe. Mais il existe une autre explication.

— Laquelle ?

— Suppose qu'il ne contrôle pas pleinement le grimoire. Ça expliquerait qu'il se borne à te menacer par l'intermédiaire de son cristal au lieu d'assiéger de nouveau le palais.

— C'est possible, admit Leandor, pensif. Mais il s'est allié avec les démons, ou du moins, c'est ce qu'il m'a semblé. Ne serait-il pas logique qu'ils lui aient appris à s'en servir ?

— Peut-être que quelque chose les en empêche. D'un autre côté, s'ils sont aussi puissants que tout le monde le raconte, pourquoi ont-ils besoin du sorcier ? Que peut-il bien avoir à leur offrir ?

— D'après moi, il doit avoir de la valeur pour eux – sans quoi, il serait mort depuis longtemps. Par ailleurs, je suis plus convaincu que jamais qu'il ne se trouve plus dans leur dimension. Il est quelque part ici, dans notre monde.

— J'en arrivais à la même conclusion, acquiesça Bethan, bien que cette idée me trouble plus que je ne saurais le dire. Tout comme le fait de savoir qu'Avoch-Dar était déjà un adversaire redoutable sans le grimoire.

— Je ne peux le nier. Nous devons être extrêmement vigilants.

— Que va-t-il se passer maintenant ?

— Je l'ignore, avoua Leandor.

— Vas-tu me quitter ? Partir en quête du sorcier ?

— Je n'y ai pas encore réfléchi. Mais si je dois m'absenter, je te promets que ça ne sera pas pour longtemps.

La jeune femme eut l'air dubitative et vaguement effrayée.

— Ne parlons pas de cela, en ce jour entre tous les autres, dit Leandor.

Elle hocha la tête.

— D'autres affaires plus triviales réclament notre attention, poursuivit le jeune homme. Par exemple, il semble que nous ayons une visiteuse, d'après le message que Tycho m'a envoyé. Il insiste beaucoup pour que nous la recevions.

— De qui s'agit-il ?

— Je n'en ai pas la moindre idée. Cela t'ennuierait-il que je la fasse venir ? Si Tycho estime que c'est important…

— Bien entendu, acquiesça Bethan. Vas-y.

Leandor se dirigea vers un cordon qui pendait dans un coin de la pièce et tira dessus.

Peu de temps après, l'homoncule entra. Une jeune femme l'accompagnait. Elle était grande et presque émaciée, avec des cheveux auburn, un teint clair et des yeux noisette brillants. Malgré son jeune âge, il émanait d'elle une aura d'assurance inébranlable. Le sourire dont elle les gratifia était à la fois chaleureux et sincère.

— Voici Karale, dit Tycho en la présentant.

La jeune femme s'inclina.

— Merci de me recevoir. (Sa voix était douce et mélodieuse.) Et toutes mes condoléances pour votre père, princesse. Sa Majesté nous manquera cruellement.

— Vous êtes gentille, murmura Bethan.

— Je suis désolé, Karale, intervint Leandor. Votre visage me dit quelque chose, mais…

— Nous ne nous sommes jamais rencontrés. Mais on m'a souvent dit que j'avais un air de famille avec ma grand-mère. Vous l'avez connue sous le nom de Melva, je crois.

Le jeune homme sursauta.

— Vous êtes parente avec Melva ? La sage de Rocfaucon ?

— Oui. Et ravie de vous être enfin présentée, Nightshade. (Karale sourit.) Vous semblez surpris.

— En effet, admit Leandor. C'est peut-être idiot, mais je n'avais jamais pensé que Melva puisse avoir une famille.

— Bien sûr qu'elle en avait une, gloussa Karale. Elle vous a dit que la prophétie dont elle était la gardienne lui avait été transmise à travers les générations. L'auriez-vous déjà oublié ?

— Non. Mais comme elle me l'avait communiquée…

— Si le moment n'avait pas été venu, c'est à moi que cette tâche aurait incombé. Ou à ma fille, ou à la fille de ma fille.

— Êtes-vous venue me révéler une partie de la prophétie que j'ignore ?

— Pas exactement. Désolée ; je vois que vous êtes déçu. Mais je pense que le service que je suis venue vous rendre se révélera tout aussi utile, en fin de compte.

Leandor secoua la tête.

— Je ne comprends pas.

— Ça viendra. J'ai juste besoin de quelques minutes de votre temps. Et d'un endroit à l'abri des regards pour faire ce qui doit l'être.

— Si vous êtes réellement la petite-fille de Melva, c'est la moindre des choses. Souhaitez-vous que nous soyons seuls ?

— Ça ne sera pas nécessaire.

— Ce salon fera-t-il l'affaire ? interrogea Bethan.

— Parfaitement. Mais j'aurai besoin d'un brasier de charbons ardents. (Karale regarda autour d'elle.) Et voudriez-vous bien fermer les volets de cette fenêtre ?

— Tycho, tu peux t'en occuper ? réclama Leandor.

L'homoncule acquiesça et sortit.

— Y a-t-il autre chose que nous devions faire pour vous assister dans votre mystérieuse entreprise, Karale ? s'enquit Leandor, intrigué.

— Juste vous asseoir. Comme je vous l'ai promis, ce ne sera pas long.

Quelques minutes plus tard, le brasier était en place, les volets fermés et la porte verrouillée. À la demande de Karale, ils n'allumèrent pas de chandelle.

La jeune femme sortit un assortiment de petits récipients de la sacoche en cuir qu'elle portait à l'épaule et les disposa sur une table près du brasier. Tycho fit rougeoyer les charbons ardents à l'aide d'un soufflet, avant d'aller s'asseoir avec Leandor et Bethan.

— Il semble que vous soyez sur le point de vous livrer à une sorte d'incantation, fit remarquer Bethan. Pouvez-vous nous assurer qu'elle ne fera courir aucun danger à cet endroit ou à ses occupants ?

— Faites-moi confiance, princesse. Cette expérience vous paraîtra probablement étrange, mais elle est sans danger.

Leandor échangea un regard méfiant avec Tycho, puis posa une main sur la poignée de son épée.

— Ce que vous allez voir n'est pas un tour de passe-passe, affirma Karale. Cela nécessitera toute ma concentration et certains gestes effectués dans un ordre précis. Je vous remercie pour votre patience.

Pendant quelques secondes, elle fixa des yeux les charbons ardents, en silence. Puis elle saisit les récipients un par un et saupoudra leur contenu dessus. Chacun d'eux provoqua une nuée d'étincelles de couleur différente, accompagnée d'une fumée âcre et d'odeurs tenaces.

Simultanément, la jeune femme se mit à chantonner les paroles d'un rituel dans une langue qu'aucun des spectateurs ne reconnut. Très vite, son regard se voila comme si elle était en transe, et son front se couvrit d'une fine pellicule de transpiration.

Malgré la chaleur du brasier et celle du feu de cheminée, la température chuta sensiblement dans la pièce. Bethan frissonna et se rapprocha de Leandor, tandis que celui-ci et l'homoncule se tendaient.

Un son à peine audible s'éleva autour d'eux. Cela aurait pu être un écho de l'incantation de Karale, ou d'autres voix récitant une psalmodie différente. Peut-être venait-il d'un instrument de musique inconnu. Ou peut-être était-ce juste le gémissement lointain du vent.

Au milieu de la pièce, l'espace sembla se retourner sur lui-même, et une déchirure pourpre apparut à ras du sol.

— Dalveen ? chuchota Bethan en lui enfonçant ses ongles dans le bras.

Son rituel achevé, Karale fixait du regard la manifestation surnaturelle avec un calme absolu.

La déchirure ondula, s'étira et s'élargit brusquement. Une lumière blanche aveuglante explosa depuis ses profondeurs.

Bethan poussa un cri, et tous se protégèrent les yeux. À l'exception de Karale qui continua à regarder droit devant elle, imperturbable.

La déchirure continuait à s'ouvrir. Mais peu à peu, la lumière qui en émanait devenait plus tolérable.

Puis une silhouette se découpa contre cette blancheur radieuse. Leandor cligna des paupières, s'efforçant d'identifier l'apparition.

Celle-ci traversa la faille aux bords indistincts et vint se planter devant lui dans un mouvement fluide. Hésitant, le jeune homme se leva.

La silhouette se précisa. Enfin, il la reconnut.

— Melva ? souffla-t-il.

Chapitre 9

La silhouette qui se tenait devant eux n'avait rien de spectral. Elle semblait faite de chair et de sang comme tout autre être humain. Son apparence physique n'avait rien de différent par rapport à la dernière fois où Leandor l'avait vue. Elle paraissait toujours immensément vieille, avec son corps frêle et sa peau pareille à du parchemin craquant.

Pourtant, un changement subtil s'était produit en elle. Il émanait de toute sa personne une sorte de rayonnement invisible, une impression de vigueur et de sérénité qu'elle n'avait pas durant les dernières heures de sa vie.

— Salutations, Nightshade, dit-elle avec un sourire bienveillant.

Le jeune homme était trop choqué pour répondre.

Melva adressa un signe de tête respectueux à Bethan.

— Ravie de vous rencontrer, ma dame.

Tout aussi stupéfaite, la princesse garda le silence. Lorsque Melva le salua de la même façon, Tycho parvint à incliner légèrement la tête en retour.

Puis Melva reporta son attention sur sa petite-fille. Elle ne dit rien, mais quelque chose d'insondable passa entre elles.

La fissure par laquelle la vieille femme avait pénétré dans le monde des vivants restait suspendue dans l'air derrière elle. La lumière qui palpitait depuis l'intérieur de l'ovale allongé était plus douce à présent, mais néanmoins assez forte pour éclairer le salon et projeter l'ombre de tous ses occupants.

De tous, à l'exception de Melva.

Leandor retrouva enfin l'usage de la parole.

— Melva, vous êtes… morte, n'est-ce pas ?

— Oui, Dalveen, je le suis. Pourtant, je n'en ai pas totalement fini avec la vie.

— Comment est-ce possible ?

— Je suis prisonnière du royaume des Ombres, les limbes qui séparent votre monde de l'au-delà. Je ne serais pas en train de converser avec vous en ce moment sans Karale. Un gros effort de volonté est nécessaire pour forcer la porte entre la vie et la mort.

— Comment se fait-il que vous vous retrouviez là-bas ?

— Tant que le conflit entre le bien et le mal ne sera pas résolu, je ne pourrai pas passer dans un plan supérieur. Et il est encore loin de l'être.

— Mais vous avez accompli votre mission, protesta Leandor. Votre rôle est terminé. Vous auriez dû pouvoir poursuivre votre voyage.

— Je le pensais aussi. Il semble que la fatalité n'en ait pas encore terminé avec moi. (La vieille femme eut un sourire presque malicieux.) Être mort n'est pas si terrible ; ça tend à clarifier notre vision de la vie. Cela a approfondi ma compréhension des intrigues qui t'entourent, Dalveen, et du fonctionnement de la prophétie.

— Vous avez autre chose à m'apprendre à son sujet ? interrogea Leandor avec avidité.

— Les voies de la Lumière et des Ténèbres sont complexes et difficiles à appréhender. La compréhension s'acquiert lentement. Mais je peux te dire ceci : Avoch-Dar risque d'avoir accès à un pouvoir qui entraînera la fin du monde des humains.

— Il *risque* d'avoir accès ?

— Je ne peux définir la nature de sa relation avec la race infernale – dont, soit dit en passant, je connais désormais le nom. Ces démons se nomment eux-mêmes les Sygazons, révéla Melva. Mais j'ignore toujours s'ils sont ses maîtres, ou s'il est le leur. Et quelle quantité de savoir ils ont pu lui transmettre jusqu'à présent.

— Bethan et moi nous interrogions justement à ce sujet, approuva Leandor.

— Vous devez supposer le pire et ne faire preuve d'aucune complaisance, lui recommanda gravement Melva. Même un fragment de savoir démoniaque pourrait démultiplier ses capacités magiques.

—Je suis prêt, affirma Leandor d'un ton déterminé. Même si je confesse qu'il serait utile d'avoir un puissant pratiquant de la sorcellerie de notre côté. Mais à ce jour, je n'ai encore trouvé personne qui arrive à la cheville d'Avoch-Dar en la matière. Et quelques milliers d'hommes d'armes supplémentaires ne seraient pas de trop, non plus.

—Garde la foi, lui conseilla Melva. Tu n'es peut-être pas aussi seul que tu le penses.

—Que voulez-vous dire ?

—Je n'en suis pas entièrement certaine. C'est si difficile d'expliquer la clarté que la mort projette sur toute chose. Mais je sens la présence d'une autre forme de vie... d'une autre race – appelle-la comme tu veux. Je pense qu'ils sont les ennemis des Sygazons, d'une force égale à la leur mais moralement opposés à eux. Je ne peux pas t'en dire davantage.

Leandor jeta un coup d'œil à ses compagnons. Bethan restait comme hypnotisée par la vieille femme. L'expression de Tycho était indéchiffrable, et le visage de Karale ne trahissait qu'une profonde sérénité.

—En outre, tu bénéficieras peut-être d'une aide de nature plus substantielle, poursuivit Melva.

—Laquelle ?

—Mon nouvel état éclairé m'a révélé un fragment supplémentaire de la prophétie. Il concerne une arme. Un... instrument très particulier, qui pourrait t'être d'une aide précieuse pour affronter le sorcier et les Sygazons.

—Dites-moi de quoi il s'agit, Melva, et où je peux le trouver.

—J'ignore tout de ses capacités ou de son emplacement. Tout ce que je peux dire, c'est qu'il n'a pas forcément l'apparence d'une arme.

—Vous parlez par énigmes, lui reprocha Leandor.

—Désolée, Dalveen. C'est tout ce que j'ai à t'offrir.

Il poussa un soupir.

—Si jamais je le déniche, espérons que je saurai en prendre soin mieux que je l'ai fait avec le Grimoire des Ombres.

— Ne te laisse pas tourmenter par ce qui aurait pu être. Tu as encore toutes les raisons de te battre. Et ne désespère pas non plus de mon incapacité à t'en apprendre davantage. La trame du destin dessine un motif complexe, dont je ne perçois pas encore toutes les ramifications. Mais sache que les révélations que je viens de te faire, si sibyllines soient-elles, se révéleront cruciales pour toi.

Melva s'interrompit et pivota brièvement vers le vortex scintillant, comme si elle répondait à un appel que les autres occupants de la pièce ne pouvaient entendre.

— Préparez-vous, dit-elle en souriant. Quelqu'un d'autre approche.

Leandor ne fut pas le seul à se demander de qui il pouvait bien s'agir. Mais avant qu'il puisse dire quoi que ce soit, il vit une silhouette se former à l'intérieur de la déchirure.

Au début, la forme du nouvel arrivant fut si floue qu'il ne put l'identifier. Puis elle se solidifia.

Bethan se leva d'un bond et s'écria :

— Père !

Comme Melva, feu le roi Eldrick avait conservé l'apparence qu'il arborait de son vivant, à ceci près que toute souffrance avait disparu de son visage. Il adressa un sourire rayonnant à sa fille.

Bethan voulut s'élancer vers lui, mais il leva la main pour la retenir.

— Pardonne-moi, ma chérie, dit-il sur un ton apaisant. Tu ne peux pas me toucher. Je ne suis malheureusement pas aussi solide que j'en ai l'air. En fait, je n'ai plus aucune substance.

Le teint de la princesse avait pris une couleur de cendre tant elle était choquée.

— Père, répéta-t-elle tout bas.

Leandor passa un bras autour de ses épaules.

— Ne désespère pas, Bethan. Melva et Karale sont des femmes remarquables. C'est grâce à elles que nous pouvons nous revoir. Tu devrais t'en réjouir, et non t'en attrister.

Ravalant ses larmes, Bethan demanda :

— Êtes-vous également prisonnier du royaume des Ombres ?

Il y avait de l'anxiété dans sa voix.

— Non, la détrompa Eldrick. Je ne fais que passer. Et je n'ai qu'un bref moment à t'accorder. Mais sache ceci, ma fille : tu es forte. Souviens-toi de tout ce que je t'ai enseigné sur l'art du gouvernement, fie-toi à ton instinct, et tu feras une reine splendide.

— J'essaierai, Père, promit Bethan.

Le roi tourna alors son regard vers Leandor.

— Il semble que tu aies eu raison au sujet d'Avoch-Dar, Dalveen. Tout ce que je puis te dire, c'est qu'il n'y a pas de honte à avoir peur de lui, voire à le respecter un peu, car ce sorcier et sa horde infernale sont les adversaires les plus redoutables que tu affronteras jamais.

— Je n'en doute pas, Votre Majesté.

— Et attends-toi à rencontrer des dangers sans lien aucun avec lui. Il serait vraiment regrettable que tu périsses aux mains de simples brigands avant de pouvoir l'affronter une nouvelle fois.

— Comme si je n'avais déjà pas assez de soucis, se renfrogna Leandor. Pouvez-vous me révéler la nature de ces dangers ?

— C'est une chose que tu devras découvrir par toi-même. Mais n'oublie pas que tu t'es fait un tas d'autres ennemis qu'Avoch-Dar et que certains d'entre eux sont puissants. Nombreux sont les hommes désireux de venger le frère que tu as tué en duel, ou le chef de clan qui a péri au fil de ta lame. Fais bien attention à toi, mon garçon.

— À présent, nous devons nous retirer, intervint Melva. Reste toujours sur tes gardes, Dalveen Leandor, et souviens-toi de ce que je t'ai dit au sujet de l'arme.

— Père. Aurai-je de nouveau l'occasion de parler avec vous ? s'enquit Bethan d'une voix étranglée.

— Pas de cette façon. Mais un jour ou l'autre, ma chérie. Un jour ou l'autre.

Le vortex se mit à palpiter plus intensément.

— Je vous dis adieu et bonne chance, ajouta Eldrick. Et soyez tous avertis que des nuages sont en train de s'amasser à l'horizon. Si le mal est autorisé à triompher, ces jours pourraient bien être les derniers de l'humanité.

La mélodie étrange et envoûtante se fit entendre de nouveau. Elle semblait scander le même rythme que celui des pulsations de la lumière blanche.

Puis le portail entre les mondes s'ouvrit telle une gueule béante pour engloutir Melva et le roi.

Une explosion de lumière envahit la pièce…

… et se dissipa instantanément, laissant son empreinte sur la rétine des occupants de la pièce tandis que leurs yeux se réhabituaient à la pénombre. Le vortex s était volatilisé.

Des larmes inondaient les joues de Bethan.

— Par les dieux, Daiveen, je… (Elle s'interrompit et regarda autour d'elle.) Où est Karale ?

— Elle était là il y a une seconde. (Leandor fronça les sourcils.) Tu l'as vue passer, Tycho ?

— Non. (L'homoncule se dirigea vers la porte.) Elle est toujours fermée, rapporta-t-il en vérifiant la poignée. (Il tendit un doigt vers la table.) Et regardez, son sac et tout son attirail magique ont disparu.

Il n'y avait aucune cachette où la jeune femme aurait pu se dissimuler, et les volets restaient clos.

— Mais c'est impossible, chuchota Bethan.

— Si nous avons appris une chose ces derniers mois, fit remarquer Leandor, c'est bien que le mot « impossible » devrait être utilisé avec parcimonie.

Chapitre 10

Shani et Hadzor ne perdirent pas de temps pour se mettre en route vers le sud.

Même si le froid était toujours mordant, la journée du lendemain apporta avec elle un temps plus clément. Et à présent, la jeune femme avait une monture ; aussi progressèrent-ils à bonne allure durant toute la matinée. Ils ne croisèrent personne d'autre.

Pendant plusieurs heures, ils avaient longé la lisière de la grande forêt du nord. Bientôt, ils atteindraient les plaines ondulantes et, au-delà, la route qui les ramènerait à Allderhaven.

Shani avait de moins en moins de mal à discuter avec son compagnon, malgré ses manières obstinées, et ils avaient parlé de beaucoup de choses pendant qu'ils chevauchaient. Mais leur conversation revenait toujours sur le même sujet.

— Il y a quelque chose que je ne saisis pas à propos du grimoire, déclara la jeune femme. En réalité, il y a beaucoup de choses que je ne comprends pas, mais une, en particulier, me trouble depuis le début. Comme vous paraissez savoir des tas de choses sur lui, peut-être pourrez-vous me l'expliquer.

— Quelle est ta question ?

— Pourquoi les démons n'ont-ils pas emporté le grimoire quand ils ont quitté ce monde pour… l'endroit où ils sont allés ? Quel intérêt avaient-ils à le laisser derrière eux ?

— Ah, oui. (Hadzor hocha la tête.) Ce problème m'a longtemps torturé les méninges, je te l'avoue. Je n'ai pas de réponse à te fournir, Shani.

— Oh.

— Mais j'ai deux théories.

— Curieusement, ça ne m'étonne pas, marmonna la jeune femme.

— La première, enchaîna Hadzor sans se troubler, c'est qu'ils ne pouvaient pas emporter le livre.

— Pourquoi ça ?

— Ce n'est que pure spéculation de ma part, tu comprends ?

— Bien entendu.

— Il est possible que, volontairement ou non, les démons aient créé quelque chose que même eux ne comprennent pas totalement. Ou ne contrôlent pas totalement.

Shani réfléchit quelques secondes.

— C'est une idée intéressante, bien que j'aie du mal à y adhérer. Elle implique que le grimoire est plus puissant que ses créateurs, et ça me semble difficile à croire. Néanmoins, vous avez mentionné qu'il possédait une sorte de vie propre, et j'avoue que ça collerait assez bien avec... l'atmosphère qu'il génère. Il possède une présence, comme une forme d'intelligence. Pour être franche, sa seule proximité me met mal à l'aise.

— Fascinant. Cela tendrait à confirmer mon sentiment : ce grimoire est plus qu'un simple livre. Beaucoup, beaucoup plus.

Hadzor s'abîma dans sa rêverie.

— Vous avez dit que vous aviez deux théories, lui rappela Shani.

— Euh, oui. L'autre possibilité, c'est que les démons aient toujours eu l'intention de revenir pour reprendre le grimoire, déclara Hadzor. Il se pourrait que sa présence ici soit nécessaire à l'exécution d'un autre de leurs plans.

— À moins qu'il s'agisse d'une sorte de clé qu'ils devaient laisser derrière eux pour pouvoir revenir de leur dimension, suggéra la jeune femme.

— Peut-être. Je ne sais pas. Si j'ai appris une chose en étudiant ce qui reste de leurs écrits, c'est que leur culture est totalement étrangère à la nôtre. Il n'est pas aisé de comprendre leur mode de pensée.

— Leandor a peut-être ses propres théories sur le sujet. Vous devriez lui en parler. Et ça vaudrait la peine que vous en discutiez aussi avec Tycho.

— Tycho ? répéta le moine en haussant les sourcils.

—C'est un homoncule, un être créé par Avoch-Dar, expliqua Shani. Il a échappé au sorcier et s'est retrouvé à Zenobia. C'est là-bas que nous l'avons rencontré, et il s'est joint à nous dans notre quête du grimoire.

—Exact, acquiesça Hadzor. Je me rappelle avoir entendu dire que vous aviez été aidés par une créature magique.

—Tycho s'est révélé un allié précieux et un excellent camarade. Il nous a révélé sur son ancien maître des choses que nous ignorions. Et c'est en partie grâce à lui que nous avons pu déjouer les plans de conquête du sorcier, dit Shani. Il possède même une forme limitée de pouvoir qui nous a été très utile.

—Quel genre de pouvoir ? s'enquit le moine, curieux.

—Il peut faire léviter des objets. Ce dont je me suis réjouie en une occasion au moins.

—Et ce Tycho se trouve à Allderhaven ?

—Il y était lorsque je suis partie. Ce qui vous fait une raison supplémentaire de m'accompagner jusque là-bas.

—Une raison bien meilleure que le simple fait de m'entretenir avec Leandor, j'imagine.

Shani fut surprise par ce commentaire.

—Que voulez-vous dire ?

—Regarde la réalité en face : si Leandor était bien le héros pour lequel tout le monde semble le prendre, jamais il n'aurait laissé le grimoire lui échapper. Je commence à me demander s'il a vraiment quelque chose à m'apprendre.

—Vous êtes injuste, Hadzor ! s'emporta la jeune femme. Vous n'étiez pas là ! Nous avons déjà eu beaucoup de chance de survivre à notre affrontement contre Avoch-Dar et les démons.

—Peut-être que si la situation avait été gérée par quelqu'un qui possédait des connaissances supérieures à celles de Leandor et auquel le grimoire était davantage destiné..., insinua Hadzor.

—Ne recommencez pas avec ça ! Ce quelqu'un, c'est vous, n'est-ce pas ? Quand allez-vous admettre que c'est de Leandor que parle la prophétie ? Il était destiné à retrouver le grimoire !

—C'est ainsi que lui et toi choisissez d'interpréter les faits. Mais il semblerait logique que la maîtrise du grimoire échoie à un serviteur des dieux, plutôt qu'à...

— Plutôt qu'à… ? répéta Shani en plissant les yeux.

— Plutôt qu'à un individu qui n'est, à la base, rien de plus qu'un tueur professionnel, acheva Hadzor. Et un tueur professionnel incompétent, par-dessus le marché. Avant même de lui prendre le grimoire, Avoch-Dar lui avait déjà pris un bras. Et au lieu de riposter, il s'est enfui, d'après ce que je me suis laissé dire.

— Quoi ? (Une fois de plus, l'exaspération de Shani se changea rapidement en fureur.) C'est à cause d'un sort immonde qu'il a perdu son bras ! J'aurais aimé voir dans quel état vous vous en seriez sorti à sa place !

— Shani, je…

— Et le traiter de tueur, c'est honteux ! poursuivit la jeune femme. Leandor était le champion du roi, et non un malandrin qui tendait des embuscades à ses victimes dans des ruelles obscures !

— Si tu me laissais…

— Vous êtes un bel hypocrite, Hadzor ! Depuis le peu de temps que je vous connais, combien de vies avez-vous prises ?

Le moine s'empourpra. Lui aussi commençait à s'énerver.

— C'était de la légitime défense ! Je ne ferais jamais preuve de violence envers un innocent.

— Comme Leandor. À vous écouter, il serait un vulgaire assassin, et ce n'est pas du tout le cas !

Ils avaient atteint un embranchement dans la piste cahoteuse qu'ils suivaient. Devant eux, deux chemins sinueux partaient dans des directions différentes. Hadzor tira sur les rênes de son cheval, et Shani l'imita.

— Tu viens de m'accuser d'ignorance, fulmina-t-il, mais tu ne sembles pas le moins du monde consciente du péril qui nous menace ! L'ascension du sorcier, la récupération du grimoire, le retour des démons sont autant d'indices qui annoncent l'imminence du conflit final. À moins que quelqu'un s'y oppose, les jours de l'humanité sont comptés !

Shani tenta de rétablir le calme en se faisant la voix de la raison.

— Dites tout cela à Leandor. S'il vous croit, il possède l'autorité nécessaire pour lever une armée et…

— Quel intérêt y aurait-il à perdre mon temps en m'adressant de nouveau à lui ? Que pourrait-il bien ajouter ? Le temps de la parole est révolu. Nous devons agir.

— Ne faites pas l'imbécile, Hadzor. Il existe des moyens plus plaisants de vous suicider qu'en affrontant Avoch-Dar seul.

— Si Leandor et toi refusez d'entendre raison, quel autre choix me reste-t-il ? vociféra le moine. J'ai été stupide de gaspiller ma salive avec vous deux !

— Cessons de nous disputer et tâchons de discuter de tout cela rationnellement, insista Shani. Il doit y avoir un meilleur moyen.

— Viendras-tu avec moi ?

— Je… je ne peux pas. Nous devons rentrer à…

— Fin de la discussion, coupa Hadzor sur un ton sec. Si tu refuses de m'accompagner à Vaynor, je suis parfaitement capable de m'y rendre seul.

Il fit pivoter son cheval vers la piste de droite.

Alors, Shani renonça à lui faire entendre raison.

— Espèce d'abruti borné ! enragea-t-elle.

Le moine talonna sa monture et partit au galop en direction du sud-est.

— Faites-vous massacrer, je m'en fiche ! cria Shani dans son dos.

Il ne répondit pas plus qu'il ne daigna lui jeter le moindre coup d'œil.

Bouillant de rage, la jeune femme le regarda s'éloigner.

Puis elle guida son cheval sur l'autre piste, celle qui la ramènerait à Allderhaven.

— Cet exercice me paraît bien futile en regard des événements récents, protesta Leandor.

— Il est pourtant nécessaire, contra Tycho.

C'était le milieu de la matinée dans la capitale delgarvienne, et les rues enneigées commençaient à se remplir de passants. Certains reconnurent le champion de feu leur souverain et s'arrêtèrent pour l'observer ; quelques-uns le saluèrent de la main.

— Sachant qu'Avoch-Dar nous menace de nouveau, je pourrais sûrement faire quelque chose de plus utile que d'inspecter les travaux, insista Leandor.

— Nous assurer de la restauration de nos défenses est une bonne manière d'employer notre temps, lui assura l'homoncule. Cela pourrait même se révéler vital, si le sorcier tente de nous envahir une fois de plus.

— J'ai du mal à croire qu'il recourra à une approche aussi directe, vu le peu de fruits qu'elle a porté les fois précédentes, lâcha Leandor. Je soupçonne qu'il optera pour un plan plus retors.

— Il est probable que tu aies raison, Dalveen, concéda Tycho. Mais jusqu'à ce que nous disposions d'informations fiables sur ses intentions, que peux-tu faire d'autre ? Arpenter la campagne à sa recherche ? C'est cela qui ne serait pas un usage rationnel de ton temps.

— Le plus logique serait de me rendre à l'endroit où il se cache très probablement. Vaynor.

— Et si c'était exactement ce qu'il attendait de toi ? S'il en profitait pour te tendre un piège, ou pour assiéger la capitale dès que tu aurais le dos tourné ? Voire les deux…

Leandor soupira.

— Je ne sais pas quoi faire, Tycho.

S'ils n'avaient pas été aussi absorbés par la conversation, les deux amis auraient peut-être remarqué qu'on les suivait.

La silhouette qui les filait tirait parti des nombreuses cachettes fournies par la disposition anarchique des bâtiments dans ce quartier décrépit de la ville. Malgré sa taille et sa carrure imposantes, elle se dissimulait habilement dans les ombres et les ruelles obscures où la lumière du jour ne pénétrait jamais.

— Comment va Bethan, après les événements extraordinaires d'hier ? s'enquit Tycho.

— Elle est encore secouée, mais je pense qu'elle s'en remettra, répondit Leandor. (Il sourit.) Par chance, elle a hérité d'une bonne dose de l'acier dont son père semblait composé.

— Je me suis beaucoup interrogé sur le phénomène dont nous avons été témoins. Les paroles de Melva et du roi, sans compter la disparition mystérieuse de Karale, ont occupé mes pensées durant toute la nuit.

— Et les miennes. Surtout la remarque d'Eldrick, quand il a dit que l'humanité vivait peut-être ses derniers jours.

— C'était très intriguant, acquiesça l'homoncule. Toutefois, je me suis davantage préoccupé de l'arme qu'a évoquée Melva. Je me suis demandé de quoi il pourrait s'agir et où elle se trouve.

— Il faudrait vraiment qu'elle soit très puissante pour faire la différence dans un combat contre Avoch-Dar et les démons, fit remarquer Leandor.

— J'aimerais bien savoir si le sorcier connaît également son existence. Parce que si tel est le cas, il s'efforcera sans nul doute de s'en emparer avant toi, déclara Tycho.

— Je n'avais pas pensé à ça, avoua Leandor. Mais pourquoi saurait-il où elle se trouve alors que Melva l'ignorait ?

— Les démons ont pu le lui indiquer, suggéra l'homoncule.

— Quoi qu'il en soit, nous ne pouvons rien y faire pour le moment.

Leandor promena un regard à la ronde. Ils avaient quitté les avenues les plus fréquentées ; autour d'eux, tout était silencieux et désert.

— Où allons-nous ?

— À la tour d'observation située près du mur d'enceinte extérieur. Par ici.

Tycho désigna une ruelle étroite qui descendait en pente douce, entre des bâtiments si hauts qu'ils la privaient de lumière.

La silhouette massive qui les suivait attendit qu'ils s'y soient engagés pour leur emboîter le pas.

Au bout de la ruelle pavée, Leandor et Tycho s'immobilisèrent au pied de la tour. Des échafaudages avaient été érigés jusqu'à mi-hauteur de ses murs, mais le jeune homme ne vit aucun ouvrier perché dessus.

— Les travaux ont été interrompus faute de financement, expliqua Tycho. C'est à toi de décider si tu veux qu'ils reprennent ou non.

— Posséder un point d'observation sur la plaine est vital pour nos défenses. Ordonne la reprise immédiate du travail. Nous…

— Nightshade !

Ils pivotèrent.

Et se retrouvèrent face à une vision impressionnante.

L'inconnu dépassait Leandor de la tête et des épaules, et il était aussi large que deux hommes ordinaires. Un crâne complètement chauve surplombait son corps aux muscles saillants.

Malgré le froid, il ne portait qu'un pourpoint de fourrure sans manches ouvert sur son torse nu, des braies noires moulantes enfoncées dans des bottes de cuir fauve qui lui montaient jusqu'aux genoux, et une large ceinture fermée par une boucle en or de la taille d'une assiette.

Dans ses mains, il tenait une monstrueuse hache à double tranchant.

Leandor soutint son regard sans ciller.

— Je ne crois pas avoir eu le plaisir de vous être présenté.

L'inconnu rejeta sa tête en arrière et éclata d'un rire tonitruant.

— Tu ne manques pas de sang-froid, Nightshade, je te l'accorde. Je me nomme Soma Hobbe.

— Quelle affaire t'amène à moi, Soma Hobbe ?

— L'affaire de la mort. Et j'entends bien réaliser un bénéfice important !

— Ce serait très agréable pour toi, concéda Leandor sur un ton égal. Si c'était possible.

— Je vais te montrer à quel point ça l'est.

— Avant d'essayer, peut-être pourrais-tu me dire qui m'accorde tant de prix...

— D'après ce que j'ai entendu dire, une femme du nom de Shani Vanya et toi avez tué des membres haut placés de la fraternité des Assassins et de la guilde des voleurs. Ces deux organisations ne peuvent se permettre de perdre la face sans réagir. Elles offrent donc une grosse récompense à quiconque leur rapportera vos têtes.

— Et tu as l'intention de toucher cet argent.

— J'ai déjà pris de vitesse deux rivaux potentiels pour arriver ici le premier. Je toucherai cet argent.

— Je vois. (Leandor adressa un sourire détendu au colosse.) Bon. Si tu te sens vraiment obligé... Mais il est encore temps pour toi de tourner les talons.

— Tu ne réussiras pas à m'embobiner, manchot, jeta dédaigneusement Hobbe. (Puis il baissa les yeux vers Tycho et ajouta :) Si tu ne veux pas morfler, petit monstre, tu ferais bien de ne pas t'en mêler.

— Il se trouve que je suis incapable de faire du mal aux humains, l'informa poliment l'homoncule. C'est ainsi que j'ai été conçu. Et parfois, je le regrette à un point que vous ne pouvez imaginer.

De nouveau, le chasseur de primes éclata de rire.

— C'est mon jour de chance, railla-t-il. Je tremblais dans mes bottes à l'idée d'affronter une boule de poils naine. (Son hilarité s'évanouit instantanément, et il aboya :) Hors de ma vue !

D'un violent revers, il projeta Tycho sur les pavés.

Leandor jeta un coup d'œil à son ami pour s'assurer qu'il allait bien, puis leva le nez vers Hobbe, ses prunelles se durcissant comme du silex.

— Je vois que tu es du genre à frapper un être sans défense plutôt que de t'attaquer à quelqu'un qui risque de riposter.

— Et moi, je constate que le grand Nightshade tente de vaincre ses adversaires à coups de discours d'un ennui mortel, riposta Hobbe dans un grognement. (Il brandit sa hache.) Te rends-tu ?

— Jamais.

— Dans ce cas, dégaine, bâtard !

Avant que Leandor puisse porter la main à son épée, avant même qu'il ait le temps de réfléchir, l'arme de Hobbe s'abattit sur sa tête.

Le jeune homme se jeta sur le côté. La hache frappa le mur de la tour, faisant jaillir des étincelles bleues de la maçonnerie. Leandor recula de quelques pas en saisissant sa lame. Et dut aussitôt esquiver une nouvelle attaque du colosse.

S'il avait cru que son adversaire se révélerait être un géant maladroit, il s'était lourdement trompé. Hobbe faisait preuve d'une rapidité incroyable pour quelqu'un d'aussi massif.

Forcé de battre en retraite devant son assaut féroce, Leandor n'avait pas encore eu une seule occasion de riposter. C'était tout juste s'il parvenait à éviter la morsure meurtrière de la lame à double tranchant. Il était probablement plus agile que Hobbe, mais celui-ci demeurait constamment en mouvement, et il ne parvenait pas à trouver une ouverture dans sa défense.

Leandor savait qu'en théorie, un homme armé d'une épée a l'avantage sur un adversaire muni d'une hache. L'épée est plus légère, plus maniable et possède une allonge supérieure. Mais la force et la rapidité stupéfiantes de son adversaire étaient en train de démentir cette théorie.

La situation appelait un geste audacieux. Lorsque la hache frappa de nouveau, Leandor resta immobile une seconde de plus qu'il ne l'aurait dû. Puis, au lieu de reculer ou de faire un écart, il s'accroupit brusquement. Alors que la lame à double tranchant sifflait au-dessus de sa tête, il entailla les jambes de Hobbe. La pointe de son épée découpa ses braies au niveau du genou gauche et entama sa chair en dessous.

Le colosse poussa un hurlement de rage.

Il brandit sa hache et l'abattit à la verticale. L'arme se serait fichée dans le dos de Leandor si celui-ci n'avait pas plongé hors d'atteinte. Mais il se retrouva allongé de tout son long sur le sol et, avant qu'il puisse se relever, son adversaire était déjà sur lui.

La hache descendit à une vitesse effrayante. Leandor roula sur lui-même et parvint à l'éviter de justesse. Des pavés se brisèrent sous l'impact, et des éclats de pierre volèrent dans toutes les directions.

Il n'avait pas d'autre choix que de continuer à rouler. Hobbe le poursuivit, faisant pleuvoir sur lui des coups dont chacun ne le manqua que d'un cheveu. De petites explosions de pierre jaillissaient aux endroits où la lame de la hache martelait la chaussée.

Égratigné par les pavés, le visage et le corps meurtris, Leandor effectua encore deux tours sur lui-même avant de heurter un mur.

Le choc lui coupa le souffle, le laissant étourdi et désorienté.

Hobbe apparut au-dessus de lui et leva sa hache pour lui porter le coup de grâce.

Chapitre 11

Leandor leva les yeux vers la silhouette massive qui le surplombait. La hache monstrueuse étincelait dans la lumière diluée du soleil.

Puis une partie du brouillard qui enveloppait son esprit se dissipa, et il se rendit compte qu'il tenait toujours son épée.

Il frappa vers le haut, visant l'estomac découvert de son adversaire. Mais la hache s'abattait déjà sur lui, et le tranchant de sa lame ne parvint qu'à effleurer les jointures de Hobbe.

Cela suffit. Le chasseur de primes hurla. La trajectoire de son arme fut altérée, et sa hache fit sauter un morceau de pierre du mur qui avait arrêté Leandor.

Le jeune homme bondit sur ses pieds, s'élança et parcourut quelques pas avant de faire demi-tour. Hobbe était déjà là, à moins d'une longueur d'épée de lui. Et il s'apprêtait à frapper.

Leandor s'écarta vivement et esquiva le gros de l'impact. Mais il ne fut pas assez rapide pour l'éviter entièrement. La hache érafla la longueur de son bras. Son tranchant découpa sa manche et entailla sa peau en dessous.

L'épée vola de sa main et alla s'écraser sur les pavés avec fracas.

Leandor battit en retraite, du sang dégoulinant de la plaie. Hobbe continua à avancer.

Un tourbillon d'attaques meurtrières le força à reculer encore davantage. Puis un nouvel obstacle l'arrêta. Il était acculé contre le montant principal de l'échafaudage qui encerclait la tour.

La hache de Hobbe décrivit un arc de cercle. Leandor bondit sur le côté, et la lame alla se planter dans le bois.

Tandis que le colosse luttait pour dégager son arme, Leandor se mit hors de sa portée. Mais son adversaire se tenait entre lui et son épée.

Pour la première fois depuis le début du combat, les yeux du jeune homme se posèrent sur Tycho. Celui-ci ne pouvait pas non plus ramasser son épée sans se rapprocher dangereusement de Hobbe. Il se tenait de l'autre côté de la ruelle, immobile, un bras tendu devant lui. Leandor devina ce qu'il essayait de faire.

L'épée remua presque imperceptiblement sur les pavés.

Un craquement sonore ramena son attention vers Hobbe. Le chasseur de primes venait de reprendre le contrôle de sa hache, en arrachant un beau morceau de bois au passage. Il pivota pour reprendre son assaut interrompu.

Sous le contrôle magique de Tycho, l'épée se souleva lentement.

Hobbe, qui ne s'était rendu compte de rien, marcha sur Leandor avec une expression orageuse. Le jeune homme se prépara à se défendre de son mieux. Il regarda fixement la lame redoutable de la hache.

Puis un trait argenté fila dans les airs sur la droite de Hobbe. Celui-ci tourna la tête et s'exclama :

— Qu'est-ce… ?

Leandor tendit la main et la referma sur la poignée de son épée.

Sans marquer de pause, il plongea sur Hobbe, auquel il infligea une série d'attaques vigoureuses. Encore stupéfait par la démonstration du pouvoir de lévitation de Tycho, le colosse para avec difficulté.

Mais sa confusion fut de courte durée. Bientôt, il put contre-attaquer et ne tarda pas à reprendre le dessus.

Leandor avait supposé que l'énergie qu'il dépensait avec tant de libéralité finirait bien par s'épuiser. À présent, le jeune homme commençait à comprendre qu'il fatiguerait avant Hobbe. Il devait bien y avoir un moyen de renverser la situation…

Puis il remarqua quelque chose qui lui donna une idée.

Il feignit de battre en retraite. Chaque fois que Hobbe le frappait, il reculait d'un pas ou deux et progressait insensiblement vers la gauche. La grimace triomphante de son adversaire lui apprit qu'il avait mordu à l'hameçon. Si le chasseur de primes se montrait trop confiant en sa victoire, cela aiderait Leandor à mettre sa ruse en œuvre.

Prenant bien garde à ne pas se trahir en regardant derrière lui, Leandor continua à reculer en biais. Il feignit d'être submergé jusqu'à ce que Hobbe et lui atteignent l'échafaudage.

À présent, pour que son plan réussisse, il devait se placer exactement au bon endroit.

Le jeune homme autorisa son adversaire à le repousser entre les montants de bois. C'était une stratégie dangereuse, car en plus d'esquiver la hache de Hobbe, il devait naviguer entre les obstacles.

Enfin, son dos entra en contact avec le montant principal. Il espéra que son expression de surprise apeurée paraîtrait sincère.

Les lèvres du colosse s'étirèrent en un rictus victorieux, révélant des dents jaunies et ébréchées. Il brandit sa hache à double tranchant et l'abattit de toutes ses forces sur le cou de sa proie.

Leandor se força à conserver une immobilité absolue tandis que la lame d'acier froid affûtée comme un rasoir descendait vers lui.

Au dernier moment, il se laissa tomber comme un poids mort.

La hache siffla au-dessus de sa tête et sectionna la poutre verticale déjà affaiblie.

Une série de craquements sinistres résonna en hauteur. Hobbe leva le nez et écarquilla les yeux.

Leandor ne s'attarda pas pour savourer la stupéfaction de son adversaire. Il prit ses jambes à son cou.

Alors qu'il fusait entre les rangées de montants, il les frappa avec son épée. Gauche, droite, gauche… Rapide comme l'éclair, il les abattit l'un après l'autre sur son passage. Toute la structure émit des craquements de protestation.

Puis Leandor jaillit à l'air libre et se rua vers Tycho en hurlant :

—À couvert !

Il percuta l'homoncule de plein fouet et le plaqua à terre.

Quand il jeta un coup d'œil par-dessus son épaule, Hobbe se frayait un chemin entre les montants de l'échafaudage. Des morceaux de bois et de la sciure pleuvaient tout autour de lui. Un gros rouleau de corde heurta son épaule. Une planche s'écrasa à ses pieds.

Le chasseur de primes brandit sa hache et poussa un rugissement furieux.

L'instant d'après, un grondement de tonnerre couvrit sa voix.

Tout l'édifice s'effondra.

Leandor et Tycho eurent juste le temps d'apercevoir une avalanche de plusieurs tonnes de poutres et de maçonnerie. Puis un épais nuage de poussière blanche et de pierres qui rebondissaient sur les pavés fonça vers eux, et ils se couvrirent la tête.

Enfin, le tumulte s'apaisa et le silence retomba.

Ils se relevèrent.

— Tu vas bien ? s'inquiéta Leandor.

— Parfaitement bien. C'est plutôt à toi qu'il faudrait poser la question, fit remarquer Tycho en fixant des yeux la manche lacérée de son ami.

— Je m'en remettrai. J'ai déjà été blessé plus gravement que ça. Et merci pour ton aide, sourit Leandor en rengainant son épée.

Époussetant leurs vêtements, ils s'approchèrent du pied de la tour.

De Soma Hobbe, on ne pouvait plus voir qu'une paire de bottes en cuir fauve qui dépassait des décombres.

— Ç'aura été une responsabilité écrasante pour lui, commenta sèchement Leandor.

— Je n'ai jamais compris comment les humains pouvaient plaisanter de choses aussi sérieuses, déclara Tycho.

Leandor sourit.

— Ça fait justement partie de ce qui nous rend humains. Sans vouloir t'offenser.

— Je ne le suis pas. En fait, j'espère même finir par développer à votre contact ce que vous appelez le sens de l'humour. (L'homoncule balaya les environs du regard.) Les dégâts vont coûter cher à réparer, et c'est une dépense que nous pouvons difficilement nous permettre.

— Mais ça le valait presque.

— Comment ça ?

— Ça m'a rappelé ce qu'on éprouve en livrant un véritable combat, expliqua Leandor, les yeux brillants. J'ai passé trop de temps à harceler des cibles et à livrer de faux duels. Rien de tel que d'affronter un adversaire déterminé à vous tuer pour vous fouetter le sang.

— Votre insistance à jouer avec la mort, c'est encore un de vos traits de caractère que je ne comprendrai jamais, soupira Tycho. Mais si ce combat a prouvé une chose, c'est bien que le spectre du roi avait raison en t'avertissant que tu devrais te frotter à de puissants ennemis.

— Oui. Et malgré ce que je viens juste de dire, j'aurais pu me passer de ce genre de complications. C'est déjà assez dur de devoir anticiper le prochain mouvement d'Avoch-Dar.

— Je prendrai les dispositions nécessaires pour faire nettoyer ce chantier. Et tu devrais faire examiner ta blessure, même si elle ne semble pas très grave.

— Dès que nous aurons regagné le palais.

Attirés par le vacarme, les habitants du quartier se penchaient à leur fenêtre pour essayer de voir ce qui se passait. D'autres apparurent à une extrémité de la ruelle, mais conservèrent prudemment leurs distances.

Leandor et Tycho prirent le chemin du retour.

— Il faudra nous occuper des deux autres chasseurs de primes que Hobbe a mentionnés, déclara l'homoncule. Pour ce que nous en savons, il y en a peut-être d'autres à tes trousses.

— Je resterai vigilant, promit Leandor.

— Il ne s'agit pas seulement de toi, Dalveen. Souviens-toi de ce que Hobbe nous a dit : la tête de Shani est également mise à prix.

Le jeune homme se renfrogna.

— Misère, tu as raison.

— Et elle n'en a peut-être pas conscience, ajouta Tycho. Je sais qu'elle est parfaitement capable de se défendre ; néanmoins, il faudrait la prévenir.

— Je suis d'accord. Que suggères-tu ?

— J'aimerais partir moi-même à sa recherche. J'ai des adjoints qui pourront me remplacer pendant mon absence.

— Mais pourquoi toi ?

— D'abord, parce que je possède l'avantage évident de connaître Shani. Ensuite, parce qu'en tant qu'ami, j'espère la persuader de revenir avec moi à Allderhaven. Je pense qu'elle pourrait nous être très utile, étant donné la nouvelle menace qu'Avoch-Dar fait planer sur nous. Du moins, si tu n'y vois pas d'objection…

Leandor y réfléchit quelques instants.

— Aucune, dit-il enfin. Au contraire, je serai ravi de la revoir. Il vaudrait quand même mieux que nous te fixions une limite dans le temps. Et je ne veux pas que tu partes seul : je choisirai une petite escorte d'hommes d'armes pour t'accompagner dans tes recherches.

— Merci, Dalveen.

— Quand penses-tu te mettre en route ?

— Dès que possible. En fait, j'ai hâte d'être de nouveau sur la route, admit Tycho. Qui sait ? Je suis peut-être en train de développer un goût pour l'aventure et le danger.

— Je savais bien qu'on finirait par faire quelque chose de toi, grimaça Leandor.

Chapitre 12

Le moment était de nouveau venu de nourrir le Grimoire des Ombres.

Les démons s'étaient rassemblés dans le grand hall pour assister au rituel. Avoch-Dar était toujours aussi émerveillé par le fait qu'il ne semblait pas y avoir deux créatures identiques. Il soupçonnait, même s'il n'en avait pas la certitude, que les Sygazons pouvaient modifier leur apparence à volonté. Aussi tendait-il à ne pas les percevoir comme des individus quand il les voyait tous ensemble.

Il se contentait d'une impression générale de peau caoutchouteuse, d'écailles, de plumes, de carapace et de fourrure ; de griffes, de crocs, de ventouses et de tentacules ; de multiples paires d'yeux, d'yeux montés sur pédoncules, d'yeux fendus aux couleurs étonnantes, ou de pas d'yeux du tout. Et d'autres morceaux de corps pour lesquels il n'existait de nom dans aucune langue humaine.

Bref, les Sygazons présentaient une diversité étonnante dans leur hideur.

Avoch-Dar les trouvait absolument délicieux.

Bien qu'il leur serve de porte-parole, le seigneur Berith ne semblait pas être leur chef. Apparemment, les Sygazons n'en avaient pas : ils préféraient agir collectivement.

Berith n'avait jamais changé d'apparence pendant tout le temps que le sorcier avait passé en compagnie des démons. Peut-être était-ce pour se rendre identifiable, et donc pour faciliter leurs négociations. À moins qu'il y ait une autre raison qu'Avoch-Dar ne pouvait même pas imaginer. Il avait tant à apprendre sur ces créatures…

Sorcier et seigneur démon se tenaient côte à côte près de l'autel.

— Combien aujourd'hui ? siffla Berith.

— Deux. Des brigands qu'une patrouille a capturés aux abords de Pandémonium.

— Ce n'est pas ce que j'appellerais du matériau de premier choix.

— Pour le moment, nous devrons nous en contenter. Au fur et à mesure que notre domination s'étendra, nous aurons accès à des victimes sacrificielles de meilleure qualité. Autant que le grimoire en réclamera.

Un groupe de gardes fit entrer les prisonniers ligotés. C'étaient de tristes spécimens d'humanité, hagards et échevelés après la nuit passée dans le sinistre donjon du palais.

Ce qu'ils purent voir des démons pelotonnés dans la semi-obscurité à la lisière du hall changea leur appréhension en frayeur.

Et en terreur abjecte quand leurs yeux se posèrent sur Berith.

Ils se débattirent, tirèrent sur leurs liens en jurant et en implorant. Les gardes firent usage de leurs lances pour les pousser en direction de l'autel.

Le Grimoire des Ombres reposait à son sommet, ouvert et entouré d'une brume bleue scintillante.

Les prisonniers furent forcés de s'agenouiller devant lui.

Un chant rythmique, inhumain et surnaturel, s'éleva depuis l'assemblée des Sygazons. Les malheureux échangèrent un regard où se mêlaient horreur et incompréhension.

La brume se mit à palpiter intensément et à passer par tous les tons du bleu, de l'indigo au saphir, de l'azur au turquoise.

Deux fourches de radiance, pareilles à des éclairs jumeaux, en jaillirent et vinrent toucher le front des deux hommes.

Ils hurlèrent.

Pendant quelques secondes, ils se tortillèrent pitoyablement sur le sol. Leurs corps se ratatinèrent…

Puis les deux éclairs clignotèrent et s'évanouirent.

Des prisonniers, il ne restait que deux coquilles fumantes rabougries, vidées de toute substance. Une odeur de chair brûlée planait dans l'air.

Avoch-Dar claqua des doigts. Des gardes s'avancèrent pour ramasser et emporter les pauvres dépouilles.

— Le grimoire semble insatiable depuis son réveil, fit remarquer Berith. Il faut continuer à l'alimenter en essence vitale.

— J'y veillerai, promit le sorcier. Mais je confesse être surpris qu'il ait besoin de sacrifices.

— C'est pourtant l'une de ses caractéristiques les moins surprenantes, répliqua le démon. Comme toutes les formes de vie, il a besoin de consommer de la nourriture pour régénérer ses forces. Il est resté caché à Zenobia pendant une durée que la plupart des humains jugeraient inconcevable et, durant tout ce temps, il a été privé de subsistance. Il se rattrape à présent.

— Finira-t-il par être rassasié ?

— Cela ne s'est encore jamais produit.

Avoch-Dar réfléchit aux implications de ce fait. S'il n'y avait aucune limite à la quantité d'essence vitale que le grimoire pouvait absorber, ses forces devaient s'accroître en proportion, ce qui était une autre manière de dire que son pouvoir magique serait bientôt décuplé. Et cela faisait de lui un trophée d'autant plus désirable.

Les multiples yeux de Berith brillèrent d'une lueur rusée.

— Où en est le complot contre Nightshade ?

Cette question arracha le sorcier à sa rêverie.

— J'ai pris toutes les dispositions nécessaires. Je frapperai bientôt. Très bientôt.

— Quoi que tu penses de lui, Nightshade est un adversaire très dangereux, peut-être davantage qu'il n'en a lui-même conscience, déclara mystérieusement le démon. Pour cette raison, nous jugeons nécessaire de t'accorder une partie du pouvoir auquel tu aspires, afin que tu puisses mener ton plan à bien.

Les lèvres d'Avoch-Dar s'étirèrent en un sourire de satisfaction triomphante.

Et la lumière qui enveloppait le grimoire vira à l'écarlate.

Bethan regardait une de ses dames de compagnie panser la blessure de Leandor.

— Ça te gêne beaucoup ? demanda-t-elle anxieusement.

— Non. Ce n'est rien de grave, lui assura le jeune homme.

— Ç'aurait pu l'être, d'après ce que tu m'as dit de la férocité de ton agresseur.

— Mais ça ne l'est pas, Bethan. Récolter des plaies et des bosses est le lot de tous les combattants, dit gentiment Leandor. Ça fait partie des aléas de la profession.

— Une profession pour laquelle je souhaite parfois que tu n'aies pas opté, marmonna la jeune femme.

La dame de compagnie noua le bandage autour du bras de Leandor. Celui-ci la remercia d'un sourire, et Bethan la congédia.

Tandis qu'elle faisait la révérence et sortait, Leandor se tourna vers Tycho.

— Es-tu prêt à partir ?

— Oui, et j'ai informé mes adjoints des tâches qu'ils devraient effectuer en mon absence.

— Où as-tu l'intention de la chercher ?

— La dernière fois qu'un de nos agents a vu Shani, elle se trouvait aux abords des grandes forêts du Nord. Je commencerai là-bas.

— D'accord. Mais comme je te l'ai déjà dit, j'entends te fixer une limite dans le temps. Une semaine devrait te suffire pour la localiser. Ça ira ?

— Je suis sûr que oui.

— Et je ne veux pas que tu prennes des risques inutiles, tu m'entends ? Cette région abrite de nombreux repaires de hors-la-loi. Bearsden, par exemple. Que, soit dit en passant, j'ai l'intention de nettoyer dès que nos difficultés présentes seront résolues. D'ici là, surveille tes arrières.

— Je serai prudent, promit l'homoncule.

— J'ai choisi un sergent et deux soldats pour t'escorter. Ce sont de bons combattants ; ils devraient pouvoir régler tous les problèmes que tu rencontreras.

— Merci, Dalveen. (Tycho se leva.) Si tu n'as rien à ajouter, j'aimerais profiter des quelques heures de jour qui me restent pour me mettre en route.

Leandor tendit son bras bandé à l'homoncule, et ils se serrèrent le poignet à la façon des guerriers.

— Au revoir, mon ami. Et bonne chance.

Bethan se pencha et déposa un baiser sur la joue poilue de Tycho.

— Que les dieux t'accompagnent.

Quand l'homoncule eut pris congé, elle demanda à Leandor :

— Considères-tu la présence de Shani en ce palais comme assez importante pour nous priver de Tycho pendant toute une semaine ? Sans compter les embûches qui pourraient le guetter.

— Le but principal de son voyage, c'est de la retrouver pour l'avertir qu'elle a des chasseurs de primes aux trousses. S'il peut également la persuader de revenir ici avec lui, ce sera un bonus. Et, oui, je considère sa présence en ce palais comme très importante. Elle se bat aussi bien que n'importe quel soldat de métier, et elle garde la tête froide en situation de crise.

— Je vois, lâcha froidement Bethan.

Avant que Leandor puisse répliquer, quelqu'un frappa à la porte.

— Entrez ! aboya la princesse.

Quixwood pénétra dans ses appartements. Il était flanqué de trois membres de la garde du palais, qui s'immobilisèrent sur le seuil.

— Aurais-tu quelques minutes à m'accorder, Dalveen ?

Leandor jeta un coup d'œil à sa fiancée. Celle-ci demeura impassible.

— Certainement, Golcar. Que puis-je faire pour vous ?

— Me promettre de ne pas te mettre en colère.

Leandor haussa les sourcils.

— Pourquoi le ferais-je ?

— Parce que tu vas sans doute très mal prendre ce que je suis sur le point de te suggérer.

— Expliquez-vous, et nous verrons.

Quixwood désigna le trio de gardes.

— Tu connais bien ces officiers ; tu sais que chacun d'eux s'enorgueillit d'excellents états de service.

— En effet. Et alors ?

— Je veux que tu acceptes qu'ils te servent de gardes du corps.

— De gardes du… ? s'exclama Leandor. Vous plaisantez !

— Écoute-moi. Tu as au moins deux chasseurs de primes aux trousses, et les dieux seuls savent ce que te réserve Avoch-Dar. Il serait logique de renforcer ta protection personnelle.

— Mais je n'ai jamais…

— Tu n'as jamais eu besoin de gardes du corps jusqu'à présent, je te l'accorde. Et ta fierté t'empêche sans doute de reconnaître que tu en as besoin à présent.

— Je pense pouvoir échapper à tous les dangers que je risque de rencontrer.

— C'est possible, mon garçon. Mais, dans ta position, il serait irresponsable de courir le moindre risque. Le fait est que tu es beaucoup trop précieux pour nous. Nous ne pouvons pas nous permettre de te perdre.

— Tu étais au courant, Bethan ? demanda Leandor à sa fiancée.

— Golcar m'a parlé de son idée un peu plus tôt. Je la trouve excellente. Et si tu ne le fais pas pour toi, fais-le pour nous. Pour moi.

— Ils ne seront là qu'en renfort, ajouta Quixwood. Tu ne peux nier l'intérêt d'avoir des épées supplémentaires autour de toi.

Leandor observa tour à tour chacune des cinq paires d'yeux qui le fixaient en attendant sa réponse. Au bout d'un moment de réflexion, il lâcha à contrecœur :

— D'accord. Mais seulement jusqu'à ce que nos problèmes actuels soient résolus. Je ne veux pas que ça devienne un arrangement permanent.

— Je te reconnais bien là, se réjouit Quixwood.

— Tu pourrais faire preuve d'un peu de bonne volonté, lui reprocha Bethan.

— Ça, c'est trop me demander, grommela Leandor en détaillant les gardes. Et maintenant, si vous voulez bien m'excuser, j'ai besoin d'être seul. Il faut que je réfléchisse.

Comme il se dirigeait vers la porte, les trois hommes se mirent au garde-à-vous.

— Très bien, venez, soupira-t-il.

Ils lui emboîtèrent le pas.

Il les conduisit jusqu'à la tour la plus reculée de Torpoint, leur fit gravir l'escalier en colimaçon qui conduisait jusqu'à l'ancien sanctuaire d'Avoch-Dar. Là, il leur assura qu'il serait parfaitement en sécurité à l'intérieur et leur ordonna de l'attendre dehors.

Une fois dans la chambre, il tira une chaise et s'assit face au cristal mort.

Leandor appréciait le calme de cet endroit. Cela l'aiderait à déterminer sa prochaine action.

Il avait dû s'endormir.

Il n'avait aucun moyen de savoir combien de temps s'était écoulé. Et quelque chose l'avait réveillé. Alors qu'il clignait des yeux pour en chasser les derniers lambeaux de sommeil, sa première pensée fut pour le cristal. Mais celui-ci était toujours aussi froid et mort.

Puis Leandor prit conscience d'un mouvement dans le coin le plus sombre de la pièce. Il bondit sur ses pieds en dégainant son épée.

— Qui va là ? aboya-t-il. Montrez-vous !

Une silhouette émergea de l'obscurité.

— T'aurais-je réveillé, Nightshade ? s'enquit Avoch-Dar sur un ton sarcastique.

L'espace d'un instant, Leandor douta de ses perceptions.

— Toi ? Ici ? Tu dois être fou de venir te mettre à portée de ma lame.

Le sorcier s'approcha encore. Craignant qu'il se mette à incanter, Leandor plongea sur lui, l'épée en avant. Sa lame le transperça de part en part sans rencontrer aucune résistance.

Avoch-Dar éclata de rire.

— Impressionnant, n'est-ce pas ? se rengorgea-t-il. Je n'ai tout simplement pas pu résister à l'envie de te faire une démonstration de mon nouveau talent. Et il ne constitue qu'une toute petite partie des pouvoirs que les démons m'ont conférés.

Leandor reprenait ses esprits, et qu'il soit damné s'il laissait ce misérable voir à quel point il était ébranlé.

— Il semble que leurs cadeaux aient un prix, répliqua-t-il. À chacune de nos rencontres, tu es plus répugnant que lors de la précédente. En t'exposant à leur influence, tu corromps jusqu'à ta chair, sorcier !

— Crois-tu que je m'en soucie ? ricana Avoch-Dar. Je pourrirais volontiers jusqu'à la moelle en échange de ce qu'ils peuvent me donner.

— Je te trouverai, promit Leandor. Je te traquerai jusqu'à l'antre puant dans lequel tu te tapis, et je séparerai ta tête hideuse de ton corps. (Se fiant à son instinct, il tenta un coup de poker.) Et je parie que cet égout n'est autre que Vaynor.

— Tu crois que j'ai regagné Pandémonium ? Je ne le nierai pas. Dans tous les cas, tu ne vivras pas assez longtemps pour le vérifier. Et quand j'en aurai fini avec toi, ma colère se retournera contre ta future épouse et contre tous ceux qui te sont chers.

— Donc, une fois de plus, tu n'es venu que pour te vanter et proférer de vaines menaces. Comme tu es prévisible…

— Mes menaces ne sont jamais vaines, Nightshade. Mais en cette occasion, je souhaitais simplement te faire mes adieux.

— C'est hors de question, charognard. Tu me les feras lorsque ma lame rencontrera ton cœur. Si tant est que tu en aies encore un.

— Nous verrons. Oh, que je suis étourdi. Il y a autre chose. (Avoch-Dar leva les mains.) Je vais récupérer quelque chose qui m'appartient. D'une certaine façon.

Des souvenirs vivaces affluèrent dans l'esprit de Leandor. Il se revit debout sur le champ de bataille face au sorcier, juste avant que celui-ci lève les mains pour lancer le sort qui l'avait privé de son bras.

Un frisson glacé parcourut l'échine du jeune homme. Il se raidit.

Avoch-Dar pivota et tendit les bras vers le cristal. Puis il effectua une rapide série de gestes compliqués.

Un éclair d'énergie pure jaillit du bout de ses doigts.

La gemme explosa avec une déflagration assourdissante.

Leandor leva le bras pour se protéger le visage alors que des milliers de fragments minuscules pleuvaient dans toutes les directions.

Lorsqu'il baissa le bras, un rire méprisant agitait Avoch-Dar. L'expression du sorcier était la chose la plus dépravée que Leandor ait jamais vue.

Puis Avoch-Dar tissa une nouvelle incantation avec ses mains et disparut.

L'air s'engouffra dans l'espace qu'il avait occupé.

Soudain, la porte s'ouvrit avec fracas. Les trois gardes du corps se ruèrent dans la pièce, l'épée au clair, en piétinant les vestiges éparpillés du cristal. Ils promenèrent un regard à la ronde.

— Vous n'avez rien, monsieur ? s'inquiéta l'un d'eux.

Leandor baissa les yeux pour s'examiner. Aucun des éclats de cristal ne l'avait coupé, ni ne s'était même fiché dans ses vêtements.

Il regarda fixement le visage cendreux de ses protecteurs.

— Je vais bien, leur assura-t-il. Très bien.

Mais c'était un mensonge.

Chapitre 13

Shani n'avait pas exactement soif de compagnie, mais après trois jours de solitude, elle se réjouit à la perspective d'être de nouveau entourée de visages humains. D'autant qu'un des fers de son cheval avait besoin d'être changé.

Le village sur lequel elle était tombée était minuscule et, s'il possédait un nom, elle ne vit aucune pancarte qui l'annonçât. Mais comme cet amas désordonné de bicoques se dressait sur la rive d'un torrent qui descendait depuis les montagnes, elle supposa que ses habitants étaient des orpailleurs. Et qu'avec un peu de chance, ils se montreraient amicaux.

Elle s'engagea sur une des pistes de boue gelée qui faisaient office de rues. L'endroit était pratiquement désert, sans doute parce que ses occupants étaient sortis pour prospecter. Le peu de gens qu'elle aperçut ne lui prêtèrent aucune attention.

Un des bâtiments les plus imposants, le long de ce qui semblait être l'artère principale de la communauté, se révéla être une forge. Le forgeron était un aimable colosse, qui promit de changer le fer de son cheval dans l'heure. Il lui indiqua également l'unique auberge du village.

Shani y fut bien mieux accueillie que dans le dernier établissement de ce genre qu'elle avait visité. Il n'y avait que quelques rares clients et un seul sujet de conversation : la mort du roi.

Cette nouvelle attrista la jeune femme. Elle regretta de ne pas avoir été à Allderhaven au moment du trépas d'Eldrick pour soutenir

Leandor et Bethan. Cela renforça sa détermination à regagner la capitale dans les meilleurs délais, et elle se hâta d'engloutir son repas.

Ce fut en proie à une profonde mélancolie qu'elle reprit le chemin de la forge.

À l'intérieur, elle ne trouva personne. Un feu brûlait toujours dans l'âtre, aussi supposa-t-elle que le forgeron s'était absenté pour quelques minutes et qu'il ne tarderait pas à revenir. Son cheval était attaché à l'arrière du bâtiment et son fer avait été changé. Ne voulant pas s'en aller sans payer, Shani s'assit sur l'enclume et attendit.

Et attendit.

La jeune femme trouvait bizarre que le forgeron abandonne son lieu de travail aussi longtemps. Mais surtout, elle avait hâte de se remettre en route. Finalement, elle décida de laisser l'argent bien en évidence, là où le forgeron le trouverait à son retour. La table qui se dressait contre un des murs lui parut l'endroit le plus logique. Elle s'en approcha en farfouillant dans sa poche.

Puis elle remarqua une masse imposante à moitié dissimulée par un tas de foin. Curieuse, elle s'accroupit pour l'examiner, écartant la paille à deux mains.

Dessous, elle découvrit le corps du forgeron.

Une mince écorchure rouge encerclait son cou, indiquant qu'il avait été étranglé à l'aide d'une sorte de garrot. L'absence d'autres blessures apprit à Shani qu'il n'avait pas eu le temps de se débattre. Il fallait du talent et de la force pour tuer sur le coup un homme de cette taille. Bref, il fallait un assassin professionnel.

Shani se demandait quoi faire quand elle prit conscience qu'elle n'était pas seule. Elle leva les yeux.

Une femme se dirigeait vers elle depuis les box sis au fond du bâtiment. Elle offrait une vision très impressionnante. Encore jeune, bien que probablement âgée de deux ou trois ans de plus que Shani, elle était grande et athlétique. De longs cheveux couleur de flamme cascadaient sur ses épaules.

Elle était entièrement vêtue de noir, depuis son pantalon et son pourpoint en cuir moulant jusqu'à ses cuissardes d'équitation en peau retournée. Les manches et les revers de sa veste, ainsi que les revers de ses bottes, s'ornaient de clous en argent. Son ras-du-cou en cuir se hérissait de minuscules pointes, tout comme les bracelets qu'elle portait par-dessus ses gantelets.

Le fourreau d'une épée courte pendait à sa ceinture. Dans ses mains, elle tenait un fouet enroulé.

— Nous nous rencontrons enfin, Shani Vanya, lâcha-t-elle.

Son expression était dure et froide, le dessin de ses lèvres, cruel.

Shani se demanda pourquoi tous les gens qu'elle rencontrait depuis quelques jours semblaient la connaître.

— Qui êtes-vous ? demanda-t-elle.

— Je m'appelle Jocasta Marrell. Inutile de retenir mon nom : tu ne vivras pas assez longtemps pour que ça te serve à quoi que ce soit.

Ignorant la menace, Shani désigna le cadavre du forgeron.

— C'est votre œuvre ?

— Je pensais que nous aurions besoin de tranquillité. Maintenant, vas-tu te lever pour m'affronter, ou préfères-tu mourir à genoux ?

— Vous me donneriez certainement envie de me battre avec vous, si j'étais d'humeur belliqueuse. Qu'ai-je fait pour vous provoquer ?

— Les bavardages oiseux m'ennuient. (D'un geste sec, Jocasta déroula son fouet.) Au lieu de gaspiller ma salive à discuter avec toi, je vais donc me contenter de te tuer et d'en finir.

— Essayez un peu, pour voir ! s'exclama Shani, piquée au vif, en bondissant sur ses pieds.

Instantanément, la lanière de cuir lui cingla le bras gauche. La douleur cuisante lui arracha un hoquet et la fit reculer.

Jocasta fit de nouveau claquer son fouet. Shani évita de justesse le coup suivant et celui d'après, qui lui frôla le visage.

La soudaineté et la férocité de l'attaque l'avaient prise au dépourvu. Mais elle ne pouvait pas se contenter d'une retraite maladroite. Elle devait prendre l'initiative.

Faisant un écart pour esquiver le fouet de son adversaire, elle sortit un couteau de sa manche et le projeta.

Son lancer n'était pas mauvais, bien qu'elle ait manqué de temps pour viser, et l'arme aurait dû se ficher dans la poitrine de sa cible. Mais le sort en décida autrement.

Rapide comme l'éclair, Jocasta fit claquer son fouet et frappa la lame qui volait vers elle. Déviée, celle-ci tournoya sur elle-même et alla s'écraser sur le sol sans lui causer le moindre dégât.

Shani était stupéfaite. Malgré son irritation et sa colère, elle ne put s'empêcher d'admirer la précision de son adversaire.

— Est-ce le mieux que tu puisses faire, Vanya ? railla Jocasta. Ta réputation est très surfaite !

Un autre claquement de fouet. Un nouveau coup qui passa beaucoup trop près au goût de Shani.

La jeune femme dégaina un deuxième couteau, qu'elle projeta vers la tête de Jocasta.

Son adversaire s'écarta assez vivement pour éviter d'être touchée. La lame ne fit qu'effleurer son épaule avant d'aller se planter dans le mur de bois derrière elle. Ses yeux s'embrasèrent de haine, et elle riposta immédiatement.

Trop vite pour que le regard de Shani puisse la suivre, la lanière du fouet se détendit à hauteur de ses jambes, et son extrémité lui cingla le genou droit. Elle eut l'impression d'avoir été brûlée par un tisonnier chauffé au rouge.

— Par les dents de l'enfer ! s'écria-t-elle.

Son tempérament avait atteint son point d'ébullition. Il n'était pas question qu'elle laisse cette femelle avoir le dessus. Saisissant un troisième couteau, elle le lança de toutes ses forces.

Jocasta était en train de ramener son fouet vers elle pour frapper une nouvelle fois. La rapidité du lancer la prit par surprise. Elle voulut se jeter sur le côté, mais ne parvint pas à esquiver la lame. Celle-ci fila le long de sa main gantée, déchirant le cuir et entamant la peau en dessous.

— Enfer et damnation ! jura-t-elle.

Shani avait déjà dégainé un autre couteau. Mais elle prit conscience qu'une modification de sa stratégie était nécessaire. Les deux femmes se tournèrent prudemment autour, chacune dévisageant l'autre avec un respect mêlé de rancœur.

Shani songea que faute d'un geste décisif de sa part, le combat risquait de s'éterniser. Elle devait pénétrer la garde de son adversaire pour lutter contre elle au corps à corps.

Soudain, Jocasta se remit à jouer du fouet avec une vigueur renouvelée. Shani évita les premiers coups et décida d'agir. Cela allait lui faire un mal de chien, mais elle ne voyait pas d'autre moyen.

La fois suivante, elle laissa la lanière de cuir fuser vers elle. Celle-ci aurait dû la frapper dans le cou, si elle n'avait pas levé sa main libre au dernier moment. Le fouet s'enroula autour de son poignet, la brûlant comme un charbon ardent. Shani referma ses doigts dessus et tira de toutes ses forces.

Avec un grognement surpris, totalement dénué de distinction, Jocasta trébucha en avant. Shani lui lança son poing dans le menton. Sonnée, Jocasta s'écroula en lâchant son extrémité du fouet. Shani se débarrassa de celui-ci en le projetant au loin et fit mine de frapper avec son couteau.

Mais déjà, son adversaire s'était relevée d'un bond et avait dégainé son épée. C'était une arme courte, conçue pour le combat rapproché. Elle se rua sur Shani en la brandissant.

Épée et couteau s'entrechoquèrent avec fracas. Shani eut beaucoup de mal à ne pas lâcher sa modeste lame face à l'assaut de l'arme adverse, plus longue et plus puissante. Elle tenta d'éviter le contact, feintant, parant et frappant tout en cherchant une ouverture dans les défenses de Jocasta.

Leur lutte acharnée les amena jusqu'à la porte de la forge, puis dans la rue. Aucune des deux femmes ne faisait de quartier à l'autre, et aucune n'en attendait de la part de l'autre.

Puis un coup malheureux fit voler son couteau de la main de Shani.

Profitant de son avantage, Jocasta fit pleuvoir une nuée de coups féroces sur Shani. La jeune femme n'osa pas détourner son attention de l'épée courte le temps de dégainer un autre couteau, de peur de se faire embrocher.

Jocasta plongea sur elle lame en avant, visant son cœur. Shani pivota et lui saisit le poignet, tout en balayant ses jambes d'un coup de pied. Les deux femmes s'effondrèrent dans un enchevêtrement de bras et de jambes. Sous l'impact, Jocasta lâcha son épée.

Shani, en revanche, s'accrochait toujours à son poignet. De l'autre main, elle agrippa les cheveux flamboyants de son adversaire et tira dessus, forçant Jocasta à rejeter la tête en arrière. Celle-ci tenta de lui faire la même chose, mais les cheveux de Shani étaient trop courts pour offrir une bonne prise.

Les deux femmes roulèrent dans la boue verglacée en s'assenant coups de pied et coups de poing.

— Shani !

La voix était distante et, un instant, Shani crut l'avoir imaginée. Puis elle se fit entendre de nouveau.

Jetant un coup d'œil vers le bout de la rue, Shani aperçut quatre cavaliers qui approchaient au galop. Jocasta les vit aussi ; elle profita de cette diversion pour abattre ses deux poings sur le crâne de Shani. La jeune femme lâcha prise. Alors, Jocasta bondit sur ses pieds et s'élança.

Sonnée, Shani se redressa sur ses genoux. L'épée à la main, son adversaire venait de s'engouffrer à l'intérieur de la forge. Elle se pencha pour ramasser son fouet et disparut dans la pénombre du bâtiment.

Les cavaliers immobilisèrent leurs montures devant Shani. Trois d'entre eux portaient un uniforme que la jeune femme reconnut. Le quatrième était enveloppé d'une robe grise dont la capuche dissimulait son visage.

À cet instant, Jocasta émergea de la forge sur le dos de son cheval et fonça dans la direction opposée. Deux des cavaliers talonnèrent leur monture pour se lancer à sa poursuite.

La silhouette en robe mit pied à terre et repoussa sa capuche.

— Tycho ! s'exclama Shani.

— Tu vas bien ? s'inquiéta l'homoncule en lui prenant le bras.

— Je n'ai jamais été mieux, lui assura-t-elle en souriant malgré la douleur. D'autant plus que tu es là, mon vieil ami. Je ne pensais pas te revoir de sitôt.

Elle se suspendit à son cou. Tycho réagit avec un embarras si perceptible qu'elle ne put s'empêcher d'éclater de rire.

— Es-tu certaine de ne pas être blessée ? insista l'homoncule.

— Ce n'est rien de grave. Même si cette furie était douée. Très douée. (Shani secoua la tête.) Mais ne me demande pas d'où elle sort, parce que je n'en ai pas la moindre idée.

— Moi, je crois le savoir, répliqua Tycho.

— Vraiment ? Et tu peux m'expliquer ce que tu fiches ici, pendant que j'y pense ?

— Je te cherchais.

— Ça semble être une activité très en vogue en ce moment.

— Je te demande pardon ?

— Ne t'en fais pas ; je t'expliquerai plus tard.

Les deux cavaliers revinrent au trot et s'arrêtèrent près d'eux.

— Désolé, monsieur, s'excusa l'un d'eux. Elle avait trop d'avance sur nous ; nous n'avons pas pu la rattraper. Voulez-vous que nous poussions nos recherches plus avant ?

Tycho consulta Shani du regard. La jeune femme haussa les épaules.

— Ne vous donnez pas cette peine.

— Vous l'avez entendue, dit Tycho à son escorte. Nous allons faire halte ici pour nous reposer.

— Euh… Ce n'est pas une bonne idée, contra Shani. Jocasta a tué le forgeron. Son cadavre est là-dedans. Mieux vaudrait filer avant que les villageois commencent à poser des questions embarrassantes.

— En tant qu'étrangers, il est probable qu'ils nous accuseront de sa mort, et mon apparence ne plaidera pas en notre faveur, acquiesça Tycho. Tu es en état de monter à cheval ?

La jeune femme hocha la tête.

— Dans ce cas, je suggère que nous discutions sur la route.

— La route d'Allderhaven ?

— Oui. À moins que…

— C'est justement là que je me rendais.

— Tant mieux, se réjouit Tycho. Ta présence nous sera très bénéfique, j'en suis certain.

— Quelque chose de sérieux se prépare, pas vrai ? devina Shani.

— Je le crains, acquiesça gravement l'homoncule. J'ai beaucoup de choses à te raconter.

— Tu me voles ma réplique.

La jeune femme s'éloigna en traînant la patte pour aller chercher son cheval.

Avoch-Dar et Berith se tenaient côte à côte devant la vasque de vision.

Les autres démons étaient également présents. Mais, fidèles à leur habitude, ils se tapissaient dans les alcôves et les coins obscurs, vaquant à leurs tâches mystérieuses et incompréhensibles.

Berith n'était pas du tout content de leur allié.

— Pourquoi persistes-tu à te manifester à Nightshade ? siffla-t-il. Comptes-tu te contenter de le provoquer ?

— Je compte le faire disparaître, rétorqua Avoch-Dar avec force. Et pas plus tard que maintenant. Si je me suis amusé à le provoquer, c'était uniquement parce que cela me procurait une intense satisfaction.

— C'est un comportement très humain. Ta progression dans les enseignements secrets mettra un terme à des émotions aussi insignifiantes, prédit Berith. Tu rejetteras ton humanité, et tu n'en deviendras que plus puissant.

— J'aurais facilement pu tuer Leandor quand je lui suis apparu à Torpoint, vous savez, se lamenta amèrement le sorcier. S'il ne m'avait pas été impossible de faire quoi que ce soit à part détruire le cristal.

— Comme je te l'ai déjà expliqué, attenter à la vie de quelqu'un durant une projection physique est une procédure magique complexe. Tu n'es pas encore prêt à essayer sans risquer ta propre vie. Et jusqu'à ce que tu le sois, tu devras œuvrer à travers tes agents, déclara Berith.

— Pourquoi n'utilisez-vous pas vos pouvoirs pour éliminer Leandor vous-mêmes ? Ce serait sûrement très simple pour les Sygazons, insinua Avoch-Dar.

— Nous avons nos raisons, répliqua le seigneur démon sur un ton qui n'admettait aucune réplique. Maintenant, procède à l'incantation.

Avoch-Dar ravala son irritation. Il devait se souvenir que le pouvoir qu'il convoitait requérait de la patience. Se penchant en avant, il incanta le sort nécessaire.

Le fluide vert bouillonna et s'agita.

Puis se calma alors qu'une image se formait à sa surface.

Celle-ci montrait Leandor dans une des cours de Torpoint. Ses trois gardes du corps se tenaient légèrement en retrait.

Avec un rictus cruel, le sorcier se mit au travail.

Leandor avait enfin trouvé un avantage au fait d'avoir trois gardes du corps qui le suivaient comme son ombre : il n'avait plus à chercher bien loin quand il lui fallait un partenaire d'entraînement.

Comme il était encore un peu raide après son combat contre Hobbe et qu'il savait d'expérience que la pratique était le meilleur moyen de s'assouplir, le jeune homme décida de consacrer l'heure suivante à un duel amical.

Il choisit l'une des plus petites cours intérieures du palais. À cette heure-ci, tous les occupants de Torpoint vaquaient à leurs diverses occupations, de sorte que l'endroit était désert.

Chacun des gardes croiserait le fer à tour de rôle avec lui. Ils déterminèrent à pile ou face qui serait le premier, et le gagnant s'avança tandis que ses camarades allaient s'asseoir sur un banc.

Leandor et son adversaire dégainèrent et se saluèrent.

Le duel commença. Ils échangèrent quelques passes classiques qui furent parées de façon guère plus originale. Au bout de cinq minutes, Leandor se prit à souhaiter que son partenaire y mette un peu plus de conviction.

Comme s'il avait lu dans ses pensées, le soldat redoubla d'efforts. Ses coups se firent plus larges, plus puissants et plus précis. Si Leandor ne les avait pas contrés, ils auraient pu lui faire vraiment mal.

Le jeune homme dut se démener pour que son adversaire ne pénètre pas sa garde et touche un point vulnérable. L'idée l'effleura que quelque chose clochait. Leur session d'entraînement, jusque-là d'une intensité modérée, commençait à ressembler à un véritable combat. Il se demanda ce qui avait motivé la soudaine férocité du soldat.

Jugeant le moment venu de faire une pause, il recula d'un pas et baissa sa lame. Mais son adversaire ignora son geste et abattit son épée sur sa tête, forçant Leandor à faire un bond sur le côté pour esquiver.

— Ça suffit, dit-il.

Le soldat continua à le harceler, enchaînant des attaques de plus en plus désordonnées et s'efforçant de franchir ses défenses.

— Arrière ! aboya Leandor. J'ai dit : arrière !

Son adversaire fit comme s'il n'avait pas entendu.

Alors, Leandor remarqua son expression. Une sorte de fureur déterminée tordait ses traits, et son regard avait quelque chose d'anormal. Il était froid et fixe, comme hypnotisé.

Le regard d'un cadavre.

L'illusion se brisa. Cet officier était un compagnon d'armes, un homme que Leandor connaissait bien et au côté duquel il avait combattu. À présent, il essayait de le tuer.

Leandor eut conscience d'un mouvement sur sa gauche. Il jeta un coup d'œil vers le banc. Ses deux autres gardes du corps venaient de se lever et de tirer leur épée au clair. Ils se rapprochaient de lui…

Et leur regard aussi était mort.

Chapitre 14

Le sergent chevauchait devant Shani et Tycho, et les deux soldats fermaient la marche.

— Donc, Dalveen a tué le fameux Hobbe, mais tu penses que Jocasta Marrell est l'un des deux chasseurs de primes restants ? résuma la jeune femme.

— Ça semblerait logique, acquiesça Tycho. À moins que tu te sois fait récemment d'autres ennemis dont tu aies négligé de me parler.

— Oh, un ou deux, répondit Shani sur un ton désinvolte. Tu me connais. (Elle éclata de rire.) Mais je n'avais jamais posé les yeux sur cette femme auparavant. Connais-tu l'identité du dernier ?

— Malheureusement, non, reconnut l'homoncule.

L'expression de Shani s'assombrit.

— Dis-moi, comment Dalveen et Bethan ont-ils pris la mort du roi ? Et Golcar ? Il doit être effondré.

— Nous sommes tous affligés, comme on pouvait s'y attendre. Mais même la disparition d'Eldrick n'est rien comparée aux autres problèmes qui nous préoccupent.

Tycho lui décrivit l'apparition des fantômes de Melva et d'Eldrick et la manifestation, beaucoup moins bienvenue, d'Avoch-Dar par l'intermédiaire de son cristal.

— Ainsi, il est bel et bien de retour, murmura Shani, troublée.

— Peut-être. En supposant qu'il ne nous soit pas apparu depuis la dimension démoniaque.

— On dirait qu'Hadzor avait raison…

— Je connais ce nom, sursauta Tycho.

— Ah oui ?

L'homoncule rapporta à Shani la rencontre entre Leandor et Hadzor. En retour, la jeune femme lui fournit quelques précisions supplémentaires.

— As-tu déjà entendu parler de la fraternité de la Lumière intérieure ?

— Vaguement, acquiesça Tycho. C'est un ordre saint qui s'est éteint il y a assez longtemps, je crois.

— C'est aussi ce que je pensais. Mais Hadzor affirme que ce club existe toujours et qu'il en est membre.

— Donc, c'est un moine. Comment l'as-tu rencontré ?

— Dans des circonstances… assez particulières. Je te raconterai ça plus tard. Tout ce qui compte, c'est qu'apparemment il a étudié la race des démons et affirme pouvoir lire leur langage, révéla Shani.

— Quelles que soient les illusions qu'il nourrit par ailleurs, un homme doté de telles connaissances pourrait nous être très utile, fit remarquer Tycho.

— C'est ce que je lui ai dit, acquiesça Shani. Et nous étions censés rentrer à Allderhaven ensemble. Malheureusement, il s'est révélé être le pire âne bâté que j'aie jamais rencontré, et il a insisté pour se rendre seul à Vaynor. Il est convaincu qu'Avoch-Dar a regagné sa capitale.

— Son obsession doit être profondément ancrée en lui pour le pousser à un geste aussi désespéré.

— Oui. Il est courageux, mais idiot. S'il a déjà atteint Vaynor, il doit être mort à l'heure qu'il est.

— Ou en train de subir un sort encore pire si le sorcier a découvert qu'il était un saint homme. Avoch-Dar n'a jamais beaucoup apprécié les serviteurs des dieux. (Tycho leva les yeux pour observer la position du soleil.) Shani, puis-je suggérer que nous poursuivions notre chemin en faisant le moins de haltes possible ? Nous devons regagner Allderhaven au plus vite.

— Ça me va, approuva la jeune femme. Plus tôt je reverrai Dalveen, mieux je me sentirai. Il m'a manqué.

— J'ose dire qu'il en a autant à ton service. Et Bethan aussi, bien sûr, ajouta très vite Tycho.

— Bien sûr, répéta Shani avec une raideur qui n'échappa pas à son compagnon. (Puis son visage s'éclaira tandis qu'elle demandait :) Qu'est-ce qu'il a fabriqué depuis mon départ ?

— Il a été très occupé à superviser les travaux de reconstruction consécutifs à l'invasion d'Avoch-Dar, répondit Tycho. Il travaille plus dur que jamais. Mais la princesse, Golcar et moi l'avons supplié de se ménager, ces derniers temps.

— Tant mieux. Il mérite un peu de repos, après toutes les épreuves qu'il a traversées. (Shani resserra son pourpoint pour se protéger contre le froid.) Je l'envierais presque. En ce moment, il doit être bien au chaud, en train de se prélasser dans le luxe.

Leandor luttait pour sa vie.

Le plus ironique, c'est que les hommes si déterminés à le tuer avaient été assignés à sa protection.

Ils étaient visiblement sous le coup d'un enchantement, dont Leandor ne devinait que trop bien l'origine. Mais la transe qui s'était emparée d'eux ne ralentissait en rien leurs réflexes. Sans compter que ce n'étaient pas des adversaires ordinaires. En tant que membres de la garde du palais, ces hommes étaient des combattants d'élite. Leandor avait lui-même supervisé une partie de leur entraînement.

Parce qu'ils agissaient contre leur volonté, Leandor se retenait, répugnant à leur porter des coups qui pourraient se révéler fatals. Mais s'il continuait ainsi, il ne tarderait pas à succomber sous leurs assauts concertés.

Son partenaire initial restait son adversaire principal. Les deux autres demeuraient un peu en retrait sur les côtés, ne le frappant que quand une ouverture se présentait. Il devait les neutraliser rapidement, et de préférence sans les tuer.

Leandor s'écarta hors de la trajectoire d'un coup dangereux. Une lame s'abattit sur lui depuis la gauche. Son épée fusa et la dévia, avant d'intercepter une attaque d'estoc venue de la droite.

L'homme qui lui faisait face était à découvert. Leandor tenait enfin une occasion de découvrir si la douleur dissiperait l'enchantement. Il le frappa au bras. Du sang jaillit. L'officier eut un mouvement de recul. Mais dans la seconde qui suivit, il revenait déjà à la charge.

D'un geste vif, Leandor entailla la joue de l'homme qui se tenait sur sa droite. Sans réussir à obtenir davantage qu'un instant d'hésitation de sa part.

De toute évidence, de simples écorchures ne suffiraient pas.

Leandor opta pour une approche différente avec le soldat de gauche. Brandissant son épée de toutes ses forces, il visa l'endroit où la lame adverse était soudée à la poignée, dans l'intention de faire sauter l'arme des mains de son adversaire. Mais celui-ci tint bon.

Leandor atteignait le stade où seule sa propre survie comptait. Il allait devoir prendre des mesures sévères.

Puis il se dit que, s'il ne pouvait pas briser la transe des trois hommes, il pourrait peut-être les rendre incapables de poursuivre le combat.

Deux volées de coups latéraux s'abattirent sur lui. Il les para en remerciant le ciel de s'être entraîné avec les sacs remplis de teinture. L'officier qui lui faisait face plongea sur lui dans l'intention visible de l'embrocher. Leandor dévia sa lame sur le côté…

… et mit son plan à exécution.

Reculant vivement, il se laissa tomber accroupi et frappa l'homme sur sa gauche. Le coup, dans lequel il avait mis toute sa force, mordit son adversaire sous les genoux. L'homme vacilla et s'effondra. Leandor se redressa et pivota tandis que le malheureux gigotait faiblement à terre sans pouvoir se relever.

Les deux autres se rapprochèrent. Leandor parvint à en repousser un et tenta de neutraliser l'autre à l'aide de la même tactique – en visant ses jambes. Mais l'homme avait vu ce qui était arrivé à son camarade ; méfiant, il demeura hors de portée de sa lame.

Durant l'échange furieux qui suivit, Leandor vit une porte s'ouvrir au fond de la cour.

Golcar Quixwood apparut sur le seuil. Il s'arrêta net et s'exclama :

— Dalveen !

Un des gardes désengagea le combat avec Leandor et s'élança dans sa direction.

— Défendez-vous, Golcar ! hurla Leandor.

Quixwood eut assez de présence d'esprit pour dégainer son épée et juste assez de rapidité pour parer la première attaque de son agresseur. Leandor l'entendit crier le nom de l'officier et tenter de le raisonner. Cela ne fit aucune différence. Un duel féroce s'engagea.

Leandor avait peur pour son père adoptif. Golcar avait de nombreuses années d'expérience derrière lui, mais son âge finirait par avoir raison de lui si le combat se prolongeait trop longtemps.

Du moins cette diversion avait-elle laissé le jeune homme face à un seul adversaire. Il était déterminé à en finir très vite avec lui. Et s'il était obligé de le tuer pour ça, qu'il en soit ainsi.

Il se jeta férocement sur le soldat, le harcelant sans répit et employant toutes les ruses qu'il connaissait pour le neutraliser.

Le coup qu'il lui assena dans la poitrine aurait dû y réussir. Mais l'homme parvint à esquiver au dernier moment. La pointe de l'épée de Leandor se prit dans le tissu de sa chemise, qu'elle déchira transversalement.

Ce faisant, elle trancha quelque chose d'autre que le soldat portait en dessous. Une chaîne d'argent à laquelle était suspendu un médaillon. Tous deux allèrent s'écraser sur le sol.

Un spasme agita le corps de l'homme. Il secoua la tête, cligna des paupières et porta sa main libre à son front. De la lumière revint dans ses yeux. Abasourdi, il dévisagea Leandor, puis baissa le nez vers son épée.

Il la lâcha comme s'il s'était rendu compte qu'il tenait un tisonnier chauffé au rouge.

Leandor retint son coup suivant, destiné à transpercer le cœur de son adversaire. Il regarda fixement le médaillon qui gisait sur le sol et sursauta.

—Je… je ne… Que… ? marmonna le soldat d'un air confus.

—Reprends-toi, lui ordonna Leandor. Tout va bien.

Un bruit d'épées qui s'entrechoquent, à l'autre bout de la cour, ramena son attention vers Golcar. Au même moment, il se rendit compte que l'homme qu'il avait blessé aux jambes s'efforçait toujours de se relever pour reprendre le combat.

—Secoue-toi ! aboya Leandor au garde qu'il avait délivré de sa transe. (Il désigna son camarade sur le sol.) Il porte un médaillon autour du cou. Arrache-le-lui. Et attention à son épée !

—Un médaillon… ?

—Oui. Obéis !

Espérant que le garde avait compris, Leandor s'élança au secours de Quixwood.

Il arriva juste à temps. L'homme âgé faiblissait ; il était dangereusement près de succomber à un des multiples coups que son adversaire plus jeune et plus vigoureux faisait pleuvoir sur lui.

Leandor savait désormais qu'il n'était pas nécessaire de tuer le soldat. À condition qu'il ait raison de supposer que celui-ci portait également un médaillon. Mais tenter de le neutraliser sans lui faire de mal rendait sa tâche encore plus périlleuse.

Au terme de quelques instants d'hésitation, Leandor rengaina son épée et s'approcha de l'homme par-derrière. Ce qu'il s'apprêtait à faire ne serait pas facile pour un manchot. Sa vitesse serait cruciale. Par chance, Quixwood l'avait vu, et il l'aida en occupant son adversaire.

Leandor plongea. Il heurta le dos de l'homme avec assez de force pour que celui-ci s'étale de tout son long sur le ventre. Simultanément, il passa le bras autour de son cou et glissa la main à l'intérieur de sa chemise. Ses doigts effleurèrent une chaîne. Il s'en saisit et tira de toutes ses forces. Les maillons se brisèrent. L'homme cessa de se débattre et s'affaissa mollement.

Haletant, Leandor jeta un coup d'œil par-dessus son épaule. L'homme aux jambes blessées était assis par terre, la tête entre les mains. Agenouillé près de lui, son camarade étudiait l'objet qu'il venait de lui prendre.

— Traîtres ! fulmina Quixwood.

— Non, contra Leandor, le souffle court. Ils étaient sous le coup d'un enchantement. Regardez.

Il fit passer le médaillon qu'il tenait à Quixwood.

Celui-ci l'examina. C'était un pentacle noir.

— Avoch-Dar ? suggéra-t-il.

— C'est forcément lui, acquiesça Leandor. Chacun de ces hommes en portait un, et je vous parie que le sorcier contrôlait leur esprit par son intermédiaire. Ce sont des officiers loyaux. Il ne faut pas les blâmer. Ils ont été victimes du sorcier autant que nous.

Quixwood regardait fixement le médaillon dans sa paume.

— Que je sois damné, murmura-t-il.

— Nous le serons tous, si nous ne réagissons pas, répliqua Leandor. (Il sourit faiblement.) Si ça ne vous fait rien, je crois que je me passerai de gardes du corps à l'avenir.

— Comme tu voudras, mon garçon, acquiesça Quixwood. Mais comment allons-nous régler son compte au sorcier ? S'il peut nous jouer ce genre de tour, il est encore plus dangereux que nous le pensions.

— J'en ai assez de la prudence, déclara Leandor en se relevant. Il veut la guerre ? Il va l'avoir.

Chapitre 15

Personne ne comprit comment les gardes du corps de Leandor étaient entrés en possession des médaillons. Les trois hommes eux-mêmes ne se souvenaient pas qu'on les leur avait donnés.

Quixwood avait une théorie. Des agents d'Avoch-Dar avaient dû s'introduire dans les baraquements et leur glisser les chaînes au cou pendant leur sommeil, peut-être après avoir drogué le vin de leur dîner. Quand ils s'étaient réveillés, les malheureux étaient déjà sous le contrôle du sorcier sans s'en rendre compte.

Leandor trouvait que cette explication tenait debout. Et il se réjouissait que ses propres appartements soient si bien gardés. Sans cela, les agents du sorcier auraient probablement essayé de se débarrasser de lui d'une façon plus expéditive.

Quixwood ordonna un renforcement de la sécurité au palais. Tous les occupants de Torpoint, depuis le plus noble jusqu'au plus humble, furent fouillés afin de s'assurer qu'ils ne portaient pas de médaillon. Les capitaines de la milice furent informés que si un citoyen était découvert en possession d'un tel pendentif, il devrait être approché avec prudence et immédiatement arrêté.

Pendant ce temps, Leandor avait commencé les préparatifs de son expédition.

Mais il fut forcé de mettre ses plans de côté l'espace de vingt-quatre heures, car le lendemain devait être une journée très spéciale : celle du couronnement de la princesse Bethan.

À cause des problèmes de sécurité et conformément au souhait de la principale intéressée, il fut décidé que l'événement ne serait pas célébré en trop grande pompe et que les festivités se limiteraient au strict minimum.

Malgré les décrets publiés en ce sens, l'accession au trône d'une nouvelle souveraine demeurait une fête nationale. Les rues d'Allderhaven s'emplirent de fêtards et de parades, bien qu'à une échelle plus modeste que lors des précédentes occasions.

Tous les invités et les membres de leur suite, y compris les chefs des États voisins, durent se soumettre à une fouille en règle. Cela entraîna maintes protestations, et les diplomates eurent fort à faire pour éviter qu'un incident fâcheux éclate avant le début de la cérémonie.

En milieu d'après-midi, Bethan remonta l'allée centrale jonchée de pétales de rose du temple principal d'Allderhaven. Là, devant l'autel croulant sous les fleurs, le grand prêtre plaça respectueusement la couronne scintillante sur sa tête.

Et tous acclamèrent la reine Bethan de Delgarvo.

Beaucoup plus tard, après s'être soumise à tous les rituels de rigueur et avoir échangé quelques mots avec tous ceux qu'elle devait remercier de leur présence, la nouvelle souveraine se retira dans ses appartements privés.

Leandor l'y suivit et, alors que le son joyeux des festivités résonnait dans les rues en contrebas, il lui prêta allégeance.

Quand il se releva après avoir baisé sa main, Bethan s'exclama :

— C'est peut-être indigne d'une reine, mais j'ai hâte d'enlever ça ! (Elle ôta sa couronne et la déposa sur la table.) Et si je ne m'assieds pas tout de suite, je vais m'effondrer.

Elle s'installa sur le canapé et tapota le coussin près d'elle pour faire signe à Leandor de la rejoindre. Souriant, le jeune homme obtempéra.

— Comment te sens-tu ? lui demanda-t-il.

— Comme si je venais de prendre un engagement monstrueux. Je commence juste à entrevoir l'ampleur des responsabilités d'une reine. Et pour être franche, c'est un peu effrayant, avoua Bethan.

— Je suis certain que tu t'en tireras aussi bien que de toutes les choses que tu as dû faire aujourd'hui, lui assura gentiment Leandor.

— Vraiment ?

— Je ne te mentirais pas, tu le sais bien.

— Dans ce cas, dis-moi honnêtement à quel point la mission dans laquelle tu vas t'embarquer est dangereuse, exigea Bethan d'un air anxieux.

— Je n'en sais rien moi-même, admit Leandor. Mais nos confrontations précédentes avec le sorcier ne laissent rien présager de bon. Et maintenant, il a les démons pour alliés. Je ne peux pas prétendre que ce sera agréable ou facile.

— Et tu es décidé à te mettre en route demain ?

— Nous partirons pour Vaynor à l'aube.

— Ne puis-je rien faire pour t'en dissuader ? Non, je vois à ton expression que je n'y parviendrai pas. Évidemment, étant ta reine, je pourrais t'ordonner de...

— Ne fais pas ça, je t'en prie. Je n'aimerais pas avoir à te désobéir. Tu sais que je n'ai pas le choix, Bethan. Nous ne pouvons pas nous contenter de réagir à tout ce qu'Avoch-Dar nous lancera à la tête. Nous devons impérativement prendre l'initiative.

— Je sais, soupira la jeune femme. Mais pourquoi faut-il que ce soit toi qui y ailles ? Pourquoi est-ce toujours toi qui dois affronter des périls aussi meurtriers ?

— D'abord, à cause de la prophétie ; ensuite...

— À cause de ton sens du devoir. Je comprends. J'aimerais juste qu'il en soit autrement, mon amour.

— Bethan, je...

— Je ne crois pas que ce soit la peine d'en discuter davantage. Tâche juste de ne pas prendre de risques inutiles. Fais-le pour moi, à défaut d'autre chose.

— J'essaierai, acquiesça Leandor.

Malgré sa promesse, une ombre plana sur le reste de leur soirée.

Le lendemain, l'aube se leva sur un grouillement d'activité à l'intérieur et autour de Torpoint.

Cent cinquante soldats avaient été rassemblés. Ils se tenaient près de leurs chevaux, devant l'entrée principale du palais, pendant que des domestiques chargeaient les derniers sacs de provisions dans des chariots couverts ou les attachaient sur le dos des mules.

Leandor avait toujours considéré les préparatifs de mouvement d'une armée comme un parfait exemple de chaos contrôlé, et ceux-là ne firent pas exception à la règle. Mais enfin, ils furent prêts à se mettre en route.

— Je persiste à dire que c'est une force trop réduite, mon garçon, commenta Quixwood.

— Ce sont les meilleurs hommes dont nous disposons, Golcar, vous le savez bien. Ils compenseront leur petit nombre par leur détermination et leur talent. De toute façon, nous n'avions ni le temps ni les ressources nécessaires pour lever une armée plus importante, lui rappela Leandor. C'est à vous qu'il incombera de le faire. Je compte sur vous pour nous suivre à la tête d'une force bien supérieure d'ici à une semaine.

— Je ferai de mon mieux. Mais suppose qu'Avoch-Dar essaie d'amoindrir les défenses de Delgarvo ? Chaque fois qu'il t'est apparu, il t'a pratiquement invité à venir le chercher à Vaynor. Ça pourrait très bien être un piège, fit remarquer Quixwood.

— Possible, concéda Leandor. C'est pourquoi vous devrez vous assurer que tout soit en ordre pour la sécurité avant de partir. Je sais que c'est mettre beaucoup de responsabilités sur vos épaules, mais je sais aussi que vous êtes capable de les assumer.

— Je me débrouillerai.

— Pour ce qui est de l'éventualité d'un piège, nos éclaireurs ne rapportent aucun mouvement de troupes dans quelque région de Delgarvo que ce soit. Si Avoch-Dar compte lancer une attaque, il ne pourra pas nous prendre par surprise cette fois. Il se fera repérer bien avant d'atteindre Allderhaven.

Bethan les rejoignit, flanquée de plusieurs dames de compagnie. La foule s'écarta pour les laisser passer, s'inclinant sur leur passage.

— Je m'abstiendrai de tenter de te dissuader une dernière fois, Dalveen, dit la jeune femme à son fiancé. Tu es beaucoup trop obstiné pour m'écouter. Mais je te supplie de faire attention à toi. (Elle l'enlaça et lui chuchota à l'oreille :) Que les dieux te protègent.

— Dans ton cœur, tu sais que je suis obligé de faire ça, dit doucement Leandor.

Bethan acquiesça et recula.

— Veillez bien sur elle, Golcar, lança Leandor après avoir donné l'ordre à ses hommes de se mettre en selle.

— Tu peux compter sur moi. Une dernière chose, Dalveen. Veux-tu laisser des instructions à Tycho ? Et à Shani, s'il revient avec elle ?

— Comme nous voyagerons plus ou moins dans la même direction, il est possible que nous les croisions en route. Sinon, dis-leur que je leur demande de rester ici et de servir leur reine du mieux possible.

Leandor se hissa sur le dos de son cheval.

Il jeta un dernier regard à Bethan, puis donna le signal du départ.

Les soldats s'éloignèrent, sous les vivats des habitants qui s'étaient rassemblés dans les rues pour les voir passer.

Pendant plus d'une journée, Drew Hadzor parvint à éviter les patrouilles qui infestaient Vaynor. Selon ses estimations, il ne devrait plus tarder à arriver en vue de Pandémonium.

À présent, la réalité commençait à reprendre ses droits. Étant arrivé jusque-là, le moine était obligé de se demander ce qu'il comptait réellement faire. Parce que ce qui avait semblé une bonne idée en théorie se révélait plus que problématique en pratique.

Le mieux qu'il pouvait faire, c'était de reconnaître la zone en espérant trouver un moyen de s'introduire furtivement dans la capitale d'Avoch-Dar. Après quoi, les dieux seuls savaient ce que serait son prochain mouvement.

Plusieurs heures auparavant, le terrain broussailleux et accidenté avait commencé à céder la place au désert, et il ne restait plus aucune plaque de neige sur le sol. Les arbres aussi se faisaient rares, ayant été remplacés par des saillies de roche jaunâtre.

Hadzor était en train de contourner l'une d'elles quand il aperçut les cavaliers : six hommes vêtus de noir et montés sur des étalons de la même couleur.

Il tenta de se dissimuler. Mais déjà, les cavaliers l'avaient repéré. Ils talonnèrent leurs chevaux et s'élancèrent dans sa direction.

Hadzor tenta de s'enfuir. Il galopa aussi vite qu'il l'osait sur le sol inégal. Quand il jeta un coup d'œil par-dessus son épaule, il vit qu'il avait réussi à augmenter la distance entre ses poursuivants et lui, et osa espérer qu'il s'en tirerait.

Puis son cheval trébucha et tomba, le projetant tête la première dans un bouquet d'ajoncs. Le moine roula plusieurs fois sur lui-même avant d'être arrêté douloureusement par un rocher à demi enfoui.

Le souffle coupé, il tentait de se redresser quand les cavaliers le rejoignirent. La tête lui tournait encore, mais il glissa une main à l'intérieur de son poncho et en tira son fléau.

Ses poursuivants l'encerclèrent. C'étaient des hommes au visage dur et au regard impitoyable, qui le toisèrent de la même façon que des chasseurs scrutent leur proie acculée. Plusieurs d'entre eux mirent pied à terre et dégainèrent.

Hadzor savait que toute résistance serait inutile. En silence, il se maudit de s'être fourré dans un guêpier pareil. Toujours à genoux, il soupira et lâcha son fléau.

Comme les cavaliers le redressaient sans ménagement, quelque chose tomba de sa poche. Un des hommes – probablement leur chef – se pencha pour le ramasser.

C'était le pentacle dont Hadzor s'était emparé après l'escarmouche contre les agents du sorcier. La chaîne rompue y était toujours attachée.

— Notre maître voudra savoir comment tu t'es procuré ceci, déclara le cavalier.

De la pointe de son épée, il souleva le poncho de son prisonnier. Et haussa un sourcil en découvrant la robe que celui-ci portait en dessous.

— Il semble que nous ayons mis la main sur un saint homme, annonça-t-il. Avoch-Dar sera content de nous.

Ses camarades éclatèrent d'un rire méprisant.

Et entraînèrent le moine abattu vers Pandémonium.

Chapitre 16

— Es-tu certaine de ne rien te rappeler d'autre sur la théorie d'Hadzor ? interrogea Tycho.

— Absolument, confirma Shani. J'ignore s'il y croyait vraiment, ou s'il ne faisait que jouer avec des idées. Mais il avait l'air plutôt sérieux.

Depuis plusieurs jours qu'ils voyageaient ensemble, les deux amis avaient discuté de beaucoup de choses. L'homoncule était particulièrement intrigué par l'affirmation du moine selon laquelle le Grimoire des Ombres serait vivant.

— C'est une possibilité fascinante, déclara-t-il, même si elle implique une définition assez large de la notion de vie.

— Si je comprends bien, tu ne trouves pas ça complètement absurde.

— Shani, puis-je te rappeler que je ne suis pas né d'une femme mortelle ? En réalité, je ne suis pas né du tout, au sens où on l'entend généralement. J'ai été créé à partir de composants chimiques ; je suis le fruit d'une expérience destinée à satisfaire un des caprices d'Avoch-Dar. Je suis bien placé pour savoir que la vie peut prendre de nombreuses formes.

— J'ai tendance à oublier tes origines, avoua la jeune femme. Je veux dire… Malgré ton apparence, tu es tellement…

— Humain ? acheva Tycho à sa place. Je prends ça comme un compliment. Mais le fait est que je ne le suis pas. Je partage seulement la plupart de ces sentiments que vous nommez émotions.

Bien que je ne sois toujours pas certain que telle ait été l'intention initiale du sorcier quand il m'a fabriqué.

— Mais les émotions, c'est justement ce qui définit un être humain, insista Shani. Beaucoup plus que l'apparence.

— C'est une thèse intéressante, dont nous pourrions débattre sans fin. Toutefois, le point auquel je voulais en venir, c'est que je trouve parfaitement concevable que le grimoire soit une forme de vie. Si un homme tel qu'Avoch-Dar a pu me créer, pense à ce qu'une race aussi avancée que ces démons pourrait produire.

— Souviens-toi : Hadzor envisageait qu'ils ne soient pas capables de contrôler entièrement le grimoire. Vu leur degré d'évolution supposé, est-ce que ça te paraît plausible ?

— Là encore, je me propose comme exemple. J'ai échappé à l'influence de mon créateur et il ne me contrôle plus. Et quand je dis que les démons sont une race avancée, je parle de leurs connaissances et de leur maîtrise de la magie. Je ne pense pas du tout qu'ils nous soient supérieurs moralement. Bien au contraire. Les mythes et les légendes les ont toujours dépeints comme des entités maléfiques.

— Donc, le grimoire a refusé de rester sous leur influence parce qu'ils sont maléfiques ?

Tycho sourit.

— Sur ce point-là, je ne le comparerai pas à moi, Shani. Les démons sont vicieux ; il est logique que leur création le soit aussi.

— Pas du tout. Avoch-Dar est maléfique. Toi, non. Pourtant, c'est bien lui qui t'a créé.

— Je le répète, il n'est qu'un homme. Il possède de grands pouvoirs magiques et il est extrêmement dépravé, mais il reste néanmoins un homme. Je suis convaincu que si je suis ainsi, c'est à cause d'une erreur de sa part. Et je ne vois pas les démons commettre la même.

Devant eux, la route décrivait un virage avant de s'enfoncer dans un petit bois.

— Que penses-tu de l'idée d'Hadzor selon laquelle le pouvoir du grimoire serait neutre et pourrait être utilisé pour faire le bien autant que le mal ? interrogea Shani.

— Il a peut-être raison, mais ça m'étonnerait, répondit Tycho. Je persisterai à croire que le grimoire est vicieux tant qu'on ne m'apportera pas la preuve du contraire. Mais nous parlons de mystères qui dépassent sans doute notre entendement. Toutes nos spéculations pourraient bien être complètement erronées.

— À qui le dis-tu… (Quelque chose attira l'attention de la jeune femme.) Une minute. Que se passe-t-il ? demanda-t-elle en plissant les yeux.

Le sergent qui chevauchait en tête de leur petit groupe venait d'arrêter sa monture. Il leva la main et tourna la tête vers eux. Shani et Tycho le rejoignirent.

— Qu'y a-t-il ? s'enquit l'homoncule.

— Là-bas, monsieur.

Le sergent désigna l'autre côté du virage. Un grand nombre de cavaliers venait à leur rencontre.

— Je viens seulement de les repérer, à cause de la configuration de la route, s'excusa-t-il.

— Pouvez-vous voir qui ils sont ?

— Pas à cette distance. Mais à la vitesse où ils se déplacent, ils seront ici dans quelques minutes.

— Et si nous pouvons les voir, il y a de grandes chances pour qu'ils nous aient vus aussi, déclara Tycho. S'ils nous sont hostiles, ils pourraient bien nous chercher des noises. Devrions-nous tenter de les prendre de vitesse, sergent ?

— Cela nous obligerait à rebrousser chemin, monsieur, et la route est beaucoup trop découverte dans la direction d'où nous venons. Nous ferions des cibles parfaites pour des archers.

— Dans ce cas, notre seule chance est de nous dissimuler parmi les arbres, suggéra Shani, et d'espérer qu'ils nous laisseront en paix.

Les deux soldats qui fermaient la marche reçurent l'ordre de se cacher sur le côté gauche de la route. Shani, Tycho et le sergent s'enfoncèrent dans les fourrés sur la droite.

Ils regardèrent les cavaliers approcher. Bientôt, il devint évident qu'une petite armée se dirigeait vers eux. Shani tripota ses couteaux, bien décidée à vendre chèrement sa peau si les nouveaux arrivants les attaquaient.

Mais quand les cavaliers furent assez près pour qu'ils distinguent leur uniforme, le sergent s'exclama :

— Ce sont les nôtres !

Et Dalveen est à leur tête, se dit Shani.

Aussitôt, elle talonna son cheval pour le ramener sur la route. Ses compagnons l'imitèrent, et ils galopèrent à la rencontre de la colonne.

— Dalveen ! hurla la jeune femme.

Leandor leva les yeux.

— Shani ?

Un large sourire éclaira son visage. Il ordonna à ses hommes de faire halte et tira sur les rênes de sa monture.

— C'est si bon de te revoir, Dalveen, se réjouit Shani.

— Et toi donc ! Ça faisait trop longtemps.

— Comment vas-tu ?

— Bien. Laisse-moi une minute, veux-tu ? (Leandor se tourna vers l'un de ses officiers.) Nous allons camper ici. Dites à vos hommes de mettre pied à terre et de poster des sentinelles. (Puis il reporta son attention sur la jeune femme.) Nous avons beaucoup de choses à nous raconter.

— Plus encore que tu le crois, grimaça-t-elle.

Tycho arriva à son tour et salua leur ami.

— J'ai hâte d'entendre toutes les nouvelles que vous m'apportez, dit Leandor. Dès que nous nous serons reposés et restaurés, nous tiendrons un conseil de guerre.

Les deux jours qu'Hadzor avait passés dans le donjon de Pandémonium lui semblaient une éternité.

Il n'était même pas sûr d'être là depuis deux jours. Privé de nourriture et de boisson, dans l'obscurité et le silence – à l'exception de bruits qu'il aurait préféré ne pas entendre –, il avait du mal à mesurer le passage du temps.

Le moine avait fini par conclure qu'on le laisserait pourrir dans sa cellule quand des gardes vinrent le chercher.

Ils refusèrent de répondre à ses questions, ne prononcèrent pas le moindre mot tandis qu'ils le guidaient dans les couloirs obscurs du palais. Enfin, ils atteignirent un grand hall de marbre noir, où la maigre lumière de quelques flambeaux maintenait à distance l'océan de ténèbres.

Hadzor fut forcé de s'agenouiller devant un homme qui ressemblait à un cadavre vivant, dont la chair même paraissait se décomposer sous l'influence corruptrice du mal, et dont les traits trahissaient la dépravation la plus profonde que le moine ait jamais vue.

Aucun doute n'était permis quant à son identité. Il ne pouvait s'agir que d'Avoch-Dar.

Le sorcier tendit une main pareille à une serre. Le médaillon qu'Hadzor avait pris au cavalier mort reposait dans sa paume.

— Pour cela, tu as une dette de sang envers moi, déclara-t-il.

Hadzor dut faire appel à toute sa volonté pour ne pas se laisser submerger par la terreur qui enflait en lui comme une vague.

— En t'alliant avec Shani Vanya, tu as interféré avec mes plans, poursuivit Avoch-Dar. Et je déteste les gens qui se mêlent de ce qui ne les regarde pas.

Redressant les épaules, Hadzor répliqua :

— Je n'ai fait que ce que tout autre homme aurait fait à ma place. On m'a attaqué ; je me suis défendu.

— Et tu as aidé Shani Vanya à prendre la vie de quatre de mes agents. Tu m'as privé de ma victoire. Pourquoi devrais-je t'épargner ?

— Parce que je suis un saint homme, peut-être ?

Le sorcier éclata de rire.

— Imbécile ! C'est une raison supplémentaire de t'exécuter. Je déteste tout particulièrement les gens de ton espèce. Lorsque je régnerai, les serviteurs des dieux seront les premières personnes que j'éradiquerai.

— Vous ne régnerez jamais.

— Et qui m'en empêchera, moine ? Toi ? Ça m'étonnerait fort !

— Nous ne sommes pas obligés d'en arriver là. Si vous vouliez seulement combattre le mal qui ronge votre âme…

— Oh, pitié, épargne-moi tes sermons !

— Mais le pouvoir du grimoire peut être utilisé pour faire le bien, insista Hadzor. Il n'est pas en soi une force de haine et de destruction !

— Que sais-tu du grimoire ? Quelle autorité détiens-tu pour te prononcer sur sa nature ?

— Je l'ai étudié. J'ai lu beaucoup de choses à son sujet et…

— Tu ne sais rien, coupa Avoch-Dar sur un ton tranchant. Traîner dans les bibliothèques poussiéreuses est une chose, moine ; l'expérience pratique en est une autre. (Il fit signe aux gardes.) Amenez-le.

Il se dirigea vers le centre du grand hall. Hadzor fut forcé de lui emboîter le pas. Quand le sorcier s'arrêta, ses gardes projetèrent le moine à terre au pied de l'autel.

Il leva la tête, et son regard se posa sur le Grimoire des Ombres.

Alors, la fascination l'emporta sur la terreur.

Durant toutes les années qu'il avait consacrées à l'étude de cet ouvrage, Hadzor avait souvent rêvé de le voir un jour. À présent, le moment était venu. Et il prenait conscience qu'Avoch-Dar avait raison. Rien n'aurait pu l'y préparer.

Le grimoire était de toute évidence incroyablement vieux, et l'aura de lumière bleue qui l'enveloppait lui conférait un aspect presque surnaturel. Mais ce ne fut pas seulement son apparence qui coupa le souffle d'Hadzor.

Il se souvint de ce que Shani lui avait dit. Elle avait eu l'impression que le grimoire était doté d'une intelligence propre, et elle s'était sentie mal à l'aise à proximité de celui-ci. Pour la première fois, il comprit le véritable sens de ses paroles.

Le grimoire possédait une présence. Une présence qui n'avait rien de bienveillant.

—Doutes-tu encore de la nature de son pouvoir? interrogea Avoch-Dar.

Hadzor ne répondit pas.

—J'ai pris une décision, enchaîna le sorcier. J'avais l'intention de t'offrir à lui en sacrifice. Mais tu es lié à Shani Vanya et, à travers elle, à Nightshade. Ce qui te rend plus précieux en tant qu'otage.

—Je ne coopérerai pas, gronda le moine. Plutôt mourir.

—Personne ne te demande ton avis, crétin! Ne te fais pas d'illusion: tu ne t'en tireras pas pour autant.

—C'est vous qui vous faites des illusions. Notamment, en croyant que vous pouvez conclure un pacte avec les démons sans payer un prix terrible.

—Ah, tu es donc également un expert sur le sujet des Sygazons, railla Avoch-Dar.

Tandis qu'ils parlaient, une forme massive s'approcha d'eux en traversant les ombres du hall.

—Peu importe le nom qu'ils se donnent: ils vous sont de loin supérieurs en pouvoir et en cruauté, affirma Hadzor, qui ne s'était

rendu compte de rien. Vous avez affaire à des créatures qui maîtrisaient le mensonge et la traîtrise bien avant que les humains arrivent en ce monde.

— Précisément. C'est pour cette raison que je ne saurais avoir de meilleurs alliés, répliqua Avoch-Dar. Mais si tu doutes de ma parole, pourquoi ne pas en discuter directement avec eux ?

Hadzor fronça les sourcils. Il ne comprenait pas.

— Tu n'as qu'à regarder autour de toi, ajouta le sorcier en regardant fixement un point au-delà du moine agenouillé.

Un frisson glacé parcourut l'échine d'Hadzor. Lentement, il pivota.

Et se retrouva face à l'obscénité massive du corps du seigneur Berith.

Alors, il s'abandonna à sa terreur et hurla.

Le temps que les forces de Leandor dressent leur camp, la nuit était tombée.

Les tentes étaient installées, les feux allumés et les sentinelles à leur poste.

Leandor avait demandé qu'on installe son pavillon à l'écart des autres, pour ne pas être dérangé durant ses délibérations avec Shani et Tycho. Les trois amis s'installèrent dehors pour manger, échanger des nouvelles et commenter les propos de Drew Hadzor.

Au bout d'une heure, ils passèrent à des considérations d'ordre stratégique.

— Que comptes-tu faire lorsque nous arriverons à Vaynor, Dalveen ? interrogea Shani.

— Comme durant toutes les campagnes, mieux vaut nous fixer des objectifs simples. Le mien consiste à couper la tête du serpent.

— Tu veux dire, attaquer directement Avoch-Dar ?

— Oui. Si nous ne pouvons pas le capturer vivant, nous le tuerons. Je soupçonne d'ailleurs que nous serons obligés d'en arriver là.

— Avec une armée aussi modeste que celle-là ? D'autant que nous serons sur son territoire, ne l'oublie pas. Ton plan me semble bien téméraire. Pour ne pas dire suicidaire.

— Un petit groupe déterminé peut frapper avec la précision d'un scalpel. Et puis, l'ennemi ne s'attendra pas que nous procédions de cette façon. Nous devrions donc bénéficier de l'effet de surprise, affirma Leandor. J'ai emmené des hommes que j'ai personnellement choisis un par un, des guerriers endurcis et courageux. J'ai l'intention d'adopter une tactique de guérilla. Je veux éviter un assaut frontal à tout prix. Et Golcar nous rejoindra bientôt avec des forces plus importantes.

— Pourquoi ne pas l'attendre pour passer à l'action ?

— Parce que le temps presse. Mais ne crains rien, je ne suis pas fou. Si, en arrivant là-bas, je constate que les probabilités jouent trop en notre défaveur, ou si les défenses de Pandémonium me paraissent infranchissables, nous attendrons l'arrivée de Golcar et de ses hommes. Considère-nous comme une avant-garde prête à saisir toute occasion qui se présentera à elle.

— C'est un plan audacieux, intervint Tycho, mais prend-il en compte le fait que nous devrons affronter les démons ? Nous n'avons aucune idée de ce qu'ils pourraient nous lancer à la tête.

— C'est pourquoi je m'efforce de rester flexible, répliqua Leandor. (Puis il sourit et ajouta :) Ou, dit d'une autre façon, c'est pourquoi j'improvise au fur et à mesure.

— Sérieusement, insista Shani, que se passera-t-il si nous tombons sur les… Sygazons, c'est bien ça ?

Leandor acquiesça.

— C'est le nom qu'a employé le fantôme de Melva. Et la réponse, c'est que très franchement, je n'en sais rien. J'aimerais éviter tout contact avec eux, dans la mesure du possible. J'espère qu'une fois leur allié humain mis hors jeu, ils se retireront de la partie.

— C'est assez hasardeux.

— Toute cette expédition est assez hasardeuse, Shani. Ça ne doit pas nous empêcher d'essayer.

— Je suis d'accord avec toi. Et pour le grimoire ? J'imagine que tu as l'intention de t'en emparer et, naturellement, de voir s'il peut te rendre ton bras. Mais ensuite ?

— Nous le détruirons. Qu'il puisse me rendre mon bras ou non. Il est trop dangereux pour que nous l'épargnions, à la fois en lui-même et parce qu'il risquerait d'attirer de nouveau les démons dans notre monde.

— Crois-tu qu'il soit possible de le détruire ?

— Là encore, je n'en ai pas la moindre idée. Moi aussi, je me pose plus de questions que je n'ai de réponses, avoua Leandor.

— Il est vraiment regrettable que nous n'en sachions pas davantage au sujet de l'arme que Melva a évoquée, fit remarquer Tycho. À ce stade, toute aide serait la bienvenue.

— Malheureusement, elle nous a donné trop peu d'informations pour que… (Leandor s'interrompit.) Shani, qu'est-ce qui ne va pas ?

La jeune femme avait détourné la tête pour fixer son regard sur un point au-delà de leur feu de camp. Une expression étrange s'inscrivit sur son visage.

— Je ne sais pas trop. Vous n'entendez rien ?

Un bruit léger résonnait non loin d'eux. Ils n'auraient su discerner sa provenance. Peut-être était-ce juste le bruissement des feuilles agitées par le vent nocturne. Ou peut-être pas.

Puis un calme surnaturel imprégna l'air qui les entourait.

— Je détecte une… présence dans l'atmosphère, déclara Tycho.

Leandor se leva en dégainant son épée.

— C'est peut-être Avoch-Dar qui nous rend encore visite. Soyez sur vos gardes. Tycho, écarte-toi.

Shani sortit deux couteaux de ses manches.

Ils s'apprêtèrent à bondir.

Chapitre 17

Lorsqu'une déchirure de lumière étincelante apparut devant eux à ras du sol, Leandor et Tycho comprirent instantanément ce qui allait se passer. Ils se détendirent.

— Je pense que c'est une manifestation amicale, dit le jeune homme à Shani.

Celle-ci fronça les sourcils, perplexe.

— Mais que… ?

— Tu ne vas pas tarder à le voir, affirma Tycho. Même si tu ferais bien de te protéger les yeux au début.

Les bords de la fente s'écartèrent comme les deux pans d'un rideau tiré par des mains invisibles. Une radiance dorée frémissait à l'intérieur, trop intense pour que quiconque puisse fixer son regard sur elle. Les trois amis se couvrirent le visage de leurs bras.

Puis l'éclat de la lumière diminua, et ils purent de nouveau regarder.

Une silhouette se tenait devant eux.

Leandor rengaina son épée et fit un pas en avant.

— Melva.

— Salutations, Nightshade. À toi aussi, Tycho. (L'apparition, qui semblait aussi solide que la fois précédente, se tourna vers Shani.) Nous n'avons pas eu l'occasion de nous rencontrer de mon vivant. Je suis enchantée de faire ta connaissance. Tu peux ranger ces couteaux, chère enfant.

— Euh… oui. Salutations, Melva.

Bien que Leandor et Tycho lui aient raconté la première apparition de la vieille sage, Shani mit un moment à accepter l'idée de converser avec une morte. Elle rangea ses lames dans leur fourreau.

Melva leur adressa un doux sourire et expliqua :

— Quand le voile de la mort a déjà été franchi, il devient plus facile de revenir en ce monde.

— Vous n'avez pas eu besoin de Karale cette fois, fit remarquer Leandor.

— Son aide ne m'est plus nécessaire, acquiesça Melva. De toute façon, elle était occupée ailleurs.

Leandor remarqua que ses soldats, qui marchaient, se réchauffaient autour d'un feu ou dormaient non loin de son propre pavillon, ne semblaient pas se rendre compte qu'il se passait quelque chose d'inhabituel. Il supposa que le spectre de Melva et la porte scintillante vers le royaume des Ombres n'étaient visibles que par Shani, Tycho et lui-même.

— Avons-nous pris la bonne décision en partant débusquer Avoch-Dar dans sa capitale ? s'enquit-il.

— Le mal doit être affronté, où qu'il se trouve, répondit Melva. Mais ne t'y méprends pas : la route de Vaynor sera semée d'embûches. Reste vigilant.

— L'arme dont vous nous avez parlé l'autre fois pourrait nous être d'un secours précieux. Pourriez-vous m'en dire davantage à son sujet ?

— Je n'ai rien appris de plus sur sa nature. Quant à sa localisation, c'est en ne la cherchant pas que tu la trouveras. Néanmoins, tu auras plus de chances d'y parvenir en t'écartant de ton chemin.

— Je ne comprends pas, protesta Leandor.

— L'existence dans l'au-delà m'a éclairée sur nombre de choses, mais pas sur toutes. Je confesse qu'il en reste beaucoup que je ne comprends pas moi-même. Ce que je sais, c'est que même si la fatalité détermine nos actions en grande partie, le libre arbitre est tout aussi important. Les dieux peuvent t'aider en t'offrant des opportunités ; ton rôle consiste à les identifier, à les saisir et à choisir comment les utiliser. Il en sera ainsi avec l'arme.

— Vous me dites de garder l'œil ouvert.

— L'œil et l'esprit, précisa Melva. Sinon, il est très possible que tu passes à côté de cette arme sans même t'en rendre compte. De la même façon, tu pourrais ne pas voir des cadeaux que t'offre la destinée.

— Je ferai attention, promit Leandor.

— J'en ai quand même appris un peu plus au sujet de l'arme. Apparemment, il s'agirait d'un héritage de l'ancienne race que j'ai mentionnée la dernière fois, celle qui s'oppose aux démons. Je t'ai déjà révélé que leur véritable nom était Sygazons. À présent, je sais que leurs ennemis se font appeler Vitruvius. Un grand mystère entoure l'origine des deux races. Je ne peux le résoudre, mais je suis certaine qu'il a de l'importance. Peut-être est-ce la clé de la bataille que tu es sur le point d'engager.

— Une fois de plus, Melva, vous m'apportez beaucoup de questions, mais peu de réponses.

— C'est déjà ça. Poursuis ta destinée et, le moment venu, ces énigmes se résoudront peut-être d'elles-mêmes. Tout comme celle de ta naissance.

— Avez-vous découvert quelque chose sur ce sujet ? interrogea Leandor avec avidité.

— Non, pas encore. Peut-être jamais. Mais relève la tête, Nightshade, et garde courage. Tu fais ce que tu dois faire, si cahoteux que s'annonce ton chemin. Sois assuré que malgré les problèmes qu'il rencontre, Golcar Quixwood est en bonne voie de lever une armée. Il se mettra bientôt en route.

Le portail ovale se remit à palpiter, et sa luminosité augmenta.

— Je dois partir, annonça le fantôme de Melva. Si tu dois oublier tout le reste de mes paroles, souviens-toi au moins de ceci : prends garde, Dalveen. Le pouvoir du grimoire ne cesse de croître. Rends-toi à Vaynor en toute hâte…

La déchirure scintillante l'engloutit et se referma.

Laissant ses interlocuteurs stupéfaits.

Enveloppée de fourrures pour se protéger du froid, la reine Bethan se tenait en compagnie de Quixwood sur un des balcons de Torpoint. En contrebas, des milliers d'hommes et de chevaux, ainsi que des dizaines de chariots chargés à bloc, emplissaient le terrain de parade du palais.

Quixwood semblait épuisé.

— Parfois, je pense que je me fais trop vieux pour ce genre de choses, soupira-t-il.

— Sûrement pas, répliqua gentiment Bethan. Vous avez accompli des miracles durant les derniers jours. Dans combien de temps pourrez-vous partir ?

— Pas avant demain ou après-demain, et cela me trouble grandement. Ça nous amènera au-delà de la date à laquelle j'avais promis à Dalveen de me mettre en route.

— Il comprendra. Personne n'aurait pu mieux faire dans le temps imparti. Ne faites pas comme mon père, Golcar. Ne vous rendez pas malade pour des problèmes qui échappent à votre contrôle.

— C'est drôle : j'ai plus ou moins conseillé la même chose à votre fiancé, grimaça Quixwood. Merci de vous inquiéter pour moi, Bethan. Mais l'important, c'est d'être là quand Dalveen aura besoin de nous, et une armée ne se lève pas toute seule.

— Je suis consciente des difficultés que vous avez rencontrées.

— J'aurais dû anticiper. C'est déjà assez dur de rassembler une armée dans les conditions idéales, mais nos forces ont été décimées par l'invasion précédente d'Avoch-Dar, et avec la pénurie actuelle de vivres..., ç'a été un vrai cauchemar.

— Combien d'hommes emmènerez-vous ?

— Un peu plus de neuf mille. J'aurais préféré plus. Beaucoup plus. Mais nous devons laisser une garnison suffisante pour défendre la ville le cas échéant.

— Avez-vous eu des nouvelles de Dalveen ? s'enquit la jeune femme, pleine d'espoir.

— Non. Mais souvenez-vous : il a dit qu'il ne nous enverrait de messager qu'en cas d'urgence. Il ne peut pas se priver d'un seul de ses hommes sans nécessité absolue. Ils sont déjà si peu nombreux...

— Donc, pas de nouvelles, bonnes nouvelles ?

— Je suppose.

— Ça pourrait aussi signifier que...

— Ça signifie que tout va bien pour lui, Bethan, coupa Quixwood. Ne vous tourmentez pas. Dalveen est parfaitement capable de prendre soin de lui, et il a emmené nos meilleurs combattants.

— Et Tycho et Shani ?

— Pas de nouvelles non plus. Mais il y a de grandes chances pour qu'ils aient rencontré Dalveen en chemin. Bien que son armée soit modeste, il aurait été difficile de la manquer. J'imagine qu'ils ont décidé de l'accompagner à Vaynor.

— Il pourrait y avoir une raison bien pire à leur silence, insista Bethan. Et s'ils étaient tous… ?

— Arrêtez, ordonna Quixwood. Nous n'avons aucun motif de croire que les choses ne se déroulent pas comme prévu. Ils sont partis depuis quelques jours à peine. Leur campagne ne fait que commencer. Et bientôt, très bientôt, je les rejoindrai avec des renforts.

— Je déteste ne pas savoir, confessa Bethan. (Ses yeux s'embuèrent de larmes.) Et voilà, je pleure. Une reine ne peut pas se permettre de donner le moindre signe de faiblesse. Que penserait mon peuple ?

Elle recula de quelques pas pour que les soldats ne la voient pas.

— Il penserait que vous êtes humaine, comme lui, et il ne vous en aimerait que davantage, affirma gentiment Quixwood.

La jeune femme se blottit contre sa poitrine. Il l'entoura de ses bras, et elle laissa libre cours à ses sanglots.

Leandor, Tycho et Shani conversèrent jusque très tard dans la nuit, disséquant chacune des paroles de Melva.

Comme, de toute évidence, aucun des soldats qui les accompagnaient n'avait été témoin de l'apparition de la vieille femme, ils décidèrent de ne la mentionner à personne. Ils n'avaient aucune envie qu'une crainte superstitieuse se propage dans les rangs.

L'autre décision qu'ils prirent fut annoncée le lendemain à l'aube. Dès que ses hommes furent rassemblés, Leandor s'adressa à eux.

— Comme vous le savez tous, commença-t-il d'une voix claire et forte, nous devons atteindre Vaynor le plus vite possible. À cette fin, j'ai décidé de modifier notre itinéraire. Par la route, Vaynor se trouve à une semaine de voyage, peut-être plus. Mais nous pourrions diminuer ce temps de moitié en nous déplaçant par voie maritime.

Nous ne sommes pas très loin de la côte. Il y a un petit port à l'ouest d'ici, et nous transportons assez d'or pour acheter un navire.

Un murmure s'éleva de la foule des soldats, mais il sembla à Leandor que plus nombreux étaient ceux qui l'approuvaient que ceux qui protestaient.

—Nous partirons dans l'heure, poursuivit-il. Préparez-vous. Et soyez prudents. Plus nous approchons du territoire ennemi, plus nous devons faire preuve de vigilance. Rompez !

Tandis que les hommes se dispersaient, Leandor se dirigea vers Shani et Tycho.

—Ils l'ont plutôt bien pris, non ? lança la jeune femme.

—Oui, considérant que les militaires détestent les changements de dernière minute. Mais ceux-là sont extrêmement disciplinés, comme on peut s'y attendre de la part d'une troupe d'élite. (Leandor se tourna vers l'homoncule.) Je n'ai peut-être pas été assez clair avec toi, Tycho. Je veux que tu saches que tu es libre de rentrer à Allderhaven si tu le désires. Avec une escorte, bien entendu. Après tout, le combat n'est pas dans ta nature et…

—Merci, mais ça ira, déclina Tycho. Outre que tu ne peux pas te permettre de me donner une escorte, j'entends bien assister au dénouement de ce conflit. C'est-à-dire, à moins que tu m'ordonnes de rentrer…

—Pas du tout, le détrompa vivement Leandor. Je serai ravi que tu restes.

—Je ne suis peut-être pas un guerrier, mais je suis certain de réussir à me rendre utile, ajouta Tycho. En fait, j'ai un gros avantage sur toutes les autres personnes qui t'accompagnent. J'ai vu le jour à Vaynor et passé la première partie de ma vie à Pandémonium. La capitale d'Avoch-Dar a pu changer, mais pas au point que je ne puisse vous servir de guide.

—Dans ce cas, la question est réglée, sourit Leandor.

—Comment s'appelle le port où tu comptes embarquer ? interrogea Shani.

—Je ne connais pas bien cette partie du royaume, mais je pense que c'est Refuge.

—Avec un nom pareil, il se dresse sans doute dans une baie abritée. Ces petites communautés sont souvent assez repliées sur elles-mêmes. Y faire irruption avec cent cinquante hommes armés jusqu'aux dents risque de susciter quelque inquiétude de la part des habitants.

—J'y avais déjà pensé. J'allais suggérer que les troupes attendent hors de vue pendant que toi et moi irions chercher un navire à acheter.

—Ça me va. (Shani sourit.) Ça me rappellera la fois où nous nous sommes rencontrés. Tu te souviens, Dalveen ? À Selbois, quand tu étais en route pour Zenobia. Et moi aussi, même si je l'ignorais à l'époque.

—Après que tu as eu de petits ennuis avec la guilde des voleurs, acquiesça Leandor.

—Ce qui est l'une des raisons pour lesquelles ces chasseurs de primes sont à nos trousses maintenant. N'as-tu jamais regretté d'être intervenu ?

—Jamais. Si c'était à refaire, je le referais sans hésitation.

—À moins que ma mémoire me joue des tours, le navire qui vous a pris à son bord se nommait *Coureur des vents*, intervint Tycho.

—C'est exact, confirma Leandor. Un sacré beau bateau.

—Qui a coulé avec tout son équipage, insista l'homoncule.

—Merci de nous le rappeler, siffla Shani en le foudroyant du regard.

—Je ne faisais qu'évoquer le bon vieux temps, moi aussi, protesta-t-il.

—Parfois, Tycho, tu as toute la délicatesse d'un ours des montagnes au réveil. As-tu jamais songé à intégrer le corps diplomatique ? Et toi, Dalveen, tu peux m'expliquer ce qui te fait rire ?

Agacée, la jeune femme empoigna sa selle et se dirigea vers les chevaux.

—Vous venez, oui ou non ? lança-t-elle par-dessus son épaule.

Chapitre 18

Ils chevauchèrent à bonne allure pendant toute la matinée. Le chemin qu'ils suivaient longeait un torrent glacial, descendant en pente douce à travers un terrain vallonné et boisé. Il n'avait pas neigé ce jour-là, mais le soleil brillait trop faiblement pour faire fondre les plaques existantes.

Vers midi, ils débouchèrent dans une petite vallée entre deux collines assez hautes. Leandor ordonna une halte, le temps de s'orienter, et sortit une carte de ses sacoches de selle.

— On est encore loin ? voulut savoir Shani.

— Dès que nous serons sortis de cette vallée, répondit Leandor en tapotant le parchemin de l'index, nous devrions arriver en vue de la côte.

— Dans ce cas, ne perdons pas de temps, suggéra la jeune femme.

— Une petite minute. (Leandor plissa les yeux.) D'après cette carte, la zone dans laquelle nous allons pénétrer est partiellement marécageuse. Je ne veux pas que nous nous enlisions – les chariots, surtout. Je vais envoyer des éclaireurs reconnaître le terrain.

Quatre hommes reçurent l'ordre de partir un peu en avant, et le reste de l'armée les suivit au trot.

Tycho chevauchait à côté de Leandor. Au bout d'un moment, il lâcha :

— C'est curieux.

— Quoi donc ?

— Les oiseaux. Ils ont chanté toute la matinée, mais depuis dix minutes, ils se taisent. Tu n'avais pas remarqué ?

— Non, je… (Leandor sursauta.) Par les dieux! (Pivotant dans sa selle, il aboya à l'officier qui le suivait :) Arrêtez la colonne et prenez immédiatement des positions défensives ! Et rappelez les éclaireurs !

Étonné, l'homme écarquilla les yeux.

— Mais, monsieur…

— Faites-le !

L'ordre se propagea rapidement le long de la colonne. Deux soldats partirent au galop pour avertir leurs camarades. Les épées furent dégainées et les boucliers dressés. Les chariots de ravitaillement formèrent un cercle, au centre duquel furent rassemblés les animaux de bât. Tous les regards scrutaient la campagne environnante.

Sans le bruit des sabots des deux chevaux qui s'éloignaient pour rattraper les éclaireurs, le silence aurait été absolu.

— Où est l'ennemi ? demanda Tycho.

— Là ! s'exclama Shani en désignant le sommet de la colline de droite.

— Et là ! hurla l'officier en tendant un doigt vers la crête d'en face.

Des cavaliers en uniforme noir, montés sur des étalons de même couleur, se déversèrent dans la vallée tel un torrent en crue.

— Grâce à toi, Tycho, nous avons évité de nous jeter tête baissée dans un piège, dit Shani.

— Ne vous attendez pas qu'ils renoncent pour autant, tempéra Leandor, l'air sombre. Il va quand même falloir nous battre contre eux.

Les éclaireurs et les deux hommes qui les avaient rappelés rebroussaient chemin, poursuivis par des dizaines de cavaliers noirs. L'armée delgarvienne leur hurla des encouragements.

Tandis que les six soldats menaient un train d'enfer pour échapper à leurs ennemis, d'autres cavaliers apparurent à la lisière des arbres de chaque côté de la vallée.

— Ils sont au moins aussi nombreux que nous, calcula Shani. Que devons-nous faire, Dalveen ? Charger ?

— Non. Laissons-les fatiguer leurs montures.

Des vivats s'élevèrent autour d'eux. Les six soldats avaient rejoint les rangs, et leurs poursuivants ralentissaient. Leandor devina qu'ils n'avaient pas l'intention de faire demi-tour : ils attendaient juste que le reste de leurs forces les rejoigne. Alors, ils lanceraient une attaque groupée.

— Tycho, ne reste pas ici, ordonna le jeune homme. Va t'abriter près des chariots.

— Entendu, Dalveen. Bonne chance à tous les deux.

L'homoncule talonna son cheval et s'éloigna au galop.

Leandor dégaina.

— À ta place, Shani, j'utiliserais une épée et je garderais mes couteaux en réserve. Tu verras que c'est préférable dans le cadre d'une bataille montée.

La jeune femme saisit le fourreau fixé à sa selle et en tira un sabre.

— Ça te conviendra ? s'inquiéta Leandor.

Elle fit siffler la lame dans les airs.

— Il est bien aiguisé. Ça me conviendra.

— Les voilà ! hurla l'officier.

Les cavaliers noirs approchaient en prenant de la vitesse.

Leandor se dressa dans ses étriers.

— Ils vont charger ! s'époumona-t-il. Déployez-vous ! Et ne cédez pas un pouce de terrain !

— Un conseil de dernière minute ? s'enquit Shani.

— Tues-en autant que possible.

— Je tâcherai de m'en souvenir.

La première ligne de cavaliers ne se trouvait plus qu'à un jet de lance. Certains poussèrent des cris de guerre, auxquels les troupes de Leandor répondirent avec vigueur.

Quelques secondes plus tard, l'ennemi était assez près pour qu'ils distinguent ses multiples visages déformés par la soif de sang.

Puis les deux armées arrivèrent au contact, et le chaos se déchaîna.

Un grand rugissement monta des deux camps. L'air s'emplit de hurlements, de hennissements et du fracas de l'acier sur l'acier.

Le premier adversaire de Leandor eut le temps de porter une seule attaque avant d'encaisser un coup fatal dans la poitrine. Le second vida les étriers sous l'impact d'un coup qui avait atteint son épaule. Le troisième s'écroula, un ruban écarlate en travers de la gorge.

Shani esquiva une lame qui visait son cou et entailla la jambe de son agresseur. Celui-ci glapit, s'enfuit et fut immédiatement remplacé par un autre. Shani et lui croisèrent le fer par deux fois. La troisième botte de la jeune femme lui lacéra un côté du visage, et il dégringola en hurlant dans la confusion des sabots qui piétinaient le sol.

Le cavalier suivant faillit bien décapiter Shani. Elle lui plongea son sabre dans l'estomac.

Tout autour d'elle, cadavres amis et ennemis jonchaient la terre boueuse et retournée.

Frappé entre les omoplates, l'officier le plus proche de Leandor s'affaissa sur l'encolure de son cheval. L'épée de Leandor le vengea aussitôt.

D'autres cavaliers noirs vinrent s'écraser sur la ligne de défense delgarvienne.

Prise au dépourvu, Shani évita de justesse un coup qui aurait pu l'éventrer. Elle repoussa son assaillant et le désarçonna. Mais le cavalier suivant frappa son sabre avec tant de force qu'il lui échappa des mains et alla se perdre dans la mêlée.

Leandor s'était laissé prendre en tenailles. Il n'eut pas trop de mal à projeter à terre l'homme de gauche. Puis il pivota vers sa droite en faisant décrire un arc de cercle à sa lame. Mais il avait méjugé de la distance qui le séparait de son adversaire. Il manqua son coup. Quatre passes se succédèrent avant qu'il parvienne à enfoncer les défenses de l'homme et à lui transpercer le cœur.

Du coin de l'œil, il aperçut Shani. Celle-ci luttait pour maîtriser son cheval, et il vit qu'elle avait perdu son sabre. Puis il fut de nouveau aspiré par le tumulte.

Shani ne parvenait pas à calmer sa monture. L'animal se cabra follement, la jeta à terre et détala. La boue amortit sa chute, et elle eut la chance qu'il n'y ait pas d'autre cheval à proximité pour la piétiner. Tandis qu'elle se relevait et cherchait du regard une monture privée de cavalier, un des hommes en noir la repéra et se précipita vers elle.

Mais même à pied et privée de son sabre, Shani n'était pas totalement impuissante. D'un geste vif, elle dégaina un de ses couteaux et le projeta de toutes ses forces. La lame se ficha dans la poitrine du cavalier, qui vida les étriers sans un son et disparut à sa vue. Son cheval fit demi-tour et s'élança vers la plaine.

Shani fut forcée de se séparer d'un autre couteau quand un second homme en noir tenta la même manœuvre. À ce rythme-là, elle tomberait à court de lames avant d'être à court de cibles. Elle avait besoin d'un cheval et d'une épée, et le plus tôt serait le mieux.

Un étalon passa près d'elle au galop, un cavalier mort affaissé sur son encolure. Shani bondit, mais ne parvint pas à saisir ses rênes. L'animal paniqué disparut dans la cohue tandis qu'elle jurait et maudissait sa déveine.

Leandor était trop occupé pour remarquer la position délicate de son amie. Il avait perdu de précieuses minutes à repousser un homme muni d'une hache et d'un bouclier. Combattant expérimenté, celui-ci attaquait sans répit et baissait rarement sa garde.

Il commit une erreur fatale en ramenant le bras en arrière pour armer sa hache. Leandor plongea instantanément son épée dans son aisselle découverte, puis l'acheva d'un revers à la poitrine.

Shani envisageait de se réfugier près des chariots quand un cheval ennemi la frôla. Son cavalier, qui échangeait des coups avec un soldat delgarvien, ne l'avait pas remarquée. La jeune femme lui empoigna la jambe et s'y suspendit de tout son poids. Surpris, il pivota vers elle en tentant de la frapper à la tête, perdit l'équilibre et s'écrasa sur le sol.

Le souffle coupé, il n'opposa aucune résistance lorsque Shani lui arracha son épée des mains. Déterminée à ne pas laisser passer cette chance de récupérer une monture, la jeune femme lui sauta par-dessus et saisit un étrier. Cela immobilisa l'animal assez longtemps pour qu'elle puisse prendre ses rênes et se hisser en selle.

Une mêlée acharnée continuait à bouillonner autour d'elle. Des cris à lui glacer le sang dans les veines résonnaient de toutes parts, mais il lui sembla que l'intensité du combat retombait quelque peu. Cette impression fut confirmée quand elle vit plusieurs dizaines de cavaliers noirs s'enfuir au galop.

Du regard, elle chercha Leandor. Le jeune homme se battait contre deux adversaires, dont l'un brandissait une épée à deux mains. Elle talonna son cheval pour aller lui prêter main-forte.

Déboulant à vive allure, elle prit par surprise un des deux cavaliers, qu'elle délogea de sa selle d'un large coup de taille. Son compagnon se laissa distraire l'espace d'une seconde. Cela suffit à Leandor pour lui glisser sa lame entre les côtes et se débarrasser de lui.

Leandor salua Shani de son épée.

— Merci.

— De rien. Tu crois qu'ils ont eu leur compte ?

— Oui, ils battent en retraite. Regarde.

La plupart des cavaliers avaient tourné bride et fonçaient vers la vallée ou la lisière des arbres.

— Mais assurons-nous qu'il ne leur prenne pas l'envie de revenir, ajouta Leandor. (Levant son arme au-dessus de sa tête, il rugit :) À moi, Delgarviens À moi !

Ses soldats entendirent son appel. Ceux qui étaient encore en train de se battre cessèrent le combat et affluèrent vers lui depuis toutes les directions.

Leandor donna le signal de la charge. Flanqué de Shani, il entraîna son armée à la poursuite des cavaliers noirs. Quand ils atteignirent l'entrée de la vallée et qu'ils ne virent plus devant eux que quelques retardataires, il ordonna à ses hommes de s'arrêter.

Après s'être assurés que tout danger était écarté et que les arbres ne dissimulaient pas d'autres ennemis restés en réserve, ils revinrent vers le champ de bataille.

Tycho fut chargé d'évaluer l'ampleur des dégâts. D'autres soldats reçurent pour mission de soigner les blessés, ou de rassembler les armes et les chevaux.

Quelques heures plus tard, l'homoncule vint faire son rapport à Leandor.

— Nous avons perdu presque un tiers des nôtres. En comptant ceux qui ne sont plus en état de se battre, il nous reste moins d'une centaine de combattants valides. Quatre-vingt-onze, pour être précis.

— Si peu ? s'exclama Leandor. (Ses épaules s'affaissèrent.) C'est un sale coup.

— Pas aussi sale que celui qu'ils ont encaissé, répliqua Shani, occupée à nettoyer les couteaux qu'elle avait récupérés avant de les remettre dans leur fourreau. À vue de nez, nous avons fait deux fois plus de victimes dans leurs rangs.

— Oh, nos hommes se sont bien défendus, acquiesça Leandor. Mais nous aurons du mal à nous passer de ceux qui ont péri aujourd'hui.

Tycho s'assit sur un tonneau retourné.

— La question est de savoir si nous sommes encore assez nombreux pour nous permettre de continuer. Nous étions déjà un peu juste quand nous avons quitté Allderhaven, mais maintenant...

— Je suis déterminé à poursuivre notre chemin coûte que coûte, déclara Leandor. Si nous faisions demi-tour, nous perdrions l'avantage de la surprise. Et surtout, le moral des troupes en prendrait un coup. Nous courrions le risque que le défaitisme se répande dans les rangs delgarviens.

— Malheureusement, nous n'avons plus la possibilité d'attendre les renforts de Golcar. S'il doit nous rejoindre, ce sera forcément à Vaynor : il ignore notre changement d'itinéraire, rappela Tycho.

— Tu as raison. Mais je refuse de gaspiller d'autres vies en envoyant des messagers à sa rencontre à travers une région qui grouille de serviteurs d'Avoch-Dar. Donc, pour le moment du moins, nous sommes livrés à nous-mêmes, résuma Leandor.

— Je suppose qu'il n'y a aucune chance pour que ces hommes aient été de simples brigands ? hasarda Tycho en désignant d'une main poilue les cadavres ennemis qui jonchaient le sol.

Shani sortit quelque chose de sa poche.

— Si tu nourrissais le moindre doute à ce sujet, ceci devrait le dissiper. (Dans sa paume reposait un pentacle noir.) Tous les morts que j'ai fouillés avaient le même médaillon.

— Identique à ceux que nous avons retrouvés sur mes gardes du corps, acquiesça Leandor.

— Et à ceux que portaient les hommes qui nous ont agressés, Hadzor et moi, ajouta la jeune femme.

— Malgré notre nombre modeste, il semble donc que nous ayons une bonne raison de nous réjouir, déclara Tycho.

— Laquelle ? demanda Shani, intriguée.

— De toute évidence, Avoch-Dar a tellement peur de nous qu'il est prêt à tout pour nous éliminer.

— Excuse-moi de ne pas me sentir flattée.

Chapitre 19

Hadzor avait été forcé d'assister à l'embuscade.

Il avait d'abord craint que les Delgarviens soient massacrés. À écouter les vantardises d'Avoch-Dar, l'issue du combat ne faisait aucun doute. Mais le moine avait observé la scène avec un soulagement croissant tandis que les serviteurs vêtus de noir du sorcier se faisaient vaincre et repousser.

À présent, la vasque de vision montrait un champ de bataille jonché de leurs cadavres.

Le porte-parole des Sygazons, Berith, était également présent. Hadzor ne parvenait pas à s'habituer à l'apparence hideuse du seigneur démon. Ni à l'aura maléfique qui émanait de lui tel un brouillard invisible, mais nauséabond et suffocant. Et il n'arrivait toujours pas à déchiffrer ses humeurs.

Aussi ne fut-il guère surpris que ce qui lui tenait lieu de visage ne manifeste pas la moindre émotion face à la défaite de son allié.

En revanche, la réaction d'Avoch-Dar fut parfaitement limpide.

Le sorcier étouffait de rage. Il tempêtait, jurait et proférait des menaces terrifiantes, faisant le serment de consigner l'âme de Nightshade dans les royaumes infernaux.

Quand il commença enfin à se calmer, Berith s'adressa à lui.

— Une fois de plus, tu as échoué, siffla-t-il sur un ton déplaisant. Les Sygazons attendent mieux que ça de la part de leurs… alliés. Tu as gaspillé la vie de tes hommes. Il aurait mieux valu offrir leur âme au grimoire.

Sa remarque laissait entrevoir le sort atroce qui attendait toute l'humanité si les démons réussissaient à s'emparer de nouveau de ce monde.

— Nightshade et sa petite armée seront détruits longtemps avant d'atteindre Vaynor, promit Avoch-Dar. Pour ce qui est de nourrir le grimoire, n'ayez pas d'inquiétude : il n'y a aucun risque que nous tombions à court d'essences vitales. Comme je vais vous le démontrer immédiatement.

Berith émit un grognement qu'Hadzor interpréta comme approbateur.

Avoch-Dar fit signe à un garde. Celui-ci sortit précipitamment du hall et revint quelques instants plus tard, traînant derrière lui une prisonnière ligotée. Livide de terreur, la malheureuse fut forcée de se prosterner devant l'autel. La radiance bleue qui enveloppait le Grimoire des Ombres se mit à frémir.

Incapable de garder le silence plus longtemps, Hadzor s'écria :

— Vous ne pouvez pas faire ça, Avoch-Dar !

Les gardes qui le ceinturaient resserrèrent douloureusement leur étreinte.

— Silence ! aboya le sorcier. Je peux encore changer d'avis à ton sujet !

— Si vous avez besoin d'une vie, prenez la mienne, implora Hadzor. Mais au nom des dieux, ayez pitié de cette femme !

— Comme c'est noble de ta part, ricana Avoch-Dar. Maintenant, tiens ta langue, si tu ne veux pas la perdre !

Impuissant, le moine regarda des tentacules d'énergie se tendre vers la prisonnière.

Et souhaita ardemment être sourd pour ne pas entendre ses cris affreux.

Il fallut le reste de la journée aux Delgarviens pour enterrer leurs morts et se préparer à repartir. Leandor envisagea de passer la nuit sur le lieu de la bataille pour qu'ils soient plus frais le lendemain. Mais ils avaient déjà perdu bien assez de temps.

Le soleil se couchait lorsqu'ils se remirent en route. Quelques-unes des étoiles les plus brillantes étaient déjà visibles dans le ciel hivernal, tout comme le croissant de la lune dans sa phase ascendante. D'autres sentinelles furent positionnées à l'avant, à l'arrière et sur les deux flancs de la colonne, pour prévenir celle-ci en cas de nouvelle attaque.

Quelques heures s'écoulèrent sans incident. Enfin, ils atteignirent le sommet de la colline qui surplombait les lumières scintillantes de Refuge. Au-delà de la petite ville portuaire, la grande masse sombre de l'océan s'étirait jusqu'à l'horizon. De là où ils se trouvaient, ils pouvaient déjà entendre le grondement du ressac.

Le nouveau second de Leandor, un sergent âgé endurci par toute une vie de campagnes, suggéra qu'ils campent dans un bosquet tout proche.

— Ça semble une bonne idée, acquiesça Leandor. Mais n'allumez pas de feu et ne faites pas le moindre bruit. Je ne veux pas que nous attirions l'attention sur nous. Postez des sentinelles, et dites-leur de rester hors de vue.

— Quel est ton plan, Dalveen ? interrogea Tycho.

— Inutile de perdre du temps. Shani et moi allons descendre en ville. Nous emmènerons plusieurs sacs d'or et croiserons les doigts pour trouver un navire à vendre.

— Aurez-vous besoin d'une escorte, monsieur ? s'enquit le sergent.

— Non. Un groupe d'étrangers risquerait de susciter la méfiance. (Leandor se tourna vers Tycho.) C'est la raison pour laquelle je veux que tu restes ici, mon ami.

— Je comprends, acquiesça l'homoncule. Mon apparence éveillerait certainement la méfiance, et peut-être même l'hostilité des habitants.

— Allons-nous engager un équipage ? voulut savoir Shani.

— Seulement si le navire que nous achèterons est difficile à manœuvrer, répondit Leandor. Sinon, j'aime autant ne pas impliquer de tierces personnes dans ce voyage. Certains des hommes qui nous accompagnent possèdent une expérience de la navigation. Et nous nous contenterons de longer la côte jusqu'à Vaynor ; ce n'est pas comme si nous allions mettre le cap sur la haute mer.

— J'imagine que ça devrait aller. Mais que ferons-nous s'il n'y a pas de navire à vendre ?

— Dans ce cas, nous devrons envisager d'en réquisitionner un. Notre mission est trop importante pour que nous renoncions à ce stade. Tu es prête ?

Shani hocha la tête.

—Encore une question, monsieur, dit le sergent. Que se passera-t-il si vous avez des ennuis en ville?

—Si nous ne sommes pas revenus d'ici... disons, quatre heures, vous avez ma permission d'envoyer une équipe à notre recherche. Si jamais nous nous faisons tuer, c'est Tycho qui assumera le commandement. Il prendra les décisions et vous, sergent, serez chargé de les appliquer d'un point de vue stratégique. Tycho, il t'appartiendra de déterminer si tu veux continuer ou rentrer à Allderhaven.

—C'est une lourde responsabilité, Dalveen.

—Je sais que tu t'en acquitteras pour le mieux. Mais ne vous inquiétez pas pour nous. Je pense que nous sommes capables de nous débrouiller.

Pour un petit port, Refuge se révéla étonnamment animé.

Lorsque Leandor et Shani pénétrèrent dans ses rues étroites, celles-ci grouillaient de passants. Des chariots pleins de marchandises et des processions de mules lourdement chargées ajoutaient à l'agitation. Toutes les tavernes semblaient bondées.

—De toute évidence, plusieurs navires sont arrivés ici récemment, commenta Leandor.

—Tant mieux pour nous: cela augmente nos chances d'en trouver un qui soit disponible, se réjouit Shani. Et nous passerons plus facilement inaperçus dans cette foule.

—Comme Tycho, il me faut plus qu'une foule abondante pour passer inaperçu, fit amèrement remarquer le jeune homme.

—Ta cape dissimule assez bien ta manche vide. Viens, descendons sur le port.

Sans le nombre de gens qui se pressaient autour d'eux, Leandor et Shani auraient peut-être remarqué les deux cavaliers qui les suivaient à bonne distance. Mais l'homme et la femme auraient été difficiles à repérer, même si les rues de la petite ville avaient été désertes. Ils étaient experts dans l'art du pistage: des chasseurs professionnels de proies humaines.

Tous deux portaient des vêtements ordinaires pour ne pas attirer l'attention. Leurs diverses armes étaient habilement dissimulées sur leur personne, et même le harnachement de leurs chevaux était dénué de tout ornement.

La femme avait attaché ses cheveux roux en une tresse qu'elle avait enfilée dans le col de son pourpoint boutonné jusqu'au cou. Le large rebord de son chapeau de feutre projetait une ombre sur son visage.

Quant à l'homme, un bandeau maintenait en place sa longue chevelure noire. Il était rasé de près ; une barbe lui aurait pourtant permis de masquer le signe particulier qui abîmait un visage que l'on aurait autrement pu qualifier de séduisant. Une ancienne cicatrice, profonde et peu seyante, courait depuis son œil gauche jusqu'à la pointe de son menton en passant par le coin de sa bouche.

— À ton avis, qu'est-ce qu'ils mijotent ? demanda la femme.

— Je n'en ai pas la moindre idée.

— S'ils nous conduisent dans un endroit moins fréquenté, je suggère que nous en profitions pour frapper.

— Patience, Jocasta. Leandor en particulier ne doit pas être sous-estimé. Nous devrons choisir le lieu et le moment avec grand soin. Il semble que Hobbe ait agi inconsidérément, et regarde où ça l'a mené.

— Hobbe était un imbécile.

— Heureusement pour nous. Ça fait un rival de moins avec lequel nous colleter ou partager la récompense.

— J'aurais cru que tu accepterais cette mission uniquement par plaisir.

— Oh, j'aurais tué Leandor pour rien, confirma l'homme en grimaçant. Mais la bourse rondelette que je toucherai pour sa mort rendra ma victoire encore plus douce.

— Essaie juste de ne pas me faire attendre trop longtemps. J'ai l'habitude de frapper à la première occasion – pas de travailler avec un partenaire et de devoir le consulter sur tout.

— Moi non plus, je n'avais encore jamais travaillé en équipe, tu le sais bien. Mais Nightshade est un cas particulier. Et Vanya non plus n'est pas une adversaire ordinaire, comme tu t'en es aperçue à tes dépens.

— Elle est plutôt bonne, reconnut la femme à contrecœur.

L'homme sourit.

— Mais pas autant que toi, évidemment.

Il s'était exprimé sur un ton légèrement moqueur. Les yeux de sa compagne lancèrent des éclairs, mais avant qu'elle puisse s'emporter, il ajouta :

— Tout ce que je te demande, c'est de me laisser Leandor. Il est à moi, tu entends ?

— Comme tu voudras. Je veux juste régler mes comptes avec Vanya.

— Tant mieux.

L'homme laissa courir ses doigts le long de sa cicatrice en regardant fixement le dos de Leandor.

Dès qu'ils furent arrivés sur les quais, Leandor et Shani commencèrent à s'enquérir d'un navire à vendre. Le premier qu'on leur indiqua se révéla être un gros bateau de pêche, totalement inapproprié pour transporter près d'une centaine d'hommes et autant de chevaux.

Puis quelqu'un leur suggéra de s'adresser à un vieil homme dont le clipper à trois mâts était amarré au bout des quais. Ce vaisseau marchand se nommait le *Vagabond des océans*.

Leandor et Shani trouvèrent son propriétaire assis sur une aussière, en train de fumer une pipe de bruyère. Sous son crâne chauve, une épaisse moustache blanche barrait son visage buriné. Il expliqua aux deux jeunes gens qu'il vendait son navire parce qu'il avait l'intention de prendre sa retraite, et il les invita à monter à bord.

Le clipper semblait encore plus vieux que son propriétaire, mais pour ce que Leandor et Shani purent en voir, il était en bon état. Ne voulant pas montrer qu'ils n'y connaissaient rien en bateaux, de peur que le marin base son prix sur leur ignorance, ils se gardèrent de poser trop de questions et passèrent le plus clair de la visite à écouter l'argumentaire de leur guide. Comme ils faisaient le tour du pont principal, ils s'arrêtèrent occasionnellement pour tâter le bastingage ou toquer à une poutre, avec ce qu'ils espérèrent être une mine avertie.

Shani eut la présence d'esprit de demander s'ils pouvaient visiter le pont inférieur. Le vieil homme leur montra la trappe d'accès et les laissa descendre seuls.

— Que sommes-nous supposés faire ici ? chuchota Leandor.

— Comment veux-tu que je le sache ? siffla Shani. J'imagine qu'on pourrait vérifier l'absence de trous dans la coque, par exemple.

— S'il y en avait, ce bateau aurait déjà coulé depuis longtemps.

— Tu vois bien ce que je veux dire ! La vérité, c'est que je n'y connais rien, et toi non plus. Tu as dit que certains de tes hommes possédaient une expérience de la navigation. Nous aurions dû en emmener un avec nous.

— Peut-être. Mais je voulais faire preuve de discrétion, tu te souviens ? De toute façon, c'est une question de bon sens. Tout ce dont nous avons besoin, c'est d'un navire qui puisse effectuer un court voyage durant lequel nous ne perdrons jamais la côte de vue. Il faut juste qu'il soit assez grand pour transporter nos hommes, leurs chevaux et quelques provisions, déclara Leandor.

— Et les chariots ?

— Nous devrons les abandonner, ainsi que les chevaux de rechange et les mules. À partir de maintenant, nous voyagerons léger.

— Dans ce cas, ce bateau devrait nous suffire. (Shani tapota la coque et retira sa main couverte de vase.) Du moins, je l'espère.

Ils remontèrent sur le pont principal et commencèrent la négociation. Une heure plus tard, ils tombèrent d'accord sur un prix qui était plus élevé que l'aurait souhaité Leandor, mais beaucoup moins que le chiffre outrancier initialement énoncé par le marin. Ils convinrent de lui verser la moitié du prix en or tout de suite, et le reste quand ils reviendraient prendre possession du navire.

— Vous le voulez pour quand ? interrogea le vieil homme.

— D'ici deux ou trois heures, répondit Leandor.

— Si vite ?

— Nous voulons partir avec la marée de demain matin. Ça vous pose un problème ?

— Non. Ça me semble un peu précipité, c'est tout. Et pour l'équipage ? Aurez-vous besoin d'engager des hommes ?

— Nous avons notre propre équipage. Il sera avec nous lorsque nous reviendrons.

— Où comptez-vous aller ?

— Un peu plus loin sur la côte.

— Vous êtes des marchands ?

— Euh, oui.

Le marin n'eut pas l'air convaincu.

— Vous n'êtes pas familiers avec les eaux de cette région, n'est-ce pas ?

— Pas vraiment, admit Leandor.

— Si vous voulez mon avis, vous devriez vous écarter le moins possible du rivage. Quoi que vous fassiez, ne vous approchez pas de Nordelph. Il y a beaucoup de problèmes là-bas en ce moment ; vous feriez mieux de ne pas vous en mêler.

— Je connais le nom de Nordelph, mais pas son histoire, avoua Shani.

— C'est un État insulaire qui a proclamé son indépendance, expliqua Leandor, alors qu'il devrait logiquement appartenir à Delgarvo. Depuis plusieurs dizaines d'années, il est dirigé par une succession de despotes.

— Exact, acquiesça le vieil homme. Le dernier en date se fait appeler Keez Mylius ; il dirige Nordelph depuis un an environ. C'est le pire de tous. Il règne avec une main de fer, sans le gant de velours. La situation a tellement dégénéré qu'une force rebelle s'est constituée pour tenter de le renverser. Je ne serais pas étonné qu'une guerre civile éclate avant longtemps.

— Nous ferons attention d'éviter l'île, affirma Shani. Merci pour le tuyau.

Le marin les regarda descendre la passerelle, monter sur leurs chevaux et s'éloigner.

Puis il retourna s'asseoir sur son aussière et, souriant, bourra de nouveau sa pipe.

Un homme et une femme s'approchèrent de lui et engagèrent la conversation. La femme désigna la direction dans laquelle Leandor et Shani étaient partis. Son compagnon laissa tomber quelques pièces dans la paume du marin.

La journée se révélait plus que fructueuse pour l'ancien propriétaire du *Vagabond des océans*. Ces deux étrangers le payaient pour qu'il réponde à des questions concernant les deux autres. À ce rythme-là, il amasserait un beau petit pécule pour sa retraite.

Chapitre 20

Leandor revint à Refuge juste après minuit.

Il était accompagné de dix soldats en tenue civile, censés constituer son équipage. Shani était demeurée avec le reste des troupes, qui profiterait du couvert des ténèbres pour longer la côte jusqu'au point de ramassage convenu.

Le vieux marin reçut le reste de l'or promis. Il s'en alla sans mentionner les deux étrangers qui l'avaient interrogé un peu plus tôt.

Cette nuit-là, Leandor et ses hommes ne prirent que peu de repos. Ils consacrèrent le plus clair de leur temps aux préparatifs de départ, vérifiant l'état des haubans et des voiles, inspectant soigneusement la coque en quête de fuites éventuelles et embarquant une ample quantité d'eau fraîche. L'aube n'était plus distante que de quelques heures lorsqu'ils se déclarèrent enfin satisfaits.

Ils attrapèrent la marée matinale, après avoir réussi à manœuvrer sans trop de difficultés entre les autres navires amarrés dans le port. Bientôt, Refuge ne fut plus qu'une masse indistincte derrière eux, et ils déroulèrent les voiles pour la première partie de leur voyage.

Une heure plus tard, ils atteignirent la petite anse abritée où leurs compagnons les attendaient. Ils jetèrent l'ancre aussi près du rivage qu'ils l'osèrent. Les soldats émergèrent de leur cachette, se déversèrent le long de la plage sablonneuse et entrèrent dans l'eau pour patauger jusqu'au navire, conduisant par la bride leurs chevaux chargés de provisions et d'équipement.

Une heure s'écoula encore avant que tout le monde soit à bord et que les vivres soient rangés comme il se devait dans la cale.

Priorité avait été donnée à la nourriture, aux armes et au matériel de premiers secours. Les chariots et le reste de leur contenu avaient été abandonnés dans un bosquet voisin. Quant aux chevaux supplémentaires et aux mules, les Delgarviens n'avaient pu que les relâcher dans la nature en espérant qu'ils se débrouilleraient par eux-mêmes.

En milieu de matinée, ils mirent le cap sur Vaynor. Leandor estimait qu'ils devraient atteindre leur destination en fin de journée.

Lorsqu'ils furent en route, il ne leur resta pas grand-chose à faire, sinon rattraper leur sommeil en retard. Assis sur le pont principal, Leandor, Shani et Tycho profitèrent de cette occasion pour passer en revue certains événements récents dont ils n'avaient pas encore eu l'occasion de discuter.

La jeune femme était tout particulièrement intéressée par l'autre race ancienne dont le fantôme de Melva leur avait parlé.

— Comment les a-t-elle appelés, déjà ? Les Vitruvius ?

— Je crois, acquiesça platement Leandor.

— Ça n'a pas l'air de t'enthousiasmer, nota Shani. Pourtant, c'est une bonne nouvelle qu'il existe une race aussi puissante que les Sygazons et opposée à eux, non ?

— Peut-être, répondit Leandor avec une moue dubitative. Mais je ne crois pas que nous puissions tirer des conclusions à partir d'informations aussi vagues Je veux dire… Qui sont-ils exactement ? Et où se trouvent-ils ? Pour ce que nous en savons, ils pourraient avoir disparu depuis une éternité.

— Ce n'est pas l'impression que j'ai eue. D'après la façon dont Melva a parlé d'eux, elle semblait penser qu'ils pourraient avoir un rôle à jouer dans les événements à venir.

— Ils sont peut-être opposés aux Sygazons, mais ça ne signifie pas nécessairement qu'ils soient moins maléfiques qu'eux.

— Les ennemis de mes ennemis sont mes amis, cita Shani. Et nous aurons besoin de toute l'aide que nous pourrons nous procurer.

— Ce que Melva nous a dit était beaucoup trop vague. Je préférerais me baser sur quelque chose de substantiel, comme la localisation de cette fameuse arme. Et, pour être franc, l'idée d'introduire dans notre monde une autre race inhumaine aussi puissante que les Sygazons ne me dit rien qui vaille, avoua Leandor d'un air sombre. J'ai déjà assez de mal à admettre que c'est ma faute si les démons sont revenus.

—Tu n'as aucune raison de culpabiliser, Dalveen, intervint Tycho.

—Au contraire, j'ai toutes les raisons de le faire, répliqua amèrement le jeune homme. Si je n'avais pas retrouvé le grimoire et si je ne l'avais pas laissé tomber entre les mains d'Avoch-Dar...

—Avec des « si », on pourrait refaire l'histoire, coupa Shani. N'oublie pas que selon la prophétie, tu étais destiné à chercher le grimoire.

—La prophétie me promettait juste une chance de le trouver ; elle n'offrait aucune garantie quant à ce qui se passerait ensuite, répliqua Leandor. Tu ne tiens pas compte de l'élément de libre arbitre mentionné par Melva. Ce sont les décisions que j'ai prises, et non la fatalité, qui nous ont fourrés dans ce guêpier.

—Peut-être que oui, peut-être que non. Nous sommes tous d'accord sur le fait que le grimoire constitue un mystère incompréhensible pour nous. (Shani marqua une pause avant de reprendre :) Je n'arrête pas de repenser à Drew Hadzor. Il était un peu tête brûlée et certainement obsédé mais, visiblement, il avait beaucoup réfléchi à la question. Sa théorie selon laquelle le pouvoir du grimoire serait intrinsèquement neutre n'est peut-être pas si farfelue que ça.

—Je persiste à penser qu'il délirait complètement. Mais j'aurais peut-être dû prendre le temps d'en discuter avec lui, concéda Leandor.

—Il se pourrait qu'il ait raison, du moins en partie. Réfléchis une seconde, le pressa Shani. Si tu avais réussi à conserver le grimoire, tu l'aurais utilisé pour faire le bien, n'est-ce pas ? Et s'il avait réussi à te rendre ton bras, ç'aurait été une bonne chose, pas vrai ? Hadzor pensait que la nature des pouvoirs du grimoire dépend des intentions de la personne qui le contrôle. Qu'est-ce que ça a de si délirant ?

—Mais le grimoire ne m'a pas rendu mon bras et il n'a pas fait grand-chose de bon pendant qu'il était en notre possession, protesta Leandor.

— Il a guéri la blessure que Kreid t'avait infligée, lui rappela Shani. Et il nous a ramenés à Delgarvo. S'il ne t'a pas rendu ton bras, c'est peut-être parce que nous n'avons pas su l'utiliser correctement.

Leandor soupira.

— Comme tu l'as dit tout à l'heure, c'est un mystère. Pour l'instant, je place ma foi en mon épée et en celle des hommes qui nous accompagnent. Je ne pense à rien d'autre qu'à affronter Avoch-Dar et détruire ce maudit grimoire.

— Qu'est-ce que c'est ? demanda soudain Tycho.

Leandor et Shani tournèrent la tête. Par-delà le bastingage, ils aperçurent une longue bande de terre à l'horizon.

— Ça doit être Nordelph, déclara le jeune homme. L'île qu'on nous a conseillé d'éviter.

— Tu as dit qu'elle était gouvernée par des dictateurs depuis des années. Pourquoi le roi Eldrick n'est-il pas intervenu ? s'enquit Shani.

— Il en a toujours eu l'intention. Mais, d'une part, il doutait que Nordelph tombe vraiment sous le coup de la juridiction delgarvienne et, d'autre part, envoyer une expédition aurait coûté la vie à de nombreux soldats. Sans compter que ses dirigeants n'ont jamais fait preuve d'hostilité ouverte envers nous.

— Si l'homme qui nous a vendu ce bateau a dit la vérité, le nouveau dirigeant... Comment s'appelle-t-il, déjà ?

— Keez Mylius.

— Ce Mylius a l'air d'être un épouvantable tyran. Je suis surprise que ça ne te dérange pas, Dalveen.

— Bien sûr que si, ça me dérange, s'indigna Leandor. Comme celui de Bearsden, c'est un problème auquel j'ai l'intention de remédier dès que nous aurons réglé les affaires en cours. À supposer bien entendu que nous en réchappions vivants.

— Je suis ravie de l'entendre.

— Mais ne pense plus à Nordelph. Pour le moment, nous avons d'autres chats à fouetter. Ou, en l'occurrence, un sorcier.

Avoch-Dar prenait un malin plaisir à tourmenter Hadzor. Quand il n'était pas occupé à l'insulter ou à le menacer, il le forçait à observer des scènes déplaisantes. Comme en ce moment.

Hadzor était enchaîné à une des colonnes de marbre du grand hall. Celle-ci se dressait tout près de la vasque de vision, de sorte qu'il jouissait d'une vue imprenable sur sa surface bouillonnante.

Berith et le sorcier fixaient également du regard le liquide verdâtre. Et Avoch-Dar incantait un sort.

Une image se forma. C'était celle d'un navire à trois mâts, dont le vent gonflait les voiles.

Un geste des mains décharnées du sorcier l'effaça et la remplaça par une autre : Leandor, Shani Vanya et l'homoncule, Tycho, assis ensemble sur le pont de l'embarcation. Dans le fond s'affairaient des soldats delgarviens.

— Plus il se rapproche, siffla Berith, plus il est certain que notre magie l'affectera.

— Ouvre grands tes yeux et tes oreilles, saint homme, ricana Avoch-Dar. Tu es sur le point d'assister à la chute du grand Nightshade !

— Vas-y, le pressa Berith. Avec ton talent et les pouvoirs supplémentaires que nous t'avons conférés, ce devrait être un sort assez simple.

Avoch-Dar effectua une série de passes compliquées.

L'image s'effaça de nouveau pour reprendre sa perspective originelle. Le navire voguait toujours sur la mer, mais ses voiles semblaient un peu plus tendues et sa coque tanguait davantage que précédemment.

Au premier plan, les vagues enflèrent.

Sur le pont du *Vagabond des océans*, Leandor et ses amis furent interrompus par un cri en provenance de la vigie.

Le soldat qui y était perché désignait, non pas le large, mais la côte.

Très loin au-dessus des collines se formait une masse de nuages noirs orageux. Des éclairs illuminaient ses profondeurs et un vent cinglant parvenait déjà jusqu'au navire.

Shani fixa l'amoncellement bouillonnant d'un regard stupéfait.

— D'où sortent-ils ?

— Il arrive que des tempêtes éclatent sans prévenir, répondit Leandor.

— En mer, oui. Mais sûrement pas sur terre !

— Je ne suis pas expert en météorologie, Shani. Tout ce qui m'intéresse, c'est de savoir si celle-là va venir jusqu'ici.

— Tu devrais partir du principe que oui, suggéra Tycho. Elle a définitivement l'air de se diriger vers nous.

Leandor sentit un peu d'écume salée lui éclabousser la figure.

— Tu as raison, acquiesça-t-il. Sergent !

Son second accourut et salua.

— Monsieur ?

— On dirait que nous allons être salement brinquebalés. Faites affaler les voiles et arrimer tout ce qui ne l'est pas déjà, et assurez-vous que les chevaux soient bien attachés, exigea Leandor. Que les hommes qui n'ont rien à faire sur le pont descendent se mettre à l'abri. Et dites à la vigie de ne pas rester là-haut.

— Oui, monsieur.

Le sergent s'éloigna d'un pas vif pour transmettre ses ordres.

— Je monte à la barre, annonça Leandor.

Shani et Tycho le suivirent. Le vent gagnait en force et, déjà, le navire commençait à prendre de la gîte.

Le soldat qui possédait le plus d'expérience en matière de navigation avait été assigné à la barre. Leandor l'interpella.

— Tu as déjà vu une tempête de ce genre ?

— Non, monsieur. Du moins, pas en provenance du continent. C'est plutôt le genre qu'on s'attend à rencontrer en haute mer.

— Ne devrions-nous pas jeter l'ancre ? s'enquit Shani.

— Si près du rivage ? Ce n'est pas une bonne idée, répliqua le soldat. Les vents qui se dirigent vers nous vont gagner en intensité en s'engouffrant entre les falaises. Si nous étions immobilisés, ils risqueraient de nous tailler en pièces.

— Donc, mieux vaut nous laisser porter ? demanda Leandor.

— Oui, monsieur. Mais j'aurai sans doute besoin d'aide pour barrer si les choses se gâtent.

— Je vais rester avec vous.

— Nous aussi, offrit Shani en son nom et en celui de Tycho.

Leandor avait mieux à faire que de discuter avec elle.

— Si vous y tenez. Mais attachez-vous quelque part.

En contrebas, les vagues commençaient à s'écraser sur le pont principal, trempant de la tête aux pieds les soldats qui luttaient pour affaler les voiles.

Les trois amis attachèrent le timonier à la barre. Leandor se plaça près de lui. Il fit passer une boucle de corde autour de sa taille et noua les extrémités autour de la main courante du bastingage. Un peu en retrait pour ne pas le gêner, Tycho et Shani l'imitèrent.

Sans crier gare, une lame monstrueuse frappa le *Vagabond des océans* sur bâbord. Le navire tangua violemment. Des torrents de pluie se déversaient depuis le ventre lourd des nuages, presque arrivés à leur aplomb. Des éclairs déchiraient le ciel sombre et le tonnerre grondait.

Une vague encore plus haute que la précédente les percuta et, à travers le déluge, ils virent plusieurs hommes se faire balayer sur le pont principal. Au moins deux d'entre eux disparurent par-dessus bord.

— J'ai du mal à la tenir ! s'égosilla le timonier.

Leandor lui prêta son bras pour immobiliser la barre. Ses muscles saillirent et se contractèrent le long de son épaule et de son dos.

Puis une nouvelle vague incroyablement large emporta comme de vulgaires fétus de paille les hommes demeurés sur le pont principal.

Le vent poussait inexorablement le *Vagabond des océans* vers le large et ils ne pouvaient rien faire pour l'en empêcher.

Autour d'eux, tout était aussi noir que par une nuit sans lune. Des vagues aussi hautes que des montagnes les martelaient sans répit. Ils s'accrochèrent désespérément, impuissants face à la férocité de la tempête.

Chapitre 21

Leandor aurait eu du mal à dire combien de temps s'écoula avant que la tempête finisse par s'épuiser. Mais, petit à petit, le vent retomba ; les vagues reprirent une taille normale et le calme revint.

Le *Vagabond des océans* s'était laissé entraîner si loin vers le large que ses passagers ne pouvaient même plus voir le rivage. Nordelph était toujours visible et semblait plus proche que précédemment, bien qu'encore éloignée de plusieurs milles nautiques.

Le sergent vint faire son rapport à Leandor.

— Nous avons perdu sept hommes, monsieur, et une poignée d'autres sont blessés – pas trop gravement pour la plupart, par chance. Une grande partie du matériel que nous avions amarré sur le pont a été emportée, et le mât avant est en sale état. Plusieurs des voiles ont été déchirées, et le gréement est complètement emmêlé. Mais il devrait être possible d'y remédier. L'un dans l'autre, ç'aurait pu être bien pire.

— Je suppose que oui, sergent, acquiesça Leandor. Merci.

L'officier repartit vaquer à ses occupations. Shani s'approcha.

— Nous avons inspecté le pont inférieur. Dieux merci, il n'y a pas de brèche dans la coque. Nous avons de la chance que le navire ne prenne pas l'eau.

— Et encore plus de n'avoir pas été envoyés par le fond, ajouta Leandor.

— Je veux bien être damnée si cette tempête était d'origine naturelle, Dalveen. J'ai parlé à quelques-uns des hommes qui ont déjà passé du temps en mer, et ils sont d'accord avec moi. Sans parler de tout le reste, elle nous est tombée dessus beaucoup trop vite.

— Ce devait être un petit cadeau de notre ami le sorcier, n'est-ce pas ? Et le plus ironique, c'est que maintenant, nous ne pouvons plus avancer faute de vent.

— Ne finirons-nous pas par dériver jusqu'à la côte ? s'enquit Shani.

— Pas depuis une telle distance, la détrompa Leandor. Au contraire, les courants nous entraînent de plus en plus vers le large.

— Nous ne pouvons pas y faire grand-chose, à part espérer et attendre.

Pendant deux heures et demie, c'est exactement ce qu'ils firent. Et ce ne fut pas le retour du vent qui fit soudain s'exclamer la vigie.

Les deux jeunes gens scrutèrent l'horizon.

— Là ! dit Leandor en tendant le doigt vers une tache lointaine. Une voile.

Le carré blanc grandit en l'espace de quelques minutes. Bientôt, ils purent distinguer le vaisseau auquel elle était attachée.

— Comment se fait-il qu'ils se déplacent si vite alors que nous ne bougeons pas ? s'étonna Shani.

— Parce qu'ils disposent d'une autre force de propulsion que le vent, répondit Leandor. Regarde le long de leurs flancs.

La jeune femme plissa les yeux.

— Des rames ?

— Oui. Et il n'existe que trois types d'embarcations de cette taille qui utilisent des rameurs : les vaisseaux de guerre, les galères et les navires pirates.

— À ton avis, auquel avons-nous affaire ?

— En théorie, ça pourrait être n'importe lequel des trois. Mais je ne vois pas ce qu'un vaisseau de guerre ferait dans les parages, déclara Leandor. Pareil pour une galère. Je suis presque certain qu'il n'est pas censé y avoir de prison flottante dans ces eaux.

— Donc, ce sont des pirates.

— C'est probable. Nous ne sommes pas très loin de l'archipel d'Amrac, qui abrite un port libre pour les boucaniers et les contrebandiers.

—Amrac devrait se trouver beaucoup plus au sud, protesta Shani.

—Nous dérivons justement vers le sud. Et les navires pirates ont un rayon d'action assez large dans cette partie du monde.

—Tu es certain qu'un vaisseau qui utilise des rameurs appartient forcément à une de ces trois catégories?

—Oh, oui. Pour une raison très simple: aucun marin ne s'engagerait volontairement comme rameur. C'est un boulot éreintant et souvent fatal. Donc, les rameurs sont toujours des gens auxquels on n'a pas laissé le choix.

—Tu veux dire des esclaves?

Leandor acquiesça.

—Des prisonniers de guerre, des criminels condamnés par la justice ou des malheureux qui se sont laissé capturer par des pirates.

—Génial. Il ne manquait plus que ça, soupira Shani.

—Nous devons supposer qu'ils sont hostiles et nous préparer à soutenir un assaut. Malheureusement, nous n'avons pas la possibilité de tenter de les semer.

—Et à l'allure où ils progressent, ils seront bientôt sur nous.

Leandor ordonna à tous ses hommes de monter sur le pont principal et leur exposa la situation. Des armes supplémentaires furent distribuées, et les soldats prirent position tout le long du navire.

Trente minutes plus tard, le galion était assez proche pour qu'ils puissent distinguer sa figure de proue: un dragon rouge avec des griffes dorées et une queue verte fourchue.

Aucun nom n'était inscrit sur sa coque. Il semblait une fois et demie plus gros que le *Vagabond des océans*. Son pont supérieur et son gréement grouillaient d'hommes – à vue de nez, plus d'une centaine – dont beaucoup se pressaient contre le bastingage. Chacun d'eux tenait un coutelas dans sa main.

—Ils n'arborent aucun drapeau que je puisse voir, commenta le sergent.

Il avait à peine fini sa phrase qu'un pavillon fut hissé le long du mât principal du galion. Quand il atteignit son sommet, la brise suffit à peine à le déployer. Il était noir, avec des marques blanches qui formaient une image universellement connue et redoutée.

Le profil d'un loup, dont la gueule grande ouverte dévoilait ses crocs.

Aucun doute n'était plus permis quant à l'identité des nouveaux venus.

— Nous voilà fixés, se lamenta Shani. L'emblème des pirates !

Le galion vira de bord. Dans quelques secondes, son flanc tribord serait parallèle à celui du clipper.

Leandor grimpa sur un tonneau et brandit son épée au-dessus de sa tête.

— Delgarviens ! s'époumona-t-il. Préparez-vous à repousser nos assaillants !

Debout au sommet d'une des tours du palais, Bethan et Quixwood contemplaient l'armée assemblée en contrebas.

— Tout est prêt ? s'enquit la jeune femme.

— Oui, enfin ! Nous partirons dans l'heure.

— Vous me manquerez, Golcar. Vos conseils et votre soutien m'ont été précieux ces derniers jours.

— Nous serons de retour avant que vous ayez le temps de dire ouf, promit Quixwood. D'ici là, il vous reste de nombreux serviteurs compétents pour vous aider à administrer le royaume.

— Mais aucun qui soit aussi fiable ou aussi sage que vous.

— Merci, Bethan. À présent, je dois…

— Accordez-moi un instant, Golcar Quixwood.

Surpris par cette interruption inattendue, ils firent volte-face. Le vieux militaire porta la main à son épée.

— Karale ! s'écria Bethan.

La petite-fille de Melva leur sourit.

— Désolée de vous avoir fait peur, Votre Majesté.

Quixwood était abasourdi.

— Comment êtes-vous arrivée jusqu'ici ? Il y a des gardes partout ! Vous n'auriez pas dû pouvoir passer.

— Tout est possible lorsque nécessité oblige, répliqua mystérieusement Karale. Mais je ne perdrai pas de temps en explications inutiles. La raison de ma venue est autrement plus importante.

— Vous avez des nouvelles de Dalveen ? interrogea Bethan, anxieuse.

— Il est vivant, tout comme Shani et Tycho. Mais on ne peut pas en dire autant de tous les hommes qui les accompagnaient.

— Ils ont eu des problèmes ? Que s'est-il passé ? demanda Quixwood.

Karale secoua la tête.

— Je ne suis pas ma grand-mère ; je ne possède qu'une fraction de sa vision à distance. Les événements lointains ne m'apparaissent que sous forme d'impressions vagues, très générales. Je ne peux donc pas vous donner de précisions quant aux périls qu'ils affrontent. Soyez certains que je le déplore.

— Melva ne pourrait-elle pas venir pour nous en dire plus ? suggéra Bethan.

— Pas maintenant. Elle veille sur Nightshade et ses camarades de son mieux, et elle ne peut rien faire de plus depuis le royaume des Ombres.

— Et vous, que pouvez-vous nous dire ? s'enquit Quixwood.

— Deux choses. La première peut ne pas vous sembler nécessaire, mais entendez-la quand même. Déplacez-vous le plus vite possible, Golcar, et ne cédez pas à la tentation de vous attarder où que ce soit en chemin. Attendez-vous à rencontrer de l'opposition avant même d'atteindre Vaynor. Les forces d'Avoch-Dar sont plus largement déployées que vous le soupçonnez, révéla Karale. Et une fois que vous arriverez à destination, n'espérez pas que Nightshade soit là pour vous accueillir.

— Par les dieux, souffla Bethan en pâlissant. Vous voulez dire…

— Je ne veux pas dire que c'est la mort qui l'en empêchera. Bien que, pour être tout à fait franche, ce soit une possibilité parmi tant d'autres. Soyez courageuse, ma reine. Je vous le répète : pour le moment, il est vivant. Et il a la faveur des dieux. Je vous en parle seulement pour que Golcar se prépare à agir seul le cas échéant.

— Ça ne me plaît pas beaucoup, marmonna Quixwood, mais j'apprécie votre mise en garde. Quelle était l'autre chose que vous vouliez nous dire ?

— D'une certaine façon, elle est encore plus cruciale. Avoch-Dar a renforcé ses pouvoirs grâce à son alliance avec les Sygazons et à la découverte des secrets du grimoire. Les démons sont sur le point de s'impliquer plus directement dans des événements déterminants. Méfiez-vous des illusions et du mensonge. C'est valable pour vous deux, mais tout particulièrement pour vous, reine Bethan. Ne prenez pas au pied de la lettre tout ce qu'on vous dira ou tout ce que vous verrez.

— Je serai sur mes gardes, promit la jeune femme.

— Tant mieux. (Karale ajouta plus doucement :) Pour ce qui est de Dalveen, ne désespérez pas. Vous savez mieux que quiconque combien il est brave et plein de ressources.

Tendant le bras, elle désigna l'armée massée en contrebas. Ils suivirent la direction de son regard.

— Puisse la chance vous accompagner.

Quand Bethan et Quixwood reportèrent leur attention sur elle, la jeune femme avait disparu.

La seule porte d'accès au sommet de la tour, à l'autre extrémité du toit, demeurait résolument close.

— Que je sois damné, maugréa Quixwood. Elle a recommencé.

Les pirates ne tentèrent pas immédiatement d'aborder le *Vagabond des océans*. Mais comme certains tenaient des grappins et que d'autres positionnaient des échelles le long du bastingage, il ne faisait nul doute que telle était leur intention.

— Qu'est-ce qu'ils attendent ? se demanda Shani à voix haute.

— Je ne sais pas, répondit Leandor. Mais nous ne tarderons probablement pas à le découvrir.

Il y eut un grouillement d'activité sur le pont du navire ennemi. Un groupe d'une douzaine d'hommes venait d'émerger de ses profondeurs. À leur tête se trouvait un individu à la mine autoritaire, coiffé d'un chapeau à plume et vêtu de soie fine.

— Leur capitaine, je présume, fit remarquer Leandor.

— Il m'a tout l'air d'une chochotte, commenta Shani. Qu'est-ce qui se passe ?

La réponse à sa question ne tarda pas. Le capitaine des pirates dégaina une rapière et la brandit au-dessus de sa tête. Alors, les hommes qui se pressaient autour de lui levèrent leurs armes.

— Des archers ! s'exclama Shani.

— À couvert ! s'égosilla Leandor.

Le capitaine des pirates abaissa son épée d'un geste vif. Son signal déclencha une première volée de flèches.

Deux pas sur la droite de Leandor et Shani, un homme s'effondra sur le pont, un trait planté dans la poitrine. Un hurlement s'éleva depuis le gréement au-dessus d'eux, et un autre soldat s'en détacha comme un fruit trop mûr de sa branche. En tout, ce furent six ou sept Delgarviens qui succombèrent.

— À terre, tout le monde ! cria Leandor.

Les archers tirèrent de nouveau.

Une flèche se ficha dans le bastingage à quelques centimètres de la tête de Shani. Plusieurs autres soldats furent touchés et s'écroulèrent dans les bras de leurs camarades.

Le navire pirate se rapprochait. Les échelles d'abordage furent poussées en travers de l'espace qui séparait les flancs des deux vaisseaux. Çà et là, Leandor et Shani virent des hommes faire tournoyer des grappins au bout d'une corde.

Une nouvelle volée de flèches s'abattit sur le clipper. Cette fois, elles ne firent qu'une seule victime. Tous les autres soldats s'étaient aplatis sur le pont.

— Nous sommes des cibles immobiles, se lamenta Shani.

— Ils espèrent nous maintenir à terre jusqu'à ce que leurs hommes aient pris pied à bord, devina Leandor. Alors, les archers devront cesser le tir de peur de toucher leurs camarades.

— Mais nos forces auront déjà été décimées !

— Ne t'en fais pas. Ça ne durera plus très longtemps. Ils sont sur le point de…

Un craquement sinistre résonna alors que le galion percutait latéralement le *Vagabond des océans*. L'impact délogea les soldats perchés dans le gréement, qui dégringolèrent en hurlant.

Les grappins volèrent et vinrent mordre le bastingage, tandis que les échelles et les passerelles d'abordage se rapprochaient et que plusieurs pirates se suspendaient à des cordes pour se balancer jusqu'au clipper.

Leandor dégaina son épée et bondit sur ses pieds.

Chapitre 22

Une passerelle s'abattit sur le bastingage devant Leandor. Aussitôt, un pirate bondit dessus et se rua à l'abordage, coutelas en main.

Leandor ramena son épée en arrière, attendit une seconde que l'homme arrive à portée et frappa. Sa lame tailla les jambes du pirate, qui poussa un cri de douleur et tomba à l'eau.

Deux autres hommes avaient déjà sauté sur la passerelle et se précipitaient vers Leandor. Celui-ci enfonça la pointe de son épée dans le pont et saisit la planche, bandant ses muscles pour la déloger. Mais il n'avait qu'un seul bras, et les pirates étaient beaucoup trop lourds.

Soudain, son second apparut à son côté.

— Laissez-moi vous aider, monsieur.

Les deux hommes étaient déjà à mi-chemin du clipper. Grognant et ahanant, Leandor et le sergent parvinrent à soulever l'extrémité de la passerelle. Ils la firent basculer, projetant les pirates hurlants à la baille.

Leandor récupéra son épée. Le sergent se détourna pour se porter à la rencontre d'autres pirates qui venaient d'enjamber la main courante un peu plus loin. Shani échangeait des coups de coutelas avec un adversaire deux fois plus large qu'elle.

Tout le long du bastingage tribord, les soldats delgarviens assaillaient les pirates qui tentaient d'aborder le clipper. À un ou deux endroits, leurs défenses avaient été enfoncées et leurs ennemis se déversaient par les brèches.

Shani se débarrassa de son adversaire en l'éventrant d'un geste précis. Un autre prit aussitôt sa place. La jeune femme lui assena deux coups de couteau croisés en pleine figure et l'abandonna en train de se tordre sur le pont.

Une flèche siffla près de son oreille et alla se ficher dans le mât le plus proche. D'autres abattirent deux ou trois Delgarviens.

— Par les dents de l'enfer, jura-t-elle. (Haussant la voix, elle cria à Leandor :) Je croyais qu'ils devaient s'arrêter de tirer !

— Riposte avec tes couteaux !

— Quoi ?

— Tes couteaux ! aboya le jeune homme.

Puis il pivota pour affronter un nouvel arrivant.

— Pourquoi n'y ai-je pas pensé ? grommela Shani.

Elle jeta un coup d'œil à Tycho, qui s'était abrité dans un coin.

— Tiens-moi ça, ordonna-t-elle en lui lançant son coutelas.

L'homoncule l'attrapa au vol.

— Je surveille tes arrières, promit-il.

Shani sortit un couteau de sa manche et balaya du regard le pont du navire pirate. Les archers étaient toujours à la même place, occupés à viser soigneusement les défenseurs du *Vagabond des océans*. Le choix de la jeune femme se porta sur celui qui se tenait le plus près du bastingage.

Sa lame tournoya dans les airs et alla frapper le pirate en plein visage. La blessure ne serait pas fatale, mais elle l'empêcherait de continuer à tirer.

Shani saisit une autre lame et évalua la force nécessaire pour toucher sa prochaine cible. L'homme se tenait un peu en retrait, de sorte qu'il faudrait un lancer plus vigoureux pour l'atteindre. Mais les efforts de la jeune femme payèrent quand le couteau s'enfonça profondément dans sa poitrine.

— Shani, attention !

Entendant l'avertissement de Tycho, elle pivota pour faire face à la menace. Mais il n'y avait personne derrière elle.

L'homoncule lui lança son coutelas tout en hurlant :

— Au-dessus de toi !

Un pirate se balançait au bout d'une corde. Il se laissa tomber sur le pont et attaqua immédiatement Shani.

Des combats rapprochés faisaient rage tout le long du bastingage : certains à un contre un, d'autres entre petits groupes adverses. Des cris résonnaient de tous côtés. Des hommes glissaient et tombaient dans des flaques de sang.

Leandor acheva le pirate contre lequel il se battait d'un coup d'estoc en plein cœur. Puis une nouvelle volée de flèches fusa vers le clipper, et il dut plonger à l'abri pour l'esquiver. Près de lui, un de ses soldats reçut un trait dans la gorge.

Leandor prit sa décision. Les archers causaient beaucoup trop de dégâts. Il allait poursuivre le travail de Shani et tenter de les éliminer. Jetant un coup d'œil au navire ennemi, il vit le capitaine aboyer des ordres. S'il pouvait le tuer aussi, ce serait encore mieux.

Un pirate sauta à bord, coutelas entre les dents. Leandor se jeta sur lui et l'embrocha, sa lame ne s'arrêtant que lorsqu'elle rencontra le bois du bastingage contre lequel l'homme s'était écroulé.

Dégageant son arme, Leandor chercha son second du regard. Il était assez près pour l'entendre.

— Je vais lancer une contre-attaque. Vous voulez venir ?

— Oui, monsieur.

— Pouvez-vous trouver deux autres hommes pour nous accompagner ?

— Pas de problème.

Le sergent héla une paire de soldats qui venaient de se débarrasser de leurs adversaires respectifs. Ils se précipitèrent vers eux.

— J'ai l'intention d'éliminer les archers et, si possible, leur capitaine, annonça Leandor. Mais je ne vous oblige pas à me suivre. Je ne veux que des volontaires.

— Nous comprenons, affirma le sergent.

Les soldats acquiescèrent.

— Dans ce cas, allons-y. Bonne chance !

Leandor les conduisit vers la passerelle la plus proche, tailladant sauvagement tous les pirates qui se dressaient sur son chemin. Deux ou trois flèches volèrent vers le petit groupe, mais sans l'atteindre.

Leandor fut le premier à se hisser sur la planche. Avant qu'il arrive au milieu de celle-ci, un homme bondit sur l'autre extrémité et chargea. Ils croisèrent le fer. Le pirate reçut un coup de taille au bas-ventre ; il vacilla et tomba à l'eau.

Désormais, il restait moins d'hommes à bord du navire pirate qu'à bord du clipper. Mais le commando de Leandor rencontra une résistance acharnée. Ils se frayèrent un chemin à travers une forêt de lames, laissant derrière eux un sillage de cadavres.

Les archers tiraient toujours. Leur capitaine, qui comme eux n'avait pas remarqué les quatre Delgarviens profitant du chaos pour s'approcher, continuait à rugir des ordres.

Shani dégagea son coutelas de la poitrine d'un pirate mourant et l'abattit de toutes ses forces sur la tête d'un autre. La lame lui défonça le crâne, et il s'écroula comme une masse.

Tycho tira sur la manche de la jeune femme.

— Ils sont trop nombreux ! Nous devons battre en retraite !

— Mais où, pour l'amour des dieux ?

— Il semble y en avoir moins sur le pont de poupe. Peut-être parviendrons-nous à les repousser de là-bas.

Shani frappa un pirate qui passait près d'elle en courant et hurla :

— D'accord ! Suis-moi !

Leur chemin était jonché de cadavres et d'armes abandonnées. Le combat continuait à faire rage autour d'eux et les pirates à affluer depuis leur navire. Shani n'était pas d'humeur miséricordieuse. Quand elle n'arrivait pas à contourner un obstacle vivant, elle le taillait en pièces pour passer.

Tycho reçut plus d'un coup. Épées, couteaux et massues rebondissaient sur son épiderme magiquement durci, laissant ses agresseurs abasourdis.

Alors qu'ils dépassaient un soldat delgarvien, un grappin vola par-dessus bord et se ficha dans son dos. La corde qui y était attachée se tendit et il alla s'écraser contre le bastingage. Shani trancha rapidement la corde. Mais elle ne pouvait plus rien faire pour son malheureux camarade.

— Ça se présente très mal, Tycho, désespéra-t-elle. Nous sommes en train de perdre !

— Continue à avancer, la pressa l'homoncule.

Sur le pont du navire ennemi, un des soldats qui accompagnaient Leandor s'écroula. Le sergent régla promptement son compte à son meurtrier.

À présent, les trois survivants du groupe d'assaut étaient tout près du capitaine et de ses archers. Levant les yeux, le capitaine les aperçut. Il cria quelque chose à l'archer le plus proche. Le second soldat se précipita en avant et reçut une flèche en plein cœur.

Le capitaine recula pour mettre le plus d'hommes possible entre lui et les deux derniers Delgarviens.

Puis Leandor arriva au contact et fit pleuvoir des coups sauvages sur les archers. Plusieurs d'entre eux lâchèrent leur arc pour dégainer un coutelas. Deux ou trois s'enfuirent. Le dernier encocha rapidement une flèche, dans l'intention visible de tirer à bout portant. La lame de Leandor trancha son arc, sa flèche, sa corde et sa chair. Le sergent se battait épaule contre épaule avec lui, exigeant son tribut de vies ennemies.

La plupart des archers étaient morts ou mortellement blessés lorsque le vieux soldat succomba sous une nuée de coups.

Shani et Tycho atteignirent enfin le pont de poupe surélevé. La jeune femme fut la première à prendre pied dans l'escalier. Un pirate se porta à sa rencontre en dévalant les marches.

Shani chargea. Elle lui assena un coup de tête dans l'estomac, lui coupant le souffle. L'homme se plia en deux. Elle lui saisit les jambes, le souleva comme un sac et le projeta par-dessus son épaule. Il s'écrasa sur le pont derrière elle, tandis que Tycho bondissait souplement sur le côté pour l'esquiver.

Quand ils s'immobilisèrent sur le pont de poupe – en réalité, le toit d'une cabine –, ils n'y trouvèrent personne d'autre. Du moins, personne de vivant. Baissant les yeux vers le navire pirate, ils aperçurent Leandor au cœur de la mêlée. Le jeune homme se battait comme un beau diable malgré l'écrasante supériorité numérique de ses adversaires.

Un bruit de course dans l'escalier força les deux amis à détourner leur attention de ce spectacle. Le pirate que Shani avait jeté à bas des marches revenait à la charge. Et il n'était pas content.

La jeune femme n'attendit pas qu'il lui présente ses doléances. Elle lui décocha un coup de pied dans le menton, et il dégringola de nouveau.

— Je suis vraiment désolé de ne pouvoir t'aider à combattre ces ruffians, se lamenta Tycho. Je me sens tellement inutile ! Je... Shani, regarde !

Il tendit un doigt vers le pont principal, en contrebas.

Un brasero avait été renversé. Ses charbons ardents s'étaient éparpillés, et plusieurs baignaient dans une petite mare d'huile de lanterne. Déjà, des flammes couraient sur les planches. Elles atteignirent rapidement le mât le plus proche, dont la voile s'embrasa.

Shani vit que très peu de Delgarviens étaient encore debout et qu'un autre incendie venait de se déclencher à la proue du clipper. Des hommes se jetaient déjà par-dessus bord ; les vêtements de l'un d'eux brûlaient sur son dos.

L'autre feu s'était répandu jusqu'à l'escalier du pont de poupe et consumait ses marches. Des étincelles et de la cendre flottèrent jusqu'aux deux amis. Ils reculèrent vers le bastingage.

— Nous ne pouvons pas redescendre, constata Tycho. Nous n'avons pas d'autre choix que de sauter.

Shani jeta un coup d'œil par-dessus son épaule. La distance qui les séparait des flots était impressionnante.

— Vraiment ? demanda-t-elle d'une voix étranglée. Je ne suis pas très amatrice de hauteurs. Ni d'eau, à vrai dire.

— Dans ce cas, pardonne-moi.

L'homoncule la poussa par-dessus bord.

Puis plongea à sa suite.

Lorsqu'il refit surface, Shani ne se trouvait nulle part en vue. Il se débattit frénétiquement, la cherchant du regard.

Soudain, la tête et les épaules de la jeune femme émergèrent de l'eau. Elle cracha un peu de liquide salé.

— Je croyais que tu n'étais pas autorisé à faire de mal à des humains ! protesta-t-elle.

— Je ne te faisais pas de mal : je te sauvais, contra Tycho. Viens. Nous devons nous éloigner du navire, pour ne pas qu'il nous entraîne par le fond quand il coulera.

Ils nagèrent jusqu'à un morceau de bois flotté. Celui-ci était à peine assez gros pour qu'ils s'y accrochent tous les deux.

— Je te le laisse, dit Tycho. Je ne me fatigue jamais ; je n'en ai donc pas besoin.

Un peu plus loin, le *Vagabond des océans* piquait lentement du nez. Des cris affreux s'élevaient de son pont.

Les deux amis reportèrent leur attention sur le navire pirate. Leandor semblait être le seul Delgarvien à bord, et il était encerclé par une multitude d'hommes. Le capitaine se tenait devant lui, une rapière à la main.

Puis le radeau improvisé de Tycho et Shani fut emporté par le courant.

Leandor avait conscience du fait que les vagues engloutissaient son bateau derrière lui, mais il ne pouvait pas détacher son regard du capitaine des pirates. Il n'avait aucune idée de ce qui était arrivé à Shani, à Tycho et au reste de ses hommes. Pour ce qu'il en savait, il était peut-être le dernier survivant de son armée.

À cet instant, tout ce qu'il désirait était de plonger sa lame dans le cœur de son adversaire grimaçant.

Jetant un rapide coup d'œil aux pirates lourdement armés qui l'entouraient, il calcula s'il pourrait atteindre sa cible avant qu'ils se jettent sur lui. Il fit un pas en avant…

Le capitaine et ses hommes reculèrent en hâte. Vu qu'ils étaient au moins une trentaine, ils faisaient preuve d'une prudence quelque peu excessive. Leandor avança encore.

Du coin de l'œil, il aperçut une ombre sur le pont et entendit un léger sifflement au-dessus de sa tête. Il leva le nez.

Trop tard.

Des pirates perchés dans le gréement venaient de lâcher sur lui un filet de pêche lesté par des poids. Les mailles de chanvre s'abattirent sur lui, avec une telle force qu'il s'étala sur le pont en lâchant son épée.

Les pirates éclatèrent d'un rire tonitruant. Leandor tenta de se relever, mais le lourd filet l'en empêchait. Il tendit le bras pour récupérer son épée…

Alors, le capitaine s'approcha et lui écrasa les doigts avec le talon de sa botte.

Chapitre 23

Torpoint lui semblait bien vide sans Dalveen, Tycho et maintenant Golcar. Pourtant, lorsque la nuit tomba, Bethan n'aspirait à rien d'autre qu'un peu de solitude. Elle congédia ses dames de compagnie et se retira dans ses appartements.

D'humeur mélancolique, elle s'assit devant sa coiffeuse pour démêler ses longues mèches blondes. Cela fait, elle reposa sa brosse et leva les yeux vers le miroir.

Avoch-Dar se tenait derrière elle.

Bethan hurla. Elle se releva d'un bond et pivota, une main plaquée sur sa bouche. Le sorcier lui adressa un rictus déplaisant.

Avant qu'elle puisse prononcer le moindre mot, il ricana :

— Appelez donc vos gardes, je vous en prie. Mais ils ne vous entendront pas.

Bethan savait qu'il disait la vérité. Nul doute que ses pouvoirs magiques pouvaient étouffer le son de sa voix. Déterminée à se comporter comme une reine, elle soutint le regard du sorcier d'un air de défi.

— Que me voulez-vous, vermine ?

Avoch-Dar salua son attitude digne d'un éclat de rire aussi bref que glacial.

— Simplement vous consoler de votre perte.

— Vous avez déjà raillé la mort de mon père, répliqua la jeune femme.

— Je ne parlais pas de votre père, mais de Nightshade, la détrompa le sorcier.

— Menteur ! Il est vivant.

— La perte peut prendre bien des formes, très chère. La mort en est une. La décision de changer de vie en est une autre. Dans les deux cas, vous ne le reverrez jamais.

Bethan se raidit.

— De quoi parlez-vous ?

— Mais… de l'affection que Leandor porte à Shani Vanya, insinua Avoch-Dar. Allons, ne me dites pas que vous n'êtes pas au courant des sentiments qu'ils ont l'un pour l'autre ?

— Ils sont amis et compagnons d'armes, rien de plus.

— Si vous le dites.

— Sous-entendre que leurs rapports sont d'une autre nature n'est que pure calomnie, insista Bethan.

— Peut-être, acquiesça Avoch-Dar sur un ton désinvolte. Mais n'avez-vous jamais pensé que Leandor puisse avoir beaucoup plus de choses en commun avec une guerrière qu'avec une noble dame dans votre genre ? Vous devez bien vous rendre compte des affinités qui existent entre eux. Il est naturel qu'ils soient tentés de partager leur destinée.

— Vous ne réussirez pas à semer le doute dans mon esprit avec vos vils mensonges.

— Peut-être changerez-vous d'avis quand le temps passera sans que Leandor revienne. Dans votre propre intérêt, espérons que ce soit la mort qui l'en empêche. Ce serait mieux pour vous que de vous demander constamment ce que Shani Vanya et lui…

— Assez ! aboya Bethan. On m'a recommandé de me méfier de la perfidie, sorcier.

— Et c'est un excellent conseil, approuva calmement Avoch-Dar. Mais vous feriez bien de vous demander qui est en train de tromper qui.

Bethan garda le silence. Malgré sa détermination, elle tremblait de tout son corps.

— Il est si regrettable, reprit Avoch-Dar avec une sincérité feinte, que vous soyez privée d'un roi prêt à partager votre fardeau et à régner à vos côtés. Évidemment, mes services vous sont toujours acquis si…

— Démon ! hurla Bethan.

Elle s'empara d'un poudrier d'argent et le lui lança à la tête de toutes ses forces. Mais le petit boîtier rond traversa le corps du sorcier et retomba sur le tapis derrière lui.

L'image hilare d'Avoch-Dar s'estompa, puis disparut.

Des larmes inondaient les joues de Bethan.

Elle savait que le sorcier était un maître menteur. Mais elle ne pouvait se défaire de l'idée que ses paroles contenaient peut-être une part de vérité.

Drew Hadzor songeait combien il serait plaisant de mourir.

C'était la seule façon pour lui d'échapper à la cruelle captivité que lui imposait Avoch-Dar. Le moine avait vu et entendu trop de choses plus terribles que ses pires cauchemars.

À présent, la mort serait une bénédiction.

Ligoté à une colonne du grand hall de Pandémonium, incapable d'influer de quelque façon que ce soit sur sa propre destinée, les événements qui se déroulaient autour de lui apparaissaient comme dans un rêve. Ou les prémices d'un cauchemar de plus.

Avoch-Dar et Berith ne prenaient même pas la peine de lui dissimuler leurs tractations. On aurait dit qu'ils le prenaient pour un vulgaire animal. Voire moins que ça. Le Sygazon semblait considérer tous les humains ainsi, à l'exception possible du sorcier.

Touché dans son corps et son esprit, brûlant de fièvre, Hadzor eut vaguement conscience que le magicien dépravé et la créature infernale conversaient non loin de lui.

—Il ne fait aucun doute qu'une force extérieure a interféré avec ton invocation de la tempête, déclara Berith d'une voix rauque. Elle aurait dû démanteler le navire et l'envoyer par le fond et, pourtant, quelque chose l'a empêchée d'atteindre l'apogée de sa puissance incontrôlable.

—Savez-vous de qui ou de quoi il s'agit? interrogea Avoch-Dar.

—Nous nourrissons des soupçons et, en temps voulu, nous te les révélerons.

—Du moins les Delgarviens ont-ils été balayés. Et Leandor est comme mort, vu les mains entre lesquelles il est tombé.

—Qu'il en soit ainsi ou non, le moment est venu de passer à la phase suivante de notre plan, clama Berith. Durant celle-ci, l'appétit du

grimoire sera décuplé ; en échange de quoi, il nous conférera des pouvoirs fabuleux. Tu dois le nourrir, Avoch-Dar, et le nourrir constamment.

Hadzor tourna ses yeux rougis et craintifs vers l'ouvrage.

Et songea que si la mort était hors de sa portée, l'anéantissement de la folie le libérerait peut-être.

Shani et Tycho dérivaient depuis des heures. À présent, la nuit était tombée.

L'eau glacée ne gênait pas l'homoncule, mais les membres de Shani étaient tellement engourdis qu'elle ne les sentait plus.

Le courant les entraînait vers une large bande de terre, dont ils avaient convenu que ce devait être l'île de Nordelph. Quand ils arrivèrent enfin en vue du rivage, Tycho se mit à pousser pour accélérer le mouvement, et le morceau de bois flotté auquel s'accrochait Shani s'échoua sur la plage.

La jeune femme était épuisée. Elle rampa sur le sable et, une fois au sec, ne put rien faire d'autre que rester allongée sur le dos, cherchant à reprendre son souffle. Tycho lui laissa tout le temps nécessaire.

Au bout d'un moment, il demanda :

— Tu te sens mieux ?

— Un peu.

— Assez bien pour marcher ? Parce que cet endroit est très exposé. Nous devrions trouver un abri.

Shani acquiesça. Aidée par l'homoncule, elle parvint à se hisser jusqu'aux broussailles qui surplombaient la plage. Ils s'y dissimulèrent pendant deux ou trois heures de plus, jusqu'à ce que son corps malmené recouvre une partie de ses sensations.

Assise dos contre un arbre, la jeune femme lança :

— À ton avis, qu'est-il arrivé à Dalveen ?

— Je l'ignore. Mais n'oublions pas que c'est un combattant hors pair.

— Tu dis ça uniquement pour me réconforter. Même un guerrier aussi doué que lui n'aurait pas pu faire grand-chose contre des adversaires aussi nombreux.

— Nous n'avons aucune preuve qu'il soit mort, contra Tycho. Et si nous voulons l'aider, nous devons d'abord nous aider nous-mêmes.

— Le problème, c'est que notre situation n'est pas franchement réjouissante. Nous sommes échoués sur une île dirigée par un dictateur de pacotille, et je doute qu'on nous y accueille à bras ouverts, fit sèchement remarquer Shani. D'un point de vue bassement matériel, tu ne peux pas te battre, et je ne suis pas vraiment en état de le faire. J'ai perdu mon coutelas quand tu m'as poussée à l'eau, et il ne me reste que deux couteaux. À supposer que nous parvenions à regagner le continent, nous…

— Je suis conscient de ces difficultés, Shani, coupa l'homoncule. Une chose à la fois, tu veux ? Nous devrions commencer par chercher une ville ou un village. Par chance, je n'ai besoin ni de boisson ni de nourriture – mais toi, si. Lorsque tu te seras restaurée, peut-être pourrons-nous te procurer une arme. Puis nous chercherons un bateau pour nous ramener sur le continent.

— À t'écouter, ça a l'air si simple, soupira Shani. Mais tu as raison : même le plus long des voyages commence par un premier pas. Mettons-nous en route.

Ils se dirigèrent vers l'intérieur des terres, longeant à une distance prudente les routes qu'ils croisèrent. Le terrain marécageux et envahi par les broussailles ne facilitait pas la progression de Shani.

Enfin, ils arrivèrent en vue d'une petite communauté et se tapirent dans les arbres qui l'entouraient le temps de l'observer.

— Ce n'est pas bien grand, commenta la jeune femme, mais nous devrions y trouver ce que nous cherchons.

— As-tu de l'argent sur toi ? s'enquit Tycho. Ou allons-nous devoir voler ce dont nous avons besoin ?

— J'ai quelques pièces cachées dans ma botte pour les cas d'urgence, révéla Shani. Mieux vaut payer. Voler est trop risqué.

— Très bien, acquiesça l'homoncule. Mais me montrer serait également trop risqué. Mon apparence…

— Oui, j'y avais déjà pensé. Tu n'auras qu'à m'attendre ici sans te faire voir, et je reviendrai aussi vite que possible.

Shani s'épousseta, lissa ses cheveux en arrière et sortit du couvert des arbres.

Il n'y avait pas beaucoup de gens dans les rues du village, et ceux qu'elle croisa semblaient apeurés et maussades. Une conséquence de la tyrannie que Keez Mylius faisait peser sur eux, supposa-t-elle.

La communauté se composait de quelques maisons, de deux écuries, d'une forge et d'une taverne. Shani ne vit de boutique nulle part. Même si elle répugnait à attirer l'attention, elle n'eut pas d'autre choix que de se rendre à la taverne.

Elle n'y trouva que trois clients : des hommes dont chacun était assis seul à sa table. Le service était assuré par une femme d'âge mûr plutôt grassouillette.

— Que puis-je vous apporter ? demanda-t-elle aimablement.

Shani s'assit au comptoir et commanda un verre de vin. Elle but une gorgée du liquide pourpre et lança :

— J'ai des achats à effectuer. Pouvez-vous m'indiquer où trouver un marchand ?

La femme secoua la tête.

— Il n'y en a pas ici, ma chère enfant. Est-ce de nourriture dont vous avez besoin ? Des légumes, de la viande, ce genre de choses ?

— Entre autres.

— Dans ce cas, prenez la route qui va vers l'ouest. Il y a une ferme à vingt minutes de cheval d'ici.

Shani jugea préférable de ne pas mentionner qu'elle était à pied. Elle avait l'intention d'y remédier en s'arrêtant à la forge.

— Merci. Il me faudrait également une armurerie.

— Une armurerie ? répéta la femme, surprise. Vous êtes nouvelle dans le coin, n'est-ce pas ?

— Euh, oui. Pourquoi ?

— Ça explique que vous ignoriez la loi. Les citoyens ne sont pas autorisés à posséder des armes à Nordelph, sous peine de mort.

— Maintenant que vous m'en parlez, je me souviens. Ce que je peux être bête. (Shani finit rapidement son vin.) Il vaut mieux que j'y aille. Encore merci.

Elle sortit en hâte, craignant d'avoir attisé la curiosité de son interlocutrice.

Après son départ, celle-ci fit signe à l'un des clients solitaires. Ils échangèrent quelques phrases à voix basse, puis l'homme se dirigea vers la porte de derrière.

Shani ne pensait pas s'être particulièrement bien débrouillée. Aussi décida-t-elle de se procurer deux chevaux et de rejoindre Tycho le plus vite possible.

L'entrée principale de la forge était verrouillée, ce qui n'avait rien d'étonnant à cette heure. Mais un petit mot épinglé sur le battant la dirigea vers une porte latérale. Elle s'engagea dans la ruelle qui longeait le bâtiment.

Elle avait à peine parcouru deux mètres que son instinct l'avertit qu'elle n'était pas seule. Elle fit volte-face. Quatre hommes la suivaient. Le clair de lune brillait assez fort pour qu'elle voie qu'ils portaient des épées, au mépris de la loi en vigueur. Elle pressa le pas, espérant les distancer.

Quatre autres hommes, également armés, apparurent à l'autre bout de la ruelle.

Shani s'empara d'un de ses deux couteaux restants.

Puis elle remarqua qu'elle se tenait tout près de l'entrée latérale de la forge. Les deux groupes d'inconnus se rapprochaient pour la prendre en tenailles. Elle imprima une poussée au battant. Il s'ouvrit.

Shani se faufila vivement à l'intérieur. La forge était plongée dans une obscurité totale. Incapable de voir où elle mettait les pieds, elle avança prudemment de deux pas.

Puis quelqu'un la saisit par-derrière, lui tordant le bras dans le dos. Comme elle se débattait, une lame d'acier froid fut pressée sur sa gorge. Elle se figea.

La porte par laquelle elle était entrée s'ouvrit de nouveau. Plusieurs silhouettes se déversèrent dans la pièce – sans doute les hommes qui la traquaient. L'un d'eux alluma une lanterne.

Des individus au visage dur et à l'expression sévère. Celui qu'elle n'avait pas encore vu continuait à lui appuyer une dague sur la gorge. Un homme un peu plus âgé que les autres, qui était peut-être leur chef, désigna le couteau qu'elle tenait.

— Lâche-le, ordonna-t-il.

Shani hésita. S'ils devaient la tuer de toute façon, elle n'avait rien à perdre en résistant. Par habitude, elle se demanda combien de chances elle avait de réussir à se dégager avant d'être égorgée.

Mais elle était trop lasse et trop découragée.

— Et zut, marmonna-t-elle en laissant tomber son couteau.

Un autre homme s'avança pour la fouiller. Il ne trouva que son deuxième couteau, qu'il glissa dans sa poche. Alors, l'homme qui la tenait la lâcha. Shani se frotta le bras.

— Qui êtes-vous ? demanda-t-elle, remarquant qu'ils portaient des vêtements civils et ne devaient donc pas appartenir à la milice locale.

— Peu importe, répondit leur chef. Mais nous voulons que tu viennes avec nous.

— Est-ce que j'ai le choix ?

— Pas vraiment. Jusque-là, tu t'es montrée raisonnable. J'espère que tu vas le rester, parce que nous allons devoir te bander les yeux.

Shani fut forcée de se laisser faire. Ils lui attachèrent également les mains dans le dos.

— Pas un bruit, ajouta le chef. Nous allons marcher pendant quelques minutes et, dès que nous serons arrivés, nous te détacherons. D'accord ?

La jeune femme acquiesça en silence.

Ils la poussèrent hors du bâtiment.

Les « quelques minutes » se révélèrent plus nombreuses que prévu, à moins que le temps lui ait paru exagérément long parce qu'elle ne voyait pas où elle allait. Ou que ses ravisseurs aient fait exprès de revenir sur leurs pas pour brouiller les pistes.

Finalement, ils s'arrêtèrent. Shani entendit une porte s'ouvrir. D'une bourrade, elle fut poussée à l'intérieur de ce qu'elle supposa être un bâtiment, car ses bruits de pas produisaient un écho autour d'elle.

— Arrête-toi, ordonna le chef.

On lui enleva son bandeau. Elle était face à une nouvelle porte. Une main se tendit pour la pousser. De l'autre côté, un escalier de pierre s'enfonçait dans les ténèbres. Une cave, devina Shani.

— Je suis désolé, lui dit le chef, mais tu vas rester avec nous pendant un petit moment.

Il trancha ses liens, puis la poussa doucement vers le haut des marches. Shani soupira et commença à descendre. Derrière elle, elle entendit quelqu'un claquer la porte et la verrouiller.

Quand elle arriva au bas de l'escalier, elle vit que la cave n'était pas totalement obscure. Une unique chandelle brûlait sur une table de bois branlante. À part ça, l'ameublement se composait en tout et pour tout de deux chaises décrépites et de paille éparpillée sur le sol. Il n'y avait ni fenêtre ni aucune autre issue.

Shani ne comprenait pas ce qui se passait et n'avait pas la moindre idée de l'identité de ses ravisseurs. Ou de ce qu'ils pouvaient bien lui vouloir.

Elle se consola en pensant qu'au moins, ils n'avaient pas eu Tycho.

Dans un coin de la pièce, un tas de paille remua. Quelqu'un ou quelque chose fit mine de s'en extraire. Shani empoigna une des chaises et se prépara à lui en assener un bon coup.

La silhouette se déplia, s'avança vers elle et pénétra dans le rond de lumière de la chandelle.

— Rebonjour, Shani, dit Tycho.

La jeune femme laissa tomber son arme improvisée avec un mélange de soulagement et de déception.

— Ainsi, ils t'ont eu aussi, soupira-t-elle. J'espérais que tu aurais réussi à t'échapper.

— J'ai essayé. Mais pour ça, il aurait fallu que je recoure à la violence, et je ne pouvais pas.

L'homoncule semblait étrangement abattu, même au vu de leur situation.

— Tu vas bien ? s'inquiéta Shani.

— Oui. Je veux dire, non, rectifia Tycho. Ils n'ont pas pu me blesser physiquement, comme tu t'en doutes, mais...

— Mais quoi ? Continue.

— Le mal dont je souffre n'est pas physique et pourtant la douleur est vive.

Shani secoua la tête.

— Je ne comprends rien à ce que tu racontes. Quelle douleur ? Qu'est-ce qui l'a provoquée ?

— Je suppose qu'elle est dans mon esprit, avança Tycho. Je n'en suis pas certain. J'ai si peu d'expérience de ces sentiments que vous, les humains, appelez émotions... Quant à sa cause, elle a été provoquée par des mots.

— Des mots ?

— Oui. J'ai mal parce que les hommes qui m'ont conduit ici m'ont dit quelque chose. (Il hésita.) Quelque chose qui concerne un de nos amis communs.

Un terrible pressentiment serra le cœur de Shani.

— Qu'est-ce qu'ils t'ont dit? chuchota-t-elle d'une voix étranglée.

— Shani... Dalveen est mort.

L'Invasion des ombres

Les Chroniques de Nightshade – livre trois

Pour Barbara Shrestha, une amie incomparable qui m'a toujours soutenu et qui cuisine le meilleur curry de ce côté de l'Himalaya. Avec toute mon affection.

Chapitre premier

Il l'avait vue tuer une vingtaine d'hommes en l'espace d'une seule journée.

Il l'avait vue toucher une cible mouvante avec un couteau lancé à plus de cent pas de distance, traverser un fleuve en crue, tomber d'un cheval lancé au galop et se relever. Il l'avait vue se battre comme une furie au cœur de la mêlée, faire trembler ses ennemis d'un seul regard, et affronter la plus noire des sorcelleries armée d'une simple lame.

Tycho avait vu Shani Vanya accomplir bien des choses extraordinaires. Mais il n'aurait jamais cru qu'elle soit capable de faire ce qu'elle était en train de faire.

Pleurer.

Le corps agité de sanglots silencieux, les paumes pressées sur son visage, la jeune femme était assise sur un tonneau retourné au bout de la table branlante. Pendant un jour et une nuit – depuis qu'ils avaient appris la nouvelle de la mort de Dalveen –, elle n'avait pas bougé de là. Affalée sur la table, muette, elle semblait brisée, comme si tout son courage l'avait désertée. Et, à présent, elle laissait libre cours à son chagrin.

L'homoncule se sentait mal à l'aise. Il n'avait que peu d'expérience des émotions humaines, n'ayant été exposé jusque-là qu'aux plus extrêmes d'entre elles : la fureur et la cruauté vicieuse d'Avoch-Dar, son créateur et ancien maître ; le désespoir de Leandor quand celui-ci avait constaté que le grimoire ne lui rendrait pas son bras et son accablement lorsque le sorcier s'était enfui avec l'ouvrage ; la violence qui accompagnait Shani et Leandor depuis qu'il les connaissait.

Tout cela, il avait réussi à le gérer. Mais il n'avait aucune idée de la façon de s'y prendre avec une femme en pleurs.

Il se leva de la paille humide entassée dans un coin de leur cellule et, après un instant d'hésitation, traversa la pièce plongée dans la pénombre pour rejoindre son amie. Shani ne bougea pas, ne releva pas la tête, n'eut aucune réaction.

— Shani ? appela-t-il doucement.

Pas de réponse.

— Shani ? répéta l'homoncule. Parle-moi.

Il tendit une main griffue et la posa gentiment sur son épaule. La jeune femme s'agita et marmonna quelque chose d'incompréhensible.

Tycho allait lui demander de répéter quand elle leva lentement les yeux vers lui. Dans la maigre lueur des deux ou trois bougies qui éclairaient la pièce, son visage inondé de larmes semblait creusé par le chagrin. Des cernes noirs soulignaient ses yeux enfoncés dans leurs orbites.

— Tycho ? souffla-t-elle, comme si elle venait juste de prendre conscience de sa présence.

— Je suis là, lui assura l'homoncule.

Il regretta aussitôt le choix de ses mots. Évidemment qu'il était là : Shani et lui étaient prisonniers. Mais la jeune femme comprit ce qu'il avait voulu dire, et elle parvint à esquisser un faible sourire.

— Je sais. Et je m'en réjouis, affirma-t-elle. (Elle cligna des paupières pour chasser les larmes qui embuaient ses yeux.) Ça rend les choses un peu plus faciles.

Tycho s'agenouilla près d'elle.

— Écoute, Shani… Apprendre que Dalveen…

Il ne put achever sa phrase.

— … est mort ? Tu peux le dire, tu sais. Inutile de nous voiler la face, lâcha la jeune femme sur un ton où se mêlaient amertume et désespoir.

— Très bien. La… mort de Dalveen est un coup terrible pour nous. Terrible et injuste, car il n'a pas pu vaincre Avoch-Dar, ni récupérer le grimoire et recouvrer son intégrité physique. Mais, comme les humains disent toujours, la vie doit continuer.

— Je ne suis pas sûre de pouvoir continuer, Tycho, avoua Shani. (Elle passa une main dans ses courts cheveux blonds pour les lisser en arrière.) Tout me semble si dénué de sens sans lui...

— Non. Avoir perdu Dalveen nous donne encore plus de raisons de continuer. Ne le vois-tu pas ? Le meilleur moyen d'honorer sa mémoire, c'est de poursuivre la lutte contre le sorcier, affirma Tycho avec force.

— Seuls ? répliqua sèchement la jeune femme. Tu parles d'un espoir !

— Bien. Tu es passée de déprimée à cynique. Je considère cela comme un progrès.

Cette fois, elle le gratifia d'un sourire plus sincère.

— Pour ce qui est d'être seuls, ajouta Tycho, tu oublies qu'en ce moment même, Golcar marche sur Vaynor à la tête d'une armée de dix mille hommes. Nous sommes loin d'être seuls, Shani.

— Et toi, tu oublies que toute idée de persévérer dans notre lutte contre Avoch-Dar sera futile tant que nous resterons prisonniers ici, à Nordelph. Nous ne connaissons même pas l'identité de nos ravisseurs !

— Exact. Mais ça n'a pas vraiment d'importance. Tout ce qui compte, c'est de trouver un moyen de nous échapper.

— Plus facile à dire qu'à faire. (La jeune femme jeta un coup d'œil à la porte qui était le seul lien entre leur cellule et le monde extérieur.) C'est sans espoir, soupira-t-elle.

— Dalveen ne l'aurait pas pensé. Et, il n'y a pas si longtemps, toi non plus. Tu es l'une des personnes les plus fortes que j'aie jamais rencontrées, Shani, et je ne peux imaginer que tu ne brûles pas d'envie de venger la mort de Dalveen. Parce que comme moi, tu dois bien soupçonner que la tempête qui a frappé le *Vagabond des océans* n'avait rien de naturel.

— C'était Avoch-Dar, n'est-ce pas ?

— La tempête présentait tous les signes d'une puissante sorcellerie, acquiesça Tycho. Logiquement, ça ne peut être que lui.

À l'expression de la jeune femme, il comprit qu'il avait obtenu l'effet recherché. La colère de Shani prenait le pas sur son abattement.

— Ça ressemblerait bien à ce rat de chercher à se débarrasser de nous d'une façon aussi lâche, fulmina-t-elle.

— Et nous ne pouvons pas le laisser s'en tirer comme cela, ajouta l'homoncule.

Shani le dévisagea longuement, les lèvres pincées. Puis quelque chose qui ressemblait à une grimace s'inscrivit sur ses traits.

— Ne crois pas que je ne me rende pas compte de ce que tu essaies de faire, mon vieil ami. (Tendant la main, elle tapota affectueusement sa poitrine poilue.) Tu veux changer mon chagrin en soif de vengeance, et tu as raison. Déclencher ma colère, c'est toujours le meilleur moyen de me pousser à réagir.

— Il ne fait aucun doute que tu as un tempérament de feu, acquiesça Tycho.

— Et le sorcier va salement s'y brûler, promit-elle d'un air résolu. (Un moment, elle s'abîma dans ses pensées, puis reprit :) Merci, Tycho. Je m'étais laissé abattre. J'avais besoin d'un but pour me reprendre. La vengeance fera l'affaire.

Tandis qu'elle parlait, elle semblait grandir sous les yeux de l'homoncule. Sa posture s'améliora. Elle redressa les épaules ; son expression défaite s'évanouit, et une étincelle s'alluma de nouveau dans ses yeux.

— La vengeance ne doit pas être notre seule motivation, tempéra Tycho. Contrer le sorcier et ses alliés démoniaques est une cause méritante en soi – je devrais même dire : vitale. La menace qu'ils constituent est plus grande que jamais. Dalveen aurait voulu que nous poursuivions sa croisade, pour cette raison plus que pour toute autre.

— Tu as raison, comme toujours. J'ai honte de m'être tellement apitoyée sur mon propre sort.

— Ne te fais aucun reproche. Il n'y a pas de honte à pleurer un ami. Mais quelles que soient nos souffrances, nous devons les mettre de côté pour le moment. L'heure est à l'action.

— Je suis d'accord avec toi. (Shani balaya leur cellule du regard.) Ce qui nous ramène au problème de notre évasion. Sans vouloir te contredire, je pense que l'identité de nos ravisseurs a bel et bien de l'importance. Je veux dire… Sont-ils le genre de personnes qui nous tueraient pour avoir tenté de nous enfuir ?

— Tu as rencontré de nombreux ennemis qui t'auraient tuée pour moins que cela, Shani, et ça ne t'a jamais arrêtée jusqu'à maintenant, lui rappela Tycho. Mais le fait qu'ils n'aient pas encore essayé est probablement significatif. Bien qu'ils nous aient enfermés ici, on ne peut pas dire qu'ils nous aient beaucoup rudoyés. Ils nous ont même fourni de l'eau et de la nourriture.

— Quand nous les ont-ils apportées, exactement ?

— Hier à cette heure précise, me semble-t-il.

— Tu ne cesseras jamais de m'étonner, Tycho, s'émerveilla la jeune femme. Je n'aurais pas pu calculer cela sans voir le déplacement du soleil dans le ciel. Loin de la lumière du jour, je perds toute notion du temps.

— Cela fait partie de mes capacités innées, admit modestement l'homoncule. Je pourrais t'indiquer le temps qui s'est écoulé depuis notre capture à la minute près, si tu me le demandais.

Shani grimaça.

— Ce ne sera pas nécessaire. Là où je voulais en venir, c'est que si nos ravisseurs se conforment à une routine, nous pouvons nous attendre que quelqu'un franchisse cette porte très bientôt. C'est tout ce dont nous avons besoin.

— À supposer qu'ils se conforment bel et bien à une routine, quel est ton plan ?

— Tout simplement de neutraliser le garde. Pour cela, il nous faudra une diversion.

— J'espère que tu n'as pas oublié que je suis incapable de faire du mal à un être humain, s'inquiéta Tycho. Je ne saurais prendre part à un acte de violence.

— Je n'avais pas oublié, le rassura Shani. Allonge-toi par terre.

— Quoi ?

— Tu vas servir de diversion.

— Mais comment… ?

— Tu es tombé malade. Quand le garde entrera, tu te tordras de douleur. Je m'occuperai du reste.

— Je ne peux pas tomber malade, Shani, protesta Tycho. Tu le sais bien.

— Mais nos ravisseurs, non. Il s'agit juste de faire semblant. Tu te comporteras comme si tu étais malade.

— Je n'ai aucune expérience sur laquelle me baser.

— C'est très facile. Il te suffira de t'agiter un peu en grognant. Maintenant, dépêchons-nous de nous mettre en place avant que quelqu'un vienne.

Tycho ravala ses objections et fit ce que la jeune femme lui demandait. Elle le fit s'allonger sur le flanc, dos à la porte, et s'accroupit près de lui.

— Replie tes genoux contre ta poitrine et tiens-toi le ventre, lui ordonna-t-elle. Tu es censé être plié de douleur.

— Je crains que ça ne trompe personne.

— Bien sûr que si. Fais-moi confiance. Le garde n'aura pas l'occasion de t'examiner de près ; tu peux compter là-dessus. Maintenant, tiens-toi tranquille et attendons.

Ils gardèrent la pose pendant plusieurs longues minutes. Enfin, Tycho chuchota :

— Ils nous ont apporté à manger plus tôt que cela hier. Que se passera-t-il si personne ne vient ?

— Nous trouverons autre chose, répondit calmement Shani.

— Je ne vois vraiment pas ce que…

Un raclement se fit entendre du côté de la porte. Quelqu'un tirait les verrous.

— Commence à grogner, siffla Shani.

Tycho poussa un gémissement dénué de conviction.

— Un peu mieux que ça ! ordonna-t-elle à voix basse.

La porte s'ouvrit à la volée. Pivotant, Shani vit une silhouette d'homme se découper sur le seuil de leur cellule. Il tenait un plateau dans ses mains.

Comme il se figeait, elle crut qu'il allait battre en retraite. Puis il entra prudemment dans la pièce. Jeune et maigre, il arborait une expression méfiante.

— Que se passe-t-il ?

— C'est mon ami, répondit Shani en s'efforçant de prendre l'air d'une faible femme en détresse. Il s'est effondré. Il souffre terriblement !

Le garde s'approcha, le plateau toujours dans les mains. Il ne vit pas Shani enfoncer subrepticement un doigt entre les côtes de Tycho. L'homoncule se remit à pousser des grognements théâtraux.

Sa méfiance apparemment remplacée par de la curiosité, leur jeune geôlier baissa les yeux sur Tycho. Il scruta le corps trapu et musclé de la créature artificielle, la fourrure rousse qui le recouvrait, sa tête disproportionnée et les deux fentes plates qui lui servaient de narines. Deux grands yeux vert foncé, dénués de paupières, soutinrent son regard sans ciller.

Hésitant, le garde demanda :

— Qu'est-ce qui lui arrive ?

— Je pense qu'il est mourant, geignit Shani. Aidez-nous, je vous en prie.

Le jeune homme déposa son plateau de bois, s'agenouilla près d'eux et se pencha sur l'homoncule.

Le poing de Shani s'écrasa sur sa mâchoire. Sa tête partit sur le côté, et il s'étala sur le sol. Puis la jeune femme lui bondit dessus, le bourrant de coups au visage et dans la poitrine. Tycho se releva précipitamment et battit en retraite.

Le garde contra l'attaque suivante de Shani et lui saisit la gorge à deux mains. Elle rua et se débattit, lui martelant le torse de ses poings. Ils roulèrent ensemble sur le sol, jusqu'à ce que la jeune femme brise l'étreinte du garde et lui lance son poing dans l'estomac. Le souffle coupé, il poussa un grognement.

— Ça suffit !

Shani se figea.

Un autre homme se tenait dans l'encadrement de la porte. Il était grand et mince, avec des cheveux bruns qui lui tombaient jusqu'aux épaules, un visage rasé aux traits bien définis et un port de tête plein de fierté. Dans sa main droite, il tenait une épée. Et derrière lui, trois autres hommes au moins étaient en train de dégainer leurs armes.

Avec un soupir résigné, Shani s'affaissa sur le sol. Le garde se releva maladroitement, en tamponnant la traînée écarlate au coin de sa bouche.

L'homme qui venait de parler entra dans la cellule.

— Ravi de voir que tu as recouvré toute ta combativité, Shani, lança-t-il aimablement. (Il baissa les yeux vers l'homoncule et ajouta, non sans un soupçon de moquerie dans la voix :) Et j'imagine que tu te sens mieux, Tycho.

Shani le foudroya du regard.

—Ainsi, vous savez qui nous sommes. Je suis impressionnée, lâcha-t-elle d'un ton sarcastique. Et vous, qui êtes-vous ?

—Je me nomme Jarvis Galby. Je suis le chef du mouvement de résistance de Nordelph, et nous n'avons aucune intention de vous faire du mal.

—C'est une bien étrange façon de le montrer, que de nous garder prisonniers dans ce trou à rats pendant des jours, répliqua la jeune femme.

—Je le regrette, mais c'était nécessaire. Nous devions nous assurer que vous étiez bien des amis et non des ennemis. Vous comprendrez que nous devions faire preuve de prudence, dans notre position.

—Qu'attendez-vous de nous, Galby ?

—Je vois que tu n'as pas volé ta réputation de femme directe, constata sèchement le chef des rebelles. Je pense que vous pouvez nous donner un coup de main, et réciproquement.

Shani soutint son regard d'un air de défi.

—Pourquoi nous impliquerions-nous dans vos petites luttes de pouvoir ?

—Parce que nous pourrons peut-être vous aider à accomplir la mission de Nightshade. Et à égaliser le score avec le responsable de sa mort.

Chapitre 2

L'armée s'était enfin mise en marche.

Elle se composait de plus de neuf mille hommes, dont un tiers de cavaliers, accompagnés par soixante chariots de ravitaillement tirés par des bœufs. Deux heures après que le signal du départ fut donné, son arrière-garde franchissait à peine les portes d'Allderhaven.

À la tête de cette force impressionnante, Golcar Quixwood balaya du regard la plaine qui s'étendait au sud de la capitale delgarvienne. Ils devraient la traverser avant de quitter le royaume et de pénétrer sur des terres moins hospitalières. Le vieux soldat marmonna un juron.

— Je vous demande pardon, monsieur ? lança le jeune capitaine qui chevauchait à son côté.

— Oh, ce n'est rien, mon garçon, soupira Quixwood. Simplement, je m'en veux d'avoir traîné aussi longtemps.

— Vous n'avez pas traîné, monsieur. Il y avait beaucoup à faire avant que nous puissions nous mettre en route.

— Je te le concède. Lever une armée n'est pas une tâche aisée, et nous nous sommes bien débrouillés, vu le peu de temps dont nous disposions. Mais je prie pour que nous n'arrivions pas trop tard.

— Pensez-vous encore que nous puissions rattraper le groupe de Nightshade d'ici à une semaine ? interrogea le capitaine.

— Oui, ou dix jours au plus. À supposer que le point de rendez-vous n'ait pas changé.

— Pourquoi aurait-il changé, monsieur ?

— Il existe un tas de bonnes raisons tactiques pour lesquelles Dalveen pourrait ne pas être à l'endroit prévu, au moment prévu. Trop de sbires du sorcier dans les parages, par exemple. Naturellement, nous avons envisagé cette éventualité et convenu de lieux de rechange pour nous rejoindre le long de la frontière de Vaynor, révéla Quixwood.

— Pardonnez ma curiosité, monsieur, mais est-il vrai que nous n'avons pas reçu de nouvelles de Leandor depuis son départ ?

— Oui, mais ne voyez pas là matière à inquiétude. Il avait probablement besoin de tous ses hommes ; il n'aura pas pu se permettre de nous dépêcher un messager.

Le capitaine était peut-être encore jeune, mais il voyait bien que son commandant n'était pas convaincu par sa propre explication.

— Non, monsieur, acquiesça-t-il néanmoins. Je suppose que non.

Ils continuèrent à chevaucher en silence.

L'hiver n'avait pas encore cédé la place au printemps, et l'air du petit matin était d'un froid mordant. Quixwood resserra les plis de sa cape autour de ses larges épaules. Les efforts de ces dernières semaines avaient exigé un lourd tribut de son corps vieillissant. Il était en forme pour un homme de son âge, bien qu'un peu plus gras qu'autrefois, mais l'épuisement marquait ses traits. Sa chevelure et sa barbe paraissaient plus grises à présent, et ses yeux bleus larmoyaient de fatigue.

Dalveen Leandor était le plus courageux, le plus débrouillard des guerriers. Pourtant, Quixwood ne parvenait pas à se défaire de l'idée qu'en partant affronter le sorcier à la tête d'une force symbolique, il avait peut-être commis une grave erreur. Le délai que lui-même avait été forcé d'observer avant d'amener des renforts à son fils adoptif troublait grandement le vieil homme.

— Il comptait sur moi, marmonna-t-il.

— Monsieur ?

Quixwood s'arracha à sa rêverie. Il regarda fixement le capitaine et estima que celui-ci devait avoir l'âge de Dalveen, à un ou deux ans près.

— Leandor, soupira-t-il. Les hommes qu'il a emmenés avec lui à Vaynor étaient les meilleurs dont nous disposions, mais ils n'étaient pas plus de cent cinquante. Contre les hordes du sorcier, ce sera l'équivalent d'une piqûre d'abeille sur la peau d'un dragon. Et nous sommes en retard pour lui apporter notre aide. Une aide qui ne sera peut-être même pas suffisante.

D'un large geste, le capitaine indiqua les rangs serrés des soldats qui les suivaient.

— Mais une armée de cette taille…

— … n'est qu'un malheureux groupe de promeneurs, comparée à celle qui a affronté Avoch-Dar lorsqu'il a envahi Delgarvo, coupa Quixwood. Du temps où j'avais votre âge, il existait des tas d'armées capables de ridiculiser celle-ci. À l'époque où feu le roi Eldrick tentait de faire régner la loi dans les terres frontalières et d'éliminer les seigneurs de guerre qui les gouvernaient, il n'était pas rare de rencontrer cent mille hommes d'armes d'un coup. Aujourd'hui, tant de gens ont succombé durant les précédentes attaques du sorcier, ou ont dû rester en arrière pour réparer les dégâts causés par celui-ci, que nous avons eu de la chance de pouvoir rassembler un dixième de ce nombre.

— Vous voulez dire que près de dix mille hommes risquent de ne pas suffire ?

— Ce n'est qu'en partie une question de nombre. La plus grande armée de la Création pourrait perdre une guerre si elle était mal dirigée.

— Leandor est réputé pour ses qualités de commandement, monsieur, lui rappela le capitaine. Ne pourrait-il pas gagner, même à la tête d'une toute petite force ?

Quixwood sourit.

— Vous avez raison : un bon chef peut faire toute la différence. Mais comme je viens de vous le dire, le nombre n'est que l'une des données du problème. Le danger qui nous attend est bien plus redoutable que des soldats et des armes d'acier, même si nous risquons d'en rencontrer probablement beaucoup. C'est la magie que l'on nous opposera qui m'inquiète. Et je ne parle pas seulement de celle d'Avoch-Dar.

Comme si prononcer ces mots à voix haute risquait de leur porter malchance, le capitaine souffla :

— Les démons…

— Oui, acquiesça Quixwood avec raideur. Si ces créatures infernales se sont bel et bien alliées avec le sorcier, qui sait quels pouvoirs cauchemardesques elles risquent de déchaîner sur nous ?

— Mais si Leandor récupère le grimoire…

— S'il le récupère, et s'il parvient à en prendre le contrôle, peut-être disposerons-nous d'une magie capable de contrer celle d'Avoch-Dar et des démons. Je sais. Il se peut aussi que Dalveen ait déjà vaincu le sorcier et que nous fassions le déplacement pour rien. Mais nous ne pouvons pas compter là-dessus.

Le silence revint pendant que chacun des deux hommes méditait sur ces possibilités. Puis le capitaine lança :

— Monsieur…

Il hésita.

— Allez-y, mon garçon, l'encouragea Quixwood.

— Eh bien… (L'expression du jeune homme trahissait son appréhension.) Je voulais juste vous demander si vous pensez que Nightshade est… toujours en vie.

La réponse mit si longtemps à venir qu'il crut qu'elle ne viendrait pas. Et l'expression de Quixwood était indéchiffrable. Enfin, il avoua :

— En toute franchise, je n'en sais rien. (Il marqua une pause, puis ajouta sur un ton plus optimiste :) Ce que je sais, c'est qu'il n'existe pas d'homme plus difficile à tuer et que si quelqu'un peut vaincre Avoch-Dar, c'est bien lui.

— Oui, monsieur.

Quixwood pivota sur sa selle pour observer les colonnes de cavaliers et de fantassins.

— Nous avons une longue journée devant nous, déclara-t-il en reportant son attention sur le capitaine, et j'ai besoin de réfléchir à la stratégie que nous allons employer.

Le jeune homme saisit l'allusion et garda le silence.

Mais les questions qui préoccupaient Quixwood étaient bien loin de toute tactique militaire. En esprit, il revécut sa dernière audience avec la reine Bethan, si inquiète pour son fiancé que, bien que venant à peine d'être couronnée, elle avait voulu accompagner son armée. Il avait eu un mal fou à l'en dissuader.

Quixwood songea également au coût de cette expédition. Le Trésor royal était déjà au plus bas, et les dépenses engagées n'allaient rien arranger.

Il pensa à Karale et à sa grand-mère Melva, la vieille sage qui avait lancé Dalveen sur la piste du Grimoire des Ombres. Karale, qui pouvait pénétrer à volonté dans le bastion fortifié du palais royal et en repartir de même. Melva, à présent morte, mais encore capable de leur rendre visite depuis le royaume des Ombres et de leur révéler de nouveaux fragments de l'énigmatique prophétie.

Plus que tout, il s'interrogea sur le destin de Dalveen Leandor et sur la perversion sans limites d'Avoch-Dar.

Dans les étendues désertiques de Vaynor ne se dressait qu'une seule cité. On disait qu'elle absorbait la lumière et que les oiseaux tombaient raides morts quand ils la survolaient.

Pandémonium ne présentait que peu de ressemblances avec les communautés conçues pour l'habitation humaine. Des aiguilles torturées et des tours déchiquetées hérissaient un amas chaotique de bâtiments érigés comme au hasard. Les rues sinueuses étaient bordées de structures de toutes formes et de toutes tailles. Certaines étaient trapues, comme si elles cherchaient à s'aplatir sur le sol ; d'autres étaient hautes et de guingois. La plupart n'avaient pas de fenêtres, et beaucoup n'arboraient même pas de portes.

Des constructions ressemblant à des mausolées, ornées de minces colonnes, voisinaient avec des rectangles de pierre lisse et sombre dépourvus de toute ouverture. Des dômes ventripotents émergeaient çà et là. Une profusion de monolithes, d'obélisques et de colonnades piquetait la scène. Des statues grotesques et incompréhensibles montaient la garde dans la pénombre boueuse. Aucune ligne n'était droite, aucun angle identique aux autres. C'était une architecture cauchemardesque.

Tout comme les créatures qui l'occupaient.

Un palais plus grand, plus difforme et plus étrange que tous les autres bâtiments surplombait la cité. C'était là que se trouvait l'épicentre de l'atmosphère éminemment corrompue de Pandémonium.

Les murs de marbre noir de son grand hall étaient humides d'une substance visqueuse comme de la vase. Une odeur méphitique, moitié soufre, moitié décomposition, rendait l'air presque irrespirable.

Chichement éclairée par des flambeaux crachotants, la vaste salle était en grande partie dissimulée par des zones d'ombre. Des piliers ceints d'ébène jaillissaient du sol pour soutenir le plafond si haut qu'il se perdait dans les ténèbres.

Au centre du grand hall se dressait un autel composé de blocs de granit taillés et empilés les uns sur les autres. À sa surface reposait un objet incroyablement ancien. Un objet qui émettait une lueur saphir et palpitait d'une étrange vitalité surnaturelle.

Le Grimoire des Ombres.

Non loin de là, entourée par un muret, une vasque circulaire avait été creusée dans les dalles adamantines. Deux personnages observaient le liquide émeraude qui bouillonnait à l'intérieur.

Le premier était humain, bien que son corps et son esprit soient déjà pourris par l'exposition à une magie dépravée. L'autre ressemblait aussi peu à un humain qu'il est possible de l'imaginer.

—Ainsi, constata Avoch-Dar, les Delgarviens se décident enfin à nous attaquer en force.

—As-tu préparé tes défenses ? interrogea son compagnon dans un sifflement.

—Mon armée est prête à les accueillir.

—Et tu engageras le combat une fois qu'ils arriveront ici, à Vaynor ?

— Comme vous le savez, seigneur Berith, le fait de se battre sur son propre territoire confère certains avantages. Mais je préférerais les exterminer avant qu'ils nous atteignent. Pour cela, j'aurai besoin de magie.

— Tu en as déjà.

—Même mes pouvoirs considérables pourraient se révéler insuffisants. J'ai besoin de plus de magie. Et vous pouvez me la fournir.

Le démon ne répondit pas.

C'était en des moments comme celui-là qu'Avoch-Dar regrettait que les Sygazons ne soient pas un peu moins inhumains. Cela aurait facilité ses négociations avec eux. Il lui était absolument impossible de déchiffrer l'expression d'un visage qui combinait les traits d'un reptile, d'un insecte et d'un félin, piquetés d'une multitude d'yeux noirs et froids.

Fixant calmement des yeux la monstruosité écailleuse aux multiples membres qui le surplombait de deux bonnes têtes, le sorcier s'efforça de plaider sa cause.

— Qu'en dites-vous, Berith? Augmentez ma maîtrise de la magie, et je serai à même de mieux servir nos deux causes.

— Veux-tu dire que sans ce don, tu seras incapable de battre les Delgarviens?

— Non, je veux dire qu'avec lui, j'aurai plus de chances d'y arriver. Et pourquoi parlez-vous de don? ajouta-t-il sur un ton indigné. N'en ai-je pas suffisamment fait pour les Sygazons? De tels pouvoirs devraient déjà être miens. Je les ai amplement mérités!

— Nous avons déjà augmenté ta maîtrise de la magie, répliqua Berith.

— Pas assez.

Le silence revint l'espace d'une douzaine de battements de cœur. L'expression du démon était toujours aussi indéchiffrable. Enfin, il siffla:

— As-tu des nouvelles de Nightshade?

Avoch-Dar soupira. Il avait fini par s'habituer aux abrupts changements de sujet du représentant des Sygazons. Ce qu'il ne comprenait pas, c'est si cela reflétait le mode de pensée de la créature, ou si c'était juste une façon d'éviter de lui répondre.

— Nous savons que la tempête que j'ai invoquée a malmené son navire.

— Est-il mort?

— Cela, je ne l'ai pas encore découvert. Comme vous le savez, mes pouvoirs n'ont pas atteint leur apogée, et je ne suis pas en mesure de tout voir. Mais Leandor serait certainement mort si vous m'aviez donné une magie assez forte pour...

— Inutile de revenir là-dessus, Avoch-Dar. Ta soif de pouvoir est parfaitement claire. Les Sygazons vont en délibérer.

— Merci, seigneur Berith, lança le sorcier d'un ton sarcastique.

Faisant pivoter sa masse frémissante vers l'autel, le démon articula d'une voix rauque:

— Il faut continuer à fournir des essences vitales au grimoire. Maintenant plus que jamais, puisque le danger menace.

— Ne vous inquiétez pas, j'ai pris toutes les dispositions nécessaires.

— Tu as des sacrifices sous la main?

—Quelques-uns. Et mes agents peuvent s'en procurer d'autres sans grande difficulté.

—Et le saint homme que tu gardes prisonnier dans ton donjon ?

—Drew Hadzor ? Que lui voulez-vous ?

—Pourquoi ne pas le donner au grimoire ?

—Parce qu'il a plus de valeur pour nous en tant qu'objet de marchandage. Si Leandor ou l'un de ses amis ont survécu, un otage innocent est exactement le genre de chose qui obscurcirait leur jugement. Sur ce point-là, ce sont des imbéciles sentimentaux.

—Dans ce cas, je te suggère de te dépêcher de découvrir s'ils ont survécu ou non, sorcier. En attendant, je vais m'entretenir avec les miens.

Berith se détourna d'Avoch-Dar. Une myriade de tentacules ondulants traînèrent son corps pyramidal sur les pavés usés, laissant derrière eux une trace de bave luisante comme celle d'une limace géante.

Le démon pénétra dans une antichambre complètement plongée dans l'obscurité, où il rejoignit la masse grouillante et hideuse des autres Sygazons. Même Avoch-Dar était mal à l'aise en entendant les sons inhumains qui émergeaient de cette pièce.

Le sorcier reporta son attention sur la vasque. La concentration plissa son visage cadavérique au teint maladif. Les yeux brûlants comme des braises, il tissa une invocation de ses mains squelettiques et focalisa ses pensées sur Nightshade.

Le liquide vert s'agita et bouillonna.

Lentement, une image floue se forma à sa surface.

Chapitre 3

Dalveen Leandor n'avait aucun moyen de savoir que certains de ses plus proches amis le croyaient mort. Mais vu la situation dans laquelle il se trouvait, la mort lui apparaissait presque comme une option séduisante.

Après s'être frayé un chemin à bord du vaisseau pirate qui avait attaqué son propre navire, le *Vagabond des océans*, Leandor avait essayé d'éliminer son capitaine. Sa tentative avait échoué, et il avait été capturé alors que le *Vagabond des océans* coulait.

Il ne comprenait toujours pas pourquoi les pirates ne l'avaient pas tué. Après tout, il avait abattu bon nombre de leurs camarades. Mais au lieu de le transpercer de leurs épées, comme il s'y était attendu, ils l'avaient relevé de force et traîné jusqu'à une minuscule prison. Sa cellule possédait même un petit hublot qui donnait sur la mer.

Certes, ils l'avaient enchaîné sans ménagement, mais ils ne l'avaient pas tellement malmené. Et, un peu plus tard, l'un d'eux était venu lui apporter de l'eau. Il avait révélé au jeune homme que le navire à bord duquel il se trouvait s'appelait le *Requin*, et que son capitaine n'était autre que Zennor Crowan.

Leandor avait entendu parler de Crowan. Celui-ci avait la réputation d'être le plus redouté et le plus impitoyable des brigands qui aient jamais arpenté les mers.

Il ne fallut à Leandor que quelques minutes de captivité pour prendre conscience qu'il n'avait aucun espoir de se libérer de ses chaînes, et encore moins de s'enfuir de sa cellule. Faute d'un autre sujet pour s'occuper l'esprit, il avait été forcé de penser à des choses qu'il aurait préféré éviter. Comme Shani et Tycho. Ses amis avaient-ils survécu ? Et les soldats delgarviens ? Beaucoup d'entre eux devaient être morts, sinon la totalité.

Leandor ne put s'empêcher de songer au corps des Dents-de-Sabre, l'unité de cavalerie d'élite qu'il commandait autrefois. Il l'avait lancée dans une charge suicidaire contre les gardes du corps d'Avoch-Dar, à l'apogée de la première invasion de Delgarvo. Tous ses membres avaient été massacrés jusqu'au dernier.

De toute évidence, il ne prenait pas grand soin des vies qu'on lui confiait.

Leandor rumina cette déplaisante constatation, la culpabilité rongeant sa conscience comme de l'acide, et se demanda pourquoi on lui avait permis de continuer à vivre alors que tous ceux dont il avait la charge mouraient. Pendant trois nuits et deux jours, ses sombres réflexions ne furent interrompues que par la visite occasionnelle d'un pirate lui apportant un peu d'eau et des croûtes de pain rassis.

À l'aube du troisième jour, ses geôliers vinrent le chercher et le conduisirent devant leur capitaine.

Crowan se tenait sur une plate-forme surélevée, six de ses lieutenants alignés de chaque côté de lui. Les membres de son équipage, massés face à lui, affichaient des mines de chiens battus. Ils portaient les tenues loqueteuses et dépareillées typiques des pirates. Les lieutenants de Crowan, ceux qui avaient ses faveurs, arboraient un uniforme noir brodé de fils d'or et un bicorne orné de l'insigne du loup. Dans leurs mains, ils tenaient une badine de cuir hérissée de pointes métalliques.

Leandor fut projeté aux pieds du capitaine. Il leva la tête pour le dévisager et se souvint de la remarque de Shani, qui l'avait qualifié de chochotte. Ses cheveux noirs bouclés, ses yeux bruns étincelants et sa barbe soigneusement taillée, ainsi que ses vêtements de soie fine, lui donnaient l'air d'un courtisan plutôt que d'un coupeur de gorges dénué de principes.

Crowan toisa le prisonnier avec la même expression de dégoût que si celui-ci était une assiette de gibier mal assaisonné. Quand il parla, sa voix était mielleuse d'arrogance.

— J'espère que tu as apprécié mon hospitalité. Surtout n'hésite pas à me complimenter pour la qualité du logement et de la pitance qui t'ont été fournis.

Ses lieutenants ricanèrent.

Leandor cligna des yeux. Durant sa captivité, il avait perdu l'habitude de la lumière.

— Allez en enfer, Crowan.

Le capitaine s'adressa théâtralement à son équipage.

— Il semble que le tempérament de feu de notre invité n'ait pas eu le temps de refroidir. Peut-être devrions-nous le suspendre à la poupe au bout d'une corde. Se faire traîner dans notre sillage pendant quelques heures pourrait bien améliorer son caractère.

Plusieurs de ses laquais eurent une grimace cruelle.

Ignorant la menace, Leandor tenta de se lever. Les gardes le forcèrent à se remettre à genoux.

— Que sont devenus mes hommes ? interrogea-t-il.

— J'imagine que tu as dû voir couler ton navire, répondit nonchalamment Crowan, et nous ne nous sommes certainement pas donné la peine de repêcher les survivants. Donc, ils sont probablement tous morts.

De nouveau, ses sarcasmes déclenchèrent l'hilarité de ses lieutenants.

Des images de Shani et de Tycho traversèrent l'esprit de Leandor. Il savait que l'homoncule était virtuellement indestructible. Shani, en revanche...

— Vous paierez pour chacune de leurs vies, promit-il d'un air sombre.

— Vraiment ? railla le capitaine. Dans tes rêves, peut-être...

— Détachez-moi et affrontez-moi en duel, si vous êtes un homme, gronda Leandor.

— Tu as une bien grande gueule pour un infirme, fit remarquer Crowan en désignant sa manche vide.

— Un seul bras me suffira largement pour vous vaincre, espèce de vermine ! Affrontez-moi donc, réclama Leandor.

Son interlocuteur eut un rictus méprisant.

— Sûrement pas.

— Dans ce cas, vous feriez mieux de me tuer tout de suite, pendant que vous en avez l'occasion. Parce que je ne ferai preuve d'aucune miséricorde le moment venu.

— Te tuer ? Oh, non, se récria Crowan sur un ton doucereux. Tu m'es beaucoup plus précieux vivant, Nightshade. Oui, je sais qui tu es. Tout le reste mis à part, ce bras manquant suffit à te trahir, ne crois-tu pas ? Dès que nous arriverons au port, nous tiendrons une vente aux enchères, et tu seras remis au plus offrant. Que ce soit le royaume de Delgarvo, la fraternité des Assassins, la guilde des voleurs… ou Avoch-Dar.

— Vous devez savoir que si vous me laissez tomber entre les mains du sorcier, vous faciliterez ses plans de conquête. Plus personne ne sera en sécurité en ce monde.

— Dois-je comprendre que seul le puissant Dalveen Leandor se dresse sur son chemin ?

— Vous l'aideriez à répandre le mal, Crowan.

— Cela ne m'importe guère.

— Pensez à vous, à défaut d'autre chose. Dans un monde dominé par Avoch-Dar et par les créatures infernales avec lesquelles il s'est allié, il n'y aura pas plus de place pour les hommes de votre espèce que pour les autres.

— Foutaises. J'ai connu bien des tyrans, et il est toujours possible de négocier avec eux. Ils ont besoin de gens comme moi pour faire leur sale boulot. Je prendrai son or, et je retournerai à mes affaires.

— Vous vous bercez d'illusions. Avoch-Dar n'est pas un despote ordinaire. Il est totalement corrompu, et c'est un maître de la trahison. Une fois qu'il se sera débarrassé de moi, il vous brûlera les yeux avec sa magie.

— Dans ce cas, il ne te reste plus qu'à espérer que Delgarvo offre un meilleur prix pour te récupérer.

— Vous avez passé trop de temps en mer, Crowan, cracha Leandor. Le sel vous a attaqué le cerveau. À moins que vous soyez naturellement stupide ?

— C'est moi qui suis stupide ? aboya le capitaine. Pourtant, si je ne m'abuse, c'est toi qui es enchaîné. (La colère empourpra son visage.) Tu me fatigues.

Il se tourna vers son équipage, qui avait écouté leur conversation en silence.

— Regardez bien. Ceci est la punition à laquelle peuvent s'attendre tous ceux qui s'opposent à moi.

Il claqua des doigts comme un dandy.

Deux de ses lieutenants s'avancèrent. L'un d'eux empoigna la longue queue-de-cheval de Leandor et lui tira violemment la tête en arrière. L'autre lui saisit le bras. Ils le traînèrent jusqu'au mur du pont de barre et l'y plaquèrent de face. Puis ils l'attachèrent à un crochet, lui passèrent une autre corde autour de la taille et lui arrachèrent sa chemise.

Un autre des lieutenants aux yeux de silex se dirigea vers lui en brandissant un fouet. Il se positionna dans le dos de Leandor.

— Vingt-cinq, ça me paraît bien, déclara le capitaine. (Il agita une main désinvolte.) Vas-y.

Le lieutenant ramena son fouet en arrière et cingla le dos de Leandor de toutes ses forces. Une agonie brûlante traversa le corps du jeune homme. Il arqua les reins, tirant sur ses liens.

Les trois coups suivants lui donnèrent l'impression qu'on avait appliqué un tisonnier chauffé à blanc sur sa peau.

Au cinquième coup, il faillit hurler, mais parvint à se retenir. Qu'il soit damné s'il montrait à ces misérables combien il souffrait.

Et il en fut ainsi alors que chaque coup cuisant de la lanière de cuir s'abattait sur sa cible.

Une éternité de douleur plus tard, ce fut terminé.

Les pirates le détachèrent, et quelqu'un jeta un seau d'eau glacée sur son dos.

Crowan s'agenouilla près de lui pour tamponner son visage avec un délicat mouchoir de dentelle, comme si la torture qu'il avait personnellement ordonnée était trop répugnante pour sa sensibilité.

— Ce n'est qu'un avant-goût de ce que tu recevras si tu défies encore mon autorité, promit-il.

— Je vous reverrai… en enfer, chuchota Nightshade.

Crowan le foudroya du regard et se releva.

— Emmenez-le ! aboya-t-il.

Ses lieutenants entraînèrent brutalement Leandor vers l'autre extrémité du pont, dans sa minuscule prison, au-delà des membres de son équipage plus lugubres que jamais. Ils lui enchaînèrent de nouveau le bras à un anneau de métal fixé dans le mur et sortirent, verrouillant la porte de bois derrière eux.

Le jeune homme avait juste assez de place pour s'étirer sur la couchette dure comme de la pierre. Le dos embrasé, il resta allongé dans la pénombre, frissonnant et le souffle court.

Enfin, il sombra dans un demi-sommeil fiévreux, inconscient du temps qui s'écoulait. Son esprit s'emplit d'images vivaces et effroyables de sang, de feu et de destruction. Les Dents-de-Sabre fauchés dans leur prime jeunesse, les Delgarviens brûlés et noyés, Shani et Tycho perdus en mer, Bethan seule et vulnérable à Allderhaven, Golcar chevauchant droit dans les mâchoires du piège tendu par Avoch-Dar.

Il se lamenta de ne pas avoir réussi à affronter le sorcier. Maudit son incapacité à récupérer le grimoire et son bras. Enragea de se retrouver impuissant.

Dalveen Leandor scruta l'avenir et n'y vit que servitude forcée.

Suivie par une mort inéluctable.

Chap

Bethan avait encore du mal à se faire à son nouveau statut. Reine de Delgarvo. Première citoyenne du royaume. Monarque d'une dynastie qui remontait au moins à quatre siècles. Dirigeante de tout ce qu'elle embrassait du regard.

Et ce qu'elle embrassait du regard en cet instant, depuis la fenêtre de ses appartements privés de Torpoint, était un ciel plombé menaçant de déverser des trombes d'eau.

Le temps reflétait à merveille son humeur.

La mère de Bethan était morte en lui donnant le jour, probablement empoisonnée par Avoch-Dar. Son père avait succombé à une blessure quelques semaines plus tôt. Elle devait accepter l'idée que Dalveen avait peut-être péri durant sa quête. Tycho était parti à la recherche de Shani. Et à présent, même Golcar l'avait abandonnée.

Resterait-elle seule pour combattre le mal qui menaçait le monde ?

La jeune femme se détourna de la fenêtre. Une de ses dames de compagnie était assise près de l'âtre, occupée à broder un carré de tissu. Elle leva les yeux.

— Je vous sens troublée, ma dame.

— En effet, Alina, acquiesça Bethan. Et je le serai jusqu'à ce que tous les nôtres soient rentrés sains et saufs. Ou jusqu'à ce que la mort ait récompensé nos efforts.

Reposant son ouvrage, Alina saisit sur une table voisine unebrosse incrustée de perles. Bethan hocha la tête en souriant. Sa dame de compagnie s'approcha d'elle et entreprit de brosser ses longs cheveux dorés.

…ous souhaitiez vraiment partir avec l'armée, n'est-ce pas, …aame ?

— De tout mon cœur, confirma Bethan. Mais Golcar m'a persuadée de rester. Il a dit : « Que penserait le peuple si sa nouvelle reine partait battre la campagne avec ses soldats ? Souvenez-vous de ce que désirait feu votre père, et faites votre devoir. »

— Si je puis me permettre, ma dame, il avait raison. Vous avez bien fait d'écouter ses conseils.

— Possible. Mais je préférerais de loin chevaucher avec son armée plutôt que de rester coincée ici. Je ne suis pas certaine de pouvoir supporter la pression de mes responsabilités de souveraine. Surtout si je dois le faire… sans Dalveen.

Une larme roula sur la joue de la jeune femme.

Alina reposa sa brosse et lui pressa affectueusement le bras.

— Il va s'en sortir, dit-elle sur un ton apaisant. J'en suis sûre.

Quelqu'un frappa à la porte de la chambre.

— Il ne faut pas que l'on me voie dans cet état, s'affola Bethan. (Elle haussa la voix.) Un moment, je vous prie !

Elle s'essuya les yeux avec un mouchoir et se redressa de toute sa hauteur.

— Entrez !

Un jeune domestique pénétra dans la pièce et s'inclina profondément.

— Pardonnez mon intrusion, Votre Majesté, dit-il sur un ton d'excuse. Mais il y a là des… gens qui sollicitent une audience.

— Nombreux sont ceux qui souhaitent s'entretenir avec moi, répliqua Bethan. Qui sont-ils ?

— On dirait des prêtres ou quelque chose de ce genre, ma dame, et ils ont beaucoup insisté pour vous voir.

— Comme la plupart des autres. Pourquoi devrais-je leur accorder du temps ?

— Leur chef s'est montré particulièrement… persuasif, ma dame.

— De quoi souhaitent-ils me parler ?

— Ils ne le révéleront qu'à vous seule. Mais leur chef a dit que cela concernait Dalveen Leandor et que c'était de la plus haute importance.

Une crainte mêlée d'espoir gonfla le cœur de Bethan.

— Qu'ils viennent immédiatement, ordonna-t-elle.

Le domestique sortit en hâte. Alina prit congé de sa maîtresse, esquissa une révérence et le suivit.

Quelques instants plus tard, le domestique revint avec plusieurs membres de la garde royale, qui introduisirent dans les appartements de leur souveraine un étrange trio.

Chacun des trois hommes avait le crâne et le visage rasés de près. Ils portaient des robes gris et brun par-dessus un pantalon de soie noire et des bottes d'équitation en peau souple. Celui qui se tenait devant les deux autres était beaucoup plus âgé et un peu plus petit que ses compagnons. Un large foulard violet lui ceignait la taille.

Il salua la reine à la manière des saints hommes : les mains jointes devant le nez, il inclina légèrement la tête. Les deux autres l'imitèrent. C'était une marque de profond respect.

— Je vous souhaite la bienvenue en mon palais, dit Bethan. À qui ai-je l'honneur ?

— Je suis Triastus, Votre Majesté, abbé de la fraternité de la Lumière intérieure. Mes deux compagnons sont également membres de notre ordre.

— J'ai entendu parler de votre fraternité, même si je confesse ne pas savoir grand-chose à son sujet. Un de vos moines, Drew Hadzor, est récemment passé à Allderhaven.

— En effet. Il est l'une des raisons de notre présence ici. Dalveen Leandor en est la seconde.

— M'apportez-vous de ses nouvelles ?

— Non, Votre Majesté.

Bethan fit de son mieux pour dissimuler la déception qu'elle éprouvait.

— Mais nous sommes venus vous proposer une aide qui le concerne, ajouta Triastus.

Convaincue que les moines ne représentaient pas une menace pour sa sécurité, Bethan se tourna vers ses gardes et son domestique.

— Vous pouvez nous laisser.

Les soldats quittèrent ses appartements. Le domestique semblait répugner à en faire autant ; il jeta un coup d'œil méfiant aux visiteurs, mais finit par obéir et par se retirer. Avant de refermer la porte derrière lui, il lança :

— Nous serons dans le couloir si vous avez besoin de nous, ma dame.

Bethan reporta son attention sur Triastus et demanda :

— Quelle est au juste la nature de l'aide que vous me proposez ?

— Pour vous l'expliquer, il faut d'abord que je vous parle de notre ordre.

Elle hocha la tête en signe d'assentiment.

— La fraternité de la Lumière intérieure est une secte ancienne, qui n'a jamais compté beaucoup de membres dans ses rangs. Il y a très longtemps, elle a fait l'objet de persécutions et a failli disparaître. Nos aînés ont répondu à cette menace de deux façons. D'abord, ils ont conduit les survivants dans un endroit retiré, où nous demeurons encore à ce jour. Ensuite, ils ont entrepris de faire de nous un ordre de moines guerriers. La pratique des arts martiaux était indispensable à notre survie et, au fil du temps, elle est devenue l'une de nos disciplines spirituelles majeures. Néanmoins, nous sommes capables de l'utiliser de manière plus… terre à terre lorsque le besoin s'en fait sentir.

— Donc, vous pouvez vous battre, résuma Bethan. Ne trouvez-vous pas contradictoire de servir les dieux *et* de faire usage de violence ?

— Tant que c'est à l'encontre des serviteurs du mal, Votre Majesté, non. Nous pensons au contraire que cela nous permet d'exécuter plus efficacement la volonté des dieux.

— Eh bien, je suis sûre que vos capacités seraient un atout très utile à notre cause, Triastus.

— Ce n'est pas tout ce que nous vous apportons, ma dame. Peut-être est-ce même le moindre des dons que nous avons à offrir.

Bethan était intriguée.

— Continuez.

— Je ne suis pas seulement l'abbé de notre fraternité, mais aussi le chef de son cercle intérieur, révéla Triastus. Bien qu'elle ne possède pas de nom, cette élite est aussi ancienne que notre ordre. Elle se compose en permanence de vingt-cinq membres : un nombre qui possède une signification occulte spéciale pour nous.

— Quelle est la nature de ce cercle intérieur ? interrogea Bethan.

— Elle est magique. Durant sa longue existence, notre fraternité a découvert qu'un petit pourcentage de la population possède des capacités innées très difficiles à expliquer. Elle a recherché certaines de ces personnes, et d'autres sont venues spontanément à nous afin de développer leurs pouvoirs. Nous avons appris à accroître et à canaliser leurs capacités, en combinant les vingt-cinq esprits des membres du groupe. Comme dans le cas de nos talents martiaux, nous n'utilisons le fruit de notre labeur que pour faire le bien.

— Quelle sorte de pouvoirs possédez-vous ?

— C'est très varié, répondit Triastus. Certains ont le don de seconde vue et peuvent prédire des événements. D'autres sont capables de communiquer avec les animaux, d'influer de façon limitée sur le temps qu'il fait ou de capter les pensées des gens. En outre, quelques-uns d'entre nous possèdent des talents au nom ancestral, comme la psychokinésie.

— Je ne suis pas habituée à ce terme, avoua Bethan.

— Il désigne la manipulation de la matière par l'esprit. Puis-je vous en faire une démonstration ?

— Si cela ne présente pas de danger.

Triastus se tourna vers la cheminée dans laquelle brûlait un bon feu. Il leva une main. Les flammes vacillèrent, crachotèrent et s'éteignirent, comme douchées par une eau invisible. Des volutes de fumée s'élevèrent du bois qui refroidissait. Puis le moine plissa le front, et les flammes bondirent de nouveau dans un joyeux crépitement.

— Je suis très impressionnée, dit Bethan.

— Et encore ne s'agit-il que d'un talent relativement mineur, Votre Majesté. Comme je vous l'ai expliqué, en agissant collectivement, nous sommes capables de grandes choses. Par exemple, nous pouvons nous mettre en harmonie avec la trame qui relie toutes les créatures vivantes, humaines ou autres. C'est une perturbation de cette trame qui nous a avertis qu'Avoch-Dar était revenu de la dimension démoniaque.

— Est-il possible que vos pouvoirs soient supérieurs aux siens ? s'enquit la jeune femme, pleine d'espoir.

— Nous ne prétendons même pas qu'ils leur soient égaux, surtout depuis que le sorcier s'est allié avec les Sygazons, la détrompa Triastus. Néanmoins, nous pensons être en mesure d'apporter une contribution significative en le combattant.

— Je n'en doute pas, et je serai ravie d'accepter votre aide, frère abbé. Mais dites-moi, Drew Hadzor est-il membre de cette fameuse élite ?

— Malheureusement, il ne présente pas les qualifications requises pour en faire partie. Il n'est qu'un moine ordinaire de la fraternité – et un moine plutôt entêté, par-dessus le marché. Ne vous y trompez pas : il est animé par les meilleures intentions, mais son intérêt pour la race démoniaque et la prophétie concernant le Grimoire des Ombres s'est mué en obsession au fil des ans. Ses recherches l'ont conduit à penser que c'était lui, et non Dalveen Leandor, le légitime propriétaire de l'ouvrage.

— Dalveen m'en a parlé, acquiesça Bethan. Hadzor serait-il fou ?

— Non, ma dame : il se berce juste d'illusions. À sa décharge, il est mû par la certitude que la magie du grimoire peut être utilisée pour faire le bien autant que le mal. Il nous a causé beaucoup de problèmes ; du moins sa fixation est-elle basée sur un désir de bannir la perversité de ce monde pour la remplacer par l'harmonie.

— Se pourrait-il qu'il ait raison au sujet du grimoire ? Que celui-ci puisse être une force positive aussi bien que négative ?

— Peut-être. Nous savons qu'en règle générale, la nature de la magie est déterminée par la personne qui l'emploie. Mais nous devons gérer la situation telle qu'elle se présente à nous, et le fait est que le grimoire est associé avec trop de mal et de corruption. Nous n'avons pas d'autre choix que de le considérer comme une force maléfique.

» Quant à Hadzor, malgré nos efforts pour l'en dissuader, nous craignons qu'il se soit rendu à Vaynor et qu'il soit tombé entre les griffes d'Avoch-Dar. Une partie de notre mission consiste à le libérer, en supposant qu'il ne soit pas trop tard. Mais nous avons toutes les raisons de l'espérer, car rien dans la trame de vie n'indique qu'il a déjà péri.

— Vous pouvez l'utiliser pour découvrir ce genre de choses ?

— Parfois, et souvent de manière assez vague. (Triastus sourit.) Je vois à votre visage que votre prochaine question va concerner Leandor. Nous n'avons également aucune raison de croire qu'il soit mort. Il serait logique de penser que la disparition de l'élu de la prophétie aurait laissé une marque sur la trame.

— Je prie pour que vous ayez raison, déclara Bethan avec ferveur. (Elle fronça les sourcils.) Oh, Triastus, il se passe tant de choses que je ne comprends pas…

— Nous vivons une époque troublée, Votre Majesté, compatit l'abbé. Une époque qu'ont prédite les prophètes de bien des âges : celle où les forces de la Lumière et des Ténèbres se rassemblent pour s'affronter. D'une façon ou d'une autre, pour le meilleur ou pour le pire, ces jours pourraient bien être les derniers de notre monde.

— Sommes-nous impuissants à réagir face à ces grands événements ? s'enquit Bethan.

— Loin de là. Au contraire, nous devons réagir, car c'est en exerçant notre libre arbitre que nous pourrons faire pencher la balance de notre côté.

Triastus jeta un coup d'œil à ses compagnons silencieux, et ce fut comme s'ils communiquaient sans aucun mot.

— Le moment de notre départ approche. Nos frères nous attendent à l'extérieur du palais avec des montures fraîches. Avec votre permission, nous souhaiterions nous joindre au corps expéditionnaire qui se rend à Vaynor.

— Je vous l'accorde très volontiers. Mais nos hommes sont partis hier, sous le commandement de Golcar Quixwood, le plus vieil ami de feu mon père.

— Nous le savons. Mais nous venons de loin ; nous n'avons pas pu arriver avant leur départ. Et nous jugions plus approprié de nous entretenir d'abord avec vous pour solliciter votre approbation. Il ne nous faudra pas longtemps pour les rattraper. Une armée se déplace lentement. Nous voyageons léger.

— Il vaudrait sans doute mieux que je vous remette une lettre de recommandation pour Golcar, suggéra Bethan. Ainsi, vous serez sûrs de pouvoir l'approcher sans difficulté.

Triastus hocha la tête.

— Merci, Votre Majesté.

Bethan se dirigea vers son écritoire, saisit une plume et rédigea rapidement un message sur une feuille de parchemin. Lorsqu'elle eut terminé, elle fit couler un peu de cire rouge au bas de la feuille et y imprima son sceau. Cela fait, elle saupoudra le papier de sable pour absorber l'excès d'encre. Puis elle roula le parchemin et noua un ruban bleu autour afin d'indiquer sa provenance royale.

Triastus prit la missive et la glissa dans une des poches de sa robe. De nouveau, ses compagnons et lui joignirent les mains et inclinèrent la tête pour saluer la reine à leur façon unique.

— Que les dieux soient avec vous, leur souhaita Bethan.

Les moines sortirent de la pièce, et les gardes les escortèrent jusqu'à la sortie du palais.

L'instant d'après, le jeune domestique entra avec une expression interrogatrice.

— Convoquez le Conseil des anciens, ordonna Bethan. Je souhaite m'entretenir avec eux.

Le domestique s'en fut, et elle se dirigea vers la fenêtre.

Dans la cour en contrebas, vingt-cinq cavaliers vêtus à l'identique et montés sur ces chevaux blancs s'élancèrent au galop vers les portes de Torpoint. Ils étaient rangés en deux files de douze derrière Triastus.

La pluie menaçait toujours. Mais à présent, les Delgarviens avaient de nouveaux alliés, et la reine Bethan s'autorisa à espérer le retour du soleil.

Chapitre 5

Après tous les obstacles, tous les contretemps, tous les coups portés à ses plans et à sa fierté, il aurait été facile pour Leandor de renoncer et de se résigner à son destin.

Mais il aurait préféré être damné plutôt que de faire cela.

C'était le début de soirée, le lendemain du jour où on l'avait fouetté, et personne ne s'était approché de lui depuis la veille. Il restait enfermé dans sa minuscule cabine, étendu sur sa couchette inconfortable, le bras enchaîné au mur. La chair de son dos à vif était encore douloureuse. Sa gorge lui brûlait, et il n'avait pas bu depuis si longtemps que ses lèvres se craquelaient.

Pourtant, sa seule volonté et la pensée que tant de gens dépendaient de lui hâtaient déjà sa guérison.

Les vagues faisaient tanguer le navire et craquer ses poutres. Au-delà du petit hublot, Leandor pouvait apercevoir les marins qui vaquaient à leurs corvées avec une expression maussade. L'un d'eux s'approcha de la porte de sa cellule et tira le verrou. Il entra en baissant la tête pour ne pas se cogner au linteau.

Leandor reconnut cet homme, qui lui avait déjà apporté de l'eau et de maigres reliefs de nourriture. D'âge mûr, il avait un visage buriné par l'exposition aux éléments et une barbe grisonnante. Un foulard était noué sur sa tête. Sa chemise de tissu grossier, ouverte sur sa poitrine, était rentrée dans un pantalon crasseux, lui-même enfilé dans des bottes noires de boucanier qui lui montaient jusqu'aux genoux. Il avait glissé un coutelas dans sa ceinture, dont la boucle était aussi grosse que son poing.

Il déposa un petit plateau de bois sur le sol. Celui-ci contenait l'habituelle chope d'eau croupie et les non moins habituelles croûtes de pain rassis, mais aussi quelque chose de nouveau : une lanière de poisson séché.

Sans quitter le prisonnier des yeux, il sortit une clé de sa poche et saisit le poignet de Leandor pour le détacher. Cela fait, il recula prudemment, maintenant une longueur d'épée entre eux. Puis il fit quelque chose qu'il n'avait encore jamais fait : il parla.

— Comment vont vos blessures ? demanda-t-il.

Leandor le foudroya du regard.

— Qu'est-ce que cela peut bien vous faire ? répliqua-t-il, cynique.

L'homme ignora son mépris.

— Le poisson vous aidera à reprendre des forces, dit-il en le fixant des yeux avec intensité.

Puis il sortit sans rien ajouter. Leandor l'entendit tirer le verrou derrière lui.

Surpris par l'intérêt inattendu pour sa santé qu'avait manifesté son visiteur, le jeune homme se redressa lentement. Tout son corps était perclus de douleur.

Comme il s'emparait de la chope, il remarqua que l'eau était plus sombre, plus trouble que d'habitude. Il avait trop soif pour s'en soucier vraiment ; néanmoins, il n'en prit qu'une gorgée au lieu de la vider d'un trait. Nouvelle surprise. La chope ne contenait pas de l'eau, mais un alcool quelconque, probablement du rhum. Leandor but avidement. Une douce chaleur se répandit dans ses membres, atténuant quelque peu la douleur.

Le pain était plus ou moins immangeable. Après avoir joué avec, il le laissa retomber sur le plateau. Malgré ce qu'avait dit son geôlier, le poisson semblait tout aussi peu appétissant, mais il le saisit quand même entre deux doigts méfiants et le porta à son nez. Une odeur nauséabonde confirma sa première impression. Il allait le reposer quand il remarqua un morceau de papier de riz collé sous la lanière. Quelque chose était écrit dessus.

Leandor détacha prudemment le papier et le tint dans la maigre lumière qui filtrait par le hublot. Avec difficulté, il parvint à déchiffrer : « Minuit. La relève. Tenez-vous prêt. »

Le jeune homme était intrigué. De toute évidence, quelqu'un allait lui rendre visite. Peut-être le marin qui lui avait fait passer ce message. Ou une autre personne qui ne voulait pas que Crowan ait vent de ses manigances.

Leandor avait encore quatre ou cinq heures devant lui avant de découvrir de quoi il retournait. Il ne pouvait rien faire d'autre que prendre son mal en patience. Il chiffonna le papier de riz et le laissa tomber dans les quelques gouttes d'alcool qui restaient au fond de la chope. Puis il se rallongea pour recouvrer une partie de son énergie.

La soirée se traînait. De temps en temps, Leandor entendait un mouvement à l'extérieur et se redressait pour jeter un coup d'œil par le hublot. Il vit les marins s'affairer comme de coutume et, plus d'une fois, les lieutenants de Crowan les « encourager » à mettre plus de cœur à l'ouvrage à coups de badine. Parfois, il apercevait le capitaine qui se promenait sur le pont de sa démarche arrogante. Il restait encore assez de lumière pour qu'il distingue l'océan, mais il n'y avait pas de terre en vue.

Enfin, la cloche sonna la relève de la garde à minuit.

Des lampes brûlaient à présent de-ci de-là, illuminant certaines parties du pont et en plongeant d'autres dans des zones de ténèbres.

Leandor avisa un trio de silhouettes pelotonnées dans l'ombre qui se dirigeaient furtivement vers sa prison. Elles s'immobilisèrent devant sa porte, et il les entendit tirer doucement le verrou.

Affaibli et sans armes, Leandor savait qu'il n'avait pas grand espoir de réussir à se défendre. Mais si ces hommes étaient venus le tuer, ils n'auraient sûrement pas pris la peine de l'en avertir, raisonna-t-il. Néanmoins, il se leva et s'apprêta à se battre au mieux de ses possibilités.

La porte s'ouvrit lentement.

L'homme qui lui avait porté sa maigre pitance se faufila dans la cabine. Il posa un index sur ses lèvres. Comme il refermait la porte derrière lui, Leandor vit ses compagnons postés à l'extérieur, montant la garde.

— Nous ne sommes pas venus pour vous faire du mal, lui assura l'homme à voix basse.

— Alors, pourquoi êtes-vous venus ?

— Pour parler.

— Parlez donc. De toute façon, je ne peux pas vous en empêcher.

— Je me nomme Andars Poulton et je suis le premier maître de ce navire. (Comme Leandor ne réagissait pas, son interlocuteur poursuivit :) Vous avez toutes les raisons de nous haïr, Nightshade. Mais vous devriez garder votre haine pour Crowan. Sa cruauté est sans égale parmi les humains.

Leandor songea à Avoch-Dar et répliqua :

— J'en doute. Mais pour le moment, il fera l'affaire. Où voulez-vous en venir ? Pourquoi tant de mystères ?

— Nous ne sommes pas tous d'accord avec notre capitaine. En fait, on pourrait dire que beaucoup d'entre nous sont aussi prisonniers que vous.

— Comment ça ?

— À bord du *Requin*, nombreux sont les hommes qui se dresseraient contre lui si on leur en donnait l'occasion. (Poulton agrippa le manche de son coutelas.) Avec de l'acier.

— Qu'est-ce qui vous en empêche ? interrogea Leandor, intrigué malgré lui.

— D'une part, ses chiens de lieutenants ; d'autre part, l'idée qu'une partie de l'équipage se rangera de son côté.

— Ne connaissiez-vous pas sa nature lorsque vous vous êtes embarqués avec lui ?

— Pas entièrement, non. Et nous n'avons pas eu le temps de nous en enquérir. Nous avons quitté notre pays natal dans une trop grande hâte pour cela.

— Expliquez-vous.

— Au moins la moitié des hommes de Crowan sont originaires de Nordelph, révéla Poulton. Vous devez savoir que l'ancien dictateur de l'île a été renversé par un nouveau, Keez Mylius, voici un an ou deux.

Leandor acquiesça.

— Eh bien, Mylius est le pire dirigeant que Nordelph ait jamais connu, ce qui n'est pas peu dire. Un vrai tyran. Probablement fou, de surcroît. Il fait régner une telle terreur dans l'île que beaucoup d'entre nous n'ont pas eu d'autre choix que de s'en aller. Il y a à bord d'anciens esclaves en fuite, mais aussi des membres de la résistance recherchés par les autorités. Comme moi.

—Ainsi, vous avez trouvé la liberté en mer...

—Vous parlez d'une liberté! lâcha amèrement Poulton.

—Pourquoi avoir rejoint Crowan plutôt qu'un autre capitaine?

—Nous avions entendu dire qu'il cherchait un équipage. Il s'était colleté avec une autre bande de pirates dans les îles Amrac et avait perdu une grande partie de ses hommes durant la bataille. Il avait besoin de nouveaux marins, et nous avions besoin de quitter Nordelph. Sur le coup, ça nous a paru un excellent arrangement. Mais il ne nous a pas fallu longtemps pour nous rendre compte que nous n'avions échappé à un démon que pour nous jeter dans les griffes d'un autre.

—Et maintenant, vous voulez y remédier. En vous mutinant? suggéra Leandor.

—Il n'y a pas d'autre moyen.

—À supposer que vous réussissiez, que se passera-t-il ensuite?

—Nous ne sommes pas certains de réussir. Mais si c'est le cas, nous rentrerons à Nordelph pour affronter Mylius.

—Pourquoi me racontez-vous tout cela, Poulton?

—Parce que nous allons nous mutiner quoi qu'il arrive et que personne ne pourra rester neutre durant la bataille à venir. Nous préférerions vous avoir dans notre camp. Si vous refusez de vous joindre à nous, tant pis, mais nous devons savoir s'il faut ou non vous inclure dans nos plans. Nous sommes peut-être des hors-la-loi, mais, contrairement à Crowan et à ses lieutenants, nous ne sommes pas maléfiques. Ni stupides. Nous sommes capables de prendre conscience de la menace constituée par Avoch-Dar, même si notre capitaine refuse de la voir. Nous n'aiderons pas volontairement le sorcier.

—Je suis ravi de l'apprendre.

—Vous avez une grande expérience du commandement, et vos talents de guerrier sont légendaires. Joignez-vous à nous, Nightshade, le pressa Poulton.

—Je n'ai pas particulièrement envie de me rendre à Nordelph, objecta Leandor.

— Vous n'avez guère le choix, mon ami. Et ce sera toujours mieux que d'être livré à Avoch-Dar.

— Je vous l'accorde. Mais si j'accepte de me joindre à vous et que nous gagnons, pourquoi ne pas me déposer sur le continent avant de poursuivre votre route vers Nordelph ?

— Parce que nous sommes beaucoup plus près de l'île – une journée de mer, tout au plus. Pour l'instant, nous préférerions éviter le continent. Les pirates n'y sont pas très populaires, grimaça Poulton.

— D'après ce que vous venez de me dire, vous avez au moins autant d'ennemis sur Nordelph, fit remarquer Leandor.

— Exact. Mais nous connaissons le terrain, et nous avons des amis qui pourront nous aider.

— Les autres rebelles ?

— Oui. Et je vous promets que si nous atteignons l'île en vie, ils se chargeront de vous ramener sur le continent le plus vite possible. Mais nous en discuterons le moment venu, s'il vient jamais. Pour l'instant, nous devons renverser Crowan, et ce ne sera pas chose facile. (Poulton s'interrompit pour dévisager Leandor.) Alors, pouvons-nous compter sur vous ?

Le jeune homme prit une seconde pour soupeser ses chances.

— Oui, dit-il enfin. Vous pouvez.

— Parfait, se réjouit Poulton.

Ils se serrèrent la main pour sceller leur accord.

— Que faisons-nous maintenant ? s'enquit Leandor.

— En ce qui vous concerne, tâchez juste de ne pas trop provoquer le capitaine. Je vais rapporter votre décision aux autres, et nous dresserons nos plans de mutinerie. Par chance, comme c'est moi qui suis chargé de vous nourrir et de vous abreuver, je ne devrais pas avoir de mal à vous tenir au courant.

— En parlant de ça, des repas dignes de ce nom ne me feraient pas de mal.

— Vous avez droit aux mêmes rations que nous. Les vôtres sont même un peu meilleures, en fait, à cause de la valeur que vous accorde Crowan. Sans cela, il vous aurait déjà fait trancher la gorge, déclara Poulton. Ou jeter à fond de cale avec les rameurs.

— Un travail pour lequel je ne suis pas vraiment bien équipé, répliqua sèchement Leandor en désignant sa manche vide. Qui sont les rameurs ? D'où viennent-ils ?

— Pour la plupart, ce sont des hommes faits prisonniers sur des navires que nous avons abordés. D'autres ont été capturés à terre, durant nos pillages de ports ou de villages isolés. On trouve même parmi eux quelques anciens membres d'équipage qui ont mécontenté le capitaine.

— Dans ce cas, ce sont des alliés potentiels pour nous.

— Les rameurs ? s'étonna Poulton. Je veux bien croire que nos anciens compagnons se rallieraient à notre cause, mais les autres…

— Les autres s'y rallieront peut-être aussi, si vous leur faites comprendre que Crowan est leur véritable geôlier et si vous promettez de leur rendre leur liberté en cas de victoire, avança Leandor.

Poulton était sceptique.

— Je ne sais pas trop…

— Ils n'ont pas grand-chose à perdre, insista Leandor. Conduisez-moi auprès d'eux, et je tenterai de les persuader de se joindre à vous.

— Pourquoi pas ? capitula Poulton. Ce sera risqué, mais je verrai ce que je peux faire. (Il jeta un coup d'œil nerveux en direction du hublot.) Je ne me suis déjà que trop attardé. Je dois y aller.

— Une dernière chose, intervint Leandor. N'avez-vous vraiment pas fait d'autres prisonniers lorsque mon navire a coulé ? Je pense en particulier à une jeune femme et à… un autre de mes amis.

— Non, Nightshade. Malheureusement, Crowan vous a dit la vérité sur ce point. Je suis désolé. Maintenant, il faut vraiment que j'y aille ; sinon, je risque d'éveiller les soupçons. Nous nous reverrons.

Poulton sortit, refermant doucement la porte derrière lui. L'air sombre, Leandor le regarda se fondre dans l'ombre avec ses deux camarades.

Chapitre 6

Il régnait dans le grand hall de Pandémonium une atmosphère encore plus tendue que d'habitude.

Avoch-Dar n'avait pu capter que des images indistinctes et fragmentées à la surface de sa vasque. Mais cela lui avait suffi pour déterminer que Nightshade était toujours en vie. À présent, des ondulations verdâtres et paresseuses effaçaient lentement la vision.

Le sorcier et le seigneur démon regardèrent disparaître la silhouette floue du Requin.

Dans le fond obscur de la salle, deux ou trois Sygazons s'agitaient et se tortillaient, échangeant des grognements dans leur langage rauque et incompréhensible. La lueur surnaturelle qui émergeait du grimoire découpait vaguement leurs corps difformes, dont les contours se modifiaient constamment. Juché sur son autel comme sur un trône d'une terrible splendeur, l'ouvrage possédait une présence presque tangible.

Si l'on pouvait dire que ce qui servait de visage à Berith affichait une expression, celle-ci était impassible. En revanche, aucun doute n'était permis quant aux sentiments d'Avoch-Dar. La survie de son plus redoutable ennemi l'avait mis dans une rage folle ; la haine et la cruauté tordaient ses traits.

Attaché à une colonne voisine, Drew Hadzor se réjouissait en silence. Depuis sa capture, l'échec des plans du sorcier était l'une des rares choses qui pouvaient alléger son tourment.

Plus grand que la moyenne d'une tête au moins, Hadzor était dans une forme exceptionnelle pour un homme d'âge mûr. Mais il commençait à se ressentir des mauvais traitements dont il avait fait l'objet. Il était affaissé sur lui-même, son dos autrefois si droit courbé par l'épuisement. Des cernes noirs soulignaient ses yeux injectés de sang. Sa barbe abondante était toute feutrée, et plus grisonnante que jamais, tandis que les vêtements gris et bruns des membres de son ordre étaient souillés de sang et de poussière.

Malgré sa position inconfortable, il ne put entièrement dissimuler la satisfaction qu'il éprouvait. Avoch-Dar s'en aperçut et aboya :

—Je vais effacer ce sourire de ta face arrogante, saint homme !

—Nous devrions le donner au grimoire, gronda Berith sur un ton sinistre.

Hadzor entendit les autres démons manifester une approbation humide. Un frisson de peur parcourut son échine.

—Nous le ferons, promit le sorcier, une fois qu'il aura rempli sa fonction.

—Je ne servirai jamais vos objectifs, Avoch-Dar.

—Personne ne te demande ton avis.

La masse répugnante de Berith pivota en ondulant vers le sorcier.

— Te chamailler avec cet homme est une perte de temps. Nightshade est en vie. Que comptes-tu faire pour y remédier ?

—Il est seulement en sursis, se défendit Avoch-Dar. Aux mains des pirates, il connaîtra un sort bien pire que celui que nous lui réservions en cherchant à le noyer. Ne vous préoccupez pas de lui ; il n'est plus en position de nous causer le moindre tort.

— Vous semblez bien sûr de vous, malgré le fait que tous vos efforts pour vous débarrasser de Leandor se sont révélés vains jusqu'ici, railla Hadzor.

—Silence, chien ! aboya Avoch-Dar en lui assenant un violent revers en pleine figure. Les Sygazons sont sur le point de m'accorder des pouvoirs supplémentaires. Alors tu ne pourras plus douter de ma capacité à me débarrasser de quiconque !

Hadzor secoua la tête pour s'éclaircir les idées. Un filet de sang coula au coin de sa bouche. Il jugea prudent de garder le silence.

Le sorcier se tourna vers Berith.

— Commençons le rituel sans plus tarder.

— Tu sais que tout ce que nous donnons a un prix, répliqua le démon. Es-tu prêt à en accepter les conséquences ?

—Je le suis.

Ils s'avancèrent jusqu'à l'autel.

Les autres Sygazons émergèrent de leur antichambre nauséabonde, aux profondeurs aussi noires que de l'encre.

Le seigneur Berith, immobile à l'exception du frémissement habituel qui parcourait sa peau écailleuse, fixa l'ouvrage du regard en silence. Soudain, un murmure rauque et rythmique sortit de ses lèvres raboteuses. S'il avait été humain, ce son aurait pu passer pour une psalmodie.

Les autres démons se joignirent à son incantation en produisant une inintelligible cacophonie de bruits répugnants.

Une énergie surnaturelle crépita à la surface du grimoire ouvert. L'étrange lumière que celui-ci émettait s'intensifia, formant un halo bleu cobalt aux bords déchiquetés.

Hadzor connaissait un peu la langue des démons, ce qui lui permit de comprendre une partie de leur chant. Frappé de terreur, il se recroquevilla sur lui-même.

Le rituel approchait de son apogée. Sur un signe de Berith, Avoch-Dar tendit une main vers le grimoire qui vibrait.

Sachant que jusque-là, tout contact avec l'ouvrage s'était révélé fatal pour quiconque sauf Leandor et les Sygazons, Hadzor regarda faire le sorcier avec un mélange d'excitation et d'horreur.

Les doigts d'Avoch-Dar touchèrent la page jaunie.

Il ne tomba pas raide mort, comme le moine avait osé l'espérer. Au lieu de quoi, la lumière radieuse du grimoire coula le long de son bras et se répandit pour envelopper tout son corps, unissant homme et livre en une alliance maudite.

D'un geste hésitant, Avoch-Dar tourna la page qu'il touchait, révélant d'autres symboles magiques complexes flanqués d'un texte incompréhensible.

Presque aussitôt, une grande rafale de vent putride souffla depuis une source invisible. Elle gonfla la cape du sorcier et piqua les yeux d'Hadzor. Les démons psalmodiaient plus frénétiquement que jamais et, à présent, Avoch-Dar aussi articulait les syllabes torturées.

Le grimoire semblait luire tel un tisonnier chauffé à blanc dans une forge.

Et l'apparence du sorcier se modifiait.

Drew Hadzor contempla sa métamorphose avec une stupéfaction horrifiée, suppliant intérieurement les dieux bienveillants de le protéger de ce spectacle.

Comme la plupart des gens, les rebelles de Nordelph trouvaient l'apparence de Tycho plutôt stupéfiante.

Une dizaine d'entre eux traînait dans la pièce, observant l'homoncule avec une curiosité muette. Habitué à faire l'objet d'une telle attention de la part des humains, Tycho ne manifestait aucun signe d'embarras. De toute façon, il était totalement absorbé par sa conversation avec Shani et Jarvis Galby, assis de l'autre côté de la table de chêne que partageait le trio.

Shani finissait une assiette de ragoût, le premier repas chaud qu'elle ait mangé depuis des jours. Elle but une gorgée de vin, reposa sa chope et déclara :

— C'était délicieux. Surtout comparé à ce dont j'ai dû me contenter pour subsister, récemment.

Galby répondit à cette critique implicite de ses conditions d'emprisonnement par un haussement d'épaules contrit.

— Comme je te l'ai déjà expliqué, nous devions d'abord nous assurer que vous étiez des amis, et non des adversaires potentiels. (Il jeta un coup d'œil à son compagnon.) Tu es sûr que tu ne veux rien, Tycho ?

— Je n'ai aucun besoin en la matière, monsieur, affirma poliment l'homoncule.

— Cela signifie-t-il que tu ne peux ni manger ni boire ? s'étonna Galby.

— Oh, je pourrais ingérer de la nourriture ou de la boisson, mais cela ne me servirait à rien. Je n'en ai pas besoin pour continuer à fonctionner ; je ne ressens ni faim ni soif, et ça ne me procurerait pas le moindre plaisir. La nourriture comme la boisson ne me sont ni nécessaires ni agréables.

Cette révélation sembla mettre mal à l'aise plusieurs des hommes présents dans la pièce.

Shani repoussa son assiette vide.

— Très bien, Jarvis, parlons affaires. Que voulais-tu dire quand tu as proposé de nous aider contre le sorcier ?

— J'ai proposé que nous nous aidions mutuellement, corrigea le chef des rebelles.

— Qu'attends-tu de nous, au juste ?

— Si nous voulons renverser Mylius, nous aurons besoin de tous les combattants expérimentés que nous pourrons rallier à notre cause, et tu as une sacrée réputation de guerrière.

— Pourquoi nous attarderions-nous ici ? le contra Shani.

— Parce que même si nous le voulions, nous aurions du mal à vous trouver un moyen de quitter Nordelph, répondit Galby. Nous ne pouvons pas nous passer d'un seul de nos bateaux, ni des hommes nécessaires à la constitution d'un équipage. Sans compter les patrouilles côtières qui empêchent quiconque de s'enfuir.

— Moi, je pense que tu pourrais nous aider à quitter l'île si tu le voulais vraiment, répliqua la jeune femme. (Elle le fixa durement des yeux.) Nous devons regagner le continent pour poursuivre la lutte contre Avoch-Dar. Une armée delgarvienne est en route pour Vaynor. Nous voulons la rejoindre.

— Dans la résistance, nous considérons le sorcier comme une menace tout autant que vous, insista Galby. Et je parie que la plupart des citoyens de Nordelph partagent notre avis. Mais nous ne pourrons rien faire pour soutenir votre cause jusqu'à ce que la nôtre ait triomphé.

— Dans ce cas, qu'as-tu à nous offrir ?

— Autant d'hommes que nous pourrons vous en confier, de l'équipement pris dans l'armurerie de Mylius et, avec un peu de chance, une contribution monétaire.

— De l'argent ? (Shani haussa les sourcils.) Pardonne-moi, mais pour le peu que j'en ai vu, cette île ne me semble pas en avoir de trop.

Galby adopta une expression sévère.

— Si tu fais allusion à la pauvreté des gens du peuple, tu as raison. Mais elle est uniquement due au fait que Mylius et les dictateurs qui l'ont précédé se sont approprié toutes les richesses de Nordelph. On raconte que leur palais abrite de fabuleux trésors. Évidemment, nous aurons besoin d'une grande partie de l'or qu'ils ont amassé au détriment du peuple pour remettre sur pied l'économie de l'île. Mais si les rumeurs ne sont pas exagérées, il devrait en rester bien assez pour une petite donation.

— Ce n'est un secret pour personne que les coffres de Delgarvo sont presque à sec, déclara Tycho, et lever une armée a dû pomper nos dernières ressources financières. Un peu d'or serait le bienvenu.

— Participer à la défaite d'Avoch-Dar serait en soi une raison suffisante de soutenir Delgarvo. Mais il en existe une autre. Une fois que nous aurons renversé Mylius, nous souhaitons établir de bonnes relations avec votre royaume, révéla Galby. Les relations ont toujours été tendues entre nous, et il est temps que cela change. Ce sera le début d'une nouvelle ère à Nordelph…

— Et tu en seras le dirigeant ? demanda Shani avec une pointe de cynisme.

— C'est le peuple qui décidera par qui il veut être gouverné, la détrompa Galby. Pour la première fois.

— Renverser un tyran, c'est une entreprise qui demande du temps. Et, comme nous te l'avons déjà dit, nous en avons très peu devant nous.

— N'oublions pas qu'Avoch-Dar mis à part, nous avons Jocasta Marrell et un de ses collègues aux trousses, ajouta Tycho.

— Misère. Tu as raison : j'avais oublié, avoua Shani.

— De quoi parlez-vous ? interrogea Galby.

— Dalveen et moi nous sommes attiré l'inimitié de la guilde des voleurs et de la fraternité des Assassins, expliqua Shani. Ils ont promis une grosse récompense à trois chasseurs de primes en échange de notre tête. Dalveen a tué l'un d'eux, un colosse du nom de Soma Hobbe, et je me suis battue avec la deuxième, Jocasta Marrell. Mais elle court toujours, tout comme le troisième larron dont l'identité demeure un mystère.

— Une petite vie tranquille, ce n'est pas ton truc, hein ? grimaça Galby. (Puis il ajouta, sur un ton plus sombre :) Ils ne toucheront pas la récompense promise pour la tête de Leandor. Pauvre diable…

— En parlant de ça, monsieur, intervint Tycho, comment pouvez-vous être certain que notre ami est bien mort ? Vous ne nous en avez pas encore apporté la preuve.

— Les corps d'un grand nombre de vos camarades, les soldats delgarviens, se sont échoués sur notre côte après le naufrage de votre bateau. Des corps de pirates aussi, bien sûr. Les patrouilles se sont occupées de la plupart d'entre eux, mais nous en avons personnellement découvert quelques-uns.

— Dont celui de Dalveen ? s'enquit Shani d'une voix étranglée.

— Certains des cadavres avaient perdu un ou plusieurs membres.

— Comme on peut s'y attendre après une bataille, fit remarquer Tycho. Dalveen a-t-il, oui ou non, été identifié ?

Galby hésita.

— Non, mais… aucun survivant n'a été retrouvé.

Une lueur d'espoir brilla dans les yeux de Shani.

— Donc, vous n'êtes pas certains qu'il soit mort. Et, si mes souvenirs sont exacts, la dernière fois que nous l'avons vu, il se trouvait à bord du vaisseau pirate.

— Dans ce cas, il est certainement mort, affirma Galby.

— Comment peux-tu dire ça ? s'emporta la jeune femme. Tu n'en sais rien !

— Il a probablement été tué durant la bataille. Et, même si ce n'est pas le cas, le capitaine du navire qui vous a attaqués était Zennor Crowan, le plus grand brigand qui ait jamais arpenté ces eaux. Il ne connaît que deux moyens de traiter ses prisonniers : il les fait assassiner, ou il les envoie ramer à fond de cale. Comme Leandor avait un bras en moins…

Galby laissa la fin de sa phrase en suspens.

— Tu ne connais pas Dalveen, s'obstina Shani. Si quelqu'un a pu survivre…

— D'accord. Peut-être. Crois ce que tu veux, si ça peut te réconforter. Mais n'espère pas trop quand même.

Il y eut une pause durant laquelle chacun des trois compagnons s'abîma dans ses réflexions. Enfin, Galby demanda :

— Alors, vous joindrez-vous à nous ?

Shani et Tycho échangèrent un regard.

— Vous voulez peut-être en discuter en privé ? suggéra le chef des rebelles.

— Inutile, décida Shani. Nous vous aiderons.

Galby leur sourit.

— Merci.

— Mais si les choses traînent trop en longueur, tant pis pour vous, l'avertit la jeune femme. D'une façon ou d'une autre, je regagnerai le continent.

— Je n'en doute pas.

— Et je ne peux pas être directement impliqué dans vos activités, rappela Tycho. D'une part, parce que je suis incapable de faire du mal à des humains. D'autre part, parce que mon apparence risquerait d'attirer sur vous une attention dont vous préférez sans doute vous passer.

— Je comprends, lui assura Galby. Je suis certain que nous trouverons un autre moyen que le combat pour employer tes nombreux talents.

— Quelle sera notre première action ? s'enquit Shani.

— Nous préparons un raid sur un des arsenaux de Mylius à Wharton, la capitale de l'île, révéla Galby. Tu pourrais nous être très utile durant une mission comme celle-là.

— Quand doit avoir lieu ce raid ?

— Demain.

— Tu n'es pas du genre à laisser l'herbe te pousser sous les pieds, n'est-ce pas ?

— Tu as dit que tu n'avais pas de temps à perdre, me semble-t-il. Alors, pouvons-nous compter sur toi ?

Shani grimaça.

— Bah, pourquoi pas ?

Chapitre 7

— Ils ont l'air plutôt lugubres, remarqua Shani.
Galby acquiesça, la mine sombre.
— Ils ont toujours vécu sous la férule d'un dictateur impitoyable.
Malgré l'heure matinale, les rues de Wharton grouillaient de citoyens. Des drapeaux et des banderoles avaient été suspendus, mais l'atmosphère n'avait pas grand-chose de festif. La plupart des gens semblaient abattus, voire apeurés. Galby expliqua qu'on leur avait ordonné de se rassembler pour acclamer Keez Mylius à l'occasion du second anniversaire de son accession au pouvoir.

— Maintenant, comprends-tu pourquoi nous devions agir aujourd'hui ? La foule nous dissimulera, et le plus gros des miliciens sera bloqué ici, occupé à gérer cette farce.

Shani balaya du regard les malheureux au visage morne qui les entouraient.

— Combien de membres de la résistance sont ici ?

— Une cinquantaine. Seuls ou en petits groupes, bien entendu. Ce n'est pas beaucoup, mais cela devrait suffire pour mener notre mission à bien.

— Et nous convergerons tous vers notre cible au passage du convoi de Mylius ?

— C'est ça.

La voix de Galby trahissait sa nervosité. Il jeta un coup d'œil anxieux à la ronde.

— Continuons à marcher, veux-tu ?

Shani avait récupéré ses couteaux bien-aimés, dont elle avait attaché les fourreaux à ses bras sous les larges manches de son pourpoint. Inconsciemment, elle leva la main droite pour tripoter le manche d'un des couteaux. Ce qui n'échappa pas à Galby.

— Attention, chuchota-t-il. Souviens-toi que c'est la peine de mort pour quiconque se fait arrêter en possession d'une arme.

La jeune femme baissa la main et prit son air le plus innocent.

Les miliciens du dictateur étaient partout. Ils portaient un uniforme bleu foncé, avec un soleil brodé en fil d'or sur la poitrine, et un casque d'argent si bien poli qu'il étincelait.

— Ils ressemblent à des soldats de plomb, commenta Shani.

— Ne te laisse pas abuser par leur apparence. Mylius les force à s'habiller comme des geais, mais ils sont impitoyables.

La jeune femme n'avait qu'à regarder autour d'elle pour s'en convaincre. Les gens jetaient des coups d'œil furtifs aux miliciens gonflés de leur propre importance, redoutant d'attirer leur attention. De leur côté, les miliciens poussaient les gens, les bousculaient, leur aboyaient des ordres et, globalement, se comportaient comme des brutes.

— Je vois ça, acquiesça Shani. Et je comprends que les habitants fassent cette tête.

— Il en a toujours été ainsi sur Nordelph, soupira Galby. Nous n'avons jamais connu que des tyrans qui oppressaient la population à l'aide d'une force militaire mieux nourrie et mieux équipée. Et de la Griffe de Chat, évidemment.

— La quoi ?

— La Griffe de Chat. N'en as-tu pas entendu parler ?

Shani secoua la tête, perplexe.

— Non.

— Vu le peu de contacts entre nous et le continent, je suppose que cela n'a rien d'étonnant. Sans compter que personne ne l'a vue depuis… je ne sais même plus combien d'années.

— Mais de quoi s'agit-il, Jarvis ?

— D'une arme. Bien qu'apparemment, elle n'ait pas été utilisée comme telle depuis plusieurs générations.

— Je ne comprends pas.

— Sa véritable importance réside dans ce qu'elle représente, expliqua Galby. La légende qui l'entoure sur Nordelph est si puissante qu'elle est devenue un emblème du pouvoir, au même titre qu'une couronne.

— Tu veux dire que c'est... un genre de sceau royal ?

— D'une certaine façon, oui. Beaucoup de Nordelphiens ordinaires la considèrent comme une sorte de totem. Elle est enfermée avec le Trésor royal depuis des années. Mylius est entré en sa possession quand il a renversé son prédécesseur.

— Quel genre d'arme est-ce, au juste ?

— Personne ne le sait ou, en tout cas, personne ne le dit. Les rumeurs abondent, mais le seul point sur lequel elles concordent, c'est que la Griffe de Chat serait incroyablement vieille et puissante.

Une idée se formait dans la tête de Shani, un lien avec quelque chose que Melva avait dit à Dalveen lorsqu'elle s'était manifestée à lui depuis le royaume des Ombres. Mais cela semblait tellement incroyable qu'elle préféra le garder pour elle. Aussi se contenta-t-elle de demander :

— Tu n'as pas peur que Mylius retourne cette Griffe de Chat contre les rebelles ?

— Pour l'instant, il ne l'a pas fait. Aucun de ses prédécesseurs ne s'en est jamais servi non plus, même quand ils se sont retrouvés dans des situations désespérées. À une exception près, révéla Galby. À en croire une de nos légendes, un tyran aurait essayé de l'utiliser il y a plusieurs générations. À une époque si reculée, en fait, que tout le monde a oublié son nom.

— Que s'est-il passé ? interrogea Shani, curieuse.

— Apparemment, sa tentative a provoqué sa mort. Ce qui concorde avec une autre légende, selon laquelle seuls les élus des dieux peuvent se servir de la Griffe de Chat en toute impunité. (Galby haussa les épaules.) Je suppose que tout cela n'est qu'un mythe. Mais un mythe suffisamment enraciné dans les esprits pour que les plus récents de nos despotes n'aient pas voulu courir le risque.

Avant que la jeune femme puisse répondre, des vivats dénués de conviction se firent entendre un peu plus haut dans la rue.

— Ce doit être notre dirigeant bien-aimé en personne, railla Galby avec une expression dégoûtée.

Se dressant sur la pointe des pieds pour voir par-dessus la tête des gens qui se tenaient devant elle, Shani aperçut des cavaliers à l'autre bout de la rue.

Autour d'eux, les miliciens omniprésents incitaient la foule à crier et à applaudir – à coups de bâton ou du plat de leur épée, si nécessaire.

Le fracas des sabots ferrés et la vibration des roues des chariots résonnèrent par-dessus les bruits d'enthousiasme feint. Quelques secondes plus tard, un groupe de cavaliers arriva au niveau de Shani et de Galby. D'autres gardes à pied passèrent en courant, encadrant le convoi proprement dit. Plusieurs voitures, qui contenaient sans doute des dignitaires mineurs, suivirent en cahotant.

Puis un chariot ouvert apparut au-dessus des têtes, et Shani put enfin contempler Keez Mylius.

C'était un homme costaud, presque gras, mais avec le genre de masse qui indique une grande puissance musculaire. Il portait des atours assez flamboyants pour frôler le ridicule : un uniforme semblable à celui de ses miliciens, mais bordé de fourrure blanche. Quantité de médailles et de bijoux en or, en argent et en perles ornaient le devant de sa tunique. Son crâne en forme de melon était coiffé d'un heaume aussi étincelant qu'extravagant, surmonté d'un plumet blanc. Il agitait languissamment sa main aux doigts boudinés, comme pour faire admirer ses multiples bagues incrustées de joyaux.

L'espace d'un instant, ses petits yeux noirs et ronds croisèrent ceux de Shani. Leur regard était aussi affûté que le tranchant d'une dague, et aussi dénué de chaleur.

Puis ce bref contact fut rompu alors que le convoi poursuivait son chemin.

Galby tira sur la manche de Shani.

— Viens. Nous avons du pain sur la planche.

Le dépôt d'armes se dressait à l'écart du centre de Wharton, dans une zone plus calme où les bâtiments étaient peu nombreux.

Shani et Galby s'étaient dissimulés parmi les arbres d'un bosquet. Derrière eux, le flanc d'une colline montait en pente douce. Face à eux s'étendait une route. L'entrée du complexe se trouvait du côté opposé, gardée par deux sentinelles. Au-delà du portail, un terrain d'exercice séparait le mur d'enceinte d'un petit château coiffé de tourelles, qui dissimulait lui-même une autre structure.

Shani tendit le doigt.

— Qu'est-ce que c'est ?

— Un barrage, répondit Galby. En travers d'une rivière que tu ne peux pas voir d'ici. Elle arrive de notre gauche et, sur la droite du barrage, il y a un réservoir d'eau.

— Évidemment. Je n'avais même pas pensé que l'eau douce était une ressource précieuse sur une île, se morigéna la jeune femme.

— Quand tu es entouré d'eau de mer impropre à la consommation… plutôt, oui, grimaça Galby. Toute notre eau potable provient de torrents naturels ou de la fonte des glaces dans les chaînes de montagnes, un peu plus au nord. Ils alimentent des rivières, sur lesquelles nous construisons des barrages pour obtenir des réservoirs.

— Laisse-moi deviner où se situent les réservoirs en question…

— Toujours dans un endroit où il y a une présence militaire, comme ici. Maîtriser l'approvisionnement en eau, c'est un moyen supplémentaire de s'assurer l'obéissance du peuple. Bien que ce réservoir-là soit uniquement destiné à l'usage de l'armée.

— Que savons-nous de la disposition des lieux à l'intérieur ?

— Pas grand-chose. Les baraquements sont séparés du château et abritent essentiellement des officiers. Mais à cause des prétendues réjouissances d'aujourd'hui, les soldats seront moins nombreux. Ce qui signifie que nous ne devrions pas rencontrer une trop grande opposition.

— Tu penses que tes cinquante hommes suffiront à la contrer ? interrogea Shani, dubitative.

— Il le faudra, parce que nous n'avons pas pu en réquisitionner davantage pour une mission comme celle-là. Mais nous compenserons notre petit nombre par notre motivation. (Galby observa la position du soleil dans le ciel.) Ils devraient être en place. Tu es prête ?

La jeune femme acquiesça. Retroussant ses manches, elle défit ses fourreaux et les lui tendit.

— Juste quand je commençais à m'y réhabituer…, soupira-t-elle.

— Tu sais que c'est nécessaire.

— J'y vais maintenant ?

Galby jeta un coup d'œil aux gardes postés près du portail.

— Oui, c'est l'heure. Bonne chance.

Shani s'éloigna furtivement à travers la végétation, longeant la route sans l'emprunter pour ne pas se faire repérer par les sentinelles. Lorsqu'elle atteignit le dernier tournant avant le complexe, elle prit pied sur la chaussée et se dirigea ouvertement vers les deux hommes. Ceux-ci sursautèrent en l'apercevant et pointèrent leurs lances. Shani s'efforça de garder un air détendu et s'approcha d'eux avec un large sourire.

— Salut, les garçons, lança-t-elle joyeusement. Belle journée, hein ?

— Que voulez-vous ? demanda un des gardes d'un ton brusque.

— Je sais que c'est idiot, mais je me suis perdue, avoua la jeune femme d'un air penaud.

— Vous n'êtes pas du coin, j'imagine ? lança le second garde, un peu plus aimable que son collègue.

Shani les contournait lentement, les forçant à pivoter pour ne pas la perdre de vue.

— En effet, acquiesça-t-elle en continuant à manœuvrer pour que ses interlocuteurs se retrouvent face au portail et dos à la route. Je suis venue assister aux festivités, mais je connais mal la ville.

— Où alliez-vous ?

— Oh, je rentrais juste chez moi.

Derrière les sentinelles, Galby et deux autres rebelles émergèrent des buissons.

— Où ça, exactement ? insista le premier garde.

Shani se maudit de ne connaître aucun nom de ville ou de village nordelphiens, hormis celui de la capitale. Elle aurait dû en apprendre au moins un.

— Euh, dans l'Ouest, balbutia-t-elle.

Le premier garde affichait une expression soupçonneuse.

— Dans l'Ouest ? Où habitez-vous ?

Galby et ses hommes se rapprochaient.

— Dans une ferme. Mes parents ont une ferme... dans l'Ouest, répéta Shani, avec l'impression de s'enfoncer de plus en plus.

— Il n'y a pas de fermes de ce côté de l'île, contra le second garde, désormais aussi dubitatif que son camarade. Comment s'appelle le village le plus proche ?

Là, elle était coincée.

— Il s'appelle, euh... Oh, et puis zut !

Shani abattit son talon de toutes ses forces sur le genou du garde le plus proche. Celui-ci poussa un glapissement de douleur et se plia en deux. Shani saisit sa lance d'une main et lui lança son autre poing dans l'estomac. Un coup de tête fit lâcher prise à l'homme et l'expédia au pays des rêves. Il s'écroula comme une masse.

Shani pivota pour affronter son collègue, à l'instant où Galby lui bondissait sur le dos. Au terme d'une brève lutte, l'homme s'effondra à son tour.

Sur l'ordre de Galby, les rebelles traînèrent les deux gardes inconscients dans les buissons. D'autres hommes jaillirent des arbres et foncèrent vers le portail.

Shani et Galby échangèrent un sourire.

— Viens.

— Tu n'oublies rien ?

— Ah, oui.

Galby sortit de sa cape les fourreaux de la jeune femme. Tandis qu'elle les fixait sur ses bras, il dégaina son épée.

— Maintenant, on peut y aller, déclara-t-elle en s'élançant.

Le portail était verrouillé, mais les rebelles le forcèrent à l'aide d'un levier métallique. Galby posta des sentinelles, et le reste de ses hommes se déversa dans le complexe. Il y avait une petite guérite sur la droite du portail, à l'intérieur du mur d'enceinte. Une rapide inspection révéla qu'elle était vide.

À la suite de Shani et de Galby, les membres de la résistance se dirigèrent vers le château en se déployant pour traverser le terrain d'exercice.

Divers bâtiments plus modestes se dressaient sur le pourtour de celui-ci. Le plus grand, situé sur la droite, était le baraquement long et trapu où résidait la garnison. Sur un signal de Galby, un tiers de ses hommes s'en approchèrent.

Ils n'avaient parcouru que quelques pas lorsque la porte s'ouvrit à la volée.

Des dizaines de soldats armés en jaillirent et chargèrent les intrus.

— Je me disais bien que c'était trop facile, grogna Shani.

— Ce sera ton baptême du sang en tant que rebelle, déclara Galby. Tu es prête ?

— Toujours.

La jeune femme arracha deux couteaux de leur fourreau. Déjà, l'excitation de la bataille à venir rugissait dans ses veines.

Puis les premiers ennemis arrivèrent au contact.

Chapitre 8

Les soldats de la garnison se jetèrent sur les rebelles. De nombreuses échauffourées éclatèrent tout autour du terrain d'exercice ; l'air s'emplit des cris de la bataille et du fracas de l'acier.

Deux hommes qui couraient côte à côte foncèrent sur Shani en brandissant leur épée.

La jeune femme projeta ses couteaux l'un après l'autre. Main droite, main gauche... Le premier soldat reçut une lame dans la poitrine et s'écroula instantanément. Le second projectile de Shani se ficha dans la cuisse de son camarade, qui trébucha et s'étala de tout son long.

Galby affrontait un jeune officier muni d'une rapière. Son adversaire faisait preuve d'une grande maîtrise, mais le chef de la résistance était au moins aussi bon bretteur que lui. Leurs lames étincelaient dans la lumière aqueuse du soleil tandis qu'ils paraient, ripostaient et se harcelaient mutuellement.

Pivotant, Shani vit un soldat bâti comme un mur se précipiter vers elle, une épée large à la main. Elle dégaina un autre couteau, visa et lança. L'homme esquiva l'arme, qui passa en sifflant par-dessus son épaule. Shani eut la consolation de la voir se planter dans l'avant-bras d'un autre soldat, un peu plus loin. Mais cela ne résolvait pas son problème immédiat.

Son adversaire était beaucoup plus proche à présent et faisait déjà tournoyer son épée en moulinets sauvages. Shani projeta un nouveau couteau, manqua encore sa cible de peu et lâcha un juron.

Du coin de l'œil, elle vit Galby embrocher l'officier. La rapière de celui-ci roula sur le sol comme il s'effondrait.

— Shani ! hurla Galby.

Elle reporta son attention sur lui. D'un habile mouvement du poignet, il souleva l'épée du soldat mort avec sa propre lame et l'envoya tournoyer dans les airs en direction de la jeune femme. Qui bondit et la rattrapa de justesse.

— Merci ! cria-t-elle.

Mais déjà, Galby croisait le fer avec un nouvel adversaire.

Shani pivota pour affronter l'homme à l'épée large. Celui-ci s'était arrêté net, stupéfait par la démonstration de dextérité dont il venait d'être le témoin. La jeune femme ne lui laissa pas le temps de se ressaisir. Elle se jeta sur lui. Instinctivement, le soldat leva son arme pour la bloquer, et leurs deux lames s'entrechoquèrent en vibrant.

En combat rapproché, les inconvénients de l'épée large devenaient rapidement évidents. C'était une arme conçue pour frapper de taille plutôt que d'estoc, donc très peu appropriée à l'art subtil de l'escrime. Sans parler de son poids, qui la rendait difficile et fatigante à manier. Shani tira parti de ces défauts, piquant et harcelant son adversaire sans lui donner d'occasion de recouvrer ses forces.

Malgré tout, elle faillit bien perdre la tête au sens littéral du terme lorsque l'homme fit décrire un large arc de cercle à son épée, et elle ne parvint à l'éviter qu'en s'accroupissant au dernier moment. Son adversaire ramena son bras en arrière pour renouveler son attaque, laissant son torse à découvert. Shani plongea et lui enfonça sa rapière dans le ventre.

L'homme tituba en hoquetant et lâcha son arme. Puis il s'écroula lourdement.

Des duels féroces continuaient à faire rage de tous côtés. Shani eut l'impression que les deux camps étaient à peu près de force égale. L'issue de la bataille demeurait incertaine.

Elle chercha Galby du regard. Le chef des rebelles tentait à lui seul de repousser trois soldats ennemis. Même s'il était bon, les probabilités étaient contre lui. Shani décida d'y remédier et s'élança pour lui prêter main-forte. Un soldat s'interposa, la forçant à interrompre sa course. Deux bottes rapides, et il bascula sur le côté.

Arrivée à vingt pas de Galby, Shani dégaina un couteau et le projeta, abattant un de ses assaillants. Galby se déchaîna contre les deux soldats restants avec une fureur renouvelée. Visiblement, il pourrait très bien s'en débarrasser seul.

Shani eut à peine le temps de reprendre son souffle avant qu'un autre soldat lui bondisse dessus. Elle fit pleuvoir sur lui une série d'attaques vicieuses qui enfoncèrent ses défenses, puis l'acheva d'un coup en travers de la gorge.

Deux soldats la dépassèrent en courant. Ils fuyaient. Jetant un coup d'œil à la ronde, la jeune femme vit que seule une poignée de leurs adversaires tenait encore debout. Les rebelles aussi avaient encaissé des pertes, mais bien moindres que celles qu'ils avaient infligées.

Galby donna de la voix, ordonnant à certains de ses hommes de prendre soin de leurs blessés. Puis il fonça vers le château, entraînant Shani et les autres.

Les rebelles rencontrèrent encore un petit groupe de défenseurs devant les portes ouvertes de la grande bâtisse. Mais ils jouissaient d'une supériorité numérique écrasante, et le combat fut de courte durée. Enjambant les cadavres de leurs adversaires, ils s'engouffrèrent dans le château.

D'autres soldats les attendaient à l'intérieur. Les murs du spacieux hall d'entrée ne tardèrent pas à renvoyer l'écho d'une nouvelle bataille. Shani allait se jeter dans la mêlée lorsque Galby la saisit par la manche.

— Mes hommes peuvent se charger de ça. L'armurerie se trouve au sous-sol. Viens !

Elle s'élança sur ses talons vers une porte cloutée. Celle-ci était verrouillée. Les deux jeunes gens se jetèrent dessus, l'épaule en avant. Deux rebelles joignirent leurs efforts aux leurs, et le battant céda sous leurs assauts combinés.

Un escalier de pierre descendait en spirale vers une énorme salle au plafond voûté.

Shani fut la première à s'y engager. Elle n'avait pas descendu plus d'une douzaine de marches lorsqu'elle s'aperçut que deux gardes se précipitaient à sa rencontre. L'homme de tête brandissait une lance. Lorsque sa tête arriva au niveau des mollets de Shani, cette dernière lui lança un coup de pied qui le fit basculer sur le côté en hurlant. Puis Galby la dépassa, déviant l'épée du second homme et lui enfonçant la sienne dans la poitrine. Le garde dévala l'escalier cul par-dessus tête et s'immobilisa sur les dalles en contrebas.

L'armurerie éclairée par des torches regorgeait d'épées, de lances, de piques, d'arcs, de carquois remplis de flèches, de couteaux, de haches, de boucliers et d'armures de toutes sortes. Certaines armes étaient accrochées aux murs, d'autres étaient empilées jusqu'à hauteur de taille ou entassées dans des caisses ouvertes.

Alors que Galby, Shani et les autres regardaient autour d'eux, un groupe de rebelles descendit l'escalier.

— Nous avons sécurisé le périmètre et posté des sentinelles, rapporta l'un d'eux.

— Les chariots ? interrogea Galby.

— Ils arrivent.

— Lorsque vous les aurez chargés, assurez-vous qu'ils repartent un par un et qu'ils empruntent des chemins différents. Maintenant, au travail.

Quelques minutes plus tard, le pillage de l'armurerie allait bon train. Les rebelles avaient formé une chaîne pour remonter caisses et brassées d'armes jusque dans la cour du château.

— Où allez-vous planquer tout ce butin, Jarvis ? s'enquit Shani.

— Nous allons le répartir entre plusieurs endroits. Des refuges de la résistance, pour la plupart. (Galby se tourna vers ses hommes.) Plus vite ! les pressa-t-il. Nous ne savons pas de combien de temps nous disposons avant l'arrivée des renforts.

Shani trouva une caisse de couteaux de lancer et entreprit de remplir ses fourreaux bien dégarnis.

— Avec ça, vous allez avoir de quoi équiper une petite armée, commenta-t-elle.

— C'est bien notre intention, sourit Galby. Il nous reste encore une chose à faire avant de partir. Tu me suis ?

Elle acquiesça.

Ensemble, ils regagnèrent le rez-de-chaussée du château, se faufilant entre les hommes qui déplaçaient le butin. Le sol du hall d'entrée était jonché de cadavres amis et ennemis. Dehors, les rebelles chargeaient dans leurs chariots les armes que leurs camarades leur faisaient passer.

— Bougez-vous ! ordonna Galby. Nous n'avons pas beaucoup de temps.

— Et maintenant ? voulut savoir Shani.

— Tu vas voir. Suis-moi.

Galby fit signe à une douzaine de rebelles armés de haches qui montaient la garde un peu plus loin. Ils contournèrent au pas de course les murs massifs du château et arrivèrent en vue de la rivière.

Le barrage qui les surplombait avait été bâti à l'aide de centaines de troncs d'arbres. Cinq minuscules îlots de pierre émergeaient des flots, servant de base aux énormes poutres qui soutenaient la structure. Shani vit qu'il y avait également un arc-boutant sur chaque rive.

Sur la droite s'étendait un réservoir de la taille d'un petit lac. La surface de l'eau captive atteignait les deux tiers de la hauteur du barrage.

Galby fit face à ses hommes et tendit un index.

— Toi, toi, toi et toi. Ramassez autant de petit bois que vous pourrez. Les autres, attaquez les supports. Ne les abattez pas : contentez-vous de les affaiblir.

Les rebelles s'éloignèrent à la hâte pour exécuter ses ordres.

Shani grimaça.

— Bien vu, Jarvis, le félicita-t-elle. Ça devrait donner matière à réflexion à Mylius.

— Cela nous permettra de faire d'une pierre une multitude de coups, acquiesça Galby, assez content de lui. Non seulement nous nous serons emparés des armes, mais nous aurons détruit une place forte ennemie et fait perdre une précieuse ressource au dictateur.

— Sans compter que sa fierté va en prendre un coup.

— J'y compte bien !

Les rebelles du premier groupe revinrent, les bras chargés de bûches, de chaises, de tables et autres petits meubles pris au château.

Ils les déposèrent sur le sol et retournèrent sur leurs pas pour en chercher d'autres.

Un des hommes de Galby arriva en courant depuis le terrain d'exercice.

— Le dernier chariot vient de partir, annonça-t-il.

— Les chevaux que j'ai réclamés sont-ils là ?

— Oui.

— Parfait. Maintenant, fichez le camp.

Les porteurs de haches avaient fait leur travail. Suivant les instructions de leur chef, ils commencèrent à entasser le bois au pied des poutres de soutien du barrage. Bientôt, leurs camarades revinrent avec davantage de combustible, sur lequel ils renversèrent de l'huile de lampe.

— Vous pouvez y aller, déclara Galby. Je n'ai plus besoin de vous ici. Vous savez où vous regrouper. Et ne traînez pas en route : nous n'avons pas beaucoup de temps.

Un de ses hommes lui tendit deux torches à l'extrémité enveloppée d'un chiffon imbibé d'huile. Puis il s'élança à la suite des autres et disparut à la vue de Shani.

La jeune femme se retrouva seule avec Galby. Tout en sortant une boîte de silex de sa poche, celui-ci lui dit :

— Un cheval t'attend devant.

— Ça ira plus vite si nous nous y mettons tous les deux, contra Shani.

Elle planta sa rapière dans la terre et tendit une main. Galby ne protesta pas. Au contraire, il eut l'air plutôt satisfait alors qu'il lui passait une des torches.

— Tu veux que je commence sur l'autre rive ? proposa la jeune femme.

— Non, je vais le faire. Commence par ici.

Il alluma leurs deux torches avec ses silex, puis se détourna et entra dans l'eau en provoquant des éclaboussures.

Shani mit le feu à la pile de bois autour de l'arc-boutant. Cela fait, elle s'engagea à son tour dans le lit de la rivière. Le courant n'était pas très fort et il n'y avait pas beaucoup de fond, si bien qu'elle n'eut aucun mal à atteindre la première poutre pour répéter l'opération.

Galby venait à sa rencontre en faisant la même chose de son côté. Ils se rejoignirent au pied de la poutre du milieu et plongèrent simultanément leur brandon dans le tas de bois. Ni l'un ni l'autre ne put réprimer un sourire.

— Maintenant, cours comme si tu avais tous les démons des Enfers aux trousses, enjoignit Galby.

Ils s'élancèrent vers la rive du château. Déjà, les poutres flambaient. Le bois grinçait et crépitait, crachant une fumée noire et huileuse.

Shani récupéra son épée, et ils contournèrent le château en direction de l'entrée du complexe.

Deux chevaux étaient attachés là. Il ne restait plus un seul rebelle en vue.

Et une demi-douzaine de soldats de Mylius venaient de jaillir par le portail grand ouvert.

Chapitre 9

— Par les dents de l'enfer ! s'exclama Shani.

— En selle ! aboya Galby. On va essayer de les semer !

Mais il était trop tard. Déjà, les six cavaliers étaient presque sur eux. Ils avaient dû voir la colonne de fumée noire s'élever au-dessus du château.

— Le barrage, siffla Galby.

— Je sais, acquiesça calmement Shani. Il va falloir en finir très vite avec eux.

— Il va surtout falloir espérer qu'ils n'en finissent pas très vite avec nous, répliqua Galby. (Il dégaina son épée.) S'ils restent en selle, nous sommes cuits.

Shani lui lança un regard exaspéré.

— Je m'en étais plus ou moins rendu compte, tu sais.

Elle saisit un couteau et le projeta vers un des cavaliers de tête. La lame se planta au beau milieu de sa poitrine, lui faisant vider les étriers.

Les autres continuèrent à approcher. Shani et Galby battirent en retraite sur le seuil du château, sachant que cela forcerait leurs assaillants à mettre pied à terre et canaliserait leur attaque. Leur tactique porta ses fruits. Les cinq hommes descendirent de cheval et se précipitèrent vers eux, l'épée au clair.

— Ils n'ont pas l'air trop contents, pas vrai ? lança Shani.

Galby bondit en avant et engagea le combat avec le premier de leurs adversaires. Ils échangèrent des coups furieux. Au bout de trois ou quatre passes rapides, le soldat s'écroula.

Shani lança un autre couteau. La lame atteignit sa cible, mais comme celle-ci avait pivoté pour esquiver, elle se planta seulement dans son flanc. La blessure n'était pas fatale ; néanmoins, elle suffit à mettre l'homme à genoux et à l'empêcher de prendre part au combat.

Ce qui laissait encore trois ennemis.

Ils avancèrent groupés, forçant Shani et Galby à reculer dans le couloir. Les deux amis restèrent aussi près de l'entrée que possible pour mieux la défendre.

Shani saisit un nouveau couteau et arma son bras. Les soldats s'éparpillèrent au dernier moment, et l'arme passa au-dessus de leur tête sans les toucher. Ils s'adaptaient déjà à sa stratégie.

Tout en les regardant se regrouper pour reprendre leur avancée, Galby se lamenta :

— Nous sommes en train de perdre du temps que nous n'avons pas.

— Cela ne va pas durer, répliqua Shani. Ils vont bien finir par se rendre compte qu'ils n'ont qu'à charger et...

Les soldats chargèrent.

Shani n'avait plus le loisir de lancer ses couteaux. Puisqu'elle allait être forcée de se battre au contact, elle décida d'utiliser à la fois sa rapière et une dague.

Galby fut le premier à engager le combat avec un adversaire. Les deux autres se dirigèrent simultanément vers Shani, supposant sans doute que ce petit bout de femme ferait une proie facile.

Le premier ne tarda pas à déchanter. Il porta une attaque maladroite que Shani esquiva aisément. Elle riposta en lui lacérant le bras droit de sa dague, puis en lui portant deux coups en croix à la poitrine. L'homme hurla et bascula sur son camarade, qui faillit perdre l'équilibre.

De son côté, Galby n'avait pas la partie aussi facile. Son adversaire était un bretteur émérite, qui n'allait pas tarder à le mettre en déroute.

Shani ne pouvait pas s'en soucier. Le soldat restant avait repris son équilibre mais perdu son sang-froid. Cela lui redonna espoir. La colère d'un adversaire constituait souvent son plus grand handicap. Elle entreprit de le provoquer en bondissant comme pour le frapper mais en battant aussitôt en retraite.

Après trois ou quatre répétitions de cette manœuvre, l'homme était suffisamment enragé pour oublier toute prudence. Il chargea en hurlant comme un fou et en brandissant son épée à deux mains au-dessus de sa tête. Shani plongea sur lui, la pointe de sa rapière visant son cœur. Le soldat mourut avant de toucher le sol.

Galby poussa un glapissement. Pivotant, Shani vit qu'il venait de recevoir une estafilade au bras gauche. Des gouttes écarlates éclaboussèrent le sol de marbre blanc. Pourtant, la jeune femme hésita à planter une lame dans le dos de son adversaire. L'expression de Galby, qui trahissait une colère glaciale, l'en dissuada.

Comme ragaillardi par sa blessure, le chef des rebelles contre-attaqua avec une détermination renouvelée, faisant pleuvoir des coups sauvages sur son adversaire. Le soldat para les trois ou quatre premiers, mais finit par faiblir sous l'assaut. Un dernier effort propulsa la lame de Galby à travers ses poumons.

À présent que c'était terminé, Shani et Galby haletaient.

— Tu vas bien ? s'inquiéta la jeune femme.

Il ne se donna même pas la peine d'examiner le tissu imbibé de sang de sa manche.

— Ce n'est rien comparé à ce qui nous arrivera si nous restons ici.

D'un même élan, ils se ruèrent dehors et foncèrent vers leurs chevaux. Paniquées, les pauvres bêtes tiraient sur leur longe tandis que la colonne de fumée piquetée d'étincelles s'épaississait au-dessus du château. Shani et Galby les détachèrent prestement, se hissèrent en selle et galopèrent vers le portail du complexe.

Au moment où ils l'atteignaient, un craquement sinistre se fit entendre derrière eux. Un monstrueux torrent, moitié aussi haut que les tourelles, se déversa des deux côtés du château. Il balaya le terrain d'exercice tel un raz-de-marée boueux, renversant les bâtiments plus petits comme de vulgaires constructions en allumettes et inondant les baraquements. Une hampe de drapeau solitaire continua à tenir bon quelques instants, puis se brisa en deux et fut engloutie par les flots. En l'espace de cinq secondes, le complexe entier fut submergé.

Et le torrent continuait à avancer.

Shani et Galby sentirent un peu d'écume leur éclabousser le dos. Talonnant leur monture de plus belle, ils franchirent le portail et foncèrent vers la route. La puissance du torrent diminua légèrement alors qu'il s'écoulait en partie sur la droite et la gauche, mais une quantité plus que suffisante de l'eau qui le composait continua à progresser vers l'avant, charriant avec elle débris et cadavres.

Les deux compagnons s'engouffrèrent dans le bosquet en s'efforçant de ne pas laisser la végétation épineuse les ralentir. Des branches leur cinglèrent la figure et se prirent dans leurs cheveux. Lorsqu'ils commencèrent à gravir la pente, ils n'avaient plus que quelques mètres d'avance sur le raz-de-marée qui menaçait de les engloutir.

À l'instant où ils prenaient pied au sommet, la vague frappa la colline comme une explosion humide, projetant un énorme geyser vers le ciel.

Shani et Galby furent trempés de la tête aux pieds par les retombées. Mais la colline formait une barrière naturelle qui avait réussi à arrêter l'eau. Tandis qu'ils s'éloignaient en hâte, la jeune femme jeta un coup d'œil par-dessus son épaule et vit des vaguelettes clapoter juste en dessous de la crête.

L'aube n'allait pas tarder à se lever. Tout le corps endolori, Leandor était agenouillé sur le pont près d'une trappe verrouillée, en compagnie d'Andars Poulton. Autour d'eux, à quelques pas de distance, les autres mutins dissimulés dans l'ombre montaient la garde.

— Il faudra faire vite, chuchota Poulton. Si une des patrouilles découvre que vous n'êtes plus dans votre cellule, nous sommes tous bons pour la planche.

— Je comprends, affirma Leandor. Quel est le nom de l'homme auquel je suis censé parler ?

— Farne Tassler. Il faisait partie de l'équipage jusqu'à ce que Crowan le prenne en grippe. Il a pas mal d'influence sur les autres rameurs. Tous le respectent. Cela n'a rien d'officiel, mais ils le considèrent plus ou moins comme leur chef.

— Il est au courant, pour la mutinerie ?

— Oui, mais il doute de notre réussite et, comme la plupart des esclaves, il craint la colère de Crowan en cas d'échec. Cependant, savoir que vous allez vous joindre à nous pourrait le faire changer d'avis.

— Vous lui avez dit que j'étais prêt à le faire ?

— Évidemment. Mais il veut l'entendre de votre bouche. Il a besoin de vous rencontrer pour en avoir la certitude.

— Donc, si je peux convaincre ce Tassler…

— Il s'arrangera pour que les autres rameurs se rangent aussi dans notre camp. Pour l'amour des dieux, Leandor, faites vite. Nous nous sommes arrangés pour qu'il n'y ait pas de gardes dans la cale, mais cela ne durera pas. Nous naviguons à la voile pour le moment, et les esclaves sont censés dormir. Peu de temps après l'aube, un contremaître viendra les réveiller à coups de fouet pour qu'ils se remettent au travail.

Leandor acquiesça.

— Je vous attends ici, ajouta Poulton.

Il jeta un coup d'œil à la ronde, puis tira le verrou de la trappe et banda ses muscles afin de l'ouvrir. Leandor lui donna un coup de main.

Une bouffée d'air tiède et fétide remonta des profondeurs du navire. Il y avait de la lumière dans la cale, mais elle n'éclairait pas grand-chose : juste un escalier de bois aux marches sans contrefort qui s'enfonçait dans une sinistre pénombre.

Leandor se coula dans l'ouverture et entama la descente.

Quand il atteignit le pied de l'escalier, sa vision mit quelques secondes à s'ajuster à la semi-obscurité. Alors, il prit conscience qu'il se trouvait face à une centaine d'hommes. La plupart d'entre eux étaient assis ou allongés sur les bancs ou dans les allées qui les séparaient. Quelques-uns se tenaient debout. Tous étaient enchaînés.

La cruauté de leur sort ne faisait aucun doute. Leandor était aussi stupéfait que révolté par leurs misérables conditions d'existence.

Son regard se posa sur un homme assis non loin de lui, les mains posées sur ses genoux. Comme les autres, il ne portait que de pauvres haillons ; une longue barbe broussailleuse lui mangeait le visage, et ses pieds étaient nus. Un chiffon crasseux noué autour de son front empêchait ses cheveux de lui tomber dans les yeux.

— Dalveen Leandor ? s'enquit-il d'une voix basse et rauque.

— Oui. Vous êtes Farne Tassler ?

— C'est bien moi.

— Je suis venu vous offrir une chance de liberté, Tassler. (Le jeune homme balaya des yeux les rangées d'esclaves à l'expression méfiante.) Je suis venu vous l'offrir à tous.

— Et nous en avons soif, Leandor. Beaucoup d'entre nous pensent que la mort serait préférable à cette existence pitoyable, déclara Tassler. Mais si la mort est notre *seule* option, mieux vaut poursuivre cette vie qui n'en est pas vraiment une.

— Je pense que nous avons une bonne chance de réussir, affirma Leandor. Et elle sera encore meilleure si vous vous joignez à nous.

— Si nous le faisons et que la mutinerie échoue, Crowan nous rendra la vie encore plus dure.

— Je n'en doute pas. Mais pour être honnête, l'avenir qui s'offre à vous ne présente pas de perspective plus riante. À moins que votre capitaine verse une pension aux rameurs trop âgés ou trop malades, pour leur permettre de couler de vieux jours paisibles à terre ?

Tassler éclata d'un rire cynique.

— Non, il fait jeter par-dessus bord ceux qui ne sont plus en état de travailler. Je vois où vous voulez en venir, Leandor. Même si la mutinerie échouait, nous aurions une chance de mourir rapidement et sans trop de douleur, plutôt que de continuer à souffrir une lente agonie dans le ventre de ce navire.

— Comme je vous l'ai dit, je suis persuadé que nous triompherons si nous nous dressons tous contre Crowan.

— J'aimerais le croire.

— Aucun d'entre nous n'a rien à perdre en essayant, excepté la vie dont on nous a déjà privés lorsque nous sommes devenus prisonniers. Et je suis dévoué à une autre cause dont vous avez peut-être entendu parler : la défaite d'un mal bien supérieur à celui perpétré par un pirate, si barbare soit-il. Je n'ai pas l'intention de gaspiller ma vie avant d'affronter mon véritable adversaire, ni de gaspiller celle d'autrui.

— Vous êtes très persuasif, Nightshade, murmura Tassler.

— Pourtant, vous ne semblez pas entièrement convaincu, constata Leandor. Regardez-moi dans les yeux, si vous doutez de moi. Vous y lirez ma sincérité.

— Malheureusement, j'en suis bien incapable.

— Pourquoi donc ?

Tassler leva une main. Le rameur le plus proche de lui saisit un de leurs moignons de bougie et l'approcha de son visage, qui jusque-là était resté dissimulé dans l'ombre. La flamme vacillante éclaira deux orbes d'un blanc laiteux, entourés de tissu cicatriciel. L'homme était aveugle.

— Comment est-ce arrivé ? s'enquit doucement Leandor.

— Crowan m'avait posté dans la vigie, et je n'ai pas repéré la côte assez vite à son goût, expliqua Tassler.

— C'est lui qui vous a fait ça ?

— Un de ses lieutenants, avec du feu. Il préfère ne pas salir ses blanches mains en faisant le sale boulot. Mais ça revient au même. Ayant vous-même subi une perte physique, j'imagine que vous pouvez comprendre la profondeur de mon amertume.

Leandor ne put s'empêcher de jeter un coup d'œil à sa manche vide.

— Je vous promets qu'il le paiera, Tassler. Que vous et les autres rameurs décidiez de nous aider ou non.

— Personnellement, je suis pour. Bien que la contribution d'un aveugle ne puisse être que très limitée en cas de bataille. (L'homme eut un rictus.) Mais il ne m'appartient pas d'engager la vie de mes camarades. Je ne peux que leur demander d'exprimer leur opinion sur le sujet.

De nouveau, Leandor promena un regard à la ronde. Dans la maigre lumière des bougies, il était impossible de dire si les visages épuisés qui l'entouraient affichaient le moindre enthousiasme pour son plan.

— Pouvons-nous le faire maintenant ?

— Bien sûr. Nous allons voter à main levée. (Tassler pivota à demi vers ses compagnons d'infortune.) Qui est contre ?

Aucune main ne se leva.

— Qui est pour ?

Toutes les mains se levèrent.

— Je n'ai peut-être plus le don de la vue, mais je crois deviner ce qu'ils ont décidé, dit-il avec un léger sourire.

Leandor se pencha et lui toucha le bras.

— Merci. Merci à tous.

— Quand frapperons-nous ?

— Aujourd'hui à la tombée de la nuit. Poulton s'arrangera pour que quelqu'un vous descende des armes et, au signal convenu, vous serez libérés. Il vous expliquera.

— Comme vous pouvez le voir, beaucoup d'entre nous sont affaiblis par le manque de nourriture, le labeur et la maladie. Mais l'espoir de recouvrer notre liberté et d'avoir une chance de nous venger de Crowan nous donnera les forces qui nous manquent, affirma Tassler.

— Je sais.

Depuis le pont, Poulton siffla :

— Leandor ! Nous n'avons plus le temps !

— Je dois y aller, dit le jeune homme. La prochaine fois que nous nous parlerons, vous respirerez de l'air frais et vous tiendrez une lame dans vos mains.

— Nous nous en réjouissons d'avance, grimaça Tassler.

Leandor remonta sur le pont et aida Poulton à verrouiller la trappe.

Alors qu'ils revenaient hâtivement vers la cellule, le jeune homme osa espérer que la possibilité de rejoindre Golcar Quixwood et l'armée qui se dirigeait vers Vaynor venait de se rapprocher de lui.

Tel un augure, l'orbe rouge sang du soleil s'élevait à l'horizon.

Chapitre 10

Le globe écarlate du soleil commençait à poindre à l'horizon. Golcar Quixwood avait fait ralentir son armée dans une vallée, juste avant de pénétrer dans une vaste forêt. Contourner celle-ci aurait été plus facile, mais la traverser leur ferait gagner un temps précieux.

Pendant qu'il soupesait ces options, un cavalier remonta la colonne et s'arrêta près de lui.

— Monsieur !

— Qu'y a-t-il, caporal ?

— Un groupe d'hommes demande à vous voir, monsieur. Je crois que ce sont des prêtres.

— Des prêtres ? s'étonna Quixwood. Que nous veulent-ils ?

— Ils disent qu'ils ont un message de la reine.

— Dans ce cas, envoyez-les-moi.

Le caporal jeta un coup d'œil en arrière.

— Ils arrivent déjà, monsieur.

Pivotant dans sa selle, Quixwood vit deux douzaines de cavaliers étrangement accoutrés se diriger vers lui.

— Très bien, mon garçon. Vous pouvez nous laisser.

Le caporal s'éloigna vers la queue de la colonne, croisant les étrangers au passage. Ceux-ci tirèrent sur les rênes de leurs montures pour les mettre au trot, à l'exception de leur chef, qui se détacha du groupe pour rejoindre Quixwood.

— Salutations, Golcar Quixwood, lança-t-il respectueusement.

— Salutations à vous aussi. Qui êtes-vous ?

— Triastus, abbé de la fraternité de la Lumière intérieure, se présenta le nouveau venu.

Quixwood avait entendu parler de cet ordre – et dernièrement, par Dalveen.

— Vous apportez un message de la reine Bethan ?

— Plutôt une lettre d'introduction.

Triastus sortit un parchemin de sa robe et le lui tendit. Golcar l'ouvrit, étudiant le sceau pour vérifier son authenticité avant de déchiffrer le message.

— Il semble que vous ayez beaucoup impressionné Sa Majesté, déclara-t-il enfin. Elle dit que vous êtes capables de vous battre, même si je ne connais guère de saints hommes dont ce soit le cas.

Triastus sourit.

— Nous ne sommes pas un ordre religieux ordinaire.

Quixwood reporta son attention sur le parchemin et plissa les yeux.

— Que veut dire la reine en parlant de « pouvoirs spéciaux susceptibles de servir notre cause » ?

— Mes frères et moi possédons des capacités mystiques qui seront très utiles pour affronter Avoch-Dar, expliqua Triastus.

— De la magie pour contrer celle du sorcier, ce ne serait pas de trop, convint le vieux militaire.

Il enroula de nouveau le parchemin et le fourra dans une de ses sacoches de selle.

— Je ne prétends nullement que nos pouvoirs soient aussi forts que ceux du sorcier, tempéra Triastus. En réalité, ils sont d'une nature bien différente. Mais je pense qu'ils se révéleront précieux.

— Comme tout ce que nous pourrons utiliser contre Avoch-Dar. (Quixwood jeta un coup d'œil à son armée.) Nous en reparlerons plus tard. Pour l'instant, je dois donner l'ordre de faire halte et planifier notre route.

— Dès que vos hommes auront dressé leur camp, nous vous ferons une démonstration de nos capacités, promit Triastus.

Arrêter une armée en marche était chose aussi peu aisée que de stopper un majestueux navire aux voiles gonflées par le vent ; aussi deux heures s'écoulèrent-elles avant que les soldats aient fini de s'installer.

Après avoir expliqué les rudiments de leurs pouvoirs, Triastus rassembla ses vingt-quatre frères à l'orée de la forêt, devant Golcar Quixwood et plusieurs officiers de haut rang.

— Ce que vous venez de dire m'a beaucoup impressionné, admit Quixwood. Mais pouvez-vous me montrer une application pratique de vos talents ?

— Je le crois, répondit Triastus. Prenons par exemple votre décision de faire traverser cette forêt par votre armée. Nous pourrions faciliter votre passage.

Comme un seul homme, les moines pivotèrent vers un énorme chêne qui était tombé en travers de la piste. Triastus leva les mains.

Dans un grand bruissement de feuilles et un craquement de branches, l'arbre abattu commença à remuer. Il s'arracha péniblement aux ronces et aux herbes folles qui l'emprisonnaient, puis s'éleva majestueusement du sol.

Les spectateurs poussèrent des hoquets de stupéfaction et des exclamations admiratives.

Les traits tendus par la concentration, Triastus déplaça ses mains sur le côté. Obéissant à son injonction, le tronc massif pivota et glissa dans les airs comme s'il ne pesait pas plus lourd qu'une plume. L'abbé le guida vers une zone découverte et fit un geste rapide du tranchant des mains. Le chêne s'écrasa sur le sol.

— Ça, c'est ce que j'appelle un don utile, commenta Quixwood, réjoui. Vous venez de nous épargner une bonne heure de travail en déblayant cet arbre. (Il réfléchit quelques instants et ajouta :) Votre pouvoir me rappelle beaucoup celui d'un de mes amis, Tycho. Bien que le sien soit considérablement moins fort.

— Ah, oui. J'ai entendu parler de l'homoncule d'Avoch-Dar, acquiesça Triastus. Il puise sa magie à une source similaire à la nôtre. Si nous pouvons accomplir de plus grandes choses, c'est parce que la combinaison de nos volontés nous permet de magnifier nos propres dons.

Un des moines s'avança, s'inclina humblement et chuchota quelque chose dans l'oreille de son abbé. Une expression inquiète passa sur le visage de Triastus.

— Qu'y a-t-il ? s'enquit Quixwood.

— Je vous ai parlé de notre capacité à nous harmoniser avec la trame de la vie. Il semble que mes frères aient détecté une perturbation en son sein. Une perturbation qui pourrait avoir de graves conséquences sur notre mission. Nous devons combiner nos esprits et éclaircir ce mystère.

Quixwood et ses officiers attendirent pendant que les vingt-cinq moines formaient un cercle et fermaient les yeux.

Au bout d'un long moment, ils s'arrachèrent enfin à leur communion.

— Un transfert substantiel d'énergie vient d'avoir lieu, rapporta Triastus. Nous l'attribuons aux Sygazons et à Avoch-Dar. Nous pensons que les démons viennent de prélever une grande quantité de pouvoir magique, soit pour leur propre usage, soit pour le conférer à leur allié.

— Ils l'ont rendu plus fort ? reformula Quixwood.

— C'est une possibilité non négligeable, acquiesça gravement Triastus. Nous devrions nous remettre en route sans délai.

— Levez le camp ! aboya Quixwood à ses officiers. Nous repartons immédiatement pour Vaynor.

À bord du *Requin* la journée se traînait avec une lenteur infernale.

Confiné dans sa prison, Leandor ne pouvait rien faire d'autre que prendre son mal en patience et reconstituer ses forces en se reposant.

Il avait pu converser avec Andars Poulton depuis le lever du soleil et lui faire quelques suggestions quant à la façon de résoudre certains des problèmes qui se posaient à eux. À présent, il attendait de voir comment la situation se développerait.

En début d'après-midi, Poulton lui rendit visite, sous le prétexte de lui apporter son habituelle ration de nourriture.

Dès que la porte se fut refermée derrière lui, Leandor demanda avidement :

— Quelles sont les nouvelles ?

— Notre plan est au point, annonça Poulton. La mutinerie se déclenchera lorsque la cloche sonnera six heures et le changement de la garde du soir. Ce sera dans un peu plus de quatre heures. Peu de temps avant ça, vous serez relâché. Tout comme les rameurs de la cale, après que nous nous serons occupés de leurs contremaîtres.

—Avez-vous identifié les membres de l'équipage qui sont loyaux envers Crowan ?

—Nous pensons connaître la majorité d'entre eux. Comme vous l'avez suggéré, nous avons chargé une partie de nos hommes de les neutraliser dès qu'ils entendront la cloche.

—Vous ne m'avez toujours pas dit ce que vous comptez faire d'eux, lui rappela Leandor.

—Ceux qui choisiront de résister en subiront les conséquences. (Remarquant l'expression de son interlocuteur, Poulton ajouta :) Nous ne sommes pas des assassins. Il n'y aura pas d'exécutions sommaires ; les dieux savent pourtant que certains d'entre eux le mériteraient ! Notre idée est de les envoyer à fond de cale pour remplacer les rameurs.

—Ce n'est que justice, je suppose. Mais je n'aime pas voir des hommes, si méprisables soient-ils, réduits en esclavage.

—Ce sera temporaire : juste le temps d'arriver à Nordelph. Ensuite, nous les remettrons au tribunal de la résistance, qui décidera de leur sort. Bien que ce navire ait des voiles et qu'il n'ait donc pas absolument besoin de rameurs, nous irons plus vite si nous bénéficions d'un second moyen de propulsion. Et je vous rappelle que la vitesse est notre priorité.

—Très bien, capitula Leandor. Mais le problème, ce ne sont pas les membres d'équipage loyaux envers Crowan, n'est-ce pas ? Ce sont Crowan lui-même et ses lieutenants.

—En effet, convint Poulton. Nous avons pris nos dispositions pour qu'au moins deux de nos hommes suivent chacun des lieutenants comme son ombre. Lorsque l'appel à la mutinerie retentira, ils seront notre première cible. S'ils se rendent, eux aussi seront envoyés à fond de cale.

—Votre plan me semble parfait. Pour ma part, je ne vous demande qu'une chose.

—Laquelle ?

—Laissez-moi Crowan.

Une demi-heure avant le signal de la relève, Poulton revint. Il portait un objet enveloppé d'une grossière toile de jute.

Tout en déverrouillant le cadenas qui fermait la chaîne autour du poignet de Leandor, il déclara :

— Vous n'êtes pas encore libre, mais ce sera déjà un bon début.

Leandor fléchit ses doigts pour rétablir la circulation du sang dans sa main.

— Et vous aurez besoin de ceci, ajouta Poulton en déposant son paquet sur la couchette.

Écartant la toile de jute, Leandor découvrit une épée. Il s'en saisit et effectua quelques passes pour évaluer son poids et jauger son équilibre. Son regard se posa sur la bougie qui constituait la seule source de lumière de la pièce – ou qui l'aurait constituée si elle avait été allumée. D'une certaine façon, elle symbolisait tous les tourments de sa captivité.

D'un geste vif, il la coupa en deux.

— La lame est bien affûtée, commenta-t-il. Merci, Andars.

Poulton émit un sifflement admiratif.

— Je n'avais encore jamais connu d'homme capable de ne faire qu'un avec une arme.

— Il est vrai que je me sens toujours plus complet une épée à la main.

Leandor jeta un coup d'œil vers le hublot, craignant d'avoir été repéré par un des hommes qui seraient bientôt ses adversaires. Mais il ne vit personne.

— Encore combien de temps ? voulut-il savoir.

— Juste quelques minutes. En ce moment même, les nôtres sont dans la cale, en train de libérer et d'armer les rameurs. Et nous avons veillé à ce qu'un maximum des partisans de Crowan soient occupés à régler des problèmes que nous avons concoctés spécialement à leur intention, grimaça Poulton.

— Et Crowan lui-même ?

— Il se trouve actuellement sur le pont de barre. Le timonier est un mutin ; il fera son possible pour nous aider. C'est-à-dire pas grand-chose, car il sera occupé à maintenir le cap durant la bataille. Malheureusement, le capitaine est accompagné par trois ou quatre de ses lieutenants. Nous n'avons pas pu l'en empêcher. Qu'avez-vous l'intention de faire ?

— Foncer vers le pont de barre, évidemment. Le meilleur moyen de tuer un serpent, c'est de lui couper la tête. Si je parviens à nous débarrasser de Crowan, je parie que le reste de ses hommes renoncera à lutter.

— Ça semble logique. Mais je ne peux pas vous laisser affronter seul quatre ou cinq hommes armés. Je vous accompagne.

— Je n'ai pas besoin d'aide.

— Je ne doute pas que vous le pensiez, Nightshade. Cependant, vous oubliez qu'il est dans mon intérêt de ne pas vous laisser livré à vous-même là-haut. Vous êtes encore affaibli par les coups de fouet que vous avez reçus et, si jamais Crowan et ses lieutenants venaient à triompher de vous, cela compromettrait grandement nos chances de réussite. Je vous accompagne, que cela vous plaise ou non.

Leandor sourit.

— Vous avez raison, bien entendu. J'apprécierai de vous avoir à mes côtés. (Sur un ton plus sévère, il ajouta :) Mais souvenez-vous de ce que je vous ai dit. Crowan est à moi.

— Je vous le laisse avec plaisir. Connaissant ses talents de bretteur, je préfère que ce soit vous qui l'affrontiez plutôt que moi.

La cloche sonna le changement de garde. Poulton saisit son coutelas.

— Bonne chance, Nightshade.

— Vous aussi, mon ami.

Ils sortirent sur le pont.

Déjà, c'était le soulèvement. Des groupes de marins se battaient entre eux à coups de dague ou d'épée. Du côté de la poupe, une demi-douzaine de mutins avaient acculé deux des lieutenants de Crowan.

— Suivez-moi ! hurla Poulton.

Comme ils fonçaient vers la barre, ils passèrent non loin de la trappe qui conduisait à la cale. Des rameurs libérés jaillissaient de leur prison en brandissant des coutelas. Deux de ses camarades servaient de guide à Tassler dans la mêlée.

Des combats féroces faisaient rage sur toute la longueur du pont principal. Leandor et Poulton tombèrent sur un lieutenant qui avait déjà embroché un mutin et semblait avoir le dessus sur son adversaire suivant. Poulton voulut intervenir.

— Laissez agir vos hommes, aboya Leandor. Nous avons plus important à faire !

Ils poursuivirent leur chemin.

— Pensez-vous que Crowan ait déjà eu vent de ce qui se passe ici ? interrogea Poulton.

— Si tel est le cas, nous aurons droit à un comité d'accueil, grinça Leandor. De quel côté ?

Poulton le conduisit vers un escalier. Celui-ci les emmena jusqu'à une plate-forme surélevée, entourée par une basse rambarde de bois. La barre se dressait à l'avant.

À l'exception du timonier, ce pont était désert. L'homme se tenait à son poste, légèrement voûté, tournant le dos aux nouveaux venus.

Poulton l'appela par son nom. Il ne répondit pas. Poulton s'avança, flanqué de Leandor, et l'appela de nouveau. Toujours pas de réponse.

Lorsqu'ils l'atteignirent, Leandor vit qu'une corde était passée autour de sa taille. Le malheureux était mort, la gorge tranchée.

— Il a été attaché à la barre, constata Poulton en frissonnant.

— Donc, Crowan a bel et bien eu vent de ce qui se passait.

— Mais où est-il ? Et ses gardes du corps ?

Les deux hommes balayèrent du regard le pont principal, depuis lequel montaient des bruits de combat.

Soudain, une idée traversa l'esprit de Leandor. Née du souvenir de ce qui s'était passé la première fois qu'il avait mis les pieds sur ce navire. Il leva les yeux.

Suspendu à une corde, Crowan s'élança depuis le gréement.

Il atterrit souplement devant Leandor et Poulton, mais hors de portée de leurs lames. Au même moment, quatre de ses lieutenants se laissèrent tomber beaucoup plus près de leurs adversaires : deux à gauche, deux à droite.

Le visage tordu par la colère, Crowan cracha :

— Leandor, misérable pourceau !

Le jeune homme jeta un coup d'œil à ses lieutenants. Tous étaient armés d'épées et affichaient une expression meurtrière.

— Qu'est-ce qui vous arrive, Crowan ? lança-t-il. Vous avez peur de m'affronter vous-même ?

— Simple question de prudence. Quand on a des chiens, pourquoi gaspiller sa salive à aboyer ?

— Seul un chien peut en reconnaître un autre, capitaine, répliqua Poulton.

Crowan pointa sa rapière vers lui.

— Savoure bien ces paroles. Ce seront tes dernières. (Il agita son mouchoir de dentelle en un geste presque délicat et ordonna à ses lieutenants :) Tuez-les.

Les hommes en noir s'avancèrent pour prendre leurs adversaires en tenailles.

Leandor n'attendit pas qu'ils portent le premier coup. Il se rua vers les deux pirates les plus proches de lui, une fureur guerrière faisant bouillonner son sang.

L'un des lieutenants fit décrire un arc de cercle à son épée comme pour le décapiter. Leandor s'accroupit brusquement, en profita pour lui entailler les cuisses, puis se détendit comme un ressort et lui porta un coup d'estoc à l'abdomen. L'accumulation de blessures infligées à la vitesse de l'éclair désorienta complètement son adversaire. Celui-ci ne put rien faire d'autre qu'ouvrir la bouche et écarquiller les yeux alors que la lame de Nightshade lui mordait le cou.

Moins de deux inspirations après que Leandor fut arrivé au contact, il était déjà mort.

Du coin de l'œil, le jeune homme vit Poulton engager le combat avec les deux autres lieutenants. Il l'ignora et, sans marquer la moindre pause, se tourna vers son second adversaire.

Celui-ci recula de quelques pas, choqué par la rapidité avec laquelle son camarade avait été expédié *ad patres*. Leandor n'était pas d'humeur assez miséricordieuse pour le laisser battre en retraite. Il plongea en avant, et leurs lames s'entrechoquèrent. Puis il entreprit de pulvériser ses défenses. Dès qu'il eut réussi à dévier son épée sur le côté, il se rejeta en arrière sur ses talons et plongea de nouveau, vif comme l'éclair, enfonçant sa lame de toutes ses forces dans la poitrine du lieutenant.

Le cadavre de l'homme en noir n'avait pas encore touché le sol que Leandor faisait volte-face pour prêter main-forte à Poulton.

Ce dernier croisait le fer avec un de ses deux adversaires, et il ne s'en sortait pas trop mal, mais l'autre essayait de le contourner pour lui porter un coup meurtrier par-derrière.

D'un rapide mouvement de poignet, Leandor lui tailla un V renversé dans le dos. Le lieutenant s'effondra en hurlant.

Cette distraction permit à Poulton d'en finir avec son autre adversaire. Il para ses deux attaques suivantes, dévia la troisième et en profita pour lui enfoncer son coutelas dans le ventre.

S'étant ainsi débarrassés des quatre lieutenants, Leandor et Poulton levèrent les yeux vers Crowan.

Celui-ci fit demi-tour et prit ses jambes à son cou.

Il dégringola l'escalier qui conduisait au pont principal, bousculant amis et ennemis dans sa hâte de s'enfuir.

— Il va vers les canots ! s'exclama Poulton.

Leandor s'élança à la poursuite du capitaine, sautant en bas des marches et manquant de s'étaler de tout son long à l'atterrissage. Alors qu'il reprenait son équilibre, il vit Crowan courir vers l'arrière du bateau et fit de son mieux pour le rattraper.

À la poupe, deux canots étaient montés sur des épontilles : un à bâbord, l'autre à tribord. Le capitaine pirate se fraya un chemin parmi les hommes qui s'affrontaient là et bondit vers celui de gauche.

— Crowan ! rugit Leandor en le rejoignant.

Son adversaire pivota et leva sa rapière.

Leandor attaqua. Leurs lames s'entrechoquèrent avec force. Les deux hommes reculèrent souplement et se tournèrent autour, cherchant une ouverture. Crowan frappa ; Leandor para et riposta, mais son coup rebondit sur la rapière du pirate. Ils poursuivirent leur manège, la pointe de leurs lames décrivant de minuscules cercles dans les airs, prêts à frapper.

Crowan se fendit, le bras gauche replié derrière le dos dans une posture d'escrime classique. Sa rapière écarta l'épée de Leandor, puis fusa en avant pour porter un coup meurtrier. Mais Leandor avait anticipé le mouvement. Il pivota avec agilité sur le côté, et la lame adverse ne transperça que le vide.

Une attaque de revers força Crowan à reculer. Le pirate reprit très vite son équilibre et tenta de cingler la figure de Leandor.

Celui-ci esquiva et rendit le coup avec les intérêts, sa lame dardant telle une vipère vers la poitrine de Crowan. Mais son adversaire fut trop rapide ; il se déroba et contre-attaqua aussitôt.

Dans leur duel, les deux hommes parcouraient le pont de long en large, chacun prenant l'initiative à tour de rôle. Contre les bastingages bâbord et tribord, des rouleaux de corde voisinaient avec des outils de charpentier et un brasier rempli de charbons ardents. Ces obstacles et le gîte qui faisait tanguer le pont sous leurs pieds ajoutaient au péril de leur affrontement. Mais, loin de susciter une retenue, ils ne faisaient qu'accroître leur férocité.

Pour autant qu'il méprise Crowan et le tienne pour un lâche, Leandor devait reconnaître que son adversaire était un superbe bretteur. Il comprit qu'afin de le vaincre, il devrait prendre des risques inhabituels. Aussi s'approcha-t-il plus que la prudence le recommandait, attendant jusqu'au dernier moment avant d'esquiver les coups du pirate et refusant de battre en retraite. Ce qui signifiait que les secondes s'étiraient en une éternité de danger et que chacun des gestes de son adversaire pouvait se révéler fatal.

Enfin, son audace porta ses fruits. Elle rassura Crowan et lui laissa croire qu'il pouvait faire preuve de la même témérité. Sa défense se fit plus paresseuse, ses coups plus fréquents mais moins bien calculés.

Inévitablement, vint un moment où il se laissa à découvert.

La lame de Leandor lui lacéra la poitrine. Crowan poussa un rugissement de douleur et de colère. Nightshade en profita pour frapper de nouveau et lui entailler le flanc. La blessure n'était pas très grave en soi, mais elle contribua à déséquilibrer le pirate. Celui-ci trébucha sur un rouleau de corde, se prit les pieds dedans et s'affala…

… la tête la première dans le brasier.

Miséricordieux, Leandor mit un terme à ses hurlements d'agonie en lui plongeant son épée dans le cœur.

Il s'affaissa contre le bastingage, transpirant et haletant. Comme il s'efforçait de reprendre son souffle, il remarqua que les bruits de combat avaient cédé la place à des vivats et à des cris de joie.

Puis Poulton le rejoignit.

— C'est fini, Nightshade, annonça-t-il. Nous avons gagné. Les hommes de Crowan sont morts ou prisonniers. Nous avons réussi, mon ami !

Sa jubilation était telle qu'il dansait pratiquement sur place.

Guidé par un de ses anciens camarades d'infortune, Farne Tassler s'approcha d'eux.

— Il est mort ? lança-t-il à la cantonade. Le capitaine Crowan est vraiment mort ?

Leandor lui saisit la main.

— Oui. Vous n'avez plus à le redouter.

Baissant les yeux vers le cadavre du pirate, il vit que les charbons ardents avaient brûlé ses globes oculaires. Le destin avait vengé Tassler d'une manière fort appropriée.

— Merci, Leandor, dit Poulton.

— Je n'ai pas fait grand-chose, répliqua modestement le jeune homme. Vous auriez réussi sans moi.

— Je ne crois pas. (Le premier maître du *Requin* ordonna à un autre mutin :) Mettez le cap sur Nordelph !

— Tout de suite, acquiesça l'homme.

Il se dirigea d'un pas vif vers le pont de barre.

— Je ne veux pas vous donner de faux espoirs, Leandor, ajouta Poulton en reportant son attention sur lui. Mais si les amis dont vous m'avez parlé ont survécu, il y a de grandes chances pour que les courants marins les aient entraînés jusqu'à Nordelph. Qui sait ? Peut-être les retrouverez-vous là-bas…

Malgré lui, Nightshade sentit son cœur se gonfler dans sa poitrine.

— Bientôt, nous prendrons les armes pour combattre un autre tyran ! hurla Poulton aux autres mutins.

Et il me reste encore le pire d'entre tous à affronter, songea Leandor.

Chapitre 11

La captivité de Drew Hadzor au palais de Pandémonium était devenue une épreuve encore plus cauchemardesque.

Le terrible rite auquel il avait assisté avait transformé Avoch-Dar. Quoi que les Sygazons aient fait pour augmenter ses pouvoirs, cela avait également altéré son apparence physique. À présent, le sorcier ressemblait à ses alliés : il n'était pas encore aussi grotesque qu'eux, mais assez tout de même pour qu'on puisse douter de son humanité.

Sa peau noircie présentait l'aspect du bois calciné et paraissait légèrement écailleuse. Ses traits étaient brouillés, comme de la cire fondue qui n'a pas eu le temps de refroidir. Ses yeux allongés et assombris lui donnaient un regard encore plus maléfique qu'auparavant. Quant à sa structure osseuse, elle s'était mystérieusement modifiée, et Hadzor aurait juré qu'elle n'en avait pas fini et qu'Avoch-Dar évoluait à vue d'œil vers une forme insectoïde.

Loin d'être accablé par sa mutation, le sorcier s'en réjouissait bruyamment.

— Je comprends tant de choses beaucoup plus clairement, disait-il à un seigneur Berith toujours aussi impassible, tandis qu'Hadzor, enchaîné à l'autre bout du grand hall, ne perdait pas une miette de leur conversation. Pas encore toutes, c'est vrai. Mais quand même, c'est comme si des écailles venaient de me tomber des yeux. L'augmentation de mes pouvoirs valait bien le prix que je l'ai payée.

— La transition vers un stade supérieur de connaissance occulte est souvent très excitante, acquiesça le démon, comme nous l'avons découvert

voici des millénaires. Mais calme ta joie : il nous reste encore beaucoup de travail à accomplir. La vasque de vision a révélé deux nouveaux faits susceptibles de nous guider. D'abord, l'armée delgarvienne a été rejointe par un groupe de mystiques.

Le cœur de Hadzor fit un bond dans sa poitrine. Qui pouvaient bien être ces prêtres, sinon l'élite intérieure de son ordre ? Il garda la tête baissée, priant pour que ni Avoch-Dar ni les démons ne fassent le rapprochement.

Apparemment, ils ne le firent pas, puisque le sorcier s'exclama :

—Encore des empêcheurs de tourner en rond ! Beaucoup trop nombreux sont les imbéciles qui se prennent pour des serviteurs du bien.

Ignorant cette remarque, Berith poursuivit :

—Ensuite, nous savons désormais que non seulement Nightshade a survécu, mais qu'il a retourné la situation à son avantage. Il constitue une menace plus grande que jamais envers nos plans.

Détectant sans doute une pointe de critique dans les propos de son interlocuteur, Avoch-Dar répliqua :

— Un autre fait pèse sur mes actions, sinon sur les vôtres : votre révélation de l'existence d'une race aussi ancienne que les Sygazons, et opposée à vous.

—Les Vitruvius, en effet.

—Sont-ils vos égaux en termes de pouvoir ?

— C'est ce qu'ils aimeraient croire.

—Mais comment est-ce possible ? Comment des êtres aussi puissants que vous peuvent-ils avoir des ennemis qu'ils n'ont pas encore écrasés ?

—Pour les mêmes raisons qu'un sorcier aussi puissant que toi n'a pas encore réussi à écraser Dalveen Leandor.

Cette réponse déplut à Avoch-Dar, qui s'abstint cependant de s'en offusquer.

— Vous auriez dû me parler des Vitrivius plus tôt.

—Nous sommes méfiants par nature, se justifia Berith. C'est ce qui nous a permis de survivre plus longtemps que ton imagination pourrait le concevoir. Mais à présent que nous t'avons accepté et que le rituel t'a rapproché de nous, nous sommes à même de t'expliquer certains mystères.

—Dans ce cas, parlez-moi du grimoire. (Avoch-Dar désigna l'autel et l'ouvrage imposant qui reposait dessus.) Révélez-moi ses secrets!

—Nous jugeons que tu es prêt à apprendre sa véritable nature.

Hadzor se raidit. Se pourrait-il qu'il soit sur le point d'obtenir la réponse à l'une des grandes questions de sa vie? Il s'attendait qu'Avoch-Dar et Berith se souviennent de sa présence et le privent à jamais de cette découverte. Mais ils poursuivirent leur conversation sans se soucier de lui. Ce qui en disait long sur le mépris qu'ils lui portaient.

Le visage difforme du sorcier affichait l'expression excitée d'un enfant. Qu'il était sans doute aux yeux des Sygazons, se dit Hadzor.

—À un niveau superficiel, révéla Berith dans le sifflement rauque et étranglé qui lui tenait lieu de voix, le grimoire est bien ce que croient les humains: le dépositaire de toutes les connaissances magiques des Sygazons. En tant que tel, il représente déjà un pouvoir impensable. Mais il est beaucoup plus que ça. Une de ses principales fonctions consiste à servir de clé.

—De clé? répéta Avoch-Dar. Vous voulez dire, vers un stade supérieur de connaissance?

—Non. Vers d'autres dimensions. Le grimoire est un pont entre le monde dans lequel nous avons choisi de vivre et votre monde humain. C'est pourquoi nous l'avons laissé ici lorsque nous sommes partis, il y a très longtemps.

—Mais je le savais déjà, Berith. N'est-ce pas moi qui ai effectué le rituel d'ouverture du portail entre nos deux mondes pour vous permettre de revenir?

—Tu confonds le rituel avec le grimoire lui-même. De vulgaires symboles tracés sur du papier ne sauraient déchirer la trame qui sépare les dimensions. Seul le grimoire en est capable. Il est une clé au sens littéral du terme. Notre intention est de l'utiliser pour maintenir le portail entre ces mondes ouvert en permanence, afin que les Sygazons puissent circuler librement de l'un à l'autre. Bien entendu, cela signifie que les humains devront être éliminés. Mais toi, Avoch-Dar, nous t'avons réservé une place de choix à nos côtés. À terme, les Vitrivius aussi disparaîtront.

Le sorcier était fasciné.

— C'est donc pour cette raison que vous vous êtes alliés à moi ? Pour retrouver le grimoire et le réveiller ?

— Oui. Tu es le premier humain auquel nous ayons jamais pu confier cette tâche. Le premier qui soit assez maléfique et dépravé pour activer la magie du grimoire en ce monde et ouvrir le portail vers le nôtre. Mais écoute-moi bien : l'obstacle à tous nos plans, les tiens comme les nôtres, est la venue du champion de la prophétie, Nightshade, l'homme dont la fatalité a décrété qu'il était le légitime propriétaire du grimoire.

— La prophétie, oui…, murmura pensivement Avoch-Dar. Certains de ses passages m'ont toujours échappé. C'est à cause d'elle que je me suis mis en quête du grimoire et, sur ce point, elle a donc eu raison. Mais je n'ai jamais été certain qu'elle soit fiable en ce qui concerne Nightshade. Quoi qu'il en soit, moi aussi, je suis méfiant. Il y a de nombreuses années, j'ai pris des mesures pour étouffer dans l'œuf cette partie de la prophétie. Et j'ai bien failli réussir…

— Nous le savons. Si tes actions avaient porté leurs fruits, il n'y aurait pas de Dalveen Leandor pour se dresser en travers de notre chemin aujourd'hui.

— Il doit être détruit.

— Oui, bien qu'il ait de puissants alliés.

— Sûrement pas assez puissants pour menacer les Sygazons ? Ou même moi, avec mes nouveaux pouvoirs ?

Berith ne répondit pas à cette question, se contentant de lui enjoindre :

— Laisse-les tous venir ici, Avoch-Dar. Laisse nos ennemis se rassembler à Vaynor, afin que nous puissions les éradiquer d'un seul coup. Nous en avons le pouvoir.

— Entendu. Mais vous avez dit que le grimoire possédait de multiples fonctions. Quelles sont-elles exactement ?

Les yeux du seigneur démon brillèrent d'une lueur étrange.

— Je vais te dévoiler ses secrets les mieux gardés, afin que tu comprennes l'ampleur de ce que nous aurons à gagner ou à perdre en affrontant nos ennemis.

Hadzor écouta la suite avec un mélange de dégoût et de fascination. Ce qu'il entendit le convainquit qu'il s'était trompé. Qu'il n'était pas le légitime propriétaire du Grimoire des Ombres.

Et qu'il pouvait en remercier les dieux.

Bethan s'impatientait.

Seule dans ses appartements privés, la jeune femme faisait les cent pas. Être tenue à l'écart de l'action commençait à lui taper sérieusement sur les nerfs. Golcar Quixwood et son armée étaient partis depuis plusieurs jours, et elle n'avait reçu aucune nouvelle d'eux. Pas plus que de Dalveen.

N'était-elle pourtant pas la reine ? N'avait-elle pas le droit de savoir ce qui se passait ? N'était-il pas temps que les gens cessent de compter sur sa docilité, juste parce qu'elle était une femme ? Après tout, Shani Vanya en était une aussi, et personne ne pouvait l'accuser d'être docile !

Évidemment, il se pouvait qu'elle n'ait reçu aucun message pour la simple et bonne raison qu'aucun de ses proches n'était plus en vie pour lui en envoyer un. Mais c'était une possibilité à laquelle elle s'efforçait de ne pas penser.

— Salutations, Votre Majesté.

Surprise, Bethan fit volte-face.

— Karale ! s'exclama-t-elle.

La petite-fille de Melva lui sourit. Grande et mince, elle avait des cheveux auburn, des yeux noisette étincelants, et elle exsudait la même assurance tranquille que lors de leurs rencontres précédentes.

— Je suis désolée de vous avoir fait peur, ma dame, s'excusa-t-elle.

Bethan se ressaisissait déjà.

— Ce n'est rien, assura-t-elle en lui rendant son sourire. Je suis ravie de vous voir.

— Moi de même, Votre Majesté, affirma Karale.

— Pourquoi êtes-vous ici ? Non que vous ne soyez pas la bienvenue, évidemment, ajouta très vite Bethan. (Elle fronça les sourcils.) Et en parlant de ça... comment êtes-vous arrivée ici ? Vous n'auriez jamais dû pouvoir passer les... (Elle secoua la tête.) Nous avons déjà eu cette conversation, n'est-ce pas ?

Karale eut une grimace énigmatique.

— Melva m'a demandé de vous rendre visite. De vous réconforter, si nécessaire.

— C'est très gentil à vous deux. Avez-vous des nouvelles de Dalveen ? Ou des autres ?

— Pas de bonnes nouvelles, Votre Majesté, mais pas de mauvaises non plus. En revanche, je ne vous dissimulerai pas la vérité concernant Avoch-Dar. Melva pense que ses pouvoirs ont augmenté, ce qui le rend d'autant plus dangereux.

— En toute franchise, avoua Bethan, j'ai plus ou moins décidé de rattraper notre armée. J'ai l'impression que je dois être avec Dalveen. Ou au moins m'assurer de son sort par moi-même.

— Qu'en pensent vos conseillers ?

— Ils ont tenté de m'en dissuader. Ce sont des hommes bons... J'ai bien dit : des hommes. Tous jusqu'au dernier. Il faudra que j'y remédie à l'avenir – si nous avons un avenir, évidemment. Ils sont pétris de bonnes intentions, mais si vieux, si conservateurs, si prudents en toute chose... Au bout du compte, j'ai dû leur dire que je ferais ce qui me plairait. Après tout, je suis la reine.

— En effet, acquiesça Karale. Et, ce qui est plus important, vous êtes une femme inquiète pour son fiancé. Vous devez écouter votre cœur.

— N'allez-vous pas aussi me faire la leçon ? s'étonna Bethan. Me rappeler mes responsabilités et me dire – avec toute la déférence qui m'est due – de rester à la place qui est la mienne ?

— Certainement pas. (Karale éclata de rire.) Si vous me demandiez mon avis, je vous encouragerais à y aller.

— Vraiment ?

— Bien sûr. (La jeune femme redevint sérieuse.) Votre Majesté, même sans parler de Dalveen, vous devriez être avec les vôtres à Vaynor. La situation actuelle touche à son dénouement ; les derniers jours approchent, et vous êtes aussi impliquée que n'importe qui d'autre.

— Vous avez raison, s'enflamma Bethan. De grands événements sont sur le point de se produire, et il se peut qu'aucun d'entre nous ne survive pour les relater. Je devrais y assister.

— Si telle est votre décision, vous n'avez pas de temps à perdre, fit remarquer Karale.

— Je suis ravie que vous soyez de mon avis. (Bethan pivota vers la fenêtre.) Je veux dire... je suis peut-être souveraine de tout ce qu'embrasse mon regard, mais...

Elle reporta son attention sur Karale.

La jeune femme avait disparu.

En théorie, elle n'aurait même pas dû avoir le temps d'atteindre la porte, et encore moins de la refermer derrière elle.

— Comment fait-elle ? se demanda Bethan à voix haute, et pas pour la première fois.

Mais le temps n'était plus aux interrogations futiles. À tout le moins, Karale l'avait aidée à prendre sa décision. Elle rejoindrait son armée, et ce qu'en penseraient ses sujets importait peu. Le royaume se retrouverait temporairement privé de reine, et alors ? Le Conseil des anciens pourrait la remplacer en son absence.

Bien entendu, il y aurait des préparatifs à faire. Elle aurait besoin d'une garde rapprochée pour l'accompagner. Et de donner ses instructions pour la gestion des affaires courantes jusqu'à son retour. Mais elle n'avait plus le moindre doute : sa place était auprès de Dalveen.

Dans cette vie, ou dans la suivante.

Chapitre 12

Le *Requin* avait jeté l'ancre de nuit dans une des anses les mieux abritées de Nordelph. Il avait été convenu que le navire attendrait au large, avec la moitié de son équipage, pendant quarante-huit heures au cas où l'autre moitié aurait de nouveau besoin de quitter précipitamment l'île.

Depuis le lever du soleil, Leandor et ses compagnons cheminaient vers l'intérieur des terres. Comme ils approchaient des zones densément peuplées, ils se séparèrent en petits groupes pour éviter d'attirer l'attention et se dirigèrent vers différents refuges de la résistance.

Leandor et Poulton restèrent ensemble ; ils voulaient rejoindre Wharton pour contacter le chef des rebelles, un certain Jarvis Galby. Poulton affirmait qu'il le connaissait et que, si Shani et Tycho s'étaient échoués vivants sur la côte de Nordelph, Galby serait le mieux placé pour les aider à les retrouver.

Après maints détours par les ruelles les moins fréquentées et les plus obscures de la capitale nordelphienne, ils s'arrêtèrent enfin devant une maison d'apparence anodine. Poulton frappa doucement à la porte. Un long moment plus tard, celle-ci s'entrebâilla. Puis s'ouvrit toute grande lorsque les occupants reconnurent leur visiteur.

À l'intérieur, Leandor assista aux chaleureuses retrouvailles entre Poulton et une dizaine de ses vieux camarades résistants. Le temps que l'ancien premier maître du *Requin* puisse faire les présentations, une poignée des personnes présentes dans la pièce avait déjà deviné l'identité de Leandor. Le jeune homme fut accueilli avec cordialité.

— Dalveen a besoin de parler à Galby, annonça Poulton. C'est faisable ?

— Je pense, répondit un des rebelles. Je vais voir.

Il sortit de la maison.

Les autres rebelles apportèrent du vin et de la nourriture, et les nouveaux venus s'assirent pour attendre en mangeant et en bavardant. Le gros de la conversation tourna autour du règne despotique de Mylius.

— Resterez-vous assez longtemps pour nous aider à le renverser ? demanda une femme à Leandor.

— J'aimerais beaucoup soutenir votre cause, mais je suis trop pressé de me rendre à Vaynor pour affronter Avoch-Dar.

— Nous savons que la menace qu'il constitue dépasse de loin toutes les autres, affirma un vieil homme, mais vous nous pardonnerez de vouloir d'abord régler nos problèmes domestiques.

— Je comprends. Dans le fond, peu importe à qui appartient le pied qui vous écrase : seul compte le fait d'être écrasé. Néanmoins, je me permets de vous faire remarquer que, dans le cas présent, le sorcier représente un danger bien plus grand envers tous les habitants de ce monde qu'un tyran en fer-blanc.

— Nous devons nous débarrasser de Mylius avant de pouvoir songer à aider quiconque, intervint un jeune homme. Nous espérions que vous nous donneriez un coup de main.

Leandor réfléchissait à sa réponse lorsque des coups furent frappés à la porte.

L'homme qui était parti un peu plus tôt entra, accompagné d'un autre.

— Je suis Jarvis Galby, se présenta le chef des rebelles en se dirigeant vers Leandor. Ravi de découvrir que j'avais tort et que vous êtes toujours en vie. Salutations, Nightshade. Toi aussi, Andars. C'est bon de te revoir.

Leandor serra la main qu'il lui tendait.

— Enchanté de faire votre connaissance, Galby. Et merci.

— Je pense pouvoir soulager votre esprit d'une autre inquiétude, poursuivit son interlocuteur avec un large sourire. (Il se retourna à demi et lança :) Vous pouvez venir !

Shani et Tycho entrèrent.

Leandor se précipita vers eux.

Ils l'étreignirent tour à tour. Et un observateur à la vue perçante aurait même vu poindre une larme dans les yeux de Shani.

— Ce que je veux, c'est donner au peuple une chose qu'il n'a jamais connue : un dirigeant juste, expliqua Galby.

Tous les rebelles étaient partis, laissant leur chef seul avec Leandor, Shani et Tycho. Andars Poulton était en route pour un autre refuge.

— C'est un noble but, commenta Leandor. J'espère que vous réussirez.

— Faites plus que ça, Nightshade. Aidez-nous, le pressa Galby. Shani m'a dit que vous vouliez reprendre à votre compte l'intention du roi Eldrick de nettoyer cette île et de gagner un allié pour Delgarvo du même coup.

— C'est exact, convint Leandor. Mais m'occuper d'Avoch-Dar passe en premier. Je sympathise avec votre cause, croyez-moi, mais je n'ai déjà été que trop retardé dans l'accomplissement de ma mission.

— Allons, Leandor… En aidant les mutins du *Requin*, vous avez servi vos intérêts autant que les leurs. Ce serait pareil ici.

— Peut-être. Mais je ne peux pas me permettre de me laisser embrigader maintenant. Chaque minute compte.

— Un guerrier possédant votre talent et votre réputation serait un grand atout pour notre cause, insista Galby. Comme Shani a déjà prouvé qu'elle pouvait l'être.

— Le mieux que je puisse faire, c'est vous promettre qu'après avoir vaincu le sorcier – si tant est que nous le vainquions –, je reviendrai avec une force armée pour vous débarrasser de votre despote.

— Le temps presse aussi pour Nordelph. Mylius est furieux que nous ayons pillé son armurerie et détruit son réservoir d'eau. Il se montre plus oppressif que jamais. Le peuple a du mal à supporter ses nouvelles lois, qui punissent gravement des infractions de plus en plus mineures. Nous sommes convenus d'un plan d'action, et nous comptons le mettre en œuvre sans tarder. Je serais même prêt à accélérer le mouvement si cela peut vous arranger, Leandor.

— Peut-être pourriez-vous nous laisser seuls pour que nous en discutions, suggéra Tycho.

— Bien sûr, acquiesça Galby en se levant de sa chaise. Mais ne tardez pas trop à vous décider. Je serai dans la pièce voisine.

Il sortit, refermant la porte derrière lui.

— Qu'en penses-tu, Shani ? interrogea Leandor.

— Tycho et moi étions aussi réticents que toi lorsque Jarvis nous a demandé de rejoindre la résistance, avoua la jeune femme. Naturellement, nous voulions regagner le continent au plus vite pour lutter contre Avoch-Dar. Mais j'ai changé d'avis par la suite. D'abord parce que nous étions coincés ici de toute façon. Ensuite, parce qu'il a proposé de nous fournir des hommes, des armes et peut-être de l'or pour aider notre cause.

— Il est vrai qu'une aide supplémentaire ne serait pas de trop, admit Leandor.

— Mais ce n'est pas tout, Dalveen. Il y a une troisième chose, qui pourrait bien être notre meilleure raison de rester.

— De quoi s'agit-il ?

— As-tu déjà entendu parler de la Griffe de Chat ? s'enquit Shani, les yeux brillants d'excitation.

Leandor secoua la tête.

— Non. Explique-toi.

— C'est une arme légendaire, censée être très vieille et très puissante. Mylius la détient ici, sur Nordelph. Vois-tu où je veux en venir ?

— Fais-tu allusion à l'arme dont nous a parlé Melva ? Ce serait une sacrée coïncidence...

— Peut-être pas tant que ça, riposta Shani. Souviens-toi : Melva a dit que les dieux manipulaient les événements. Et tout un tas de rumeurs passionnantes courent au sujet de cette arme. Par exemple, il semble que seul un élu des dieux puisse l'utiliser sans qu'elle lui fasse de mal.

Leandor fronça les sourcils.

— Tu as raison. Nous devons approfondir la question. (Il se tourna vers l'homoncule.) Et toi, Tycho, quel est ton avis ?

— Je suis d'accord avec Shani. Pourquoi ne pas convenir d'une durée maximale pour notre séjour ? Si nous n'avons pas accompli de progrès significatif au-delà de cette limite, nous n'aurons qu'à repartir.

— Le *Requin* ne nous attendra pas éternellement, objecta Leandor. Je suppose que je pourrais envoyer un message aux marins, mais…

— Un instant, Dalveen, coupa Tycho. Tu ne sens rien ?

Bien que la pièce soit éclairée par une abondance de bougies et de lampes à huile, l'air parut s'assombrir.

Inquiets, les trois compagnons se levèrent d'un bond, avec tant de hâte que Shani renversa sa chaise au passage. Leandor et elle portèrent la main à leurs armes.

La jeune femme tendit un doigt.

— Regardez !

À l'autre bout de la pièce, l'air se mit à onduler. D'une façon qu'aucun d'eux n'aurait pu expliquer, il parut se densifier. Une lueur étincelante, composée d'une multitude de petits points brillants, apparut sous les yeux ébahis des trois amis, sans toutefois cacher le mur du fond.

Puis, comme sous l'effet d'une lame affûtée, une brèche fendit la réalité en deux.

La lumière qui s'en déversa était si aveuglante qu'ils durent se couvrir les yeux. Mais elle s'évanouit presque aussitôt, et ils purent de nouveau regarder.

Une silhouette se tenait devant eux.

— Melva ! s'exclama Leandor. Vous avez un don pour les entrées spectaculaires…

La vieille sage, devenue un esprit, avait conservé son apparence habituelle : celle d'une petite femme frêle, à la peau presque translucide et au visage ridé par les ans. Mais il émanait d'elle une radiance à la fois dynamique et sereine qu'elle n'avait acquise qu'après sa mort.

— Je vous salue depuis le royaume des Ombres, entonna-t-elle.

— C'est bon de vous revoir, Melva, sourit Leandor.

— Toi aussi, Dalveen. Et tes compagnons.

— N'est-ce pas un peu risqué d'apparaître ici ? interrogea Tycho. Imaginez la panique si quelqu'un entrait sans prévenir…

— Les rebelles ne viendront pas pendant que nous parlons. Et même s'ils le faisaient, ils ne me verraient pas. Vous pouvez me faire confiance.

— Nous apportez-vous des nouvelles ? s'enquit Shani.

— Oui. Des bonnes et des mauvaises. D'abord, je dois vous prévenir que les forces du bien se rassemblent pour affronter Avoch-Dar. L'armée de Golcar Quixwood progresse lentement mais sûrement vers Vaynor, et elle a été rejointe par un autre groupe de sympathisants.

— De qui s'agit-il ?

— D'une élite de la Fraternité de la Lumière intérieure.

Shani sursauta.

— L'ordre de Drew Hadzor ?

— Oui. Leur magie altruiste sera un atout pour notre cause.

— Savez-vous ce qu'il est advenu de Hadzor ?

— Il semble qu'il soit tombé entre les mains d'Avoch-Dar. Je sais qu'il est toujours vivant, mais je ne peux pas vous dire dans quel état. Probablement assez lamentable.

— Et Bethan ? demanda Leandor.

— Elle va bien, même si elle s'inquiète terriblement pour vous tous, comme on pouvait s'y attendre. Ma petite-fille Karale lui a rendu visite et a tenté de la réconforter.

— Je lui en suis très reconnaissant.

— Mais je vous ai prévenus que je n'apportais pas seulement de bonnes nouvelles, leur rappela Melva. Celle que vous devriez prendre le plus au sérieux, c'est que, d'après ce que j'ai pu apprendre depuis le royaume des Ombres, les Sygazons ont conféré des pouvoirs supplémentaires à Avoch-Dar. Et, ce faisant, ils ont modifié sa nature.

— Je ne comprends pas.

— C'est assez compliqué, Dalveen. Pour simplifier, plus les démons donnent de pouvoir à Avoch-Dar, plus sa ressemblance physique et morale avec eux s'accroît. Ce qui, bien évidemment, le rend encore plus dangereux. Et je soupçonne qu'à chaque jour qui s'écoule, il maîtrise un peu mieux le grimoire.

— Comme si ce n'était pas déjà assez difficile…

— Mais quelque chose qui pourrait faire pencher la balance en ta faveur se trouve peut-être à ta portée, ajouta Melva. Ta présence à Nordelph concorde avec un autre sujet que nous avons déjà évoqué. Il semble que l'arme très ancienne et très puissante dont je t'ai parlé se trouve ici.

— La Griffe de Chat ! s'exclama Shani. Je le savais !

Melva sourit.

— Bien. Je vois que vous aviez déjà deviné tout seuls. Tu dois consacrer tous tes efforts à l'obtention de cette arme, Dalveen.

Le jeune homme grimaça d'un air peu convaincu.

— Vous m'avez dit une fois que les voies de la fatalité étaient impénétrables, et vous aviez raison. Mais je n'arrive pas à imaginer une arme capable à elle seule de modifier l'issue d'une guerre.

— Trouve la Griffe de Chat, Dalveen, et tu auras la réponse à ta question. Elle ne te garantira pas la victoire sur Avoch-Dar et les Sygazons, mais elle pourrait jouer un rôle inestimable dans son obtention.

La fente qui palpitait s'élargit derrière la vieille femme. Son éclat croissant découpa sa silhouette, lui donnant l'air d'une ombre entourée d'un halo lumineux.

— Que les dieux soient avec toi, Dalveen Leandor, et avec vous, Shani Vanya et Tycho. Pour le moment, je dois vous quitter.

Ils eurent juste le temps de voir le portail qui conduisait à un autre monde engloutir Melva. Puis la lumière redevint si brillante qu'ils durent de nouveau se couvrir les yeux.

Un instant plus tard, elle s'évanouit.

Shani expira profondément et se laissa tomber dans une chaise en se frottant les yeux.

— Les événements prennent un tour intéressant, commenta Tycho.

Leandor se rendit compte qu'il tenait toujours son épée à la main. Il la rengaina.

— Oui, acquiesça-t-il. Il faut donc nous procurer la Griffe de Chat avant de regagner le continent.

— Tout à fait d'accord avec toi, Dalveen, déclara Shani. Mais ça ne résout pas notre problème de temps. À savoir, que nous n'en avons pas beaucoup. Je pense que tu devrais accepter la proposition de Jarvis et aider les rebelles à renverser Mylius. Car où que puisse se trouver cette arme et quelle que soit sa puissance, elle ne nous sera d'aucune utilité si nous passons trop de temps à la chercher.

— Tu as raison, approuva Leandor. Je vais inciter Galby à déclencher le soulèvement le plus tôt possible. Voyons quel est son fameux plan…

Chapitre 13

Dans les bastions de la rébellion, à Wharton, les préparatifs du soulèvement allaient bon train.

Faute de pouvoir apporter une contribution significative à ce stade des événements, Leandor, Shani et Tycho furent conduits dans l'un des refuges secrets des rebelles, non loin du centre de la ville. Le bâtiment était très haut selon les critères nordelphiens ; les trois amis montèrent sur son toit pour profiter de la vue imprenable qu'il offrait.

Le toit était plat et spacieux, entouré par un muret de pierre qui leur arrivait à la taille. De là, ils purent voir le palais de Mylius, une extravagance ostentatoire de marbre blanc, de colonnes délicates et de tours élancées. Accoudés au muret, Leandor et Dalveen observèrent la disposition des rues en discutant de leur rôle dans le plan de Galby. Tycho s'aventura jusqu'à l'autre extrémité du toit pour s'abîmer dans une contemplation silencieuse de la capitale nordelphienne. Tous tournaient le dos à l'escalier par lequel ils étaient arrivés.

— Je crois bien que ce sont les premiers instants de tranquillité qu'aucun de nous ait vécus depuis des semaines, commenta Shani avec un soupir de bien-être.

— Je ne te contredirai pas sur ce point, sourit Leandor.

La jeune femme s'étira, savourant la douce tiédeur du soleil.

— J'aimerais que ça ne finisse jamais…

— Tu vas être cruellement déçue, Vanya ! s'exclama une voix derrière eux.

Ils firent volte-face.

Un homme et une femme se tenaient devant la porte ouverte qui conduisait au toit. C'était la femme qui venait de parler ; Shani et Tycho l'identifièrent instantanément. Jocasta Marrell. Ils n'avaient encore jamais rencontré son compagnon, mais Leandor parut le reconnaître.

— Toi ! s'exclama Shani.

— Nous nous retrouvons, Vanya, grinça Marrell. Et pour la dernière fois.

— Brey, souffla Leandor, les yeux écarquillés.

— Surpris de me voir, Leandor ? Ou suis-je censé t'appeler par ce ridicule surnom de Nightshade ?

Marrell portait la même tenue que lors de son précédent affrontement avec Shani des vêtements de cuir noir moulants et des cuissardes d'équitation en peau retournée. Celles-ci étaient ornées de clous en argent, tout comme son ras-du-cou en cuir et les bracelets qu'elle portait par-dessus ses gantelets. Une épée courte pendait à sa ceinture. Dans ses mains, elle tenait un fouet enroulé. De longs cheveux couleur de flamme cascadaient sur ses épaules.

L'homme avait à peu près l'âge de Leandor. Un bandeau retenait ses longs cheveux noirs. Son visage était rasé de près ; pourtant, une barbe lui aurait permis de dissimuler une vieille cicatrice qui courait depuis son œil gauche jusqu'à la pointe de son menton en passant par le coin de sa bouche, souillant l'harmonie de traits qui avaient dû être séduisants autrefois. Son arme était une rapière.

Shani s'étonna de ce que Leandor semble le connaître. Mais le temps était à l'action, et non aux interrogations.

Marrell ramena son fouet en arrière.

— Pas question ! protesta Shani. Tu ne m'auras pas une seconde fois !

Elle plongea sur le côté à l'instant où la lanière de cuir cinglait l'air à l'endroit précis où sa tête s'était trouvée une seconde auparavant. Dégainant son épée, elle se prépara à esquiver la prochaine attaque de son adversaire.

Brey se dirigea vers Leandor, mais son approche était plus réfléchie, plus prudente. De toute évidence, il soupesait ses options, sélectionnait la meilleure tactique. Sans le quitter des yeux, Leandor fit lentement glisser son épée hors de son fourreau et se tendit, prêt à bondir.

Soudain, leur immobilité fut remplacée par une explosion de mouvements alors qu'ils se jetaient l'un sur l'autre. L'air résonna du fracas de leurs lames.

Shani avait réussi à éviter le deuxième coup de Marrell. Mais elle réagit une fraction de seconde trop tard pour esquiver le suivant. Le fouet s'enroula autour de son bras gauche avec un sifflement pareil à celui du métal en fusion. La jeune femme serra les dents pour ne pas hurler de douleur.

Se souvenant d'une tactique qu'elle avait employée avec succès lors de leur combat précédent, elle fit mine d'empoigner la lanière de sa main libre et de tirer pour déséquilibrer son adversaire. Mais Marrell devait s'en souvenir aussi, car elle tira la première, d'un coup sec. Shani perdit l'équilibre et s'écrasa de tout son long sur le toit couvert de gravillons. Elle tenta de balayer les jambes de Marrell avec son épée, mais la chasseuse de primes sauta par-dessus, et sa lame ne rencontra que du vide.

Si Shani n'avait pas réussi à toucher son adversaire, elle avait en revanche gagné le temps nécessaire pour se relever. Elle se rua en avant, tentant d'atteindre Marrell avant que celle-ci puisse de nouveau armer son fouet.

Tycho se tenait en retrait, impuissant, sa nature lui interdisant d'attenter à une vie humaine, même pour secourir ses compagnons.

Leandor et Brey échangeaient des coups avec une rapidité foudroyante et un talent époustouflant. Leurs lames se mouvaient si vite que l'œil humain ne parvenait pas à les suivre tandis que chacun d'eux s'efforçait de pénétrer la garde de l'autre.

Au terme d'une série de passes expertes, la pointe de la rapière de Brey parvint à toucher le haut du bras de Leandor. Du sang coula de la blessure, mais celle-ci n'était que mineure.

Piqué au vif, et pas seulement dans sa chair, Leandor riposta par une volée de coups furieux. À la fin, Brey fut forcé de reculer, arborant une coupure similaire à celle qu'il venait d'infliger.

Mais son déplacement tenait de la feinte plus que du repli. Presque aussitôt, il repartit à l'assaut, visant la poitrine de Leandor.

Le jeune homme recula de quelques pas, dérobant sa cible à la lame adverse. Puis Brey et lui bondirent de nouveau l'un sur l'autre pour croiser le fer.

Shani avait réussi à s'approcher suffisamment de Marrell pour empêcher celle-ci d'utiliser son fouet. La chasseuse de primes dégaina vivement son épée courte, une arme plus adaptée au combat rapproché que celle de Shani. Les deux femmes luttèrent pied à pied, leurs regards verrouillés par une même colère.

Il semblait à Tycho que les quatre guerriers étaient plus ou moins de force égale. Sachant à quel point Leandor et Shani étaient doués, il comprit que leurs adversaires ne seraient pas faciles à battre.

Le duel de Leandor et de Brey leur faisait parcourir de long en large l'une des extrémités du toit. Tour à tour, chacun d'eux prenait l'initiative, forçant l'autre à battre en retraite. Après un échange de coups cinglants, la situation se renversait et l'attaquant devenait le défenseur.

Ils étaient tous si bons et dépensaient tant d'énergie sans compter… L'issue du combat ne pouvait dépendre que d'une chose. C'était à qui se fatiguerait le moins vite, à qui ferait preuve du plus d'endurance.

Un coup particulièrement violent tordit douloureusement le poignet droit de Shani et fit voler son épée dans les airs. La jeune femme se rejeta vivement en arrière et voulut dégainer un de ses couteaux de lancer. Mais elle dut utiliser sa main gauche.

Marrell chargea, espérant l'atteindre avant qu'elle ait le temps de projeter son couteau. Trop tard. Déjà, la lame de Shani volait vers elle. La chasseuse de primes pivota. Mais elle ne parvint pas à esquiver totalement le projectile, qui lui érafla la joue. La plaie s'emplit de sang et elle poussa un rugissement.

De son côté, Leandor commençait à prendre le dessus sur Brey. Il l'avait acculé contre le muret de pierre, si bien que son adversaire, n'ayant plus nulle part où aller, fut forcé d'adopter une stratégie purement défensive. Il dévia plusieurs coups, s'accroupit pour esquiver une attaque qui visait sa tête et réussit à s'échapper en plongeant sur le côté. Contre toute attente, il se précipita vers Marrell.

La chasseuse de primes avait bondi vers Tycho. L'homoncule, qui ne s'y attendait pas, n'eut pas le temps de l'éviter. Marrell le plaqua contre elle comme un bouclier, en lui passant son bras libre autour de la poitrine et en pressant le tranchant de son épée sur sa gorge.

— Restez où vous êtes, ou je le tue ! cria-t-elle.

Brey la rejoignit et adopta une posture défensive.

Leandor et Shani avancèrent lentement. Contrairement à leurs adversaires, ils connaissaient l'invulnérabilité de l'homoncule aux armes ordinaires.

— Je ne plaisante pas ! s'époumona Marrell. Un pas de plus, et le monstre crève !

Leandor et Shani continuèrent à avancer. Alors se produisit une chose qui leur rappela qu'ils avaient oublié de prendre en compte la force prodigieuse de leur ami.

Tycho leva une de ses mains griffues, saisit le poignet de Marrell et, sans effort apparent, écarta l'épée de sa gorge. La chasseuse de primes lutta pour la maintenir en place, les yeux écarquillés de stupeur. Mais ses efforts furent vains. Et lorsque Tycho eut suffisamment éloigné la lame qui le menaçait, il n'eut qu'à imprimer une poussée très légère au bras de Marrell pour que celle-ci titube en arrière.

Enragée, elle saisit son épée à deux mains et la propulsa de toutes ses forces vers le ventre de l'homoncule.

Une fois de plus, cela ne servit à rien. La pointe de l'arme ne parvint même pas à pénétrer la fourrure de Tycho. Ce dernier ne manifesta pas le moindre signe d'inconfort, et encore moins de douleur. Ce fut Marrell qui hurla, ses mains encaissant tout l'impact lorsque son épée rencontra la chair indestructible de l'homoncule. L'effet aurait été similaire si elle avait porté un coup d'estoc à une enclume.

Le visage tordu de rage et de douleur, elle jeta un coup d'œil à Brey. Son compagnon hocha la tête, et ils prirent leurs jambes à leur cou.

Leandor et Shani s'élancèrent sur leurs talons. Ils atteignirent la porte qui conduisait à l'intérieur du bâtiment juste au moment où les deux chasseurs de primes la leur claquaient au nez. Un raclement de verrou qu'on tire se fit entendre de l'autre côté. Ils eurent beau donner des coups de pied et de poing dans le battant, celui-ci ne céda pas.

— Laisse tomber, lâcha Leandor, dépité. Nous n'arriverons plus à les rattraper, de toute façon.

Ils s'approchèrent du muret et regardèrent en contrebas. Quelques secondes plus tard, Brey et Marrell jaillirent du bâtiment, poursuivis par deux ou trois rebelles. Tous disparurent dans les ruelles sinueuses.

— Ça m'étonnerait qu'ils arrivent à les capturer, commenta Shani, l'air sombre.

Tycho rejoignit ses amis.

— Vous allez bien ? s'inquiéta-t-il.

— Je n'ai reçu que des coupures superficielles, répondit Leandor. Ça aurait pu être bien pire.

— Comment se fait-il que tu connaisses ce Brey ? interrogea Shani.

— C'est une longue histoire, qui remonte très loin. En voici la version abrégée. Damaris Brey et moi étions camarades d'armes, à l'époque où nous avons tous deux été nommés officiers dans la garde du palais, à Allderhaven. Nous étions également amis – ou, du moins, je le croyais –, soupira Leandor. Mais Brey était la pomme pourrie du panier. Il a abusé de sa position à maintes reprises, notamment en acceptant des pots-de-vin. Un jour, je l'ai surpris en train d'empocher l'argent des impôts que nous étions censés collecter. Il a cru que me tuer résoudrait son problème.

— N'en dis pas plus. C'est toi qui lui as infligé cette cicatrice, n'est-ce pas ? grimaça Shani.

— En effet, acquiesça Leandor. Bref, il a été dégradé et a dû quitter la garnison de Torpoint dans la honte et le déshonneur. J'ai entendu dire qu'il s'était acoquiné avec des gens plutôt douteux, mais ces derniers temps je l'avais complètement oublié. Chasseur de primes, c'est une occupation qui lui va bien. J'aurais dû me douter que je le retrouverais sur mon chemin.

— Donc, il a deux bonnes raisons de vouloir ta mort : la vengeance, et la récompense promise à quiconque ramènera ta tête.

— C'est regrettable qu'il ait mal tourné. Il est si doué pour le métier des armes qu'il aurait pu être un allié précieux pour les forces du bien.

— Si tu veux mon avis, Marrell et lui sont parfaitement assortis, déclara Shani d'un ton méprisant.

— Nous avons tous eu une journée assez agitée, dit Leandor. Et nous n'avons pas besoin de ce genre de distraction, pas alors que nous devons nous concentrer sur Avoch-Dar et sur la rébellion en cours à Nordelph.

— Exact, approuva Shani. Et je viens juste de penser à quelque chose d'autre. Si Marrell et Brey nous ont suivis jusqu'à ce refuge, les rebelles ne sont plus en sécurité ici. Nous devons avertir Jarvis et lui dire de faire évacuer le bâtiment. Tout de suite.

— Entendu. Tycho, tu nous donnes un coup de main pour défoncer cette porte ?

La journée touchait à sa fin lorsque l'armée delgarvienne arriva sur le bord d'un fleuve. La pluie avait fait monter le niveau de l'eau, et la traversée s'annonçait problématique.

Debout côte à côte sur la berge, Quixwood et Triastus s'interrogeaient sur la meilleure manière de procéder. Les autres moines, regroupés comme à leur habitude pour une raison qu'eux seuls connaissaient, se tenaient non loin d'eux.

— C'est le dernier obstacle majeur qui se présentera à nous, mis à part le désert qui entoure Pandémonium, déclara Quixwood. Une fois que nous l'aurons franchi, nous ne serons plus très loin du deuxième point de rendez-vous avec Dalveen.

Il ne parla pas de l'anxiété dans laquelle l'avait plongé l'absence de son fils adoptif au premier point de rendez-vous. Il n'en eut pas besoin : cela se lisait sur son visage.

— Un instant, dit Triastus. (Il ferma les yeux et se concentra pendant quelques secondes.) Quelqu'un approche.

Quixwood promena un regard étonné à la ronde.

— Nous sommes entourés par des milliers de soldats, mon ami. Que voulez-vous dire ?

— Je parle de quelqu'un d'autre, quelqu'un qui n'appartient pas à cette armée, précisa Triastus. Plusieurs personnes, en fait.

— Leurs intentions sont-elles hostiles ? interrogea Quixwood.

Un autre silence bref succéda à sa question tandis que l'abbé faisait de nouveau appel à ses pouvoirs précognitifs. Enfin, il sourit.

— Non. Ces visiteurs-là ne nous veulent aucun mal. Bien au contraire.

— Mais comment pouvez-vous en être sûr? protesta Quixwood. Et où… ?

Des cris s'élevèrent à l'arrière de la colonne. Ils pivotèrent pour faire face à leur source.

Un petit groupe de cavaliers se dirigeait vers eux au galop. Sur leur passage, les soldats poussaient de joyeuses exclamations.

Comme ils approchaient, Quixwood vit qu'ils étaient à peu près une douzaine. Et il reconnut la personne qui chevauchait à leur tête.

— Ça alors ! s'exclama-t-il, estomaqué. Que je sois…

Arrivée à son niveau, Bethan fit arrêter sa monture et glissa souplement à terre. L'idée absurde que sa tenue d'équitation poussiéreuse seyait très mal à une reine traversa l'esprit de Quixwood.

— Salutations, Golcar, lança-t-elle, rayonnante, en lui plantant un baiser sur la joue. Vous aussi, Triastus.

L'abbé joignit les mains devant son visage et s'inclina respectueusement.

— Votre Majesté.

Quixwood retrouva enfin l'usage de la parole.

— Que faites-vous ici, Bethan ?

— J'en ai eu assez de rester seule à la maison pendant qu'au loin, les gens que j'aime combattaient le mal qui nous menace tous, répondit fermement la jeune femme. Et Karale m'a rendu visite. Elle aussi était d'avis que ma place se trouvait auprès de vous.

— Mais Beth… Votre Majesté, se reprit Quixwood. Et les affaires d'État ? Et votre position de souveraine ? Et… ?

— Au diable tout cela, Golcar ! Mes conseillers sont parfaitement capables de gérer les affaires courantes en mon absence. Et si le sorcier triomphe, cela ne fera aucune différence que je sois ici ou là-bas. Il ne restera plus rien de Delgarvo, ni d'aucun autre endroit civilisé dans le monde.

— Mais vous ne pouvez pas…

— J'ai pris ma décision, et je ne reviendrai pas dessus, coupa Bethan. Inutile d'essayer de me faire changer d'avis.

— Votre Majesté, balbutia le malheureux Quixwood, je…

— Ne m'obligez pas à faire usage de mon autorité sur vous, mon vieil ami, dit Bethan sur un ton non dépourvu de gentillesse. Je vous accompagne pour retrouver Dalveen, s'il est encore vivant, et pour vous aider à vaincre Avoch-Dar. Ou pour assister à son triomphe avant qu'il nous tue tous.

Quixwood renonça.

— J'imagine que Dalveen n'était pas au premier point de rendez-vous ? ajouta Bethan sans grand espoir.

— Non. Je suis désolé. Mais nous approchons du deuxième.

— Tant mieux.

Alors, Quixwood comprit que l'air bravache de sa jeune souveraine n'était qu'une façade. Dessous, elle devait être morte d'inquiétude pour son fiancé.

Il lui sourit et dit doucement.

— C'est bien que vous soyez là, Votre Majesté. Je suis certain que c'est ce que Dalveen aurait voulu.

Bethan hocha la tête.

— Dans ce cas, la question est réglée. Maintenant, cherchons un moyen de traverser ce fleuve avant la tombée de la nuit.

Chapitre 14

Sous le couvert des ténèbres, les conspirateurs se rassemblèrent dans leurs refuges à travers toute l'île de Nordelph.

Après une réunion du Conseil suprême de la résistance, la nouvelle s'était répandue dans les rangs que l'heure de frapper approchait. Mais, dans un entrepôt sécurisé au cœur du quartier du port de Wharton, Jarvis Galby se demandait s'ils avaient pris la bonne décision.

— Notre plan tient debout, confia-t-il à Leandor, Shani et Tycho, mais je crains que nous le mettions en œuvre prématurément.

— Il est trop tard pour douter ou revenir en arrière, fit remarquer Shani.

— Je sais. Peut-être suis-je seulement inquiet à cause du refuge où les chasseurs de primes vous ont attaqués.

— Qu'est-ce qu'il a, ce refuge ?

— La milice y a perquisitionné voici deux heures. Heureusement, nous avions vidé les lieux grâce à votre avertissement, et nous n'avons perdu qu'une petite quantité d'armes dans l'affaire. Mais je frémis en pensant à ce qui aurait pu se passer si les nôtres avaient encore été sur place.

— Intéressant, murmura Tycho.

— Je suis désolé que nous vous ayons causé des ennuis, s'excusa Leandor. Mais si Mylius a eu vent de nos plans, il est sûrement crucial que nous agissions sans tarder, avant qu'il puisse étouffer notre soulèvement dans l'œuf.

— Oui, c'est logique, concéda Galby. Et la perquisition

pourrait n'être due qu'à un hasard malheureux, ou à un informateur de la milice qui nous aurait dénoncés. Pour être tout à fait honnête, ce n'est pas ce qui me préoccupe le plus.

— Alors, de quoi s'agit-il ? insista Shani.

— De tous ces gens, de toutes ces... vies qui dépendent de moi. L'idée que la moindre de mes décisions pourrait les mettre en péril. Tu comprends cela, n'est-ce pas, Dalveen ? Toi aussi, tu as déjà commandé à des hommes.

— Je ne le comprends que trop bien, mon ami, acquiesça Leandor. (Des souvenirs désagréables remontèrent à la surface de son esprit.) Ce genre de responsabilité peut être un terrible fardeau. Mais la possibilité que certains de tes fidèles meurent à cause d'une erreur de jugement de ta part n'est pas une raison pour rester les bras croisés. Les membres de la résistance connaissent les risques, et ils sont prêts à les assumer. Tu dois en faire autant.

— Puis-je te faire remarquer que si tu deviens le dirigeant de Nordelph, tu devras prendre ce genre de décisions chaque jour ? avança Tycho. Peut-être vaut-il mieux que tu t'y habitues dès maintenant.

Galby posa un regard approbateur sur le trio.

— Vous avez raison, bien entendu. Merci.

— Ta cause est juste, Jarvis, ne l'oublie jamais, ajouta Leandor. Maintenant, pouvons-nous nous mettre au travail ?

Galby acquiesça.

— Parfait. Je veux qu'une chose soit bien claire. Si nous parvenons à nous emparer de la Griffe de Chat, tu nous laisseras l'emporter pour l'utiliser durant la campagne contre Avoch-Dar ?

— Avec ma bénédiction, Dalveen. Quand tu n'en auras plus besoin, tu pourras la jeter au fond de l'océan si ça te chante. Elle représente trop de souffrances et de misère. Je veux qu'elle disparaisse en même temps que les autres vestiges de la dictature.

— Tu pourrais aussi envisager de la conserver, suggéra Leandor. Si elle est aussi puissante que les légendes le prétendent...

— Nous voulons instaurer un gouvernement qui n'aura pas besoin de moyens de répression pour diriger le peuple, l'interrompit Galby. La Griffe de Chat symbolise le despotisme. Prends-la, et fais-en le meilleur usage possible.

— Très bien, intervint Shani. L'heure du soulèvement approche à grands pas. Dans quel ordre doivent se dérouler les événements, Jarvis ?

— Des diversions ont été mises en place un peu partout dans l'île, même si la plupart d'entre elles doivent avoir lieu ici, à Wharton. Nous appellerons la populace à prendre les armes – que nous lui fournirons, bien entendu. Ensuite, nous pouvons nous attendre à des émeutes, des attaques sur les cibles militaires, des sabotages – bref, à un désordre civil généralisé.

— Avons-nous reçu confirmation que le vaisseau pirate nous aidera ? s'enquit Leandor.

— Oui. Andars Poulton mènera une expédition contre le port principal de Wharton, et l'équipage du *Requin* interviendra par la mer pour lui prêter main-forte. Cela devrait donner à réfléchir aux autorités, grimaça Galby.

— Combien de rebelles doivent participer avec nous à l'assaut contre le palais de Mylius ?

— Un peu plus de trois cents.

Leandor se rembrunit.

— Ce n'est pas beaucoup pour attaquer la forteresse la mieux défendue de toute cette île.

— J'ai personnellement choisi la crème des guerriers de la résistance. Et, confrontée à une insurrection générale, la milice risque d'être trop occupée pour s'intéresser beaucoup à nous.

— Espérons-le, lâcha Shani.

— Si vous voulez atteindre le palais à temps, vous devriez partir tout de suite, fit remarquer Tycho.

— En effet, acquiesça Galby.

Ils rassemblèrent leurs armes et les dissimulèrent sur eux. Puis ils se glissèrent hors de l'entrepôt, et les ténèbres les engloutirent.

Le soulèvement éclata peu de temps avant qu'ils arrivent au palais.

Des citoyens furieux se déversaient hors de leurs maisons et venaient se masser dans les rues. Déjà, des foules d'émeutiers assiégeaient les baraquements de la milice. Bientôt, des feux embrasèrent la nuit au-dessus de tous les quartiers de la capitale nordelphienne.

Louvoyant pour éviter les affrontements entre miliciens, citoyens et rebelles armés, Galby, Leandor et Shani finirent par atteindre les portes du palais. Là, ils découvrirent que les trois cents insurgés triés sur le volet avaient été rejoints par une foule de civils trois ou quatre fois plus nombreux.

— On dirait que tes inquiétudes étaient vaines, lança Galby à Leandor d'une voix assez forte pour se faire entendre par-dessus le brouhaha.

Il rugit l'ordre de défoncer les portes du palais, mais il aurait aussi bien pu s'abstenir. Ses hommes s'étaient déjà jetés sur la structure de fer forgé. Quelques secondes plus tard, les battants ouvragés cédèrent sous la pression de tant de corps et furent foulés aux pieds comme les assaillants se ruaient à l'intérieur.

Des gardes jaillirent du palais pour engager le combat avec les intrus, dans la spacieuse cour qui s'étendait devant le bâtiment principal. Un grand rugissement monta de la foule, et les deux camps se percutèrent avec violence.

La ligne de défense de la milice tint moins d'une minute sous l'assaut féroce des insurgés. Les belligérants s'éparpillèrent, et des centaines d'échauffourées éclatèrent entre individus ou petits groupes.

Bien décidé à localiser Mylius le plus vite possible, Galby rallia trente ou quarante rebelles. Accompagnés de Leandor et de Shani, ils se frayèrent un chemin vers l'entrée du palais, en une masse compacte hérissée d'acier qui balayait toute opposition sur son passage.

Ils ne subirent que très peu de pertes avant d'atteindre le hall.

— Où crois-tu qu'il soit ? hurla Leandor.

— Nous avons fait surveiller le palais, et nous savons qu'il ne l'a pas quitté depuis ce matin. J'imagine qu'il a dû se replier dans ses appartements privés ou dans la salle la mieux défendue, celle du Trésor.

— Je pencherais plutôt pour le Trésor.

— Moi aussi. Mais nous allons nous séparer en deux groupes pour couvrir les deux.

Galby procéda rapidement à la répartition de ses forces, gardant le plus gros d'entre elles avec Leandor, Shani et lui.

— Comment sais-tu où aller, Jarvis ? interrogea la jeune femme alors qu'ils fonçaient le long de couloirs richement décorés.

— Certains de nos hommes se sont infiltrés parmi les ouvriers qui ont restauré cet endroit après le coup d'État de Mylius, expliqua Galby. Nous avons mis des mois à dresser un plan d'après les bribes d'information que chacun d'eux a pu nous fournir, mais je pense avoir une assez bonne idée de la disposition des lieux.

Il leva une main, et le groupe stoppa devant une double porte fermée.

— De l'autre côté, il doit y avoir un escalier qui conduit au sous-sol, expliqua-t-il à voix basse. À partir de maintenant, attendez-vous à rencontrer une opposition plus farouche.

À son signal, une douzaine de rebelles souleva un canapé incroyablement luxueux et s'en servit de bélier. Le siège antique tomba en morceaux dans leurs mains à l'instant où les battants cédaient.

Face à eux s'étendait un couloir de marbre blanc très simple, vide de tout défenseur. Dix mètres plus loin, des marches descendaient dans les entrailles du palais. Les rebelles les dévalèrent quatre à quatre.

Arrivés en bas, ils découvrirent deux autres portes : une double et une simple. Toutes deux avaient l'air beaucoup plus solides que celle du haut.

Ils s'efforçaient de décider laquelle ils allaient franchir lorsque la double porte s'ouvrit, livrant passage à une douzaine de miliciens.

Galby et Leandor se jetèrent sur les premiers. Ils n'étaient pas d'humeur à se laisser retarder à ce stade des opérations ; aussi les attaquèrent-ils avec une détermination féroce qui eut rapidement raison d'eux. Alors que l'adversaire de Galby s'effondrait, un des couteaux de Shani siffla au-dessus de sa tête et atteignit le garde de derrière.

Puis les autres rebelles bondirent sur les défenseurs restants. Quelques minutes plus tard, le combat prenait fin, laissant le sol jonché de cadavres et de mourants.

Un rebelle saisit la lourde poignée de laiton de la seconde porte. Celle-ci était verrouillée.

— Forcez-la, ordonna Galby. Ensuite, attendez ici jusqu'à ce que nous vous appelions.

Suivi de Leandor et de Shani, il franchit l'ouverture béante par laquelle les miliciens avaient jailli.

Les trois compagnons s'engagèrent dans un petit couloir qui tournait vers la gauche et arrivèrent bientôt devant une autre double porte ouverte. Les battants, de plusieurs centimètres d'épaisseur, étaient bardés de fer. De l'autre côté s'étendait une immense salle aux murs, au plafond et au sol blancs, éclairée par une profusion de lampes et de torches.

Et abritant un fabuleux trésor.

Il y avait là des coffres débordant de gemmes de toutes sortes : diamants, rubis, saphirs, émeraudes et perles. Des lingots d'or et d'argent proprement empilés jusqu'à hauteur d'homme. Des liasses de billets formant des cubes aussi gros que des tables. De petites montagnes de sacs en toile, remplis de pièces de monnaie et entassés pratiquement jusqu'au plafond. Des étagères croulant sous le poids d'écrins à bijoux.

La pièce était plus longue que large. Dans le fond, non loin d'une arche dépourvue de porte, une grande table de chêne reposait sur une plate-forme légèrement surélevée.

Keez Mylius se tenait dessus.

Il était toujours vêtu de la même façon que pendant la parade, à ceci près qu'il avait ôté son heaume grotesque, révélant les boucles noires qui recouvraient sa grosse tête sphérique.

Un de ses poings était appuyé sur sa hanche ; son autre main agrippait un épais levier métallique qui jaillissait d'une fente dans le bois de la plate-forme.

Le dictateur était impassible, immobile et silencieux.

Alors que Galby, Leandor et Shani s'approchaient de lui, il tira sur le levier.

Un raclement métallique résonna autour d'eux. Les trois compagnons levèrent la tête. Des poulies fixées au plafond actionnaient des chaînes qui filaient en direction de l'entrée. Un craquement sonore se répercuta contre les murs de la pièce.

Faisant volte-face, ils virent que le mécanisme avait refermé derrière eux la porte par laquelle ils étaient arrivés. Sous leurs yeux, un solide poteau métallique s'abattit depuis le plafond et vint se loger dans les tasseaux prévus à cet effet, sécurisant le battant.

Leandor et Shani échangèrent un regard méfiant.

Un martèlement se fit entendre de l'autre côté de la porte alors que les rebelles tentaient de l'enfoncer. Il était peu probable qu'ils réussissent à temps pour prêter main-forte à leurs camarades.

À présent, Mylius arborait un sourire froid.

Les trois compagnons s'avancèrent jusqu'à la plate-forme et levèrent les yeux vers lui. Il ne fit pas mine de reculer.

— Je te connais, lança-t-il à Galby d'une voix de basse vibrante, aussi profonde qu'un gouffre. Tu es un agitateur, un fauteur de troubles. Tu as monté le peuple contre moi.

— Je n'en ai pas eu besoin, le détrompa Galby sur un ton égal. Vous vous étiez très bien débrouillé tout seul.

— Comment oses-tu me défier ? tonna le dictateur. Qui t'en a donné l'autorité ?

— Le peuple, répliqua Galby. Et c'est plus de consentement que vous n'en avez jamais obtenu de lui. C'est fini, Mylius. Rendez-vous et affrontez vos juges. Je vous garantis que vous aurez droit à un procès en bonne et due forme.

Mylius éclata d'un rire dans lequel perçait une pointe de la folie censée l'affecter.

— Aux mains des émeutiers ? Tu plaisantes, j'espère !

— Rendez-vous ou battez-vous. Le choix vous appartient.

Le tyran observa tour à tour Leandor et Shani.

— Trois contre un ? Ce ne serait pas très équitable.

— C'est vous qui parlez d'équité ? Vous avez un sacré toupet, se moqua Galby. Mais soit. Si c'est le combat que vous choisissez, ce sera entre vous et moi.

— Dans ce cas, nous devrions fournir un divertissement à tes deux camarades : le célèbre Nightshade et Shani Vanya.

— Tout le monde semble nous connaître ces jours-ci, railla la jeune femme.

— En effet, vous êtes très populaires, grimaça le dictateur. Vous avez des amis partout. Deux d'entre eux sont justement ici.

Il jeta un coup d'œil vers l'arche. Deux silhouettes la franchirent.

C'étaient Damaris Brey et Jocasta Marrell.

— Pourquoi ne suis-je pas surprise ? lança Shani à la cantonade.

Du pouce, Leandor désigna les chasseurs de primes.

— Voilà pourquoi le refuge a été perquisitionné, Jarvis.

— Cela vous ressemble bien de vous allier avec un despote, ajouta Shani à l'intention des nouveaux arrivants.

— On a les amis qu'on mérite, déclara Brey d'un air hautain.

— Et les ennemis, ajouta Marrell en foudroyant Shani du regard.

— Très bien. Nous pouvons y aller, dit Mylius.

Il s'empara de la hache à deux mains qui reposait sur la table. Bien qu'assez imposante en soi, l'arme paraissait minuscule dans sa poigne massive.

— Et lorsque nous en aurons terminé, il existe des moyens de sortir de ce palais, connus de moi seul.

— Vous n'aurez pas l'occasion de les employer, promit Galby en brandissant son épée.

Brey dégaina sa rapière et sauta à terre pour affronter Leandor. Quant à Marrell, pour une fois, elle dédaigna le fouet enroulé à sa ceinture, préférant sortir son épée courte avant de se diriger vers Shani.

Mylius déclencha les hostilités en abattant sa hache sur le crâne de Galby. Le chef des rebelles fit un bond sur le côté et riposta aussitôt.

Leandor et Brey croisèrent le fer avec une expression où se mêlaient colère et résolution.

Marrell et Shani se jetèrent férocement l'une sur l'autre. Aucune d'entre elles n'était prête à céder ; chacune semblait bien déterminée à l'emporter.

Mylius se battait avec une énergie apparemment inépuisable, enchaînant les attaques portées à son adversaire. Galby était trop occupé à esquiver pour lancer une riposte efficace ; aussi se contenta-t-il d'éviter les coups du tyran et d'attendre que celui-ci donne des signes de fatigue.

Le combat n'était pas aussi inégal du côté de Leandor et de Brey. Les deux hommes possédaient une puissance et une allonge sensiblement identiques. Restait à voir lequel se montrerait le plus doué. Leur duel leur faisait parcourir la pièce de long en large, enchaînant mouvements défensifs et offensifs avec une rapidité ahurissante.

Shani et Marrell se livraient à un tout autre genre de duel. La tactique préférée de la chasseuse de primes consistait à s'approcher le plus près possible de son adversaire pour lui infliger une série de coups d'estoc dont chacun était assez vigoureux pour la transpercer de part en part. Ce type de combat rapproché était celui que Shani maîtrisait le moins. Elle aurait préféré pouvoir utiliser ses couteaux de lancer ou, à défaut, se battre à une distance de deux longueurs d'épée comme le faisaient Leandor et Brey. Mais elle n'avait pas assez de recul pour la première option, et son adversaire se cramponnait trop sauvagement à elle pour la seconde.

La hache de Mylius siffla à un cheveu de l'épaule de Galby et acheva sa trajectoire dans un sac de toile. Un torrent de pièces d'argent se déversa de la déchirure en cliquetant sur le sol.

Leandor fit un bond sur le côté, juste à temps pour éviter un coup cinglant qui aurait pu lui lacérer la figure. Il riposta par trois ou quatre coups croisés visant la poitrine de Brey, mais celui-ci les esquiva tous avec agilité.

Mylius fit décrire un large arc de cercle à sa hache, comme pour décapiter Galby. Le chef des rebelles s'accroupit brusquement, laissa la lame passer au-dessus de sa tête et se détendit comme un ressort. D'un revers d'épée, il entailla la joue de son adversaire, brisant l'enchaînement rythmique de ses attaques. Désarçonné, Mylius eut un instant d'hésitation.

Une hésitation qui lui fut fatale.

La lame de Galby plongea dans la poitrine du dictateur. La bouche de celui-ci s'ouvrit sans un son ; sa hache lui échappa des mains et alla s'écraser bruyamment à ses pieds tandis que le chef des rebelles dégageait son épée. Il parvint à faire un pas ou deux vers son adversaire, ses mains pareilles à des battoirs tendues devant lui comme pour le saisir par les revers de sa veste. Puis il bascula en avant et s'effondra tête la première sur le sol jonché de pièces.

Presque simultanément, Leandor, qui avait passé les trente dernières secondes à contrer une série d'attaques sifflantes, frappa le poignet de Brey du plat de son épée, écartant son bras sur le côté. Vif comme l'éclair, il pénétra sa garde et lui transperça le cœur de sa lame.

Leurs regards se croisèrent comme Brey tombait à genoux. Puis toute vie déserta les yeux du renégat, qui s'effondra mollement sur le côté.

La défaite de Mylius et de son partenaire eut raison de la belle arrogance de Jocasta Marrell. Sa détermination à éliminer Shani se changea aussitôt en une volonté désespérée de fuite. Ses coups se firent plus erratiques, plus maladroits, mais aussi plus sauvages.

Shani battit en retraite face à cet assaut, avec la ferme intention de repasser à l'attaque dès que son adversaire lui en laisserait la possibilité. Mais Marrell en profita pour cesser le combat. Elle agita son épée en direction de la tête de Shani afin de maintenir celle-ci à distance, puis bondit sur la plate-forme et se rua vers l'arche.

Shani reprit très vite ses esprits et s'élança à sa poursuite. L'arche donnait sur un couloir, au bout duquel se dressait une seconde arche. Dès qu'elle eut franchi cette dernière, Marrell s'immobilisa et fit volte-face.

Shani eut tout juste le temps d'apercevoir le tunnel qui s'étirait derrière elle. Comme elle la rejoignait, la chasseuse de primes brandit son épée et trancha une corde tendue entre le sol et le plafond.

Dans un grondement sinistre, une énorme plaque de pierre s'abattit comme une guillotine, heurtant le sol dans un bruit sourd et un nuage de poussière.

— Malédiction ! jura Shani en se jetant sur l'obstacle qui la séparait de son adversaire.

Mais elle eut beau s'acharner dessus, la dalle semblait inamovible.

Soudain, une main se posa sur son bras. C'était celle de Leandor.

— Oublie-la, conseilla-t-il sagement. Même si nous arrivions à soulever ce bloc, nous ne la rattraperions pas. Et qui sait où aboutit ce tunnel ?

Shani poussa un soupir. À contrecœur, elle abandonna et rebroussa chemin vers la salle du Trésor en compagnie de son ami. Ils trouvèrent Galby en train de peser de tout son poids sur le levier, et la double porte en train de s'ouvrir en raclant le sol.

Les rebelles se déversèrent dans la pièce.

— Nous avons réussi ! s'exclama l'un d'eux. Nous avons pris le palais !

Ses camarades jubilants se massèrent autour du cadavre de Mylius afin de s'assurer que le dictateur était bel et bien mort.

Shani donna une grande claque dans le dos de Galby.

— Félicitations, Jarvis. On dirait que la résistance a triomphé.

Leandor regardait autour de lui comme s'il cherchait quelque chose.

— Qu'as-tu ? s'enquit Galby.

— Je suis très content pour vous, mais je suis venu ici dans un but bien précis, lui rappela le jeune homme. Pour récupérer la Griffe de Chat.

— Vous la trouverez dans la pièce voisine, révéla le rebelle qui venait juste de parler. Bien qu'elle ne ressemble à aucune arme que j'aie jamais vue…

Laissant Galby aux acclamations de ses hommes, Leandor et Shani ressortirent de la salle du Trésor.

La pièce adjacente était beaucoup plus petite et, au lieu de richesses fabuleuses, elle n'abritait qu'une simple vitrine de verre. À l'intérieur, la Griffe de Chat reposait sur un coussin de velours rouge.

Leandor fronça les sourcils.

— Il avait raison. Quelle que soit cette chose, elle ne ressemble certainement pas à une arme.

Chapitre 15

Jarvis Galby leur fournit un chariot rempli d'armes provenant de l'armurerie de Mylius. Il promit de les rejoindre à Vaynor deux jours plus tard, avec autant de volontaires que possible et une contribution monétaire à leur cause. Les adieux furent très chaleureux – particulièrement entre Galby et Shani, crut remarquer Leandor.

Dès que le *Requin* les eut déposés sur la côte, Leandor, Shani et Tycho se mirent en route pour leur point de rendez-vous avec Golcar Quixwood.

Les événements s'étaient enchaînés si vite qu'ils n'avaient pas encore eu le temps d'examiner la Griffe de Chat en détail. À présent que leur chariot, conduit par Tycho, cahotait sur la route, Shani aborda le sujet de l'étrange instrument dont ils venaient de s'emparer.

— Cela n'a pas de sens, Dalveen, déclara-t-elle. Cette chose ne ressemble absolument pas à une arme. Tu ne sais même pas comment t'en servir !

— Comme nous n'avons rien de mieux à faire pour le moment, nous pourrions essayer de le découvrir, suggéra le jeune homme.

Il passa une main sous le siège, en sortit l'artefact enveloppé d'un chiffon et le lui tendit. Shani déballa la Griffe de Chat.

— Maintenant, rends-la-moi, réclama Leandor. Au cas où les légendes contiendraient ne serait-ce qu'un soupçon de vérité, il vaut mieux que je sois le seul à la manipuler.

La Griffe de Chat était noire, taillée dans un matériau inconnu. S'il s'agissait d'un métal quelconque, celui-ci était beaucoup plus léger et mieux fini que tout ce que Leandor avait jamais eu entre les mains.

Une de ses extrémités ressemblait à une poignée. L'autre était un tube creux, long comme l'avant-bras d'un homme. La jonction des deux parties présentait une protubérance ronde et lisse. Dessous, il y avait une garde incurvée, assez grande pour qu'on puisse y insérer un doigt et, à l'intérieur de celle-ci, un minuscule levier que l'on pouvait presser en arrière. Mais lorsque Leandor appuya dessus, rien ne se produisit.

Le jeune homme remarqua deux pièces supplémentaires : un autre levier encore plus petit que le précédent, qui cliquetait chaque fois qu'on l'actionnait, et une inscription dans la poignée. Le passage des ans avait oblitéré certains mots et rendait les autres difficiles à déchiffrer. Penchée en avant, les yeux plissés, Shani marmonna :

— Quelque chose… plasma. Des chiffres ou des lettres à moitié effacés. Et, au bout, « Smith & Wesson ». Qu'est-ce que ça peut bien vouloir dire ?

— C'est une relique des Vitruvius, lui rappela Leandor, et, d'après ce que nous a dit Melva, ils étaient considérablement plus avancés que nous d'un point de vue technologique. Nous devions nous attendre que son fonctionnement soit difficile à comprendre.

— Si cette arme est magique, le mot « plasma » fait peut-être partie de l'incantation qui la déclenche, suggéra Tycho.

— Possible, acquiesça Shani. Et Smith et Wesson doivent être les sorciers qui l'ont créée.

— Ça semblerait logique, concéda Leandor. Mais nous ne le saurons probablement jamais. Le plus important, c'est de découvrir comment nous en servir.

Malgré son handicap, la Griffe de Chat était assez légère pour qu'il puisse la manier aisément d'une seule main.

— Visiblement, elle n'est pas conçue pour couper ou pour assommer, commenta-t-il. J'imagine qu'elle doit lancer des projectiles.

— Comme un arc ou une catapulte ? s'étonna Shani. Je ne vois pas de quelle façon.

— D'après sa configuration, la poignée doit se caler dans le creux de l'épaule, comme ça, expliqua le jeune homme, de sorte que le tube se retrouve pointé sur la cible. Je pense qu'il doit falloir glisser l'index dans la garde et presser sur ce petit levier.

Il visa un arbre et joignit le geste à la parole. De nouveau, rien ne se produisit.

— Peut-être qu'il faut le charger avec quelque chose, comme on charge une catapulte avec un boulet ou un arc avec une flèche, avança Shani.

— Le seul endroit où mettre un projectile, ce serait le tube, mais il est beaucoup trop étroit pour une flèche, ou même une fléchette. Et puis, ce serait trop simple. Cette arme doit faire autre chose que projeter des traits. Nous avons dû négliger un élément.

Tycho désigna le second levier sur le côté de la Griffe de Chat.

— Tu pourrais essayer de le déplacer...

— Bonne idée.

Leandor poussa dessus avec son pouce. Il y eut un cliquetis.

Comme le chariot passait près d'un autre arbre, le jeune homme pointa la Griffe de Chat sur celui-ci et visa le long du tube creux. Puis il pressa le premier levier avec son index.

L'arme émit une série de crachotements étouffés. Une volée de petites boules de feu, intensément brillantes, jaillit de l'extrémité ouverte du tube. En une fraction de seconde, elles atteignirent leur cible et explosèrent à l'impact.

L'arbre fut instantanément réduit en poussière. Lorsque ses débris retombèrent, il n'en restait plus qu'une souche fumante.

— Par les dieux ! hoqueta Shani.

— Une arme formidable, en effet, murmura Tycho, frappé de stupeur.

— Et considérablement plus destructrice que toutes celles dont nous disposions jusqu'alors, ajouta Leandor. Si elle venait à tomber entre de mauvaises mains...

— Ce levier doit être un genre de verrou, décida Shani.

— Sûrement. (Leandor le remit dans sa position initiale.) À partir de maintenant, l'un de nous gardera l'œil sur cette chose en permanence.

La démonstration du pouvoir de la Griffe de Chat les avait suffisamment secoués pour qu'ils gardent le silence pendant les vingt minutes suivantes. Ils continuèrent à rouler cahin-caha, chacun perdu dans ses propres pensées.

Enfin, Shani prit la parole.

— J'espère que nous faisons bien de nous rendre directement au deuxième point de rendez-vous, Dalveen.

— Golcar a dû passer le premier depuis longtemps. Il aura vu que nous n'y étions pas, et il aura poursuivi son chemin. Ça semble logique.

— Où se trouve le point de rendez-vous, exactement ?

Le jeune homme tendit le doigt vers une rangée de collines devant eux.

— Au-delà de cette crête, dans la plaine en contrebas.

Peu de temps après, ils arrivèrent au sommet de la pente et regardèrent vers le bas en retenant leur souffle. L'armée delgarvienne campait dans la vaste étendue herbeuse. Les trois compagnons échangèrent un coup d'œil soulagé et entamèrent la descente.

Comme ils s'y attendaient, un détachement vint à leur rencontre, au cas où ils auraient été animés par des intentions hostiles. Mais quand ils furent assez près du chariot pour distinguer ses occupants, quelques-uns des soldats reconnurent Leandor et lui lancèrent des salutations.

Ils les escortèrent jusqu'au campement. Des vivats enthousiastes accueillirent les nouveaux venus. Puis Bethan et Quixwood se précipitèrent vers eux pour des retrouvailles émues. Mais plus retenues, lorsque la reine de Delgarvo s'avança pour saluer Shani.

Les deux heures suivantes furent consacrées à un résumé des derniers événements survenus de part et d'autre. L'air sombre, Leandor raconta comment les cent cinquante soldats de son escorte initiale avaient péri en mer. Triastus et ses frères moines furent présentés au jeune homme et à ses amis. Puis la discussion se porta sur le sort de Drew Hadzor. Leandor exhiba la Griffe de Chat, suscitant un émerveillement général mêlé de crainte. Enfin, il fut décidé que l'armée se remettrait en route pour Vaynor sans délai.

Deux jours plus tard, au crépuscule et sous une lune ronde, l'armée delgarvienne dressa le camp en vue de Pandémonium.

Même de loin, la cité infernale du sorcier, avec ses tours difformes et son architecture torturée, dégageait une atmosphère de pourriture et de mal presque palpable. Les forces d'Avoch-Dar se massaient devant ses portes, s'apprêtant à rencontrer les envahisseurs.

Triastus et ses frères utilisèrent leurs pouvoirs pour sonder la capitale ennemie. À ce stade, ils ne purent dire que ce dont tout le monde se doutait déjà : à savoir que cet endroit était saturé d'énergie magique négative.

Les Delgarviens étaient débordés. Chacun d'eux avait des tâches à effectuer dans les meilleurs délais. Non loin des tentes de commandement, Shani se retrouva seule à affûter ses couteaux près d'un bon feu. Une centaine de pas plus loin, dans le plus grand des pavillons, Golcar Quixwood et ses généraux planifiaient leur stratégie pour la bataille à venir. Tycho était quelque part avec Triastus et les autres moines – sans doute occupé à comparer leurs pouvoirs respectifs.

Bethan sortit du pavillon le plus proche et s'approcha de Shani. La jeune femme leva les yeux vers elle et sourit.

— Votre Majesté.

— Shani, répondit Bethan assez froidement.

— Puis-je faire quelque chose pour vous ?

— Oui. Non. C'est-à-dire que…

Shani lui jeta un regard interloqué.

— Je suis contente qu'il n'y ait personne d'autre. Cela va nous permettre de discuter… en privé.

— Est-ce vraiment nécessaire ?

— Je le crois.

— De quoi voulez-vous donc parler ?

— De Dalveen.

— Y a-t-il un problème ?

— Je ne sais pas, Shani. C'est à vous de me le dire.

— Écoutez, Bethan… Je veux dire : Votre Majesté. Vous êtes la reine, et pourtant c'est vous qui vous exprimez comme une paysanne gênée. Si vous me pardonnez l'expression, ajouta très vite Shani. Ne pouvez-vous me parler franchement ? Je pensais qu'après tout ce que nous avions vécu, et étant donné mon amitié avec Dalveen…

— Justement, c'est bien là le problème. Votre *amitié* avec Dalveen, insinua Bethan.

— Je ne comprends pas.

— Cette amitié… Jusqu'où va-t-elle ?

Enfin, Shani comprit où son interlocutrice voulait en venir. Elle éclata de rire.

— Vous êtes jalouse !

— Je ne trouve pas ça drôle, répliqua Bethan sur un ton glacial.

Shani se reprit.

— Non. Non, bien sûr. Vous avez raison. Mais je suis si surprise que vous pensiez que Dalveen et moi…

— Êtes-vous en train de me dire que je me trompe du tout au tout ?

— Que vous vous trompez à propos de quoi ? Dalveen et moi sommes liés par une solide amitié, née des épreuves que nous avons affrontées ensemble. Cela est exact. Pour le reste… je crains que vous vous soyez laissé emporter par votre imagination.

— Vraiment ? insista Bethan, dubitative.

— Oui ! Et je suppose que c'est compréhensible. Ces derniers temps, les circonstances ont fait que j'ai passé plus de temps avec lui que vous. Mais c'était d'une manière tout à fait innocente ; rien qui doive vous inquiéter.

— J'aimerais le croire.

Shani adopta ce qu'elle espérait être une expression rassurante.

— Vous pouvez, Votre Majesté. Ne vous tourmentez pas inutilement. Surtout en ce moment, où nous avons tous un sujet de préoccupation bien plus sérieux. Et bien plus réel.

Bethan eut un mince sourire.

— Exact. Peut-être aurons-nous l'occasion d'en reparler plus tard.

Puis elle se détourna et, sans rien ajouter, regagna son pavillon.

Shani soupira. C'était une complication dont elle se serait volontiers passée. La reine ne semblait pas convaincue par ses dénégations. Mais elle avait des soucis autrement plus graves en tête. Aussi se remit-elle à affûter ses couteaux sans plus y penser.

Une ou deux minutes plus tard, une main de femme se posa sur son épaule. Supposant que Bethan était revenue, Shani leva les yeux en souriant.

Jocasta Marrell la toisait de toute sa hauteur. Et elle n'avait pas l'air contente. Une cape l'enveloppait, dissimulant sa silhouette voluptueuse et sa tenue fort différente de celle des soldats.

Shani n'eut même pas le temps de pousser un cri. Rapide comme l'éclair, la chasseuse de primes lui enroula son fouet autour de la gorge et commença à serrer.

Sous le choc, Shani lâcha le couteau qu'elle tenait à la main. Les autres étaient posés à terre devant le feu, désormais hors de sa portée. Elle tendit désespérément la main, mais en vain. Déjà, la lanière de cuir mordait dans sa peau comme un garrot.

— Cette fois, ce n'est plus pour l'argent, souffla Marrell à son oreille. C'est personnel. Je serais même prête à renoncer à la prime pour le plaisir de te tuer. (Elle imprima une rotation vicieuse à son fouet.) Te traquer jusqu'ici depuis Nordelph ; prendre le risque d'infiltrer ce campement ; tout cela en valait la peine, rien que pour ce moment. (Elle resserra encore sa prise.) Je regrette juste de n'avoir pas le temps de rendre ta mort plus déplaisante.

Shani ne pouvait pas respirer, et encore moins appeler à l'aide. La panique menaça de la submerger, et elle lutta pour garder son calme.

Puis de la colère se mêla à son désespoir. Qu'elle soit damnée si elle périssait de cette façon, aux mains d'une scélérate comme Jocasta Marrell. À tout le moins, elle allait lui compliquer la tâche au maximum.

Lentement, et au prix d'un gros effort, Shani tenta de se relever. Marrell était plus grande et plus lourde qu'elle, mais elle banda les muscles de ses jambes et parvint à se redresser. Puis, sans crier gare, elle se plia en deux et projeta Marrell de toutes ses forces par-dessus son épaule.

La chasseuse de primes émit un grognement étranglé alors qu'elle s'écrasait sur le sol. Mais elle ne lâcha pas son fouet pour autant, entraînant Shani dans sa chute.

Les deux femmes atterrirent dans un enchevêtrement désordonné de membres et se débattirent comme des diablesses. La seule pensée de Shani était d'atteindre ses couteaux. Elle se contorsionna pour assener plusieurs coups de poing dans le ventre de son adversaire, dont la prise céda. La lanière de cuir toujours enroulée autour de son cou, elle se traîna à quatre pattes vers ses couteaux.

Le bout de ses doigts les touchait presque quand Marrell lui saisit une cheville et la tira en arrière. Shani leva les yeux. Juste à temps pour voir le poing de la chasseuse de primes s'abattre sur sa joue. Malgré le choc, elle réussit à riposter, et son propre poing s'écrasa sur la mâchoire de Marrell.

Tandis qu'elles luttaient, Shani songea combien c'était ironique qu'au milieu d'un campement abritant près de dix mille hommes il ne s'en trouve pas un seul pour passer à proximité et venir à son secours.

Elles roulèrent sur le sol, chacune agrippant les vêtements de l'autre et s'efforçant de prendre le dessus. Enfin, Shani décela une occasion. Elle lâcha la cape désormais boueuse de Marrell et lui lança son poing dans l'estomac.

Le souffle coupé, la chasseuse de primes se plia en deux. Cette diversion suffit à Shani pour se relever d'un bond. Arrachant le fouet de sa gorge, elle le jeta sur le côté et se rua vers ses couteaux.

Marrell la rattrapa, la prit par les épaules et la fit pivoter vers elle. Elles échangèrent une nouvelle série de coups. Shani saisit une poignée des longs cheveux roux de son adversaire et tira dessus d'un coup sec, amenant le visage de Marrell en contact avec son genou levé.

Si douloureux que cela ait pu être, la chasseuse de primes ne se laissa pas ralentir et riposta instantanément en lui donnant un coup de tête dans le ventre.

Shani arma son bras et lui lança son poing dans la mâchoire. La force du coup fit tournoyer Marrell sur elle-même et l'envoya s'écrouler dans le feu. Avec un glapissement aigu, elle roula sur le sol pour étouffer les flammes qui attaquaient déjà sa cape.

Puis elle bondit sur ses pieds, les vêtements fumants et une expression de fureur absolue sur le visage. Sa main droite se porta vers la poignée de son épée courte.

Shani plongea vers ses couteaux de lancer. Elle en saisit un, se redressa à demi et le projeta vers la chasseuse de primes qui chargeait.

La lame manqua sa cible.

Jurant, Shani voulut s'emparer d'un second couteau. Mais celui-ci était plus loin. Elle ne réussit à faire que quelques pas avant que Marrell la rejoigne, en proie à une rage frôlant l'hystérie. La jeune femme leva les mains pour se protéger...

Trop tard. L'épée courte lui transperça la poitrine.

Shani hoqueta. Elle baissa les yeux vers la lame enfoncée entre ses côtes et les releva vers Marrell, qui la fixait des yeux avec une grimace triomphante.

La chasseuse de primes dégagea son épée. Les doigts de Shani, qui agrippaient le devant de sa cape, retombèrent mollement. Puis elle s'écroula.

Inconsciente du drame qui était en train de se dérouler, Bethan sortit de son pavillon. Et elle se figea en découvrant cette scène : une femme inconnue qui tenait une épée ensanglantée, penchée sur la silhouette prostrée de Shani.

Marrell n'avait pas vu Bethan. Malgré le choc, la jeune femme eut la présence d'esprit de se dire que, si elle appelait à l'aide, cette furie pourrait bien se retourner contre elle.

Regardant autour d'elle, elle aperçut plusieurs arcs et un carquois plein de flèches qui gisaient près de l'entrée de son pavillon. Elle se baissa, ramassa un arc et une flèche et encocha rapidement celle-ci.

— Restez où vous êtes ! cria-t-elle.

Marrell fit volte-face. Quand elle aperçut Bethan, une expression de pur mépris s'inscrivit sur ses traits durs. Si elle reconnut la reine de Delgarvo, elle n'en laissa rien paraître.

— Et si je refuse d'obéir, qu'allez-vous faire ? ricana-t-elle.

Bethan jeta un coup d'œil au corps immobile de Shani.

Marrell brandit son épée et marcha sur elle.

Bethan banda son arc.

— N'approchez plus ! hurla-t-elle.

Marrell chargea.

Bethan tira.

Sa flèche atteignit la chasseuse de primes en pleine poitrine. Elle s'effondra et ne bougea plus.

Bethan lâcha son arc comme si c'était un tisonnier chauffé à blanc et se précipita vers Shani. En s'agenouillant près d'elle, elle vit que le visage de la jeune femme était d'un blanc crayeux et que ses lèvres tremblaient légèrement. La tache écarlate de sa blessure s'était communiquée à la terre, qu'elle imbibait sous elle.

— Que les dieux nous protègent, souffla Bethan.

Elle se releva et s'élança vers la tente de commandement dans laquelle se tenait la réunion stratégique. Écartant le pan de toile qui en masquait l'entrée, elle s'époumona :

— Dalveen ! Golcar !

Tous les occupants du pavillon se levèrent d'un bond. Bethan revint en courant vers Shani, les autres sur ses talons.

Lorsque Leandor découvrit Marrell morte avec une flèche plantée dans la poitrine et Shani gisant non loin de là dans une mare de sang, il s'exclama :

— Shani ! Par les dieux !

Tycho, Triastus et Quixwood s'immobilisèrent près de lui, ce dernier rugissant :

— Qu'y a-t-il ? Que s'est-il passé ?

Puis il vit.

Ils se rassemblèrent autour de Shani, et Leandor lui prit la main. La jeune femme était encore en vie, mais tout juste. Sa respiration était superficielle et irrégulière. Leandor avait vu suffisamment de blessures durant sa courte existence pour mesurer la gravité de celle-ci.

Doucement, il prononça son nom.

Au bout de ce qui lui parut une éternité, Shani ouvrit les yeux et focalisa sa vision sur lui. Elle sourit, mais sa souffrance était évidente.

— Misère, chuchota-t-elle. Pas… comme ça. Pas aux mains… de quelqu'un… comme…

— Tout va bien, Shani, l'interrompit Leandor sur un ton rassurant. Tu ne vas pas…

— Ne me mens pas, Dalveen, articula la jeune femme d'une voix de plus en plus faible. Accorde-moi au moins… la dignité… de la franchise.

Comme il ne pouvait pas parler, Leandor se contenta de lui serrer la main plus fort.

— Qu'est devenue… Marrell ?

— Bethan l'a eue.

Shani tenta de tourner la tête vers la reine, mais n'y parvint pas tout à fait.

— Merci, Votre... Majesté, souffla-t-elle.

— Tu dois économiser tes forces, Shani, lui recommanda Tycho.

— Trop tard... pour ça, mon... vieil ami.

La lumière s'éteignait dans les yeux de la jeune femme. Elle pressa faiblement la main de Leandor.

— On a fait... du bon boulot ensemble... Pas vrai, Dalveen ?

— Oui, répondit-il si bas qu'elle fut la seule à l'entendre. Oui, on a fait du bon boulot.

Puis Shani cligna une dernière fois des paupières, et ses yeux se fermèrent.

Triastus lui prit le poignet et secoua solennellement la tête.

Bethan se rapprocha de Leandor pour le réconforter. Tycho et Quixwood inclinèrent la tête.

Aucun d'eux ne parvenait à accepter la brutale vérité.

Shani Vanya était morte.

Chapitre 16

Encore choqué par les révélations qu'il venait d'entendre au sujet du grimoire, Drew Hadzor se retrouva seul avec Avoch-Dar.

Le sorcier se tenait devant sa vasque de vision, grâce à laquelle il venait d'assister à la mort de Shani, et l'abattement du moine ne connaissait plus de limites.

— Oh, non, souffla-t-il, consterné. Pas Shani.

Avoch-Dar tourna vers lui son corps répugnant et éclata de rire.

— Quelle ironie qu'un but que je poursuis depuis si longtemps ait été finalement atteint par une insignifiante criminelle !

— Misérable vermine ! enragea Hadzor. Shani ne vous a jamais causé le moindre tort ; elle s'est toujours contentée de se défendre contre vos attaques.

— Jamais causé le moindre tort ? répéta le sorcier, la fureur tordant ses traits difformes. Elle s'est dressée sur mon chemin. Et pour cela seul, elle méritait de mourir. Quant à toi, tu ne m'amuses plus, saint homme.

— Finissez-en donc avec moi. Tuez-moi, si cela vous chante. Ça vaudra sans doute mieux pour moi, ajouta Hadzor un ton plus bas.

Avoch-Dar jeta un coup d'œil au grimoire, resplendissant sur son autel.

— Ainsi, tu aimerais que je te jette en pâture au grimoire ? dit-il sur un ton doucereux. Je peux facilement arranger ça, si tu le désires.

Cette perspective glaça le sang dans les veines du moine.

Avoch-Dar éclata de nouveau d'un rire moqueur.

— C'est bien ce qu'il me semblait. Tu n'en as pas aussi envie que ça. Surtout maintenant que tu sais ce que cela signifie. Et puis, pourquoi t'accorderais-je la délivrance de la mort ? Tu peux encore m'être utile comme otage. Et très bientôt, vu que l'armée delgarvienne campe aux portes de Pandémonium et que la mienne s'apprête à l'affronter.

— Vous ne pouvez pas sérieusement vous réjouir de l'imminence d'une guerre ! s'étrangla Hadzor.

— Mais si. Je savoure d'avance le massacre qui est sur le point d'avoir lieu. Songe combien il nourrira le grimoire !

— Puissent les dieux avoir pitié de votre âme corrompue.

Avoch-Dar poussa un soupir irrité.

— Tu sais que tes pieux bavardages m'ennuient. Je crois qu'il est temps que tu retournes dans ton donjon. Gardes !

Plusieurs de ses esclaves apparurent, portant au cou l'amulette à l'aide de laquelle il les contrôlait. Ils défirent les chaînes du moine et le redressèrent sans ménagement. Tandis qu'ils l'entraînaient vers la sortie, Hadzor hurla :

— Vous ne triompherez pas, Avoch-Dar ! Les forces du bien sont ici, et elles y veilleront !

Le sorcier l'ignora et reporta son attention sur la vasque. L'image qui s'inscrivait à la surface du liquide vert était toujours la même : le corps sans vie de Shani Vanya entourée par ses amis.

Puis Avoch-Dar eut conscience que quelque chose approchait. Le seigneur démon Berith venait d'émerger de l'antichambre puante des Sygazons.

— Grande nouvelle ! annonça le sorcier jubilant. Regardez !

La créature hideuse baissa ses multiples yeux vers la vasque.

— En effet, c'est gratifiant, gronda-t-elle. Et, de toute évidence, cela va beaucoup affecter ceux qui ressentent pour elle cette émotion que les humains appellent amour. Particulièrement Nightshade.

— Oui. C'est ce qui me satisfait le plus, avoua Avoch-Dar. Vous ne pouvez pas savoir quel plaisir j'éprouve à voir Leandor souffrir ainsi.

— Tu pourrais encore augmenter son chagrin, suggéra Berith.

— Ah oui ? Comment ? s'enquit Avoch-Dar, intéressé.

— En lui révélant certaines choses. Des choses dont nous avons parlé ensemble et auxquelles tu as été mêlé, voici quelques années.

— Bien entendu ! C'est une idée brillante, Berith !

— Tu détiens le pouvoir, à présent. Tu peux te permettre de lui raconter toute l'histoire en personne, face à face, sans craindre qu'il te fasse du mal. Tu peux la lui montrer.

— Oui...

— Mais choisis bien ton moment. Laisse cet événement produire son effet maximal sur le moral de Nightshade. Ça ne peut que servir notre cause s'il nous affronte l'esprit brisé. Va à lui, Avoch-Dar. Révèle-lui la vérité qui blesse...

Ils avaient déposé le corps de Shani sur une couchette, à l'intérieur d'une tente.

Pendant plusieurs heures, depuis l'instant où on l'avait transportée là, Leandor était resté assis seul auprès d'elle. Il ne cessait de ressasser l'inutilité de sa mort, le drame de la perte d'une personne si bonne – et d'une guerrière si douée – à l'aube de leur confrontation finale avec Avoch-Dar.

Lorsque Melva avait dit que les voies de la fatalité étaient impénétrables, elle devait savoir de quoi elle parlait, songea-t-il.

— Shani, dit-il à voix haute, je jure de me battre pour ta mémoire, de consacrer chaque parcelle de ma volonté à la défaite d'Avoch-Dar et de ses alliés les Sygazons. Même si cela signifie que je ne retrouverai jamais le bras dont sa sorcellerie noire m'a privé.

— Très touchant, commenta une voix railleuse.

Leandor pivota. Avoch-Dar se trouvait dans la tente avec lui. Mais son chagrin était tel que, cette fois, l'apparition du sorcier ne lui arracha aucune réaction.

Il nota néanmoins que son apparence était devenue encore plus hideuse depuis leur dernière rencontre. Et il sut que son ennemi n'était pas là en chair et en os, qu'il s'agissait seulement d'une projection magique. Aussi n'avait-il aucun intérêt à l'attaquer.

— Vous êtes venu vous moquer, j'imagine, dit-il sur un ton las.

— Évidemment.

— Pourquoi vous donner cette peine ? Nous nous affronterons bien assez tôt ; du moins, si vous avez le courage de paraître devant moi autrement qu'en tant que fantôme. Maintenant, allez-vous-en.

— Oh, nous nous affronterons, et je n'aurai besoin d'aucun artifice pour te vaincre, répliqua Avoch-Dar. Mais je ne saurais partir sans ajouter à ta douleur, Nightshade.

— Vous allez être déçu. C'est impossible.

— Je ne crois pas. Si tu es aussi bouleversé par la mort de cette femme, c'est à cause des sentiments que tu avais pour elle, n'est-ce pas ?

— Que diable pouvez-vous bien savoir sur mes sentiments, ou sur ceux de quiconque ? cracha Leandor. C'est un concept qui vous est totalement inconnu.

— Je sais qu'en l'occurrence, les tiens sont basés sur la relation que tu entretenais avec Shani Vanya. Mais tu ne comprends pas la véritable nature de cette relation, insinua le sorcier. Même si tu es persuadé du contraire.

— La pourriture aurait-elle gagné votre esprit autant que votre corps ? Par tous les cercles infernaux, de quoi parlez-vous donc ?

— Pour te répondre, je vais devoir évoquer le passé.

— Je ne suis pas d'humeur à recevoir une leçon d'histoire, Avoch-Dar, dit sèchement Leandor. Maintenant, fichez le camp.

— Ne veux-tu pas connaître la vérité au sujet de ta naissance ? susurra le sorcier. De tes origines ?

— Je ne veux pas entendre vos mensonges.

— Écoute-moi d'abord. Ensuite, tu pourras décider si je mens ou non.

Leandor tripota la poignée de son épée et songea à attaquer l'apparition, si futile que ce soit. Au lieu de quoi, il se contenta d'incliner la tête et d'espérer que le sorcier s'en irait, cessant d'ajouter à ses tourments.

Mais Avoch-Dar continua, comme s'il ne se rendait pas compte du mal qu'il lui faisait. Ou plutôt, parce qu'il s'en rendait très bien compte.

— J'ai entendu parler pour la première fois de la prophétie – celle dont cette vieille bique de Melva t'a communiqué des fragments – il y a bien des années, longtemps avant d'arriver à la cour d'Eldrick. J'avais toujours cru à l'existence des Sygazons, même si la plupart des gens les considéraient comme un simple mythe. Aussi ai-je jugé que tout ce qui concernait le Grimoire des Ombres était authentique, bien que d'autres passages m'aient paru plus douteux. Sans compter que des rumeurs indépendantes couraient au sujet de cet ouvrage.

—Vous allez me raconter l'histoire de votre vie? aboya Leandor.

—Non, de la tienne, répliqua Avoch-Dar sans se troubler. Évidemment, j'ai aussi cru la partie de la prophétie qui annonçait l'avènement d'un grand tyran aux redoutables pouvoirs magiques, et j'ai été ravi d'endosser ce rôle. En revanche, j'avais des réserves quant à l'arrivée d'un puissant champion qui s'opposerait à moi.

—Peut-être parce que cela ne vous arrangeait pas, fit remarquer Leandor.

—Peut-être, concéda Avoch-Dar. Selon la prophétie, la naissance de ce héros devait être accompagnée d'augures étranges et merveilleux. Lorsque ceux-ci se sont manifestés, j'ai commencé à penser que je m'étais trompé. Aussi ai-je recouru à toutes mes connaissances en matière de divination et d'astrologie pour localiser leur nexus. À ce stade de mes révélations, il me semble approprié de te faire une démonstration de mes nouveaux pouvoirs.

Le sorcier tissa une invocation de ses mains. Leandor se raidit, prêt à assister à un des mauvais tours dont Avoch-Dar avait le secret.

Au-dessus de leur tête et sur un côté de la tente, l'air devint brumeux, puis laiteux. Soudain, une image apparut, aussi claire et vivace que s'ils l'avaient observée à travers une fenêtre. Elle montrait une communauté rurale, dont les occupants d'apparence assez prospère vaquaient à leurs activités. Il y avait là des chevaux, des moutons, des vaches et de la volaille. Des hommes travaillaient dans des champs de maïs doré.

Malgré lui, et malgré les circonstances, Leandor était intrigué.

—Un petit village de Delgarvo, expliqua Avoch-Dar. Qui, par une curieuse coïncidence, ne se trouvait pas très loin de la frontière avec Vaynor. Pensant qu'on n'est jamais trop prudent, j'ai engagé des hommes peu scrupuleux pour se rendre là-bas et... faire disparaître tous les nouveau-nés.

—Je n'attendais pas moins de cruauté de votre part, commenta Leandor d'un air dégoûté.

Ignorant cette remarque, son interlocuteur poursuivit :

— Un seul enfant était né au village depuis plus d'un an, de sorte que leur tâche ne s'annonçait guère difficile. Cet enfant, c'était toi, Dalveen Leandor. Même si, évidemment, tu ne t'appelais pas ainsi à l'époque. Mes laquais ont découvert que ta mère était partie à Allderhaven avec toi, afin de faire bénir ta naissance par un saint homme quelconque.

Un autre sort, et l'image se modifia. À présent, elle montrait une femme assise à l'avant d'une carriole, un bébé pressé contre son sein. Un homme âgé conduisait le véhicule.

Même s'il n'avait aucune certitude que cette vision représente la vérité, Leandor sentit l'émotion lui nouer la gorge.

Un groupe de cavaliers fit irruption au milieu de cette scène paisible pour attaquer la carriole.

— Ils les ont rattrapés aux abords de la ville, reprit Avoch-Dar. Là encore, ça aurait dû être facile…

Les cavaliers avaient dégainé leurs épées. L'un d'eux galopa jusqu'au conducteur et lui porta un coup visiblement fatal. Le malheureux vieillard bascula sur le côté et tomba sur la route. De l'autre côté de la carriole, un second cavalier tenta de frapper l'enfant. En le protégeant, la femme reçut le coup à sa place. Dans le dos.

Leandor prit une inspiration sifflante.

— Mais ces hommes étaient des idiots. Ils ont laissé ta mère leur échapper.

Malgré sa blessure et la douleur qui se lisait sur son visage, la femme plaqua le bébé contre sa poitrine d'une main et, de l'autre, s'empara des rênes que son compagnon avait lâchées dans sa chute. Elle les fit claquer, et les chevaux bondirent en avant.

Ses agresseurs se laissèrent surprendre. La monture de l'un d'eux se cabra. L'autre fut trop lent à réagir. Déjà, la carriole roulait à un train d'enfer vers les portes de la ville.

— La nuit était tombée lorsque ta mère arriva à Allderhaven. Elle tenta de semer ses poursuivants dans les rues désertes.

À présent, l'image montrait en alternance la carriole cahotant sur les pavés de la capitale et les cavaliers cherchant désespérément leur proie. Puis la carriole arriva à un endroit où les ruelles sinueuses devenaient trop étroites pour qu'elle puisse y passer. La femme fit arrêter les chevaux et descendit. Une grande tache rouge maculait le dos de sa robe.

Sous le regard fasciné et anxieux du jeune homme, elle tendit les bras pour prendre son bébé. À cet instant, elle dut entendre un fracas de sabots non loin d'elle, car elle tourna la tête dans la direction d'où elle venait avec une expression apeurée. Serrant le nourrisson contre sa poitrine, elle s'élança dans le dédale des ruelles.

— La nuit n'est pas favorable aux gens qui ont des problèmes, commenta Avoch-Dar alors qu'elle frappait désespérément aux portes closes des maisons.

Pas une seule ne s'ouvrit pour l'accueillir, et elle continua à courir sans se retourner.

— En désespoir de cause, ta mère opta pour le sanctuaire typique des simples d'esprit.

Un temple. De larges marches de pierre conduisaient à une imposante double porte. Mais celle-ci était verrouillée. Comme ses poursuivants se rapprochaient, la femme prit une décision. Les yeux pleins de larmes, elle embrassa son bébé et le déposa doucement dans l'encoignure de la porte, afin que personne ne puisse le voir depuis la rue. Elle saisit une des couvertures qui l'enveloppaient, la roula en boule et redescendit les marches. Puis elle se remit à courir d'un pas de plus en plus vacillant, entraînant les chasseurs à l'écart du temple.

Leandor la vit tituber dans une ruelle jonchée de détritus et s'effondrer enfin sur le seuil d'une maison, haletante et terrifiée. Les ombres se refermèrent sur elle.

— Elle avait remporté une victoire, mais la nature eut le dernier mot.

De nouveau, l'image se modifia. C'était l'aube. Une petite foule de curieux se massait autour du cadavre de la femme.

Puis la vision se dissipa telle une fine brume.

— Évidemment, j'ai fait tuer les hommes que j'avais engagés pour les punir de leur incompétence, crut bon de préciser Avoch-Dar.

— Vous avez assassiné ma mère, souffla Leandor d'une voix rauque. Par les dieux, voilà un autre crime que je vous ferai payer.

Pour toute réponse, le sorcier lui adressa une grimace de satisfaction cruelle.

— Comment puis-je savoir que ce n'est pas une illusion générée par votre magie maléfique ? lança Leandor, les sourcils froncés. Un mensonge ?

— Choisis de croire ce qu'il te plaira. Mais je n'ai nul besoin de recourir à un mensonge quand la vérité suffit amplement à te blesser.

— Rien de ce que vous pouvez me dire ne me fera plus de mal que vous m'en avez déjà causé, Avoch-Dar. Disparaissez.

— Réserve ton jugement pour le moment où tu connaîtras toute l'histoire, Nightshade, ricana le sorcier. Eh oui, ce n'est pas terminé. À moins que tu n'aies pas le courage d'entendre la suite ?

— Je n'accepterai pas de leçon sur le courage de la part d'un lâche tel que vous, s'emporta Leandor. Venez donc à moi en personne, et je vous prouverai que je n'en manque pas.

— Bientôt, Nightshade. Très bientôt, promit Avoch-Dar. Mais en attendant, écoute le reste de mon histoire. De ton histoire.

Le jeune homme n'eut pas d'autre choix que d'endurer le récit du sorcier. Et, d'une certaine façon, il s'en réjouissait. Il voulait savoir.

— Après que ta mère t'eut abandonné…, reprit Avoch-Dar.

— Ce n'est pas le terme que j'emploierais, coupa sèchement Leandor.

— Après qu'elle t'eut laissé au temple, rectifia le sorcier avec un geste insouciant, Golcar Quixwood t'a découvert et emmené à la cour d'Eldrick.

— Où vous vous trouviez déjà, en train d'assassiner la mère d'un autre enfant. Celle de Bethan, lui rappela Leandor.

— En effet, admit Avoch-Dar sans la moindre trace de honte ou de remords. Mais il y a plus ironique encore. Tout ce que m'avaient rapporté mes hommes, c'est qu'ils n'avaient pas réussi à te tuer. J'ignorais que tu avais échoué sur les marches du temple, parce qu'ils ne le savaient pas non plus. Ce ne fut que bien des années plus tard, lorsque mes pouvoirs magiques augmentèrent, que je parvins à reconstituer toute l'histoire.

— Vous n'avez pas établi le lien entre l'enfant amené au palais et celui que vous recherchiez ? s'étonna Leandor.

— Pourquoi l'aurais-je fait ? Je n'en ai pas entendu parler avant plusieurs jours, et seulement en passant. En quoi cela pouvait-il bien me concerner que le roi ait recueilli un gueux dans sa maisonnée ? C'était le genre d'acte charitable auquel le vieil imbécile se livrait tout le temps.

— Donc, pendant toutes ces années, nous avons vécu sous le même toit…

— Tandis que je poursuivais mes efforts pour localiser le champion de la prophétie, acheva Avoch-Dar à sa place.

— Les voies de la fatalité sont impénétrables, murmura Leandor.

— Que dis-tu ?

— Rien. Vous ne comprendriez pas. Avez-vous autre chose à me révéler ? Je ne vois toujours pas où vous voulez en venir, et je commence à me lasser.

— Le meurtre de ta mère ne te suffit donc pas ? Qu'il en soit ainsi, Nightshade. Je vais te raconter la suite, et je vais te la raconter assez brièvement et assez simplement pour que même un âne bâté dans ton genre puisse comprendre. Plus tard, j'ai appris qu'après la disparition de ta mère, ton père t'avait cherché. Mais il ne pensa jamais à enquêter dans les cercles royaux et finit par renoncer, te croyant mort. Sans doute dut-il se convaincre que sa femme et son fils avaient été victimes de vulgaires vagabonds ; une théorie que la découverte de la carriole et du cadavre de son conducteur rendait assez plausible.

— Je croyais que vous deviez faire court.

— J'en arrive bientôt au plus important, Nightshade. Tu verras que ça valait le coup d'attendre.

De nouveau, Avoch-Dar fit apparaître des images. La première montrait un couple en train de s'affairer dans les champs en période de récolte. D'autres gens les entouraient, mais ces deux-là semblaient particulièrement proches.

— Quelque temps après, ton père se remaria, et sa nouvelle épouse lui donna un autre enfant. Les années passèrent tandis que je me consacrais à trois choses : accroître mes pouvoirs, localiser le Grimoire des Ombres et te retrouver.

— En pure perte, fit remarquer Leandor.

Avoch-Dar l'ignora et poursuivit :

— Ce fut lors de mon second retour à Delgarvo…

— Vous voulez dire : lors de votre seconde invasion manquée, corrigea Leandor.

— Si tu veux. En faisant franchir à mon armée la frontière séparant Vaynor et Delgarvo, je me souvins que le village où tu étais né se trouvait tout près. Je songeai que tu l'avais peut-être regagné. J'y envoyai donc un détachement, avec l'ordre de fouiller chaque maison et d'en tuer tous les occupants. Après tout, qu'avais-je à perdre ?

Le sorcier invoqua une scène de carnage et de destruction. Des bâtiments et des champs de céréales brûlaient. Des cavaliers fonçaient parmi les paysans affolés, décapitant ou embrochant leurs victimes désarmées.

Un frisson glacial parcourut l'échine de Leandor pendant que les pièces du puzzle se mettaient en place.

— Conformément à mes instructions, le village fut rayé de la carte. Tous ses habitants périrent au fil de l'épée. Tous, sauf une.

Il fit apparaître une nouvelle image.

— Ta demi-sœur.

Alors, les affreux soupçons de Leandor furent confirmés.

Une Shani plus jeune de quelques années courait pliée en deux dans les champs qui flambaient, leur lueur orangée découpant les silhouettes des maraudeurs dans le lointain.

— Non, souffla faiblement Leandor en détournant la tête.

— Si, contra Avoch-Dar, jubilant. Tu ne peux nier l'évidence. Au fond de toi, tu sais que c'est la vérité. Tes sentiments pour elle… ne pourraient-ils être dus au fait que vous aviez le même père ? Regarde-la, Nightshade. Regarde-la !

À contrecœur, Leandor reporta son attention sur l'image.

— Ne le vois-tu pas ? insista le sorcier. La forme de ses yeux. Le dessin de son nez. La courbe de sa mâchoire. Ne vois-tu pas la ressemblance ?

Leandor était brisé. Il aurait bien voulu que tout cela ne soit qu'une illusion, une infâme invention de son ennemi juré. Mais, au fond de son cœur, il savait que pour une fois, celui-ci ne mentait pas.

— Et bientôt, Nightshade, très bientôt… tu les rejoindras, elle et tous ceux que tu as jamais aimés. Dans la mort !

Le jeune homme était trop bouleversé pour riposter. Il tomba à genoux près du corps de Shani.

Avec une joie mauvaise, Avoch-Dar disparut.

Chapitre 17

La pleine lune et une multitude d'étoiles étincelantes illuminaient le ciel de velours.

C'était le milieu de la nuit, quelques heures après l'apparition d'Avoch-Dar. L'armée du sorcier se tapissait dans la plaine devant Pandémonium tel un monstrueux insecte aux multiples pattes.

Personne ne doutait que la bataille commencerait à l'aube.

Dans le camp delgarvien, l'atmosphère était sombre. Leandor se tenait entre Bethan et Triastus. Non loin d'eux, Tycho et Quixwood regardaient des soldats apporter des troncs d'arbre abattus et quantité de petit bois, qu'ils entassaient dans une clairière.

Ils construisaient un brasier funéraire.

— J'ai honte d'avoir été jalouse de toi et de Shani, confessa Bethan.

— C'était compréhensible, lui assura Leandor. Et il ne servirait à rien de te torturer.

— Maintenant, je comprends quel genre de sentiments tu éprouvais pour elle, et peut-être le comprends-tu aussi.

— Oui. C'est étrange, mais je suppose qu'à un certain niveau – inconsciemment, si tu préfères –, je savais qu'elle et moi étions liés. Je croyais que c'était par une amitié forgée aux flammes des batailles que nous avions livrées ensemble, mais à présent je me rends compte que c'était encore plus profond que ça.

— De nombreuses morts se produiront ici, intervint Triastus, de nombreuses tragédies individuelles semblables à celle-ci durant les heures à venir. Nous devons nous endurcir contre cette perspective.

Un soldat déboula en courant dans la clairière et se dirigea vers Quixwood.

— Des cavaliers approchent depuis le nord-ouest, monsieur.

— Qui sont-ils ?

— Des Nordelphiens, apparemment.

— On dirait que Jarvis Galby et ses hommes sont arrivés, commenta Leandor. Je suis navré que nous devions l'accueillir avec d'aussi mauvaises nouvelles. J'ai cru comprendre qu'il avait un faible pour Shani.

Quelques minutes plus tard, Galby pénétra dans la clairière à la tête d'une centaine d'anciens rebelles qui s'étaient portés volontaires pour prendre les armes contre Avoch-Dar.

— Salutations, Dalveen ! lança-t-il, rayonnant.

— Jarvis, c'est bon de te revoir.

— Pourquoi fais-tu cette tête d'enterrement, mon ami ? Nous allons enfin affronter le sorcier. Tu devrais t'en réjouir.

— Ce n'est pas ça. C'est... quelque chose d'autre. (Leandor l'entraîna à l'écart du groupe.) Quelque chose que tu vas avoir du mal à accepter.

— Qu'essaies-tu de me dire, Dalveen ? demanda Galby, inquiet. Et où est Shani ? J'avais tout spécialement hâte de la revoir.

— Justement. Shani... (Leandor prit une profonde inspiration et se lança.) Shani est morte.

Toute couleur déserta le visage de Galby.

— Morte ? souffla-t-il. Mais comment ? Elle était si...

— Jocasta Marrell, la chasseuse de primes, nous a suivis depuis Nordelph. Elle est morte, elle aussi. Je suis désolé pour toi, Jarvis. Vraiment désolé.

— Moi de même, mon ami. Je sais combien vous étiez proches, tous les deux.

— Si tu veux la voir, passer un peu de temps seul avec elle, je suis sûr que...

Des cris s'élevèrent autour du brasier, interrompant leur conversation. Les deux hommes rebroussèrent chemin juste à temps pour assister aux signes avant-coureurs, désormais familiers, d'une des apparitions de Melva.

Leandor dut assurer à Galby qu'il ne s'agissait pas d'une menace surnaturelle, mais de la visite d'une amie très chère qui les avait déjà beaucoup aidés.

Après qu'ils eurent échangé les salutations d'usage, l'esprit de la vieille femme leur dit :

— Je pleure avec vous la mort de Shani. Je n'ai pas grand-chose à dire pour te réconforter, Dalveen, sinon qu'elle était bonne et courageuse, et qu'elle nous manquera beaucoup. Elle se serait vaillamment battue pour notre cause et aurait pu être l'un des champions du bien dans la lutte contre le mal.

Leandor hocha la tête.

— Merci, Melva. Sa mort nous afflige tous énormément.

— Vous me pardonnerez de passer si vite à autre chose, s'excusa Melva, mais j'apporte des informations qui pourraient se révéler cruciales durant la bataille à venir.

— Bien entendu. Nous avons toujours un ennemi à vaincre, et toute aide sera la bienvenue, déclara Leandor. Qu'avez-vous découvert ?

— Le récent prélèvement d'énergie, lorsque les Sygazons ont augmenté les pouvoirs d'Avoch-Dar, a laissé ce que je peux seulement décrire comme une trace, détectable dans le royaume des Ombres. Ma capacité à interpréter ce type de motifs s'est développée au point que j'ai mis au jour des faits intéressants, pour ne pas dire surprenants.

— Nous vous écoutons, la pressa Bethan.

— Ce que j'ai appris concerne les origines de la race démoniaque, les Sygazons, et de ceux qui s'opposent à eux, les Vitruvius, révéla Melva. Sachez ceci : il y a une éternité, la civilisation avait atteint un niveau bien supérieur au nôtre, et le monde abritait des merveilles qui sembleraient des miracles à notre époque. L'intelligence humaine repoussait les frontières de la connaissance presque chaque jour. Puis elle a fait un pas qui a conduit directement à la situation que nous affrontons aujourd'hui.

— Prenez votre temps, lui enjoignit Leandor, et expliquez-nous tout ça.

— Les humains de cette époque se sont focalisés sur un mystère qui les intriguait depuis des millénaires : la magie. En utilisant des méthodes incompréhensibles pour nous, ils sont parvenus à le résoudre. Ils ont découvert sa source, cette énergie que la fraternité de la Lumière intérieure appelle trame de vie, et qui est également connue sous bien d'autres noms, déclara Melva. Et ils ne se sont pas arrêtés en si bon chemin. Non contents de la comprendre, ils ont appris à la contrôler. Ce faisant, ils ont pris conscience que l'énergie pure à laquelle puisait la magie était une force ni bonne ni maléfique, mais neutre.

— Ça ressemble à la théorie de Hadzor, fit remarquer Leandor.

— Exact, acquiesça Melva. Sur ce point-là, il avait raison. Le pouvoir originel est neutre. C'est l'esprit de ses utilisateurs qui détermine si la magie produite est noire ou blanche. Triastus et ses frères en sont la preuve vivante. Ils choisissent d'employer cette énergie à des fins bénéfiques.

— Nous essayons, confirma l'abbé.

— Alors que d'autres – Avoch-Dar en tête – filtrent le pouvoir à travers le mal qui les habite, ajouta Melva. Il est très important que vous saisissiez cela, parce que c'est indispensable pour appréhender ce qui est arrivé à la race humaine voici des millénaires.

— Vous voulez dire, à nos ancêtres ? reformula Quixwood.

— Oui… et non. Pour bien me faire comprendre, je dois entrer dans les détails. Car voyez-vous, au sein de l'élite qui avait accès à cette nouvelle maîtrise de la magie, deux profils émergèrent bientôt. Certains l'utilisaient d'une manière égoïste, cupide et dominatrice. Cela les corrompit, et ils ne tardèrent pas à développer des objectifs noirs et maléfiques. Les membres de l'autre groupe, en revanche, adoptèrent l'attitude inverse. Ils utilisèrent la magie blanche de façon altruiste, pour aider leur prochain et emmener toute l'humanité vers les sommets qu'elle était, selon eux, destinée à occuper. Peu de temps s'écoula avant que l'inévitable se produise.

— Les deux camps entrèrent en conflit, devina Leandor.

— En effet. Il ne pouvait y avoir de place que pour l'une de ces deux visions si opposées du monde. Ils se battirent, et l'échelle de leur conflit s'accrut en même temps que leurs divergences. Toutefois, je souhaite qu'une chose soit bien claire. Si puissants que ces deux groupes soient devenus, ils restaient de simples minorités, comparés au reste de l'humanité, précisa Melva. Les gens ordinaires n'avaient pas accès à la magie. Peut-être manquaient-ils non seulement de connaissances, mais aussi du talent nécessaire pour les employer. Peut-être celui-ci était-il aussi rare à leur époque que les dispositions dont font preuve Triastus, ses frères et même Avoch-Dar à la nôtre. Peut-être qu'en tout âge, seul un petit pourcentage d'humains est capable de faire de la magie.

Leandor hocha la tête.

— Donc, ces deux groupes se sont battus…

— Oui. Et le reste de l'humanité – les multitudes qui ne disposaient d'aucun pouvoir – ne put que trembler devant la férocité croissante de la guerre qui les opposait. En réalité, les humains ordinaires s'en seraient encore moins bien sortis si la faction qui représentait le bien ne les avait pas protégés de son mieux.

— Que s'est-il passé ? interrogea Tycho.

— L'inéluctable, répondit Melva d'un air sombre. Leur conflit finit par s'étendre au monde entier et faillit détruire toute vie à sa surface. La plupart des humains ordinaires périrent. Cependant, aucun des deux groupes ne remporta la victoire. Ils étaient de force sensiblement égale, si bien qu'aucun des deux ne parvint à détruire l'autre. Chacun emprunta un chemin différent. Leur maîtrise de la magie était telle qu'ils purent se transformer au point de ne plus ressembler du tout à des humains. Ils réussirent à manipuler la nature elle-même afin de changer leur apparence. Les utilisateurs de magie noire prirent le nom de Sygazons ; les utilisateurs de magie blanche, celui de Vitruvius. Comme nous le savons, les Sygazons devinrent les créatures que nous appelons démons et le symbole de tout ce qui est maléfique.

— Et les Vitruvius ? s'enquit Leandor.

— Nous savons beaucoup moins de choses sur eux, mais nous pouvons présumer qu'ils ont continué à œuvrer pour le bien. Le problème, c'est que, incapables de se vaincre les uns les autres ou de cohabiter en ce monde, Sygazons et Vitruvius ont choisi de s'installer dans d'autres plans d'existence, des dimensions parallèles à la nôtre. Mais qui ne peuvent se superposer à elle que dans des conditions très spécifiques.

Galby, qui avait enfin surmonté sa stupéfaction initiale de se retrouver face à l'esprit d'une morte, intervint alors.

— Vous avez dit que la plupart des humains ordinaires avaient été éradiqués durant le conflit ?

— La plupart, mais pas tous, confirma Melva. Çà et là, des poches d'humanité survécurent. Toutes les connaissances de leur civilisation supérieure ayant été perdues dans leur chute, elles durent recommencer à zéro. Elles ne conservèrent que des fragments d'histoire qui permirent, entre autres choses, de perpétuer le souvenir des Sygazons.

— Donc, ces petits groupes de survivants étaient nos ancêtres ? insista Galby.

— Oui. Les gens qui peuplent ce monde aujourd'hui descendent tous des pathétiques rescapés de la guerre entre Vitruvius et Sygazons.

— Ces deux races ont-elles observé une trêve depuis lors ? voulut savoir Quixwood.

— Non, loin de là ! se récria Melva. L'intensité de leur conflit a peut-être décru durant les deux derniers millénaires, mais elles s'opposent toujours l'une à l'autre. Seulement, elles sont devenues beaucoup plus subtiles et utilisent des pions humains pour guerroyer à leur place. Avoch-Dar est l'un d'eux. Et je pense que toi aussi, Dalveen.

— L'idée que mes actions sont dirigées depuis le début est assez déplaisante, confessa le jeune homme.

— Tu oublies l'élément de libre arbitre dont nous avons déjà discuté, lui rappela Melva. J'ai l'intime conviction que les Vitruvius ont manipulé ta destinée pour t'amener là. Mais ils l'ont fait avec de bonnes intentions, et tu devrais te réjouir d'avoir de si puissants alliés. À présent, nous sommes sur le point de livrer l'ultime conflit entre ces forces opposées.

— Si tel est le cas, où sont les Vitruvius ? Pourquoi ne nous aident-ils pas plus directement ? s'étonna Bethan.

— Une question que je me suis souvent posée, Votre Majesté, acquiesça Melva. Je n'ai pas de réponse à vous fournir. Il se peut qu'ils préfèrent agir uniquement à travers des humains. Ou que…

— Oui ? la pressa Leandor.

La vieille femme poussa un soupir.

— Ce n'est pas une perspective réconfortante, mais il se peut également que les Sygazons soient devenus plus forts que les

Vitruvius, ou même qu'ils aient fini par les vaincre. Nous devons accepter la possibilité que cette confrontation imminente avec les démons soit la dernière, dans le sens où il ne leur reste plus que les humains à vaincre.

— Et nous serions seuls contre eux ?

— J'ai dit que cela se pouvait. Faute d'informations plus catégoriques, je ne peux que spéculer. Mais je garde espoir, comme vous devriez tous le faire, et foi en la victoire des forces du bien. Sans compter que tu as trouvé l'arme appelée Griffe de Chat, qui fut créée par les Vitruvius eux-mêmes afin de combattre les Sygazons. Même si cela s'est peut-être produit avant que les deux races transcendent leur forme humaine.

— Donc, il est possible qu'elle ne fonctionne pas contre les démons ?

— Si tel était le cas, je ne pense pas que l'on t'aurait guidé jusqu'à elle. (Melva les dévisagea tour à tour et sourit.) À présent, j'ai dit tout ce que j'étais venue dire, et je dois prendre congé de vous. Mais ne croyez pas que je vous aie révélé tout ce qu'il y a à savoir sur les Vitruvius et les Sygazons. Je soupçonne qu'il en existe bien plus, notamment au sujet du Grimoire des Ombres. Cependant, je vous ai dit tout ce que je sais. Triastus et ses frères pourront peut-être utiliser leurs pouvoirs pour en découvrir davantage, suggéra-t-elle.

— Nous nous y emploierons, Melva, promit l'abbé.

— Je serai présente durant la bataille, ajouta Melva, même si je n'en ai pas l'air. Puissent les dieux veiller sur vous.

Puis la gueule étincelante du portail qui conduisait au royaume des Ombres l'engloutit de nouveau.

Chapitre 18

À l'aube, les deux grandes armées se faisaient face.

Celle du sorcier se composait d'un mélange d'humains corrompus, d'esclaves contrôlés mentalement et de créatures d'une origine indéfinissable, qui brandissaient non seulement des armes, mais disposaient aussi de certains pouvoirs magiques destructeurs conférés par leur maître.

Dans une chambre haut perchée, au sommet d'une des tours qui surplombaient le palais d'Avoch-Dar, Berith et le sorcier observaient la scène en contrebas. Le seigneur démon se tenait un peu en retrait de la fenêtre, car il détestait la lumière du jour et ne s'y exposait jamais plus que le strict nécessaire.

— Tout est prêt ? demanda-t-il.

— Ils n'attendent que mon signal, affirma Avoch-Dar.

— Nous enverrons tes hommes porter l'attaque initiale. Ils déferleront sur l'armée ennemie, lui infligeront un maximum de pertes et affaibliront ses défenses.

— Alors, nous nous jetterons dans la mêlée.

— Oui. Les Sygazons mettront toute leur puissance au service de cette cause.

— Et le grimoire ?

— Il sera l'instrument de notre victoire, affirma Berith. Nous devrons l'emporter sur le champ de bataille, où il détruira tous ceux qui lui feront face.

— C'est une journée historique, se réjouit Avoch-Dar.

— En effet. D'ici le coucher du soleil, un nouvel ordre régnera

sur ce monde, clama Berith. Les Sygazons auront repris ce qui leur appartient de droit et, grâce au pouvoir du grimoire, nos semblables pourront revenir occuper cet endroit que nous avons dû abandonner il y a si longtemps.

— Quand l'assaut commencera-t-il ?

— Immédiatement. L'extermination de la vermine humaine jusqu'à son dernier représentant reste notre première priorité.

Le sorcier sourit.

— Tant mieux. Enfin, il va y avoir de l'action.

Enchaîné dans le donjon du palais, Drew Hadzor subissait les pires conditions d'emprisonnement que l'on puisse imaginer. Autour de lui régnait une obscurité absolue, grouillante d'odeurs nauséabondes et de rats répugnants. Des bruits infernaux lui parvenaient, étouffés ; il n'avait aucune idée de ce qui les produisait et préférait ne pas le savoir.

Ruminant ce qu'il avait appris au sujet des Sygazons, des Vitruvius et surtout du Grimoire des Ombres, il se traita mentalement de fieffé imbécile. Comment avait-il jamais pu penser qu'il était le légitime propriétaire de l'ouvrage ? Il avait succombé au péché d'orgueil ; il avait été arrogant et entêté, et voilà où cela l'avait mené.

Il allait mourir. Probablement – que les dieux l'en préservent ! – offert en sacrifice à ce maudit grimoire. C'était déjà assez terrible, et il redoutait cette perspective. Mais ce qui le torturait le plus, c'était la possibilité que l'humanité soit vaincue et que les démons s'approprient ce monde.

Pourquoi n'avait-il pas pris conscience de son erreur plus tôt et choisi de soutenir Dalveen Leandor ? À présent, il avait la conviction absolue que Nightshade était bien l'élu de la prophétie.

Il était d'autant plus désespéré qu'il n'avait aucun moyen de communiquer aux gens de l'extérieur, ses amis et ses alliés, ce qu'il avait appris et qu'ils ignoraient.

Soudain, il entendit un bruit. Cela n'avait rien d'inhabituel en ce lieu hanté, mais ce bruit-là semblait différent des autres. Comme s'il venait de l'intérieur de sa propre tête. Le moine l'attribua d'abord à son imagination enfiévrée, décuplée par les privations et par la terreur.

Puis le bruit résonna de nouveau. Il était assez indistinct pour que Hadzor ne puisse déterminer ni sa nature ni sa source exacte. Peut-être provenait-il du palais, en fin de compte…

Lorsque le bruit se fit entendre pour la troisième fois, le moine capta des mots. Son propre nom.

— *Hadzor. Drew Hadzor.*

Se pouvait-il que ce soit Avoch-Dar, Berith ou un autre Sygazon ? Était-ce encore un des tourments infernaux qu'ils lui faisaient subir ?

Le moine tenta d'ignorer la voix. Mais celle-ci revint, plus forte et plus claire.

Il songea que c'en était fini, qu'il avait basculé dans la folie. Pas étonnant, avec tout ce qu'il avait vécu durant les derniers jours. Et, en vérité, c'était presque un soulagement. Une échappatoire bénie.

Peut-être devrait-il s'y abandonner, laisser la démence le submerger et le libérer. Ce ne serait pas aussi bien que la mort, mais presque.

Puis la voix dans sa tête dit :

— *Non, Drew Hadzor, tu n'es pas fou.*

Il frissonna. C'était peut-être le genre de choses que disaient les voix dans la tête des fous. Comment le savoir ? La folie consistait-elle en partie à nier sa propre existence ?

— *Tu es sain d'esprit, Hadzor*, affirma la voix. *Et tu dois me faire confiance.*

Il écouta, ne sachant pas s'il cédait à la folie ou si quelque chose d'autre était en train de se produire.

Mais il ne mit pas longtemps à comprendre.

Triastus et ses vingt-quatre frères s'étaient positionnés en cercle, les yeux clos, immobiles et silencieux.

Non loin de là, le corps de Shani gisait sur son brasier funéraire. Une épée avait été placée dans ses mains.

Leandor, Bethan, Tycho, Quixwood et Galby s'étaient rassemblés pour le service qui allait avoir lieu et pour confier aux flammes les restes de la jeune femme.

Surveillant les moines du coin de l'œil, Bethan chuchota :

— Que font-ils ?

— Ou bien ils demandent aux dieux d'accueillir l'esprit de Shani, ou bien ils utilisent leurs pouvoirs pour deviner les intentions du sorcier, suggéra Leandor.

— Dalveen, je sais que c'est douloureux pour toi, intervint Tycho. C'est douloureux pour nous tous. Mais l'aube approche, et la bataille risque d'éclater à tout moment. Quand commenceras-tu le service des guerriers ?

— Bientôt, répondit évasivement le jeune homme.

— Tu ne peux te résoudre à laisser le feu la dévorer, n'est-ce pas, mon garçon ? devina Quixwood.

Leandor secoua la tête.

— C'est difficile, avoua-t-il.

— Si tu préfères, je peux m'en charger. Je n'en tirerai pas plus de plaisir que toi, tu le sais, mais si cela peut t'aider…

— Merci, Golcar. Mais j'ai le sentiment que si cette tâche doit incomber à quelqu'un d'autre que moi, ça devrait probablement être Galby.

Ils jetèrent un coup d'œil discret à l'ancien chef de la résistance nordelphienne. Celui-ci semblait abattu, presque brisé.

— Oui, acquiesça Bethan. Ses sentiments pour Shani étaient de toute évidence plus profonds que tu le soupçonnais. Néanmoins, je ne pense pas que tu devrais lui laisser ta place. Après tout, Shani était de ton sang.

Leandor hocha la tête.

— Tu as raison. Mais pas encore. Pas encore…

— On dirait que les frères sont sortis de leur méditation, fit remarquer Tycho.

Les moines avaient rouvert les yeux et brisé leur cercle. Triastus se dirigeait vers les amis de la défunte, chancelant et l'air affaibli. Toute couleur avait déserté son visage.

— Vous allez bien, frère abbé ? s'inquiéta Bethan.

— Oui, Votre Majesté. Mais je confesse que la tâche que nous venons d'effectuer nous a tous épuisés.

— De quoi s'agit-il ?

— Nous nous étions fixé pour but de localiser notre frère Drew Hadzor et de voir si nous pouvions communiquer avec lui, révéla Triastus.

— Vous pouvez faire ça ? s'étonna Quixwood.

— Avec beaucoup de difficulté. Et au prix d'une grande partie de notre énergie physique et psychique.

Les autres moines regagnèrent la tente qu'on leur avait attribuée, le dos voûté et en traînant les pieds.

— Je vois ça, acquiesça Bethan. Vous devez vous reposer, frère abbé, et reprendre des forces.

— Votre Majesté, je... Oui, ce sera volontiers. Ça ne prendra pas très longtemps.

Sur un signal de Bethan, un soldat apporta une chaise à Triastus, qui s'y laissa tomber avec gratitude.

— Alors, avez-vous pu établir un contact ? s'enquit Leandor.

— Oui, brièvement. Son esprit est très affaibli par les mauvais traitements qu'on lui a infligés, aussi avons-nous tenté d'appliquer un baume de guérison mental. De toute évidence, il a des choses à nous dire, mais il n'est pas encore assez fort pour ça.

— Je remercie les dieux qu'il soit toujours vivant. Pensez-vous que les informations qu'il a à nous transmettre pourraient nous être utiles ? demanda Bethan.

Triastus haussa les épaules.

— Qui sait ? Mais il a un avantage sur nous, si je peux me permettre d'employer ce terme. Il se trouve à l'intérieur du palais d'Avoch-Dar, où il peut avoir découvert des choses cruciales sur les plans du sorcier et sur ceux des Sygazons.

— Qu'avez-vous l'intention de faire ?

— Nous reposer et faire une nouvelle tentative. (Le moine jeta un coup d'œil à Shani sur son brasier funéraire.) Serait-il possible de retarder la cérémonie ? Juste pour un petit moment ? Comme vous le savez, j'aimerais officier, mais il me semble que les révélations de notre frère sont prioritaires, si vous me pardonnez de le formuler ainsi.

Leandor acquiesça volontiers.

— Nous attendrons que vous soyez prêt.

Triastus le remercia, lui demanda de l'excuser et s'en fut rejoindre ses frères.

Du menton, Quixwood désigna l'armée ennemie.

— Quant à nous, nous devrions discuter de stratégie avant qu'ils se mettent en branle.

— Je crains de ne pouvoir apporter de contribution intéressante à cette discussion, déclara Bethan. Si vous me cherchez, je serai dans le pavillon-infirmerie destiné à accueillir les blessés. Je pourrai sûrement m'y rendre plus utile qu'ici.

Et elle s'en fut également.

Leandor, Quixwood et Tycho rejoignirent Jarvis Galby.

— Ça ne devrait plus tarder, commenta celui-ci.

— Probablement pas, approuva Leandor.

— Prendrons-nous l'initiative, ou attendrons-nous qu'ils frappent les premiers ?

— Le sorcier doit sans doute se poser la même question, fit remarquer Tycho.

— Mon sentiment, c'est que nous ne devrions nous mettre en mouvement qu'après eux, dit Leandor. L'inconvénient, c'est que cela leur laissera choisir la forme de leur attaque. Mais ils seront forcés de révéler leur jeu, ce qui nous permettra de réagir à leur tactique d'ouverture.

— Ça paraît sensé.

— Nous devons savoir comment vous comptez opérer pendant la bataille, Jarvis. Nous pouvons incorporer tes hommes dans les rangs de l'armée delgarvienne, mais j'imagine que vous préférerez travailler en tant qu'unité indépendante.

— En effet. Nous nous connaissons bien ; nous avons déjà combattu ensemble. Je pense que nous serons plus efficaces si nous restons entre nous.

— Très bien.

Galby jeta un coup d'œil à Shani et à son brasier funéraire. Il y eut un silence gêné. Enfin, le jeune homme demanda :

— Quand allons-nous… ?

— Commencer le service ? Très bientôt. Mais Triastus a réclamé un moment de répit.

— Je vois. Pourquoi ?

— Il semble qu'il ait réussi à établir un contact avec Drew Hadzor, le moine errant dont nous t'avons parlé, et que Hadzor soit en mesure de nous fournir des informations précieuses. Nous avons tous pensé que cela devait avoir la priorité.

— Tu n'as pas davantage envie que moi de voir les flammes la consumer, n'est-ce pas ?

Leandor lui adressa un sourire compatissant.

—Non. Mais vu que le début de la bataille est imminent, nous ne pourrons sans doute pas repousser la cérémonie beaucoup plus longtemps.

—Appelle-moi quand vous serez prêts. D'ici là, si tu veux bien m'excuser, il faut que j'organise mon unité.

Galby s'éloigna.

Tous remarquèrent les larmes dans ses yeux, mais personne ne fit de commentaire.

Dans sa tour de Pandémonium, Avoch-Dar s'impatientait.

—Pourquoi n'attaquent-ils pas, Berith ?

—Pour la même raison que toi : ils ne veulent pas prendre l'initiative de l'offensive. Ils n'ont aucune raison de le faire. Ils peuvent continuer à camper là indéfiniment, ou presque. Ce qui serait très mauvais pour nous. Nous voulons la victoire, pas un siège qui s'éternise.

—Dans ce cas, nous devons avancer. Agir de manière décisive et frapper les premiers. Il se peut même que mon armée seule suffise à écraser ces misérables.

—Peut-être, mais je préfère ne pas compter là-dessus. Les Delgarviens et leurs alliés sont des vermisseaux, mais ils connaissent les enjeux de cette bataille et risquent fort de nous opposer une résistance désespérée. Ne les sous-estime pas, conseilla Berith.

Avoch-Dar eut un geste insouciant.

—Ils seront balayés quand même. Nous nous tiendrons prêts à rejoindre nos forces au moment que nous considérerons opportun, pour ajouter nos pouvoirs magiques au carnage.

—Avec joie, acquiesça Berith. Pour les Sygazons, verser le sang est un sacrement. Ce flot écarlate nous abreuve et nous vivifie, comme il abreuve et vivifie le grimoire.

—Dans ce cas, qu'il en soit ainsi.

Avoch-Dar leva une main. Un de ses généraux s'approcha et fit claquer ses talons.

—Monsieur ?

—J'ai décidé d'entamer les hostilités, annonça le sorcier. Faites venir mon chariot de bataille. Le conflit final va débuter. Donnez l'ordre à mon armée d'avancer.

L'homme s'éloigna en toute hâte pour exécuter ses instructions.

— Le moment est venu de nous nourrir, siffla Berith, ses multiples yeux brillant de convoitise. Viens, pénétrons ensemble dans le nouveau monde que nous aurons créé.

Chapitre 19

Dans les lugubres confins de sa prison, Drew Hadzor éprouvait son premier regain d'espoir depuis sa capture par les hommes du sorcier. Une étincelle de lumière brillait désormais sur sa misérable existence.

Il n'était pas fou ; il en avait la conviction, à présent. Ses frères étaient là avec l'armée delgarvienne, et ils avaient réussi à le contacter par le pouvoir de leur esprit. Ils lui avaient même envoyé un peu de force, et Hadzor s'en sentait ragaillardi. Ce n'était pas facile de communiquer, ni pour lui ni pour eux, mais quelle meilleure façon d'utiliser le peu d'énergie qu'il lui restait ?

Il n'avait plus qu'à attendre un nouveau contact avec ses frères et à leur révéler tout ce qu'il savait. Si tant est qu'ils puissent maintenir le lien.

Mais il y avait une chose qu'il ne leur dirait pas à moins d'y être obligé, une décision qu'il avait prise et qu'il mettrait en œuvre si l'occasion se présentait à lui. Il commençait à penser qu'il pourrait la dissimuler à ses frères. Parce que même si Triastus et lui pouvaient se parler mentalement, du moment que les vingt-quatre autres moines leur prêtaient leurs pouvoirs psychiques, Hadzor ne pensait pas que l'abbé puisse lire ses pensées les plus secrètes : seulement celles qu'il articulait dans sa tête.

Ainsi pourrait-il peut-être éviter de révéler sa décision à ses frères. Évidemment, il était possible que ceux-ci approuvent et soutiennent son action, mais il ne pouvait pas en être certain. Aussi valait-il mieux ne pas leur en parler du tout.

Comme cette décision entraînerait très probablement sa mort, Hadzor résolut de consacrer le peu de temps qui lui restait à la prière. Il demanderait aux dieux de lui fournir une occasion favorable et de lui donner la force nécessaire pour mener son plan à bien.

Il avait à peine commencé sa méditation que la voix de Triastus résonna de nouveau dans sa tête.

Au lever du soleil, l'armée infernale se mit en mouvement.

Leandor et Quixwood regardaient les rangs ennemis se rapprocher lentement mais sûrement des leurs.

— Nous devrions jeter toutes nos forces dans la bataille d'entrée de jeu, suggéra Quixwood.

C'était une attitude typique de sa part : le vieux soldat avait toujours été du genre direct.

— Ce pourrait être une erreur, Golcar, répliqua Leandor. Pour l'instant, il n'y a aucun signe d'Avoch-Dar ni de ses alliés démoniaques. Je pense qu'ils attendent de voir le résultat du premier assaut de leur armée avant d'intervenir.

— Tu as peut-être raison, concéda son père adoptif. Donc, nous devrions en faire autant, n'est-ce pas ? Retenir nos unités lourdes et l'élite de Triastus jusqu'à ce qu'on ait vraiment besoin d'eux ?

— Oui, acquiesça Leandor. Nous suivrons de près l'évolution des combats et n'enverrons nos réserves que lorsque leur présence deviendra nécessaire. Avoch-Dar emploie la même stratégie que nous aurions choisie à sa place. Il n'engage pas toutes ses forces d'un seul coup. Nous devons l'imiter.

— Entendu, mon garçon. Pour le moment, nous procéderons ainsi. Mais si…

Une perturbation dans l'air les arrêta net. Quixwood porta la main à son épée.

— Par tous les rejetons de l'enfer ! jura-t-il. Tu crois que c'est une attaque ? Avoch-Dar en personne, peut-être ?

— Je l'ignore. Mais tenez-vous prêt.

Une ligne rouge vif se dessina devant eux au-dessus du sol, laissant suinter une lumière aveuglante.

— Non, je ne crois pas que ce soit une manifestation hostile, se ravisa Leandor. Protégez-vous les yeux.

La ligne écarlate se fendit en deux dans une explosion brillante.

Puis une silhouette familière apparut.

— Ainsi, entonna Melva, la bataille commence, et ses réverbérations se font sentir jusque dans l'au-delà. (D'un ample geste du bras, elle désigna la plaine.) Je vous aiderai de mon mieux.

— Merci, sourit Leandor. Nous sommes ravis que vous soyez là. Nous apportez-vous de nouvelles informations ?

— Rien que vous n'ayez probablement déjà deviné. Le sorcier et ses alliés Sygazons ne comptent pas intervenir tout de suite ; vous avez encore un moment devant vous avant de devoir les affronter.

Quixwood tendit le doigt.

— Triastus approche.

L'abbé se dirigeait vers eux à la tête de son élite. Il joignit les mains devant son visage et s'inclina devant leur visiteuse.

— Melva, votre présence nous honore. Veuillez me pardonner cette interruption, Dalveen et Golcar, mais nous avons communié avec frère Hadzor, et il nous a fait une importante révélation.

— Une minute. Je veux que Bethan et Tycho l'entendent aussi.

Leandor s'élança vers le pavillon-infirmerie, où sa fiancée discutait avec l'homoncule, et leur enjoignit de le suivre. Au passage, il héla également Jarvis Galby.

Dans la plaine, les deux armées se rapprochaient inexorablement l'une de l'autre.

Lorsqu'ils furent tous rassemblés et que Melva fut dûment saluée, Triastus prit la parole.

— Mes frères et moi avons pu établir une communication prolongée avec Drew Hadzor. Son esprit comme son corps sont dans un état pitoyable à cause de sa captivité, mais nous n'avons aucune raison de douter de ses propos. Et comme il semble que les hostilités soient sur le point de se déclencher, il est nécessaire que nous partagions ses révélations avec vous.

— Nous vous écoutons, frère abbé, dit Bethan.

Triastus hocha la tête.

— Voici en gros de quoi il s'agit. Grâce à Melva et aux légendes qui les entourent, nous savons que les Sygazons ont quitté ce monde voici très longtemps pour se réfugier dans une autre dimension. Ce que nous ignorions jusqu'ici, c'est où se trouvait cette dimension.

— C'est une question purement académique, objecta Tycho. Quelle importance peut-elle bien avoir pour nous ? Et, même si elle en avait, je présume qu'aucun de nous ne comprendrait la réponse.

— Oui, à quoi cela nous servira-t-il de le savoir ? renchérit Galby.

— Peut-être à rien. Peut-être à tout. (Face à l'expression étonnée de ses interlocuteurs, Triastus réclama :) Laissez-moi vous expliquer, et vous en jugerez vous-mêmes. Nous avons toujours supposé que les Sygazons s'étaient installés dans une dimension qu'ils avaient découverte grâce à leur magie et dans laquelle ils s'étaient rendus de la même façon. Tout comme, dans notre monde, un explorateur utiliserait un bateau pour atteindre des terres précédemment inconnues. Jamais l'idée ne nous a effleurés que les Sygazons maîtrisaient si bien leurs pouvoirs qu'ils étaient capables de se créer un monde à eux.

— Quoi ? s'exclama Quixwood.

— Leur magie était si évoluée qu'ils s'en sont servis pour se façonner une dimension à habiter, reformula Triastus.

— C'est tout bonnement stupéfiant, déclara Bethan, mais je ne vois toujours pas le rapport avec notre situation présente.

— La localisation de ce monde démoniaque est de la plus haute importance, Votre Altesse, la détrompa Triastus. Frère Hadzor a été témoin d'abominables sacrifices faits au Grimoire des Ombres. Ces offrandes semblaient ajouter à la vitalité de l'ouvrage – elles reconstituaient ses forces et accroissaient sa puissance. Frère Hadzor a d'abord pensé que cela signifiait que le grimoire était doué d'une vie propre. Puis il a découvert qu'il *contenait* de la vie.

— Vous ne voulez pas dire…, s'étrangla Bethan.

Triastus acquiesça gravement.

— La dimension infernale que les Sygazons ont façonnée pour s'y réfugier réside à l'intérieur du Grimoire des Ombres. Elle se trouve littéralement entre ses pages. Elle abrite l'essence vitale – l'âme, si vous préférez – d'innombrables Sygazons. Le grimoire n'est pas seulement la clé de leur monde : il *est* leur monde, au sens littéral du terme. Les sacrifices humains ont nourri leurs semblables ; ils les ont réveillés et ont ranimé leur magie.

— Par les dieux, marmonna Leandor. Quand je pense que c'est moi qui l'ai rapporté de Zenobia…

Bethan lui agrippa la main.

Quixwood était perplexe.

— Dans ce cas, pourquoi les Sygazons n'ont-ils pas libéré leurs semblables ? Pourquoi ne sommes-nous pas déjà face à des hordes démoniaques ?

— C'est une bonne question, acquiesça Triastus, et nous sommes d'accord avec la théorie de frère Hadzor sur ce point. Le grimoire a besoin de l'énergie d'autres sacrifices – beaucoup d'autres – pour que la race qu'il abrite puisse revenir en ce monde.

Ce fut Leandor qui dit à voix haute ce qu'ils pensaient tous.

— Vous voulez dire qu'il se nourrit de morts. Et quel meilleur endroit où en trouver qu'un champ de bataille ?

— Le sang qui va être versé de part et d'autre nourrira le grimoire et libérera les Sygazons, ajouta Galby. Nous n'aurons plus la moindre chance !

Un silence consterné s'abattit sur l'assemblée.

Puis Bethan demanda :

— Où sont les Vitruvius ?

— Nous devons supposer le pire et nous débrouiller sans eux, ma chère, répondit Melva.

— Avez-vous des suggestions à nous faire ? s'enquit Leandor.

— Je vous dirais bien de récupérer le grimoire avant que le pire se produise. Mais ce sera difficile : toute l'armée d'Avoch-Dar, sans compter les Sygazons eux-mêmes, se dresse entre lui et vous. Et, même si vous parveniez à l'atteindre, nous avons de bonnes raisons de croire qu'il ne peut être détruit par aucun moyen connu. Je suis désolée, Dalveen : je n'ai aucune idée sur la façon de résoudre ce problème.

Ils étaient venus chercher Drew Hadzor juste après l'aube, l'avaient débarrassé de ses chaînes et traîné jusqu'à la porte principale du palais.

À présent, le moine immobile clignait des yeux dans la lumière naissante. Depuis sa capture, c'était la première fois qu'il était confronté à autre chose que des ténèbres ou, au mieux, une pénombre épaisse.

Comme sa vision s'ajustait à la clarté inhabituelle, il dirigea son regard sur les armées en contrebas.

Celles-ci avaient engagé le combat. Malgré la distance qui le séparait d'elles, le moine captait le fracas des armes d'acier, le rugissement sorti de vingt mille gorges assoiffées de sang.

Peu de temps après, Avoch-Dar émergea des entrailles de son palais et rejoignit son prisonnier. Voir le sorcier en pleine lumière était assez remarquable en soi. Il semblait étrange qu'une créature de l'ombre dans son genre puisse se tenir à découvert sous le ciel et sentir la chaleur du soleil comme les humains ordinaires.

Le jour soulignait encore la vile transformation que son corps avait subie. Il avait l'air d'une chose qui n'aurait pas dû être autorisée à quitter les confins de la nuit.

— Je vais te faire un grand honneur, saint homme, annonça-t-il. J'ai décidé que tu nous accompagnerais sur le champ de bataille et que tu aurais le privilège d'assister en personne à la défaite du bien. Avant d'être offert en sacrifice au grimoire, bien entendu.

— Et le grimoire ? osa demander Hadzor, espérant contre toute attente recevoir la réponse qu'il attendait.

— Il viendra avec nous, naturellement, pour boire et manger la mort et la souffrance. Et infliger les siennes propres, grimaça Avoch-Dar.

Hadzor était fou de joie, mais il lutta pour que son expression ne le trahisse pas. C'était exactement ce qu'il voulait. Il pria pour que les dieux continuent à le soutenir.

De peur qu'Avoch-Dar se rende compte qu'il éprouvait autre chose que de l'anéantissement à la perspective de son trépas prochain, le moine détourna son attention par une nouvelle question.

— Comment allons-nous prendre part au conflit ? Allons-nous tout simplement nous avancer dans la mêlée en espérant ne pas être touchés ? Ou avez-vous l'intention de nous faire survoler tout désagrément potentiel comme si nous étions des oiseaux ?

— Je vois que tu as conservé ton sens de l'humour, Hadzor, railla le sorcier. Tant mieux pour toi. Ça te soutiendra peut-être durant les derniers instants de ta vie. Je t'assure que notre… moyen de transport ne te décevra pas. Il sera le résultat des efforts combinés des Sygazons et de moi-même, et nous permettra de frapper directement au cœur des forces ennemies.

Cette déclaration plongea le moine dans une profonde perplexité. Mais toute tentative de réclamer des précisions fut étouffée dans l'œuf par l'arrivée du chariot de guerre d'Avoch-Dar. Il était noir, avec des roues ornées de lames dentelées, et tiré par deux lézards albinos géants.

Puis Berith et les autres Sygazons émergèrent du palais. Jamais ils n'avaient semblé aussi abominables que dans la lumière du monde des dieux bienveillants. Dans ses bras écailleux et gluants, semblables à des tentacules, le seigneur démon tenait le Grimoire des Ombres.

Tandis qu'ils effectuaient les préparatifs nécessaires pour les transporter au cœur de la bataille selon l'étrange moyen évoqué par le sorcier, Hadzor s'abîma dans ses pensées.

Il devrait calculer très précisément le moment où révéler son plan à Triastus et au reste des moines. Car sans leur aide, jamais il ne parviendrait à accomplir la mission qu'il s'était fixée. Il pria pour qu'ils la lui accordent.

Leandor, Bethan, Tycho, Quixwood étaient tous présents pour assister au début de la bataille, dans la plaine qui s'étendait au pied des collines. Non loin d'eux, Galby donnait ses dernières instructions à son unité de rebelles. Triastus et ses frères s'étaient rassemblés, prêts à ajouter leur magie à la conflagration imminente. Quant à l'esprit de Melva, il ne se trouvait nulle part en vue.

Shani gisait toujours sur son brasier, attendant les flammes.

— Pour l'instant, ce n'est pas tant une bataille qu'une échauffourée, commenta Quixwood.

— Oui, mais le conflit ne tardera pas à s'amplifier, répliqua Leandor. Alors, nous pourrons nous attendre à voir débarquer nos principaux ennemis.

Quixwood fixa du regard la Griffe de Chat que son fils adoptif tenait dans sa main.

— Quand as-tu l'intention d'utiliser cette chose ?

— Quand les Sygazons se montreront. C'est réservé aux démons, Golcar.

Ils échangèrent un sourire grimaçant.

Puis un nuage dense se forma au milieu de la clairière qu'ils occupaient. Tourbillonnant et bouillonnant, il était traversé par des doigts de feu pareils à des éclairs miniatures.

— Vous croyez que c'est Melva ? lança Tycho.

— Non, à moins qu'elle ait opté pour une apparition encore plus spectaculaire que les précédentes, répondit Leandor.

— Une attaque, affirma Quixwood. Ça ne peut être que ça.

Le nuage s'épaissit encore, et un groupe de silhouettes se dessina à l'intérieur.

— Aux armes ! hurla Leandor.

Couteaux et épées furent dégainés ; lances, arcs et boucliers furent dressés. Des soldats se précipitèrent pour encercler l'étrange manifestation.

Soudain, le brouillard se dissipa, révélant une vision écrasante.

Le chariot de guerre noir d'Avoch-Dar.

Le sorcier se dressait fièrement à l'avant, les rênes à la main. À côté de lui, le démon Berith serrait le Grimoire des Ombres contre sa poitrine. Les mains liées, Drew Hadzor était leur pitoyable passager. Tout autour du véhicule grouillait une horde de démons tous différents, tous plus hideux les uns que les autres.

Avoch-Dar leva les bras et s'égosilla dans une langue inconnue.

Leandor épaula la Griffe de Chat.

Et l'enfer se déchaîna.

Chapitre 20

Des éclairs d'énergie blanche jaillirent des doigts d'Avoch-Dar. Des dizaines de combattants delgarviens et nordelphiens furent instantanément transformés en boules de feu hurlantes.

D'autres succombèrent à la magie non moins meurtrière des Sygazons, à leurs griffes acérées, à leur dard empoisonné ou à leurs jets d'acide.

Et ni les flèches ni les épées ne semblaient leur causer le moindre dommage.

La Griffe de Chat crachait des torrents de globules enflammés sur les adversaires démoniaques de Leandor. C'était la seule arme capable de leur faire du mal ; elle détruisait littéralement tous ceux qu'elle touchait. Mais leur nombre restait désespérément élevé, et ils se battaient avec une férocité infernale, projetant des lances d'énergie qui déchiquetaient les hommes et des rayons d'antilumière incandescente qui les coupaient en deux.

Triastus et ses frères connaissaient un succès limité dans leur opposition à la horde. En combinant leurs esprits, ils arrivaient à porter des coups qui ralentissaient ou même blessaient les démons, mais jamais de manière fatale.

Çà et là, des soldats unissaient leurs forces pour attaquer un seul Sygazon, sans résultat notable. L'air s'emplit d'un mélange de cris humains et de bruits surnaturels émis par des gorges inhumaines.

— Nous allons être submergés, Dalveen ! s'époumona Quixwood en esquivant un rayon d'énergie. Ils sont trop nombreux et trop puissants !

— Nous ne pouvons que continuer à nous battre ! répliqua Leandor.

Il rajusta la Griffe de Chat contre son épaule et décocha une nouvelle volée de boules de feu. Cette fois, il avait directement visé Avoch-Dar. Mais le sorcier avait dû s'entourer d'une sorte de bouclier magique, car les projectiles furent déviés avant d'atteindre leur cible.

À l'intérieur du chariot de guerre, Drew Hadzor, bien que terrifié, s'efforçait de garder son calme. Profitant de ce que personne ne faisait attention à lui, il avait attaqué avec ses dents la corde qui lui liait les poignets.

Enfin, il parvint à se détacher. Le moment était venu de communiquer avec Triastus. Il fit de son mieux pour se concentrer au milieu du carnage enragé, et il pria pour que son message soit entendu et écouté.

— Dalveen ! hurla Triastus.

— Qu'y a-t-il ?

— C'est Hadzor ! Il est sur le point d'agir ! Nous devons tenter de le protéger ! Tenez-vous prêt !

Leandor n'était pas sûr de comprendre ce que cela signifiait. Mais il continua à se battre en gardant un œil sur le chariot. À son grand soulagement, il remarqua que Tycho avait entraîné Bethan derrière un arbre pour la mettre à l'abri. Des rayons d'énergie sifflaient autour du tronc sans les toucher.

Hadzor reporta son attention sur la répugnante créature qui se faisait appeler Berith. De toute évidence, le démon était trop absorbé par la bataille pour se soucier de ses faits et gestes. Il se demanda si Triastus et ses frères étaient déjà en mesure de le protéger ou non. Cette pensée ne s'était pas plus tôt formée dans son esprit que l'abbé lui répondit mentalement. Oui, les moines étaient prêts. Hadzor prit une profonde inspiration, dédia une rapide prière aux dieux qui veillaient sur lui et passa à l'action.

Berith se laissa prendre au dépourvu lorsque Hadzor bondit et arracha le grimoire de ses mains huileuses.

Aussitôt, la plus atroce des douleurs le traversa.

Il avait commencé à mourir.

La question était de savoir s'il tiendrait assez longtemps pour faire ce qui devait être fait.

Quand il sauta au bas du chariot, les hurlements de rage d'Avoch-Dar résonnaient à ses oreilles.

Courant, titubant, serrant contre sa poitrine la chose même qui était en train de le tuer, Hadzor esquiva les griffes démoniaques et zigzagua pour éviter les rayons d'énergie qui le visaient. Le bouclier protecteur que la fraternité avait déployé autour de lui dévia la mort une douzaine de fois dans les dix premières secondes de sa folle échappée.

Le grimoire pesait lourd, à la fois physiquement et sur son âme. Car il savait qu'il ne portait pas un simple livre, mais le refuge de toute une race maléfique.

Avec toute la rapidité dont il était capable, et malgré les attaques qui pleuvaient sur lui, le saint homme se précipita vers le brasier de Shani, près duquel s'étaient regroupés les humains encore valides.

Leandor et Triastus le regardèrent approcher.

— Comment fait-il pour survivre ? s'émerveilla le jeune homme.

— Il ne peut pas, le détrompa Triastus. Le pouvoir négatif de l'ouvrage finira par le tuer. Nous ne pouvons que repousser l'instant de sa mort. À condition de tenir assez longtemps !

Leandor fit de son mieux pour aider le moine, utilisant la Griffe de Chat pour abattre tous les démons qui s'efforçaient de l'arrêter. Mais rien ne garantissait que Hadzor parviendrait à les rejoindre.

Hadzor remercia les dieux d'avoir passé tant d'années à étudier le langage des démons et d'avoir pu encore approfondir ses connaissances durant sa captivité. Il espérait que cela suffirait.

Pourtant, il savait que même sa réussite ne garantirait pas la victoire des humains, loin de là. Elle ne ferait qu'améliorer quelque peu leurs chances. Et du moins cela lui permettrait-il de faire amende honorable à sa façon.

Enfin, il atteignit la clairière, mais trébucha et s'étala de tout son long à une courte portée de flèche de Leandor et des autres. Ses forces le trahissaient.

Il décida d'employer son dernier souffle à l'accomplissement de son plan. Espérant envers et contre tout, il articula le sort qu'il croyait approprié.

Des tentacules d'énergie bleue brillante s'élevèrent du grimoire en ondulant.

Hadzor eut un instant de panique. Que se passerait-il si le grimoire se nourrissait au lieu d'obéir à l'ordre qu'il venait de lui donner ?

Triastus eut juste le temps de crier :

— N'ayez pas peur, Dalveen !

Puis l'un des tentacules sinueux s'enroula autour de Leandor, et une poussée d'énergie le parcourut tandis qu'une brume pourpre l'enveloppait.

Du côté du brasier, un autre tentacule s'attacha au corps de Shani. Elle aussi fut baignée par la lumière bleue.

La bataille continuait à faire rage au sommet de la colline. D'autres humains accouraient de tous les côtés pour aider leurs camarades à repousser les démons. Peut-être ne parvenaient-ils pas à les détruire, mais ils les ralentissaient. C'était toujours ça de gagné.

Alors, deux choses remarquables se produisirent simultanément.

La brume tourbillonnante qui avait dissimulé Leandor à la vue de ses amis se dispersa.

Le révélant dans toute son intégrité physique retrouvée.

Au sommet de son brasier funéraire, Shani Vanya s'agita.

Bethan et Tycho se précipitèrent vers elle.

Quixwood bondit vers Leandor et, malgré le conflit qui faisait rage autour d'eux, sa jubilation était évidente.

— Il est revenu, mon garçon ! Il est revenu. Tu as récupéré ton bras !

La joie de Leandor menaçait de l'étouffer, mais il devait la réprimer pour le moment. Leurs vies à tous étaient encore dans la balance.

— Hadzor ! s'exclama-t-il. Nous devons l'aider !

Mais le moine gisait immobile sur le sol. Le grimoire palpitant d'une énergie surnaturelle avait échappé à son étreinte.

— Il est mort, Nightshade ! hurla Triastus. Concentrez-vous sur le livre ! Retournez votre arme contre lui !

Avant de pouvoir s'exécuter, Leandor dut utiliser la Griffe de Chat pour pulvériser deux démons bien décidés à récupérer le grimoire.

Cela fait, il braqua son arme sur le livre et libéra une volée de boules de feu.

Qui ne produisirent pas le moindre effet. La couverture du grimoire ne s'embrasa même pas.

Lorsque Bethan et Tycho atteignirent Shani, la jeune femme ouvrait les yeux.

— Que… ? balbutia-t-elle.

— Il va falloir remettre les explications à plus tard, dit très vite Bethan. Il y a plus urgent.

Shani releva légèrement la tête et regarda autour d'elle.

— Par les dents d'Hadès ! jura-t-elle. Je suis juste bonne à me réveiller au beau milieu d'une bataille.

Elle saisit l'épée posée sur sa poitrine et fit mine de se jeter dans la mêlée.

Bethan et Tycho s'efforçaient de la retenir lorsque la réalité se fendit près d'eux.

Melva émergea dans le monde des vivants. Elle tendit un doigt vers le ciel et cria :

— Regardez !

De monstrueux bancs de nuages bouillonnants et orageux s'étaient formés au-dessus de leur tête.

C'était une vision si impressionnante que même Avoch-Dar et les Sygazons interrompirent leur massacre pour la contempler.

Puis les nuages, qui recouvraient désormais toute la plaine, se déchirèrent par le milieu, révélant un gouffre dans les cieux. Un gigantesque vortex s'ouvrit, offrant le spectacle trouble d'une dimension fantastique et inconnue.

À l'intérieur, il y avait des entités : des essences dorées et informes, dénuées de substance, mais irradiant de vie et d'intelligence.

— Contemplez les Vitruvius ! clama Melva. Ces êtres que les hommes appellent dieux !

À cet instant, une colonne d'énergie aux couleurs de l'arc-en-ciel, tourbillonnant sur elle-même comme un cyclone, s'abattit depuis la déchirure interdimensionnelle.

D'autres colonnes plus petites s'en détachèrent et, tournoyant follement, fusèrent avec la rapidité de l'éclair dans une centaine de directions différentes. Chacune d'elles fondit sur un démon et l'emprisonna malgré sa résistance acharnée.

Un de ces doigts d'énergie s'enroula autour du grimoire. Un autre s'empara de Berith. Un troisième enveloppa la silhouette hurlante d'Avoch-Dar.

Démons, sorcier et livre furent soulevés du sol et aspirés par le maelström céleste. Puis l'immense gueule de celui-ci se referma.

La lumière d'un millier de soleils explosa depuis la formation nuageuse, aveuglant temporairement tous ceux qui la regardaient. Une puissante bourrasque les jeta à terre.

Quand ils purent enfin relever la tête, le ciel était bleu et dégagé. De l'armée infernale d'Avoch-Dar, il ne restait pas le moindre signe.

— Le conflit entre la Lumière et les Ténèbres se poursuivra incessamment en un autre lieu, annonça Melva à toutes les personnes présentes. Sur Terre, la paix est revenue. Et je vais enfin la connaître aussi.

Puis elle sourit et se dissolut en d'innombrables particules dorées qui furent dispersées par une douce brise.

Bethan se précipita dans les bras de Leandor. Galby et Shani s'enlacèrent. Quixwood, Triastus et même Tycho éclatèrent d'un rire joyeux.

— Frère abbé, lança Leandor en faisant signe au moine d'approcher. Que diriez-vous d'officier à notre mariage ?

— Dalveen ! s'exclama Bethan, rayonnante. Ici ? Maintenant ?

— Pourquoi pas ?

— J'en serai ravi, affirma Triastus.

Leandor se tourna vers Shani et Galby.

— Vous pourriez vous joindre à nous, suggéra-t-il. Ça ferait une double cérémonie.

Les deux jeunes gens se regardèrent en grimaçant tandis qu'une légère rougeur leur montait aux joues.

— Pas encore, répliqua Shani. Avant ça, nous avons beaucoup de choses à faire. Mais quand tout sera terminé, c'est vous qui serez invités à notre mariage.

Triastus s'avança. Et quand tous les autres se furent rassemblés pour assister à l'union de Dalveen Leandor et de la reine Bethan, il commença la cérémonie.

L'homme que l'on appelait Nightshade, de nouveau lui-même, contemplait un monde nouveau.

BRAGELONNE, C'EST AUSSI LE CLUB :

Pour recevoir la lettre de Bragelonne annonçant nos parutions et participer à des rencontres exclusives avec les auteurs et les illustrateurs, rien de plus facile !

Faites-nous parvenir vos noms et coordonnées complètes, ainsi que votre date de naissance, à l'adresse suivante :

Bragelonne
35, rue de la Bienfaisance
75008 Paris

club@bragelonne.fr

Venez aussi visiter notre site Internet :
http://www.bragelonne.fr
Vous y trouverez toutes les nouveautés, les couvertures, les biographies des auteurs et des illustrateurs, et même des textes inédits, des interviews, des liens vers d'autres sites de Fantasy et de SF, un forum et bien d'autres surprises !

Stan Nicholls

ORCS

L'intégrale de la trilogie

« Une série excitante et bourrée d'action. »
David Gemmell

Regardez-moi ! Regardez l'orc !

Je lis dans vos yeux de la peur et de la haine. Vous me considérez comme un monstre, un prédateur des ténèbres, un démon dont vous parlez pour effrayer vos enfants. Une créature à traquer et à abattre comme une bête.

Le moment est venu de prêter l'oreille à la bête. Et de savoir qu'elle vit aussi en vous. Vous me craignez, mais je mérite votre respect.

Maras-Dantia était notre royaume, celui des nains, des elfes et des autres races aînées, longtemps avant que votre espèce vienne le saccager. Longtemps avant que vous dévoriez notre magie et violiez l'âme de notre monde.

Écoutez mon histoire. Regardez couler mon sang et remerciez les dieux. Remerciez-les que ce soit moi et pas vous qui aie manié l'épée. Remerciez les orcs nés pour se battre et destinés à ramener la paix !

Depuis près de trente ans, Stan Nicholls est l'une des principales figures anglaises de la SF et de la Fantasy. Lecteur, anthologiste, journaliste, critique, il a même été le premier manager de la mythique librairie londonienne Forbidden Planet. *Le succès phénoménal de sa trilogie* Orcs *à travers le monde a fait de lui un best-seller immédiat.*

« De l'action dans tous les sens avec une couche d'humour noir… **Orcs** ***est un roman bien rythmé et réaliste. » David Gemmell***

« Achetez-le aujourd'hui ou vous supplierez demain ! » Tad Williams

Stan Nicholls

VIF-ARGENT

1. L'Éveil du Vif-Argent
2. Le Zénith du Vif-Argent
3. Le Crépuscule du Vif-Argent

Reeth Caldason est le dernier survivant d'une tribu de guerriers massacrée.

Sujet à des crises de rage aveugle qui mettent son entourage en danger, il est forcé d'errer à travers le monde, avide de vengeance pour son peuple et d'un remède pour la malédiction magique qui l'afflige.

Et, au pays de Bhealfa, la magie détermine l'ordre social. Chaque classe bénéficie de magies de différentes qualités : de maigres charmes pour les indigents et d'exorbitants sortilèges réservés aux riches. Mais les sorts les plus puissants sont employés par les autorités pour contrôler la population.

Or le mal qui frappe Reeth est énigmatique et ses recherches sont jusqu'ici restées vaines. Ce n'est que lorsque Kutch, jeune apprenti d'un sorcier, lui parle d'un mystérieux Chapitre que Reeth retrouve une lueur d'espoir. Ensemble, ils se rendent à la capitale de Bhealfa en quête de cette société secrète, sans savoir qu'ils vont être entraînés dans un monde de danger et de conspiration…

Depuis près de trente ans, Stan Nicholls est l'une des principales figures de la SF et de la Fantasy en Grande-Bretagne. Anthologiste, journaliste, critique, il a même été le premier manager de la mythique librairie londonienne Forbidden Planet. Orcs, *son premier cycle, suscite un engouement dans toute l'Europe où il figure dans les listes des meilleures ventes du genre. Avec* Vif-Argent, *il s'impose au niveau des plus grands, séduisant aussi bien les lecteurs de Feist que de Gemmell !*

« L'Éveil du Vif-Argent *est brillamment conçu et magnifiquement construit. J'ai été accroché dès la première scène.* Orcs *était une série excitante et bourrée d'action, mais* Vif-Argent *a tous les ingrédients pour devenir un classique du genre. » David Gemmell*

Aubin Imprimeur
LIGUGÉ, POITIERS

Achevé d'imprimer en septembre 2008
N° d'impression L 72431
Dépôt légal, septembre 2008
Imprimé en France
35294221-1